Brandon Sanderson

布蘭登・山德森

Brandon Sanderson

布蘭登・山德森

BEST 嚴選

奇幻基地出版

迷霧之子

執法鎔金：謎金

（完結篇）

Mistborn: The Lost Metal

Brandon Sanderson

BEST 嚴選

緣起

在繁花似錦的奇幻文學花園裡，你或許還在門外徘徊，不知該如何抉擇進入的途徑；也或許你已經置身其中，卻因種類繁多，或曾經讀過不合口味的作品，而卻步、遲疑。

BEST嚴選，正如其名，我們期許能透過奇幻基地對奇幻文學的瞭解，以及對讀者的理解，站在出版者與讀者的雙重角度，為您精選好作家與好作品。

他們是名家，您不可不讀：幻想文學裡的巨擘，領域裡的耀眼新星。

它們最暢銷，您怎可錯過：銷售量驚人的大作，排行榜上的常勝軍。

這些是經典，您務必一讀：百聞不如一見的作品，極具代表的佳作。

奇幻嚴選，嚴選奇幻。請相信我們的眼光，跟隨我們的腳步，文學的盛宴、幻想世界的冒險，就要展開。

excellent bestseller classic

獻給伊森・斯卡史戴特（Ethan Skarstedt），
充滿榮譽之人

目錄

致謝

十六年前，坐在本地牛排館的昏暗座位上，我對著我太太提出了一項野心十足的想法：我想創造出一個史詩奇幻世界，接著將之擴張至不同時期的未來。我曾經見過奇幻與科幻的混合作品，也看過史詩奇幻背景逐漸發展到工業時代的科技水準，但我從來沒見過有作者以類似這種方式建構世界——用更廣闊的角度來見證星球步向未來，並以先前系列的書中情節做爲宗教與傳說的根源依據。

這是一場豪賭。讀者通常喜歡閱讀分類明確的作品。我提出的計畫會打亂作品分類，歷史上這類作品都沒有什麼好成績。但我還是很確信這樣大規模的計畫（星球與魔法在不同時期所呈現的景象）值得冒這個險。這個想法引領我們來到了現在，迷霧之子第二紀元的最後一本書，我對此類作品的大型實驗。

我是否成功了，是由各位讀者來評斷的。但我敢肯定地說，如果沒有眾多人士協助，我一定無法走到目前這一步。我知道這樣的致謝總是有一大堆名字混在一起，但我眞的對其中每一個人都非常感激。每當我提出野心十足的計畫時，這些人不會只是翻白眼——而是捲起袖子使其成眞。

對於這本書，Joshua Bilmes身爲我的經紀人，一如既往地表現絕佳；他團隊中的Susan Velazquez以及Christina Zobel也提供了大量的協助，負責處理眾多海外合約以及次要經紀公司。

海的另一邊，Gillian Redfearn對本書提供了額外的幫助——她是我在英國的編輯，負責帶領這本書的行句編輯作業，這項工作通常是由美國出版商負責的。她做得非常好，能夠得到她的協助是我的福氣。除此之外，我要感謝英國Gallancz出版社的Emad Akhtar與Brendan Durkin，以及我在英國的經紀人，Zeno經紀公司的John Berlyne與Stevie Finegan。

在美國這邊，Devi Pillai是這項專案的領導編輯，總是替故事情節與角色提供她獨到的編輯目光。另外在Tor出版社，我想要感謝Molly McGhee、Tessa Villanueva、Lucille Rettino、Eileen Lawrence、Alexis Saarela、Heather Saunders、Rafal Gibek、Felipe Cruz、Amelie Littell以及Hayley Jozwiak；版權編輯則是我們在這領域的長期合作夥伴，Terry McGarry。

有聲書方面，無可取代的Micheal Kramer再度爲我的角色獻聲，讓我的作品聽起來超棒。我眞的很感激你，Micheal，謝謝你所做的一切。在Macmillian音訊公司這邊，我則要感謝Steve Wagner、Samantha Edelson以及Drew Kilman。

近來，我的書中需要藝術部門作業的部分越來越多了，所以我們就讓這些鏢客有自己的段落吧——即便他們之中有些人在其他段落也會重複出現。例如Peter Lutjen是Tor的藝術總監，値得我由衷地感謝。Chris McGrath負責了美版封面的繪製。我在「龍鋼」內部的藝術總監則是ǀᛉᚲ——過去名爲Issac Stewart的藝術家，他負責了地圖、符號，以及許多傳紙相關的工作（還包含了上面的文章），請多留意未來將出版的書籍（沒錯，那串符號是我剛剛才編的。我可以這麼做。我有文學執照呢）。我們的好友兼長期合作對象Ben McSweeney負責了各位在傳紙上看到的多數圖畫。Rachael Lynn Buchanan是我們的藝術助理，還有在Jennifer Neal創造傳紙時也提供了額外的輔助。

在我的公司「龍鋼」之內，我們的內部編輯部門經理是難以滿足的彼得·阿斯托姆（Peter Ahlstrom），Karen Ahlstrom則負責連續性與額外的編輯工作，Betsy Ahlstrom偶爾也會提供協助，還有Kristy S. Gilbert剛剛以產品編輯的身分加入我們團隊裡。

「龍鋼」的物流與活動部由Karen Stewart所帶領，團隊成員有Christi Jacobsen、Lex Willhite、Kellyn Neumann、Mem Grange、Michael Batemen、Joy Allen、Katy Ives、Richard Rubert、Sean VanBuskirk、Isabel Chrisman、Tori Mecham、Ally Reep、Jacob Chrisman、Alex Lyon與Owen Knowlton。

我們內部的公關與市場團隊由Adam Horne帶領，Jeremy Palmer則擔任市場總監。作業團隊領導為Mat「我的名字其實是有兩個T的Matt」Hatch，成員有Jane Horne、Emma Tan-Stoker、Kathleen Dorsey Sanderson、Makena Saluone以及Hazel Cummings。

當然，還有我美妙的妻子愛蜜莉．山德森（Emily Sanderson），她是「龍鋼」的營運長，也是這整個名單中最可愛的人。

沒那麼可愛，但還是很有助力的是我的寫作小組，成員有：Kaylynn ZoBell、Peter Ahlstrom、Karen Ahlstrom、Alan Layton、Eric James Stone、Darci Stone、Kathleen Dorsey Sanderson、Emily Sanderson，以及Ben "Rick Stranger" Olsen。當然還有伊森．斯卡史戴特（Ethan Skarstedt）——這本書是獻給他的。伊森就是橋四隊中的斯卡在現實世界的樣板，他已經協助我相關軍隊及槍枝的知識至少有二十年了。謝謝你，伊森，幫助我假裝懂自己在講什麼。

Mi'chelle Walker建構了我們的試讀回饋資料庫，真的非常實用。第二次試讀成員包含了Trae Cooper、Tim Challener、Ted Herman、Suzanne Musin、Sumejja Muratagić-Tadić、Paige Phillips、Shannon Nelson、Sean VanBuskirk、Ross Newberry、Rosemary Williams、Richard Fife、Rahul Pantula、Poonam Desai、Phllip Vorwaller、Paige Vest、Mi'chelle Walker、Megan Kanne、Matt Wiens、Mark Axies Lindberg、Marnie Peterson、Lyndsey Luther、Linnea Lindstrom、Lauren McCaffrey、Kendra Wilson、

Kendra Alexander、Kellyn Neumann、Kalyani Poluri、Joy Allen、Joshua Harkey、Jory “Chief Chicken Head Scratcher” Phillips、Jessie Lake、Jessica Ashcraft、Jennifer Neal、Ian McNatt、Chris “Gunner” McGrath、Gary Singer、Frankie Jerome、Evgeni “Argent” Kirilov、Erika Kuta Marler、Eric Lake、Drew McCaffrey、Deana Covel Whitney、David Fallon、David Behrens、Darci Cole、Craig Hanks、Christina Goodman、Christopher Cottingham、Chana Oshira Block、Brian T. Hill、Brandon Cole、Lingting “Botanica” Xu、Bob Kluttz、Ben Marrow、Becca Reppert、Bao Pham、Anthony Acker、Alyx Hoge、Alice Arneson、Alexis Horizon、Aaron Biggs、Joe Deardeuff、Rob West以及Jayden King。

第三次試讀者包含了以上的許多人，再加上Sam Baskin、Glen Vogelaar、Dale Wiens、Billy Todd、Ari Kufer、Matthew Sorensen、Ram Shoham、Eliyahu Berelowitz Levin以及Aaron Ford。

另外有一群人爲這本書提供了額外協助，我請他們確認我的魔法系統，在我需要提供更多解釋，或可能自相矛盾的地方提醒著我，我們目前稱他們爲魔法連貫性小組，但我未來會把他們叫作「祕法學家」。他們是Joshua Harkey、Eric Lake、Evgeni Kirilov、David Behrens、Ian McNatt以及Ben Marrow。

我還想特別感謝我的好友Kalyani及Rahul，他們是長期試讀者，多年來也鼓勵我多參考印度神話與傳說，以做爲寫作奇幻故事的啓發。他們對這本書裡某個角色提供了絕佳的諮詢，這是我們三人努力將寰宇朝這個方向多加延伸的嘗試。

感謝這份名單上的所有人。當然，還有讀者們。過去十六年來，迷霧之子是一段奇異的旅程，而我有種感覺，這還會變得更奇異——若是幸運的話，甚至會比現在更棒。

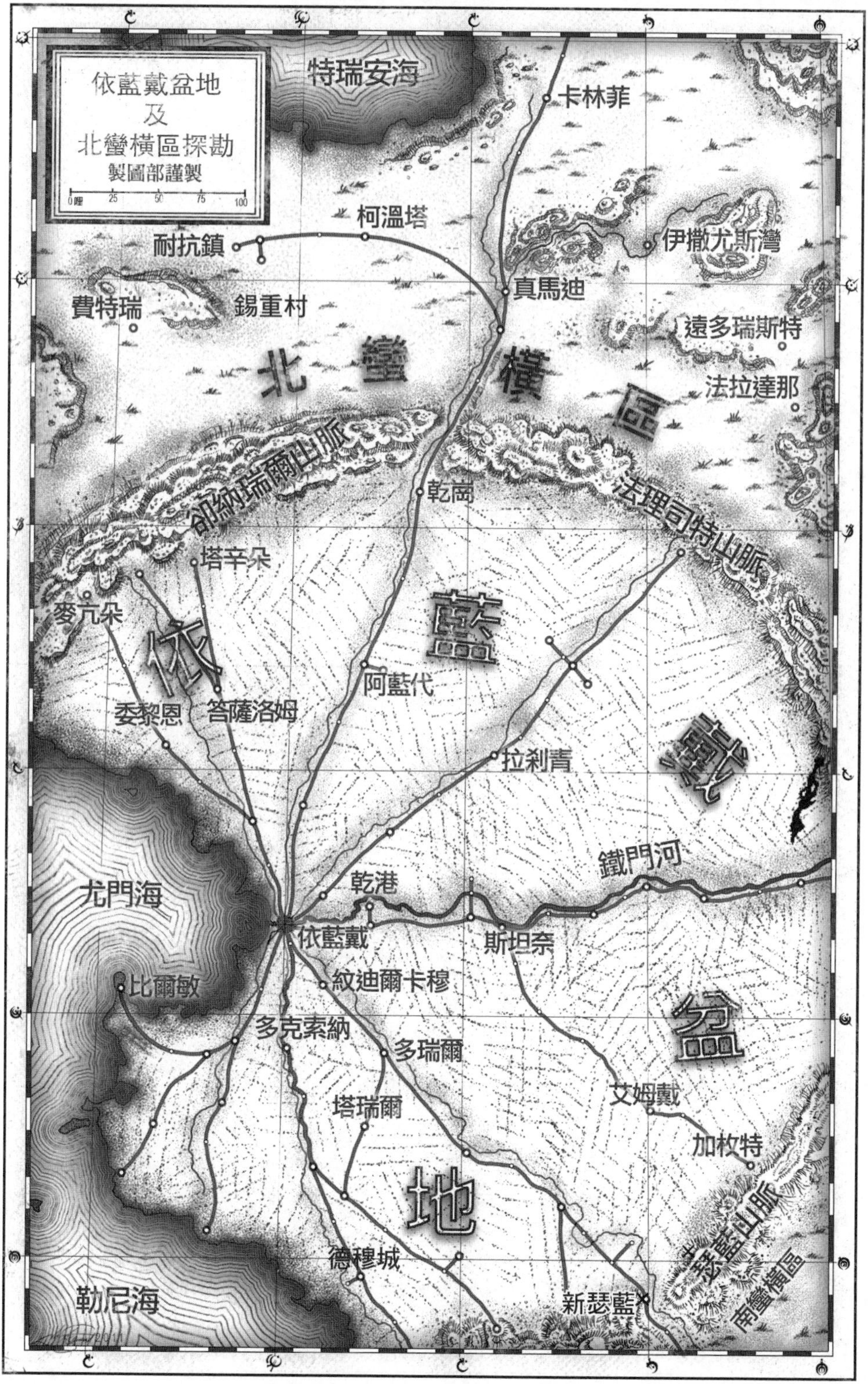

依藍戴盆地
及
北蠻橫區探勘
製圖部謹製
0哩 25 50 75 100
特瑞安海
卡林菲
柯溫塔
耐抗鎮
伊撒尤斯灣
真馬迪
費特瑞
錫重村
遠多瑞斯特
北蠻橫區
法拉達那
部納瑞爾山脈
乾岡
法理司特山脈
塔辛朵
麥亢朵
依藍戴盆地
阿藍代
委黎恩
答薩洛姆
拉剎青
鐵門河
乾港
尤門海
依藍戴
斯坦奈
紋迪爾卡穆
比爾敏
多克索納
多瑞爾
塔瑞爾
艾姆戴
加枚特
德穆城
新瑟藍
瑟藍山脈
南蠻橫區
勒尼海

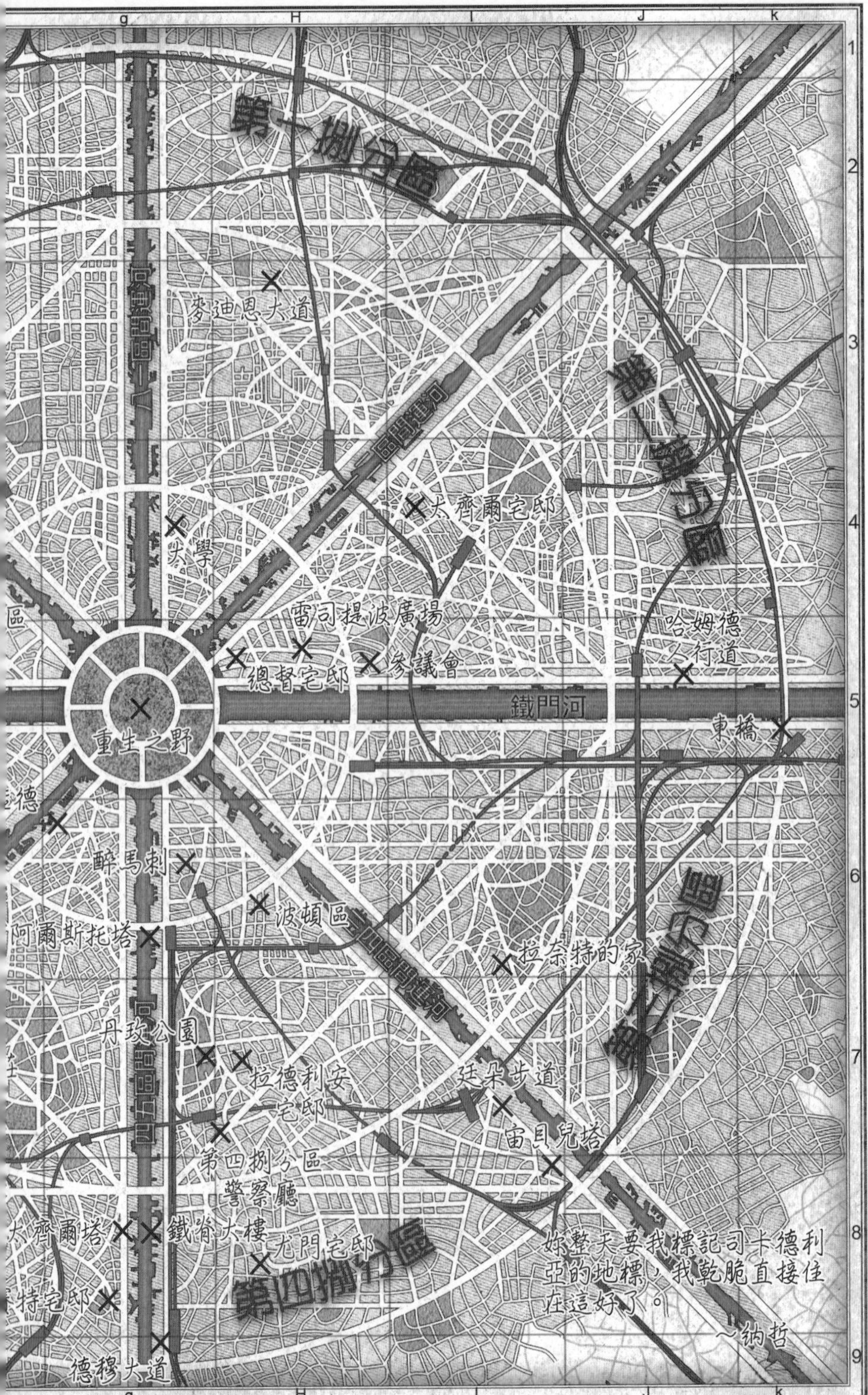
g H I J k
1 2 3 4 5 6 7 8 9
第一捌分區
麥迪恩大道
二區間運河
大學
大齊爾宅邸
雷司提波廣場
總督宅邸
參議會
哈姆德人行道
鐵門河
東橋
重生之野
醉馬刺
波頓區
阿爾斯托塔
四區間運河
拉奈特的家
丹玫公園
拉德利安宅邸
廷朵步道
宙貝兒塔
第四捌分區警察廳
大齊爾塔
鐵骨大樓
九門宅邸
第四捌分區
特宅邸
德穆大道
妳整天要我標記司卡德利亞的地標，我乾脆直接住在這好了。
～納哲

依藍戴城
與近郊
出自
實地探勘
341年製
製圖部謹製
哈姆達灣
商務碼頭
北六區
突圍區
圖示參照
道路
鐵路
地下鐵
火車站
碼頭
區
公園
農田
一哩比例尺
0
1/4
1/2
3/4
1 哩
地圖分割單位為哩

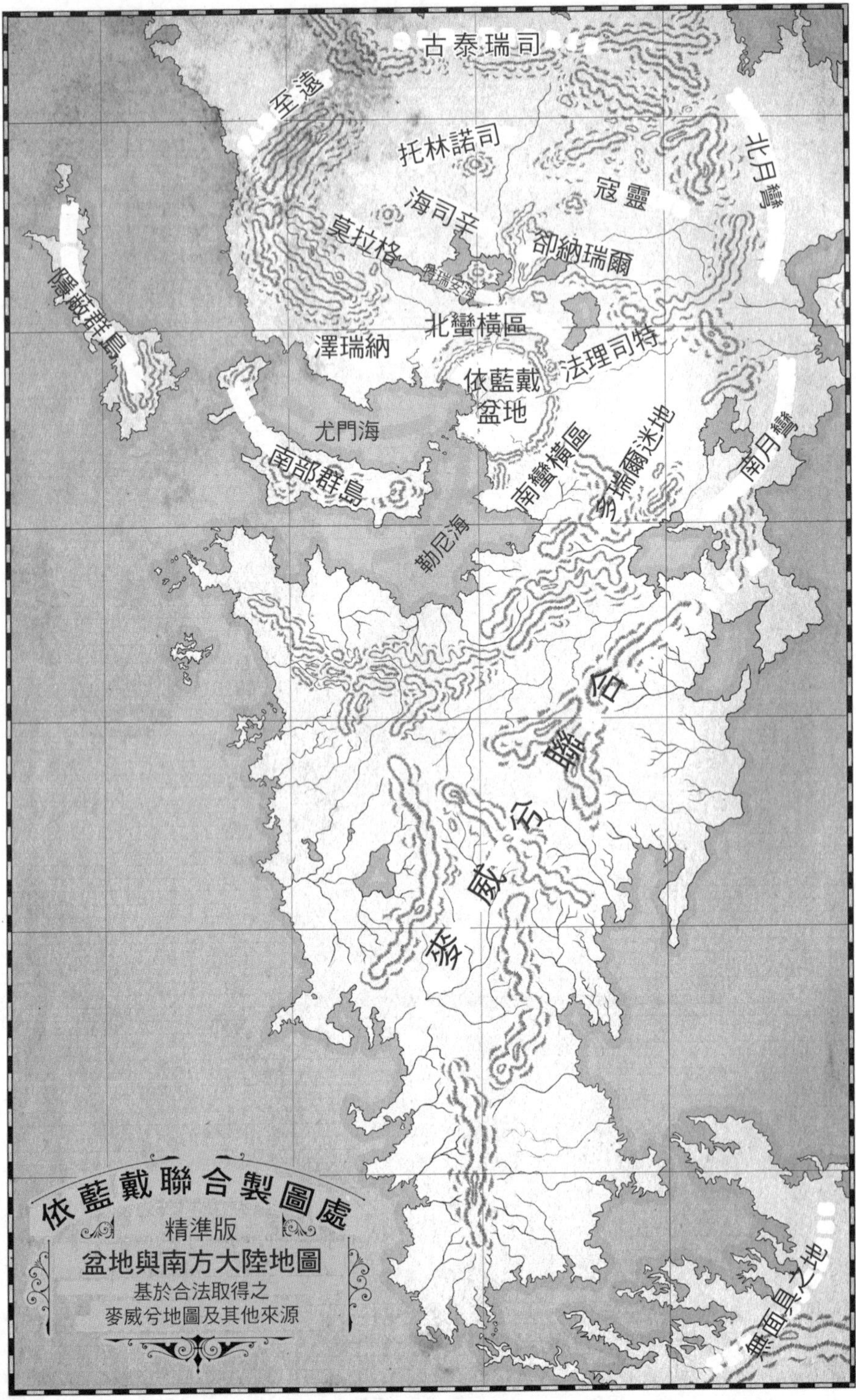
古泰瑞司
至遠
托林諾司
北月彎
寇靈
海司辛
莫拉格
卻納瑞爾
隱蔽群島
北蠻橫區
澤瑞納
法理司特
依藍戴
盆地
尤門海
南部群島
南蠻橫區
多瑞爾迷地
南月彎
勒尼海
聯合
麥威兮
無面具之地
依藍戴聯合製圖處
精準版
盆地與南方大陸地圖
基於合法取得之
麥威兮地圖及其他來源

楔子

偉恩知道床是什麼。錫重村的其他小孩都有床。床聽起來比地上的墊子好太多了，尤其是天氣冷時，他還要和自己阿媽擠在同一張墊子上，因爲他們買不起煤炭。

更何況床底下還有怪物。

對啦，他有聽過霧魅的故事。它們會躲在床下，偷走你認識的人的臉——這代表床不但又鬆又軟，下面還有可以聊天的對象。聽起來像鐵鏽的天堂。

其他小孩都很害怕霧魅，但偉恩覺得那都是因爲他們不知道要怎麼好好談交易。要是他的話，就能夠和住在床下的怪物做朋友。你只要提供它想要的東西就好了，例如，讓它去吃其他人。

不管如何，他還是沒有床。也沒有椅子。他們有一張桌子，是貴葛叔做的。那是在他被一百萬顆石頭壓扁成肉泥、再也打不了任何人之前的事了。偉恩有時候會踢踢那張桌子，以防貴葛的鬼魂在看，並且依然很重視那張桌子。鐵鏽知道在這個只有一扇窗的房裡，貴葛叔其他啥也不重視。

偉恩只有一張凳子，他坐在上面玩著牌，發牌時把牌藏進袖子裡，一邊等待著。這是每天最讓人緊張的時刻。他每天晚上都害怕她不會回家了。並不是因爲她不愛他——在這餿水般的世界裡，阿媽是朵盛開的鮮花——而是因爲阿爸有天突然再沒回家。貴葛叔有天——偉恩踢了下桌子——也沒再回家，所以阿媽……

別去想，偉恩心想。洗牌失敗，牌撒落在桌面與地板上。*也別去看。在你看到亮光之前都別看。*

他可以感覺到門外的礦坑。沒人想住在礦坑旁，所以偉恩和阿媽就住在這裡。

偉恩刻意想著其他事情。他早先已經洗好了牆邊那堆衣服。那是阿媽的舊工作，但報酬不夠多。現在她去推礦車時，他就負責洗衣服。

偉恩並不在意要工作。因爲他可以試穿各種衣服——不管是來自老阿公或是年輕女生——然後假裝成是他們。阿媽有幾次抓到他這麼做就生氣了。他很不明白她的怒氣。你怎麼會不想要每一件都試穿看看？那就是衣服的用處啊。這又不是什麼奇怪的事，而且有時候有人會把東西忘在口袋裡，例如一副牌。

他再次洗牌失敗，撿起牌時並沒有看向窗外，即便他能感覺到礦坑就在那裡。那是破裂的動脈，就像某人脖子上的洞，從鮮紅內部流淌出的光芒有如鮮血與火焰。阿媽必須要在這頭猛獸的體內挖掘、尋找金屬，再逃離它的憤怒。人的幸運次數是有限的。

然後他看見了。是光。他鬆了一口氣，望向窗外，有人正沿路走近，手持提燈照亮了她的去處。偉恩手忙腳亂地把牌塞到床墊下，接著躺在上面，在門打開時裝成已經睡著的樣子。她當然會看見他關燈，但還是會稱讚他努力假裝。

她在凳子上坐下，偉恩睜開一隻眼睛。阿媽穿著襯衫與長褲，頭髮束起，衣服和臉上沾滿煤灰。她坐在那裡，看著提燈內的火焰閃爍舞動，她的臉比之前更加瘦削，就好像有人用十字鎬掏空了她的臉頰。

礦坑正在吃她，他心想，它沒有像對阿爸那樣一口吞掉，而是小口小口地啃她。

阿媽眨眨眼，目光專注在另一件東西上。那是一張他忘在桌上的卡牌。喔，糟糕。

她撿起卡牌，接著直直看向他。他不再假裝睡著了。她會倒水在他身上的。

「偉恩，」她說，「你從哪裡拿到這些牌的？」

「不記得了。」

「偉恩……」

「我找到的。」他說。

她伸出手，他不情願地從床墊下拿出整副牌交給她。她將拿到的卡牌收入一個盒子內。該死，她會花一整天在錫重村尋找「遺失」這副牌的人，不能讓她因爲他又睡得更少了。

「塔克·維思廷朵，」偉恩咕噥著，「原本放在他的大衣口袋裡。」

「謝謝你。」她柔聲說。

「阿媽，我一定要學會玩牌。那樣我就可以賺夠錢，讓我們過上好日子了。」

「過上好日子？」她問，「靠玩牌？」

「別擔心，」他趕緊接著說，「我會出老千！如果贏不了就沒辦法過活了，妳看嘛。」

她嘆了氣，揉著太陽穴。

偉恩望向那一疊牌，「塔克，」他說，「他是泰瑞司人。就像阿爸一樣。」

「是的。」

「泰瑞司人總是會乖乖聽話做事。所以，我是出了什麼毛病？」

「你沒有毛病，親愛的。」她說，「你只是沒有好父母能夠教導你。」

「阿媽，」他趕緊爬下床墊抓住她的手臂，「不要那樣說。妳是很棒的阿媽。」

她側身摟著他，但他還是能感受到她的緊繃，「偉恩，」她問，「你拿了德米的小刀嗎？」

「他說出去了？」偉恩說，「鐵鏽滅絕的雜種！」

「偉恩！別這樣罵髒話。」

「鐵鏽滅絕的雜種！」他改用鐵路工人的口音罵。

他對她露出無辜的笑容，她回以忍俊不住的微笑。好笑的口音總是能逗她開心，阿爸以前很擅長，但偉恩更厲害。尤其是現在阿爸已經死掉，沒辦法再說話了。

但她的微笑褪去，「你不能拿不屬於你的東西，偉恩。那是小偷的行爲。」

「我不想當小偷，」偉恩輕聲說，他把小刀放在桌上的卡牌旁，「我想當個好孩子。事情就是……發生了。」

她將他摟得更緊，「你是個好孩子，你一直都是個好孩子。」

當她這麼說時，偉恩也這麼相信。

「你想聽故事嗎，親愛的？」她問。

「我已經太大，不能聽故事了，」他說了謊，心裡殷切期望她還是會講故事，「我十一歲了。再過一年，我就可以在酒館喝酒了。」

「什麼？是誰跟你講的？」

「道格。」

「道格才九歲。」

「道格知道很多事。」

「道格才九歲。」

「所以妳是說，我明年還要偷偷幫他買酒，因爲他自己還不能買？」他對上她的眼睛，忍不住偷笑。

他幫她拿來了晚餐，是冷燕麥粥，裡面有些豆子。至少不是只有豆子。接著他鑽進床墊上的毯子裡，假裝自己是準備好要聽故事的小孩。要假裝這個很容易，畢竟他還穿著一樣的衣服。

「這個故事，」她說，「是關於無滌大盜跋扈巴姆。」

「喔喔喔……」偉恩說，「全新的？」

他阿媽向前傾身，揮舞著湯匙說：「他是所有壞蛋裡面最糟糕的，偉恩。最壞、最凶、最臭的強盜。他從來不洗澡。」

「因為要弄髒自己太麻煩了嗎？」

「不，是因爲他……等一下，弄髒自己會麻煩？」

「因爲要在土裡滾來滾去，妳看嘛。」

「以和諧之名啊，你爲什麼要這樣做？」

「爲了像地面一樣想東西。」偉恩說。

「爲了像……」她微笑，「喔，偉恩，你眞是太可愛了。」

「謝啦。」他說，「妳以前怎麼沒跟我講過這個跋扈巴姆？如果他這麼壞，不是應該第一個就講他的故事嗎？」

「你年紀還太小，」她說著向後坐，「這個故事太可怕了。」

喔喔喔……這個故事會很讚。偉恩上下晃動，「誰抓到他的？是執法者嗎？」

「是鎔金賈克。」

「他喔？」偉恩呻吟著說。

「我以爲你喜歡他呢。」

所有小孩都喜歡他。賈克又新鮮又有趣，而且從去年開始解決了很多嚴重的犯罪事件。至少道格是這麼說的啦。

「可是賈克每次都只逮捕壞人，」偉恩抱怨，「他從來都不射死他們。」

「這次可不一樣。」阿媽邊說邊繼續吃著她的燕麥粥，「他知道跋扈巴姆最糟糕了，從裡到外都是殺手的料。就連他的跟班殺手葛德和末路喬都比其他蠻橫區的盜匪要壞上十倍。」

「十倍？」偉恩說。

「沒錯。」

「那是很多倍耶！幾乎是加倍了！」

阿媽皺了一下眉頭，再次前傾身子，「他們搶了一大筆工資，不但從依藍戴的有錢人那裡搶錢，更奪走了一般百姓的薪水。」

「雜種！」偉恩說。

「偉恩！」

「好嘛！那普通腫！」

她又猶豫了一下，「你……知道『雜種』是什麼意思嗎？」

「一種很糟糕的腫包，就是你眞的很想抓癢，可是又抓不到的那種。」

「你會知道是因爲……」

「道格告訴我的。」

「當然會是他講的。現在，賈克無法容忍他們從蠻橫區的平民那裡偷錢。當盜匪是一回事，但大家都知道你只能搶劫送往城裡的錢。

「不幸的是，跋扈巴姆對這個地方非常熟悉，所以他躲進全蠻橫區最險惡的地方，還讓他的兩名跟班守在途中兩個關鍵地點。幸好，賈克最勇敢也最強大了。」

「如果他最勇敢也最強大，」偉恩說，「爲什麼還要當執法者？他可以去當盜匪，那就沒人能阻止他了！」

「哪件事情比較困難，親愛的？」她問，「是做正確的事呢？還是做錯誤的事？」

「做正確的事。」

「所以是誰比較厲害呢？」阿媽問，「做簡單事情的人，還是做困難事情的人？」

啊哈。他點頭。沒錯、沒錯，他懂的。

她將提燈移近臉龐，在說話時讓其閃爍，「賈克的第一項考驗是『人河』，這是條大河，劃分出以前克羅司領地的邊界。這是全世界最湍急的河流，河水的流速就和火車一樣快，而且還滿是石頭。殺手葛德就埋伏在那裡，在河的對岸監視著執法者；他的眼力極好，手又穩，能夠射中三百步外廁所裡的蒼蠅。」

「他幹嘛要這樣做？」偉恩問，「應該是要射中廁所裡的人吧？那肯定會打中一些很痛的地方。」

「這不是重點，親愛的。」阿媽說。

「所以賈克做了什麼？」偉恩問，「他偷偷摸摸地靠近嗎？偷偷摸摸不像執法者會做的事，我不認爲他們會這麼做。我打賭他沒有偷偷摸摸的。」

「這個嘛……」阿媽說。

偉恩抓緊毯子，等待著。

「賈克是個更厲害的槍手。」她悄聲說，「當殺手葛德看見他時，賈克先開槍射中他——橫跨了整條大河呢。」

「葛德怎麼死的？」偉恩輕聲問。

「子彈射死他的，親愛的。」

「直直穿過眼睛嗎？」偉恩說。

「我想是吧。」

「所以葛德和賈克是同時瞄準對方——但賈克先出手，子彈直直穿過葛德的瞄準鏡射中他的眼睛！對吧，阿媽！」

「沒錯。」

「然後他的頭就爆炸了，」偉恩說，「像水果一樣——脆脆的那種，外殼很硬但裡面黏糊糊的。事情經過就是這樣嗎？」

「一點不假。」

「哇塞，阿媽，」偉恩說，「這太血腥了吧。妳確定跟我講這個故事沒問題？」

「我該停嗎？」

「當然不要！賈克是怎麼過河的？」

「他飛過去，」阿媽把碗放在一邊，裡面的燕麥粥已經吃完了，用雙手比出花稍的手勢，「用他的鎔金術能力辦到的。賈克會飛、可以和小鳥說話，還會吃石頭。」

「哇。吃石頭？」

「沒錯，所以他飛過了河。但下個考驗更加糟糕。是死亡峽谷。」

「喔喔喔……」偉恩說，「我賭那裡一定很漂亮。」

「爲什麼這樣想呢？」

「因爲沒人會去一個叫作『死亡峽谷』的地方，除非那裡很漂亮。但一定有人去過，因爲我們知道這個地方的名字，所以那裡一定很漂亮。」

「非常漂亮。」阿媽說，「峽谷從一群鬆動的石塔間穿過，破碎的尖峰表面有著一道道色彩，就好像是有人漆上去的。但這地方的致命程度也和美麗程度一樣。」

「對，」偉恩說，「我有猜到。」

「賈克這次不能飛過去了，因爲第二名盜匪就藏身在峽谷裡。末路喬。他是手槍高手、會飛，還會變身成龍、也能吃石頭。如果賈克想要偷偷穿越，喬就會從他身後射中他。」

「這樣射人很聰明，」偉恩說，「因爲對方沒辦法回射你。」

「確實，」阿媽說，「所以賈克沒有讓那件事發生。他必須走進峽谷，但那裡面滿滿都是蛇。」

「鮮血地獄的！」

「偉恩……」

「不然，普通無聊的地獄！有多少蛇？」

「一百萬條蛇。」

「鮮血地獄的！」

「但賈克很聰明，」阿媽說，「所以他記得帶蛇飼料。」

「一百萬份蛇飼料？」

「不，只有一份。」她說，「但他讓蛇互相爭奪，所以牠們大部分死於自相殘殺了。理所當然的，最後留下來的是最強的蛇。」

「理所當然。」

「所以賈克說服牠去咬末路喬。」

「然後喬就變成紫色了！」偉恩說，「還有血從他耳朵流出來！還有他的骨頭都融化了，融化的骨頭汁從他鼻孔噴出來！然後他就消氣變成一塊扁掉的皮，同時還在嘶嘶叫又咕嚕咕嚕叫，因爲他的牙齒也都融化了！」

「正是如此。」

「哇塞，阿媽，妳講的故事最棒了。」

「後面更棒，」她柔聲說，從凳子上俯視他，一旁的提燈快燒盡了，「因爲結尾還有個驚喜。」

「什麼驚喜？」

「賈克穿過了峽谷——那裡現在都是死蛇和融化骨頭的味道——他看見了最後的考驗：孤獨平峰。那是在一片平原中央的巨大臺地。」

「這不算什麼考驗，」偉恩說，「他可以飛到頂上去。」

「他嘗試了，」她悄聲說，「但那座平峰就是跋扈巴姆。」

「**什麼？**」

「沒錯，」阿媽說，「巴姆加入了克羅司，會變成大怪物的那種，不是老諾克太太那樣的普通克羅司人。他們教他怎麼變成超級巨大的怪物。所以當賈克嘗試要降落時，平峰就把他吃掉了。」

偉恩倒抽一口氣，「然後，」他說，「它就用牙齒把他嚼爛了，他的骨頭碎掉，就好像——」

「不，」阿媽說，「它想要吞掉他。但賈克不只是很聰明和槍法很好，他還是別種東西。」

「什麼？」

「一個很難搞的混帳。」

「阿媽！那是髒話耶。」

「在故事裡講就沒關係。」阿媽說，「聽著，賈克很難搞。他總是想要做好事、幫助人、讓壞人生活難過、到處問問題。他知道要怎麼樣讓盜匪整天都不好過。

「所以當他被吞下時，賈克張開手腳用力推——把自己鯁在跋扈巴姆的喉頭，所以怪物就沒辦法呼吸了。那麼大的怪物需要很多空氣的，你明白吧？如此一來，鎔金賈克就從巴姆的身體裡面嗆住了它。當怪物死在地上後，賈克就從它的舌頭上漫步而出，就好像那是有錢人鋪在馬車外面的地毯一樣。」

哇喔，「這故事眞棒，阿媽。」

她微笑。

「阿媽，」他說，「這個故事……跟礦坑有關嗎？」

「這個嘛，」她說，「我想我們的確時不時要走進那個怪物的嘴裡，所以……也許吧，我想。」

「那妳就是那個執法者。」

「所有人都可以當執法者。」她將提燈吹熄。

「我也可以嗎？」

「尤其是你。」她親了他的額頭，「你可以成爲任何你想成爲的樣子，偉恩。你是清風，你是繁星，你是所有無盡的事物。」

這是她喜歡的一首詩。他也喜歡。因爲當她這麼說時，他相信她。他怎麼可能不信？阿媽從來不說謊的。所以，他鑽進毯子深處讓自己入睡。這世界有很多錯誤，但也有一些對的地方。只要她還在身邊，故事就有意義。它們就是眞實的。

直到隔天，礦坑又發生了一次崩塌。

那天晚上，阿媽沒有回家。

PART I

1

二十九年後

瑪拉席從沒來過下水道，但這裡就和她想像的一樣糟糕。想當然耳是臭氣沖天，但更糟的是她著靴的雙腳有時會滑一下，威脅著要讓她摔進地上的「泥巴」之中，這點幾乎要讓她心臟停止。

至少今天她有先見之明，穿著長褲版的制服，還有及膝的工作皮靴。但仍舊無法阻擋味道、觸感，還有——很不幸地——聲音。她一手拿著地圖，另一手持來福槍，每當她要邁出一步，將靴子從淤泥中拔出時，都會伴隨著神祕的噗嘰聲。原本這算是有史以來最糟糕的聲音了，但是偉恩的抱怨聲可以與其匹敵。

「瓦從來沒帶我進過鐵鏽的下水道。」他喃喃自語，舉起提燈。

「蠻橫區有下水道嗎？」

「這個嘛，沒有。」他承認，「牧場聞起來差不多一樣糟糕，他確實要我去過幾次啦。但瑪拉席，那裡可沒有蜘蛛。」

「八成是有吧，」她拿地圖靠近他的提燈，「只是你沒看到而已。」

「我想也是，」他咕噥著，「但看得到蜘蛛網還是比較糟糕。而且這裡還有，妳懂的，真正的糞水。」

瑪拉席對著側邊一條隧道點點頭，兩人開始朝那個方向前進，「你想談談嗎？」

「談什麼？」他質問。

「你的心情。」

「我的鐵鏽心情才沒問題。」他說，「當你的搭檔強迫你把上半身塞進一堆從下半身跑出來的東西裡面時，就該是這種心情。」

「上禮拜又怎麼說？」她問，「我們那時是調查香水店耶？」

「那些鐵鏽的調香師，」偉恩瞇起眼睛，「我從來搞不清楚他們在那些高級香味底下藏了什麼祕密。妳永遠不能相信聞起來沒有男人味的男人。」

「是汗味和酒味？」

「是汗味還有便宜的酒味。」

「偉恩，你怎麼好意思抱怨其他人改變味道？你每次換帽子的時候都會改變個性呢。」

「我的味道有變嗎？」

「我想沒有吧。」

「我贏了。我的論點完全沒有漏洞。話題結束。」

兩人交換了一個眼神。

「我該去弄點香水，對吧？」偉恩說，「如果我永遠聞起來都是汗味和便宜酒味，可能會有人看穿我的僞裝。」

「你眞是沒救了。」

「眞正沒救了的，」他說，「是我可憐的鞋子。」

「你應該聽我的建議穿靴子來的。」

「我沒有靴子，」他說，「被瓦偷走了。」

「瓦偷了你的靴子？最好是。」

「它們眞的在他的鞋櫃裡。」偉恩說，「他原本放在那裡最時髦的一雙鞋，現在則在我的鞋櫃裡。一切都是巧合。」他瞥向她，「這交易很公平。我很喜歡那雙靴子的。」

瑪拉席微笑。自從瓦發現悼環（哀悼之環）之後決定退休，他們兩人已經一起工作將近六年了。偉恩如今是正式的警官，不是某種遊走在法律邊緣的平民執法者，他甚至偶爾還會穿制服呢。還有——瑪拉席的靴子又滑了一下。鐵鏽地獄的。如果她跌倒了，他會取笑她到天荒地老。但這看似是最佳的調查手段了。最近全城都在進行地下鐵的隧道工程，兩天前，爆破工人回報了一項有意思的發現，讓他不願意進行下一段的爆破，只因爲震波資訊顯示那裡很靠近一處沒有被記錄的洞穴。

依藍戴這一區的地底散布著許多古老的洞穴，同時間，當地的一個幫派成員也不斷地在此區域消失又再次出現，彷彿他們有隱藏的通道可以通往某個不爲人知的祕密巢穴。

她研究著地圖，上面標注了建造筆記，有個比較久遠的附注表示下水道工人許多年前施工此處時發現附近有些異狀，但至今都沒有人好好調查過。

「我想宓蘭打算跟我分手了。」偉恩輕聲說，「這也許就是爲什麼我最近一如反常心情低落的原因。」

「你怎麼會這麼想？」

「因爲她告訴我：『偉恩，我大概過幾週要跟你分手了。』」

「好吧，她滿有禮貌的。」

「我想她從老大哥那裡接了一項新任務，」偉恩說，「但拖這麼久感覺不對勁。這不是跟男人分手的正確方法。」

「怎麼樣才是正確的方法？」

「拿東西丟他的頭，」偉恩說，「把他的東西賣掉，跟他朋友說他是個蠢蛋。」

「你有過的關係還眞有趣。」

「不，只是大部分都很糟。」他說，「我問了潔米・沃爾斯該怎麼做——妳知道她嗎？她大多數晚上都在酒館。」

「我知道她，」瑪拉席說，「她是位……名聲不太好的女士。」

「什麼？」偉恩說，「誰說的？潔米的名聲棒透了。整個街區的妓女中，她會最厲害的——」

「我不需要聽接下來的話，謝謝你。」

「名聲不好，」他輕聲笑著，「我要去跟潔米說妳這樣講她，瑪拉席。她爲了打響名聲可努力了。她的收費可是其他人的四倍！眞是名聲不好呢。」

「那她說了什麼？」

「她說宓蘭是想要我爲這段關係更加努力。」偉恩說，「但我覺得潔米這次說錯了。因爲宓蘭不耍心機，當她說什麼，她的意思就是什麼，所以……妳知道的……」

「我很抱歉，偉恩。」瑪拉席用手臂夾住地圖，將手放在他肩上。

「我知道這不會長久，」他說，「鐵鏽的知道，妳懂吧？她已經……多少？一千歲了吧？」

「大概是那數字的三分之二吧。」

「而我還不到四十呢，」偉恩說，「如果考慮我年輕又靈巧的體態，更像是十六歲吧。」

「還有你的幽默感。」

「說得太對了。」他接著嘆口氣，「最近……有點難熬。瓦整天做高檔事，宓蘭又一次不見好幾個月，感覺就像沒人想要我在附近。也許我就該待在下水道，妳了解吧？」

「才不是這樣，」她說，「你是我有史以來最棒的搭檔。」

「妳唯一有過的搭檔。」

「唯一？高葛倫不算嗎？」

「不算。他才不是人。我有報告可以證明他是僞裝成人類的長頸鹿。」他一笑，「但……謝謝妳問我。謝謝妳的關心。」

她點點頭，繼續領頭前進。當她想像自己當上高階警探及執法者時，從沒想過如今這個。至少味道開始沒那麼糟了——也可能只是她習慣了。

她在地圖標示的位置發現了下水道牆面上有一扇老舊的金屬門，感覺實在太令人滿足了。偉恩舉高提燈，不需要偵探銳利的目光，他們也能看出這扇門最近被使用過。其中一邊的門框上有銀色刮痕，手把上的汙垢與蜘蛛網也被擦乾淨了。

建造下水道的工人發現了它，並標記爲可能的歷史遺跡，但紀錄卻在官僚流程中遺失了。

「厲害，」偉恩從一旁傾身靠近，「一等一的偵探技巧耶，瑪拉席。妳看了多少資料才找到這裡的？」

「太多了。」她說，「一般人如果知道我花了多少時間在檔案圖書館裡，一定會很驚訝。」

「故事裡總是把調查省略掉了。」

「你們在蠻橫區時也要做類似的事嗎？」

「嗯，算是蠻橫區的版本吧。」偉恩說，「通常包含了把某個傢伙的頭壓在水槽裡，直到他想起某些原本閃閃躲躲不想講的老話題。大原則是一樣的啦。只是髒話多了一點。」

她把來福槍遞給他，開始調查起門。他不喜歡她大作文章，但他近來可以拿著槍卻不會手抖了。她從沒看過他開槍，但他說必要時自己做得到。

這扇門緊閉著，在這一側沒看到鎖。看起來她在追查的人先前發現門時也是關著的——因爲門框上有很多開門的痕跡，門和門框之間有足夠的空隙可以塞東西進去。

「我需要小刀開門。」

「妳可以用我銳利的智慧。」

「哎呀，偉恩，只可惜我不是要撞門，要不然你的腦袋就能派上用場了。」

「哈！」他說，「我喜歡。」

他從背包裡拿出小刀交給她，他們在裡面放了一些補給品，例如繩索還有額外的金屬，以免他們遇上金屬之子。這個幫派應該不會有鎔金術師，他們是普通的「抓著店老闆討保護費」的那種幫派。但她得到令人憂心的報告，讓她越發確信這個團夥是由「組織」所資助的。

過了這麼多年，她還是在追查著從執法者生涯開端就一直困擾她的問題解答。這個名爲「組織」的集團，原本由瓦的叔叔愛德溫所掌控，後來他們發現他的姊姊黛兒欣也牽涉其中。這個集團追隨，或是信奉，甚至是強化了某個名爲「特雷」的黑暗存在。她認爲那是一個神，來自於遠古時代。

如果她抓住對的人，就能夠得到答案。但每一次都差臨門一腳。她最接近答案的一次是在六年前，緊接著他們捉到的所有人——也包含瓦的叔叔在內——全都死於一場爆炸。這讓她只能再次追尋暗影，依藍戴其他顯要則是篤定打算無視這個威脅。在缺乏證據的情況下，她和瓦無法證明除了愛德溫與他的手下之外，「組織」中還有其他成員。

她成功用小刀挑起了另一邊栓住門的金屬棒。金屬棒掉落下來，發出輕輕的匡啷聲。她緩緩地把門打開，門後露出一條粗略鑿成的往下隧道。這地區有許多類似的構造，年代可追溯到落灰之終前。神話與英雄、落灰與暴君的年代。

她和偉恩一起溜進去，將門恢復原狀。保險起見，他們調暗了提燈，接著朝深處出發。

2

「領結？」史特芮絲讀著清單。

「綁緊也別好了。」瓦將其拉緊。

「鞋子？」

「擦亮了。」

「第一項證據？」

瓦將一面銀色獎章彈向空中，然後再接住它。

「第二項證據？」史特芮絲在她的清單上做標記。

他從口袋裡拿出一小疊摺好的紙張，「就在這。」

「第三項證據？」

瓦檢查另一個口袋，頓了一下，再環顧小辦公室——這裡是他在參議會的議員辦公室。是不是放在……「放家裡的桌上了。」他拍打額頭。

「我帶了備分的。」史特芮絲在她的提包裡翻找。

瓦咧嘴一笑，「妳當然有帶。」

「事實上我帶了兩份。」史特芮絲交給他一張紙，讓他收好，然後再次檢閱她的清單。

小麥希黎恩（麥斯）走向前，站在母親身邊，非常認眞地掃視著自己亂畫出的清單。五歲的他已經看得懂字了，但偏好自己創造新字。

「狗狗圖畫。」麥斯有如是在朗讀他自己的清單。

「我可能會需要一張，」瓦說，「挺有用的。」

麥斯嚴肅地遞出一張畫，接著說：「貓咪圖畫。」

「也需要一張。」

「我不太會畫貓咪，」麥斯交給他另一張紙，「所以看起來像是松鼠。」

瓦抱抱他的兒子，鄭重地將圖畫和其他紙張收在一起。小男孩的妹妹廷朵——史特芮絲喜歡傳統名字——在房間一角呀呀叫著。他們的保姆凱絲在一旁看顧著她。

最後，史特芮絲一次一把地將一雙手槍遞給他。拉奈特將它們設計得很有威脅性，槍管很長，分量十足——但其上有兩道保險，而且沒裝子彈。他上一次眞正需要射人已經是很久以前的事，但他還是繼續活用他「來自蠻橫區的執法者議員」名聲。城市人，尤其是政客們，很容易被小槍小刀嚇唬住；他們偏好用更現代的武器來殺人，例如貧窮或絕望。

「清單上有寫到親吻妻子嗎？」

「說眞的，並沒有。」她面露驚訝。

「少見的粗心囉。」他接著給她一個長長的吻，「今天應該是妳上臺才對，史特芮絲。妳做的準備比我還多。」

「你才是家族爵爺。」

「我可以指派妳為代表替我們發言。」

「拜託，不要。」她說，「你知道我在人前是什麼樣子。」

「妳在對的人面前表現得都很好。」

「政客什麼時候對過了？」

「我希望有，」他說著拉直套裝外套，轉身走向房門，「因為我也是其中一員。」

他推門走出辦公室，朝議事廳前進。史特芮絲會從露臺上的座位目送他——到了現在，所有人都清楚知道她對每次都要坐在同一個座位有多麼堅持了。

瓦踏進巨大的議事廳——議員們剛從短暫休息回歸，因此房裡充滿了談話聲——但沒有回到他的座位上。過去幾天以來，議員們針對目前的法案展開辯論，而他是最後一個發言者。他用了很多承諾和交易才確保了這個序位，希望能讓他的論點更有力，給他最佳機會來阻止這項糟透的決定。

他站在講者平臺旁邊等待眾人就座，把拇指勾在槍帶上，整個人不怒而威。在蠻橫區，你會學到在盤問囚犯前如何完美表現出壓迫感——他還是很驚訝許多技巧在這裡也適用。

法蘭司總督沒有看向他，反而在調整自己的領結，以及確認臉上的粉底——天知道是什麼原因，最近十分流行像鬼一樣的白臉——接著在桌上擺起自己的勳章，一次放下一個。

鐵鏽的，我真想念亞拉戴爾，瓦心想。有個能幹的總督真是讓人神清氣爽。就好像……吃了旅館的食物發現味道不差，或是跟偉恩共度一天後，發現自己的懷錶居然還在。

然而，總督這種工作就是會消磨掉好人，壞人卻能欣喜地一帆風順。亞拉戴爾兩年前下臺了。在當時，考慮到與南方大陸的緊張情勢，選擇一名軍人做為下任總督確實很合理；那片新發現大陸上的人民——他們擁有飛船與奇怪的面具——對於六年前的事件非常不滿。具體來說，便是因爲依藍戴盆地能夠保留「悼環」。

現下，依藍戴正面對著兩項問題。一是南方大陸的人，最主要是一個名爲麥威兮的國家。他們總是宣稱盆地有多麼弱小，並擺出具侵略性的軍事姿態。法蘭司對此表達了對抗立場，不過瓦依舊很疑惑他是從哪裡得來那些勳章的。就瓦所知，他們新建立的軍隊還沒有眞正參與過任何衝突。

第二項問題則是在離家更近的地方。那是來自於盆地首都以外的地區，一般統稱爲「外城」。數年、甚至是數十年來，依藍戴城與周邊城市的關係變得越來越緊繃。

面對來自另一片大陸的威脅已經夠糟了。但對瓦來說，那是比較遙遠的危險。迫在眉睫、讓他感到更多壓力的，是自己國家爆發內戰的可能性。爲了預防危機發生，他和史特芮絲已經努力了好幾年。

法蘭司終於對他的副總督，一名泰瑞司女性，點了點頭。她有著黑色的鬈髮，穿著傳統長袍；瓦覺得自己還待在村莊時便已認識她，但也有可能認識的是她的姊妹，他總是找不到合適的方式開口詢問她。不論如何，有一名泰瑞司人在團隊中總是令人敬重。大多數總督都會指派一名泰瑞司人擔任高階職務——有如泰瑞司人也是某種展示用的勳章一樣。

艾達瓦蓀起立對全體宣布：「總督允許拉德利安家族議員發言。」

雖然他就等著這一刻，但瓦依舊不疾不徐地步上講臺，巨大的聚光電燈從上方照亮了整個講臺。他緩緩轉了一圈，掃視圓形的大廳。一側坐著選舉而出的代表：被選中代表工會、產業，或是歷史族群的議員們。另一側則是貴族，生來就保有議員的席位。

「這項法案，」瓦對著整個房間宣告，響亮、堅定的語音迴響著，「實在是蠢到難以想像。」

在政治生涯早期有段時間，這樣直截了當的語氣為瓦招來了厭惡。現在他則看見好幾名議員在微笑。他們已經習慣他這麼做——甚至是很喜歡。他們知道盆地有多少問題，很高興看到有人敢直言不諱。

「與麥威兮之間的緊張情勢已達到新高，」瓦說，「現在是團結盆地的時候，不該分化各城市！」

「這法案就是為了團結！」有個聲音大喊。那是碼頭工人的議員梅司壯。他基本上是海斯丁和艾瑞凱的傀儡，這兩門貴族對瓦來說有如芒刺在背，「盆地需要官方認可的唯一領導人！」

「同意，」瓦說，「但是直接拔擢依藍戴的總督——這可是一個城外人無法投票決定的人選——怎麼可能團結所有人？」

「這會讓他們擁有能夠景仰的對象。一名強而有力的領導。」

而那位，瓦瞥向法蘭司，就是強而有力的領導？如果他能專心開會而不是關注他的日程表，算我們幸運了。法蘭司在他目前兩年的任期中，已經美化了城中的十七座公園。他很喜歡花卉。

瓦按照計畫拿出他的獎章、彈到空中，「六年前，」他說，「我進行了一場小冒險。你們全都很清楚。我發現了墜毀的麥威兮飛船，還有破壞了外城準備用之來祕密對付依藍戴的陰謀。我阻止了一切。我取回了悼環，保管在安全處。」

「然後差點引發一場戰爭。」有人在聽眾席邊緣低語。

「你比較偏好我讓陰謀繼續發酵嗎？」瓦反問。沒聽到回應，他再次彈起又接住獎章。這是麥威兮用來讓飛船變輕到能夠飛行的重量調整獎章，「這房間裡如果有任何人質疑我對依藍戴的忠誠，容我對你提出挑戰。我們可以進行一場輕鬆的小決鬥，我還可以讓你先開火。」

一片寂靜。這是他應得的。這間房裡有很多人不喜歡他，但他們的確尊重他，而且很明白他不是外城的間諜。

他彈起獎章，將其鋼推至更高的位置，一直上升到高聳的天花板。獎章再次落下，閃閃發光。他接住獎章時望向瓊斯上將，她目前是麥威兮的大使，坐在議員席的一個特別區域，當外城的市長們來訪時也會坐在那裡。這次議事沒有任何市長出席，明確地表達了他們的憤怒。

如果這樣的法案通過了，就會讓依藍戴總督的地位凌駕外城市長之上——讓他得以干涉地方事務。他甚至能夠革職目前任何一位市長，啓動特別選舉並有權審查候選人。雖然瓦也認同設立中央領導人對於團結盆地是重要的一步，但這法案對任何住在首都以外的人來說，根本是極盡羞辱之能事。

「我了解現況，」瓦讓獎章在指間翻動，「比任何人都了解。你們想對麥威兮展現實力，證明我們能讓麾下的城市乖乖聽話，所以提出了這項法案。

「但這恰恰應證了爲何依藍戴以外的人對我們這麼不滿！如果沒有當地人民的支持，外城的革命絕不會發展到現在這種地步。如果依藍戴以外的一般百姓沒有對我們的貿易規定與傲慢態度如此氣憤難平，我們也不會遇到現在這種狀況。

「這項法案沒辦法安撫他們！這才不是『展現實力』。這項法案就是專門設計來激怒人民的。如果我們通過這項法案，就是主動請求內戰發生。」

他讓話語深入聽眾內心發酵。其他人太專注於在外部威脅之前表現強大了。如果沒人多留心點，他們就會讓自己落入內部衝突引發的戰爭之中。麥威兮的問題是眞實的，但並非火燒眉毛，而內戰卻會是毀滅性的。

最糟糕的是，有人在祕密推動這一切。瓦很確定組織又再度插手依藍戴政治了。他的……姊姊也牽涉其中。他不確定組織爲何想要引發內戰，但他們已經嘗試了好幾年。如果他放任一切繼續發展，讓眞正的敵人得逞，到時不論是他身旁的這些顯要抑或是外城的革命人士，全都會後悔莫及。

瓦從左邊口袋掏出那一疊紙。他把狗狗和貓咪圖畫收到底下，接著舉起其他紙張，向整個房間展示，「我這裡有六十份來自外城政治家的信件，他們代表了多數不想要起衝突的人。他們是講理的人。他們願意——而且有熱忱——與依藍戴合作。但他們也擔心如果我們繼續將這種暴君、帝制般的政策強加於他們之上，當地的居民會做何反應。

「我建議我們否決這項法案，一起找出更好的方案。眞正能邁向團結與和平的方案：一個全國性的院會，包含了各個外城的代表——然後由那一個團體來選出正式的中央領導。」

他預期會有噓聲，也的確聽到了幾聲。但廳內大部分人都沉默不語，目視著他高舉信件的動作。他們害怕權力離開首都。害怕外城的政治會改變這裡的文化。他們是懦夫。

也許他也是，因爲組織正在幕後操縱一切的想法嚇壞他了。現在看著他的這些人裡有多少是組織的間諜？鐵鏽的，他甚至無法理解他們的動機。他們想要戰爭——做爲獲取權力的方法，這點是肯定的。但還有其他原因。

他們遵從著名爲特雷的某種存在的指示。

瓦緩緩轉身，手上依舊拿著信件；當他背對梅司壯時，感到了些微的警戒感。他準備開火了，瓦猜想。

「以下沒有不敬的意思，拉德利安爵爺。」梅司壯說，「你才剛爲人父母，還不懂該怎麼教養孩子。你不該屈服於他們的要求；你要堅持己見，知曉自己的決定對他們來說才是最好的。他們終究會懂的。依藍戴之於外城，就如同父親之於兒子。」

正好就在我背對他的時候說話，瓦心想，轉過身來。

他沒有立刻回覆。回擊的時候必須要謹慎瞄準。他已經拿同樣的主張與房裡的許多議員溝通過了——多數是在私人場合。他有所斬獲，但需要更多時間。有了這些信件，他可以回訪每一位議員，特別是那些還猶豫不決的人，向他們分享這些文字、這些理念。說服他們。

他直覺認爲如果他們今天就投票，法案將會通過。所以他不是來重複他的主張的。他今天是帶著上膛的槍來此，準備擊發。

他把信件摺好，緊緊塞回口袋，再從另一個口袋拿出另一小疊紙——這次只有兩張。就是史特芮絲帶來補足他遺忘的那一份。另一疊信件她大概也有帶備分來吧。可能還有其他七種她明知他用不上的東西——但放在提包裡會讓她比較心安。鐵鏽的，那女人眞是棒。

他舉起紙張，刻意調整位置接受最適當的光線，「親愛的梅司壯，」他大聲閱讀，「我們很滿意你的明理，願意繼續維持依藍戴在盆地內的貿易優勢地位。這是明智的選擇。我們願意提供未來三年百分之零點五的貿易利潤，用以交換你個人對法案的支持。海斯丁與艾瑞凱家族。」

整個房間內突然爆發一團混亂。瓦好整以暇地站著，手指勾在槍帶上，任由怒吼聲繼續發展。他對上梅司壯的目光，男人縮進他的座位裡。那個鐵鏽蠢蛋學到了重要的一課：絕對不要留下貪汙的書面證據，尤其你的政敵是位訓練有素的警探。眞是愚蠢。

當喊叫聲終於沉寂下來，瓦再次發聲，這次更加響亮，「我要求針對梅司壯的賣票行徑召開不當行爲聽證會，因爲這公然觸犯了反貪腐法。」

「這麼做了之後，」總督說，「就該推遲依藍戴優勢法案的投票嗎？」

「如果我們無法確定投票意圖是正當的，」瓦說，「怎麼可能進行表決？」

更多怒吼聲四起。瓦承受著吼叫，總督則與副總督進行商討。她才是聰明人。除了剪綵和親小寶寶以外，法蘭司做的其他事情有八成都是她決定的。

議會冷靜下來後，總督看向瓦，「我相信你有辦法證明那封信的眞實性，拉德利安。」

「我有來自三位不同筆跡專家的宣誓書，證明信件不是僞造的。」瓦說，「你也會發現我夫人對取得信件的經過有著詳盡且無法辯駁的紀錄。」

「那我建議舉行不當行爲聽證會，」總督說，「就在優勢法案進行表決之後。」

「但是——」瓦說。

「我們會，」總督打斷他，「將梅司壯、海斯丁與艾瑞凱排除於表決之外。確保投票結果不被影響。」

該死。

該死。該死。該死。

在他能反駁之前，副總督便敲下她的法槌，「同意繼續表決的人？」

議員席上大多數人都舉起手。對於這種簡單的表決，粗略的計票已經足夠——除非票數非常接近。而現在並非如此。

眞正的法案表決會繼續進行。

「你還有其他炸彈要引爆嗎，拉德利安？」總督說，「還是我們可以進入正題了？」

「沒有其他爆炸了，大人，」瓦嘆了一口氣，「那比較是我老搭檔的專長。不過我對議會還有最後的請求。」他的計畫失敗了。現在他只剩最後一張牌。這請求並非來自於瓦希黎恩・拉德利安。

而是來自於執法者曉擊（Dawnshot）。

「你們都知道我，」他轉了一圈，望向眾人的雙眼，「我是來自蠻橫區的單純人。玩政治我不行，但我確實了解憤怒的人民，還有努力討生活的男男女女有多辛苦。

「如果我們要擔任父母的角色，就要好好對待我們的孩子，讓他們有為自己發聲的機會。如果一味假裝他們還只是幼兒，只會讓他們選擇無視我們——這還是最好的情況。你們想要藉此傳達訊息？那就傳達出我們在意、我們願意聆聽的訊息吧。」

他終於回到座位上，身旁坐的是楊西．雅瑟茲柯，一個有耐心、彬彬有禮的好人——也是眞正聽進瓦的建言的議員之一。

「表演不錯，瓦。」男人傾過身低語，「表演眞是不錯。看你上場總是很有意思。」

楊西會跟隨他投票。事實上，有許多貴族都能同理瓦。雖然瑪拉席近來所說的一些話讓瓦對世襲而來的地位有點不太自在，但在這情況下，爵爺們還比另一半議員來得不腐敗一點點。推選而出的議員們想要保住席位，沒意外的話，通過這項法案確實可以改善選民的生活條件。

這就是問題所在。根據最新的數據，現在住在依藍戴以外的人數已經比城內的人數還多了。大多數的法條都源自於只有一座城市與幾個小農村的時代。如今這些農村已經發展成城市，住在其中的人想要對盆地的政治擁有更多的發聲權。

依藍戴已不是在世界末日後重建拼湊起的小聚落了。他們已是一個國家。就連蠻橫區都在改變、成長，變得更現代化。鐵鏽的，考慮到蠻橫區的土地大小，他可以想像總有一天，住在那裡的人會比盆地以內還更多。

他們需要給予這些人們公民權，而不是忽略他們。他還抱著希望。他與史特芮絲以及他們的盟友花了數個月來削減法案的支持度。數不清的晚餐、宴會，甚至是——他開始教導一些城中的顯要——在靶場的射擊練習。

全都是爲了改變這世界。一次一票。

總督宣布投票開始，蜜雪兒·尤門貴女投下第一票——反對法案。隨著投票進行，瓦坐在那裡，和以前面對盜匪團夥時一樣緊張。鐵鏽的……不知爲何還更糟。每張票都是一聲槍響。

佛拉貴女和紋岱歐議員，他們會怎麼投？還有瑪拉雅？她被説服了嗎，還是……？

其中兩人投了同意票，還有數名瓦不確定意向的議員也一樣。隨著投票繼續，瓦的心逐漸下沉，感覺比中槍還難受——最終票數爲一百二十二票同意，一百一十八票反對。

法案通過了。他的心也沉到最谷底。

如果瓦想阻止內戰爆發，他得找出其他辦法。

落灰之終後 348 年梅兒月 19 日 32 卷 247 期

比爾敏

初代人諺語「沒有兩個

依藍戴優
威脅盆地

團結抑或分化？進

含德維出品
妮奇·薩瓦奇
以及
靈魂羅盤

在我的上封信件中，我，陰陽怪氣男，以及我的兩名無相永生者同伴看著射幣薇拉·莫坎搶走了靈魂羅盤，從石崖縱身投入迷霧中。不過，能啟動羅盤的鋁鑰匙還在我身上。我知道薇拉必定會回來，將鑰匙託付給陰陽怪氣男，他用他的地獄槍飛向另一處石崖，留下我去說服我的同伴，我有計畫……當然，我自然是有的。

第八章：「歐霓獸之飛翔」

凱桑翻了翻白眼。「只不過妳打算如何追上薇拉，引她現身？」

「我們從歐霓獸礦場發掘出的鋁骨架，」我輕拍塔跋的巨型背包說。

低沉的呻吟聲從他臃腫的體內傳出。「喔，不……」

「你的模仿無與倫比，」我鼓勵地說。「還記得你在永世英雄中扮成克羅司『人類』嗎？你做得棒極了！你做得到的！」

「他沒辦法，」凱桑將雙臂交疊在胸前。「沒有我就不行。我才有模仿過鳥類的經驗。」

她轉向塔跋，對他說：「如果你將我部分掌控權移交給我，我們就能帶著薩瓦奇小姐越過這道深淵。」

「但是，我其他的蒐集品……」他揹著的骨骼搖晃。

「我們會再回來拿的。」凱桑的聲音帶著只專對塔跋使用的同情感。「我保證。」

她對我揚起一道眉毛。「可以麻煩妳往別處看嗎？」她問。「我們寧願妳沒有見到我們……」

「……融合。」塔跋說。

接下來發生的事，是我有史以來遇過最怪異的，甚至比貝爾蒙時裝之獸，或是我還是鎔金賈克的助理時發生的那件事還更詭異。

（在摺頁下方繼續刊載！）

正副總督

再過幾日，依藍戴參議會就會對某條法案進行表決，比爾敏頂尖政治專家加文·蒙茲教授稱之為「自《創始之書》以來，我們政府結構最重大的變動」。

在投票之前，會有連續數日的演講、辯論與裝腔作勢；外城的目光則都專注在所謂的蠻橫區執法者議員身上，他近來在盆地北方的拜訪表態了立場與多數外城人民相符：先有代表，才有統治。

法蘭司總督與他的黨羽憤慨地反對這項提案，艾達瓦菈副總督在開場致詞時的大膽發言概括了他們的觀點：「當南方戴面具的朋友們帶來戰爭時，我們需要一名強大、有經驗的領導人。」

麥威兮國的瓊斯上將明顯感到被冒犯，議會下次休息結束後就沒有再繼續列席。

當法蘭司被問到他是否也認為盆地會與麥威兮開戰，他只是輕拍了自己掛滿醒目軍徽的胸口。

（後頁繼續刊載）

雙季報在此要收回我們親愛的編輯欽德莉普·特納維在兩週前的評論。她當時尚未失蹤，並且將我們敬愛市長比作「一頭暴躁的野豬；沒比較聰明，而且還更醜，遇到每灘泥沼都難以克制地要進去滾一滾。」

給編輯的信

我必須再次反對您持續允許「迅迅狗」的製造商迅迅實業公司刊登廣告。該公司過分地將昇華戰士的同伴描繪成泰瑞司狼犬，並且忽略了我寓洋的

客座編輯

蓋梅司·米利司，臨時編輯
實行鼻球禁令！

他們是流氓與游手好閒之人，占據了所有空地與未播種的田野。其中還有我們的孩子，全都聚集在一起「玩」死神的遊戲：鼻球。這些「球

《電擊時間的男人》

由比爾敏出生的工作者薛伯·威佛所寫的全新小說。在各大書店皆販售中！

歐霓獸之飛翔

雖然我非常想偷看，但我對長久以來旅伴的尊重讓我必須遵從他們的請求，即便它們融合的聲音就像是章魚和大蛞蝓在熱吻，而且持續

3

瑪拉席研究著灰塵上的腳印。看起來是數週前留下的，因爲上頭也有點積灰了。她走向偉恩，他正在觀察這條通往深處的道路。看起來是一條難行的陡降隧道。他望向她。

「如果他們想要快速進出城市，」他說，「一定有別條出路。不可能每次都來這裡健行吧。」

「同意。」她說，「我們還是要小心一點，以免他們派人看守。」

他調暗提燈做爲回應，悄聲說：「妳想要在沒有後援的狀況下繼續前進？」

「目前是。我們應該再往前偵查，看看能發現什麼。我不想動員所有人之後，結果發現只是條死路。」

兩人一起往隧道深處前進。這條路線如此困難又少有人跡，讓她很振奮。如果敵人就在底下但是使用另一條路線，那她和偉恩被發現的機會就比較小。

他們小心地往下走。鐵鏽的……還好她穿著長褲，如果不小心跌倒摔破頭了，至少還可以保有一點尊嚴——如果女人在下水道走了一小時之後還有尊嚴可言的話。

爲了轉移注意力，她想著這些洞穴的年代一定和昇華戰士的時代一樣古老——甚至還更老。這些隧道度過了世界毀滅、度過了落灰之終、度過了最後帝國的興衰。他們剛剛經過的石塊，是否在灰山年代就從天花板上掉下來了？

她忍不住想像著他們會在無意間找到倖存者搖籃——也就是海司辛深坑，即便她知道這想法很傻。瓦說他去過，但沒有發現任何傳說中的神奇金屬。

他們最終碰到了一道豎井，上面有許多突起與裂縫可供攀爬。偉恩再次調亮提燈，看起來心存懷疑。

「我們確定他們走來了這邊嗎？」他悄悄地問。

「不然腳印是誰留下的？」

「腳印？」

「灰塵上的？門口還有被靴子帶進來的穢物殘渣？說眞的，偉恩，身爲一名警探，你有時候注意力眞的很差。」

「妳和瓦才是警探，」他說，「我可不是。」

「那你算是什麼？」

「擋子彈的人，」他說，「敲頭顱的人，偶爾被炸飛的人。」

「我們今天不會做那些事。」瑪拉席低聲說，「我們要潛進去暗訪，確認我是對的，然後就退出來尋求許可和支援。」

「看來我們得沿原路爬回去了。」偉恩嘆了一口氣，從背包裡翻出攀爬繩索。他找到一塊穩固的石頭綁好繩索，接著把另一端拋入黑暗中。

他先往下爬，瑪拉席跟在後面，來福槍揹在她背上。下降比她擔憂的來得容易，因爲繩索上綁好了繩結可踩，不過她的手臂還是很快就開始發痠。

「所以，」偉恩垂在底下輕聲說，沒有繼續往下，而是配合她的速度，「想要聽聽我認爲女人可以違反物理定律的列表嗎？」

「看情況，」瑪拉席說，「裡面的性別歧視有多嚴重？你可以給我一個數字當標準嗎？」

「嗯……十三分？」

「滿分是多少？」

「十七？」

「這是什麼怪標準？」她悄聲說，暫停在一顆大石頭上，往下望著他，「你怎麼會想選十七？好歹也選個十六吧？」

「我哪知道！是妳要我想個標準出來的耶。看嘛，這很讚的。女人，違反了物理定律，我已經這樣想很久了。至少有好幾天了。妳會喜歡的。」

「我很確定。」

「第一點，」他滑到下一個突起處，「當她們脫掉衣服，會變得更火熱。很奇怪吧？正常人在脫掉衣服的時候會變冷——」

「正常人？」她重複，跟著他移動，「你說的正常人是指男人？」

「嗯……我想是吧。」

「所以全世界有一半的人都不正常？女人難道不正常？」

「妳這樣說確實聽起來有點蠢。」

「你想呢？」

「妳看嘛，我只是想要指出一些有趣的地方而已。這是對寰宇自然法則還有兩性關係的務實觀察。」

「我認爲你只是想到一些自己覺得有趣的東西，然後找機會說出來而已。」她降到他身旁的一處小平臺上，往下終於能夠看到底了。他們大概在一半的位置。

他對上她的眼神，「所以……嗯……十四分？」他說，「滿分十七分的話。」

「還在繼續上升。而且那根本不正確。很多男人脫掉衣服也會變得很火熱。取決於是哪一個男人。」

他咧嘴笑，「那亞利克呢？」

「亞利克的話，那比較像是在說他的面具。」

「他那麼常把他鐵鏽的面具抬起來，讓人不知道他幹嘛還要一直戴著。」

「移動面具對麥威兮人來說就像是……強調語氣。讓其他人看到面具底下沒有關係，他們只是假裝那是種禁忌——也許很久以前眞的是吧。現在他們喜歡用面具來表達自己。」

他盪到一邊繼續下降。她給他一點空間，才接著跟上。

「所以……」他說，「想要聽第二個理由嗎？」

「事實上……我還眞的有點想。」

「哈！我就知道。要是瓦的話就會說不要。」

「瓦有很多年可以習慣你到底墮落得有多深，偉恩。對我來說，你居然每次都能把狀況弄得更糟，實在太厲害了。」

「很合理。第二點：問一個女人她有多重，接著抱起她，她瞬間就會增重。她們每一個人都是藏金術師。」

「偉恩，這笑話有夠老，老到連床都快下不來了。」

「什麼？眞的嗎？」

「千眞萬確。我還是小孩時，我父親就已經在講女生都對體重撒謊的爛笑話了。」

「該死，老頑固哈姆司說過這個笑話？」他睜大眼睛往上看著她，「喔，完了，瑪拉席，我變老了嗎？那是老頭子笑話嗎？」

「無可奉告。」

「該死的條子還有他們的硬口風。」他降到底部，從繩子上輕輕跳下，衣服和鞋子在石面上發出摩擦聲。他隨即替她穩住繩子。

她爬到底加入他，「所以列表上第三點是什麼？」

「我還沒想到。」

「所以這列表上只有兩項，其中一項還很蠢？」

「其中兩項都很蠢，」他憂鬱地說，「有一個還該去住養老院。竟然跟哈姆司爵爺說同一個笑話。我已經風華不再了，眞的。」他迎上她的目光，咧嘴一笑，「這代表我可以當搭檔裡面愛生氣的老人了嗎？妳可以當年輕活潑、整天罵髒話還有做錯事的那一個。」

她微笑，「那我可以戴幸運帽嗎？」

「如果妳保證好好對待它的話。」他把一隻手放在左胸前，「還有在不幸的事情發生之前把它拿下來，不要破壞它的幸運紀錄。」

「我會放在心上的。」她看著從豎井底部往前延伸的隧道，「不過我們該停止閒聊了——雖然我很想知道你的腦袋裡最近又長出了什麼玩意，但我們還是要小心不能被聽見。」

他再次調暗提燈，兩人繼續沿著隧道前進。警局的人常因她要忍受偉恩而對她投以同情的目光——但事實上，他想要好好當個警察時可以做得很好的。他通常是想要好好做的。

例如，現在他就依照她的建議閉嘴專心在任務上。偉恩缺乏良好教養，有時候又沒有自知之明到了令人痛苦的程度，但他是一名好搭檔。甚至非常棒。只要你有辦法穿過他的圈子——不是他的鎔金術圈，而是他人際關係的圈子。偉恩的內心是座要塞，有著許多城牆與防衛。如果你幸運被他邀請入內，就會得到一生的好友。他可以爲了你跟眞正的神硬碰硬。

我們會找到你的，特雷，瑪拉席心想，一步步緩緩前進。她第一次聽見這個名字是來自許多年前一名垂死之人口中——而她越發確信特雷是有著強大力量的神，如同和諧一樣。*如果你想要繼續影響這個世界的話，就不可能永遠躲著。*

偉恩抓住她的手臂，不靠說話停下她的腳步。他指了指隧道遠處的一小點光芒。兩人再潛行走過最後一小段路，越過一個轉角偷看，發現了她最希望看到的景象：幾呎遠處，有兩個身穿背心與帽子的男人，正在一個翻過來的箱子上玩牌。一盞小提燈在他們的臨時小桌上閃爍著。

瑪拉席向後方點頭。她與偉恩再次往回走，直到耳語不會被聽見爲止之處。她在黑暗中看著他，想著他會有什麼建議。他們該繼續向前刺探，還是這種程度的確認便足以回去呼叫支援？

「眞是悲劇。」偉恩低語。

「什麼？」

「可憐的小子拿了一首好牌，」偉恩低語，「那是百萬分之一的機會，卻是跟窮鬼朋友在一起當警衛時拿到？鐵鏽的浪費了一把倖存者大順……」

瑪拉席翻了翻白眼，指向從側邊岔出的一條漆黑小隧道，「去看看它通往哪裡。」

他們身後響起一聲響亮的咒罵聲，迴響在隧道中。聽起來是拿著好牌的傢伙攤牌了。小隧道連到了警衛的右手邊，但他們很快就發覺爲何這條隧道沒人看守了；因爲這算是條死路。但岩石上有著大約兩呎寬、透進了一些光線的洞。

他們側身接近，從中望進一座中型的洞穴——大約和一般碼頭倉庫差不多大——裡面滿滿是人，大多在包裝貨物或是待在簡單的家具上休息。這個洞看起來是天然岩石構造，天花板滴下的水在牆上凝結出奇形怪狀的突起，逐漸封閉了原本較大的開口。瑪拉席與偉恩的所在之處，大約比對面高了十五呎。

她深呼吸一口，開始觀察內部的活動。*就在這裡*。數個月的工作成果。數個月來向瑞迪保證她的線索是正確的；數個月來努力連結起各種偷竊報告、目擊證詞，還有金錢流動。答案就在眼前。一個在城市正下方的大型走私團夥；如果她的評估沒錯，這是外城團體與組織共同贊助的。

眞的就在這裡。和諧的眞名啊……她成功了。

偉恩臉上掛著大大的微笑看向她，再輕推她的肩膀，「幹得好，」他悄聲說，「幹得太好了。」

「謝了。」她低聲說。

「當妳跟總隊長報告的時候，」他說，「別跟他講我在下水道裡一直抱怨。」

「那些爛笑話呢？」

「唉。那些可以講。妳得滿足別人的預期，不然沒辦法說出令人信服的謊。」

瑪拉席繼續偵查。包含那兩名警衛，一共有三十七人，全副武裝，就連最低階的工人都戴著槍套。根據她追查到的線索，那些箱子裡八成滿是軍用補給——其中的爆炸物數量多到令人擔憂。這個幫派也進行一些普通的竊盜，嘗試混淆視聽，但她確信自己明白這裡的眞實情況。

身爲所有火車路線的中心，依藍戴禁止某些貨品運出城——其中也包含了武器，以此來對外城施壓。這個團夥也進行普通勒索等犯罪，嘗試僞裝成一般幫派，但她幾乎百分之百確定他們的眞正目標是要將武器送往比爾敏，那裡是外城目前的政治中心。

她並不喜歡外城被強迫進行這種行爲——但這些幫派份子在街上殺害過無辜的人。再者，他們很可能正在與某種邪神合作，打算征服或毀滅全世界。

「好吧，那麼，」偉恩低語，指向一人，「看到後面穿著高級訂製服的那個傢伙嗎？他肯定是組織的成員。也許是新的『循環』。」

瑪拉席點點頭。「循環」是組織中最低階的領導人，他們負責僱用及管理當地幫派份子。百命邁爾斯以前也是「循環」，負責與上一階的「套裝」報告。

眼前這個男人穿著比較高級的衣服——明顯比洞穴裡其他人的更華麗。他也很高，身材精瘦結實。身爲循環，他可能是金屬之子，所以在戰鬥中最好別小看他。

「妳用一發來福槍好好塞住那傢伙的腦袋，」偉恩說，「我敢打賭整群人都會投降。」

「眞實世界不是這樣運作的，偉恩。」瑪拉席耳語。

「當然是，」偉恩說，「如果他是付工資的人，其他小子就沒理由繼續打下去。」

「就算你說的是對的——但我認眞地覺得你錯了——那也不是我們做事的方法。確認、協調、備援，以及正式授權。還記得嗎？」

「我很努力忘掉，」他咕噥著，「我們這次可不可以照我的辦法？我對那些想按規定做事的傢伙沒意見，但我實在很不想再重新穿過那堆爛泥，結果回來卻發現這群人已經不見了。我們現在就把他們抓起來吧。」

「不要，」她說，「你的辦法太沒規矩了。」

「有哪裡不好……」

「嗯，因爲我們是代表秩序的公職人員。」

「好啦、好啦。」他從外套內展示出一面銀色警徽。他們在城裡不太用這種的，比較常使用紙本證明文件。

「那是……瓦在蠻橫區時的舊警徽嗎？」

「他跟我交換的。」

「換了什麼？」

「半個酒肉包。」偉恩咧嘴一笑，「他遲早會發現的。要不注意到那個眞的很難。」

她搖搖頭，揮手要他沿隧道往回走。但他們必須幾乎完全蓋住提燈，所以很難看清前方。即便他們如此謹愼，在回到主隧道時，還是嚇到了走過來小解的警衛。

警衛瞥向在黑暗中的兩人，接著大叫起來。偉恩只花半秒就把他敲昏、放倒在地，但主洞穴的方向已經傳來警戒的喊叫聲。

偉恩還站在警衛的身軀上方，他轉身看著她，再次露出笑容，「看來，要照我的辦法囉！」

4

瑪拉席和偉恩無法不沿著進來時的困難路線逃脫——尤其是有一整幫人追在後面。然而，她想要抓住循環，不然他在這之後絕對會消失無蹤。

很不幸地，這代表偉恩是對的，按規定做事就到此爲止了。

現在是用他的辦法的時候。

他們衝進主隧道，另一名警衛舉槍朝向他們。偉恩啓動速度圈，讓他和瑪拉席能夠躲開並從側邊逼近警衛。

速度圈一解除，那個幫眾就對著現在已無人的位置開火。偉恩一瞬間就來到了他身邊，用決鬥杖擊中他。瑪拉席讓偉恩處理那邊，自己則是在挑選位置。牌桌後是一條寬大的隧道，應該會通向倉庫洞窟。她單膝著地舉起來福槍，瞄準、冷靜下來、等待……

有人從那個方向出現，她立刻開火。因爲在靶場的訓練經驗，她才沒有做出重新上膛的舉動。這是新型的半自動步槍，所以她繼續肩持，再射中被倒地屍體絆倒的第二人。後方的人大聲警告，然後就沒人敢再從隧道露頭了。

偉恩擦擦眉汗，讓失去意識的幫眾倒在地上，「妳帶了魔法方塊來？」

「它們不是魔法，偉恩。」瑪拉席說，「麥威兮的科技只是和我們的不同——」

「妳男朋友給的魔法方塊有幾個？」

「我有三顆鎔金手榴彈，」她說，「全都是新型設計。還有兩顆閃光彈。在我們離開前，瓦幫我把其中一顆充能了。」

「讚喔，」偉恩說，「有計畫嗎？」

「你守住隧道，我回去剛剛俯瞰那邊丟手榴彈進去困住敵人，然後掩護你進入。當你越過火線後，我就跟上。」

「沒問題！」偉恩說。

兩人分頭，他朝著她射倒的兩人而去。他在那裡撿起一把手槍，對著主洞穴開了好幾下——不是要射人，而是要讓附近的人找掩護。他的手還有點抖，而且子彈一打完就立刻把槍拋到一邊，但這已經是非常大的進步了。他也沒必要變得更致命就是了，她心想。

她離開他，回到俯瞰點，這裡是個不錯的狙擊位置。她選中幾群躲在箱子後的幫派成員，在偉恩拿到第二把槍發射時觀察他們。

瑪拉席小心地從皮帶上的一個袋子取出一個金屬小方塊。她的一生中，總是爲自己無用的鎔金術能力感到失望，或想要假裝那不存在。她可以讓周圍的時間變慢，這……沒有太多用處。在周遭人的認知中，她基本上是把自己凍結在原地——讓她無法戰鬥，讓敵人獲得優勢。她的能力偶爾會派上用場，但大多時候她已經認定且內化了自己的能力就是很弱。

直到她遇上亞利克。

他的同胞尊崇所有金屬之子，鎔金術師與藏金術師皆然。雖然他很崇敬瓦的華麗能力，但亞利克對她的能力也一樣讚賞。他聲稱她持有最有用的鎔金術能力之一。這論點一開始讓人難以接受，但原來她只是需要一點特殊科技的協助，就能將世界玩弄於股掌之中。

大約一吋半大的鎔金手榴彈在她燃燒鎘的時候震動著——吸收著她的能量。遲緩的速度圈並沒有包裹住她；新型的設計讓方塊能夠吸收所有能量。她早些時候已經充能過了，但那是數小時前，她想要把能量充飽。

接下來，在小心判斷距離後，她把方塊丟向一群躲在箱子後面尋求掩護的敵人。好幾個月以來的練習有了回報，她成功地把裝置丟在了幫眾中間，而他們的專注力都在偉恩身上，幾乎沒發現方塊滾了過去。

一秒後，減緩時間的速度圈出現在裝置周圍，困住了大約十名男女。她迅速充滿、丟出第二顆手榴彈——這次瞄準了一群更遠的敵人。她的瞄準有效，又捕捉到了八人。

幫眾開始注意到有超過一半的人都被凍住，洞穴裡「金屬之子！」的呼叫聲此起彼落。被困住的人以黏滯的慢動作想要逃離速度圈——手榴彈內的十分鐘存量會在他們成功逃脫之前先用罄。

她解下來福槍進行掩護射擊，甚至放倒了剩下的其中兩人，而偉恩就乘機溜進主洞穴。他以看不清的速度移動一小段時間，接著從速度圈脫離，跳過石面上的一道裂縫。他需要隔一小段時間才能再次使用他的能力展開另一個速度圈，但她敢發誓間隔時間越來越短了。

他避開被困住的人，可以晚點再對付他們。他現在趁著兩名敵人還處於困惑時快速接近他們。他們注意到他了，但他再次變成一團模糊——接著從上方出現，決鬥杖舉得高高的。

他們痛苦的喊叫聲令其他人分心，讓瑪拉席又射中了兩人，緊接著快速奔回主隧道。她望向主洞穴，壓低姿勢跑進去——並注意避開微微閃爍的手榴彈速度圈邊界。她很了解被如糖蜜般的空氣困住、看著周遭一切閃電般移動是什麼感覺。

瑪拉席在一些包裝機具旁找到掩護，剩餘的幫派成員重新集結，子彈也開始擊中她附近的金屬與石面上。當她還是小女孩時，曾讀過瓦在蠻橫區的所有冒險——而隨著經驗越來越多，她也越能看出那些故事有多不精確。確實，故事裡有提到槍枝開火，但通常都省略了子彈擊中時會有多大聲。子彈撞擊著她周圍的機具，聽起來就好像她給小麥斯一對鼓棒，再把他丟在廚具店裡爲所欲爲一樣。

一秒後，聲音突然變慢了，如同留聲機在電力不足時播出的聲響。她周圍的空氣閃動，偉恩拖著步伐靠在機具旁，臉上帶著笑容——肩膀上有著一個鮮血淋漓的傷口。

「粗心了喔。」她朝著傷口點頭。

「嘿，」他說，「任何人都可能有被射中的時候好不好。特別是在他只帶著兩根棍子在滿是槍火的房間裡跑來跑去的時候。」

「你還剩多少彎管合金？」

「很多。」

「你確定？」

「沒錯。」

「偉恩，我眞爲你驕傲。」她說，「你眞的省著用了，照我建議那樣節儉一點。」

他像沒事人一樣聳聳肩，但她是眞心爲他感到驕傲。警局會定期配發金屬給他，在他們搭檔的早期，他總是在出任務到一半的時候就用光了。原本她已經準備好要向瑞迪隊長申請增加配給量，但卻發現偉恩其實在各種非戰鬥或偵查場合都會亂用他的彎管合金：拿來捉弄人、換裝逗小孩笑、偶爾偷點東西……

看到他有進步，感覺眞好。

「還剩多少傻瓜？」他問。

「十一個。」她說。

「我數不到那麼多。」

「除了在拚酒大賽算杯數的時候。」瑪拉席說。

「說得太對了。」他說。

他們一起越過機具偷看，這機臺是用來替木箱釘頂蓋的。偉恩立刻將她拉回掩體後方——一顆慢速前進的子彈剛好碰到速度圈的邊界，從他們頭上一閃而過，穿過另一邊的邊界再度慢了下來。子彈在擊中速度圈時會胡亂飛行，你永遠都無法預測它們穿越後會轉往哪個方向。

「穿高訂的傢伙要從後面逃走了，」偉恩說，「妳要去抓他，還是留在這裡對付剩下的人？」

她咬住嘴唇思索著，「我們得分頭行動，」她說，「你對付多人比較在行。你覺得，你能自己處理這些人嗎？」

「這些箱子裡是不是都裝著會爆的玩意？」

「是的……」

「聽起來可以找點樂子了！」

「手榴彈大概還可以幫你爭取八分鐘左右。」

「太棒了，」他說，「我會試看看能不能活捉那些傢伙。我可以用我的速度圈抵銷妳的，從緩速圈裡一次抓一個人出來。妳看嘛，我一直在練習，現在很擅長調整速度圈的大小了。我應該可以走到妳的圈子邊緣，讓我的圈子只覆蓋到一個人，然後把他拉出來。」

「偉恩！」她說，「這太驚人了。你有跟瓦說嗎？要那樣控制圈子的大小很困難的。」

他聳聳肩，「妳準備好了？」

她從腰包中取出閃光彈，交給他一顆，再把另一顆的插銷拔掉，點燃引信，「準備好了，」她說。就算他還有「很多」，彎管合金還是很稀有又昂貴，他們要謹慎使用。

偉恩撤下速度圈，而她丟出閃光彈。引爆之後，他們從機器的兩邊分頭衝出去。偉恩朝向最後一群幫眾而去，她則是追著循環，他剛消失在洞穴末端的一扇加固金屬門之後。她緊接著抵達並輕鬆地撬開了鎖。她快速瞥向偉恩——敵人正在迅速包圍他。他躲在一個寫著「爆裂物」的箱子後面。他對她眨眨眼，接著拔掉閃光彈的插銷，丟進箱子裡。

太棒了。希望他知道自己在做什麼。偉恩的治癒能力非常強——但他還是有可能承受超過治癒範圍的傷害。任何能讓金屬意識脫離軀幹的爆炸都有可能殺死偉恩，就如同數世紀前統御主失去悼環時的情形。

話說回來，她也不能隨時都關注著偉恩，而且她絕對無法從……任何程度的爆炸中生存下來。她穿過門，關上時發出響亮的咚一聲。幾秒後，整個洞穴都在震動，但她專注在任務上：在黑暗的洞穴隧道內追上循環。在洞穴裡的所有人之中，他最有可能有她想要的答案。

5

瓦邁著沉重的步伐穿過議事廳，其他人在他身旁讓出空間。他們看起來不想面對他——就連那些支持他的人也一樣。眾人在他經過時轉向一邊、伸展身子或是與其他人閒聊。

來到走廊上，他往自己的辦公室前進，走過過度華麗的鑲嵌地板以及一排排吊燈。水晶與大理石，這就是他現在的生活。他年輕時想逃離的一切，如今如影隨形，就算頭上閃爍著光芒，暗影卻隨著每一步逐漸加深。

如果以盡可能幫助最多人爲目標，他相信身爲議員能達成的事比當一名執法者多得多。這也代表他的失敗會有更大的代價。在蠻橫區裡，你依靠的是你的槍、你的直覺，還有問出正確問題的能力。在這裡，他還需要依靠其他人也做出正確的決定。到目前爲止，沒有任何一件人事物，比與政客打交道還能讓他對人性更加失去信心——這還包括了他遇過的連環殺手們。

他快步進入辦公室，發現他的家人與保母凱絲都已經在那裡了。他試著別顯露出不悅，但麥斯還是察覺到了氣氛，因此留在凱絲身旁和他的迅迅狗布偶玩。

「唉，」瓦重重地坐在椅子上，帶著怒氣說，「整年的努力都白費了。」

「我們能做的都做了。」史特芮絲在他身旁坐下。

「我們有嗎？」瓦看向他的一整疊筆記本，「我知道妳還有六疊筆記，寫滿了如何說服各別議員的不同計畫。如果我們有更多時間……」

「我們做了合理範圍以內能夠做到的所有事了，」她說，「考慮到我們還有其他事務。」她接著猶豫了，「我們有吧，瓦？」

他看向她，發現她在發抖。該死，這對她來說也一樣難熬，是吧？注意一點，你這鐵鏽的傻瓜。他握住她的雙手捏了一下。

「我們有。」他說，「我們盡全力試過了，史特芮絲。但終究來說，這不是我們能夠左右的。」

他緊緊握住她的手。史特芮絲驚人地穩重——自從他回到依藍戴後，她就一直都在，以前的他，絕對無法想像她對他來說會變得多重要。但在這個當下，他感覺到她在發抖。而且……鐵鏽的，他自己也一樣。他們為了這份法案投入太多了。他談過的每一個鐵鏽的議員都說了他們還需要更多時間，而他們現在居然就這樣投票？他們現在——

不。已經結束了。

「我們必須繼續前進。」他說。

「沒錯，前進。」她點頭，環顧四處，「也許遠離這棟建築一陣子。目前我腦子裡想的是各種可能恰巧發生的天然災難，會把這裡夷為平地。」

瓦低哼一聲，開始幫史特芮絲收拾剩下的物品。這麼做時，他注意到書桌的角落放著一個信封。之前它並不在那裡，對吧？他拿起信封，感覺裡面有個重物滑向一角。是顆子彈？

不，他拆開信封後發現並非如此，是一只耳環。還有一張小紙條。當合適的金屬到來後，你得再做一只。

他完全不知道這是什麼意思。他也不在乎。今天不行，和諧，他想著，別來煩我。

「那是什麼？」史特芮絲問。

「和諧給的東西。」瓦說。

她停下動作盯著他。

「所以，大概，」他補充，「是沒用的東西。」

史特芮絲抿起嘴。她是倖存者教徒，所以並不是眞的信奉和諧。祂是道徒的神祇，那是相輔相成的另一個宗教。不過，在他們經歷過的事件以及與他一起看過的景象後，史特芮絲開始對神祇有種……跨教派的見解。至少，她知道瓦曾經信奉過和諧。

現在……他和神有段過去。瓦在獲得悼環之前曾與和諧直接談話過，之後他覺得自己已不再對和諧抱有憤恨。但這並未阻止瓦偶爾嘲諷地回嘴。現在，他把信封塞進後面的口袋，不再放在心上。

他們收好東西——鐵鏽的，有小孩之後實在有太多要帶的東西了。史特芮絲還想再要一個小孩，但瓦有點擔心。他不太敢想像以少搏多的狀況。

話說回來……看著麥斯沿著走廊蹦蹦跳跳，讓他的迅迅狗從一塊黑色大理石地磚跳到另一塊，避開白色的地磚，令瓦臉上忍不住浮出微笑。瓦沒看過其他議員帶著家人，他們總是說讓小孩進到會堂裡太不敬了。但如果他們眞的尊敬議會，又怎麼能表決出如此荒謬的結果？

確實有很多人支持你，瓦必須提醒自己，其他人則是很害怕。害怕顯得軟弱。害怕來自外部的因素。他們不全都是想要和你作對的渣滓。記住這點。他們之中是有好人的，就跟所有職業一樣。只是這實在是……算了，他現在不想繼續思考。

議事廳外，大批的汽車抵達，準備接送議員。他們會出發去派對、公眾行程或是非正式的聚會。但就連那些與瓦合作的議員都很少邀請他，除非是準備一起思考策略。就好像他們認爲他已經超過一般社交的範疇，又或者是他讓他們感覺不自在。

當全家在門外等待司機時，麥斯拉了拉他的外套，「你很傷心嗎，阿爸？」他說，「我討厭傷心。它們很壞。」

他說話的方式讓附近的幾名議員仰頭訕笑。瓦揚起眉毛，「偉恩叔叔又教你不同口音了嗎？」

「對啊，」麥斯說著聲音變小，「不過他叫我不要告訴你，你就會以爲我是天才，是自己學會的。」他微笑，「他告訴我在其他議員旁邊這樣講話，他們就會不高興。他們今天活該不高興，對不對？因爲他們害你跟媽媽傷心？」

瓦點點頭，蹲下來，「不過你不用擔心這個喔。」

「你知道我傷心的時候怎麼樣會比較好嗎？」麥斯問。

「抱坦坦？」瓦拍拍坎得拉玩偶的頭。

「對，那個，」麥斯說，「還有……嗯……飛高高？」他期待地睜大眼睛盯著瓦。

他們的座車到達，靠著路邊停下，司機霍德走下車，「您的車到了，大人。」他替瓦開啓客座車門。但鐵鏽的，被孩子用這樣的眼神盯著看，有誰能拒絕？

「謝謝你，霍德。」瓦說，「請帶我太太到她想去的地點。凱絲，妳帶著背帶嗎？」

「有的，大人。」她將寶寶遞給史特芮絲，在裝有換洗衣物的大袋子裡翻找，再把背帶拋給瓦，他則是把外套及背心遞給她。

在眾人眼前穿上背帶，把麥斯扣在背上，讓瓦感到一股頑皮的雀躍感。他給了史特芮絲一個寵愛的吻——並答應回家與她碰頭——接著拋下一顆彈殼面對群眾。

「你們這些傢伙是眼紅還是怎樣啊？」麥斯大喊，「如果你們好好拜託他，而且不當一團臭大便的話，他也會便宜載你們的！」

好吧……也許瓦是該跟偉恩談一下了。不過此刻他只是和群眾揮揮手，隨即飛向空中，麥斯爆出吵鬧的歡呼聲。

6

瑪拉席進入的隧道內有著古代文明的痕跡，磚牆的殘骸蓋住了粗糙的天然石壁。地板平滑，有被敲鑿與打磨過的痕跡。牆上掛著壁燈，鐵鏽如惡性疾患一般包覆於上。

她取出最後一顆手榴彈，就是瓦替她充能過的那一顆。這些新型手榴彈可以儲存能量數小時——不過到了現在這時候，啓動能持續的時間應該已經變短許多了，最多只有三、四分鐘。但握著它還是讓她比較安心，所以她不情願地將來福槍放在地上，抽出她的手槍。手槍的金屬部分比來福槍少，比較適合對抗潛在的鎔金術師。因爲相同的原因，她也取下了腰帶上裝有備用金屬的袋子，但她還是繼續留著腰帶，上面掛著幾項適合用來對抗鎔金術師的非金屬工具。

她手持手槍與手榴彈，沿著陰暗的隧道緩緩前進。幫派成員在右側牆面上裝了一些電燈，電線繞在古舊的壁燈上，但燈光就像快睡著一般慵懶地閃爍著。她很快到達另一座大洞窟，停留在入口，蹲下觀察著前方的道路。循環沿著這條路逃跑了，她心裡有一塊很想盡快趕上他，但比較謹慎的一面則要她保持鎮定，注意是否有埋伏。

地上有條又長又窄的裂縫，從左到右橫斷了整個洞窟。這裡原本有座老舊的石橋橫跨裂縫，但在很久以前就崩塌了，一座由木板與繩索構成的新設橋樑，橫越了這道大約十六呎寬的裂縫。她距離橋樑及裂縫大約有三十呎——洞穴另一側有條繼續向前通行的隧道。

不過瑪拉席並沒有朝著木橋前進，她在洞口持續猶豫著。這些磚牆很古老，數世紀之前是誰建造這裡的？這裡也像依藍戴中心的初代人陵墓一樣嗎？在和諧重建世界時，人們是否躲在此處，注視著牆壁與橋樑毀壞？

不論如何，她還是很擔心。循環看到了她，她直覺認為他不會就此逃走、毫無防備地背對她。他會設下陷阱。她仔細觀看，瞥見自己與裂縫間的某塊岩石後有一道黑影。他大概是希望她會急忙跑過橋，讓他有機會從後方射中她。

不幸的是，正當她看見他時，他立刻站起身舉槍。瑪拉席反射性地啓動了手榴彈——她一直將其握在胸前。手榴彈發出強勁的鋼推，將手槍從她手中扯掉、往前飛，直直落入裂縫中。

但她的反應剛好來得及拯救自己。因爲循環對著她連開了很多槍——沒有一槍命中，子彈全都被推開，擊中她兩側的岩石，發出劈啪聲。瑪拉席向他直衝過去，在昏暗的燈光中認出他的高級訂製服。他的外表比她想像來得粗獷，脖子粗壯，臉上有鬍碴。

她原本希望他身上會有金屬，帶著手榴彈衝刺可以讓他失去平衡。但他只是丟掉了自己的手槍，那把槍被鋼推飛過裂縫，砸到另一邊的牆面，落在隧道旁的地上。

除此之外，他和瑪拉席一樣，很明智地沒有帶太多金屬在身上。

「由第四捌分區警局授權，」她停在他前面約十呎處，「我在此宣告你因爲逃漏稅、勒索，還有非法運送武器而被捕。你已經失去武裝，又被困住了。聰明一點投降吧。」

他反而咧嘴笑了，然後開始變大。

他袖子上有一整排釦子迸開，讓他強壯的肌肉能擴張到不成比例的巨大。他依舊穿著外套，但也有一整排木鈕釦從外套側邊彈開，給予他的身體足夠空間。

噢，糟糕，是藏金術師。他長得不像泰瑞司人——但話說回來，偉恩也不像。你沒辦法光從外表分辨。

瑪拉席迅速後撤。和汲取力量的人肉搏，基本上就是通往臉被揍扁的單程票。她關閉手榴彈以保存能量，接著奔向木橋和對面的手槍。循環跳到木橋正前方擋住她的去路，大笑一聲，將固定住橋的繩索扯斷。

好吧。藏金術師與鎔金術師不同，他們沒辦法吞下一顆補充金屬後就繼續發威。也許她能把他的力量存量消耗殆盡。

他拋下繩索，讓整座橋崩塌，「特雷指定想要妳，執法者。」他那與巨大身軀不搭的尖細聲音說，「妳還眞好心前來自投羅網。」

瑪拉席轉身跑向她的來福槍。沉重的腳步聲追在她身後、逐漸逼近，迫使她在拿到來福槍之前就先撲倒在地。這個動作讓她驚險閃過對方的抓握。

她翻滾閃過他的揮拳，讓他的拳頭砸在地上。他低吼，舉起鮮血淋漓的指節。藏金力量有時很危險——很多金屬技藝都可能會反噬自己。她自己的也不例外。她又成功閃過下一拳。她很幸運，這名循環似乎對自己的力量不甚熟練。雖然他的衣服是爲此特製的，但顯然不擅長以這麼壯碩的體型移動與戰鬥。

怎麼會有藏金術師對自己的力量不熟悉？她手忙腳亂地往來福槍而去，跪著半撲半跌想要抓住它。但他快了一步，用力跳過她、抄起來福槍。接著他把槍折成兩段，槍管擲向她。

她差點來不及啓動手榴彈。槍管被彈了回去，但她只能以奇怪的姿勢握住方塊。因爲投擲物的反作用力，方塊差點從她手中跳出去。

鋼推。力的傳遞。循環不是唯一使用不熟悉力量的人。

循環閃開槍管，她則關閉方塊。她的來福槍管在後牆上反彈，朝她滾過來。她伸手去撿，想要拿來當棍子用。

很不幸地，他跳過來抓住她握著方塊的左臂。有力的手勁擠壓著她的皮肉，而且鐵鏽的，感覺他能直接捏斷她的骨頭。她因疼痛而大聲咒罵，慌亂地摸著腰帶上的刀鞘。就在她痛到眼淚都流出來時，舉起了一把閃亮的小型武器，直接刺中他的手臂。

他嚎叫著拋下她，接著拔出那把血淋淋的武器。

「玻璃匕首，」她說，「很經典的。」

他瞪她一眼，托住手臂，正在流血的傷口開始癒合。

該死，藏金治癒能力？這證明了一點。她從沒遇過天生有兩種藏金術能力的人。他使用的是禁忌的技藝：血金術。

瑪拉席抓起來福槍管向後退，但剛才的纏鬥導致她現在的站位只能退向裂縫的方向。她每退一步，都會讓她離剛才進入的門口更遠一點，但那是她最有可能逃脫的方向。鐵鏽的。

她一步一步後退，一手握著搶管，另一手拿著手榴彈。裡面的存量還有多少？在剛才的混亂中，她無法確認到底使用了多少能量。

循環跟上她，把她的匕首插進腰帶。他的雙眼開始隱約發出恐怖的紅光，「特雷正在挑選宿主，」他說，「將力量賦與他的化身。妳想要以什麼方式變成證明我值得永生的證據，執法者？妳只要去死就可以了。」

她繼續後退，腦袋轉得飛快，他看起來不擔心短時間內會消耗完力量。才過一下子，他就把她逼退到達裂縫邊緣，就在他一開始躲藏的石塊那附近。她躲到石塊後方，但它們的高度並不夠高。

她快速瞥一眼就在身後數吋遠的裂縫，發現那大約有五十呎深。往下逃脫是不可能的。

「妳已經退到深淵邊緣了。」他繼續前進，「現在呢？也許是時候……妳是怎麼說的？聰明一點投降吧？」

她反而把手榴彈設定在數秒後啓動，並將它穩固地卡在石縫中間。她握好來福槍管，用手臂緊抵在胸前。

他皺眉。緊接著手榴彈啓動。

力的轉移。每道鋼推都伴隨著力量相同、方向相反的另一道鋼推。手榴彈鋼推來福槍管，以極大的力道把她向後抛——直接飛越過裂縫。

她的背狠狠砸在牆上。力道強到快要撞暈她，但接著手榴彈的存量用盡，令她落在地板上。她按照計畫安全飛越裂縫了，只是頭暈目眩又喘不過氣。

從淚眼汪汪的視線中，她看見循環助跑、跳過裂縫。她因疼痛而半盲，慌亂地搜尋著布滿灰塵的石面，絕望地尋找著手槍……

在那裡！

他的恐怖身影籠罩她，舉起拳頭，準備砸碎她的頭顱。她筆直對他的臉開了三槍。他倒地。

喔，該死，她心想，在疼痛中坐起身。瓦常常都在做這種事。飛越懸崖、跳來跳去，還有砸在東西上。以司卡德利亞之名，他的身體怎麼沒有因此毀掉？

她輕戳自己的肋骨，希望骨頭沒有斷掉。她的左肩抗議得最嚴重，讓她痛得一縮。疼痛讓她分心，但她強迫自己專注。直接射中頭部應該能阻止製血者自癒，但她心裡有一部分還是堅持要再次確認。

她爬過去檢查屍體，發現男人臉上的槍傷正在恢復，顱骨上的洞也在癒合。鐵鏽地獄。

她把癱軟在地的軀體翻面，手忙腳亂地從他的皮帶上抽出她的匕首。他在治癒頭上的槍傷？事情非常不對勁。她又對他開了一槍，但這也只能維持一段時間。

她扯開他的襯衫——露出了四根深深刺在他肋骨之間的尖刺。正如她的懷疑。她手持匕首，開始進行挖出尖刺的血腥作業。她發覺其中至少有一根尖刺的材質有著類似暗紅鏽斑的怪異金屬，因此加快了動作。這就是他們一直在找的東西。

循環的眼睛突然張開，儘管他現在下顎斷裂、頭骨上還有個洞。瑪拉席咒罵，加快挖掘速度，沾滿鮮血的手指努力想要拔出第一根尖刺，它緊緊卡在肋骨之間，非常難以扯出。那雙眼睛。現在正發出鮮紅的光芒。

「灰燼再臨，」男人以滿是鮮血的雙唇發話，聲音詭異粗啞，「世界會沉陷其中。你們會得到應得的報應，烏雲與焚屍而成的積灰將覆蓋一切。」

瑪拉席咬緊牙關，繼續與沾滿鮮血的滑溜鏽色尖刺奮鬥。

「你們的末路，」聲音低語著，「你們的末路來臨了。被灰燼淹沒，或是落於金紅之人的掌中。金紅——」

瑪拉席用力扯出尖刺。紅光消散，軀體癱軟下來，癒合也停止了。她還是非常緊繃，即便已經摸不到脈搏，她仍舊挖出了另外三根尖刺。

她終於能倚靠在牆上，微微地呻吟著。偉恩最好有辦法對付剩下的所有小偷——因爲瑪拉席不覺得自己在短時間內有任何舉槍的餘力。她閉上眼睛，怒力不去想那番恐怖的話語。

7

麥斯大喊要瓦跳得更高、更快。男孩歡快的喊叫聲隨著呼嘯的風聲，以及衣物的撲騰聲傳入耳中。而鐵鏽的，那份感染力還眞強。瓦曾是個穩重的孩子，直到成人後也一直保持同樣的性格。但就連他也能沉浸於完美的鋼推所帶來的刺激感。

那股突然爆發的速度，還有在頂點靜止的瞬間、開始下落時內臟上浮的感覺。身爲人，沒有任何經驗可以與之相比——至少是在能夠存活下來的經驗之中。

麥威兮的貿易船從遠處飄進城市，運用他們奇異的埃金屬裝置飛在空中。目前有兩艘飛船常駐在市內，提供了既簡化又廣闊的視野景觀。從這麼高的地方，你可以看見被鐵路幹線劃分的各個捌分區，你可以理解並感受到不同區域的差異，例如擁擠且連結緊密的貧民窟，或是昂貴卻孤獨的豪宅區。

瓦曾經以爲這種體驗——不光只是高度，還有穿越城市上空的速度感——永遠只會專屬於射幣。之後麥威兮飛船到來，把他的這種想法從三千呎高的窗外一拋而下。

但不論如何，這種視角總是有種專屬於他的感覺。這是他的城市。他回到這裡，而且——

隨著時間經過——愛上了這裡。這裡代表了人們所能達到的最高成就：這裡是人類創造力的代表，成千上萬種理念、個人、經驗居住在此。

麥斯催促著他飛往更高處，他以周圍的摩天大廈做爲錨點，來回鋼推朝上，直到他們降落在特定一座大樓接近屋頂的位置。這是阿爾斯托塔，他們家就在這棟大廈的閣樓，而瓦特別挑這裡居住是有原因的。要鋼推到高樓的尖端很困難，因爲底下可用的錨點會越來越少。幸好，這棟大廈周圍有另外幾棟特別靠近的高樓，提供他朝內鋼推自己的錨點。

今天瓦並沒有停在他們的閣樓。他帶著麥斯上到了屋頂，這裡有一處內建的小平臺，是用來固定及垂降洗窗機具與工人的。瓦落在其上，鬆開麥斯，不過還是有一條粗壯的繩索將孩子牽在背帶上。瓦並不擔心它的可靠度，這可是史特芮絲設計的。

麥斯拿出一包懸鈴木的種子，從大樓邊緣拋下，看著種子朝下方繁忙的街道螺旋降落。就算在如此高處，瓦還是能聽到汽車喇叭聲從街道上傳來。才過了六年，底下的城市動脈就已經幾乎看不見馬車了。進步就像是拆除大隊，你要不就隨之行動，要不就等著變成一堆廢墟。

這座平臺面向北方。在他左邊，哈姆達灣的閃亮海面有如一條寬廣的高速公路，通往……嗯，他不知道哪裡。盆地的居民不是探索者。雖然他們喜歡瓦年輕時的冒險故事，或是比較糟的話，那個蠢蛋賈克的故事，但大多數人都很滿意他們的城市生活。這是依藍戴的一個問題：這裡有你所需的一切，所以有何必要向外探索？在飛船北上來調查盆地之前，他們甚至不知道有一整片南方大陸存在著。

是的，在那之後是有一些遠征，但大多數人還是安於待在原地，而瓦並不怪他們。他爲了改善人民生活所付出的努力都聚焦在盆地內。他不知道要怎麼應對麥威兮。已經過了六年，他還是對世界規模就這樣突然擴張感到畏懼。

麥斯開心地上下跳動，又拋出一把種子。男孩對高處的喜愛還是讓凱絲有點不安——但當你還是嬰孩時，就被綁在覺得傳統交通太花時間的父親背上，結果就是這樣。

瓦望向北方，朝向蠻橫區。朝向未知、謎團，還有他曾愛上的生活。他感到……鐵鏽的。他並不感到傷懷。

他眨眼，頭歪向一邊。自從回歸後，依藍戴對他來說一直像是種責任。冒險與舒適共存於城市之外，呼喚著他。雖然隨著時間經過，狀況越來越好，但他還是能感覺到。那聲呼喚。直到……

直到今天。今天，他依舊記得在北方生活時那些他鍾愛的事物——但他不再想要回去了。他在這裡有著同樣深愛的生活。也許還更多，考量到他聽見麥斯大笑時心裡感受到的那股暖意。這裡……這裡就是他的歸屬。更而甚者，這裡就是他想要的歸屬。

察覺這一切讓他感覺平靜。他……終於不再哀悼了，對吧？

他咧嘴一笑，撈起麥斯，給了他大大的擁抱——雖然麥斯只要被抱太長時間就會扭來扭去，這點從他還是嬰兒時就沒變過。很快地，在男孩的催促下，他們開始玩拋球遊戲，這是麥斯在幾個月前發明的。麥斯會拋起一顆柳藤編的球，中央有一小點金屬重物，接著瓦會嘗試把它射往附近大廈的屋頂。如果球往下掉，柳藤會避免它砸傷人，但其中又有金屬能讓他瞄準。等到他成功地把球投到屋頂上，他們就會跳過去把球取回來。

麥斯丟球，但瓦難以讓球飛得夠遠，「往上丟一點。」他們把球撿回來後，他建議麥斯。

「如果我往上丟，」麥斯抱怨，「球只會掉在我們頭上。我想要它飛到那邊的大樓上。」

「先丟高，」瓦說，「相信我。你丟得越高，我就能讓球飛得越遠。」

麥斯再試一次。這次球有了足夠的高度，瓦成功地讓它落在麥斯想要的屋頂上。他們接著跳躍跟上。他不禁暗忖，住在附近大廈的鄰居常常看到背著小孩的議員在窗外飛來飛去，不知做何感想。

不幸的是，有趣的遊戲只能讓他分心一陣子。他們玩了大約半小時，瓦在翻過一棟大樓時看到了一幅雄偉的景象。剛才看見的麥威兮飛船更靠近了。

由巨大風扇所推進的木造結構飄浮於依藍戴的半空中。瓦看過盆地嘗試用氦氣或熱空氣來設計自己的飛船，但那種設計能抬起的艙房大小——就算是最樂觀的估算——也遠遠不及麥威兮的版本。他們的飛船就像是天上的要塞般在空中航行。

這不是他剛才以爲的貿易船。這是一艘戰船。是力量的展現，不過並未充滿敵意——因爲它是從低空緩緩接近。這是一項聲明，而非威脅。

所以，再次把麥斯穩穩固定在背上後，瓦朝著飛船躍起，打算找出到底發生了什麼事。

8

瑪拉席終於找到一架維護用的梯子讓自己下到谷底，再從另一邊上來。她筋疲力竭地走向主洞穴，因爲自己剛才聽見的內容與被迫做出的行爲而顫抖著。但她拿著一本從屍體上找到的小筆記，上面滿是數字與運貨日期，看起來很有調查價值。

她也帶著更危險的東西。四根尖刺。有趣的是，有紅斑點的那一支似乎不喜歡接觸到其他尖刺——距離近時，它會被推開。所以她用布把它纏起來，放在不同口袋裡。

她蹣跚地穿過加固的金屬門，發現門後一片狼藉。從地面上的痕跡來看，有個巨大的爆炸引發了數個較小的爆炸。洞穴裡滿是金屬碎片、機具的殘骸，還有多到令人不安的屍體。

偉恩蹲在一切的正中心，上衣全被炸碎，正在與被綁住的一整群囚犯玩牌。他把囚犯的牌攤開在他們面前的地板上——不過囚犯的手都被綁在背後。

「你確定要出那張，老兄？」偉恩問，對著男人用腳趾輕點的牌點點頭。

「這是大牌。」那傢伙說。

「沒錯，但你眞的確定？」偉恩看著自己的牌。

「嗯……我想是吧。」

「該死，」偉恩攤開牌，「我在一對九之後出三張八。你贏了。」

「可是……」另一人說，「你知道我們的牌，為什麼還要這樣出？」

「我得假裝看不到你們的牌啊，朋友，」偉恩說，「不然就沒有運動家精神了。出老千是一回事，但如果我能夠看見你的牌……還不如自己跟自己玩呢。要自己玩的話，多的是其他更好玩的玩意。」

瑪拉席緩慢地靠近。他以各種不同的方法囚禁了大約十五人。正如他所說，他能夠用他自己的速度圈來抵銷她的緩速圈，把他們一個一個抓起來。他對能力的控制力眞是越來越讓人佩服了。

她並不意外他活捉了這麼多人——偉恩偏好不殺人，這是他們的共通點。至於玩牌嘛……到了現在，他的古怪舉動基本上已經嚇不倒她。她在一個破掉的木箱殘骸上坐下，「偉恩，我剛剛用得上你。」

「在我把這些小子都綁好之後，」偉恩說，「妳已經打倒那個穿高訂的傢伙了。我看到妳在休息，想說最好給妳一點時間。」

她都沒注意到。鐵鏽的，她的肩膀還是很痛。她痛得皺起臉，環視整個房間。

「所以，呃，」偉恩說，「該死。妳是變成食人族了還是怎樣？」

瑪拉席低頭看著她的制服，上面沾滿了血，「食人族？這是你的第一個想法？」

「看到滿身是血的女士時，」偉恩說，「最自然的想法當然就是，也許她剛才享用了手下敗將的肝臟。我對那點可沒意見。」

「沒意見？」瑪拉席說，「偉恩，這絕對是你應該要有意見的事。」

「好啦。妳這麼做眞可恥。」

她嘆氣，「我還以爲我已經習慣你的偉恩行爲了呢。」她拿出尖刺，每一支都有六吋長，有著粗大的頂端——除了最小、最有趣的那一支，那支外型尖細，只有快四吋，「我從循環的身體裡挖出這些。如果我留著尖刺，他就會自癒，再次活過來。」

「怎麼會？」他說，「那不是這樣運作的。」

「對他來說就是。另外這一支尖刺可能就是原因。」

「這是……」

「特雷金（Trellium）？」她說，「沒錯。一定是。」

偉恩低聲吹口哨，「我們該慶祝一下。妳有留一點肝臟給我嗎？」

她不以爲然地看他一眼，而他則咧嘴笑了，「我們不吃人，」她對俘虜說，「他只是在開玩笑。」

「噢，瑪拉席，」偉恩說，「我很努力在對他們建立我的形象耶。」

「我們闖進他們的洞穴，」她說，「擊敗他們的首領，炸了大多數的貨物，殺掉一半的人，又活捉了另一半，我想你的形象沒問題。」她瞇起眼睛，發現所有囚犯都光著腳，「我可以冒昧問一下，爲什麼要脫他們的鞋嗎？」

「鞋帶，」偉恩引她看向他們被綁住的雙手，「蠻橫區的老技巧，如果你的繩子不夠的話。」他往一旁點頭，兩人走向一邊私下談話，「這是很多俘虜，瑪拉席，而鞋帶沒辦法好好綁住他們。隨時都有可能會有人亮出我沒注意到的小刀——或是更糟的情況，一把槍。所以……」

「即刻支援？」她問。

「鐵鏽的，我愛死這個代號了。」

「任何能讓我早點回去洗澡的方案，我都全力支持。我剛走的那扇門後應該有往上通向城市的通道——還有裂縫右側有一道梯子。」她暫停一下，「幫我再確認一次屍體？我有種糟糕的預感，就是我不小心漏掉了一根尖刺，讓他又能活過來追殺我。」

「沒問題，」偉恩掃視房間，「做得好。」

「我們把這地方炸了，還殺了保有最多資訊的人。」

「我們活下來了，」偉恩說，「擊倒了一個惡質幫派，保護了城市，阻止敵人得到資源，還取得了重要的金屬。就我看來，我們幹得鐵鏽的好。妳對自己太嚴厲了，瑪拉席。」

也許……是這樣吧。這是在她這種環境下長大的人會學到的特質。所以她點頭，讓自己接受讚許，感到重擔減輕了一些。偉恩跑開，她走回被綁著的幫眾身旁，以特別有威脅性的姿勢舉著手槍。

根據他們看她的眼神，她應該不必再多做什麼事來嚇唬他們了，「你們很幸運，」她說，主要是想吸引他們的注意力，「你們會受到公平的對待，只要沒人做傻事的話。」她伸手進口袋，忽略她從循環那裡取得的小本子，取而代之的是另一本只稍微沾著血的筆記本，「這裡列出了你們的權利，我會唸給你們聽。仔細聽好，你們才知道自己有什麼法律保障以及選項。」

她打開筆記本並燃燒鋁，創造出緩速的速度圈蓋住所有人，希望他們被她的演說分心。因爲如果有人看向外面，就會發現殘餘火苗的熄滅速度太快了。

這大概是唯一會漏餡的地方；洞穴不像戶外，有陽光角度變化、落葉、不相干的行人等線索能讓人察覺狀況。在瑪拉席與幫眾們於減緩時間內度過的這數分鐘，偉恩已經能跑回警局尋求警力支援。

瑪拉席結束朗讀，開始緩緩繞著囚犯行走，隨時準備好手槍。有好幾個人在她經過時突然僵住，他們肯定在嘗試解開繩結。偉恩是對的。這麼多囚犯代表情況很可能會變得不穩定，希望後援能盡快到來。

不過現在，她讓循環占據心思，他的遺言讓她想起百命邁爾斯被處死前所說的話。有一天，金紅之人，擁有最終金屬之人，即將回來此處。你們將被他們統治。

她觸碰口袋裡的特雷金尖刺。

灰燼再臨，今天循環這麼說了。

這不可能是真的。落灰之終代表了世界的死亡與重生。落灰已經屬於神話與古老故事了，不屬於今日這個有著電燈與汽車的現代，對吧？

她顫抖一下，望向洞穴後方的大門，殷切期盼警員們到來。一團模糊的人影出現；瑪拉席鬆了一口氣，差點就要解除速度圈，但她只看見一個人，因此停下動作。那是誰？偉恩嗎？模糊的人影迅速靠近速度圈的邊界，在那裡停了一陣子。

這讓瑪拉席剛好有足夠的時間——也就是一眨眼——看清那是一名身著黑衣的女性，臉上圍著黑色的布面罩。不是麥威兮那種面具，比較像小偷潛伏在夜裡時會戴的那種。她身型細瘦，有著黑色直髮。她的雙眼似乎與瑪拉席對上，接著又變成一團模糊。

也許瑪拉席應該撤下速度圈，但一切都發生得太快了。確實，當她還在理解剛剛發生什麼事時，另外一群穿著警員褐的模糊人影進入了房間。一秒之後，偉恩跳進了緩速圈。他啓動自己的能力讓速度圈互相抵銷，在他們兩人周圍創造出一個時間正常的區塊。

鐵鏽的，她也能這麼熟練地應用自己的速度圈嗎？她的日程表實在太滿，要找出時間來進行實驗幾乎不可能。但……這真令人敬佩。也很超現實，因爲她現在居然不被自己的緩速圈影響。她轉頭看向凍結的幫眾，其中一人已成功掙脫了繩結，正打算偷溜。

「你來得正是時候。」瑪拉席注意到警員們拿著網子與繩索包圍了速度圈，「偉恩……你們進來時有遇到任何人嗎？」

「沒有。」他皺起眉頭，「怎麼了？妳的屍體還在那裡，跟妳弄死他的時候一樣死透了。」

「沒多久前有一個人來了，」她說，「大概是正常時間的十五分鐘前？她觀察我們一陣子，然後就逃走了。」

「眞奇怪，」他說，「尖刺還在妳那裡嗎？」

她檢查制服口袋，一邊有三根尖刺，另一邊則有一根，也沒有被移動過的樣子，「是的。準備好撤掉速度圈了嗎？」

他點頭，兩人撤下速度圈，讓瑪拉席對警員發號施令。他們按部就班先抓住了準備逃跑的人，接著加固其他人的束縛。醫護警員確認死者以防萬一，其他人則是開始蒐集證據。至少是那些沒被偉恩炸飛的證據。

「來吧，」偉恩說，「他們可以處理的。我們應該去給瓦看看我們發現的東西。」

「嗯，不過要先清理一下。」她說，「偉恩，依你身上的味道來推斷，我可不想知道我現在聞起來怎麼樣。但沒錯，我們需要和瓦希黎恩談談。」

不只是尖刺的事情。還有發紅光的眼睛，以及充滿謎團的遺言。你們會得到應得的報應，烏雲與焚屍而成的積灰將覆蓋一切。她把現場留給其他警員，跟著偉恩沿著出路離開。

9

戰艦的到來確實是重大事件，但並不算史無前例。他們時不時會來訪，當然是先取得許可。

就算它在低空巡航，但很不幸地依舊超出了瓦的鎔金術可以到達的高度。他需要非常巨大的金屬錨點才有辦法把自己鋼推到那麼高，不然就是需要他現在已經無法使用的金屬來配合。他曾經掌握所有金屬。那是一股超脫塵世的強大力量——就好像親手碰觸到了昇華之井。不過最好還是不要太沉浸於持有悼環時的經驗，否則人生接下來的所有時刻都會相形失色。

今天，他在飛船附近跳往高空數次，藉此引起注意。他們隨後派出了一艘小穿梭艇來接他與麥斯，還提供了可以減輕體重的獎章給兩人，不過瓦並不需要。他把獎章遞回給戴著面具的麥威兮人，對方明顯因爲他身爲雙生師而驚懼不已。

在南方大陸的五個國家中，瓦和麥威兮——就是眼前這些人——的互動最頻繁。他們是唯一在依藍戴派駐大使的國家。漸漸地，所有與南方之間的互動都要透過他們。就他所知，過去六年間南方大陸政治版圖的變動比盆地這邊還要更劇烈。曾經的激烈衝突止息了下來，新的聯盟從中而生。當來自北方的惡魔隨時都可能入侵，小打小鬧還有什麼意義？瓦的同胞這邊其實造不出飛船這點根本就沒被提及。

幾分鐘後，穿梭艇——形狀像是無頂蓋的飛行漁船——與大船對接。麥斯已從背帶上被解下，現在乖巧地站在一旁牽著瓦的手。能夠登上眞正的飛船對他來說一定很興奮，瓦能感覺到他在顫抖。確實，當他們踏入主艦——進入一條深色的木製走廊，側牆的中段向外擴出，走廊形狀就如水管一般——麥斯就朝著在那裡等待他們的男人敬禮。

從他精緻的面具來判斷，男人應該是艦長。面具是木製的，但在眼眶周圍有六種金屬鑲嵌而成的精細圖案。男人瞥向孩子，沒有回禮，不像一般警官會在麥斯敬禮時刻意回禮。他也沒有脫下面具。

「榮耀的金屬之子，」艦長對著瓦點頭，「而……除非我認錯了，您就是榮耀的悼環曾經的持有人？」

「就是我。」瓦說。

「也是悼環奪取者，將其從正統繼承人民的手中給剝奪。」

「也是我。依照雙方同意，我將悼環交給了坎得拉保管——這麼一來，就沒有任何國家能持有或使用它的力量。如果您需要有人提醒的話。」

兩人沉默了一陣子，互相瞪視著對方。

「我是達奧上將，」男人聽起來有點遲疑，「是這艘船的前任艦長。歡迎，受祝福的賊。」

「前任？」瓦問。

「我被選爲麥威兮聯合派駐於你們國家的新任大使。」

麥威兮……聯合？看來南方的統一已經完成了。

「那瓊斯呢？」瓦問。

「她將會回國。」達奧說，「她被判定與此地……太過親近了。」

太棒了。果然是政治變動。除了恭維話以外，最好還是別多講些什麼，以免無意間激起更多緊張情勢，「那讓我做為首位歡迎您來到盆地的議員，」瓦說，「我很期待繼續維持兩國之間的和平以及優惠貿易。」

「優惠？」達奧說，「對你們來說也許是吧。」

「雙方都有獲利。你們獲得了我們的鎔金術師的協助。」

「有限度的協助，」他說，「和你們獲得的優渥方案相比太有限了。」

「三架穿梭艇？」瓦問，「十幾個獎章？我們沒有得到自行維護或製造的能力，這些基本上毫無用處。」

「你不會眞以爲我們會就這樣公開製造方法吧？我們販賣的是商品，不是工廠本身。」

每次他們想從知情者口中問出更多獎章的資訊，對方都守口如瓶。顯而易見，這是麥威兮的商業機密，但藉由詢問亞利克，他們能從他所聲稱的事實以及他們所看到的事實之間發現許多不合理處。爲什麼麥威兮軍隊裡沒有藏金術士兵能夠使用超級力量、心智速度，或是其他種危險的藏金能力？爲什麼不存在鎔金術師獎章？他們知道的越多，瓦就越確定這裡面還有祕密，代表獎章並不像麥威兮希望大家所相信的那麼有效或是泛用。

眞是的，瓦心想，才說了要避免無意間激起更多緊張情勢……他安靜下來，盯著上將。氣氛就像正午決鬥時一樣緊繃。

然後麥斯拉拉他的袖子，「嗯……爸爸？」

「怎麼了?」瓦回應他,但沒有向下看。

「我要上廁所。」

瓦嘆口氣。五歲小孩對於緊繃的外交情勢完全沒有幫助。但事情還可能更糟——他有可能帶來的是偉恩。

「這裡有可以用的嗎?」他問達奧。

「他可以等。」

「你有小孩嗎,達奧上將?」

「沒有。」

「五歲小孩等不了。」

在另一陣緊繃的靜默後,上將嘆氣並轉身,領著他們穿過戴面具的船員們,瓦走在兒子身後。與亞利克以及其他南方人共處數年後,讓瓦學會了習慣戴面具的臉孔,但被一整排陰影下的眼睛注視,依然讓人不安。沒有任何人說話,也沒有任何人抬起面具。瓦以前也和麥威兮人一同暢飲歡笑過,但這組人似乎是完全不一樣的階層。

達奧舉手示意洗手間的位置。

「哇!」裡頭的電燈閃爍啟動,麥斯探頭進去,「好小喔。就像是專門給我用的!」

「動作快,兒子。」瓦說。

麥斯關上門,在辦事時微微哼著歌。瓦與上將站在一起,感到很尷尬,發現自己居然希望偉恩在這裡,他總是能打破這種緊張氣氛——然後創造出另一種截然不同的緊張氣氛。他能讓你和對手一起感到同樣的尷尬,甚至能互相理解。

*我不知道他是不是故意那麼做的,*瓦心想。偉恩總是很難摸透。他有時似乎非常具有洞察

力，但馬上又會無可避免地毀掉那個形象。你總會忍不住想……

「悼環，」達奧說，「現在很安全，對吧？」

「我想是吧，」瓦回應，「自從我們把它交出去後，我就沒再見過了。」

「我在經過城市邊界時看到槍砲陣地，」達奧說，「我被告知它們的存在。它們的最遠距離是多少，大概一千呎？也許兩千？」

瓦沒有回答。答案是比那再遠一點，但……說實話也沒遠多少，至少垂直向上射擊時沒辦法，即便宣傳裡不是這樣說的。而且雖然送來盆地的那些穿梭艇可達到的最高高度是一千五百呎，但他知道有些麥威兮船艦可以上升到空氣極爲稀薄、人類無法存活太久的高空。

「不禁讓人遐想，」達奧說，「如果我們兩方的人民是在更……好戰的時期才互相接觸會如何。只要一次快速的轟炸，你們的城市就會像舊旗幟一樣燃燒殆盡。」

「幸好，」瓦說，「我們是現在遇見彼此。」

上將轉身朝向他，雙眼從金屬鑲嵌的眼洞內看著瓦，「你們會怎麼做？」他問，「如果我們直接發動攻擊？」

「我不知道，」瓦說，「我想那會比你以爲的困難得多。」

「眞有趣，你們的報紙常寫著類似的用詞。」達奧說，「吹噓著坎得拉刺客或是鎔金術師士兵。我現在知道你們的惡魔永生者無法殺戮，而你們的鎔金術師呢？告訴我，你是怎麼來到這艘船上的？是自力登上來的，還是……？」

眞是個討人喜歡的傢伙。

「當然，」達奧說，「我們並不住在那麼……殘暴的年代。我不是來這裡挑起戰爭的，榮耀的雙生師，別顯得飽受冒犯的樣子。但我代表了我們之中的許多人，認爲你們從我們……寬大爲懷的態度中占了太多便宜。尤其是悼環。那是我們的，理應回到我們手中。」

瓦想要跳起來爭論，解釋悼環是在盆地的領地內發現的，而且是北方人創造的，並非南方人。但這名男人在引誘他，況且——不論他以前做過什麼——瓦都不能替依藍戴發言。他只是眾多代表的其中一員而已。

他拒絕上鉤，「那麼，」他說。「你可以跟我們的總督與立法機構討論這件事。或是找神討論。」

戴著面具的上將端詳著他，不再說話。但鐵鏽的，如果情勢更加緊張……時機真是不能再糟了，瓦挫敗地想著。隨著優勢法案通過，盆地的政體很可能會分崩離析。南方對此會做何反應？達奧說他不想要戰爭，但如果南方開始認爲盆地變成了容易得手的目標，到時又如何？

他們最初的接觸讓南方人讚嘆連連。滿是金屬之子以及傳說成眞的北方大陸？但隨著互動越多，雙方越發理解到彼此都只是一般人。傳說成了凡人。任何社會都深知如何殺死凡人。

麥斯終於走出門，舉著雙手證明他有洗手。達奧帶著他們沿著走廊往回，瓦再次把兒子固定在背帶上。

「很高興遇見你，拉德利安。」大使說，「對我來說有好處，對吧？讓我知道該相信那些故事。」

「哪一些呢？」

「當然是眞實的那些。」達奧揮手示意其中一名船員打開門，展露出底下的城市，「我相信在這裡的期間會很有收穫。祝您有美好的一天，議員。」

瓦嘆口氣，跳出飛船。麥斯高興地大叫，他似乎覺得今天非常美好，而這場拜訪是其中的畫龍點睛。

瓦以鋼推小心減速，再用一連串的快速跳躍接近阿爾斯托塔。那裡的閣樓上有著降落平臺，緊接著兩人大搖大擺地進入房內，隨後瓦小心地鎖上房門。

史特芮絲正在哄廷朵小睡，然後她走進主廳——看見麥斯正玩著拼圖，而瓦則是在替自己調杯酒。

「媽媽！」麥斯抬頭看，「我剛剛在飛船上面便便！」

「喔！」她以一種母親才有辦法對這種話題提起的興奮語氣說，「多刺激啊！」

「我還拿了一些奇怪的衛生紙！」他舉起紙，「不是咖啡色，是白色的耶！我照偉恩叔叔說的跟他們交換來的。」

「喔，你拿什麼跟他們交換啊，親愛的？」

「嗯，」他說，「妳知道的……」

「對喔，當然囉。」史特芮絲走到在酒吧的瓦身旁，一手環繞在他的腰上，「發生什麼事了？」

「來了新的大使，」瓦說，「不太喜歡我們。想要討回悼環，做了些模糊的威脅。」

「眞是美好的一天。」她說。

「妳對統一進程的推測是對的。」瓦說，「大使將會宣布他們在麥威兮的旗幟下建立新的聯合政體。」

「這對我們的工作沒幫助，」史特芮絲說，「依藍戴議會會把今天通過的法案視爲將一堆爭論不休的城市統整爲單一國家的作法，以此對應麥威兮聯合。」

「只是征服的另一種說法罷了。」瓦搖晃著他的酒。他有時會損一下依藍戴的威士忌……

但事實上，你可以在這裡拿到很多好貨，味道強烈、有煙燻味、又富有層次。他逐漸覺得，比起蠻橫區威士忌，他更加喜愛這裡的版本——而且絕對比賈伯．亨丁在他浴缸裡做的玩意要好上太多了，喝了那個的報應會讓人脫下一整層皮。不過他還是很想念美味的蠻橫區啤酒。

「好吧，至少我有些可能的好消息，」史特芮絲從口袋掏出一封信——她堅持所有裙子都要有口袋，不然就算再時尚她都不穿，「你不在的時候寄來的。」

他拿出裡面的紙片。

三點在大宅與我們碰面。有令人興奮的新消息。

——瑪拉席。

兩人對視一眼。

「我們要帶麥斯去嗎？」瓦輕聲問。

「有東西爆炸的可能性有多少？」史特芮絲問。

「我們湊在一起的話，總是說不準……」

「那他和凱絲留在這裡，反正他的歷史老師也要來了。」

瓦點點頭，「我去梳洗一下，然後我們就出發。」

10

瑪拉席抵達第四捌分區警局總部時已經沖過澡、清潔完，還穿著她偏好的制服：過膝長裙配上背心與夾克。她感覺比先前好上一千倍。

身爲特殊警探，理論上她不須穿著制服，但她通常還是會穿。這套制服是種象徵。制服表明了她代表比自身更大的存在：盆地的人民以及正直的一切。制服讓看到她的人安心——至少是那些樂意看見警察在附近的人。制服也警惕那些心懷不軌的人，提醒他們法律存在的用意。

她一進門，總部大廳裡的資淺警員們全都放下手中的報告，談話也暫停了，所有人都看向瑪拉席。接著掌聲響起。

鐵鏽的，這樣總是感覺很奇怪。妳不該被同事鼓掌恭賀的，對吧？不只一位新警員——大多數都是女性——在瑪拉席經過時睜大眼睛看著她。瑪拉席知道去年葳赫美與簡德溫都是受到她的啓發才加入警隊。

這讓她五味雜陳。一方面，她希望傳紙別再寫關於她的故事了；另一方面，如果這能激勵更多女性……

不論如何，她還是很高興能夠走進後面的房間，來到高階警員的辦公室。就連他們之中都有些人大聲恭喜她，她停下腳步與其中幾人聊天，問起他們的調查進度。雖然她只想繼續自己的工作，但這也非常重要。妳永遠不知道什麼時候會需要借助其他警員的專業。

此外，在同事裡有朋友的感覺真好。終於。

她最終來到瑞迪的辦公室旁，與走出房間的高葛倫警員擦身而過——那名高個子男人的頭都快頂到天花板了。他對她點點頭後離開，她發現瑞迪就在巨大的邊間辦公室裡，盯著書桌皺眉。他垂下的八字鬍在這幾年內逐漸變灰，她明白總隊長的制服對他來說是沉重的負擔。近來比起警察，他更像是名政治家，有大半時間都在與城市的領導階層開會。

「科姆斯警員，」他搔抓著下巴，「妳看得懂這個嗎？」他向她展示一張圖畫，上面潦草地把高葛倫警員畫成身穿制服的長頸鹿，圖畫的底下寫著「專家認證」。

「我會跟偉恩談談的。」她允諾。

瑞迪嘆氣，將那張紙收進書桌角落的一個大檔案夾內——裡面全都是有關偉恩的抱怨。瑞迪顯然已經放棄把那個檔案夾收進櫃子裡了。

「我很抱歉，長官。」她說。

「抱歉？」他回問，「鐵鏽的，警員，抱歉？你倆今天逮捕了多少人？而且無論如何，別替他道歉——我有種感覺，如果沒有妳看著偉恩警員，這個資料夾大概會比現在厚十倍。」

她微笑，「他在把精力集中在……比較有建設性的工作時，表現好很多。」

瑞迪咕噥一聲，拿起另一個檔案夾，「別告訴他，但他模仿我確實很好笑。不過妳應該要知道，那兩個戴圓頂帽的男人又在找他了。」

「知道他們的來歷嗎？」她問。

「某個會計事務所，八成是他們的催債部門。」瑞迪說，「看起來……偉恩這次欠了某個重要人物，瑪拉席。就連我都無法阻止的人。」

「我會弄清楚的。」她嘆一口氣。和諧的臂環啊……她希望偉恩沒有偷了什麼價值連城的東西。

「那就交給妳處理了。」瑞迪用指節敲敲檔案夾，「總督一直緊追著要我提供外城在偷取武器的證據，而妳今天找到了。感謝妳，瑪拉席，眞的。」

「我希望能提供更多資訊，長官。」她說，「我從他們的首領身上得到一本筆記，裡面有著一些很有意思的運送規畫。」她取出小本子給他看，「我們最好複製幾份，好好研究和解碼，以免我漏掉了什麼。但我已經看到一些有趣的地方了。」

她用手指輕點前面的列表，「這個，」她說，「是循環進行的一連串測試，目的是判斷什麼樣的東西能被順利運進依藍戴，而不會被海關攔下或被檢查員判斷爲可疑貨物。」

「等等，」瑞迪說，「運進依藍戴？」

「正是。」瑪拉席說。

「把貨物運進依藍戴是合法的，」他說，「這群人犯法的理由是將貨物走私出去依藍戴。」

「這正是引人好奇之處，」她說，「而且貨運的清單也都很平凡。食物、木材……但他們記下了哪一些有被檢查、多大的尺寸會顯得可疑，種種一切。」

「我感覺……不明所以的不安。」他說，「我完全不知道那代表什麼意思，所以感覺更糟糕。」

「我會繼續調查，」瑪拉席承諾，「目前我會先請書記幫忙謄寫其他頁數。這會讓您有罪證確鑿的證據表明，今天找到的武器與爆裂物是準備走私去比爾敏的。和其他幾批一樣，這批貨確實是要離開依藍戴。」她猶豫一下，「我有個主意。」

「繼續說……」

「我需要在城外執法一陣子的權限……如果可能的話，我們這幾天要避免媒體發現這道新聞。這代表要叫其他警員先噤聲。我知道不容易，但可以幫助我找出他們想要運貨給誰。」

「妳的計畫是什麼？」

「根據本子上寫的，有人在比爾敏打算接收這批貨。武器、爆裂物，還有……食物。」

「這和我們在洞穴裡找到的相符，」瑞迪看著初步的報告，「很多食物。」

令人好奇。他們爲何要走私乾燥食物進外城？是給士兵或水手的配糧嗎？

「不論如何，」瑪拉席說，「組織對這類行動通常會靜默執行。我在底下沒看到無線電器材——他們的深度還沒深到傳不出信號才對，所以敵人大概還不知道他們的團隊被捕了。這代表……」

「……我們可以自己送貨，」瑞迪說，「或許就有辦法抓住幕後主使。」

「或至少朝源頭更進一步。」

「他們一定預期會跟自己人碰面，」瑞迪搓著下巴，「我們的偽裝撐不了多久。」

「這個嘛，長官，」瑪拉席說。「我們確實有循環的屍體。」

「有很多人並不相信妳在追查的這個祕密組織，科姆斯。」他說，「妳知道的，對吧？」

「您相信什麼呢，長官？」

「我們六年前審問的那些人肯定不懷好意，」他說，「我還是無法百分百確定那不是外城的陰謀——而且我不太相信有某種邪神存在。但說實話，我已經學會了別跟妳作對。」

「您也得承認，」瑪拉席說。「退一萬步來說，瓦的叔叔確實是與某種準軍事化集團有關連。」

「是的，」瑞迪說。「而且有人在監獄裡刺殺了他，還有他的所有追隨者。如果妳說這是組織幹的，我相信妳。但我需要妳了解——總督和他的人馬希望所有官方力量都專注於外城本身，針對他們對依藍戴所造成的威脅，而不是某種在背後操縱他們的祕密組織。」

「了解，長官，」她說，「但我想這次行動能夠一石二鳥。我們捉住的多數人都只是街上的混混，並非眞正的組織成員。我敢打賭洞穴中唯一與組織有聯絡的人，就是寫這本筆記的那個人。爲了避免被偷聽，他們的策略就是運送前幾天在城內保持無線電靜默，所以比爾敏那邊沒有人預期會聽到來自他的聯絡。我相信我們能讓他們措手不及，尤其是我們還有他的屍體。」

「等等，」瑞迪說，「這有什麼幫助？」

「我在想，我可以請和諧借我們一名坎得拉，假冒這個死者來參與行動。偉恩可以假扮成普通嘍囉，操著比爾敏口音來增加僞裝的可信度。」

「喔。嗯。好吧。」每當她表現得跟和諧很熟稔，瑞迪都會有點不自在——她這麼做是有點裝模作樣了，畢竟她沒有親眼見過祂。比起神，她和死神還比較熟一點。

不論如何，瑞迪並不喜歡牽扯上坎得拉。自從索血者事件後，他就對無相永生者有點感冒。他大概會比較喜歡她直接行動，然後別告訴他細節。但是，她還是想要通報高層所有細節。

警局有權知道她是如何獲得成果的——如果亞利克沒有借她麥威兮科技，或是沒有無相永生者的協助，她絕對無法成功。她原本希望把事情講清楚能讓她的名聲恢復得合理一些，但她錯了。不過名聲顯著還是有好處的。

「我的改革提議如何了?」瑪拉席問,「有關如何管理貧民窟,還有實施適當的警員訓練?目前狀況怎麼樣呢?」

「其他總局長已經同意章程,」他說,「除了詹斯以外。但我想經過今天的事件後,他會同意的。只剩下讓總督同意實行了。」他瞇起眼睛,「我喜歡妳的送貨計畫,給我一份詳細的提案。」

「沒問題,長官。我們需要迅速行動。」

「整個部門都會全力支持妳。」瑞迪說,「總督對今天的成果一定會非常滿意,我敢保證妳的行動肯定能夠得到額外的預算。我會等妳的提案,但同時也會找人先開始補足那些今天被摧毀的貨物。」

「感謝您,長官。」她滿意地深吸一口氣。

「有什麼問題嗎,警員?」他問。

「沒有,長官,」她說,「只是……爲我所選擇的道路,還有我達到的境地感到很感激。」

「用妳自己的時間去感激,警員!」

她看向他,發現他露出少見的微笑。

「我理當講這種話的,」他解釋,「總督喜歡我表現得很粗野,比較符合他的預期吧,我想。喔,在我還沒忘記之前。麥提警員說妳有東西想要給我看?某種沒寫在報告內的東西。就是那本嗎?」

「還有其他一些東西,長官。」她從肩袋內取出尖刺,「我想要請您把這三支交給大學的科學家，」她舉起比較細小的第四支，「不過我要留下這支一陣子。」

「滅絕啊……」瑞迪低聲說，「那是……天金（Atium）嗎？」

「不是，但幾乎一樣神祕。我們認爲這是特雷金，一種來自其他世界的金屬。」

他看了她一眼。有關其他世界的話題一樣會讓他不太自在，她懷疑他從來都沒眞心接受她對特雷的看法。

「他們不就是用這個炸掉監獄的嗎？」瑞迪問。

「我不確定要不要相信那個故事，」瑪拉席說，「沒有證據顯示瓦的叔叔身上還有任何特雷金。」

「不過，」瑞迪說。「調查時候還是小心點。如果那有埃金屬的一半糟……」

「我會小心的，」她說，「我打算把它交給拉德利安爵爺研究。」

瑞迪呻吟一聲，「我以爲他退休了。」

「視情況，」瑪拉席把特雷金尖刺收回肩袋內，「這次，您最好當成他會參與調查。」

「嗯，至少我從來沒收回他的警官權限。」瑞迪用手帕擦了擦眉毛，「盡量試著別讓他……引起任何事件。每次牽扯上他時，事情都會變得……令人不安。」

「我盡力而爲，長官。」

「他應該沒有更多打算引起末日的親戚，或是有神祕力量的瘋狂前妻了，對吧？」

「如果他們出現了，我會請他做份報告的。不過考量到預算，我們最好等下一季再來處理他們。」

瑞迪微笑，「我很開心有妳在，科姆斯。不光是對我的職涯而已。我很高興有個有理智的人在，可以……妳知道的，平衡那些瘋狂的事。去吧。去追查妳的謎團，然後跟我說妳需要什麼。」

她點頭。離開他的辦公室後，她沿著走廊前進，感到一股深深的滿意。她達成了很多——不論是日常生活，還是這個案件。她做到了；她抵達了。

這就是一切了嗎？她壓下那煩人的念頭，快步走向販賣部，拿了一個三明治，開始快速吃起來。距離她與瓦的會面已經沒剩多久了。不過，她才吃了一半，清潔女侍就把她的托盤收走。

「其實，我還剩一半呢。」瑪拉席手上拿著剩下的三明治。

「謝啦。」女侍從瑪拉席手中拿走三明治、咬了一口，「我肚子餓了。」

「偉恩，」瑪拉席嘆了一口氣，仔細端詳他的臉，「你在做什麼？」

「躲那些算術仔。」

「那兩個穿套裝戴圓頂帽的男人？」瑪拉席說，「他們又去找瑞迪隊長問你的事了，偉恩。這次你欠了誰的錢？」

「不關妳的事。」他又咬了一口她的三明治。也許有人以爲他穿著清潔女侍的圍裙與帽子看起來會很蠢，但其實他穿起來很好看——他還配上了假胸部。偉恩的時尚感絕對不差。差的是他的品味。

「我想那確實關我的事。」瑪拉席說。

「不，才沒有。」偉恩說，「我會確保他們不再去煩老瑞迪了。妳聯絡瓦了嗎？」

「我寄了短箋給他。三點碰面。」

「那我們幹嘛還在這浪費時間玩扮裝？」偉恩說，「還有工作要做呢！」

11

瓦降落在拉德利安大宅前門，這裡是他的舊家。史特芮絲從他的腰上鬆手——一如既往，飛行時她總是死死地抓緊他，但整段旅途臉上都掛著開心的笑容。

他們走上階梯，瓦以一系列特定順序的鋼推解開門鎖，讓大門在他們面前敞開。其他人可以用一組鑰匙來開門，但目前沒有太多人住在這裡，所有僕人都隨瓦與史特芮絲一起搬去阿爾斯托塔了。近來這裡只有一名房客，而且並非隨時都待在這裡。

瓦大喊：「亞利克，是我們！」

除了讓這名麥威兮男子有地方住之外，大宅在這幾年也有了些許改變。阿爾斯托塔的閣樓套房空間有限，所以瓦與史特芮絲在這裡進行他們的專案與嗜好。

史特芮絲在樓上三間房裡放滿了她的帳本、筆記以及目錄——她喜歡在閒暇時翻閱它們。她認爲可能用得上的東西——現在都是以郵購送來——大概會淹沒一般的小家庭。不過在受益於她的準備無數次之後，瓦不覺得有任何反對的必要。

史特芮絲前往洗手間整理飛行後的頭髮，瓦則是停在下一道門前，此處的牆上掛著一對蠻橫區的長外套。一件是白色的，另一件——他的舊外套——的下襬則分成兩層寬緞帶流蘇。迷霧外套。兩件外套上方都以掛鉤掛著鑾橫區的帽子。這不算是祭壇，因爲其中一個人還沒死；他只是前往另一種冒險了。不過，瓦還是停下腳步，親吻他的指尖，接著輕觸蕾希的帽子。同樣的，這不算是某種儀式，只是他會做的事罷了。

一小段時間後，一顆戴著面具的頭從二樓欄杆上冒出，「喔，嗨！」亞利克現在的面具是鮮紅色的，漆著從中央發散的黃色碎片，這總是讓他看起來興致勃勃，就好像他的臉會散發出陽光。他抬起面具，底下的露齒笑容比面具更加燦爛。

雖然他身材細瘦矮小，還留著有點尷尬的鬍子，亞利克仍是個不容忽略的存在。尤其是講到他的糕點的時候。

「新的一批快要做好了，」他呼叫瓦，「尊貴的飢餓大人！」

「別再搞那齣了，亞利克，」瓦回嘴，「而且我不是因爲肚子餓才來的。」

「但你還是會吃，對吧？」

「對。」瓦承認。

「太好了！」他拉下面具，消失在二樓的房間，那裡的壁爐隨時都燒著火，他還安裝了一個烤爐，因爲對麥威兮人來說越熱越好。書面上，他是派駐在依藍戴的「初階親善大使」——他兩年前同意半永久性地居住在依藍戴，因而獲得了這個頭銜。瓦很樂意見到這項決定。亞利克先前多次「湊巧」前來拜訪瑪拉席的行程可騙不了任何人。

此外，他的糕點……眞的很好吃。

瑪拉席與偉恩看來是有點遲到了，所以瓦決定去泡茶；史特芮絲則是上樓去拿「幾本」帳本，結果卻搖搖晃晃地走回來，手上努力平衡著快兩打帳本，再把它們一股腦丟在客廳沙發上。瓦遞給她一杯茶，接著——皺著眉——前往尋找某個奇怪味道的源頭。

他在自己的迷霧外套口袋中找到半顆放了很久的肉包，此時一隻狗從前門小跑進入房子。這隻大狗有著灰白色的短毛，高度幾乎到瓦的腰部。

「嘿，」牠用女性的聲音說，「你有帶麥斯來嗎？」

「沒有，」瓦說，「我想做點實驗，妳知道結果通常會怎樣。」

「會爆炸？」那隻狗——宓蘭——問，「好吧，該死，我保持這身體真是白作工。」

「妳真的喜歡玩丟接球嗎？」瓦把發霉的包子丟掉，「就我知道的，你們大多數都很討厭非人類的軀體。」

「是啊，那很貶低人，」宓蘭坐在後腿上，「不過一具身體會……影響你。要跟凡人解釋有點難。把它想成是一種服裝吧。如果你穿著亮晶晶的華麗禮服，就會想要轉圈跳舞；如果你穿著長褲又扛著斧頭，那你就會想砍點東西。我只在任務需要的時候才會穿這種身體，但一旦穿上了……」她聳聳肩，在狗身上看起來特別奇怪，「但今天沒有丟接球了，我會去換掉身體。」

她走向瓦讓她存放其他身體的房間：裡面有骨頭、毛髮、指甲等。幸好，大多數骨頭都不是真的。她更喜歡坎得拉稱為「真體」的骨頭，材質通常是石頭、水晶，或是金屬。

他回到客廳加入史特芮絲。他的傳紙看了一半時——有個報童每天會替亞利克送報——才聽見瑪拉席與偉恩走進門廳。這兩人有時就像火車一樣吵。他搖搖頭，啜了一口茶。

「在這邊！」史特芮絲呼叫，偉恩緊接著衝進來，「偉恩，你能不能偶爾記得進門前把鞋子刷一刷，才不會把泥巴帶進來？這裡不是蠻橫區。」

「妳該慶幸只有泥巴而已，」他說，「我們今天可是在城市的大腸裡鑽來鑽去，史特芮絲，裡面滿滿都是普通大腸會有的東西。」

「這描述眞是噁心到完美。」

「喔，別再抱怨我了。」他的兩腳交互跳來跳去，「我們有新消息。我們有新消息！」

瑪拉席走向前，從背包裡取出一支細長的東西。那是一支細緻的尖刺，像是前端縮成針尖的長指甲。金屬大致上是銀白色的，卻有著紅色的斑點，在光線底下尤其明顯可見。

瓦猛吸一口氣，「妳拿到了。怎麼做到的？」

「記得我跟你說過關於下水道的線索嗎？」瑪拉席說，「我們在底下找到一名被血金術強化的組織成員，率領著一幫混混。」

「幸好，」偉恩說，「在瑪拉席解決他後，他就再也用不上那根尖刺了。」

「嚴格說來，他那時還是有辦法用，所以我才把尖刺挖出來。瓦，他身上有四支尖刺。和諧不是應該有辦法控制這種人嗎？」

「據稱是。」瓦說。那是蕾希事件的重點。雖然不同物種需要的數量不同，但大原則是一樣的：只要身上有太多尖刺，和諧就能控制你。這是自上古以來的血金術漏洞，當時滅絕就是以此控制審判者，死神就是其中之一。

但最近，瑪拉席開始遇見有著過多能力的組織成員。瓦一開始並不相信，但如果她已經證實了……

「他們不知如何繞過了這個限制，」瓦檢查特雷金尖刺，「也許和這支尖刺的位置有關，像是某種楔子？」

「瓦，」瑪拉席說，「這幫人在替比爾敏蒐集補給品，有武器以及軍糧。」

他與史特芮絲交換一個眼神。鐵鏽的……外城顯然認爲戰爭已無可避免。隨著今天表決通過，這非常有可能成眞。

不過，事隔多年後再次取得特雷金尖刺……讓他想起發生在蕾希身上的事，但他強迫自己保持鎭定。這不是來自她的屍體。他們並不知道那支奇異的尖刺是否影響了她的神智。坎得拉都說尖刺不是問題來源，但確實有什麼使她背離和諧，讓她越來越偏執。有什麼奪去了他深愛的女人，將她變成了索血者。他拒絕接受她當時能夠完全控制自身的可能性。

對現在的他來說，那些已是逝去的、深埋的痛楚，因此他能夠拿起尖刺做檢查。這種金屬——據稱——是神的身體具現化而成的，與又被稱爲埃金屬的諧金相同。他能從這個新樣本學到什麼？

房門再度被推開，在門外的是穿著時髦藍長褲與襯衫的宓蘭。她近來常使用非常中性的長相，有著金色短髮以及幾乎難以注意到的平坦胸部。爲了朋友們著想，通常她會維持大致相似的長相。舉例來說，現在這張臉和她先前很相像——只是比較瘦，也比較不女性化。

她一如往常挑了一具高䠷的身體——這一個至少有六呎四吋高。她正用毛巾擦著頭髮——她喜歡在更換身體後洗頭，方便造型，同時確保自己調整好髮流。

「嘿！」她看見瓦指間的尖刺，「那是我想的那個東西嗎？」

「沒錯，」偉恩說，「瑪拉席把某個傢伙變成漢堡肉之後拿到的。」

「眞棒！」宓蘭說。

「我才沒有把任何人變成漢堡肉。」瑪拉席說。

「她比較喜歡肝臟啦。」偉恩說，因此被人狠狠瞪了一眼。

「說到肉，」瓦說，「你是不是把肉包留在我的迷霧外套口袋裡？」

「嗯……」偉恩說，「那是……嗯……」

「你知道我要把外套送洗吧，」瓦說，「而且你得付錢。」

「嘿，」偉恩說，「你沒證據是我做的。」

瓦不以爲然地盯著他。

「你不能靠直覺來定我罪，」偉恩雙手抱胸，「我知道我的權利。瑪拉席總是在我們揍完人之後宣讀給別人聽。我理當要獲得由同胞進行的公平審判，眞的。」

「沒錯，」史特芮絲說。「但在這麼短的時間內，我們要上哪去找那麼多混混呢？」

偉恩轉身面向她，接著——在短暫的停頓後——露出大大的笑容。這兩人最近相處得越來越好了，這是瓦所樂見的。他繼續檢視尖刺。這有什麼特性？有辦法熔化嗎？有辦法……

他停下動作，伸手摸向後側的口袋，差點忘了早先在書桌發現的信封還放在那裡。他再次打開信封，倒出裡面的鐵製耳環，這是道徒的傳統配件——用來與和諧溝通。以金屬刺穿身體是一種與神連結的方法，讓祂能對你產生某種程度的影響。

他再讀一次裡面的紙條：當合適的金屬到來後，你得再做一只。

鐵鏽的。假設他沒弄錯的話，和諧爲何會要他用特雷的金屬來做第二只耳環？

當然，信封內沒有解釋。和諧太了解瓦了。比起解釋，謎團更能引起瓦的注意。

詛咒祂。

他再次收起信封，「做得好，」他對瑪拉席說，「做得太好了。」

「謝謝你，」她說，「我們近期有機會逮捕更多組織成員。我打算設個圈套。」

瑪拉席轉身面向宓蘭，她正雙手抱胸、斜倚著牆。對一生都在進行僞裝——模仿他人，執行神下達的任務——的人來說，她確實很引人注目。今天她的臉頰保持微微透明，讓底下翠綠色的骨骼透了出來。

「我需要妳的幫忙，宓蘭。」瑪拉席說，「我有一具屍體，需要它站起來走點路——久到足以騙過組織就好。」

宓蘭做了個怪表情，「我很想幫妳，但是……我有點事情……」

「我們可以配合妳的日程。」瑪拉席說。

「可能會有點困難，」宓蘭說，「因爲那大概會在另一顆星球上……」

「另一顆星球？」瑪拉席說。

「嗯，也許算是在星球之間？」宓蘭說，「我不是很確定。和諧希望我們有些人能夠向外拓展，出去探索，學習寰宇的一切。因爲很顯然，寰宇知道我們的存在。」她對瓦夾在手指間的尖刺點點頭。

「那是什麼感覺？」瑪拉席開口問宓蘭，眼中有某種……飢渴，「向外旅行。妳……到底要如何做到？」

「不論是去到另一邊，」她說，「那裡就像是現實世界的相反，或是在那邊旅行都很困難。我恐怕很快就要離開了，但找出組織的目標是和諧的優先事項。我會請祂派出我們的另一員來協助妳的任務，瑪拉席。」

瓦望向偉恩。宓蘭要離開了，而且很快？他得逮住他的朋友，問清楚他的感受。

但就在同一時間，亞利克帶著一整盤冒煙的糕點闖進門來，「啊哈！」他抬起面具，展露出他的笑容，「滿滿一房間人。有誰想要肉桂泡芙配上巧克力沾醬啊！你們一臉嚴肅，肯定是在計劃再次拯救世界。這是需要很多巧克的行動，對吧？」

瓦綻開微笑，享受著亞利克的熱忱。數年前，他在組織手上失去了許多朋友——爲了取得飛船的資訊而被刑求致死——但現在已恢復得很好。人都是可塑的，瓦心想，我們持續不斷地重塑自己。倘若如果我們變得不一樣了，其實是件好事。這代表我們能夠成長。

亞利克對瑪拉席眨眨眼，遞上一杯大到有點可笑的熱巧克力。她微笑著牽住他的手，輕輕捏了一下。曖昧了四年後又正式交往了兩年，這兩個人的表現有時候還是像學童一樣。瓦對這段關係的了解比他在意的程度多得多，因爲史特芮絲常常會做筆記，然後發問她是否該做出一樣可笑的表現。

「還有一件事，瓦，」瑪拉席說，「我從今天殺死的循環那裡拿到了這本筆記。你對這一頁有什麼感想？」

她將筆記遞過來，瓦向後靠坐，讀著筆記條目，史特芮絲越過他的肩膀一起看，「看起來像……」他說，「運貨紀錄的注釋，而且是要運進依藍戴？『一碼寬的正方形箱，上面貼著食物標籤，六次中有四次被檢查。更大的木箱，貼了警告標籤，被檢查與留下檢疫。兩碼寬的木箱，每次都被扣留……』」

史特芮絲皺眉，「看起來他們在記錄什麼東西送進城內時會被檢查。」

「很奇怪，對吧？」瑪拉席說，「要運貨進依藍戴並不困難，只有出口的貨物需要支付使用車站的稅金。那就是最主要的問題：外城不想要每次互相交易貨物時都要付錢給我們。」

「是啊，」瓦說，「爲什麼組織會對能運什麼進城這麼感興趣？」

「也許他們打算資助城內的反抗組織？」史特芮絲說。

「但他們走私行動的主要目的，」瑪拉席說。「就是要把武器運出依藍戴。提供武器給依藍戴內的人，對他們來說不成問題才是。」

他們沉默地坐著思考。瓦看向史特芮絲，她搖搖頭。目前沒有想法。他最終把筆記還給瑪拉席。亞利克持續分送著糕點，瓦則走向了偉恩，他很不尋常地拒絕了一杯巧克力。亞利克把巧克力轉交給瓦。

「嘿，」瓦對偉恩說，「你存了多少健康？我今天可能會需要你協助一些實驗。」

「抱歉，老兄，」他說，「我有約了。」

「你沒惹上麻煩吧，是不是？」

「剛好相反。」偉恩宣稱，接著查看他的懷錶——那是瓦的，「事實上，我得走了。我不想因爲遲到被槍射。」

「偉恩，能過來一下嗎？」宓蘭說。

「我眞的——」他開口。

「這很重要。非常重要。」

偉恩萎靡下來，接著點點頭，神情哀戚。瓦抓緊他的肩膀，彷彿要傳些力氣給他。這是必然的。宓蘭是個漂泊者。

偉恩與宓蘭一起離開，瓦試著專注在瑪拉席帶給他的絕佳禮物。一整支特雷金尖刺。

「我，」他說。「需要我的護目鏡。」

12

偉恩有時會假裝自己是個英雄。某種故事裡鐵鏽的老傢伙，進行一些不知所以的任務，例如殺掉怪物或是前往死神的領域。

近來那頂帽子越來越難戴了。尤其是他每次望向鏡子的時候，都會看見眞相回盯著他。他的整個事業都是建立在假裝之上。大家都認爲那是種天分。沒人問過他想要逃避什麼。

今天，他願意付出一切去當其他人。宓蘭穿著那撫媚的身體——說實話，她所有身體都很撫媚——領著他穿過門廳，來到另一側的私人小廳。他伸手想拿掛在房間外牆上的幸運帽，但卻錯過了。

進門後，她讓他坐在一張過於飽滿的椅子上，使他感覺自己像個小孩。她穿著那副跟瓦一樣高的身體對當下狀況更是毫無幫助。她接著握住他的手蹲下，視線對上他的雙眼。

「我很抱歉，偉恩，」她柔聲說，「我必須離開你了。就是今天。結束了。我試著讓你有所準備……但把時間拖長反而更難受，對吧？」

「不知道，」他說，「我從來沒心碎過，所以沒經驗。」

她聞言瑟縮了一下，「偉恩……」

「抱歉，」他說，「妳得做妳的事。我知道。跟神的永生使者在一起，就該預期到自己有天會排在第二順位，輸給會發光的那傢伙。」偉恩皺眉，「祂會發光嗎？」

「我以爲，」她輕捏他的手，「跟你在一起，牽扯會比較少。」

「妳怎麼會這樣想？」他問，「我超會牽扯的，常常導致自己牽來一堆不屬於自己的東西。」

她又瑟縮了一下。

「所以，這……對妳來說毫無輕重嗎？」他說，「六年了？」

「不是毫無輕重，」她說，「只是……和你感受到的不一樣。坦迅警告過我，烏蘭也警告過我，凡人對時間的觀感不同。他們告誡過我的。我很抱歉，偉恩。」

「妳不必對妳沒感覺到的東西道歉，宓蘭，」偉恩說，「這不是妳的錯。」

是我的。

「我……*主動要求*接下這份任務，」她承認，「因爲我發覺自己在牽著你走，而且我知道時間越久，要斷掉就會越痛苦。這就是我不能留下來幫忙的緣故。我現在就得走。在我心軟之前。」

「那樣……很糟嗎？」

「是的，」她說，「因爲那會是謊言，偉恩。若我留下來，只會是因爲不想傷害你，而不是因爲我真的想留下。」

這種情況下，他不該想要留住她的。但他眞的很想。該死的，他眞的很想。

然而他閉上嘴。有時候你就是得站在原地給人射。

「這項任務令人興奮。」她說。「我可以越過未知的迷霧，穿過和諧稱之爲『幽界』的遼闊黑暗。我將是第一個接受正式任務、長期派駐在外的坎得拉。

「我能夠探索全寰宇，偉恩。我能夠去見到所有一切——那些我們只能想像的世界。我可以去幫助那些需要幫助的人——不光是一、兩個人，而是整個民族。」

他悶悶地點頭。

她站起身，傾身親吻偉恩。他想要抽離，但……嗯，他之後一定會後悔。最後一次的深吻，而且是只有舌頭不受一般生理結構所限制的人才能做到的那種。

「我想告訴你一件重要的事，」她退開時耳語，「有意義的事。」

「什麼？」

「你，」她最後一次輕捏他的手，「在床上表現很棒，偉恩。」

「眞的嗎？」

「眞的。跟你說實話，你是我遇過最棒的。」

「妳已經七百歲了，」他說，「而我是最棒的？」

她點頭。

好吧，這眞的很有意義。非常有意義。

「謝謝，」他說，「妳跟我說這個眞的很甜蜜。那……有幫助。」

「我就想可能會有幫助。」她說，「再見了，偉恩。」

她鬆開他的手走出門。根據偉恩對她的了解，她大概已經派人來打包好其他身體了。她今天會用翡翠的，是因爲那是她最喜愛的一組——她大概只會帶這一組還有鋁製的那組，然後留下其他的。

他坐在那裡，盯著門很長一段時間。他沒戴帽子，代表他只能做自己。真實的自己，知曉這種痛苦的自己。他們已結伴同行很久了。從他童年以來就如影隨形的那種痛苦。

知曉他自己真面目的痛苦。

知曉自己毫無價值的痛苦。

13

瓦帶頭走向地下室，身後的階梯傳來史特芮絲與瑪拉席的腳步聲。大宅的樓上滿足了史特芮絲的嗜好還有他朋友的各種需求，地下室則是屬於瓦的。他也做了些改建。

他在蠻橫區時開始研究冶金學，那裡的採礦村莊通常有測試金屬純度或其他性質的設備。他很驚訝這項嗜好派上了多少用場。舉例來說，很少罪犯會想到你可以藉由測試彈殼的材質，追查到他們的武器供應商。

回到依藍戴後，他把這項興趣擴展了十倍有餘。地下室裡滿是金屬樣本、酸液與溶劑、噴燈、顯微鏡，甚至還有間房裡放著熔爐與鐵砧。這讓他想起在蠻橫區的美好回憶。每次他有新發現時蕾希的笑聲，或他花了無數個晚上敲擊金屬，就像是打造弒神武器的古代戰士——但其實只是個想做出晚餐餐具的新手。

近來，他覺得電解與電鍍非常迷人，還有他全新的電動光譜儀也無與倫比。兩者配在一起，加上以不同顏色標注各種金屬的圖表，他幾乎能夠辨識所有東西。特雷金對此的反應爲何？碰到酸液或磁鐵又會如何呢？

這些問題使他精力充沛。這是他在中年後逐漸失去的那種興奮感。太過純粹了。他的生活土崩瓦解，使他無法對如此單純又豐富的事物提起勁。

他戴上護目鏡。史特芮絲照做，也戴上護目鏡並拿出她的夾板。她遞給他一件圍裙，他接受了——畢竟他現在穿的是高級背心，不過他不知道把領巾丟哪去了。她自己的圍裙則是包覆性更好、也更厚，幾乎可以防彈了。他最近才說服她可以不用戴兩層護目鏡，她只要訂一副超厚的就可以。

他們整理好一張桌子，瓦用桌上的鉗子穩穩夾住尖刺。

瑪拉席停在門口，接著咧嘴笑，「你們兩個，」她說，「真是太可愛了。」

瓦與史特芮絲對望，「上次有人說我可愛，我想大概是我跟麥斯年紀差不多的時候。」

「她應該檢查一下視力。」史特芮絲說，「瑪拉席，親愛的？我有有度數的護目鏡，依序在妳右邊的抽屜裡。」

「我很好。」瑪拉席說著走進房內。

史特芮絲嘖舌，指向掛在門口的告示：「必須佩戴護目鏡」。但上面有用蠟筆標的星號以及一排潦草的手寫字：「偉恩除外」。

「這規定很好，」瓦說，「妳也知道在我們身邊會發生什麼事情。」

「事情？」瑪拉席挑了一副護目鏡，「你的意思是爆炸嗎？」

「不只有爆炸，」史特芮絲說，「酸液潑濺、失火，武器意外走火。不過嚴格來說那也算一種爆炸。硬度如何？」

「很硬，」瓦以不同材質測試著尖刺，「可以被鑽石刮出痕跡，但又能勉強劃傷鋼玉。略高於九。」

「已記錄。」她說。

「也很脆，」瓦小心地敲鑿，「與諧金完全不同，那個金屬的延展性和金差不多。妳可以打開其中一具噴燈嗎？」

史特芮絲點燃一個瓦斯噴嘴。瓦削下一小片特雷金放在鎢合金碗中，將其移至火源上仔細觀察。金屬片很快就燒得白熱，但沒有熔化。

「熔點非常高，」他說，「超過兩千五百度。」

「類似於諧金，」史特芮絲說，「試試看電熔爐？」

他點頭。電熔爐可以用強力電流加熱金屬，達到噴燈無法企及的高溫。他以這個方法在諧金上取得了一點進展。不幸地，雖然那一小片特雷金再次變得白熱，他還是無法彎折或拉伸它。

「鐵鏽的，」瓦小聲說，透過暗色護目鏡盯著發光的金屬看，「這玩意眞的很硬。」他要如何把這個做成耳環？

他眞的考慮這麼做嗎？現在想起來，他才發覺其實自己並不知道信封是不是來自於和諧。任何人都有可能留下信封。在他魯莽行事之前，最好先與和諧談過。

「坦迅說這些金屬是神的身體。」史特芮絲說，「在上古時期，這類所謂的神金就是迷霧的來源。」

「那大家的肺怎麼沒燒起來？」瓦說，「如果我加熱到三千度都沒辦法熔化它，那氣態一定是極度熾熱才對。」

「或許，」史特芮絲說。「與一般的金屬不同，這些金屬並不會隨著溫度產生變化，而是根據其他原因。」

瓦沉思著點頭。瑪拉席從彎腰傾向桌邊，注視著尖刺，「這裡面充滿力量，」她說，「這是一支血金術尖刺，所以……」

「坎得拉的說法是『被授予』，」瓦說，「血金術奪去了人的一部分魂魄，儲存於其中。就好像是某種……生命能量的電池。」

瑪拉席明顯地打了個寒顫，「所以這算是某種屍骸囉？」

「至少是凶器。」史特芮絲同意她，關掉了噴燈。

「瓦，」瑪拉席聽起來有點遲疑，「當我從循環身上拔出尖刺的時候，他開始囈語。跟邁爾斯死前的狀況很類似。」

瓦從實驗中抬起頭，「他說了什麼？」

「他說到金紅之人，」瑪拉席說，「跟邁爾斯一樣。然後……他開始說灰燼將會再次落下，就像落灰之終那樣，回歸到黑暗與灰燼的日子。」

「不可能，」瓦說，「大地的狀態已經和以前不同了。灰山不是消失，就是已經平息。現在沒有地質運動能造成另一次落灰。」

「你確定嗎？」瑪拉席問。

他猶豫一下，接著搖頭，「當和諧向我展示特雷的影響正包覆全世界時，他看起來很震驚。我們的世界，還有我們的神，只有三百五十歲。在外面有古老很多、很多的存在，而且也狡猾很多、很多。」

實驗室安靜下來，只剩下電流的嗡嗡聲。瓦關掉機器。

「所以我們要跟上，」史特芮絲用她的鉛筆敲敲夾板，「接下來是什麼？」他得承認，她戴著超大的護目鏡，又在茶歇裙外罩著軍用等級的背心，看起來確實很可愛。他還注意到她的裙子口袋裡冒出一截他的領巾。

「光譜儀，」瓦回應她的提問，「來燃燒些碎屑吧。」

「等一下，」瑪拉席說，「你剛才沒辦法熔掉它——現在要怎麼燒它？」

他拿出一支銼刀摩擦被夾住的尖刺，以一張厚紙接住碎屑，「大部分的金屬都能燃燒，瑪拉席。只要妳能把它弄得夠細，再給予足夠的氧氣就可以。即便我們無法完全熔化諧金，但也成功燃燒過它。」

「那……很奇怪，對吧？」她問。

「確實。」瓦說，「但注意，我們現在討論的可是神的身體。」

他啓動光譜儀，成功利用氧氣管燃燒了一些碎屑來獲得讀數。接著他再次加熱一小塊金屬，也讀取發出的光芒。機器在一張紙上移動筆，就像地震儀一樣——只不過這裡的高低代表了光的頻率。不同元素會有不一樣的光譜組合。

奇怪的是，這次他得到了一條直線——代表了全光譜。但在光譜的結尾，也就是紅光部分，機器嘗試讓線條超過最大值。這理當不可能發生，不過瓦以前看過一次類似的狀況。

他鬆開將筆固定在紙面上的螺栓，再次啓動機器。又一次的全光譜——直到紅光處，懸臂上的筆頓了一下，向外揮出，超過了紙面。

瓦呼出一口氣，「看起來證明是神金了。」

「確實。」史特芮絲在黑暗中記下筆記。

「來個人跟笨條子解釋一下發生了什麼事，」瑪拉席說，「爲什麼這能證明任何事？」

「很複雜。」瓦說，「每種元素都有自己的特徵，在加熱時會發出不同的光譜。這基本上就是如何辨識金屬及合金組成的方法，就像用指紋辨識身分一樣。」

「而這種金屬，」史特芮絲說。「不知爲何能夠放出全光譜，就好像是由純粹的白光構成的；但同時又在紅光的部分發生一些怪事，超出了機器可以計算或讀取的範圍。」

「我以前只看過一次這種現象。」瓦說。

「是諧金嗎？」瑪拉席猜測。

「沒錯。」他輕敲桌子，搖了搖頭，「這些金屬似乎打破了物理定律。我覺得我們在用超越凡人理解範圍的危險物質做實驗。」

「該移到安全箱內嗎？」史特芮絲問。

「或許比較明智，」瓦說，「尤其下一步是要把碎屑丟進酸液裡。」

「安全箱」是史特芮絲對他們在後牆上安裝的加固箱體的稱呼。箱體的開口爲三呎見方，深度也是三呎，由鋁與鋼鐵建造，正面有著類似保險箱的門。門的頂端有著一小塊非常厚的玻璃，讓人能看見內部。這項構造能夠輕鬆防住手榴彈，以前也承受過諧金遇水的爆炸。

諧金——埃金屬——非常不穩定，它甚至會跟空氣起反應，所以必須儲存在油裡面。由於他們並不知道特雷金會如何與酸液起反應，瓦在箱子裡設置好實驗器材，接著關上門。他從外面可以操作內部的細臂，將一點點特雷金分別倒進十種不同的酸液——以及另外兩種鹼液——之中。

諧金與酸不會起反應，但也許特雷金會。能讓他加深理解的任何資訊都很歡迎。他操作時，瑪拉席走向其中一面牆，上頭記錄著他與史特芮絲對諧金相關的假說、實驗，還有想法。鐵鏽的……上面最早的紀錄已經是五年前了。想到他們幾乎毫無進展，瓦不禁感到低落。

「這裡的一切，」瑪拉席讀著筆記，「我好像從來沒仔細看過……你們想要分裂它。」她轉身面向他們，「你們嘗試把諧金分解成基本金屬？你們想要製造天金？」

他回頭看著觀景窗，繼續把碎屑投入酸液中。

「不只是天金……」瑪拉席說，「還有黎金（Lerasium）(注)？那種金屬可以……創造出迷霧之子！和諧留下的紀錄裡有說明。鎔金術會出現在這世上，是因為統御主給了他的追隨者黎金，他們燃燒金屬後身體就起了變化。傳說中最初的迷霧之子——他們有著無與倫比的力量。你想要複製這點。」

「不，」瓦說，「我想弄清楚那有沒有可能被複製。」

「已經過了這麼多年，」瑪拉席說，「你卻從來沒告訴過我你需要埃金屬的原因？我以爲你跟其他人一樣，只是想弄懂怎麼製造飛船！」

「我們基本上沒有任何進展。」瓦處理完酸液，轉身背離安全箱，「只不過瑪拉席，妳還不懂嗎？組織專注於讓古代力量再次回歸——他們會使用優生學、血金術、不擇手段。如果有方法能夠再次造出黎金，我們一定要知道。」

「你還是可以早點告訴我。」她說。

「我想要先有點成果再分享。」瓦說。

他走向瑪拉席，經過正在擺弄特雷金尖刺的史特芮絲。站在瑪拉席身邊後，他再次抬頭看向釘滿想法的牆面。記起他剛開始研究諧金時的興奮感。

終於得到特雷金來測試，重新燃起了那種興奮。但現在，盯著這面牆，他也想起了接下來的經驗。他逐漸地，也無法避免地，明白了自己沒辦法破解這項謎團。他辦過太多沒有結果的案子，深知線索冷去的感受。

他並不是眞正的專家，只是玩票性質而已。他分享自己的筆記給大學內的人，他們回以感謝——但很明顯也已經觀察到相同的現象了。如果有人能在埃金屬上取得突破，肯定會是那些正在研究如何製造依藍戴自有飛船、鎔金手榴彈，還有藏金術獎章的科學家們。

他大概也得把特雷金尖刺交給他們。他可以好好享受幾天，但這太重要了，不能拒真正的專家於門外。

「瓦希黎恩？」史特芮絲從他身後說，「你該來看看這個。」

「怎麼了？」他轉過身。

「特雷金尖刺，」她說。「對諧金起了反應。」

注 Lerasium在系列前作裡曾譯爲「天鉑」，本集正名爲「黎金」。

14

偉恩及時躲進小巷裡。那兩名戴圓頂帽的男人緊接著從一旁的人行道經過。偉恩蹲在那，心臟狂跳，於是數數到一百讓自己冷靜下來。眞驚險。

他已經大致上從與宓蘭的會面中恢復了。事實上，他覺得自己處理得還不錯。沒有東西碎掉、除了他以外也沒有人碎掉，而他只需要三杯威士忌就能繼續前進。再者，他終於察覺今天是什麼日子了。

鐵鏽的葬禮。

你得到任務就得硬著頭皮做下去。而他的今天是葬禮，就是這樣。他穿了他的好外套，還有相配的帽子，既高級又正式。他的領子上甚至還別著一朵花，還是他自己買的。用眞正的錢喔。根本是高級到不能再高級了。

他再次回到街上的人流中。沒錯，大家似乎都知道今天是葬禮日，眞的。這麼多人頭都盯著地上，而非看向太陽；這麼多的臉孔都一片麻木，好像是還在行走的死人。因爲……嗯，這裡可是城市，他們還要上班呢。

死人會覺得葬禮是慶祝嗎？類似歡迎會？或是生日的相反？

他低著頭，表現得就像人行道上眾人的一員。這座城市實在有太多人了。捌分區的這一側是金融區，人群像洪流一樣在路上湧動，全都穿著最佳的喪服。任何人本該都能融入這裡才對，因爲此處有你能想到的所有人種。但金融區不知爲何能把所有人都捏成打領結或穿高跟鞋的同一種形狀，你幾乎無法察覺其中有些人是泰瑞司人，或是有克羅司血統。

要不注意到蟠踞在天上的飛船很困難，但低著頭有點幫助。也許今天葬禮的主角是這座城市。或至少是它天眞的部分。

醉馬刺就在費德路上，七十三街的轉角處。你絕對不會錯過它搖曳的木招牌，還有櫥窗中穿著蠻橫區服裝的假人。沒什麼高級咖啡廳會擺假人，但這地方很特別。大概跟吃泥巴的小朋友同一種特別法。而賈熙喜歡這裡，所以他也只好盡量妥協了。偉恩就是那種很會妥協的人，眞的。

他踏進店裡，努力不對店員的裝扮表現得太過反感。蠻橫區帽子。鮮紅色的上衣。皮褲？喔，滅絕啊，他快吐了。至少站在接待處的人還穿著一般的套裝。

「先生，您的帽子？」男人說。偉恩把帽子交給他，再一手抄走桌上的搖鈴。

「嗯……先生？」接待員盯著搖鈴問。

「等你還我帽子的時候就能拿回去，」偉恩說，「總是要有點保險。」

「呃……」

「我的桌子在哪邊？應該有兩個美女坐在那裡，其中一個人很好，另外一個就座的時候八成威脅要拿槍射你。」

接待員指向一處。啊，原來她們在那裡。偉恩點點頭往那邊前進。在今天這種日子穿這種衣服實在是太鐵鏽糟糕了。沒人穿皮褲去參加葬禮的，除非你是騎馬來。或除非你跟三牙老戴格一樣就愛這一味。

拉奈特就是拉奈特：充滿曲線——不過他不該談論這點——卻穿著寬鬆的長褲。賈熙穿著精緻的白色洋裝，淡金色的短髮燙成小捲，搭配了鑽石髮夾。她喜歡亮晶晶的。他不怪她。生活中的亮晶晶實在太少了，成年人應該可以任意選擇自己喜歡的服裝。那爲何只有這麼少人選擇穿得亮晶晶的？

他在拉奈特與賈熙旁邊坐下，額頭重重砸在桌上，讓銀製餐具都跳了起來。

「喔，太棒了，」拉奈特乾乾地說，「眞戲劇化。」

「偉恩？」賈熙問，「你還好嗎？」

「咕噥咕噥，」他對著桌布說，「咕噥。」

「別順著他。」拉奈特說。

「不，拜託順著他，」偉恩低聲說，「他現在很需要。」

「怎麼了？」賈熙問。

「我正式被甩了，」他說，「而且我的威士忌要沒效了。笨身體。一直在消化中和毒素，完全不管我是故意把毒素倒進去的耶。」他抬頭，「妳覺得如果我把肝臟切掉，是不是就可以永遠酒醉了？」

「這點我倒是可以順他的意。」拉奈特說。

「我很遺憾，偉恩。」賈熙輕拍他的手。

「還好啦，」他說，「至少妳們穿了適合葬禮的服裝。」

「葬禮……？」賈熙問。

「別理他。」拉奈特說，但接著語調軟化，「嘿，偉恩，你會活下來的。我看過你撐過更糟的狀況。」

「哪一次？」

「有顆砲彈貫的轟穿你肚子那一次。」

他抬頭，「喔，對，那眞的很厲害。」

賈熙臉色一白，「很痛嗎？」

「沒妳想的那麼糟，」他說，「是啦，我是被轟成兩截了。但我覺得我的身體只是有點困惑，妳懂吧？斷成兩截可不是常發生的事。」

「幸好，」拉奈特說，「他的金屬意識還在頭部這邊，不然的話……」

他強迫自己坐直，接著嘆口氣，將搖鈴放在桌上，然後搖它。然後又搖一次。說眞的，如果沒人在意鈴聲，要這東西還有什麼用？第三次鈴聲終於叫來了侍者。

「伏特加，」偉恩對她說，「你們最糟糕的那種。喝起來越像尿越好。」

「偉恩，」拉奈特說，「這裡可是高級餐廳。」

「好啦，」他說，「那再丟個橄欖之類的進去。」

「那是我們的侍者嗎？」賈熙看著女人離開問道。

「我盡可能不看得太仔細，」拉奈特說，「他們的服裝實在太糟糕了。」

「完全同意。」偉恩說，「是誰認爲蠻橫區風格的餐廳是好主意的？就像，如果要夠道地，菜單上只能有燉菜。當客人點菜的時候，你就會說燉菜賣完了，然後只給他們豆子吃。」

「我喜歡這個，」賈熙說，「很有趣啊。」

「這是種侮辱。」拉奈特說。

「我們可以繼續談論我嗎？」偉恩說，「因爲我還在這裡，感覺就像是拿葡萄釀酒後剩下來的殘渣。」

「可憐的小東西。」賈熙說。

「妳對他太好了，賈。」拉奈特說。

「他是妳最老的朋友之一呢。」

「純粹是因爲他死不掉。」

「拉奈特……」賈熙說。

「好啦。」拉奈特說著把手放在偉恩肩上，「偉恩，你很堅強，你會撐過去的。」此時侍者剛好回來，她從托盤上拿起杯子交給他，「看，你的酒來了。」

「謝啦，拉奈特。」他接過酒，「妳眞的很知道怎麼讓人感覺好一點。」

「說實話，」她說，「我爲你感到驕傲，偉恩。你對這項消息的反應相對來說算是滿成熟的。」

「這樣算成熟？」他把伏特加一飲而盡。

「相對來說。」

「的確要是大人才能喝酒啦，」偉恩承認，「但……就是……」他嘆一口氣，往後靠坐，「我以爲我絕對遇不到跟我一樣的人，能夠理解大部分的人生都假裝成別人是什麼感覺。但她理解。她理解，拉奈特。」

「你……呃，會找到其他人的？」拉奈特說，「更好的人？我應該那樣講，對吧？但八成不太正確，因爲要找到比無相永生者更好的人大概很難。還有……」

「喔，拉奈特。」賈熙搖搖頭。

「怎樣？」她說，「我很不會安慰人好不好？」

「偉恩，」賈熙說，「這一定會感覺很難受。都是正常的。疼痛代表你的身體和心靈認知到這一切很難熬。」

「謝謝，」他咕噥著，「妳是個好朋友，賈熙。即便妳挑女人的品味有夠差。」

「嘿！」拉奈特說，「你自己可是追了我快十五年耶。」

「對啊？一般來說，我的品味如何？」

「我……」拉奈特說，「該死，別再踩我痛腳了，偉恩。這該是場和善的聚餐。」

「抱歉。」他把手肘撐在桌上，臉埋在雙手內。還是沒看到他們的侍者，不過很合理。從員工看不起顧客的態度看來，這裡確實是眞正的高級餐廳沒錯。

「不過，我說對你感到驕傲是認眞的。」拉奈特告訴他，「你成長了，偉恩。成長很多。我們已經一起吃晚餐好幾年了，你一次都沒有做出追求我的舉動。」

「我答應過妳的。而且，妳已經有對象了。我不橫刀奪愛的。」他縮在椅子上，「如果不是那一天快到了，可能還不會感覺這麼糟。」

「那一天……」拉奈特說，「你得拿錢給那女孩的日子？」

偉恩點頭，「歐琳安卓，」他說，「她和她姊妹因爲我沒了爸爸。」他的試煉之日是每個月最糟的一天，他必須得面對她。必須承認他做過的事：在二十多年前殺害了她父親。

你知道自己沒被原諒。

我知道。

你永遠不會被原諒。

我……知道。

拉奈特向前傾，用指甲輕敲著鹽罐。那是蠻橫區靴子的形狀。這地方高級到連超醜的裝飾品都能繞一整圈變得有品味。

「如果，」拉奈特對他說，「你這個月不去見她又如何？」

「我一定要去。」偉恩說。

「爲什麼？」

「這是我的懲罰。」

「誰說的？」

「寰宇本身。」偉恩說，「我奪走了她的爸爸，拉奈特。我必須記得，我是什麼樣的人。我必須要看著她的眼睛，讓她知道我沒有忘記。」

兩個女人交換了一個眼神。

「偉恩，」賈熙說，「我……想跟你談談你對待這女孩的方式。但我想今天可能不是最好的時機……」

「不，」他說，「直接說吧，賈熙。我已經差不多痲木了。今天是繼續當沙包的好日子。」

「爲什麼，」賈熙說，「你堅持要當面見她？」

「這樣她才能懲罰我。」

「她想要懲罰你嗎？」

「她看起來還滿樂在其中的。」

「有嗎？偉恩，她眞的有嗎？因爲就你所說的，聽起來她是叫你不要再去見她了。」

「因爲她人太好了，」偉恩解釋，「但我不値得任何人對我好。」

「我告訴過妳了，賈。」拉奈特說，「他的自覺能力就跟吃剩的三明治差不多。」

偉恩皺眉。她在說什麼？

「我從沒見過任何一個人，」賈熙說，「比偉恩更擅長以別人的方式思考了。他會了解的。」

「他只在對自己方便時才會假裝成他人思考。」拉奈特說，「當有不願面對的事情時，他才不會那樣做。」

偉恩看向一邊。拉奈特說過很多惡毒的話，但那些並不……嗯，那些並不是眞的惡毒。他會開玩笑，然後她也會開玩笑。確實，有時候裡面會有些事實成分，但那就是朋友會做的事。讓你跟他們在一起時顯得有點蠢，如此一來，你才不會在他們不在場時表現得非常蠢。

但她剛剛最後說的話……刺痛了他。他了解人，對吧？瓦與瑪拉席，他們很會調查。但他們需要像偉恩這樣眞正理解底層的人。那些就算住在土堆裡，都還在慶幸至少不是住在泥巴裡的人。

「偉恩，」賈熙說，「你覺得那女孩想要什麼？你可以像她一樣思考嗎？她眞的希望你每個月都去提醒她經歷過的痛苦嗎？」

「我……我希望她能開心。讓她欺負我這種讓她不開心的人……一定是最好的作法。」

「是嗎？」賈熙柔聲問，「還是這是你想要的？想以某種形式懺悔？偉恩，每一次你忽視那女孩要你做的事，你就是奪走了她的一小塊喜悅，將其轉變成自己的痛苦。」

他緊閉眼睛。

「你看得清的，」賈熙輕拍他的手，「我知道你可以。」

「我沒食欲了。」他用力向後推開椅子，起身走過餐廳。

拉奈特的聲音在身後追著他，「我告訴過妳了。他也許沒有我假裝的那麼糟，賈，但他也沒有妳想像的那麼好。」

他拿搖鈴換回了帽子，然後只取了那傢伙的一顆袖釦做交換——很公平，誰叫他們拿了一個沒啥用的笨搖鈴來換他的帽子。很不幸地，他在門外撞上了兩名戴圓頂帽、身穿背心的男人。

鐵鏽滅絕的！他們找到他了。

「先生，」兩個算數仔中比較高的那個說，「我們需要談談你的財務狀況。」

「又怎麼了？」偉恩將手塞進口袋。

「你有太多錢了，」比較矮的那個說，「先生，拜託。我們一定要談談你的投資策略！目前你的資產缺乏多樣性的程度簡直就是犯罪。」

好吧，就成灰去吧。今天居然還有辦法變得更糟。他任由他們把他塞進靈車內，前往太平間。或是他們管理他資產的會計事務所。反正沒有區別。

不管怎麼樣，大家所知的偉恩，已經死了。

15

特雷金在動。

史特芮絲剛才正在取出諧金，準備與特雷金尖刺一同研究。然而特雷金不喜歡這一點。

瓦把懸浮在油中的諧金小珠再次移近特雷金，結果它又滾開了。

「有趣。」瓦說。直覺使然，他在體內燃燒起一點鋼。

特雷金再次滾離他，「我沒鋼推，」他說，「它是對我燃燒鋼起了反應。」

「這是成果！」史特芮絲快速地記錄著，「瓦，這很有用。」

而且……的確是這樣沒錯，對吧？一種可以偵測其他人是否燃燒金屬的方法？搜尋者也做得到，但現在有了機械性的方法可以偵測……

「喔！」瑪拉席說，「我應該先講的。那支尖刺對我取得的其他尖刺產生了一樣的反應。」

「如同鎔金術，」史特芮絲說，「就好像特雷金尖刺在使用鎔金術鋼推。」

「不，」瓦說，「這比較像磁力。特雷金尖刺會對其他授予來源起反應，類似於磁鐵之間的交互作用。」

「它想要遠離它們。」史特芮絲說。

「比較像是它們有同樣的極性，」瓦說，「我不覺得它有辦法『想要』任何事。」不過這可是神的身體，所以誰知道呢？尤其就他所知，其他內含授予的物質並不會互相排斥。

透過簡單的實驗，他發現當他把兩種金屬——諧金與特雷金——拿得越靠近時，排斥力就越大。再次印證機制與磁鐵類似。另外，特雷金對諧金的反應比對他燃燒金屬的反應要強。

瓦研究著牆上的巨大圖表，上面的內容是從死神給瑪拉席的書上轉錄下來的。曾經，那是瓦聽過最爲超現實的經歷。現在感覺就像日常生活一樣。

那本書裡詳細地記錄了如何使用血金術。他仔細研究過其中的筆記，創造出這個圖表，上面顯示了人體可以插入尖刺的所有位置；另外還有列表解釋血金術如何運作，需要尖刺做爲楔子才能維持整體網絡的功能。

組織對血金術的研究肯定更進一步。他的姊姊黛兒欣仍逍遙法外、身居組織的領導高層。七年前，他以爲她被綁架了……他早該認清眞相的。黛兒欣無與倫比的野心與組織的目標根本是天作之合。

那導致她在自己身上刺上尖刺。把魂魄的碎片釘在自己的魂魄上。想到因此而被謀殺的人——了解黛兒欣與組織的所作所爲——讓他覺得反胃。在他指間的不只是被遺忘的遠古神祇遺物，更是他胞姊泯滅人性的殘酷象徵。

鐵鏽的。他眞的得與和諧談談，對吧？即便瓦不情願，他還是被牽扯於其中。他必須爲自己許多年前起頭的事做出了結——當時他逃離了依藍戴，讓家族捲入了姊姊與叔叔的陰謀中。

樓梯上的腳步聲是帶來點心的亞利克。瓦不知道這位前飛行員這麼孜孜不倦做烘焙是因爲他把大宅視為自家，因此想要招待客人，還是他只是純粹很享受有人愛吃他做的糕點。不論如何，看見他頭頂面具、面帶笑容地端來兩盤巧克力餅乾，確實讓瓦的心情輕鬆了一點。

「你有小心，」亞利克對瓦說，「沒有一次把太多埃金屬放在同一個地方，對吧？」

「我想我擁有的量沒有多到需要擔心這點。」

「有記得還是比較好，」亞利克說，「這是處理埃金屬的基本原則之一。」

關於這種金屬有各種奇怪的規定，瓦不太確定哪些是科學，哪些又是迷信。據說，你不該把大量的埃金屬集中在一處，不然會產生奇怪的反應——不過亞利克並不清楚細節。

那名活力十足的南方人走向瑪拉席，獻上他的貢品。

「喔！」瑪拉席抓了一片餅乾，「我的最愛。」

瓦也拿了一片。他比較習慣硬到可以擋子彈的餅乾，那是盆地的食譜。但這些很溼潤，甚至有點黏糊糊的。有點奇怪，但不難吃。

瑪拉席似乎尤其喜愛亞利克把甜巧克力放進所有食物的作法，「趁還溫熱的時候吃最棒了。」她嚼著餅乾，亞利克在她對面坐下。瓦之前有擦乾淨那張實驗桌，對吧？「你知道嗎？我吃巧克的時候覺得你看起來特別帥。真奇妙。」

「妳這樣說，」亞利克回應，「只是想要我多做一點。」

「我當然是因為這樣才講的。」她又拿了第二片餅乾。

瓦坐回凳子上，享受著他的餅乾，一邊思考桌上放著的兩種金屬。它們會互相排斥。靠得越近，力量就越強……

說不定……

他拿起器具，在安全箱內開始架設另一項實驗。此時樓梯上傳來另一陣腳步聲，讓所有人都停下動作。瓦小心地從口袋掏出幾顆子彈準備鋼推。不過當門打開後，出現的是一名穿著棕色套裝的正經男子。他有著一頭鮮明的金髮——造型完美——還帶著金屬細框眼鏡。全身上下都尖叫著「我很掃興」的那種人。

「文戴爾？」瓦探問，把子彈收起。這名坎得拉穿著新的身體，但散發出的氣場卻很好認。

「正是，拉德利安爵爺。」文戴爾進入房間，解下背包，「請原諒我擅自進入。」他將一張紙放在瑪拉席身旁的桌子上，「這是給妳的，科姆斯小姐。」

「這是什麼？」她問，用史特芮絲不知從哪變出來的餐巾擦手。

「從妳與組織對峙的場所取回的短信，」文戴爾說，「利瑪在其他調查警員注意到之前，先把紙條收起來了。」

「等一下，」瑪拉席說，「警員裡有我不知道的坎得拉？」

「有好幾個。」文戴爾說。

「是誰？」

「舉例來說，卡西琉。大約十六個月前。她的本尊在對游牧人幫的突襲行動中身亡，後來利瑪就接手了她的生活。」

瑪拉席張大嘴巴，「可是……我和卡西琉上禮拜才一起吃午餐！」

「沒錯，她負責關照妳。」文戴爾說。

「她沒跟我說！」

「她該說嗎？」他心不在焉地問，接著聞聞亞利克拿給他的餅乾，「真噁心。」

「噢。」亞利克的肩膀垮了下來。

「我告訴過你了，亞利克先生，」文戴爾說，「我是食腐動物，而且是純肉食性的。這些……製品……不適合我。但如果你有興趣，我正在考慮以可觀的金錢購入你的一張面具。」

「什麼？」亞利克的手伸向還頂在頭上的面具，「我的面具？」

「近來坎得拉之間正在討論你們的面具，」他說。「我們許多同胞認爲面具是你們自然整體的一部分，如同頭髮或指甲一樣——基本上也算是一種骨骼。因此，我決定開始爲未來的身體蒐集面具。你有任何面具願意賣給我的嗎？」

「呃……」亞利克說，「你眞是個怪人，是吧？」

「我根本就不是人。」文戴爾說，「我會給你一份報價，如果你想要繼續談再聯絡我。當然，我只會在你死後才拿走面具。如果你堅持跟這群人在一起，恐怕不會是太久以後。」

他走向瓦，伸出手，「我可以看看嗎？」

瓦嘆氣，轉身走向他設置好實驗的安全箱。他把特雷金尖刺取出，交給文戴爾，讓坎得拉對著光端詳起來。

「我以爲你們不能碰這個。」史特芮絲站在瑪拉席身旁的桌邊說著。

「妳搞錯了，拉德利安夫人。」文戴爾說，「這並不是坎得拉的尖刺，所以觸碰它並不是禁忌。」

「我不會讓你拿走這支，」瓦警告，「它需要被多加研究。」

「不幸地，」文戴爾說，「我沒有打算回收這支，所以我們沒辦法弄清楚你到底有沒有辦法阻止我。」

「你不想要它的原因，」瓦說，「是因爲這不是坎得拉尖刺嗎？跟你從我們這裡偷走的蕾希的尖刺不一樣。」

「是你自願交出那些尖刺的。」

「我那時的心理狀態沒辦法做任何決定。」瓦說，「我還是想要知道那金屬——特雷金——對她當時的狀態到底有多少影響。」

「盼舞當時的表現……主要原因是她決定移除一支自己的尖刺，」文戴爾說，「特雷金尖刺很可能加劇了她的症狀，但並不是根本原因。」

「這跟和諧暗示我的不一樣。」

文戴爾把玩著尖刺，沒有回應，反而朝著安全箱點點頭，「你打算在那邊做什麼？」

「用電流軟化諧金，」瓦指向他設置好的器材。這個架構可以對中央的一小塊諧金送入強力電流，諧金的外表塗著油以避免腐蝕，「這是我們最接近分解諧金的實驗。」

「諧金沒辦法被分解。」文戴爾說，「只要和諧還是和諧就不行。我解釋過了。」

史特芮絲帶著夾板走過來，兩人交換一個眼神。這是眞的；諧金並不是種合金。但和諧同時持有存留與滅絕——所以這種金屬也同時是天金與黎金，只是以普通科學無法解釋的方法混合在一起。

因此，存在著某種分解它的方法似乎很合理。但以酸液進行選擇性融解失敗了。以不同加熱方法嘗試讓不同成分分離熔化也失敗了。電解法也失敗了。

還有另外十幾種方法也都失敗了。這是瓦逐漸失去實驗動力的原因。但在他們嘗試過的方法中，電流似乎最接近成功。他啓動機器，沒有費工夫關上安全箱。他已經做同樣的實驗很多次，知道開著沒有問題。

那一小點的諧金開始升溫。瑪拉席與亞利克走過來，看著它發出強烈的光芒。接著瓦啓動機器的另一部分——開始把金屬拉開。

諧金很具延展性，加熱時更是如此。當被加熱到這種程度時，它似乎對空氣的反應有了變化——不再那麼不安定了。就好像……就好像正在轉化成其他物質。

這臺專用的機器持續從兩邊的夾鉗通入電流——但同時也向外移，拉伸金屬。如果他繼續拉，就可以俐落地將諧金一分為二。這一點並不特別。但現在機器被設定為只想拉伸幾個十六分吋，然後就停在那裡。得到的結果是兩邊各有一小球諧金，中間以細絲相連。

「這樣有什麼意義？」文戴爾問。

「看著。」瓦戴著暗色護目鏡，因此比較容易看到——一小段時間後，金屬開始重新排列。左側的諧金小球開始發出藍白色的光芒，右側的小球周圍開始出現奇怪的氣場，閃耀反射出銀光。那看起來幾乎是液態的，像是水銀一樣表面極其光滑。

「那是……？」瑪拉席問。

「不，」瓦說，「如果現在把它切斷，等金屬冷卻後只會得到兩塊諧金。但在這狀態下，金屬幾乎快要分解了。你們可以看見左側開始表現得像黎金，而右側的珠子……符合天金的描述。」

「它總是看起來很想要分離，」史特芮絲說，「總是以這個原則重新排列。」

「滅絕與存留，」瑪拉席低語，「天金與黎金。」

「我想這就是諧金如此不穩定的原因。」瓦解釋，「和諧沒辦法隨意行動，對吧？他以前說過：他的兩個面向互相排斥，導致他舉棋不定，無能為力。」

「祂只是達到了平衡，」文戴爾說，「保護事物與使其衰敗，兩者達到相等。」

「嗯，」瓦說，「我越來越確定我們現在面對的神並沒有受制於這種平衡。我一開始還很懷疑，但瑪拉席說服了我。」

「特雷很危險，文戴爾，」瑪拉席瞇眼看著強光，「我們得做些什麼。我們沒辦法繼續等和諧了。」

「我差點就被說服了，」文戴爾說，「妳對那張短信有何看法？」

「讓人困惑，」瑪拉席說，「而且很不明確。」

瓦向她拋出疑問的眼神。

「我待會解釋。」她承諾，「不過現在……我們還有什麼要繼續嗎？」她對著大家圍繞的安全箱點點頭。

「這個嘛，」瓦從文戴爾手上拿回特雷金尖刺，「我們注意到這種金屬會排斥各種授予——而且對諧金的排斥力特別強。我在想……要是我們把諧金像這樣拉開，然後用特雷金切開它？也許可以更用力排斥兩邊，然後眞的分離出天金與黎金？」

他輪流望向其他人。

「這……把東西炸掉的機率有多大？」亞利克問。

「考慮有使用到諧金？」史特芮絲說，「我會說極度有可能。但値得試試看。」

「這就是我們使用安全箱的理由，對吧？」瓦說，「況且，這塊諧金非常小。一塊金屬裡的能量能有多少？」

他的話在空氣中迴蕩。

「所以……」亞利克說，「我想他弄這個的時候，我們其他人都該去另一個房間躲得遠遠的，對吧？」

「沒錯。」瑪拉席同意。

瓦深吸一口氣，接著點點頭，「我可以做一個計時器，」他說，「這間地下室用來加固的水泥多到可以鋪一整條高速公路了，我想樓上應該會很安全。」

「我們可以叫坎得拉來做，」瑪拉席說，「他們基本上是不滅的。」

「基本上不滅，」文戴爾說，「和『完全不滅』可是差了無限遠，科姆斯小姐。我是被命令來協助妳的滲透行動——我猜妳有具屍體要給我？——而不是爲了來達成不可能的任務，賭上性命。」

「那就用計時器吧。」瓦說。

「我會弄一小片特雷金下來，」史特芮絲說，「這樣就不需要用到整支尖刺。」

「好主意。」瓦說。他可以拿他的液壓機來改造……

他花了半小時才架設好所有器材。途中，瓦不斷思考著，如果他眞的分裂了諧金會如何？他會有兩種金屬，神的軀體，兩者都有著只記載於古書中的神奇力量，能夠操縱時間或是創造出傳說中的迷霧之子。要是他有這種力量會如何？他會有什麼改變？

什麼也不會變，他對自己想，我曾經有過那股力量。當擁有力量時，我只用來拯救我的朋友。

他完成校正，把機器上的計時器設定爲五分鐘。當計時器時間一到，機器就會把一小點特雷金壓進被拉伸的加熱諧金正中央。

他緊緊關上安全箱，所有人都逃上階梯，接著牢牢關起樓梯頂的厚重金屬門。然後……瓦發覺五分鐘也許有點太久了。

「所以……」他拿出懷錶，一邊說，「那張紙是什麼？」

「短信就放在洞穴內的一個箱子上，」文戴爾解釋，「那是少數沒被爆炸摧毀的箱子。」

「早先在任務途中，」瑪拉席說，「我看見了一個穿黑衣、戴面罩的人影。當時我在使用緩速圈，她快速地接近我。我在她離開之前只勉強看清她一眼，但這一定是她留下的。」

她把紙轉過來給瓦看，上面只有非常單純的訊息。

我們在觀看，瑪拉席，上面寫道，而我們很滿意。

紙張底部有個小符號，是三個交疊的菱形。瓦覺得有點眼熟，但他不認爲自己看過這個符號，比較像是這個形狀讓他想起某種東西。

「你看過這個嗎？」瓦問文戴爾。

「呃……」他說，「我被禁止回答這個問題。很抱歉，拉德利安爵爺。」

「禁止？」史特芮絲問，「被誰？」

「和諧本尊，拉德利安夫人。」文戴爾說。這是瓦有印象以來，第一次看到他很不自在，

「我建議你直接問祂。」

「太棒了，」瑪拉席說，「我們在這努力想辦法防禦整顆星球，結果神卻像是有暗戀對象的小孩一樣扭扭捏捏的，眞是太棒了。」

「僞神就是這樣。」亞利克發話，結果被房間裡所有人瞪。他只是聳了聳肩。

眾人都陷入沉默。*爲什麼，瓦心想，等待時的幾分鐘總是像永恆一樣長？*

「所以，」文戴爾說，「你的骨骼，拉德利安爵爺。你改變心意——」

「非賣品。」

「但是——」

「非賣品。」

「啊，好吧，不過，」文戴爾說，「問問看總是沒錯。如此優良的骨骼，就這樣浪費掉了……」

突然一陣爆震撼動了整座建築。吊燈搖搖晃晃，瓦右邊的窗戶碎裂，他還聽見廚房裡碗盤落地的聲音。

「鐵鏽的，」瑪拉席說，「我看連隔壁捌分區都能感覺到震動。你……覺得安全箱有撐住嗎？」

「只有一個方法才知道。」瓦朝地下室的門前進。

「至少，」亞利克對其他人說，「我們這次有計劃好，對吧？」

「在瓦身邊永遠都要計劃如何應對爆炸，」史特芮絲說，「可以省下很多麻煩。」

瓦拉開門，準備走下樓梯。

16

「柯爾與兒女會計不動產事務所」也許看起來不像太平間，但偉恩很確定這裡就是。因為你得是個死人才會喜歡在這裡工作。

高個無聊男和矮個無聊男請他坐下，然後馬上開始替他進行防腐處理。而且用的還不是什麼好東西。他可以接受任何酒類，但他們偏偏要用墨水。

不過他們有好好地先把他的身體晾乾就是了。

「您的投資，」高個無聊男說，「風險太高了，偉恩先生。我們推薦您採取更加平衡的組合。」

「我有多少錢？」他憂鬱地問。

「現在超過兩千萬。」

啊，該死，「我告訴過你們了，」他說，「把錢給那些沒有房子住的人！」

「是的，您的合宜住宅專案非常成功，」矮個無聊男站起身，伸手拿起一本帳本，「您對緊接而來的經濟衰退預測非常——」

「還有那個女孩呢？」偉恩說，「想在牆上裝插座的那個？」

高個無聊男微笑，「塔索小姐開發的革命性電力裝置是您財務帝國的領頭羊，偉恩先生！利潤簡直是天文數字。」

「您的不動產投資很明智，」矮個無聊男說，「但我們必須清盤一些您在塔索電力的所有權，轉去投資其他更新創的公司，避免同業競爭造成過大影響——我們最初的專利已經開始過期，所以出現了許多競爭對手。」

「你們，」偉恩說，「真的需要交個女朋友什麼的。」

「喔，我們兩個都有跟人約會，偉恩先生。」矮個無聊男說，「我必須說，加里歇還滿受歡迎的。而且你不知道女會計師們有多狂野！前幾天晚上——」

「閉嘴，」偉恩咕噥，「別在傷口上灑鹽。」好吧，抵抗也沒有用。人是沒辦法逃離自己的葬禮的。大部分都沒辦法，因爲死人的腿動不了，「好吧。給我一頂那種該死的帽子。」

兩人對望，但偉恩不耐煩地揮手，所以高個無聊男終於從門上的掛鉤取下他的圓頂帽，交給偉恩。

偉恩戴上帽子，他的死亡正式完成。鐵鏽深入他的骨頭深處。他看著帳本，以大拇指搓揉著下巴底。但這還不夠，所以他心不在焉地從矮個無聊男的背心中抽出眼鏡，塞在自己的口袋裡。

還是不夠，「麻煩，」他說，「幫我拿一杯蜂蜜茶，旁邊附上檸檬，再加一小把薄荷。注意，不要太多，但要足以替茶增加點風味。你了解吧，加里歇？好傢伙，好傢伙。」

很快地，他就一手拿著茶一邊掃視著帳本。因爲他沒有正式的家族姓，所以他們在他的姓氏處寫了「泰瑞司氏」。他繼續閱讀。

沒錯、沒錯。數字。這是很多數字，很好。而且數值很高，就是他這種會計最喜歡見到的。帳本上幾乎沒有赤字。沒錯，嗯。茶裡的蜂蜜不太夠。

帳本裡寫的東西清楚明瞭。偉恩已經死了。取代他的位置活著的是個高檔的傢伙。不，根本是極盡奢華。

「至少，」他說，「你們有拿到我要的彎管合金？」

一名助理拿來一大袋。如果他想要的話，這些夠買兩、三輛車了。

「好吧，」偉恩說，「我們接下來要這麼做。」他從內口袋裡拿出一張紙攤開——是當地招募男孩參加鼻球賽事的傳單，「我們要資助這些小子，給他們資金買裝備，還要蓋一個讓他們能好好玩球的地方。」

「先生？」矮個無聊男問，「爲什麼？」

「我們會加上座位，」偉恩解釋，「然後讓大家都來看。你看，現在大家都想要對某人大喊大叫，而我的朋友們，我們要提供他們一個場所。我們要創造一個大規模的鼻球聯盟，讓每個捌分區都有一支自己的球隊。男士們，我已經思考一段時間了，這座城市需要有一種確實可控的方法來讓市民灌醉自己。」

「我不明白，先生。」高個無聊男說。

「酒吧的存在是有意義的，」偉恩說，「那是一個供應飲酒的可控環境。人們會忍不住加入周遭的氣氛，而你懂的，我們這個社會最好要爲此做好計畫。

「目前，各捌分區都很緊繃，人民很憤怒。你看，外城甚至還在暴動！我們必須要運用類似控制酒醉的方法控制憤怒——讓他們在可控的環境下發洩，提供每個人討厭的對象。」

他們一臉茫然地看著他。

「我們要找一堆小子來互相對打，」偉恩用低階層的口音說，「讓他們組成代表各個捌分區的球隊，這樣所有人都會有自己支持的球隊，然後討厭其他隊伍——以正當的方式。」

「啊！」矮個無聊男驚呼。

現在的人啊，還有他們低俗的說話方式。這兩個說不定連怎麼打磨金馬桶都不懂呢！眞是令人害怕！

「沒錯……」高個無聊男說，「我了解了。所以，就像地區的俱樂部，但是整座城的規模。」

「大家都喜歡自己地區的隊伍，」偉恩說，「我們可以依此做出些好事。」

「建造大小足夠的競技場很昂貴，」矮個無聊男說，「就算是對您來說也一樣。」

「那我們就向進門看球的人收點錢，」偉恩說，「涉及到金錢的話，大家會更投入。」

「沒錯……」高個無聊男說，「沒錯，這很有意思。把對立金錢化——再配合個人的喜好興趣——這活動會是開創性的……」

「這是我在大部分活動中最喜歡的部分。」偉恩補充。

高個無聊男點頭，「這太棒了。我們會找最優秀的人負責執行。」

「不，」偉恩說，「叫你們最糟糕的人來做。他們更了解游手好閒的流氓，所以對這狀況更有幫助。現在，我們來討論鞭打僕人，還有爲什麼這對他們來說不算壞事。」

鐵鏽的，這頂帽子。他脫下帽子擦擦眉毛。笨錢以及有錢人的笨帽子。這頂內部甚至還有鋁箔可以抵擋情緒鎔金術。

好吧，這個主意肯定能讓他破產了吧？畢竟，這可是他最差的主意——而他還是個大傻瓜。他用手指轉著帽子想著。要是瓦——或更糟糕，瑪拉席——發現他很有錢怎麼辦？那他的耳根就再也無法清靜下來了。

高個無聊男拉拉領子，「您……是眞的想要我們評估對……呃，其中一些員工採取更多體罰嗎？」

「不了，」偉恩說，「當教官討厭死了。」

「先生，」矮個無聊男說，「關於您的身亡信託條款？我們來談談其中你列出的一些不尋常的部分。」

「不要。下一個。」

「您目前的居住狀況——」

「不要。下一個。」

「您跟瓦希黎恩確認過他已將肖像權轉移給你，就在——」

「不要。下一個。」

「您的車隊？」

這他喜歡，「怎麼了？」

「威多利出了新款。」矮個無聊男拿出一張圖片。那輛車沒有頂部。就好像如果你想的話，可以一邊開車一邊朝風裡吐口水。

「該死，這眞讚，」偉恩說，「幫我弄來。」

「沒問題，先生。」矮個無聊男說，「我該買多少公司股份？」

偉恩對他瞇起眼睛，「我知道你們想幹嘛。」

兩人無辜地看著他。

「不要超過百分之五，」偉恩說，「然後當打鼻球的那些人變得有名後，讓他們開這些車到處轉轉，順便宣傳車子什麼的。喔，還有把名字從鼻球改成別的。還有把那兩個長跑者的位置改成可以允許金屬之子擔任。守門員也一樣。這樣比賽會比較有趣。」

「如您所願，偉恩先生。」

他繼續用手指轉著帽子。我從沒見過任何一個人比偉恩更擅長以別人的方式思考了。他甚至能用會計的方法思考。

他能以恨他的人的方式思考嗎？

做爲起頭，他必須記住自己的所作所爲。他活該承受痛苦。

她呢？他閉上眼睛，想像每個月看到他自己溜進來的感覺。那個男人。那個糟糕的男人。

難道他就不能讓她走出這一切嗎？

他會理解的……

要是他不想呢？

該死。已經太晚了。

「嘿，柯爾，」他睜開眼睛看著矮個無聊男，「我要你幫我安排一個寄送服務。付一些錢給一名年輕女子還有她的家人，嗯，每個月都要。她現在有自己的小孩了，而且現金必須準時送到。我應該要當面交給她的，但我……太忙了。沒錯，太忙了，你看……」

「我們很多客戶都有類似的需求，偉恩先生。」矮個無聊男說，「請把地址交給我們，我們就會謹慎隱密地處理。」

他們幹嘛用這種方式講啊？不論如何，賈熙是對的。如果他要當死人，至少可以是有禮貌的那種，不要在大雷雨天從森林裡爬出來吃掉你。

就連死人也是有標準的。

17

史特芮絲覺得她最近對於理解他人這點做得很不錯。曾經，她以爲所有人都與她有著相同的擔憂，只不過掩飾得非常好。隨著年紀增長，她了解到一件更驚人的事：他們根本沒有感覺到那股焦慮。

他們腦海深處沒有那股如影隨形的擔憂，低語著是否忘記了某項重要的事。他們不會花數小時回想自己所犯的錯，還有該如何改善。他們的心智隨時都介於天賜的自信與驚人的無知之間。

然後她年紀更大了。她與瓦希黎恩結婚。她交到朋友——真正的朋友——並更加認清事實：每個人看待世界的方法都不一樣。倖存者讓人與人之間都能互相配合。金屬與合金。推與拉。

其他人對底下爆炸的反應有種奇怪的興奮與渴望，幾乎都趕著要當第一個進門的人。但如果樓梯結構不穩怎麼辦？史特芮絲針對實驗室爆炸有一連串的應對程序——她花了三個晚上才寫出來的。

她愛他們，所以她想要大聲警告，把他們留在安全的地方，禁止他們冒險。但她也知道自己有時候有多極端。這是她近年來最大的自覺——歸功於她與讀書會的其他女性之間的討論。她的準備有時候已經超出了有幫助的範圍，認清這條界線對於認識自己來說至關重要。

而且她也得承認，今天其他人確實展現出一些智慧。在她的建議下，他們讓文戴爾打頭陣，因爲墜落不會傷到他；瓦走第二個，倘若樓梯崩塌，他至少能夠飛起來。他們在樓梯底部停留了一下——避免還有東西要爆炸——接著才準備打開加固的大門。

「等一下！」史特芮絲在手提包裡翻找，「口罩。」

她把布口罩發給所有人，也包含亞利克，因爲木頭面具沒辦法替他過濾空氣。他們心不在焉地接過口罩，甚至還翻了點白眼。除了瓦，他在戴上口罩前對她微笑。

他喜歡她的準備。他覺得那很可愛。但除此之外，他也很感激。他認爲她很有用，而不是只在吹毛求疵。

「妳的爆炸後事項裡有特別需要注意的嗎？」他問。

她拿出她的居家危機狀況筆記，感到一陣暖意。沒錯，她知道自己有時很極端，但同時，做這些準備很療癒。她把害怕寫下來後，感覺就好多了。如果她把想到的事分類、好好思考過，那情緒就不會再控制她——而是她控制它。

「地面上可能有酸液，」她碎唸，「混合後也許會導致有毒氣體。玻璃碎片。二次爆炸——尤其是來自暴露在外的諧金。這些是我最害怕的。」

他思考著，「瑪拉席，」他在她正要推開門時說，「我剛才用了鹽酸和次氯酸做實驗。」

「代表？」

「氯氣。」他說。

文戴爾抓住瑪拉席的手臂。酸性物質對坎得拉來說是剋星。

史特芮絲很驚訝，他們居然會聽她的話。因為裝在地下室的強力通風扇故障了，所以他們同意她拿房間用的電扇來通風，接著所有人都爬上樓梯，走出大宅讓整個建築換氣。當他們回去時，所有人都毫無怨言地戴著口罩，讓她以檢測組來測試空氣品質；再來，他們要進入房間觀察時，也都很小心腳下。

安全箱的門進行了一趟短程旅行，飛越整個房間緊緊卡在對面的牆上，箱體本身的鋼鐵已經變形到無法修復。房間其他地方……

好吧，看來她得重新訂購一臺光譜儀了。還有離心機。還有一些燒瓶。還有……嗯……新的牆……

她抑制自己想要去掃地上玻璃屑以避免有人踩到的衝動，改而緊跟在瓦希黎恩身邊。他也許能發現什麼有趣的東西。

「鐵鏽的，」他走向安全箱的殘骸，「這東西可是承受住了三盎司的諧金爆炸呢。我這次實驗只使用了不到十分之一的量。」

他朝箱子殘骸的頂部伸手。

史特芮絲拿出一隻手套在他面前揮舞。

「對喔。」他戴上手套，才開始摸索毀壞箱子的頂部。他的手沾上了一些黑色碎屑——是金屬粉末。文戴爾走到他身邊，瑪拉席在觀察安全箱的門，亞利克則是回到樓上拿了一柄掃把，開始掃起碎玻璃。

史特芮絲原本就已經滿喜歡他的，主因當然是他對待她妹妹的方式。但就在這當下，她對他的評價又往上升了一個層級。

「我們需要測試這些碎屑，」瓦說，「但……我不覺得這是天金或黎金。這看起來像是鐵製器具的殘骸。」

史特芮絲還是將碎屑放進樣本袋中。瓦希黎恩傾身探入牆上的破碎箱體，接著從口袋拿出一支小銼刀戳下一點還在冒煙的物質。

「諧金，」他說。史特芮絲找出一瓶備用的油讓他把金屬投入，「黏在箱體的後側。我想……實驗失敗了。諧金並沒有分解。」

「事實上，」文戴爾說，「我想你做出了比那還要危險得多的事。」他拿出一本小筆記，「你這次用了多少諧金？幾克？」

「大概半克左右。」

「這次的爆炸威力……」文戴爾說，「這種程度的毀滅……只來自於這麼小的樣品，是有可能，但必須要是……」

「什麼？」瓦說。

「這次的爆炸不是分解金屬導致的。」文戴爾說，「要釋放出這種程度的能量，只有當授予或物質直接轉換成能量時，才有可能產生。」

他看起來注意到了眾人的困惑，因此繼續解釋：「我相信我已向你們詳加解釋過授予的本質了，這是我專精的研究領域。我另外還專精於頭骨的……」

「我的是非賣品。」瓦提醒他。

「我的可以賣。」史特芮絲說。

兩人都看著她。

「我死後還需要骨頭做什麼？」她問，「現在拿到錢感覺好多了。」

「如同我一直在說的，」文戴爾回應，「你們在體內生成的甲殼已經超脫了你們的無常生命——就像海中的沙錢，人類的骨骼也一樣。這是你們在司卡德利亞生存過的殘留證據。我們晚點再來討論交易細節，拉德利安夫人。

「現在，讓我長話短說。所有東西都是由三種精質（essence）構成的，第一種是物質：你們身邊的物理實體。全部都是由我們所知的最小單位『原質』（axi）所構成。」

「有東西不是……由物質所構成的？」史特芮絲問。

「當然，」他說，「還有能量。」他朝著天花板揮手，上面內縮又加固的兩盞電燈仍然運作中，「電力、熱量、光……你們的物種近來將其應用得很好。真不錯。非常現代。」

「第三種呢？」瓦問。

「授予。」文戴爾說，「眾神的精質。所有東西都有被授予的面向，一般而言，需要特殊方法才能獲取。拉德利安爵爺，當你燃燒金屬時，就是直接從靈魂界拉來授予、使其生效。就好像能量讓那些電燈發亮一樣。但關鍵是：授予、物質、能量根本上來說都是相同的。」

「我……有一次察覺過。」瓦希黎恩的表情迷離，「當我持有悼環的時候，所有事物都是同一種存在構成的。」

「正是如此！」文戴爾回應，「而狀態之間是可以互相轉換的：能量可以轉化成授予，這就是藏金術的精髓；授予可以轉化成物質，這就是諧金的來源；而物質也可以轉化成能量。」

「那樣的例子是……」史特芮絲說。

文戴爾對著被摧毀的房間點點頭，「我相信我們剛剛才目擊到。你們成功釋放了一些能量——雖然只有你們放進箱內的金屬其中一小部分，但依然發生了。如果你們找出讓能量全部釋放的方法……這麼說吧，和諧說過這種毀滅力量讓祂很畏懼。深深地。」

「確實該畏懼，」瓦希黎恩說，「因為這很容易辦到。太容易了。」

「至少，」文戴爾說，「這需要兩種非常稀有的物質，還有很多能量，對吧？」

「以這麼小的樣品來說，」他承認，「確實要很多。要放大規模會需要很多電力，但其中潛藏的毀滅力量……」

「同意。」文戴爾的皮膚變得……不只是蒼白，而是直接變成透明，「我……該回報這件事。如果你不介意，我會在樓上與和諧溝通，不好意思。」

瓦希黎恩與史特芮絲對望，「最糟情況？」他問。

她思考著。可能發生的最糟情況是什麼？對她來說顯而易見。

「如果組織已經知道這種機制了呢？」她問，「瑪拉席說那名快死的人提到了讓灰燼再次降臨於盆地。也許他們是想使用炸彈？」

瓦點頭，表情嚴肅。他也想到了一樣的事。

「如果組織已經發現這種交互作用，」她說，「那應該也是意外發現……或是在類似於我們的實驗時發生的。可能會留下紀錄。」

「我們該去尋找外城有關不明爆炸的報導，」瓦說，「聰明。灰燼的……要是在古老的灰山內放入這種爆裂物會怎麼樣？有辦法重新點燃灰山嗎？」

「這聽起來恐怖得恰到好處。」史特芮絲感到一陣暈眩。她怎麼沒考慮過這個問題？看來她得多做點計畫了。但重要的事情優先，「我會從圖書館訂來外城的傳紙，叫他們送去閣樓。我們可以從那邊開始。」

瓦點點頭，「有了瑪拉席的權限，妳應該也能取得警局的資料。」

這提議非常好。史特芮絲走回房間後端，經過亞利克——他發現一些他的餅乾殘渣貼在了牆上——接著走向瑪拉席。最近與她相處的時間變多，感覺……很愉快。她們童年時並沒有被鼓勵發展太多姊妹情誼。她們的父親——現在已退休，住在鄉間的領地——對瑪拉席的非正統血緣感到羞愧。史特芮絲總是擔心瑪拉席會認爲那是她自己的缺陷，而非她們父親的。

瑪拉席似乎沉浸在思考中，但史特芮絲完全不知道她從壞掉的門上看出了什麼有趣的東西。不過，她還是保持安靜，不想打擾她。史特芮絲不介意沉默，這純粹是種中性的體驗。

「世界改變的速度太快了，」瑪拉席終於低聲說，「我連電燈都還不太習慣，更不要說飛船了。接著是另一個神……來自於別的世界。現在又有一種爆裂物，只要一點點就能毀掉整個房間……」

「我也很擔心，」史特芮絲說，「我眞希望近來的事件能夠容易預測一點。」

「我不禁在想，」瑪拉席說，「爲什麼我要花時間在謀殺案或一般犯罪上。我知道那些很重要……但史特芮絲，有人就在外面、知曉一切。他們的行動能夠改變星球的命運。就我所知，他們不會大意。而他們八成很樂意看到我們去追捕普通罪犯，然後放任他們爲所欲爲。」

「這就是妳追捕組織的原因。」史特芮絲點點頭，「這就是爲什麼當分局中大部分人都覺得妳太過頭時，妳依然這麼執著。」

瑪拉席輕笑，「我猜這是家族特點。」

史特芮絲微笑，接著感覺有點蠢，因爲瑪拉席沒辦法看透她的口罩。就在史特芮絲來得及回話前，瓦希黎恩被炸飛了。

幸好這只是一次小得多的爆炸，但力道還是足以把他向後吹倒在地。史特芮絲擔心地跑過去——發現他大致上沒受傷，只是有點頭暈目眩。他抓住她的手臂坐起身，搖晃一下頭部，他的好背心——這可是維蘇立牌的——被撕裂且燒焦了。她的圍裙至少有提供一些保護力。

他拍拍身子。雖然不喜歡承認這點，但他確實是老了。二十歲的時候遇到爆炸與五十歲的時候遇到爆炸可大不相同。

「所以，」他對她說，「妳剛剛是不是提到二次爆炸？」

「在我的列表上，沒錯。」她低聲說。

「沒關係的，」他拍拍她的手，「我沒事。我只是做了件蠢事。我在收集貼在安全箱後側的諧金，價值太高了，沒道理就留在那裡。大概是與空氣或剛才實驗剩下的液體起了反應——」

他打個噴嚏，接著要讓她安心似地對她微笑。他的口罩不見了，肯定是在爆炸時被吹飛。她爲他藏起擔憂。在與瓦希黎恩·拉德利安成婚後，她對自己許下了一個誓言：她不會停止擔心他，但她絕對不會阻止瓦去當他想當的人。

每次他決定要參與調查，她都嚇壞了。但她不讓恐懼掌控她對待他的方式。她絕不會成爲阻礙。她太愛他了，不會做那種事。取而代之的是，她努力讓自己也成爲他世界的一部分。比起自己被槍射中，在家裡擔心他有沒有被射中的感覺還更糟。

他也嘗試著想要成爲她的世界的一部分，這點讓她感到無盡的感激。他更注重政治了。和她一起花時間管理財政。他們兩人非常契合，比她夢想中的還要更好。每次他們碰觸對方，她都總是能感受到一股暖意。

「我們去喝點茶，」瓦在她的協助下站起身，「還有好好討論一下。」

18

瑪拉席在沙發上坐下，耳朵還因爲二次爆炸而嗡嗡作響。亞利克坐在她身旁，面具拉了下來——他在嚼口香糖時通常會把面具拉下，現在就是如此。咀嚼對他來說似乎是種文化禁忌，眞奇怪。如果有任何事是應該允許拉起面具來做的，肯定非吃東西莫屬。

不過，她還是伸出手臂環抱他，讓他把頭靠在她的肩上。鐵鏽的，現在他隨時都在身邊感覺眞好。他們交往的前幾年眞是十六種的不方便。

他們等待著文戴爾完成對和諧的報告，瓦在此時告訴他們遇見了新的飛船——還有新的大使。聽他描述時，她感覺到亞利克變得緊繃。

「那是基主達奧，」他對其他人解釋，「他……在主導人中非常有威望。」

「我感覺得出他是很重要的政治人物。」瓦說。

「不，瓦，」瑪拉席說，「在主導人中有威望代表他曾在戰爭中獲得戰果。」

「所以他的到來是種威脅。」史特芮絲手持筆記本，脫了鞋窩在瓦身邊，穿著襪子的腳收在椅子上，看起來眞的很放鬆。

她變了好多，瑪拉席心想。她還記得以前史特芮絲絕對不敢在有他人在場的場合脫掉鞋子。她會以完美的坐姿端坐，努力把茶杯與茶碟維持在完美位置。

瑪拉席一直都愛她的姊姊，就算其中摻雜著不滿或是被強迫拉開的距離，但她從來不覺得史特芮絲好相處。直到近年來。有一部分是因爲史特芮絲的變化，但另一部分是因爲她理解到她與史特芮絲一直感受了同樣的負擔——被困住的感覺。

「我不會說這是威脅，史特芮絲。」亞利克說，「至少不是具體的。但如果這是眞的，他們終於達成聯合——五個國家決定對北方統一態度——那他就是種……象徵？他們派了最優秀的人來。他們要你們清楚這點。」

「最優秀，」瓦說，「也最強硬的人，我猜得對嗎？他肯定比前任更加難以說服。」

「是的，被形容的瓦希黎恩。」亞利克點點頭，「他們要你們知道欺壓他們是不可能的。」

「他說，」瓦對眾人說，「他的其中一個目標是將悼環帶回給他的同胞。這還是個敏感話題嗎？」

「你絕對無法想像，」亞利克說，「我們決定把悼環留在這裡……有如把死去父親的遺體留給你們一樣，對吧？而且遺體還是一種強力的武器。沒人喜歡這個決定。

「派他過來，讓他表明要取回悼環……這是種象徵，對吧？一種聲明？表示他們之前對你們太過寬容了，而這種寬容現在已經結束。」他在椅子上挪動，抬起面具，「抱歉。」

「這不是你決定要做的，亞利克。」

「不，」他說，「但我也沒決定不要這樣做。」

「親愛的，你有。」瑪拉席捏捏他的手臂，「你不必攬下所有事情的責任。」

他對她微笑，接著拉下面具。門外響起腳步聲，她以爲是文戴爾回來了，結果闖進房間裡的是偉恩。

「嘿！」他說，「你們都被炸過了，居然沒有等我？」

「只有瓦希黎恩被炸到，」史特芮絲說，「我們其他人只是目擊而已。我想他是故意要煩你所以才那麼做。」

「我鐵鏽的確定就是那樣。」偉恩瞇起眼睛看著瓦，「你還好嗎，老兄？」

「我還在耳鳴，」瓦說，「而且被鄭重地提醒，我已經超過適合被炸的年齡至少二十歲了。但我會沒事的。」

「很高興你回來了，偉恩。」瑪拉席向前傾身，「因爲我們得計劃下一步。」

「沒錯，很高興能回來，」他低聲說，「大家都想當房間裡的第五個人，沒錯。」他踩步走向小桌倒了一杯茶，接著把茶杯放在桌上，拿起茶壺坐在休閒椅上，「怎樣？」他回應眾人的瞪視，「裡面本來就快沒了，而且我喜歡壺嘴，這樣喝很有趣。」

他馬上示範，史特芮絲用手遮住臉，瑪拉席嘆了氣，但沒說任何話。如果他坐著，就比較不可能去偷東西。但她還是檢查了一下筆記本以策安全。

「好了，」她對眾人說，「我已經有計畫的骨幹——僞裝成領導此地幫派的循環，送貨去比爾敏。」

瓦向前傾身，「妳確定審問目前的囚犯還不夠嗎？」

「他們看起來只是當地的打手。」瑪拉席說。

「大概什麼也不知道。」瓦同意，「妳會需要一些警員來完成圈套，做好能夠抓住任何金屬之子的準備。」

「我一直告訴瑞迪，我們需要一個特勤小組，」瑪拉席說，「專門對付金屬之子的小隊。我想……他認爲我們就是這個小隊。」

語句飄蕩在空中，此時文戴爾終於回來了，還一邊搖著頭，「我接到的命令，」他說，「已被緊急更改爲替你們目前的計畫提供任何協助。」

「祂說了什麼？」瑪拉席問，「祂知道關於爆炸的任何資訊嗎？」

「和諧很……擔憂。」文戴爾停頓一下，「特雷金會排斥所有形式的授予。單純接觸諧金就已經很危險了——但像你這樣先加熱、拉伸過諧金，會創造出祂所謂的『授予過的質能轉換』。這……非常糟糕。」

「他對這項消息感到驚訝嗎？」瓦問，「和諧對我們能做到這件事感到震驚嗎？還是他已經預料到了？」

「我不知道，」文戴爾說，「祂只說了我剛剛轉述的話。在那之外……嗯，和諧有時候很難理解。我想我不用告訴你這點。祂傳過訊息給你嗎，拉德利安爵爺？」

「有，」瓦說，「我想他的意思是要我用特雷金來做耳環。」

「做什麼用？」瑪拉席皺起眉頭。

「不知道。」瓦回應，「我想他是要引起我的興趣，因爲我無視了他前幾次談話的邀請。」

「這次不一樣，瓦希黎恩。」文戴爾柔聲說，「這一次……和諧很害怕。」

房間陷入沉默，只有偉恩繼續從茶壺嘴吸茶的聲音。瑪拉席好像看見他從他的酒瓶倒了東西進茶壺，她努力不要覺得噁心。誰會在茶裡加酒啊？

他很受傷，她心想，分手已經確定了。鐵鏽的，雖然發生這一切，她還是決定要找時間帶他去他最喜歡的那家麵店，再帶上其他幾個他喜歡的警員，讓他知道他還有朋友。

「我的圈套必須要盡快啓動，」她對房間內的人說，「本子上說下次運貨去比爾敏的時間是三天後，我想要準備妥當。」

「這是項好計畫，瑪拉席。」瓦說，「在妳規劃的時候，我和史特芮絲有其他調查方向。」

「與和諧談話？」她問。

「也許吧，」他的表情疏離，「我還沒決定要不要回應他。」

令人好奇的是，他並沒有表達想要參與她的任務。但她會讓他參加，只是她近來有點不太明白瓦。他把鑾橫區外套掛在門口，有種終結的感覺，就好像那是過去生活的神龕。話雖這麼說，當他的執法權限在去年到期時，他又請瑞迪繼續維持他的職位。

瓦看向史特芮絲，她正靠在他身上做筆記，「我們剛才想到一件事。」他對瑪拉席說，「至關重要的一點是，我們必須確定組織是否已發現混合諧金與特雷金能夠導致爆炸。我們會去調查，看看能不能發現什麼。」

「聽起來不錯。」瑪拉席點點頭。

好吧，這下確定了。如果是幾年前，她可能會慶幸他決定不插手她的調查，但她已經壓下那股感覺了。她感到很驕傲，沒有讓瓦的影子抹去自己的成就——雖然一開始確實有一點。她曾有過機會成爲取代瓦的英雄——是她先持有悼環，後來才交給瓦的。但那並不是眞正的她。

因此，今天聽到他不會加入，令她有點難過，甚至有點擔心，因爲她發覺自己已認定這次他也會參與。如果她眞的有機會追查到組織的高階成員……才能讓案子終於有所突破，找出答案。

但……她不能強迫他。也不該強迫他。如果他感覺已不像以往一樣衝勁十足，她又怎麼能怪他呢？

「我要去聽聽看監獄裡那些傢伙說話，」偉恩說，「文戴爾，你想來嗎？也許我可以教你一些口音的訣竅？」

「偉恩先生，」他說，「我是永生的坎得拉，有著數百年僞裝他人的經驗。」

「但你每次聽起來都像上流社會的臭屁仔，」偉恩說，「不管我看你用哪個身體都一樣。所以……你到底想不想要訣竅，老兄？」

「我……」他嘆氣，「關於這點，和諧確實對我直接下令。呃，外勤工作實在是太沒品味了，但我想我不能拒絕。」

瑪拉席望向瓦，他背靠沙發沉思著，手上還拿著和諧給他的信封。

「好了，」她說，「開始行動吧。」

19

三天後，瓦站在閣樓書房，朝西望向比爾敏的方向。今晚沒有迷霧。他好像已經好幾週沒看到迷霧了。

瑪拉席的圈套計畫準備得很順利。筆記本上有著很明確的交貨指示，利用審問到的資訊，瑪拉席找到了囚犯們原本打算使用的卡車。她也取得了與囚犯們相同的服裝，文戴爾則是負責扮演他們的首領。偉恩把偽裝技術發揮到淋漓盡致，在文戴爾身旁協助增加一切可信度，就連箱子裡的貨物都是真的。

他們會在今晚出發。當然，瓦不能去送行。他太可疑，瑪拉席可是盡了一切努力讓敵人不會發現這次的行動。

他們會很安全的，他告訴自己，*他們的偽裝很完美，她也非常有能力。*

這裡是盆地，不是蠻橫區的偏遠小鎮。瑪拉席擁有城裡最精銳的警員，還有足夠的資源。她不需要某個帶著空手槍的老射幣，他還愚蠢到在自己的實驗室被炸倒，身體過了好幾天仍在痠痛。

不過，瓦還是留在原地，透過閣樓小書房的寬廣觀景窗向外看。過去幾年，看著城市逐漸電氣化，讓人感到很興奮。他有一整套關於進步的埃諾瓦式相片，是每隔幾個月就從書房的高處拍攝的。街道形成光的網格，家戶發出的穩定光芒，如同逐漸加入依藍戴星座中的閃耀新星。亮光是否會繼續擴張，直到黑暗再也不存在？

史特芮絲悄悄進房，遞給他一杯茶，「裡面加了柳粉，」她小聲說，「對你的痠痛有幫助。」

「妳想得眞是周到。」他啜一口茶，「孩子們呢？」

「睡著了。」她說，「我們應該可以回去工作了。」

他們一起走回客廳，那裡基本上每處平坦表面都堆滿了一疊疊的傳紙。他們可以僱用調查員來搜尋，但好玩的事爲何要分給別人做呢？

而且這眞的挺好玩的。這不是瓦以前會喜歡的活動，但事情有趣與否，活動本身以及參與的同伴都同等重要。他們一起坐在地板——每一張椅子上都放滿了紙——繼續閱讀。在盆地的所有城市裡尋找任何與爆炸相關的新聞。

爲了消磨時間，他們也會找有趣的新聞。

「『沁涼走禽勤練鋼琴』，」史特芮絲舉起一張傳紙，「爲什麼每次要押韻時，他們都要用『走禽』？」

「因爲聽起來很有趣？」瓦帶著微笑說，「牠爲什麼很涼？」

「顯然牠坐在小游泳池裡，」史特芮絲說，「我覺得有點牽強。」

他舉起自己的頭條，「『兒童誤食柏油，母親餵食老鼠做爲解毒劑。』」

「噢，那不可能是眞的吧。」她從他手中接過傳紙。但這是眞實故事——而且刊登在可信的刊物上。看來就算是最有公信力的傳紙，在沒有大新聞的日子裡也是會用聳動標題來吸引買氣。她微笑，將之放在她的「有趣」頭條堆裡。

史特芮絲對他們的搜尋想出了一個系統——想當然耳，她當然會有個系統。他們只會先讀標題，快速掃過紙上的粗大字體，尋找特定的字詞。任何有可能的候選會進到另一堆裡。但是不能讀內文，還不行。因爲這些要集中之後再兩人一起讀，這樣才能互相比對，進一步篩選。

他們幾乎快讀完今天送來的這堆傳紙了。瓦很享受這段時光，主要是因爲能和妻子共度——但他還是感受到一點爆炸後遺症。他的視線有點怪怪的，有時會扭曲個一、兩秒。而且他的腦袋一直讓他有種錯覺，就算沒燃燒金屬也似乎會瞥見鎔金術的藍線。

他把對身體狀況的擔憂放在一邊，完全沒有向任何人提起。他不想讓史特芮絲擔心。他以前也從爆炸中存活過。他的手到現在還因爲達斯灘的礦坑爆炸而隱隱作痛……

「這裡有一個，」史特芮絲給他看一個嚴重的頭條，「火車站爆炸。」

瓦揉著下巴閱讀，「聽起來像鍋爐故障，沒什麼疑點。」

「也許是想掩蓋事實？」

他搖搖頭。看起來不像是進行冶金學實驗的好地方，附近人太多了——但話說回來，他自己可是在大宅的地下室做實驗呢。所以誰知道？

史特芮絲把它放在「也許」堆裡，而他則是把手中的傳紙——報導很明顯是閃電引起的火災——放到「不太可能」堆。他覺得這些都不像，如此一來，他要覺得開心才對。也許敵人還是沒有發現諧金與特雷金之間的爆炸性交互作用。

很不幸地，這類調查正是因爲這種原因而讓人洩氣。他不想要找到證據，因爲那只會印證他的恐懼。

然而如果他什麼也沒找到，他們永遠也不會知道是因爲證據不存在，還是他們錯過了。

「『莽原蟒蛇忙吃芒草？』」史特芮絲給他看一張「有趣」堆裡的傳紙，「我必須讚賞他們對這種語句的堅持。」

「蛇會吃草嗎？」他問。

「顯然這隻會。」她綻開微笑。存留啊，他愛這個微笑。他發現自己希望這次調查不是這麼至關重要。

灰燼再臨，他心想，打了個寒顫。他常常想像住在落灰之終前的傳說時代是什麼樣子。當昇華戰士，還有瓦的遠親神之顧問，還活著的時候。那時的人們隱約出現在故事中，就像陰天躲在雲後的太陽。

那些日子裡，世界正在消亡。灰燼就是它的皮膚，一層層剝落分解……

他嘆氣，揉揉眼睛——又再次看到奇怪的藍線一閃而過。幸好，茶開始發揮效果了，他的頭痛逐漸減退。

「瓦？」史特芮絲柔聲問，「你會希望跟瑪拉席和偉恩一起去嗎？」

「他們會沒事的，」他說，「他們不需要我。」

「我問的不是這個，親愛的。」她柔聲說。

他思考了一下，接著搖搖頭，「我不想，史特芮絲。我眞的不想。前幾天我就察覺了。我已經……過了人生的那個階段。我眞的覺得那已經完結了。」

只除了一件事。他的姊姊依舊牽扯其中。還逍遙法外。充滿危險。

大部分家族都有不可告人的祕密，但多數都只會保持低調。他的家族祕密卻可能會威脅到整個盆地。

灰燼再臨……

但他眞的感覺完結了。準備前往下一階段。他展示德穆城中有一系列窗戶破碎的新聞給史特芮絲看。看起來是一個小龍捲風導致的——至少比侵襲蠻橫區的那種恐怖風暴來得小。也許這是氣壓快速改變的結果，說不定是爆炸？

他們把那放進「不太可能」堆。不幸的是，一小時後，他們已經快看完了，還是沒有可信的線索，只有很多不太可能的可能性。

史特芮絲把另一張傳紙放進「不太可能」堆，一邊看著他。他知道她在想什麼，但她沒有繼續追問他。

「是有一件事。」他向她承認，「我姊姊。我應該親自追捕她的。但我在依藍戴有重要的工作要做。再者，我已經不再是那個人了。」

「你一定只能當那個人或這個人嗎？」

「我必須做出選擇。所有人都是。」

「那你當初回到依藍戴時呢？」她問，「當時你第一次決定高掛起槍？」

「那不一樣，」他解釋，「當時我在逃避自己。六年前在山裡，我決定停止逃避了，史特芮絲。這才是我想要的。這才是我想當的人。我在這裡很幸福。」

她靠向他，在他身邊穩定地散發溫暖，「只要你知道，」她耳語，「你不必選擇當這個或那個人。瓦，你不必把自己視爲兩個不同的人、過著兩種不同的生活。那兩個人是同一個人。他就是我愛的那個人。」

他陷入思考，想著他剛回到依藍戴的那段日子——決定要把蠻橫區的過去拋諸腦後。因爲那是他認爲自己該做的，還有……因爲他有一部分壞掉了。那道傷口在蕾希回歸後又再度被撕扯開來。

躺在南方冰冷山峰上瀕臨死亡，改變了他的觀點。當他回到依藍戴後，他能夠再次生活了。成長、蛻變。但……難道這代表過去的自己就不再是他了嗎？當樹幹的內環接觸不到外界，就不再是樹的一部分了嗎？

「我很擔心他們，」他向史特芮絲承認，「而且……我也擔心盆地的安危。我不想表現得不信任瑪拉席或偉恩，但是……」他伸手進口袋，掏出裝著耳環的信封。到現在他還是沒有使用，「去年文戴爾邀請我參加一項任務，當時並沒有這麼危急。沒有這種不安感。我害怕現在發生的事已經嚴重到無法忽視了。這太過危險，不是警探調查或警方行動能夠阻止的，不論他們的能力有多好。」

「另一個神。」史特芮絲低語。

他拿出第二個信封，「我請人做了這個，」他從中倒出一件物品。是另一個耳環。金屬部分帶著紅光。外型是單純的一小截金屬柱，只有中間的部分是特雷金，因爲這種金屬無法被熔化或塑形。

「當我把特雷金尖刺交給大學做研究時，」他解釋，「請他們幫我做了這個。因爲和諧暗示我會需要它。」

「你相信瑪拉席說的話嗎？有關下一次落灰？黑暗時代……再次回歸？」

「我不知道。」他說，「但文戴爾說和諧在害怕。那嚇壞我了。」

史特芮絲用手指輕點著大腿上放的一疊傳紙，「我們來思考最糟狀況。考慮如下：針對我們目前的調查，你可以想像到的最糟情況是什麼？」

「我最大的恐懼？」他思考著，「就是我們已經落後好幾年了。組織知道諧金與特雷金之間交互作用的時間比我們預想的要早更多——甚至是第一架麥威兮飛船墜毀時就知道了。我所恐懼的不是組織正準備開始他們的計畫。我恐懼的是組織的計畫已經接近完成。」

「我們要如何才能證明這一點？」史特芮絲問。

瓦站起身，掃視滿是傳紙的房間，每一疊都來自於不同的城市，「鐵鏽的，」他說，「我們不該找意外爆炸的，我們該找的是刻意引發爆炸的證據。而且我們的傳紙日期太近了——如果那眞的有發生，很可能已經是五、六年前的事。」他停頓一下，「他們會進行測試，所以不會只有很久以前的單次爆炸，這會是一連串的測試……以某種方式隱藏起來……如果他們有這項武器，一定會想要繼續發展、繼續改良。」

「要怎麼做？」史特芮絲問，「我們該尋找諧金被盜的紀錄嗎？」

「我懷疑傳紙上會有任何記載。」瓦環顧房間，「組織非常擅長取得想要的資源，違禁品更是如此。瑪拉席的搜查證明了這點。」

那該怎麼辦？有沒有什麼辦法可以找到他想要的東西？試驗的證據……隱藏起來的爆炸……

「地震。」瓦低聲說。

「你說什麼？」

「地震，」他在史特芮絲身旁跪下，「他們會在地底洞穴測試爆炸。這樣就能隱藏起來，不會造成影響。但他們沒辦法騙過地震儀。」

他們再次翻閱頭條——這次採取不一樣的判斷條件。瓦必須承認他還稍微違反了流程，他不只是看頭條，也偷看了內文。如果他在同一張花太多時間，史特芮絲就會輕戳他的身側提醒，但他還是很好奇。也很興奮。

答案一定就在這裡的某處。

他們的搜尋花了整整三小時。就在剛過午夜時，瓦找到了。依藍戴的傳紙上有一系列報導，關於比爾敏發生的某項事件。

「地下鐵？」史特芮絲皺著眉說。

「報告顯示，」瓦解釋，「從幾年前開始，那座城市就出現奇怪的地震現象。官方迅速解釋是因爲比爾敏決定建造與依藍戴類似的地下鐵路。」

「這可能是眞的，」史特芮絲閱讀另一份傳紙上的延伸報導，「我們建造地下鐵的時候使用炸藥炸開岩石。」

「但比爾敏爲什麼需要地下鐵？他們已經有很自豪的高架鐵路，他們最愛炫耀那個了。更何況，那些爆炸已經持續了四年半——但他們連一條地下鐵都還沒啓用。」

「可疑，」史特芮絲掃視著下一篇文章，「非常可疑。七個月前有一次新事件……大規模的引爆導致建築搖晃……遠至依藍戴這邊都能偵測到。」

「他們說這是財務醜聞，是建設公司在掏空資金，但很明顯另有隱情。」

史特芮絲用力點頭。揭發這件新聞的傳紙並不是很值得信任——上面刊登了那個笨蛋賈克最新的荒謬故事——但現在他們知道自己要找什麼了。在幾家不同傳紙的驗證下，這裡頭確實有什麼問題。

鐵鏽的，他心想。組織居然在人口密集區底下做測試？爲什麼？只因爲他們在那裡找到可使用的洞穴嗎？這背後的答案可能比他害怕的還更嚴重。比爾敏不是正在打造海軍嗎？

沒錯。其他文章提到了這點。表面上，比爾敏的船塢是在建造盆地的防衛軍用以防範來自南方的攻擊。但他們在麥威兮飛船到來之前就已經開始動工了——而且他們確實很愛炫耀槍砲的能力。

據稱這些船隻還是由依藍戴所掌控，但沒人眞心相信這點。

「瓦……」史特芮絲說，「瑪拉席本子上的那個運貨列表想確認海關有多嚴，要把物品運進依藍戴有多困難……」

瓦感到一陣寒意。他們想要走私什麼進入依藍戴？

炸彈。

「看起來他們在確認貨物尺寸，」他說，「以及藉由火車或卡車運貨時被檢查的頻率。」

「這個炸彈會有多大？」史特芮絲說，「理論上來說。」

「最大的會是發電機。」瓦解釋，「如果是以我們發現的機制來引爆，那他們會需要非常強的電力。比一般家庭電纜、甚至是工業電纜能承受的還更高。整個裝置很可能會裝在非常大的外殼裡。」

「這解釋了爲什麼他們要確認什麼尺寸會引發注意，哪些又不會。瓦，如果你是正確的，那麼這些傳紙證實他們已經測試了四年。並且成功了。他們甚至已經準備好炸彈，只是……」

「……在找方法把它運進城裡。」

鐵鏽的。他看向旁邊的桌子，還有上面的信封。接著，他終於拿出第一個耳環——和諧給他的那一個。已經六年了。他逐漸遠離與和諧相關的一切。他不再痛恨神了，但還是……

他看向史特芮絲，她點點頭，接著他戴上耳環。

然後突然來到了另一個地方。

瓦飄浮著，看著面前的全世界，還有其外的無窮黑暗。他一瞬間覺得天旋地轉，雖然他的腳好像還是踩在地上。感覺很不舒服。

他使用耳環時通常不會這樣。但他確實來過這裡一次。在那座冰凍的山峰上。和諧站在遠處。一名穿著泰瑞司傳統長袍的安詳人影，眼神很和善。雖然剛開始有點猶豫，瓦還是走過看不見的地板，朝和諧前進。如果他不讓眼睛對焦，和諧看起來就像全寰宇一樣寬廣——有著兩片宏大的羽翼。一白、一黑，在中央交纏在一起，邊緣則是延伸至無限。

中心處就是那個人影。泰瑞司人。頭頂剃得光滑，五官圓潤，臉型瘦長。傳說中的臉孔，雙手交疊在背後。看起來很擔憂。

「上次來這裡的時候。」瓦指出，「我已經死了。」

「快死了，」和諧說，「就在生死邊緣。我有時候覺得那就是我的居所。永遠都在那裡，就像以側邊平衡的硬幣……兩端都是深海……」

「我上次看到的紅霧呢？」瓦對星球點點頭。六年前，有一陣紅霧正要包裹住整顆星球，好像要吞噬它，「你把它趕走了嗎？」

「不，」和諧柔聲說，「那授予了星球。授予了……我。你看到的是一層帷幕，瓦希黎恩。我反應得太慢了。這是……越來越危及我自身的一個弱點。當我理解到發生什麼事時，帷幕已經降臨在我身上了。那不會痛，只是影響了我觀察的能力。」

「你的意思是……」

「我不知道發生什麼事了。」和諧柔聲說，低頭盯著星球，「特雷在做什麼？他們在計劃什麼？那股霧氣就像是某種煙幕。當我攻擊後，煙霧就影響了我看見未來的能力。只是暫時的。我再過幾年就能擺脫它。對神來說不過就是一瞬間。然而……」

「然而，危險就迫在眼前。」

「是的，」和諧說，「就像近視的人一樣，現在危險非常靠近，我終於看得見了。」他猶豫一下，接著看向瓦，「我能看見你、聽見你。我們有聯繫。因此，我知道你發現了什麼。我以爲我還有更多時間，但現在才發現我行動得太緩慢了。又一次，太緩慢了……」

瓦思考著，給予這段話該有的重量。這不是能輕易等閒視之的事件或是概念。神被蒙蔽了。他們落後於敵人好幾年。期間被開發出的新型炸彈正在尋找方法，進入他的城市的心臟。

一個問題浮現。是執法者的老諺語。如果要阻止一個人，那就必須知道他想要什麼。他是誰。

「和諧，」他說，「特雷是誰？」

「特雷是名爲『自主』（Autonomy）的神，」和諧回答，「我們稱之爲『雅多納西的碎片』的存在。自主持有與我相似的力量，可以操縱現實與物質的危險力量。雖然自主的持有者是名爲巴伐丁（Bavadin）的女人，她的許多面向——或是化身——都能獨立行動。特雷，一名遠古的男神，可以被視作是其中一員。」

瓦眨眨眼。

「你沒預料會得到這麼直接的答案？」和諧問。

「我以前不常得到這種答案。」

「我在試著做得更好。」

這……不知爲何跟聽見和諧被蒙蔽一樣令人不安。神不應該必須做得更好。

「幾乎無法直接與自主溝通，」和諧繼續說，「我發覺她都是透過化身來發聲。有時候，她會允許自己的一部分產生具有自我意識的外表，有時候則是挑了人選賦與他們部分力量。

「自主決定要摧毀我們的世界，因爲對她來說這裡是很大的威脅。但我相信有人說服她繼續讓這裡留存下去，只要他們有辦法……掌控這裡。自主去年對我下了最後通牒，當時我身上的盲目正在生效，她認爲我會處於絕望。她要求我把這世界交給她，然後移居去其他地方。

「我拒絕了她的要求——而我最後看見的東西是自主選擇的人選。正是那個人說服了她這個世界還有價值，並呈上了征服星球的計畫。」

「我姊姊？」

和諧點頭，「組織的領導人。被自主所授予。神在這個世界的化身。」

瓦輕輕吐氣。黛兒欣。

想到她就帶來一股被背叛的刺痛感。他還清楚記得他在那糟糕的瞬間理解到她會射死他。

儘管他愛她、想要拯救她，她卻一直以來都在與他作對。

即便過了多年，這股疼痛還是很深切。他發覺自己並沒有放下過去的所有事。仍有一個威脅在外，像是暴露在空氣中的神經。

想到黛兒欣手中持有神祇的力量……鐵鏽的。

她的年輕時期都在操縱人、得到她想要的。黛兒欣總是能得到她想要的。原本她只是滿足於說服大人她既甜美、又乖巧、又完美——但實際上總是與朋友偷溜出去玩樂。當她開始與城市內的菁英玩起高風險的遊戲時，情況就更加危險了。等她發現了組織，並開始操縱世界政治時，一切就變得致命。

她爲什麼要這樣做？

「而你現在才告訴我？」瓦質問。

「我一年前連絡過你，」和諧說，「我當時剛被蒙蔽。你……還是不想和我說話。我想要尊重這一點。」

該死。

「但瓦，」和諧柔聲說，「又是時候了。我需要一把劍。」

一把劍。那就是他必須第二次殺死蕾希的時候。幫神收拾殘局。處決祂因爲缺少尖刺而發瘋的坎得拉。

「我知道你變了，」和諧說，「早先時候我聽見了你。我知道你很幸福。我知道你不想再與我的行事有所牽扯。」

「但我姊姊，」瓦說，「持有神的力量。鐵鏽的。瑪拉席和偉恩——她知道他們打算設下圈套嗎？我的朋友有危險嗎？」

「我希望我能告訴你答案。」和諧回答，「就我所知，敵人並不知道他們的計畫。但……我已目盲，而你的姊姊極端危險。瓦，我試過以其他方式處理，但我失敗了。所以我只好回歸到我總是能信任的武器。」

瓦深呼吸，「告訴我你知道的事。」

「你同意嗎？」

「先告訴我你知道的事。我姊姊的計畫。這個神。所有相關的事。」

「我已說了大部分。」和諧說，「也許你該知道，我們的每一股力量——這些碎力（Shards）——都包含了我們稱之爲『意旨』（Intent）的特性。那是一種原動力。我持有兩種：一種要我去保存與保護，另一種則是要我去毀滅。

「自主的原動力則是要脫離我們其他人，走她自己的路。她鼓吹追隨者要證明自己，而她會獎勵那些大膽、從逆境中存活的人。她喜歡大計畫，還有大成果。我猜想這就是爲何你姊姊能夠說服自主不要毀滅這顆星球，或至少是延後她的計畫。」

「黛兒欣還是在盤算毀滅性的打擊，」瓦說，「她想要摧毀依藍戴。她能從中得到什麼？

其他城市會對如此的毀滅產生反感，她不可能以爲在殺了這麼多人之後還能得到支持。」

「她走投無路了。」和諧說，「你姊姊在比爾敏設置了根據地。你會發現她正在那裡建造一個新的帝國。她一定知道了她的神還是想對此地的人民發起戰爭並殲滅我們。所以，她在盡力而爲。如果黛兒欣摧毀了依藍戴，她可以試著掌控盆地，向特雷證明她能夠統治整個星球。我不知道這是不是她眞正的動機，但這是最有可能的。」和諧望向他，「我很抱歉。我沒發覺她會做到這一步。」

瓦看向一邊，卻很難怪罪和諧。許多年來，瓦自己也對黛兒欣有盲點——他可沒有神力帷幕可以當作藉口。他總是認爲他是所有人裡唯一了解她眞面目的人，直到他發現自己也只是她遊戲裡的一顆棋子，看到的只有假面。他覺得自己像個傻瓜。他怎麼會覺得她玩弄了其他人，卻不會對他做相同的事？

只因爲他心裡有一塊地方愛著他的姊姊。直到她扣下扳機，他才理解到眞相。對她來說，親情不過是一條用來束縛與操縱人的有力繩索。

「如果你的發現正確，」和諧說，「我們可能沒時間等我掙脫帷幕了。自主從其他世界動員了一支軍隊準備入侵，殲滅這顆星球上的所有人。黛兒欣打算避免這一點。但兩個計畫對我們來說都是毀滅性的，而且兩者也都是進行式。」

該死。瓦深呼吸，「你要我做另一個耳環，最終讓我決定要來跟你談話。爲什麼？」

「我希望這會成功，」和諧嘴角有一抹微笑，「有趣的謎團就是最好的邀請。」

「然後呢？我該拿來做什麼？」

「當昇華戰士紋在抵抗滅絕時，她沒發覺她的小小耳環將她與滅絕連結。那讓他能進入她的思想，對她說話，與她產生聯繫。」他對瓦的耳環點頭，「有了特雷金耳環，你將可以聯繫到特雷的化身——就像現在的你我一樣。她將會感覺到你，你也能感覺到她。」

「我不確定這是不是個好主意。」瓦搖搖頭，「當我們兩個碰面時，她總是能占上風。我不該試著照她的遊戲規則玩。」

和諧微笑。那是個虛弱的微笑，來自於負擔沉重到無法表露情緒的人。他似乎是眞的很努力才能刻意做出這個表情，「如你所願。那只是供你使用的工具。我已一次又一次輸給自主，但我還是有援軍可以派去協助你，其中有些不清楚是我在背後動員他們。但我並不知道我們的任務這麼急迫，我不知道他們的炸彈可能已經就緒。我毫無準備。這就是他們的目標，我想。你會再次擔任我的劍嗎，瓦希黎恩？」

「這是絕對必要的嗎？」

「這取決於，」他說，「你對你姊姊取代我成爲這顆星球的管理者有何感想。」

「這……眞的有可能發生？」

「是的。」

「該死。」

「阻止黛兒欣的計畫，自主就會拋棄她，這是我們的最佳解法。」

「那自主動員過來的軍隊呢？」

「我們只能希望在你姊姊的計畫被推翻後，還有時間阻止他們。」

聽起來不像什麼好策略。他看向和諧，但這次看見了不同的景象。不是那些宏大的力量，也不是來自傳說的英雄。只是一個人。他被拋進了沒人準備好的戰爭之中，還必須同時學著操縱其他人已熟練掌握數千年的力量。

他盡力了，瓦心想，而且他正在努力不被持有的兩股相反力量壓碎。他需要幫助，而他只有我了。

當瓦前往蠻橫區時，其實是想要逃跑——但他留下了，因爲那裡的人需要他。他在依藍戴找到了平靜。他不會因爲自己的欲望或需求而再次出馬。這一次，他站出來的原因是有人需要他。

「最後一次？」瓦說。

「我承諾，」和諧說，「最後一次了。」

「好吧。」瓦感到沉重的負擔，「我會阻止黛兒欣，但你要負責處理這個自主。」

「幫我爭取時間，」和諧說，「讓我恢復的時間。在未來建構出堅強聯盟的時間，讓我們能以全星球之力來面對她。」

「我還是不理解黛兒欣要如何靠轟炸依藍戴來達成所望，」他說，「這太極端了。她應該有理智多了。她一定是打算用炸彈威脅我們，直到我們屈服。也許她想要……我不知道，在灰山裡引爆炸彈來威懾我們？」

「也許吧。我並不知道她的最終計畫。我很抱歉。」

「有許多。」和諧承認。

看來是個謎團。而且代價極大。瓦迎上和諧的目光，「你有什麼沒告訴我的事嗎？」

「其中有令人痛苦的事，就像蕾希那時候一樣嗎？」

「沒有刻意爲之的。」和諧說，「但我無法保證你能夠存活下來。或是若你活下來了，往後的日子會毫無痛苦。我近來做不出什麼保證。」

瓦握緊拳頭。

「你相信我嗎，瓦希黎恩？」神問。

「不，」瓦誠實回答，「但我更不信任她。我已經說了我會幫忙，然而我不止是一把劍，和諧。我還是個執法者。我會找出黛兒欣打算做的事，我會回答那些你答不出的問題，我會以這種方式阻止她。」

「謝謝你。」

才心跳一下，瓦就回到了他的閣樓。物理上，他從沒離開過。史特芮絲跪在他身邊，一臉擔憂。

「他被蒙蔽了，」瓦告訴她，「他沒發現問題有多緊急，所以向我求助。要我前去插手，阻止我姊姊。」他抓住她的手臂，「我要走了。我知道妳會擔心。」

「我當然會，」她說，「但你以爲你留下來我就不會擔心你嗎？如果你對這一切的理論是正確的……」她站起身，「這不是我或是他們，瓦。這不是政治或鎔金術。這不是我或是蕾希。這從來都不是二選一。你人生的一部分不會因爲你暫時不需要就完結了。你現在需要它。我們都需要。」

他在她身旁站起來，「我得回去大宅拿我的外套和槍。」

「我拿過來了。」她移開一些傳紙，露出洗衣店的袋子，從裡面取出他的迷霧外套。

「我早該猜到妳把它送洗了，」他說，「謝謝妳——」

前門傳來敲門聲。他們互看一眼。誰會在這時間過來，就連僕役都休息了？瓦走去確認，他在門外通往電梯的走廊上發現了一個包裹。

他關上門，將包裹拿給史特芮絲看。拆開包裝後，裡面是十六瓶看起來懸浮著金屬屑的酒精溶液，最後一瓶有著紅色的塞子和一張字條。用其他瓶來代替你平常的金屬瓶。只在緊急狀況下使用最後一瓶。

瓦謹慎地收起它們，接著從牆上一個上鎖的櫃子裡取出保險箱——從裡面拿出兩把全鋁製手槍。問證二代，還有鋼鐵倖存者，以及拉奈特最精良的彈藥。

第一把是強力的大口徑手槍，有著兩個額外的彈室可以存放殺霧者子彈。這些子彈尺寸巨大，設計成會二次爆炸來對付血金術師。在近距離時，拉奈特的設計讓子彈可以把尖刺炸離人體；第二把槍是流線型中口徑手槍，槍管特別長，適合發射精準的子彈。他通常在裡面裝著可以鋼推的普通子彈。

他把槍置入近來只放著沒裝子彈的手槍槍套。箱子裡還有另一項物品。是一個兩呎長的槍袋，裡面是非常特別的槍枝，拆解成易於組裝的數個部件都在其中。這是拉奈特最為致命的設計。他把手放在上面猶豫了一下。裡面的武器不屬於執法者，而是屬於士兵。目的在於毀滅。

他把它放回槍箱。他不需要這個。他是一名執法者。

史特芮絲折騰著拿來了他以厚皮革製成的寬大肩背包，開始裝入補給品。她打包好他的彈藥以及金屬瓶——根據對她的了解，肯定還有午餐——他則快速進入書房，拿了幾項覺得會派上用場的物品。其中包含掛了鋁內襯小包的皮帶，設計來裝放金屬瓶的。只要扣上小包，內部的玻璃瓶就不會被敵方的鎔金術師影響。他在裡面裝入半數和諧送來給他的金屬瓶。

等他回來時，她已替他拿好了迷霧外套。他用兩手抓住外套。

「史特芮絲，」他說，「議會那邊……我沒辦法同時出現在兩個地方。妳能告知總督嗎？新任大使才剛來，我現在離開是個壞時機。可惡……也許通知總督有最糟狀況並不是個壞主意，我們應該向他解釋這種炸彈的威力。」

「我不知道他聽不聽得進去。」史特芮絲說，「議員和總督連你的話都不聽了——他們會直接無視我。」

「但我們還是要試試看。」

「我們……可以指派人選來代表我們家族……」

「史特芮絲，」他說，「我站出來領導家族，是因爲在妳的夢想中，我們能夠達成這些事。妳美妙的夢想。妳在我身上看見一個會完成該做的事的人，而妳是對的。」他溫柔地抓住她的肩膀，「我在妳身上也看見同一個人。更好的人。前幾年我都是按照妳的想法來做事。妳天才的想法。妳能夠領導得和我一樣好。甚至更好。」

「我不擅長面對人，」她低聲說，「我會搞砸的。我思考過、我計劃過，我每次都得到同樣的結論。這麼重要的事情不能託付於我，我們需要更適合的人。」

「如果我的意見不同呢？」瓦說，「要是我覺得妳就是代表我們家族的最佳人選呢？戰爭正在醞釀——如果我揭開了比爾敏的陰謀，情況只會更糟。我們需要有人阻止熱血衝腦的人。一個心思縝密，會考慮一切可能性的人。」

「我……我不知道，我能不能做到。」

「我相信妳，史特芮絲。如果妳堅持，我會指派其他人，但我覺得妳能做得最好。」

她迎上他的目光。接著，猶豫地，她點了頭。

「謝謝妳。」

「如果你眞的認爲我最適合，那我會試試看。我不擅長看人，但你很擅長。所以這代表關於我的評價，你正確的機會比較高。」她捏捏他的手臂，「去吧。我會處理議會的。以某種方式。」

他吻上她，一手抓著迷霧外套，用另一手環抱她。他這麼做時，一雙小手抓住了他與史特芮絲的腿。

「麥斯！」史特芮絲分開與瓦的擁抱，低頭看去，「你怎麼不在床上？」

「因爲我在這裡。」他說。

她抱起他，瓦往後退穿上迷霧外套，把沉重的彈藥包扛上肩。

「你現在要去打怪獸嗎？」麥斯問。

「如果我找得到他們的話。」瓦說。

「你可以的，」麥斯說，「你是有史以來最棒的警探。偉恩叔叔告訴我的。他說你可以找到所有的寶藏。」

「我已經找到最棒的寶藏了，麥斯。」瓦轉過身——迷霧外套的緞帶流蘇以熟悉的方式飄動，有如低喃著上古語言，「我現在要保護他們的安全。」

他推開陽臺門飛入空中，朝向比爾敏市。他的上下皆是星辰——一條發光的高速公路指出前行的方向。

編輯及所有者：欽德莉普・特納維
季
「沒有兩個季節彼此相似。」
5¢

戏優勢法案
盆地團結

}化？進步抑或惡化？

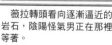

寺的大
觀點：
我們帶
一名強
」
將明顯
家休息
席。
是否也
開戰，
喝醒目

戏）

廣受鍾愛的編輯依舊行蹤不明

我們編輯的丈夫與孩子祈禱她平安歸來已經有八日了，我們的記者爬梳了全城，不斷向市長詢問，也調查了親愛讀者們提供的所有訊息。在有任何進展前，為了不影響任何緊急訊息，我們的每日更新將會刊於後頁。請繼續將訊息寄向我們的辦公室：就在一零九街與史翠騰路轉角處。

欽德莉普・特納維

當心！

仿冒者聲稱已發現

祕密配方

但這些肆無忌憚的模仿者只想要您的荷包，並嘗試以差強人意的飲品糊弄您。如果您的藥師說其他飲料也「夠好了。」請告訴他：

「別牌我不服，
我只要威浮。」

（由威浮氣泡公司贊助刊登）

隧道震動停歇……暫且如此

這是本城準備放棄地下鐵的徵兆嗎？

所有比爾敏人的最大抱怨：建設團隊何時才能完成地下鐵路？這項四年前開始的計畫不斷追加預算，鏽掉了所有比爾敏賦稅人的金屬。地下鐵原被視為城市交通問題的解方，目前地下鐵道尚未看到太多進展，但同時比爾敏運輸局已經為高架鐵路增添了更多路線，也拓寬了高速公路。到了現在我們真的還需要地下鐵嗎尤其是建造時程總是與數發生一次、使大家緊張不的小型地震相互重疊時？

背面延伸報導：
安撫亭業主喜迎大眾的激情緒

鎔金賈克與跟班達成和解

鎔金賈克已經與前跟班，含德維．泰瑞司氏達成和解。他宣稱這位著名的媒體大亨在投資新型媒體媒介時，例如數年前曇花一現的埃諾瓦式演劇，忽略了泰瑞司氏本人的股份。雖然賈克的冒險故事將會在《真實哨衛報》繼續連載，現在起「含德維出品」在比爾敏則會由本報獨家連載。

「這一直以來都是我的意圖，」賈克對一群興奮的支持者說。「訓練親愛的含德維成就偉大，然後切斷他的臍帶，將他推出巢外；看他是學會游泳，還是沉到底。再者，我現在不必付錢了，可以把金錢與時間注在撰寫我的回憶錄，及探索新式的故事媒介。我告訴你們下一步：圖書——就算你看不懂字，能看懂故事！」

當被問及評論時，泰司氏只是閉上眼睛，嘆了氣。

背面延伸報導：為何法官允許賈克留下老虎。

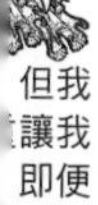

但我
讓我
即便
章魚
持續

薇拉轉頭看向逐漸逼近的岩石，陰陽怪氣男正在那裡等著。

她瞥向我，雙眼大睜，毫無疑問發覺了在沒有鋼的情況之下，她無法鋼射離去。她被困住了。極度驚訝之下，她除了握住羅盤，其他什麼也沒抓。

PART II

20

瑪拉席在車隊駛向比爾敏的途中，窩在卡車前座睡了幾個小時。幸好有夜班警員加入這次行動，他們已經很習慣在這個時段作業了。她的司機不是健談的人，這個女人立起夾克領子又壓低帽子，臉孔藏在陰影之下。整個隊伍都被下令在開車時也要保持僞裝。

瑪拉席入睡前，他們正在依藍戴以外的蒼茫黑暗中行駛。當她睡醒睜開眼睛，太陽已經升起，車隊則穿越在比爾敏的郊區了。雖然搭沿岸列車來此只需要數小時，瑪拉席卻從沒來過比爾敏。不過她很清楚這座城市爲何在政治層面上非常重要。

隨著通往首都的交通越來越擁擠，比爾敏逐漸成爲一個重要的港口及船塢所在地。它位於海邊的地理優勢，讓這裡能以海運與其他沿岸都市交易，藉此迴避依藍戴的獨占鐵路運輸。除此之外，比爾敏也是與南方大陸之間的主要貿易港口，還是有不少貨物是透過傳統船隻而非飛船來運送。

發現新大陸讓比爾敏快速變得富裕。財富就代表權力。依藍戴的許多人認爲他們讓比爾敏變得太獨立了——近年來，這裡已成爲盆地中唯一能夠眞正與依藍戴匹敵的城市。

首都內許多人講到比爾敏時，總是帶著不屑的語氣，就好像那裡只是鄉下地方，滿是未經教育的水手與爛醉的碼頭工人。但瑪拉席知道實情。比爾敏不是什麼偏遠鄉村，而是正在發展的大都會。

她經過整齊排列的郊區——還有更多帶狀土地被保留下來等待後續開發。有許多房屋正在興建中，每一棟的風格都不一樣，沒有任何兩頂屋頂是相同的，但其中還是有種奇怪的對稱性。她沒辦法具體地描述到底是什麼原因。

市中心的情況也是如此，雖然距離還遠，她已經可以看見建造中的摩天大樓如傳說中的克瑞迪克．霄高塔一般，沖天伸展。其中最高的一座就在正中央的最遠處。那至少有七、八十層樓高，能與依藍戴最高的建築媲美。

每一棟建築——尤其是城中央的——都帶著奇妙的風格，像是混合了城寨以及現代化的鋼鐵流線外觀。他們繼續駛近，道路從大型環城高架鐵路下通過。鐵路還有些部分未完成，但有許多段落已在營運中。

所有東西都有著金屬色的外表，就像是磨亮的鋼鐵。周遭未完成的建築露出的鋼樑骨架更是強化了這種感覺；已完成的建築則都有金屬屋頂或外牆——不一定有拋光，大多帶著古銅色。這種特色讓外型各不相同的建築依舊表現出一股整體感。

這讓她印象深刻。就算還沒完工，還是可以看出這是被規劃過的城市。這種設計在吶喊著工業化、進步思維，以及偉大成就。他們經過了數不盡的看板，上面全都宣揚著自給自足以及自享主權的好處。根本不用多加思考，就能知道那想表達什麼——從依藍戴獨立。

「妳有沒有注意過，」她的駕駛說，「所有兒童畫的房子都長得一模一樣？」

瑪拉席皺眉瞥向她。女人的聲音偏低，但瑪拉席對她沒有太多了解。瑪拉席隨便挑了一輛卡車跳上來——選了一輛後面載有貨物而非警員的卡車，希望可以比較好睡。

「不能說我有注意過。」

「很奇怪吧。」駕駛繼續說，「當然，妳也能想像得到那個形狀。方形的屋子。三角形的屋頂。門在正中央。有兩扇窗戶。大多有煙囪，即便現在越來越少房子有煙囪了。有哪棟房子眞的長那樣？幾乎沒有。那爲什麼兒童都要這樣畫？」

「我想是因爲比較容易畫吧。」瑪拉席說。

「也許吧，」她的駕駛說，「又或者他們根本不是在畫房子。他們在畫的是別人創造出的房子圖片。他們所見到的別人畫的房子。一種標誌。一種象徵。」

瑪拉席瞇起眼睛，「眞是有趣的觀察，警員……妳的名字是？」

「妳可以稱呼我爲月光（Moonlight），」女人說，「我們喜歡代號。這是我們的怪癖之一。」

「我……從來沒聽過這個詞。」

「妳當然不會聽過，因爲你們這裡沒有月亮。」女人往後靠，在方向盤上伸直手臂，她的袖子被往後一拉，顯露出前臂上手腕後方的紅色刺青。和留給瑪拉席的卡片上的標誌相同。

慢慢地、謹愼地，瑪拉席將手伸向腋下的槍套。

「妳用不上那個的。」女人眼睛仍然看著路。她們現在已接近市中心，因此車速大幅慢了下來。誰會想到外城有這麼多車子？

「原本負責駕駛這輛車的警員去哪了？」瑪拉席問，「妳對她怎麼了？」

「什麼也沒做，」女人說，「她沒事。不過妳的第一個問題居然是這個，我覺得有點好笑。我的意思是我了解——但也許妳該弄清楚優先順序，瑪拉席。」

瑪拉席的手指繼續輕握著槍，但沒有拔出來，「洞穴裡戴著白色面罩的人是妳嗎？」

「是黑色的。」女人通過了這個小測試，「沒錯，就是我。」

「那……妳是人類嗎？」

「百分之百。」女人說，「不過我不是本地人。」她摘下帽子，露出紮成馬尾的黑直髮與不太尋常的臉孔特徵。她有著瑪拉席從沒見過的眼型，以及明顯的顴骨。

「妳是從南方大陸來的嗎？」瑪拉席問。

「不是，」月光朝車窗外的城市點頭，「我一直都很討厭比爾敏。我理應要喜歡他們注重設計感，但這裡蘊含的意義真的很困擾我。他們花很多心思讓每棟建築都獨一無二，但全部一起構成整體的方式又太刻意了，讓其中的藝術性變得很空洞。」

「妳覺得原因是什麼？」

「當然是因爲特雷的影響。」

瑪拉席向前傾身，「告訴我。拜託。」

月光第一次望向她。她的眼神充滿自信，嘴角帶著半抹微笑。這個女人滲透進一大隊警員之中，卻一點也不擔心。

「這麼飢渴。」月光說，「我們通常不與外人分享祕密，瑪拉席。」

「我可以逮捕妳、審問妳。」

「以什麼罪名？」

「妨害警方公務。」

「妨害？有嗎？我可是奉命來開車的。」

「別裝傻，」瑪拉席說，「妳正在假扮警員——再者，隱瞞有關調查的關鍵資訊是犯法的。」女人微笑，目光再次轉回路上，「真奇妙，不論在哪顆星球，警察都是一個樣。」

不論在哪顆星球。鐵鏽滅絕的……

瑪拉席當然知道外面有別的星球，坎得拉提過這件事。但……鐵鏽的，這還是很難以接受。

有車正通過前面的街道，使她們必須暫停。她們停下時，有個乞丐來到瑪拉席的窗前。根據筆記本的指示，瑪拉席鬆開窗栓，往下推開車窗，遞給乞丐幾個盒金。髒兮兮的男人回遞給她一張紙。

「妳知道怎麼去畢荷路嗎？」瑪拉席讀著紙條。

「知道，」月光在下條街轉彎，「就在工業區裡面。」

瑪拉席的卡車開到了最前面，車隊的十輛車並排成兩列緊跟而來。偉恩的卡車在下個轉角超車到她們旁邊。她可以看見偉恩的話癆快把駕駛煩死了——而那位駕駛居然是瓦的司機霍德。他是怎麼跟這次的行動扯上關係的？

「最近真的很難搞清楚，」月光說，「到底是我在監視他，還是他在監視我。實際來說，我們應該都在監視著同樣的第三方……」

「什麼，霍德？」瑪拉席問，「瓦已經僱用他好幾年了。他是個怪傢伙，但是……」

霍德從另一輛卡車望向她們，接著——越過瑪拉席——朝月光點頭。

該死。這世界是怎麼了？她到底浪費了多少時間在解決銀行搶劫和勒索保護費上，渾然不知正在發生這種事？

不管這種事到底是什麼。

「妳有沒有突然理解過，」月光說，「藝術有多具毀滅性？」

「藝術？」瑪拉席皺起眉頭，「毀滅性？」

「每一波新運動都會吞噬掉前一波。」月光盯著前方，看車流逐漸恢復順暢，「剁碎它、吞噬它的屍首。奪走骨骼，但披上新皮。每件新藝術在某種程度上都是舊有藝術的戲謔仿造品。」

「妳聽起來像是一名藝術家。」

「我是有些天分。」她說，「我的經驗讓我對藝術世界有些興趣，尤其是關於它的特殊性——以及……價值，可以這麼說吧。跟我說說。假設有個藝術家一共只創造出了十六件非常稀有的藝術品，而妳持有其中一件，妳會怎麼做，以確保自己的這一件最有價值？」

「如果我陪妳玩，」瑪拉席說，「妳會告訴我關於特雷的事嗎？」

「我現在就在告訴妳。」

瑪拉席皺眉思考著，「我有十六件藝術品的其中一件……而我要確保自己的最有價值？」

「沒錯。」

「我會試著創造神祕感，」瑪拉席說，「我不會到處炫耀。我會讓其他十五件在相較之下變得平凡無奇——隨著人們議論紛紛，我的這一件就會越來越有價值。還有一件在外面。從沒有任何人看過。」

「聰明，」月光說，「我很佩服。」

「那妳會怎麼做？」瑪拉席問。

「把另外十五件全都偷走，」月光說，「這樣我就能隨心所欲操縱市價。」

「眞不留情。」

「沒有其他方法那麼無情。這些藝術品是眞實存在的，瑪拉席，而你們星球的神祇便持有兩件。」

「滅絕與存留。」

「沒錯。這讓和諧成為寰宇中最有價值——最具授予——的存在。十六個持有者中，其中一人認為提升自己價值的最好作法，就是毀掉其他的作品。他也成功了幾次。」

「那……就是特雷？」

月光搖搖頭，「不，他的名字是憎惡。特雷——自主——的想法不同。妳看到這些建築了嗎？一切都是大型藝術作品的一部分。這種大規模的創造令人印象深刻，但卻不是你們本地人所做的。這種紋路、那些線條，還有那塊反光板……這是來自泰爾丹的藝術風格，稱為粗獷主義。

「這就是我討厭自主的理由。她宣稱希望所有人都是獨立個體。她給予每個人一棟獨一無二的小房子，但整體上必須要符合她的計畫，她的欲望。這是虛假的個人主義。批量生產的獨特性。就好像有個廣告叫大家要做自己、活出自己——但方法就跟所有人一樣，去買他們的產品。」

瑪拉席有點難以理解這一切。但她聽懂的部分證實了她的猜疑。來自其他星球的存在正領導著這座城市，而且正在計劃對瑪拉席世界的人民做些什麼。

「那特雷的目標是什麼？」瑪拉席問，「如果他不想要毀滅其他神？」

「特雷想要逼退其他人。」月光說，「她——或他、或他們，這會變動——不喜歡直接面對其他神。順帶一提，我們叫他們『碎神』。自主打算藉由在寰宇中布滿自己的分身來排擠其他碎神。換句話說，她想要淹沒所有競爭對手。就像一種極端的入侵植物：侵入不同的生態圈，然後掐死原生種。」

瑪拉席皺眉，「我……我覺得我能理解。」

「關於自主的話題常會令人困惑。」月光的目光依舊看向道路，「特雷源自於你們世界的一個遠古宗教，而那原本就是自主在很久很久以前創立的，布下讓自己未來得以入侵的種子。現在時候已到。自主正在這顆星球尋找人選來承擔起這個位置、這個身分。」

「等一下，承擔起這個位置？」

「她想要在這星球留下一個神。」月光解釋，「持有她的力量、確保她的利益，並且——在許多層面上——成為她靈魂的一部分。她在寰宇各地都這樣做過。有些地方她甚至建構了一整個萬神殿，其中每個成員都有著獨特的個性與身分。」

「所以……她在玩角色扮演？自己跟自己玩？」

「是的，」月光說，「不過自主的授予本身就有生命，所以她的分身會隨時間經過成為獨立的個體。有時候那不是人，就只是一股力量。其他時候，如果情勢上需要有人看管，她就會挑選某人上位。」

「所以……」瑪拉席說，「她打算創造出另一個神來逼走和諧，藉此接管我們的世界？」

「基本上是。」月光說，「你們的星球是她的主要目標之一，瑪拉席。兩股碎力在同一處，由同一人所持有，這件事嚇壞了她。除了她的核心世界以外，你們是寰宇中第一個發展出火藥與電力的星球。她看到你們越來越強大，學得越來越多，越來越接近真正的祕密。這讓你們成為了寰宇中最大的威脅，至少對她來說是如此。」

「但我看不出為什麼這樣能擊敗和諧。」

「說實話，我也看不出來。」月光說，「我不認為有任何凡人能理解計畫的全貌。但她知道和諧無法任意行動，所以她抓緊機會出手。」

瑪拉席往後靠，吐出一口氣，手鬆開槍支。答案。眞正的答案。她追尋了好久，遇上好多死路。終於得到解釋的感覺……棒極了。

「所以自主正在尋找一名化身。」瑪拉席說。

「她大概已經找到了。是一個名爲黛兒欣的女人。」

「瓦的姊姊？」該死。

「不過，他們組織中還有其他競爭者。」月光說，「談到自主，就一定會有競爭。所以黛兒欣必須證明自己是最強大、最優秀的。還有，因爲自主的意旨裡包含了創意與個人主義，所以她會對毅力、成功、遠見等特質給予讚賞。」

月光對她們經過的建築工地點頭，「這座城市就是範例，黛兒欣五年前提拔了一名有天分的建築師，現在這些全都是他設計的。他的創作目的在於取悅自主……但一般居民又如何？他們無法自己決定任何東西，只能得到大量生產的『獨特』房屋。」

「聽起來很嚴苛。」瑪拉席說。

「取決於你想要什麼。」月光說，「在她統治之下生活可以很安全，只要保持低調，不步入危險地帶，避免被她要求要證明自己。自主很殘暴，但也很寬容。如果你讓她印象深刻，在她心中的排位就會上升。就算你做了與命令完全相反的事，只要你能成功，就會得到獎賞。」

「如果失敗了呢？」

「不會有好下場。」月光的眼神飄向遠處，「她令我作嘔。但我確實理解她……我想是吧。雖然花了一點時間。」

瑪拉席靠回椅背上思考著。終於有了答案。但與此同時……她該信任這個女人多少？剛剛的話有任何眞實性嗎？

「為什麼現在向我說明這些事？」瑪拉席問。

「因為我們的組織對妳印象深刻。」月光說，「我們守護著司卡德利亞，但行動必須非常小心；如果我們踏錯一步，這世界上有許多力量——和諧也包含在內——都有能力碾碎我們。」

這話讓瑪拉席頓了一下。如果他們不替和諧工作，那是替誰工作？

月光終於領著卡車車隊下了高速公路，從北側穿過城市的外郊。

「這裡……刻意感太重了。」月光說，「看看那個標語。妳看到了嗎？」

「那座告示牌嗎？」

瑪拉席說，望著看板上繪畫風格的比爾敏，城市後方畫著背光。為進步而驕傲，上面寫著。外城自給自足運動。

「在城裡到處都是。」月光說，「死夜的！同一張圖畫至少出現了一百次。可以被複製的藝術……還算得上藝術嗎？」

「當然是，」瑪拉席說，「為什麼能被複製就不能算藝術了？」

「太粗俗了。」

「聽起來很菁英主義。」瑪拉席說，「如果妳在意的是真正的藝術之美——而非膚淺的控制欲——就應該要讓所有人都能體驗藝術。越多人越好。」

「很不錯的論點。」月光說，「我承認對自主的厭惡可能影響了我的看法。」

他們領著車隊開往畢荷路，接著緩緩以一列縱隊前進。最終有個人出現在瑪拉席的卡車旁，他穿著紅色夾克，與筆記內記載的一致。她再次拉下車窗。

「在前面，經過汽車大道之後。」他說，「右邊第三棟建築。」

她點頭，拉上車窗。他們在街道末尾遇到了汽車大道——這是條寬闊的六線道高速公路。瑪拉席從來沒見過這麼寬的路，「現在車子真的有多到要開這麼大條的路嗎？」

「他們打算，」月光說，「未來要將城市擴張得更大。」

雖然他們還用不到這麼多車道，但汽車大道上的車流還是很多。他們必須等到車流慢下來，才有機會穿越。她可以看到前面有一整排巨大倉庫——而第三棟的運貨門是打開的。那裡就是他們的卸貨點。

「妳會插手嗎？」瑪拉席問，「我是指這次的行動。」

「不會，」月光說，「我向妳保證。」

「在那之後，我能找妳談談嗎？」瑪拉席問。

「可以。」月光說，「但瑪拉席，我對外人能說的事情有限。現在我只是來觀察。」

前方車流慢下，月光的車穿過大道——不過剩下九輛車還被卡在後面等待通行。

「如果爆發槍戰呢？」瑪拉席問，「妳依舊只會袖手旁觀嗎？」

「如妳所說，我不是警員，」月光說，「所以沒錯。就把我想像成是仰慕妳工作的外部人士吧。我對守法人士有些興趣。尤其是關於他們的特殊性——以及……價值。」

她露出知情某種內幕的微笑，驅車進入如洞穴般的倉庫之內。等到十輛卡車都抵達，行動就準備開始。

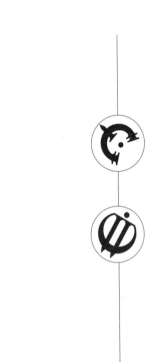

21

偉恩在卡車等待跨越高速公路時點點頭，「就這樣了，霍德。」他對司機說，「這就是我所知道每一種醃菜的方法了。」

「……謝謝你？」霍德說。

「別客氣，」偉恩說，「我就是有用資訊的大寶庫，那就是我。」

他們前面的卡車啓動，穿越了充滿十六又十六輛車的大道。霍德向前開，排在下一個通過的位置。

「那現在我可以拿回我的口琴了嗎？」霍德問。

偉恩在口袋裡掏掏，取出口琴，「我很公平地跟你交易來的耶！」

「你才沒有。」

「我有，」偉恩說，「交易給你的東西就在手套箱裡。你的觀察力太好，我很難把東西偷放進你的口袋。你到底爲什麼這麼厲害？你只是個鐵鏽的司機。」

「練習，」霍德嚴肅地說，「非常大量的練習。」他打開手套箱，一隻白色的小動物露出頭，長著無毛的長尾巴，「偉恩。一隻活老鼠？」

「我叫牠啾啾爵士，」偉恩說，「本來沒有要帶牠來的，但牠偷偷躲進了我的口袋，眞的。所以我就想『這是你第十七次讓牠從籠子裡逃出來了，偉恩。最好把牠交給比較負責任的人。』」

「你眞是特立獨行，」霍德微笑看著老鼠爬上他的手臂，「不過……我想，交易成立？」

「太棒了，太棒了。」偉恩回應，「牠喜歡草莓跟酒，但是不要給酒，因爲牠是老鼠。」

「了解。」

他們在寬闊的公路邊等待。而偉恩，他一整天都有種感覺。有事情要發生了。重要的事情。

「你有沒有想過，」偉恩說，「希望人生能像故事一樣？」

「你是指什麼？」霍德問。

「故事總是會有好結局。我阿媽以前常講的故事……是有意義的。人存在，是有價値的。」

「我認爲我們每天都活在故事裡。」霍德說，「我們會依照自己的需求與期望來銘記、講述，如陶土般塑造這些故事。」

「我阿媽跟我講的最後一個故事，」偉恩說，「是關於執法者的。很有趣，對吧？我最後居然也成爲了執法者。只不過故事的主角是個英雄，而我只是……嗯，我只是我。」

「你這是在貶低自己，偉恩先生。」霍德柔聲說。

「惡棍是當不成英雄的，霍德。」

「但在大多數故事中，惡棍才是最了解英雄的人。」

偉恩琢磨著這句話，看著前方的車流，然後……發覺自己把這條高速公路想像成是一條河。因爲他心裡有一部分希望霍德說的話是對的。

然後他多等了一會。

又等了一會。

該死。該有人想個辦法讓車子更容易跨越公路一點。也許可以僱個人站在轉角，在太多車堵住路口的時候開槍，逼大家開快一點？不論如何，看著快速通過的車流……沒錯，就像是石塊與鋼鐵的河流。比全世界任何河流都湍急。

他微笑，回憶起維持住他的世界很長一段時間的那道安寧、美麗的嗓音。

沒錯，這裡有盜匪需要追捕，他心想，但還是不對勁。英雄在哪裡？他應該要來的，卻留在了後方。

霍德抓住一陣空隙，加速卡車越過大道——只有三輛車被迫慢下來、向他們按喇叭。考慮到現實情況，這算不錯了。要穿過充滿石塊的湍急河流不是不可能，只要你是一塊更大的石頭就可以。不需要像故事裡的賈克一樣會飛行。這不算作弊，只是更聰明的辦法。

他們開進陰暗的倉庫，車隊最末尾的卡車跟在車後，倉庫牆頂有幾扇未關的窗戶透進一些光明。爲什麼要把窗戶設那麼高，這樣誰有辦法往外看啊？

啊，對。犯法的勾當。對，那就合理了。

「感謝載我一程，霍德。」偉恩拿出他的幫派份子帽——一頂舊毛帽，是他從抓到的流氓那裡換來的，「你最好頭低一點，以免等下大家開始射人。希望是不會啦。」

「了解，偉恩先生。」霍德說，「祝好運。」

偉恩點頭，現在是時候變成其他人了。他皺起臉，像法藍尼斯一樣瞇眼——毛帽就是從他頭上拿來的。他的身高與年齡都跟偉恩差不多，只不過更歷經風霜一些。因爲時間、因爲香菸，還有因爲他做過的事。偉恩已經帶著假髮改變了髮色，臉頰貼了橡膠讓下巴看起來更方，還化了妝讓眼眶加深。戴上帽子，他就是法藍尼斯——只缺了一樣東西。

他爬出車子，走路姿勢搖搖晃晃。法藍尼斯眞的很懂怎麼搖晃。

文戴爾——穿著循環的身體，那個男人名爲葛朗克司——在卡車外與他碰頭，其他人安靜地等待著。卡車裡的其他髒條子只有在重要人士出現時，才會全部跳出來執行逮捕行動。他們不打算只抓到一群低階的無用渣滓。

法藍尼斯可不是渣滓。他只是需要一份工作，你懂吧？你一開始在碼頭打工，但那裡機會越來越少，而且排班時間實在太差。然後你聽到朋友阿文在其他地方有份薪水更好的工作，而且只要搬些箱子就行了。搬箱子哪會惹上什麼麻煩？即便你得帶著槍，隨時準備開火。

偉恩晃到文戴爾身邊，他穿著高級訂製服，配上他更高級的身體，「你能做到這種事，」坎得拉說，「實在是不可思議。你模仿人的程度幾乎和我的同胞不相上下。」

「只要找到跟你長得有點像的傢伙，」偉恩說，「再補上差距就行了。還有，保持住角色。」

「好，好。」坎得拉說。他裝得還不差啦——尤其平常他是個愛大驚小怪的小東西。他絕佳地穿著葛朗克司的身體，一名已證明自己足以被拔升的幫派份子，已得到了頭銜與權威，剩餘的其他人都只是打手罷了。

他們跨過寬闊的倉庫，走向從邊緣現身的兩個傢伙。接著，更多傢伙開始湧進來。足足有四十名持有武裝的男子。這……比警員的數量還要多。

不過我們能出奇不意，偉恩心想。那些卡車也有加固過，能夠提供掩護。沒問題的，有偉恩與瑪拉席——更別說還有一名無相永生者——在這一邊呢。宓蘭很擅長戰鬥，文戴爾應該也不會太差。

兩個傢伙往前迎上他們，身穿一般的工作服：吊帶、長褲、襯衫。還不夠好。他們至少需要一名套裝——葛朗克司的上一階——或更好的話，一名次序，甚至是完全升格的系列，不過全組織中那個階級只有少數幾人就是了。再來就是他們唯一的領導人：關鍵。

偉恩/法藍尼斯並不想要任何重要的職位。他對穿著高級衣服吸引槍火沒啥興趣，只要付他薪水，讓他假裝自己沒有做任何壞事就行了。

「循環，」兩名男人中比較矮壯的那人點點頭。根據審問得到的資訊，他大概就是那個叫迪普的傢伙。或者……他也可能是安布瑞爾。

不論他是誰，他都向偉恩瞥了一眼，但沒有直接和他說話，「你們可以留下卡車，」他告訴文戴爾，「要你的人坐上外面的兩輛廂型車回家去。你的成功已被記錄下來。」

「好吧，」文戴爾低吼——將葛朗克司的口音模仿得很好，「但我必須和次序談話。出了點問題。」

「用無線電不行嗎？」也許是迪普說，望向他的同伴。

「我有理由認定無線電不再安全，」文戴爾說，「次序就在這裡，對不對？」

這是偉恩的提議。這些領導階級，他們總是會留在附近觀察。他們不信任法藍尼斯這樣（還算）誠實的好小偷會好好做事。所以沒錯，一名組織的高階成員必定會在此。就在某處。當然現在法藍尼斯不是真的法藍尼斯，而是相似的別人——這已經是相似的最高境界了，除非他能穿上法藍尼斯的骨頭，不過那是作弊所以不算數。

總之。重要的談判。生死一線間。被四十名武裝份子包圍。最好還是專心點。

「我會向次序轉達你的訊息。」也許是迪普說。

「不夠好，」文戴爾說，「出問題了，很大的問題。」

兩名混混對看一眼。該死……他們起疑心了。

偉恩望向周遭的其他人，只要手一揮他們就會開火。那傢伙不會是迪普。誰會讓叫作迪普的人管事情啊？

「嘿，安布瑞爾，」他使用了稍微調整過的自身口音——碼頭工人，但蓋上一層這些混混都會有的鼻音。一起工作的人說話方式常會逐漸同化，「我們可以談一下嗎？」

矮壯的男子看向他，接著點頭，「可以啊，法藍尼斯？」

偉恩招手要他過來，兩人溜到一邊。文戴爾與另一人開始談話，講起成功「取得」的貨物。

「怎麼了，法藍尼斯？」混混低聲說，用拇指指向背後，「循環從來不在意這種事的，他總是聽命行事。」

「根本是腦袋裡裝著溼水泥，」偉恩小聲同意，「你能相信居然是他被選上嗎？」

「我相信，」安布瑞爾說，「他從不問問題。不像你。」

「嘿，」偉恩說，「我只會問我的薪水啥時要發。」

「我們不都是嘛，」安布瑞爾多端詳了他一下，「你最近曬了不少太陽喔。」

該死。化妝的顏色還不夠淺。他能讓這男人問起他的父親嗎？偉恩從眞的法藍尼斯那裡得到一些關於父親的有用資訊，「你也知道，體力活嘛。就像我爸常說的——會用到腰力和臂力的才是好工作。」

「是啊，但你們不是住在洞穴裡嗎？」

「我才不住在鐵鏽的洞穴裡。」偉恩說，「怎樣，你以為我會一直待在黑漆漆的洞裡嗎？」

安布瑞爾咕噥一聲，「你妹妹怎樣了？」

妹妹？噢，鐵鏽的。偉恩瞥向安布瑞爾。他臉上的那個微笑。

「你離我妹該死的遠一點。」偉恩說。

「只是問問，」安布瑞爾舉起雙手，「滅絕的，沒必要這麼衝吧。」

「聽我說，」偉恩低聲說，「循環不是舉動很奇怪——他是在擔心。他看到有個女條子在打探我們的基地。黑頭髮。你知道她嗎？」

男人低聲咒罵，「你怎麼不早講？」

「我不是鐵鏽的講了嗎？但循環想要向上報告，想要得到……你知道的那個人的注意。因為看到了我們明知道八成會在附近的條子。鐵鏽的蠢蛋。」

聽到循環想要引起特雷的注意，安布瑞爾臉色變得有點蒼白。最好……離那個話題遠點。偉恩伸手搭上另一人的肩，領著他往回走。

「而且，」他對安布瑞爾說，「你可以忘掉我妹啦。我遇到一個女的，跟你一定有戲。」

「真的？」

「當然。她覺得尤利普長得很帥。」

「尤利普？那個長得像青蛙的克羅司混血？」

「就是他。」偉恩說著，回到其他人身邊。

安布瑞爾搖搖頭，「真是瘋了。」他對文戴爾點點頭，「我會去找次序。你們可以叫你的人開始卸貨了。」

文戴爾轉身，揮手要眾人開始動作。瑪拉席會盡量低頭，就如偉恩告誡她的那樣。她實在是該死的太顯眼了，有時候也需要學學怎麼皺起臉假裝成是其他人嘛。對逃避自我厭惡很有效的。

還是不該英雄沒到就過河的，偉恩心想，看著兩名混混小跑到後方打開門。

「說真的，」文戴爾問偉恩，「你是怎麼做到的？你連他們的骨頭都沒有。」

「你不該從後面塞那麼多支進去的，文戴爾。」偉恩說，「拔個一、兩支出來，你就知道了。」

「這眞是明顯的不公平，」他說，「凡人不應該能夠站在契約承擔者身邊，結果模仿能力居然可與之匹敵。」

「噢，有人嫉妒囉，」偉恩深吸一口氣，「聞起來就像櫻花。還有，別再脫離角色了，討厭鬼。」

終於，兩名穿著較好服裝的人影從倉庫後方的陰暗房間內走出。完美。這就是他們要的。希望埋伏的警員可以——

突然之間，外門大開，穿著棕色服裝的人群開始湧入，持槍瞄準混混們，「放下武器！」一個聲音大喊，「這是埋伏行動！」

「中圈套了！」偉恩從槍套裡拿出槍。

文戴爾抓住他的手臂。

「喔對，」偉恩讓他壓下手臂，「對、對，我有時候會忘記……」

但這些不是他們的人。搞什麼？周圍的混混都在四處張望——卻沒人開火，因爲有更多身穿棕衣的人影湧進了。至少有一百名警員。身上戴著……盾牌與陸龜，那是比爾敏的標誌。這些人是當地的警員。

瑪拉席的圈套被設圈套了。

22

瑪拉席呻吟著，在座位上坐直身子，摘下用來擋住臉的帽子。比爾敏警員。太棒了。她瞥向月光，對方聳了聳肩。

「我完全不知道。」月光說。

瑪拉席嘆氣。至少當地警察知道要包圍次序和他的跟班——一隊少說二十名的警員正舉槍對著他。他們也許不知道組織，但很清楚走私或幫派是什麼樣子。新抵達的其他警員正在包圍其他混混，令他們很明智地決定不開槍，因爲人數差太多了。幫眾們遲疑地放下武器。

瑪拉席踢開門，跳下車，立刻就有數個警員轉而瞄準她。她嘆氣舉起雙手，「我是依藍戴警局的人！」她對他們大喊，「特別警探瑪拉席·科姆斯！」

「這是什麼狀況？」一個聲音質問。一名身穿比爾敏制服、留著金色短髮的高䠷女人推開警員靠近。瑪拉席覺得自己認識她。

「布蘭塔隊長？」瑪拉席說，「我們在去年的城際訓練碰過面。」

女人打量瑪拉席，接著大聲呻吟。附近，一些瑪拉席的人正遲疑地爬出卡車——並展示出他們的身分證明。

布蘭塔隊長用手掌壓住額頭，「妳在跟我開玩笑吧，」她說，「妳在我的城裡設圈套？」

「我有整個盆地的執法權。」瑪拉席找出文件，「在總督監督下，由瑞迪總隊長授權。」

「你們宣稱有全盆地的執法權！」布蘭塔揮開授權書，「鐵鏽的依藍戴人。你們當然不必事先通知，就在我的城市裡展開行動。」

瑪拉席對這女人感到了一點愧疚。不過，外城早已在組織的股掌之間，傳送消息給當地警局太危險了；布蘭塔所處的公務機關裡肯定有組織的耳目。

但是……此時此地的警員們似乎推翻了這項推論。

「妳要把他們轉交給我們。」瑪拉席揮手指向幫派份子。

「想得美。」布蘭塔雙手交疊在胸前，硬挺的夾克緊緊扣著。

「這是更大犯罪網路的一部分。」瑪拉席說。

「我們會在審問的時候找出來的。」

瑪拉席嘆氣，再深呼吸，「布蘭塔，」她說，「我們眞的要吵這個嗎？」

高䠷的女人看著她，沒說話。

「我們兩邊的政客合不來，」瑪拉席說，「那是他們之間的事。我們的職責是要守護城市——每一座城市。我們都只是工作量太大的條子。讓我們好好合作，不要繼續爭執了。」

「也許我會同意……只是要照我的條件來做。」

「我在追捕的這個組織，」瑪拉席說，「非常深入社會。深入到很危險的地步。它迷霧般的觸鬚緊緊地纏著社會的各個階層，你們城市的領導人幾乎確定已經被滲透了。」

「妳說這無關政治的。」

「我是說，我們不應該管政客之間的對立，」瑪拉席說，「但現今所有事情都與政治相關。我在追捕的團夥正刻意要激起依藍戴與外城之間的戰火。

「如果我們追得太近，兩邊的政府之內都會出現力量阻撓我們。這就是爲什麼我不能通知說我們會來。我爲此道歉，但就連我自己這邊的政府也只有少數人知道這次的行動。」

布蘭塔繼續打量瑪拉席，揮手支開小跑步靠近的助理，他可能是想要回報拘捕的罪犯數目。現在的情況有點類似政治談判——但比起史特芮絲與瓦，瑪拉席有額外的優勢。你絕對無法摸透議員們想要什麼。但若是面對警員？

你做這份工作不是爲了榮耀——或至少繼續留在這份工作肯定不是爲了榮耀。所有追求榮耀的人很快就會改往法官或檢察官等職位前進，盡可能地以最快速度脫離警探實務。但布蘭塔是將警察當成志業的人。她待在警隊的時間比瑞迪還久。

「妳讓我擔心起來了，科姆斯。」布蘭塔說。

「安排這次行動會不會很困難？」瑪拉席問，「你們政府的成員——警局的高階人士——有沒有阻礙妳？」

「大部分時候都是這樣。」布蘭塔聳肩，「妳也很清楚那些繁文縟節，事情……」她停下，皺起眉頭，「這次行動感覺確實有更麻煩一點點。」

「那行動怎麼沒被壓下來？」瑪拉席低聲說，「爲什麼會讓妳繼續執行？」

「我很堅持。」

這不是理由。如果組織得知這項行動並且想要阻止，一定能夠成功。

走私進來的武器原本就是要用來強化比爾敏的軍隊，瑪拉席想通了。所以就算被政府查封也沒關係。武器還是會送到需要的人手上。組織的行動必須很精巧。他們也許控制住了比爾敏，但多數人並不知道這件事。反正組織只需要確保貨物被送到城中正確的地點就好，有何必要爲了阻止突襲行動而自曝身分呢？

但次序怎麼辦？瑪拉席望向包圍他的一整群警員。他已經被綁住，卻還是維持著自信的姿態。那人打理得體，專著時髦的訂製服，眉毛濃厚，嘴唇豐厚。她猜想他一直都知情警方的圈套，也知道自己稍晚就會被釋放，所以只是在配合演戲。

接著他看見了瑪拉席。他將頭歪向一側，皺起眉頭，隨後往前跨步，好像忘記了警員還在旁邊——他們必須出手抓住他。他盯著她，一臉困惑。

一秒後，他露出大大的笑容，甚至可說是很興奮。他全身用力，拉長了脖子。

喔，糟了。有什麼比大眾突然發現依藍戴警方正在干預地方事務還更能引起爭議？尤其是……

鐵鏽的。她漏掉什麼了？

「布蘭塔，」瑪拉席抓住她的手臂，「我們必須麻醉那個男的。」

「什麼？麻醉他？爲什麼？」

「你們沒有做應對金屬之子的準備嗎？」瑪拉席說。

「這團人裡沒有金屬之子，」布蘭塔說，「我有可信的線報——」

下一瞬間，次序放出了強勁無比的鎔金術鋼推。

23

瑪拉席佩戴著可脫離的槍帶與金屬袋，所以除了扯掉她的裝備之外，那股鋼推並未對她造成太大影響。比爾敏的警員可沒有做類似的準備。他們全都被自己的槍、手銬，還有其他各式裝備扯向後方。

布蘭塔尖叫著倒下，幸好沒有跌得太嚴重——有很多人被往後拋了十幾呎遠。連卡車都在搖晃，甚至有兩輛翻倒。建築物側邊的門直接被吹飛，槍枝被推開砸在牆邊，造成窗戶碎裂，以及眾人驚叫。不過地上還有幾把沒有被影響的武器。顯然有些敵人持有鋁槍。

次序輕鬆地抄起一把鋁槍，站在爆炸中心。瑪拉席從來沒看過任何射幣辦到過這種事。她向後退，充滿驚愕。這就好像……古代故事中的景象。就像和諧在歷史書中講述昇華戰士所能辦到的事。

這是個不妙的徵兆。因爲瑪拉席理解爲何次序會笑了。他原本應該會乖乖配合接受逮捕，但現在有了機會能將依藍戴牽扯進醜聞之中，他絕對會盡可能造成最嚴重的傷亡。

其他人還在試著回神，瑪拉席馬上撲向一把鋁槍，但次序直接瞄準她開火，逼著她——依舊手無寸鐵——躲進翻倒的卡車後方尋找掩護。幸好鎔金術鋼推已經停止。

妳讀過這個的，她心想，這是古代迷霧之子專屬的能力之一。

那叫作硬鋁，是種神祕的金屬。鎔金術師可以利用它一次燒光自己所有的金屬存量。就像是一次引爆整桶火藥，而非發射單發子彈，藉此一口氣放出非常強勁的鎔金術能量。至少……她記得是這樣。數世紀以來，這變得再也無關緊要，因為不再存在任何同時擁有兩種鎔金術能力的人。

除非你有血金術尖刺。

一名戴著毛帽與假髮的人片刻後出現在她身邊。偉恩身後跟著穿了循環魁梧身體的文戴爾。一秒後，偉恩的速度圈啓動，給了他們一些喘息空間。

「他們有做準備！」偉恩說，「他們知道我們的圈套！」

「不，」瑪拉席說，「他們知道的是布蘭塔和她的警員，我想他們並不在意被抓。我猜他們原本打算配合逮捕行動，然後晚點再從監獄溜走。」

「哪裡不一樣了？」偉恩問。

「次序剛剛發現我們來自依藍戴，」瑪拉席說，「決定利用我們的在場來製造事件——造成警員身亡——然後怪罪在依藍戴干預比爾敏的行動上。」

這仍然只是猜測。不過事實很明確。男人原本十分順從地配合拘捕，但一看見瑪拉席後就決定開戰，置所有人於險境之中。

現在不必擔心被射中了，她從卡車後探頭窺看。次序好整以暇地舉槍瞄準正在起身的布蘭塔。房間外緣，幫派份子與警員們才都剛爬起來，一副暈頭轉向的樣子。最快恢復的那些人則是凍結在手忙腳亂尋找武器的途中。

「有什麼計畫？」偉恩問。

「你去吸引次序的注意力，」瑪拉席對他說，「我來協調警力。組織的人看起來也很驚訝——看看他們的表情多震驚。我真的覺得他們原本是打算被抓，然後靠腐敗的法官或檢察官來脫身。我們還有機會扭轉局勢，只要好好利用他們還在混亂的時候。」

「這不是原本的計畫！」文戴爾從她身旁偷看。

「計畫只管用到有人開槍為止，老兄。」偉恩說。

「太不文明了，」文戴爾咕噥，「這麼多美麗的骨骼都要被打碎。」

「如果我們能先阻止他們就不會。」瑪拉席說，「幫助偉恩對付次序，還有盡可能解決所有持有武裝的敵人。注意我們的司機——他們沒穿制服，但都穿著白鞋子。」

「呃……」文戴爾說，「我的天。嗯……當妳說『解決』的時候，確切的意涵是什麼，科姆斯小姐？」

「殺死？」瑪拉席說，「射死？打殘？吃掉？我很不挑的，文戴爾。」

「啊，那個，呃，」他說，「妳看，我不是什麼鬥士。我是個鑑賞家。優秀的規畫者。深思熟慮的思考者。」

她瞪他一眼。

「我跟從初約，科姆斯小姐。」他說，「就如同多數的坎得拉。我無法殺害，甚至是傷害任何生物。尤其是人類。」

「宓蘭從來就沒這個問題。」

「宓蘭是個異端！」文戴爾說，「你以為她為什麼會被指派給你們？只有她和坦迅能夠戰鬥，我們剩下的人都對這種行為深痛惡絕！我應該，呃，離開這裡。然後評估。對，評估該如何應對。」

瑪拉席看向偉恩，他翻了個白眼。

「你基本上是不滅的，對吧？」她對文戴爾說，「跟宓蘭一樣？」

「嗯，基本上是。但妳看，我……」

「那就給我出去，」瑪拉席說，「吸引一些槍火。還有，如果你有辦法，就丟一把鋁槍給我。」

「好吧，」他深深嘆口氣，「這是最後一次和諧能說服我去——」

他頓住，因爲有名矮個子的女人繞過卡車，不知如何跟他們的速度相同——接著她踏進了他們的速度圈。

矮壯的女人戴著圓頂帽，手上拿著一根決鬥杖，「哈囉，親愛的。」她說，「我們在這裡幹嘛？開會啊？我最愛會會新人了。只要殺掉他們就能停下開場獨白。」她咧嘴一笑，接著撲向瑪拉席。

這種感覺實在太不協調——從來沒有人入侵過偉恩的速度圈——所以瑪拉席的反應慢到令人難堪。偉恩則沒被影響太多。他在女人揮杖時抓住她的手臂，阻止決鬥杖砸在瑪拉席的頭上。

三人跌成一團。偉恩最終搶到了決鬥杖，但女人成功逃開。她變成一團模糊，一秒後碰上他們的速度圈邊界——接著以普通的速度穿過房間。過了一下她就定在原地，遲緩地移動。

「該死！」偉恩說，「是另一名滑行！」

當然了。她有和偉恩相同的能力——能夠啓動她自己的速度圈。她會快速移動，是因爲她的速度圈與偉恩重疊，在短時間內使她速度加倍。但她穿越房間時必須要撤下速度圈，因爲滑行必須要有短暫的間隔才能再次啓動速度圈。

「偉恩，」瑪拉席說，「新計畫。我要嘗試拿回我的鎔金手榴彈。剛才的鋼推把它們拋飛了。你要想辦法阻止那個奇怪版的你。」

「什麼？」他追問，「就因爲她也是滑行，她就是奇怪版的我嗎？」

「我同意。」文戴爾說，「偉恩已經奇怪到無以復加了——所以奇怪版的他反而會變正常才對。」

「這不重要！」瑪拉息怒回，「偉恩，處理那個滑行。文戴爾，吸引射幣的注意力，準備好了？」

「好了！」偉恩說。

「還沒！」文戴爾說。

「撤下速度圈！」瑪拉席說著已經向前衝。

偉恩聽命行事，房間內的聲響融合成一道不協調音浪衝擊她。人們抓起武器開火。尖叫與痛喊聲四起。警員嘗試集結——十幾個不同的聲音各自給出互相矛盾的指示。

瑪拉席擒抱布蘭塔——她才剛剛站起身——將她推向另一輛卡車後方。次序的子彈擊中地面，濺起混凝土碎片，只差一點就射中那個女人。

布蘭塔驚訝地起身，對已經背靠卡車的瑪拉席點頭致謝。這是她進倉庫時搭的那一輛卡車——但月光已經不見蹤影。

偉恩過一下就撲向滑行。文戴爾則從翻倒的卡車後跳出來揮手，「看看我！毫無防備！我是個叛徒！哈！我要跟警方坦白一切！」

他頭上直接吃了一顆子彈。

「鐵鏽的！」布蘭塔隊長大喊，終於理解發生什麼事，「他們有鎔金術師！」

瑪拉席嘆氣，「隊長，妳能夠組織反擊嗎！」她大喊，蓋過越來越響的吵雜聲，「卡車裡面每個箱子上的第一把武器都是眞的，卡車本身也都有加固過，可以提供掩護！」

「好吧，」布蘭塔轉身朝東面的牆揮手，「警員！到我這邊來！我們——」

她們躲藏處的卡車抖動。第二波強力的鋼推搖晃整個房間，瑪拉席驚險地躲開。她剛才用來當作掩護的卡車下一瞬被拋飛出去，就好像被用力踢了一腳。卡車砸毀在外面的街道上，不斷滾動，散落出木箱與其中的武器。鐵鏽的！

卡車差點砸到布蘭塔，不過她已經朝著一團警員與流氓靠近。剛才又有很多人被推倒在地。

瑪拉席現在沒有掩護，清楚看見了次序搖動一個鋁酒瓶，接著喝了一口。更多金屬，瑪拉席察覺。如果她沒記錯，次序每次使用硬鋁後，都需要再次補充存量。

次序才剛喝完，一個頭頂彈孔的人突然衝上去撲倒他。至少文戴爾有努力。

「集合警員！」瑪拉席對布蘭塔大喊，接著衝向被推開的倉庫大門。門外的殘骸中某處，有著她的金屬腰帶——還有她的手榴彈。想要阻止超能鎔金術師，那些是對付敵手最有效的辦法了。

她在途中看到非常不可思議的景象：偉恩和另一名滑行在打鬥。

偉恩突然爆發出高速，躍向那名滑行——但在半空中撤下速度圈。那女人則是展開自己的圈子包住兩人，他們變成揮舞著決鬥杖的一團模糊動作。速度圈再被撤下，他們拉開距離互相繞行——接著又加速撞在一起，快到瑪拉席連模糊的人影都看不清。

鐵鏽的。保持專注，瑪拉席心想。她溜出倉庫，掃視殘骸——忽略翻倒在一邊的卡車，上面有一顆輪子還在轉動。

在那裡，她心想，她的金屬腰帶從一個破箱子下方露出一點，她跳過去抓起它。她扯開袋子伸手進去，但扣環已經壞了，導致兩顆手榴彈不知去向。她只拿到一顆。

一具軟趴趴的軀體飛過來砸在翻倒的卡車上。那身體癱軟地落在地上，一張血肉模糊的臉從折斷的脖子上轉過來看她，「我被打敗了，」文戴爾因爲下巴碎掉而發音含糊，「我會寄骨頭的帳單給妳。」

「別像個小孩一樣。」她立刻開始燃燒鎘。方塊在她手中震動，開始吸收能量。

她跑回房內，發現布蘭塔已經在數輛卡車後找到掩護、集合起一群警員——瑪拉席的人跟她的人都有。大部分的幫派份子則是群聚在靠近次序的另一側。看起來他們正從後方房間內拿裝備武裝自己，還有些人拿出了防暴盾。

偉恩與他的對手依舊是一團模糊。次序已升到半空中，靠鋼推飄浮在那裡。子彈無法擊中他，全都從他身邊偏離、打中牆壁。鐵鏽的。如果他做得到這種事，代表他比瑪拉席曾面對的循環更適應自己的能力。至少，他在進行超強力鋼推時也會不小心傷到自己人。

瑪拉席低身衝進，蹲在其中一輛翻倒的卡車後。她將手榴彈的定時設好，看準次序轉身的時刻。希望他只是純靠能力來反彈子彈，不會多注意她的手榴彈。

不幸的是，她投彈時次序恰巧瞥向她的方向。他剛好來得及將其鋼推開，手榴彈在後牆啓動，沒抓到任何人。他在高處看見她的眼睛，緊接著向她射出一枚硬幣。她千鈞一髮地躲進掩護後。鐵鏽的，他隨時都可以移動這輛卡車。

不，她想，*他需要一個相同重量的錨點*。這就是爲什麼次序剛才都是使用強力的全方位鋼推。他對每個方向都鋼推相同力道，藉此穩住自己。他沒辦法只推動一輛特定的卡車，除非他同時向後鋼推其他重量相等的物品。

這點只帶來些許的欣慰，因爲在找掩護的她的人馬有許多人都掛彩了，還有好幾人已倒地不動。再者，敵人已經開始重新集結……讓她有種不好的預感。哪種幫派會想要跟警察硬碰硬的？

有強大火力的那種，瑪拉席心想，而且覺得自己能贏。我們不該繼續戰鬥了。至少不是以這種方法。

槍聲在房間裡迴蕩，子彈鏘的一聲敲在金屬與石面上。

「我們必須撤退。」她向自己的其中一名小隊長凱連打信號，「我們必須設下掩護火力，準備撤退！從那個開口出去。」

「撤退？」凱連移近一些，「可是敵人——」

「我們是執法員警，」瑪拉席說，「不是士兵。我不會在城市中央開戰的！任務失敗了。該脫身了。」

凱連想了一下，然後點頭，「妳說得對，」女人說，「妳要我怎麼做？」

「集合其他人，救助傷者。我會負責和比爾敏那邊協調，接著去分散對方注意。哪輛車裡裝的是眞的爆裂物？」

「第六車！」

「偉恩那輛？是誰決定的？」

「大概是滅絕吧。」凱連說，「我還眞沒想到這點。」

她們分散開來。瑪拉席從金屬腰帶的槍套拔槍，低身穿過開放區域來到第六車，布蘭塔正在這裡尋找掩護。這輛卡車居然還沒翻倒，但瑪拉席覺得開車出去並不明智。因爲次序有能力掀翻整輛車。

「我們打算撤退，」瑪拉席對布蘭塔說，「你們要一起跟上嗎？」

「鐵鏽的當然。」布蘭塔說，「我感覺好像打開一個野餐籃卻發現裡面是個虎頭蜂窩。這些人是誰？」

「他們的目標是破壞我們的文明社會。」瑪拉席拍拍卡車，「這輛裡裝了爆裂物，我要往敵人那邊投一些過去，藉此掩護撤退。」

「給我一分鐘，」布蘭塔說，「我會叫我們的人準備好。我們有人受傷了。」

「我們也是，」瑪拉席說，「希望爆炸能夠爭取足夠時間。」

瑪拉席深呼吸，再拉開卡車車門爬進裡面。她打開駕駛座與貨艙間的隔板爬進去。這裡面很暗，但她知道裝著爆裂物的箱子會在最末尾——準備用來展示送貨成果。

她伸手進一個箱子，摸到幾顆普通的手榴彈。她希望這些是陶土與液體製作的火焰彈，能夠對鋼推免疫。

她擠回駕駛座壓低身子，靠乘客側的加固門來阻擋子彈，但憂慮逐漸趕上她。她越是思考，越覺得他們的處境很不樂觀。

*如果我們開始撤退，他就會再做一次全方位鋼推，*她心想，*我們一跑出門就會被翻滾的卡車壓過去。*

但她還能做什麼?她拿著爆裂物溜出卡車。凱連與布蘭塔對她點頭，準備撤退。倉庫裡滿是槍聲，但我方只有幾名警員在分散敵人的注意力，其他人都在救助傷者。

是時候——

次序從天上落下，直接降落在他們用來做爲掩護的四輛卡車中央。他接著鋼推——兩邊各有兩輛卡車——強力的鋼推直接將卡車推離。

他們的掩護一瞬間就消失了。被包圍的警員們發覺自己完全暴露在外，腳下還拉著傷者。在倉庫另一端，幫派份子已用沙包堆起了小小的要塞——其中一人將一架多管旋轉機槍安上三腳架。那是軍用等級，有液體冷卻加上彈鏈，每顆子彈都比手掌還要長。這些是用來防止麥威兮入侵而開發的，而且禁止出口到依藍戴之外。

瑪拉席此時才完全理解他們的裝備差距有多少。整個空間陷入奇異的寂靜，只不過她好像聽見某處有玻璃碎裂的聲音。她腦子有一部分聽見那個聲音，但其他部分都專注在機槍上。她站在警員們的最前頭，直勾勾盯著槍管，理解到即將發生的事。

她帶了一群幾乎沒有武裝的警力上到了戰場。

機槍發出刺耳的擊打聲，正對著瑪拉席與其他人射出一串子彈。

然後子彈停在了空中。

接著反方向飛回敵人的堡壘，擊中沙包與盾牌，幫派份子驚訝地大叫。機槍停下，倉庫再次陷入寂靜。驚魂未定的瑪拉席回頭看——發現瓦希黎恩·拉德利安就站在她身後。他轉身，手槍越過她的肩膀瞄準，迷霧外套的流蘇翻飛。火藥砰的一響，他開了槍。

這槍直接穿過機槍的準心，子彈正中操作者的眼睛，將他放倒在地。

「抱歉我遲到了。」瓦對人群宣告，「必須等到槍戰開始才找得到你們。我們繼續吧？」

24

跟人公平決鬥實在是太不公平了，偉恩下了結論。他的決鬥杖打中了作弊仔的頭，發出一聲令人滿意的碎裂聲。她倒地，但馬上翻身站起，咧嘴笑開的同時頭上的傷也開始痊癒——只剩一小滴血從完好如初的皮膚上流下。

他們當然給了她治癒能力。太棒了。眞是鐵鏽的太棒了。

她變成一團模糊，他差點來不及啓動自己的速度圈，勉強看見她往左側去了。他交叉手杖擋住她的攻擊，接著揮杖。

他擊中她的身側，但同時她也打中他的另一邊。鐵鏽滅絕跟鐵鏽地獄的！眞聰明，而且就跟喝醉酒後再喝昂貴威士忌一樣毫無意義。兩人都痛得退開——但也都汲取金屬意識來治療。

「和諧被割掉的神聖玩意啊，」他揮舞瘀青的手腕，「妳眞煩人。」

「尼眞煩人，」她說，「你……你尼……」

「不要再學我的口音了！」偉恩怒罵。

「你可以再說一次『我的』嗎？」她把決鬥杖抛起轉了一圈又接住。

鐵鏽的。

作弊。

女人！

偉恩可是公平得到能力的，純靠運氣好生來俱有。她的能力是從其他人身上偷來的。這完完全全就是作弊。大家都知道有些東西可以偷拿，但有些東西絕對不行。瓦沒在用的懷錶？好目標。蕾希送他的錶？絕對不行。

人的魂魄？絕對無敵不行。

兩人繞著圈走，無視室內的混亂。他在有東西擊中附近時停下了時間——是一顆擦過卡車的子彈——看見火花以慢動作消散。但瑪拉席和其他條子得自己對付拿槍的人了。偉恩有個絕對不是他的複製人的人要對付。

她笑著看著他向前衝，揮舞手杖。沒錯，她被打中時是可以治療，但一個人在用完存量之前能治療的次數是有限的。他必須繼續攻擊，希望她的存量先用完。

這次她閃開了。

「喂！」偉恩說，「給我站好。」

「喂……」她回應，「嗚喂……」

「別再學了！」

她往回跳，露出微笑，「我已經等了好幾年，」她的口音逐漸淡去，「計劃著，準備著。我是爲了你而被造出來的，偉恩。你不覺得光榮嗎？我被製造出來就是爲了殺死你！」

「啊！但妳有必要這麼怪嗎？」

「等我殺了你，我就要戴你的帽子、用你的口音說話。我只缺這些了。」

她對著他咧嘴一笑，讓他停下動作。有夠。鐵鏽的。怪。她接著轉身，表情突然垮下，「他在這裡做什麼？」

偉恩移身去看她到底看見了什麼。然後……鐵鏽的，終於啊。英雄到場了。瓦就像滅絕一樣站在那裡，流蘇在身旁捲動。他一面保護住警員，一面對著敵人悍然回擊。

現在瓦已經來了，這個作弊仔基本上就跟輸了沒兩樣。世界又再次美好。

當然，瓦現在很忙，而且會需要幫忙，所以偉恩像鬥牛一般衝向作弊仔，肘擊她的腹部——同時感覺到她的手臂上有個尖銳的物品。也許是她的金屬意識？或是尖刺？很好。現在瓦來了，他們可以來個雙面特技。不過瓦還在射其他人，所以偉恩先得自己來。

當作弊仔想要甩掉偉恩時，他扭身讓她向前一個踉蹌，接著從她後方伸手，雙手抓緊決鬥杖，用力抵住她的下巴。她低吼一聲，想要毆打他，卻只是讓自己失去平衡。

緊接著，偉恩將她壓制在地，單膝壓著她的背，向上拉起決鬥杖勒住她。他自己也被這樣對付過，這一點都不好玩——你可以感覺到金屬意識逐漸被抽乾，只因要治療窒息狀態。

她瘋狂掙扎，慌亂地使用能力，周遭的世界不斷慢下又重新加速。雖然她的決鬥杖技巧高超，卻漏學了基本的摔角技術。有足夠摔角能力的人肯定有辦法法甩掉他。

他搖搖頭，一臉失望，「不能翹掉摔角課啊，朋友。」他對她說，「如果妳打架想贏，就一定要知道怎麼在地板纏鬥占上風才行。」

她以低吼回應，跟之前比起來實在好太多了。他真是運氣好，瓦有及時出現。在英雄到達之前，偉恩根本被壓著打。

一個穿著高級服飾的人出現在身旁，「葛楚姐，」他對女人說，「我對妳很失望。」他接著舉槍對準偉恩的頭。

好吧。偉恩放手朝一邊躲開。他往旁一個翻滾——有誰不喜歡用漂亮的翻滾做結尾呢——接著啓動速度圈，包住他與瑪拉席。她正在替一名傷者包紮。

「嘿，」他喘著氣，「狀況好轉了，是吧？」

「我們還是該撤退，」瑪拉席說，「我們受的訓練不適合面對這種狀況。」

「在快贏的時候撤退還眞可惜。」偉恩對身後點點頭。次序正指向出口——命令下到一半——作弊仔已經起身，往那個方向奔去。

「我們有嗎？」瑪拉席低頭看麥辛朵——那名受傷的警員——她緊閉著眼睛，因爲腿上的槍傷而痛得皺起臉孔。

「如果瓦能夠處理掉那個射幣，我們就會贏。」偉恩說。敵人因爲忙著找掩護而一團混亂。

「他們至少有幾發鋁子彈。」瑪拉席指向一邊。確實，有些子彈——正在緩慢地穿過空中——無視於瓦的鋼推。

「不過怎麼這麼少？」偉恩說，「百命邁爾斯可是有一堆鋁武器。」

「這群人原本打算今天被捕，」她說，「我很確定。他們爲了避免阻礙調查、引起疑竇，所以想讓布蘭塔的警員逮捕他們。」

「這邏輯有點跳，」偉恩說，「但妳對這種事通常都沒錯。他們不想要被沒收太多鋁武器，警局常會把鋁熔掉換錢。」

偉恩望向站在正前方的瓦。他凍結在原地，伸出三隻手指對著一顆經過的子彈，看起來像是……在引導它飛向另一邊。

不。就算是對瓦來說，這也有點太超過了。

「我的直覺說，」偉恩回應，「如果我們能夠撐住，對方就會散掉。妳看，他們跟我們打到現在，已經鬧到足以上新聞了，跟我們再耗下去也沒好處。況且我們有人受了傷，要撤離會很困難。」

瑪拉席點頭，「好吧。只要瓦有辦法趕走射幣，我們就守住原地。」

「要撤下速度圈了。」

「去吧。」

他撤下圈子。瓦繼續旋轉，而鐵鏽的……他指著的那顆子彈看起來確實筆直飛向一名打算偷襲警員的幫派份子。

「瓦！」瑪拉席大喊，「我們撐得住，但我需要你處理射幣！」

瓦瞥向她，然後點頭、朝射幣開火，逼他飛上空中躲避。那個男人筆直朝上撞穿天花板，飛向城市。

瓦從碎掉的天窗一躍跟上。

兩人消失後，作弊仔就從前門逃走了。比較聰明的幫派份子察覺到狀況，盡可能地都溜了。偉恩跳到前面吸引火力，瑪拉席則往室內一側跑去。偉恩還在納悶爲什麼時，就看到她的手榴彈凍住了一小群敵人。

剩下的只是清理殘局了，眞正的戰鬥已經移向空中。等一下，偉恩心想。他啓動速度圈，讓兩個傷者可以爬回卡車後面尋找掩護。有人警告瓦那個射幣能夠使用瘋狂的超級鋼推嗎？

嗯。好吧，偉恩心想他的朋友應該很快就會自己發現了。

25

瓦飛向空中，一瞬間感到陌生。他太常飛越依藍戴，導致下意識認爲會看到那邊的市容。這座城——圓弧形的排列、高架鐵路，還有港口的戰艦——讓他方向感大亂。他以前來過這裡，也知道這裡建築物的奇特設計，每棟都是獨一無二。但從空中，他可以看出建築排列成充滿藝術性的圖樣。太整齊、太完美、太平衡了。就像兒童做出的城市模型。

敵方的射幣往城市邊緣而去，瓦鋼推幾次追上。他的對手技巧很好，也許是一名天生的射幣，後續再由血金術強化。他很專業地知道要鋼推後方建築來前進；射幣新手總是會想要找正下方的錨點——例如車子，反倒忽略了身後可用的金屬。

不過，瓦藉由預測男人下次的鋼推位置，還是成功地縮短了距離。瓦舉起問證。他不想殺了這名射幣——他們需要答案——但也許擊中手腳能——

男人突然暴衝上天。他下方的車子潰縮，彷彿被踩扁一樣，瓦想到裡面可憐的乘客不禁一震。射幣像子彈一樣飛向高空，人影迎著日光因而難以追蹤。

瓦在附近的屋頂慌亂地停下。*鐵鏽地獄啊。那是……*

硬鋁。該死。碰上擁有這種力量的敵人只是時間上的問題。他只在書中讀過描述而已，從來沒眞正面對過他們。瓦先前所有與射幣對抗的知識都派不上用場了。你要靠什麼來對抗鋼推一次就能飛半哩遠的人？

跟對抗任何人一樣，瓦心想，靠你的技巧與智慧。

如果瓦的記憶正確，這個男人每次使用能力後都需要喝一瓶新的金屬液。瓦來到另一個屋頂上，他在戰鬥前把自己的背包存放在這裡。他抓起一袋額外的鋁子彈，並放下鋼鐵倖存者，因爲那裡面裝著普通子彈。他舉起問證，這整支槍都是鋁製的，裡面也裝塡著鋁彈藥。他身上唯一的其他金屬就是和諧送來的金屬瓶，那放在他的皮帶袋中，袋子內裡也襯著鋁。

他會嘗試從上空攻擊我，瓦心想，一面掃視天空。果不其然，槍響從上方傳來。敵人也有鋁製武器，但瓦還來得及跳下建築閃避。他墜落時鋼推進入高樓的窗戶，降落在一間公寓內。

房內空無一人。如果瓦有辦法從另一間房的窗戶溜出去，他就能夠繞到敵人——

公寓牆面向內塌陷，牆內的鋼樑將石面扯成碎片。一整波碎屑砸上瓦，將他震拋向後牆。他呻吟著，碎石擊打著身子，同時看見牆上新開的破口外有動靜。

射幣飛起，一手持鋁瓶補充金屬，另一手持槍。他也在對街的建築造成了類似的損害，因爲他用其做爲恐怖鋼推的錨點。液瓶這點子很聰明，只要裡面還有飽和的金屬液，他每次用完硬鋁後再喝一口就行了。

男人開槍，瓦躲到碎石後方，石面被子彈擊中時噴起陣陣白煙。碎片從瓦身上落下，在腳底發出嘎吱聲。他沒瞄準地隨意開了幾槍，意圖驅趕敵人。奏效了，但眞是滅絕的。

瓦腳下不穩地穿過碎片，來到公寓的走廊上。他在這裡躲藏了一下，輕輕地燃燒鋼，藉由周遭的金屬來判斷附近的公寓房間格局。他安靜地裝彈——接著從皮帶上拿出一瓶金屬液，快速恢復他的存量。

隨著鋁的降價——從一擲千金變爲普通昂貴——人們開始越來越廣泛應用這種金屬。例如瓦腰帶上的金屬護襯。但對手的鋁瓶更好。瓦取出液瓶飲用時會有短暫的危險，而對方——

一顆子彈從木牆穿出，差點射中瓦的腦袋。他臥倒，咒罵，揮手要附近公寓探頭看熱鬧的不知情旁觀者快回去。另一顆子彈跟上，也差點射中他。那名射幣是從外面開槍，再鋼推子彈穿過木牆。但他怎麼看到瓦的？他應該隱藏了身形……

笨蛋，瓦想到，熄滅他的鋼。敵人身上一定有尖刺，讓他可以使用青銅偵測附近的鎔金術師。瓦壓低身子沿著走廊前進，不再有子彈穿牆而來。也許射幣以爲他死了？

假設他是天生的射幣——考慮到他的技巧，可能是這樣——那他就有兩支尖刺，一支給青銅、一支給硬鋁。人類的身體最多可承受三支尖刺，再多和諧就能影響你，甚至是直接控制你。但瑪拉席說敵人已找到方法繞過這項限制。也可能是因爲和諧被蒙蔽了。

許多人無視於瓦的警告，開始來到走廊上。眾人聚集在被摧毀的公寓前目瞪口呆。平民太多了，瓦不能待在這裡。他來到走廊尾端，踢開一扇窗戶，偷溜出去向下落地——利用他的藏金術減輕體重來減低落地力道。

敵方射幣立刻出現在隔壁的屋頂上開始射擊。

瓦迅速繞過建築轉角躲避，並停止填充金屬意識——如今深埋在他的皮膚之下。悼環事件後，他借助於外科醫師進行了這項改變。人的身體就和鋁類似，可以保護金屬意識不被影響。

但故事裡也說過只要力量夠強，鎔金術師便可以忽略這點。昇華戰士就成功過。鐵鏽的。不論如何，那個男人在瓦使用金屬意識後就立刻現了身。他用青銅看見了瓦的藏金術，這只有很少數的專業人士才做得到。他的技巧到底有多好？

如果他正在監視我使用能力，瓦心想，那我就利用這點。

他來到建築物後方，在路邊發現一個水溝蓋，對它短暫地鋼推一下，讓自己飛向空中；接著他立刻停止鋼推，只靠慣性上升。大多數射幣在飛行時都會維持住鋼推，因此這次短推會讓瓦看似還停留在地上。

這下鋼推讓瓦上升了大約二十呎，他抓住建築側邊的石面構造，停留在屋頂的正下方。他掛在那裡，依舊想要活捉對手。

屋頂上傳來腳步聲，一道影子移動。瓦鋼推自己向上彈起，直接面對敵人。他快速向後鋼推，撞上男人，兩人在屋頂上跌成一堆。

靠著出奇不意的優勢，瓦——跪在對手身上——狠揍男人的手腕，使敵人的手槍脫手。他接著抓住對方的背心，舉起拳頭。在這麼近的距離下，瓦不必擔心對方可能有速度圈——而且他身上也沒有可以鋼推的金屬。但對方可能還有白鑞的力量。只要在他臉上揍幾拳就知道答案了。

瓦抓起敵人，飽以老拳。該死的，也許他眞的很期待再次戰鬥，因爲他的指節感覺上沒有像以前揍人時那麼痛。

敵人手忙腳亂地想搆著槍，但瓦繼續出拳。人第一次被揍的時候會產生一種困惑感，尤其是頭被擊中時。那是一種不可置信的感覺、一種難以理解的震驚。瓦還記得自己第一次被打——他的意識無法把過往以來的經歷與目前臉被拳頭揍的劇痛感連結在一起。男人更加慌亂，瓦則在一秒後發現自己的失算——對手朝下方放出爆炸般的強力鋼推，擠壓屋頂的鐵釘與鋼樑。

瓦感到一陣爆發性的加速度，與射幣一起呼嘯著飛向高空。飛行途中，瓦成功地繼續抓緊射幣。但就在達到最高點前，男人把手貼上瓦的臉，瓦突然感到一陣涼意。

他的金屬存量消失了。

這名射幣還有另一種能力。他是一名水蛭，擁有吸乾別人鎔金術的能力。他微笑，對上瓦的目光——瓦慌忙地伸手進金屬腰帶取出金屬瓶。射幣抓住他的金屬腰帶，接著腳踢分開兩人。皮帶設計成內含的金屬被鋼推時會脫離，所以輕易被扯下。又因爲瓦的手還在袋子裡，裡面的金屬瓶全部從開口飛入了半空中。

但瓦成功地抓住一瓶。鋼存量消失，又身處數百呎的高空，他舉起金屬瓶到嘴邊——卻在瓶子爆炸前只嚐到一小點。敵人對瓦的臉開火，雖然偏了一點——卻擊碎了瓶子。

瓦立刻增加重量，那對他的慣性產生奇妙的影響，使他上升的速度幾乎停止下來。下一顆子彈從他頭上飛過。緊接著他抵達最高點，開始墜落。他改爲填充金屬意識來突然增加速度——但沒有減輕到會被空氣阻力影響的程度。射幣難以預測他的軌跡，因此更多子彈從他頭頂飛過。瓦翻滾下墜，即便在混亂之中——即便他的內臟攪成一團，腦袋因爲突然飛起而頭暈目眩——他依舊理解到一件事。

沒有金屬，他就死定了。如果他不能改變軌跡，在射幣微調瞄準後，下一顆子彈就會擊中他。他挖掘體內的金屬，從剛剛啜到的一小口液體中找到微弱的一點鋼。他用以鋼推建築物的尖塔，讓自己在半空中側移，躲開來自上空的接續射擊。

然後鋼就用完了。除了風聲之外什麼也不剩。他往上看，發現一瓶自己的金屬液還在翻滾落下，他短暫增加體重減緩速度，讓高度與金屬瓶持平，伸直了手臂想要抓住液瓶，但還遠了幾吋，他的指尖差一點就能碰到了……

啪。液瓶落入他的掌中。瓦在空中旋轉，喝進半瓶液體。如同光芒爆發那般，他的鋼視恢復了。他在建築間墜落，緊急將自己鋼推向一旁。來自上方的子彈隨即劃破空氣——地面也以駭人的速度逼近。瓦在最後一刻丟下剩餘的半瓶金屬液，接著鋼推。

液瓶砸到地面爆開，但其中的金屬用來做爲錨點已經足夠。他減速，滑行降落在地面，迷霧外套的流蘇在身後翻飛。他的心臟狂跳，從槍套拔槍指向上空。

但天上已空無一人。男人看來是決定停損，先行逃離了。

瓦降落在城中的一處廣場，此處有著富含裝飾的石地磚還有幾座搶眼的雕像——都是以某種厚重、如方塊般的風格設計。他的降落吸引了……嗯，肯定不止一點點注意。看起來他剛好打斷了一棟新建築的落成儀式。因爲有記者在此地，還帶著腳架準備拍攝埃諾瓦式相片。

一道白光閃過，瓦感覺內臟下沉，發覺自己即將成爲下午傳紙上的頭條新聞。太美妙了。他站起身，冷靜下來，接著躲進遮陽棚下以策安全。然後，他還在考慮接下來該怎麼做時，一輛外型流線的黑車停下，走下車的居然是他的司機霍德——還戴著司機帽與白手套。他在這裡做什麼？

「您的座駕，先生。」霍德伸手致意。

「你是怎麼司卡德利亞的找到我的？」瓦問。

霍德對開始聚集的群眾揚起眉毛，「恕我冒昧，拉德利安爵爺，但您確實鬧出了不小的動靜。追蹤您算不上什麼難事。」

好吧，滿有道理的。群眾開始議論紛紛，瓦可以看出鑽進車內溜走有多誘人，但其他人還在生死邊緣奮戰。

「謝謝你，霍德。」他說，「但偉恩和瑪拉席需要我。」他飛向空中，吸引了更多注意——以及來自埃諾瓦相機的第二道閃光。

26

瑪拉席不情願地同意讓當地警員來清理現場——不過她已先找回了兩顆鎔金手榴彈——以及由他們來關押被俘的組織成員。她不喜歡這個主意，因爲如此一來，這些囚犯最後大概又會回到組織手上。只是她現在也沒有其他更好的辦法了。她受傷的警員才是更迫切的擔憂。

除此之外……好吧，當布蘭塔和她的警員現身後，整個任務就變得一團糟了。這就是爲何現在——在抵達比爾敏三小時後——她發現自己與偉恩、文戴爾以及瓦，一起坐在比爾敏警察總局的一間房裡。她已經去醫院看過她的人，目前則是拿著傷亡報告坐在此處。

兩名警員身亡。鐵鏽的。讀到他們的名字眞是痛苦。這是場災難。

現在，她嘗試將心思專注在眼前的困境上，「所以你的意思是，」她說，「和諧瞎了？」

瓦點點頭。他站在一旁盯著牆，眼神悠遠，「他說他會盡可能提供協助，但他很害怕，瑪拉席。眞的很害怕。根據我和史特芮絲找到的資訊……我擔心敵人的武器已經接近完成了。接近到很危險的程度。」

他看向她，沉默下來。他們不想說太多，以免有人偷聽。門口沒人，但想要聽這小房間裡的聲音還有很多方法。單獨垂吊著的燈泡照亮微黃的牆面，給了房間一種蕭條感。她敢打賭這是用來審問的房間。

比爾敏警方沒有鎖門——他們也不敢——但瓦一行人被迫交出武器。當他們被留在這裡時，對方的用意也很明顯：別想嘗試任何事。

雖然他們得到四張椅子，但只有瑪拉席坐在上面。瓦在門前來回踱步；文戴爾靠牆坐在地上，看起來筋疲力竭；他縫起自己的骨頭，使用韌帶固定住位置，讓他的外型滿是突起，看起來很不自然。就好像一個被摔碎的陶瓷人偶，在修復黏合時沒有對齊好碎片。

偉恩，當然，是在睡覺。

他躺在地上，帽子遮住眼睛，外套捲成一團，墊在頭下當枕頭。鐵鏽的男人。瑪拉席希望對她來說也能這麼輕鬆就好了。在導致兩人身亡後，她感覺自己的信心正在崩塌。卡莉．海修任職才不過兩年，而且還主動請求參加這項任務。瑪拉席的手上沾著她的血。她以爲自己計劃得很完善，但卻……

瓦走過來蹲下，「嘿，」他說，「妳還好嗎？」

她搖搖頭，用手指輕點傷亡報告，「唯一知情內幕的兩個人逃走了，我失去了兩名好警員，另外至少有十幾名重傷，還造成了跨城市間的政治事件。噢，更加落井下石的是，組織很快又能釋放他們所有人。」

他皺眉了一下，「瑪拉席，我們對抗的是這星球上最有能力與權力的人。有時候，他們肯定會棋高一著。妳做得很好，已經盡可能保障眾人安全。」

「如果你沒來，我們全都死定了。」

「但我來了。妳的職業不是殺人，瑪拉席。妳的工作是調查、計劃，還有貫徹法律。」

「那你的工作呢？」她問。

他站起身，「我是和諧的劍，瑪拉席。剛從武器架上取下，抹淨灰塵。不論今天發生什麼，我們都必須繼續。因爲這座城裡要發生大事了。極端危險的事。妳今天失去了兩個好人——但他們的死，是爲了阻止數百萬人遭受相同的結局。」

她點點頭，搓揉太陽穴嘗試驅除頭痛。如果他和史特芮絲是對的……如果敵人想要把炸彈偷運進依藍戴……

「好吧，」她嘗試專注，「我們需要線索。次序逃跑了，現在我們該怎麼做？我們該去哪調查？」

「我在想，」他說，「我對上的那個人身上有尖刺。妳殺死的循環也是，還有和偉恩對打的那個女人。每支尖刺都代表一名金屬之子的死。」

「綁架案？」瑪拉席的內臟翻攪。

過去十年來，組織最大規模的犯行——這也是瓦與瑪拉席初次注意到他們的原因——就是一系列的綁架案，目標都是有強力鎔金術血統的女性。過去幾年的調查證明了她們不是唯一的受害者，還有更多人失蹤，男女皆然——這些失蹤案大多發生在蠻橫區，因此他們的消失並沒有被上報。失蹤的總是金屬之子，或是家族成員中有金屬之子的人。

瓦與瑪拉席對這件事的猜測非常令人不安。而現在，發現組織的成員有辦法取得這麼多種能力……

「我們試過調查綁架案了，瓦。」她說，「每一次都是死路。我們確定和諧對此沒有看見任何事嗎？也許在祂被蒙蔽之前？」

「祂有時很難理解，對我們來說也一樣。」文戴爾從坐著的牆邊小聲說。他抬頭望向他們，被打碎的臉以詭異的方式挪動，「但我不認爲祂知道那些人去哪了。當我們搜查這些人的下落時，曾想過爲何和諧不提供更多資訊。祂爲何不看進世界的隱密角落，告訴我們他們在哪裡。我想祂已經有一段時間無法觀察到細節了。但祂……在我們面前隱藏起這項弱點。」

坎得拉嘆氣，看上去突然變得很疲累——他的皮膚變得透明，微微帶著綠色，「而且……還有更多。瓦希黎恩，祂試著要隱瞞，但我應覺……和諧有哪裡不對勁。我可以看見祂的背後有道黑影。」

「如果祂完全幫不上忙，」瑪拉席雙手抱胸，「神站在我們這邊又有何用？」

「他確實幫忙了，」瓦回應，「他派了我們來。他一直嘗試要教會我這一課。」

「我會連絡祂，」文戴爾說，「要求更多支援。但瓦希黎恩是對的……科姆斯警員，我們就是祂採取的措施。」

瓦轉向一邊，表情再度變得悠遠。他並沒有告訴她許多年前發生的所有事。她那時有一瞬間認爲瓦已經死了。她在被遺忘的破碎神殿內發現他之前，當時瓦遇見了和諧。

現在瓦有時會以這種方式說話。他對這類宗教相關議題的權威感，她就連從牧師的口中都沒聽過。

門被打開，布蘭塔隊長走進來。她已換上了乾淨的制服，也明顯梳過她的金色短髮，但看起來還是很疲憊。又或許是因爲跟在她身後進門的那名男人。

喔，糟了，瑪拉席心想，她帶了市長來。

27

瓦嘆氣。這件事已從法治問題轉變爲政治問題了。但的確，今天一整天的發展都像無人駕駛的汽車般朝這個方向暴衝。他望向瑪拉席，她點點頭。這裡應該由他做代表。

他向前走，迎上比爾敏的市長，蓋夫．恩特隆爵爺。至今瓦已經與這個男人交手過好幾次——每一次都比前一次更令人厭惡。這很了不起，因爲他初次遇上恩特隆時，他就當面侮辱了史特芮絲。

蓋夫超越了他的家鄉新瑟藍，來到了世界的舞臺上。他在兩年前抵達比爾敏——此處是外城政治的正中心——然後不知用什麼辦法證明了自己就是「挺身對抗」依藍戴暴政的最佳人選。

他今天穿著正式服裝，甚至在進門時檢查了一下袖釦——毫無疑問是在炫耀鑲在木頭上的閃耀鑽石。他留著向後梳的油亮黑髮，下巴尖得可以拿來開罐頭，而且臉上當然帶著他標誌性的自滿微笑。

比爾敏市長是個重要職位——大概是依藍戴以外最重要的。這代表瓦要小心不能冒犯他，需要仔細斟酌如何進行對話。

「喂！」偉恩坐起身來，「嘿，瓦！有人把一整袋屌縫在一起做成人的形狀耶！而且居然還會走路！」

房間陷入沉默。文戴爾接著發出嗤笑。

「你要不要爲此道歉，拉德利安？」蓋夫問。

「喔！」偉恩跳起身，「原來是蓋夫．恩特隆啊。抱歉，市長大人！我把你看成別的東西了。不過你們之間的相似度眞是高到可怕，眞的。」

「偉恩？」瓦說。

「怎樣，老大？」

「請別再幫忙了。」

「收到。」

瓦與恩特隆互相對視。瓦很確定這個人與組織有牽連。某種程度上可以解釋爲何他能在外城政壇中竄升得這麼快。

「所以，讓我們看看，」蓋夫搓著手，「瓦希黎恩．拉德利安。蠻橫區的偉大執法者。牽扯上了在我城市內的非法行動！」

「我們在此地有管轄權！」瑪拉席說，「根據——」

「聯合執法法案第十七條？」蓋夫說，「我們廢除掉了，妳還記得吧？就在三個月前。」

「你們不能廢除它，」瓦說，「你們沒有權限。」

「我們沒有權限？」恩特隆說，「沒辦法決定在我們的城市中，誰能擁有執法權？這主張太過傲慢了吧，你不覺得嗎，布蘭塔隊長？」

「技術面來說他沒說錯，市長大人。」她回應。

「技術面來說，」他說，「某個南方的髒面具佬也能通過一道法律，主張他們在這裡有『權限』。但他們有什麼權利？」他繞著房間走了一圈，停在瓦的面前，「他們不是我們的一員。」

「我知道你想做什麼，恩特隆。」瓦小聲說。

「你真的知道嗎？」他耳語，近到瓦能聞到他口氣中的薄荷味，「你能理解現況有多讓人垂涎三尺嗎？你花了那麼多力氣去阻止那道蠢法案通過——但現在卻落在了我手裡。根據我們的法律，你就是一名罪犯，觸犯了十幾條不同的法規。你唯一的辦法就是無視我們的自治權——而你才剛花了好幾個月去主張我們應當擁有自治權力。我逮到你了，拉德利安。你是我的了。」

「總督絕對不會坐視不管。」瑪拉席說。

顯然，這正是恩特隆想要的。他想要瓦爬回依藍戴尋求特赦。而優勢法案？如果瓦希望依藍戴有權否決地方自治權，就代表他只是個僞君子。那只會在依藍戴與外城之間的緊張關係火上加油。正是這個男人想要的。

恩特隆微笑，沒有露出牙齒，只有兩片自滿的嘴唇，如果它被揍到破皮流血肯定會更順眼一點。瓦努力克制自己。

滅絕的，我厭惡這個人，他心想。

「也許，」文戴爾站起身，「你會願意聽從……更高階的權威，市長大人。」這名坎得拉把皮膚變得完全透明，露出底下的骨頭——他的臉後方是裂開的頭骨，由韌帶固定在一起。這副景象很詭異，尤其是文戴爾選擇讓眼睛維持正常——看起來就像飄浮在他的臉孔所變成的凝膠內。

「啊！」恩特隆說，「是其中一個木偶。妳看它嘗試要嚇唬我們，布蘭塔隊長！」

「呃，是的，」文戴爾說，「我是來自和諧的使者及代表。」

「我不是道徒，」蓋夫揮揮手，「爲何要在意？」

「你不在意神？」文戴爾說。

「那不是我的神。」蓋夫回應，「我的神是工業、進步，還有人類靈魂的不屈意志。不是某個祭司，只因爲他喝下了早就死掉的玩意留下的力量。喔！看啊，布蘭塔隊長！它假裝對我的話感到震驚呢！」

「他不是在假裝，」瓦說，「文戴爾和我們一樣都是人。他只是有點……可塑性。」

「喔，拉德利安，」恩特隆居然還厚顏無恥地拍拍瓦的手臂，「你眞好騙。坎得拉只是動物。提線木偶。它們根本不算是活著。它們是假裝成人類的霧魅，我看不出爲什麼我需要懼怕一團會說話的黏液……」

他注意到偉恩已靜靜地來到他面前，因此中斷了聲音。

「……一團黏液，」蓋夫繼續說，「那……呃……」

「繼續說啊，」偉恩的雙眼警告性地睜大，「繼續侮辱我朋友啊。來啊。」

恩特隆退開，看起來突然洩了氣，「你有一小時，」他對瓦說，「然後我就會正式宣布對你提出刑事訴訟。你要嘛逃出這裡——也許在途中射倒幾名執法人員——要嘛就與你的總督通話，哀求他救救你。我會派人送無線電過來。」

他匆忙離去，同時還一面盯住偉恩，結果把布蘭塔留在了原地。

「眞是個混蛋。」偉恩不再裝出那種詭異的瞪眼。

「我……得道歉。」布蘭塔說，「但恐怕我別無選擇，必須要通知他。」

「沒關係，布蘭塔。」瑪拉席說，「但妳一定要理解，妳不能把我們關進牢裡——這會危及整個盆地的命運。拜託妳要聽進去。」

「我會看看……能不能想出點辦法。」布蘭塔回頭瞥向警員辦公室，「但現在已經超出我的掌控範圍了，科姆斯。下次妳在我們城市策劃行動前，記得先連絡我們。」

她退出房間，關上門——門上有扇小觀察窗。一小段時間後，一名警衛送上了無線電，接著待在外面監視他們。

瓦嘆氣，轉身望向其他人。他才不相信敵人交到他手上的無線電。

文戴爾的皮膚變回普通的顏色。坎得拉猶豫了一下，接著望向偉恩，「你剛剛說的是眞心話嗎？我眞的是……你們的朋友嗎？」

「當然囉，」偉恩說，「雖然你每次都是被我們取笑的臭屁仔，但每個團隊都需要一個這種人啦。」他指向瓦，再來是瑪拉席，最後是文戴爾，「我這裡有三個。如果算上史特芮絲的話就是五個，因爲她一個人抵得上兩個。反正笑柄總是不嫌少嘛。」

「我……了解了。」文戴爾抓了抓頭側。

「重點是，」偉恩繼續說，「我們可以取笑你，因爲我們喜歡你。這樣才對。如果其他人取笑你，我們就會把決鬥杖塞進他們那個我不能講的地方，因爲我最近在注意自己的用詞。」

「你有嗎？」瑪拉席說。

「沒錯。拉奈特每次都叫我要注意用詞，以免附近有小孩子。妳不覺得很奇怪嗎？反正小孩子也聽不懂我在說什麼，幹嘛在意他們有沒有聽見？」

瓦轉身面向房門，思緒飛快，嘗試想出從這個狀況脫身的辦法——儘管他心底有一部分已經知道會徒勞無功。他可以無視恩特隆，直接走出這裡，但那只會在內戰的火堆添上更多柴薪。再者，如果警察總是尾隨在後準備逮捕他，他還有辦法好好進行調查嗎？

*炸彈在這一切中到底扮演什麼角色？*瓦心想，*有關落灰的宣言。我姊姊。眞相到底是什麼？*

也許他有辦法找出答案。他伸手進皮帶——先前撿回來的，裡面已放滿還藏在屋頂上的背包裡的補充金屬液。他在袋裡金屬液的旁邊摸到了和諧交給他的耳環。

以及另一只耳環。由特雷金製成。

該死。他至少要試試看。他取出特雷金耳環，放入耳洞中。

他立刻感到一震，還有種不連續感，就好像他乘坐的車輛剛剛越過一個坑洞。跟他與和諧交談時的感覺不同。他接著感覺被某種強大的存在吸引過去。一股震動傳過他的身體，既強力又激烈。他倒抽一口氣，周遭房間變得模糊。

立刻，一道熟悉的聲音如尖刺般穿入他的意識。

快一點。我需要這運作起來。

黛兒欣。他聽見的是他姊姊的聲音。他覺得自己能夠稍微感覺到她的周遭。她在戶外……沒有房間產生的回音。

時間不夠了，她繼續說，*備用運送手段太明顯，也太容易被阻止。我需要主要手段開始運作。我需要……*聲音遲疑了一下。*我感覺到什麼*，她說，接著往旁邊走。

她的聲音變大，專注於他身上。*快說。你和我弟弟交手了。我已經知道了。你……等等。瓦希黎恩？是你嗎？啊……眞的是。我能感覺到你。你找來了一只特雷金耳環，是不是？*眞聰明。這是你自己的主意，還是你那個神的？

「妳好，黛兒欣。」他低語。說謊沒有意義，就如同他能感覺到她，她也能清楚感覺到他。他試著找回一些熟悉的情感。但現在，這個聲音只讓他感到不安。這是來自失落過去的回音。他已拋下的過去，但這段過去卻不肯放他走。

所以，你來到比爾敏了，她聽起來被逗樂了。你的抵達一如既往地鬧出了不小動靜。真高興什麼都沒變。每次你打算做些什麼事，都會給我添一大堆麻煩。

「黛兒欣，」他柔聲說，「妳在做什麼？」

必須完成的事，弟弟。一直以來都是。

「我……」

他能說什麼？他的反對聽起來都很空洞，「妳會害死數百萬人的」？六年前，她為了達成目標，連自己的手下都能派去送死，她才不在乎依藍戴的人民。「妳背叛了自己的同胞」？她連他都背叛了。「妳在把玩自己無法控制的力量」，這正是她喜歡做的事，緊貼著火源起舞，永遠都想要更靠近一點。

他想要達成什麼？他應該先想清楚的。他明知不該毫無計畫就直接踏入敵人的巢穴。

啊，瓦，黛兒欣在他的意識裡說著，你還是在假裝，對不對？告訴自己你就是英雄？當家族需要他時，這個英雄在哪啊？在蠻橫區玩耍、逃避他的責任。

我會告訴你我在做什麼。必須完成的事。這世界，還有其中的所有人，全都沒救了。除非我從中介入。就如同你逃跑後，我起身介入、領導家族。你不是英雄，瓦希黎恩。你從來都不是。你逃跑了，就像不能忍受規矩的小孩……

他拔出耳環，呼吸沉重。

鐵鏽的。就算過了這麼多年，她還是能將他玩弄於股掌之間。這是個餿主意。

至少，他心想，我能確認她的現況與和諧所說的一致。她現在是敵人的某種化身。而且她很緊繃、很急迫。她想做的事有時間限制。她也在擔心。因爲我在城裡。

他環顧房間，但其他人似乎沒發覺他做了什麼，大家都沉浸在自己的思緒與問題中。文戴爾除外，他敏銳地盯著瓦。

瓦用手擦擦眉毛，「你……提到和諧會提供支援？」他聲音沙啞地問。

「很接近了。」文戴爾轉身望向房門，「喔，應該說已經抵達了。你自己看吧。」

瓦皺著眉頭走到門邊，從門上的觀察窗向外看。外面的警衛正緊盯著建築物大門口。大門之外，死神已然降臨。

雙季報在此要收回我們親愛的編輯欽德莉普·特納維在兩週前的評論。她當時尚未失蹤，並且將我們敬愛市長比作「一頭暴躁的野豬；沒比較聰明，而且還更醜，遇到每灘泥沼都難以克制地要進去滾一滾。」

符：先有代表，才有統治。

法蘭司總督與他的黨羽憤慨地反對這項提案，艾達瓦

（後頁繼續刊載）

給編輯的信

我必須再次反對您持續允許「迅迅狗」的製造商迅迅實業公司刊登廣告。該公司過分地將昇華戰士的同伴描繪成泰瑞司狼犬，並且忽略了我寄送的無數抗議信件。學者們已再三證明了現代犬種在灰盡之日時尚未存在，而且昇華戰士戍衛並非狼犬，實際上是狼獒犬。

您不情願的
歐林·透柏教授
依藍戴大學

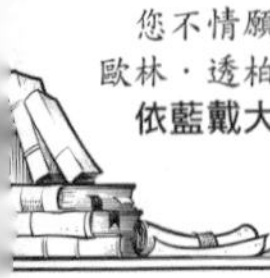

客座編輯

蓋梅司·米利司，臨時編輯
實行鼻球禁令！

他們是流氓與游手好閒之人，占據了所有空地與未播種的田野。其中還有我們的孩子，全都聚集在一起「玩」死神的遊戲：鼻球。這些「球員」應該要去上學，或是去工廠工作！他們隨意亂投的球反倒是擊中了無辜的車夫，還有造成路上的垃圾。市長在數月前就已禁止這項惡行，但警察並沒有實行執法！鐵＊滅＊的，其中有些警員居然還一起加入！下個鋼日下午，一起加入反對鼻球大遊行，地點就在市中心旁的塔布瑞公園，為這項重要的訴求一同奮戰！

「記得把我的下巴畫對！」

《電擊時間的男人》

由比爾敏出生的工作者薛伯·威佛所寫的全新小說。在各大書店皆販售中！

尋求幫手——全新「快食」咖啡廳徵求彎管合金迷霧人廚師。支付頂尖薪資、額外紅利，以及配給彎管合金供下班時間自由運用。工時絕佳！週休一日，每年倖存者日或和諧節還可額外休兩日。請親自至第二街與尼利斯街轉角處的克佛隆咖啡廳應徵。

食物外送——只要事先預定任何開業餐廳，就能準時收到餐點，不論日夜、下雨或起迷霧。我們訓練有素的鋼奔者深知所有高速公路、旁支公路與直達道路，能夠迴避壅塞路段。請在中午前向鋼廚的威瑪預定隔日服務。

氣象——燈塔角有機會起霧。雷雨暫歇，但接下來至少兩週都少有迷霧。

高溫：26 低溫：17

艾拉瑞爾年度春季沙龍

歡迎造訪我們位於城內的旗艦店，觀賞新興設計師愛達奎·艾拉瑞爾受泰瑞司服飾所啟發的新設計！

黃銅日開幕！

歐霓獸之飛翔

雖然我非常想偷看，但我對長久以來旅伴的尊重讓我必須遵從他們的請求，即便它們融合的聲音就像是章魚和大蛞蝓在熱吻，而且持續了十分鐘。

當我再次被允許觀看時，我眼前出現一隻我們在礦坑繪畫上所見到的歐霓獸的無毛版本。牠有著又長又細的骨骼，以及蝙蝠般的翅膀。在這生物的頭側，通常長有眼睛的區域，現在長著兩張臉。右側是凱桑的臉，左側則是塔跋的。

「你們真是美麗極了！」我的雙手拍在一起。

「妳真是個奇人，薩瓦奇小姐。」野獸從塔跋的嘴說話。

他們以一隻腳爪抓起我，從懸崖上起飛，雙翅上的皮膚繃緊，類似於雨傘的帆布。

在我們下方，有更多岩石從舒緩溫柔的迷霧內突出，讓人無法判斷迷霧在何處停止，突起又是從何處開始。

我掃視尋找薇拉的蹤跡。如果我是她，就會等到我們進入迷霧再攻擊，所以我指示塔跋—凱桑朝迷霧接近，並將我蛇型的金屬護指套上左手。我的右手則是準備好了我的雨傘。

我們進入迷霧，而就如我所料，薇拉馬上現身，飛行的弧線與我們強碰在一起。

「鑰匙在哪裡！」薇拉說。

「現在已經離這裡很遠了。」我微笑回應。

薇拉低吼，露出牙齒。緊接而來的是一陣拳打腳踢，但她同時還要分心抓緊歐霓獸的腿。這讓我得到一些優勢，因為塔跋—凱桑的爪子緊抓住我，讓我打鬥的同時不必擔心墜入萬丈深淵中。

我用收起的陽傘打了薇拉幾下，接著趁她分神，出拳以金屬護指擊中她。當金蛇觸碰到薇拉的臉頰時，我燃燒鉻，吸乾了她的鋼存量。

「把羅盤交給我，」我說，「我們就會把妳放到下個岩石突起上。」

薇
岩石
等著
她
無疑
況之
她被
下，
什麼
我
「
下陽
巧抓
絲。
「
不希
「
她
說實
智。
薇
想要
此善
之差
迷霧
突然
脫離
我
是結
接
所撲
了我
起上
邊。
我
下，
將碎
鞋，
鞋跟
亞迪
製品
字，
我
搜尋
盤…
塔
一隻
緊撿
們之
的手
盯著
的陰
情，
罕見
「
贈與
「
上是
衫掉

造訪悼環神廟！

盆地比爾旅行社現在起提供前往曉擊著名的對決發生地的行程。每日皆以戲劇重現，由崔伐·賽特一泛圖爾與佩芮羅珀·波楚所主演。（目前也提供溫泉一日遊額外行程！）

這些不是硬幣！

這些是危險的麥威兮護符，必須交由官方單位妥善處置。請保護您與您的家人免受邪惡的麥威兮巫術所害。請聯絡十六街四十二號的N與N，以獲得豐厚**獎賞**。

巧克通寧

你對其他氣泡通寧水與他們的「祕密配方」感到懷疑嗎？正在尋找不需要是化學家就能辨識的氣泡通寧水口味嗎？別再找了！我們的氣泡通寧水調味只使用麥威兮進口的最高級豆子，烘烤過後濃縮成令人活力十足的飲品。請指名購買！

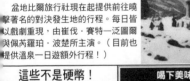

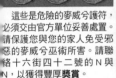

28

瓦從未親眼見過死神，不過瑪拉席遇過他一次。他又以鐵眼之名爲人所知，這位上古審判者的雙眼均被粗大的金屬尖刺刺穿，尖端從頭顱另一側突出。他其中一側眼窩在打鬥中被擊碎，與和諧——沙賽德——在《創始之書》中留下的描述相同。瓦可以辨認出包圍在眼框邊緣的疤痕，與已經淡去的刺青混雜在一起。

死神穿著寬鬆的黑袍，皮膚如幽靈般蒼白，顯得有些病態。他的袖子裡伸出了一雙瘦骨嶙峋的手。瓦已經很習慣與神話中的生物對話了。近來坎得拉們對他來說就跟普通人沒兩樣，就連坦迅也不例外。但看見鐵眼，還是讓他有種坐立難安的感覺。據說這名存在負責引領死去的靈魂前往彼端。

外面整個房間——滿是辦公桌、警員、助理——變得鴉雀無聲。沒人敢翻動任何一張文件，他們全都盯著背對門外烈陽的黑暗剪影。他散發著某種力量。一股壓碎靈魂的絕望感，就像昨天的傳紙被一手捏爛。一種……

不，瓦心想，*我不害怕。我已經面對過死亡。*

奇怪的是，絕望感從他身上消散了。這是……情緒鎔金術嗎？身陷其中時很難察覺，但回頭來看卻很明顯。瓦現在並沒有像其他人一樣被影響，從瑪拉席的蒼白臉色看來，她也沒有逃過。

瓦深呼吸，推開門，大步經過警衛，來到房間中央迎上鐵眼。他的身材高大得不自然。事實上，跟瓦想像中一模一樣。

「劍，」鐵眼說，眼中的尖刺對準瓦，「我們需要談談。」

瓦朝其他人所待的房間伸手，死神穿過嚇呆的警員們，不過其中有一人——戴著搜尋者的臂章——努力拔出了槍。瓦可不建議這麼做。死神只是漫不經心地鐵拉，那把槍就飛越房間落入他的手中。接著，他讓槍飄浮在兩手之間——這動作非常驚人，雖然非鎔金術師可能很難理解到底有多困難——然後出力。槍管直接被壓扁。

瓦僵住。地獄的。他從來沒見過有人用能力做出這種事。這到底要怎麼辦到？

鋼推靠近的這一端，同時鐵拉遠端，他心想，該死，這需要多大的力量……

扁槍落到地上，瓦與死神已接近房門，他們看見恩特隆與布蘭塔從一間辦公室走出來，兩人都立刻雙眼圓睜。

「啊，」鐵眼聚焦在市長身上，「蓋夫。當我還是凡人之軀的時候，從來沒太注意過恩特隆家族的成員。」

「我……」恩特隆說，「這是我的囚犯。他……」

「我要求隱私，」鐵眼說，「你要歸還這些凡人的武器。在我們談話結束後，你將不再干涉這些人在城市裡的調查。」

「我不信你的宗教……」

「死亡不是宗教，」鐵眼說，「是事實。」

「但是……」

「你想怎麼死，凡人？」鐵眼往前逼近，長袍翻騰，「何時去死？靜靜地嗎？在夜裡心臟停止跳動？還是溺死，跟著你的戰艦一起沉沒？或是就在此地？就在此時？被你自己的愚蠢壓死？」

恩特隆舔舔嘴唇，接著小聲說：「如您所願，鐵眼，我會照做。」看來一個人就算不信任何宗教，依舊可以很迷信。

瓦走進房裡，鐵眼尾隨在後，「偉恩，」鐵眼低聲說，關上房門，「麻煩你盯著門，確保沒人偷看或偷聽我們。」

「呃，沒問題。」偉恩匆忙來到房門上的窗前，「他們全都呆站在那裡，已經昏倒的幾個人除外。讚喔。」他瞥向鐵眼，「你的口音……真的很古老，真的很有趣……我居然差不多猜對了。」

死神沉坐進一張椅子，看起來在一瞬間老化很多。他的眼周出現皺紋，蔓延到整張臉，臉頰也突然下垂。他大聲嘆口氣，金屬雙眼朝上望著天花板，「統御主，」他喃喃自語，「你都是演出來的，對吧？而我當時還是團隊中最講理的人呢。」

瓦與瑪拉席互看一眼。

「鐵眼？」瑪拉席問，「你……還好嗎？」

「不好，」他說，「我的天金快用完了，所以年歲終於再度從陰影中現身。它一直在跟蹤我，現在終於等到下殺手的時機。我本來就在比爾敏尋找解答。他們嘗試要再次創造出天金，而我想也許……」

「如果你用完了……」瑪拉席說，「你就會死？」

他點頭，「我本來想順其自然的，我已經活了太久，遠遠超過我的自然大限了。但我曾經協助摧毀世界——沒錯，並非自願，但我的軟弱依然導致了眾多的哀傷。我發誓會幫忙。所以，我繼續掙扎苟活……」

鐵鏽的。死神深吸氣，臉上的皺紋消退——但在呼氣時又出現了。看起來就好像他在一次呼吸之間變化了好幾十歲。

「特雷想要這顆星球，」死神低語，「所以你們的時間也所剩不多，和我一樣。」他用神祕莫測的非人之眼打量著瓦，「我已太過虛弱，無法繼續獵捕那些想要摧毀此地的人。我剛才的表現能夠把你們弄出這房間，也許還能說服此地警方不要干擾你們，但……我大概只能做這麼多了。」

瓦跪在老化的半神旁，腦海中突然閃過一個念頭，「你說你在這座城裡搜尋天金，爲什麼？」

「因爲有人在嘗試分裂諧金，」他解釋，「想要再次創造出這種金屬。不過，想創造出黎金才更加危險……」

「如果有人分裂諧金，」瑪拉席問，「你知道會發生什麼事嗎？」

死神搖搖頭。

「會爆炸，」瓦說，「非常巨大的爆炸。我們就是打算阻止這件事。你有任何線索嗎？」

「也許有一條，」死神思考著，「兩週前有個男人失蹤了。我恰巧剛找到他的名字：托博·紅銅。他在失蹤前數個月引起了一些法律騷動，其中提到分裂諧金相關的事。我原本下一步就是找出他發生了什麼事。」

瓦點頭。這是條線索——很薄弱，但至少是個起頭。他姊姊的說話方式……讓他覺得事態越發緊急。

「鐵眼？」瑪拉席走近。

「你可以叫我沼澤，」他柔聲說，「聽見那個名字……感覺很好。能讓我想起自己曾經是什麼人。」

「沼澤，」她說，「你是怎麼壓扁那支槍的？」

「硬鋁，」他心不在焉地說，「還有很多練習。聽著，孩子，和諧變得越來越無法下決定了。他否認，但我看見了。這讓自主——就是特雷，外世界人的神——有機會乘虛而入。她想在我們踏進星際政治版圖之前就先消滅我們，而她的追隨者也已經以血金術強化自身。妳讀過我交給妳的書嗎？」

「有的，」她說，「瓦希黎恩基本上整本都背起來了。」瓦點頭同意。

「你們的敵人，」死神柔聲說，「學會了如何繞過血金術最大的限制：她的手下身上有太多尖刺了。和諧應該要有辦法影響他們才對，但事實卻不然。也許是和諧已經弱化到無法利用他們身上的弱點，又或是他們已經找到方法使用特雷的金屬補起這項弱點。

「這極度危險。到目前爲止，我並不認爲他們已找出方法使用血金術達成複合。身分汙染導致無法成功，這是我們唯一的好消息了。如果他們辦到了……或者，統御主啊……如果他們得到天金，或是黎金……」

「所以……我們該怎麼做？」偉恩從門邊問。

「做我們一直以來所做的事，」沼澤說，「生存下去。」他再次看向瓦，「比爾敏的民眾認爲自己達成了偉大的成就，建造出足以威脅依藍戴的海軍，這全都是黛兒欣計畫的一部分。

注意。小心。她操縱著他們。我近來……心智有些遲鈍，因為我嘗試對抗自身目前的狀況。」

「我們會阻止他們的。」瑪拉席說，「我保證，沼澤。」

偉恩向他們揮揮手。緊接著，一名隨從到來，送上他們的武器及裝備，隨即離開了房間。

「沼澤，」瑪拉席一邊說一邊把一柄小手槍放進肩袋，「你有沒有看過類似這樣的標誌？」她快速地在筆記本內畫了三個互相交疊的菱形。這讓瓦想起了什麼。也許是依藍戴某處的建築設計？

沒錯，他心想，就在重生之野附近。事實上，那些是仿效梅兒花的三瓣花瓣所設計的。

「這是我弟弟的標誌。」沼澤說，「他會做自己心目中最該做的事。總是這樣。他對……自我反省不太在行，但他確實想要保護司卡德利亞。他的幹員和你們的利害一致。」

「我好像曾透過他的雙眼看過。」瓦說，「只有一次，在許多年前。他還活著嗎？倖存者？」

「活著？」沼澤問，「也許吧。我是說，取決於你的定義。他算是接近活著。這樣如何？」

「你是說……他是鬼魂？」偉恩問。

「某種程度上。」沼澤回覆，「他跟我比起來比較不算活著，但也許比其他鬼魂更活一些？這很難說。最初的團隊就剩下我們三個了。這麼多年了。只有三人。像是腳架的三隻腳，相互平衡。如果缺了一腳……我不知道會發生什麼事。」

瓦不知道該對此做何感想。不過，能把槍取回的感覺真好，而且他們現在有了一條線索。一個名字，還獲准離開這間警局，並且不會被追捕。對他來說已足夠了，就算死神的狀況有點……

「我會留在這裡，」當大家聚集在房門前，文戴爾開口，「確保鐵眼大人受到妥善照護，還有照顧那些還在醫院的警員。我……不認爲自己能對你們接下來的調查提供什麼協助。」

「如你所願。」瓦說。

「記住你所知的，瓦希黎恩爵爺，」文戴爾說，「記住你剛剛說過的話。和諧會把人放在需要他們的地方，但他們要自己決定如何行動。這是祂的方法。」

瓦點頭，「偉恩、瑪拉席，準備好了嗎？」

「我好了。」瑪拉席說著背起肩袋。

他們看向偉恩，他雙手叉腰，「你們兩個早就知道鬼眞的存在嗎？」

「這很重要嗎？」瑪拉席問。

「鬼眞的存在有很重要嗎？」偉恩說，「我覺得很重要，瑪拉席。我覺得鐵鏽的很重要！」

「我被告知稱呼它們爲『意識之影』比較恰當。」沼澤咕噥。

「偉恩，」瓦說，「我們能專注點嗎？」

「好啦，好啦。」他將一雙決鬥杖滑進皮帶上的套環，「我才剛得知來生確實存在，還沒辦法消化，你們居然還對我發牢騷，眞的很不公平耶。先是黑暗邪神現身，然後死神自己快死了，現在又有鐵鏽的鬼魂。看起來我們還是得繼續上工，但之後，你們都不准抱怨我又換走了誰最喜歡的鞋子什麼的。聽到了嗎？」

他們一起走出寂靜的警局，進入陽光之下。

29

沒錯，瑪拉席心想，試著重整情緒，和死神對話。只是很「普通的」與「死神」的日常對話……

她不怪偉恩感覺不對勁。但他們必須專注。不幸的是，他們還沒走下警局階梯，就聽見後方有腳步聲追趕而來。布蘭塔急得滿臉通紅——也可能是壓力造成的——和先前的樣子相比，她看起來不再那麼有自信了。

瑪拉席迎上布蘭塔，「有事嗎？」

「只要他從跟……妳知道是誰會面的震驚中恢復，」她說，「就會派人去追捕你們。我了解恩特隆爵爺，他很自豪自己有多麼『現代化』以及『思想前衛』。他會認爲是你們騙了他，因此派警員去逮捕你們。」

瓦輕輕呻吟，走到他們身後，「我們沒時間躲巡邏隊。」

「聽著，」布蘭塔說，「我……完全沒概念這座城裡發生了什麼事。我以爲我知道，直到——」她望向警局大樓，打了個哆嗦，「我看見的假象被用力擊碎。某種危險的事正在此處進行。」

「不只是危險而已，」瑪拉席說，「是災難性的。」

「沒錯，沒錯，」布蘭塔說，「他是眞正的……妳知道的那個……？」

「是的，」瑪拉席說，「我以前遇過他一次。」

「鐵鏽的，」布蘭塔深呼吸，再次轉身面向他們，「我想我有辦法讓恩特隆別再追著你們，只要你們肯讓我派一名警官跟去。」

「沒得談。」瓦說。

布蘭塔走近，迎上他的目光，「聽著，這是我的城市，我不知道你們在怕什麼——或是誰——但我不是其中一份子。我想幫忙，這是我想到的唯一辦法。如果有一名比爾敏警員跟著你們，我就能說服恩特隆，我掌握了你們的行蹤。」

她轉身揮手示意，一個人影匆忙地跑下樓梯，最後還差點跌倒。這名瘦小的女人推了推臉上過大的眼鏡，但又差點導致手上的三本帳本掉落在地。她掙扎著平衡住帳本，及肩的黑髮向前遮住臉。她整理好頭髮，害羞地露出微笑——不過嘴唇上倒是塗著鮮紅色口紅。是月光。

「她說她認識妳，」布蘭塔說，「說妳應該會信任她？金是我們的一名研究員——她不是外勤，但她了解比爾敏，可以協助你們在城裡的工作。」

月光……「金」……伸出手來打算握手——結果又差點弄掉帳本，她手忙腳亂地接好。

「她看起來很有趣。」偉恩說。

「你只是在想像把她兩腳的鞋帶綁在一起會怎樣。」瓦的雙臂交疊，「瑪拉席，妳認識這個人嗎？」

「我……認識。」瑪拉席說。

「在哪認識的？」他問。

向布蘭塔坦白眞相似乎不是個好主意，「我們之前在某個計畫共事過——她來依藍戴這邊進行一些她工作上的後續研究。」

瓦瞇起眼睛，很明顯在決定這究竟是讓金比較不可疑，還是更加可疑。不過瑪拉席認爲可以信任這個女人。一點點。畢竟，沼澤說了有交疊菱形刺青的人跟他們是同一邊的。

月光向瓦敬禮，「我保證會派上用場的，長官，也不會妨礙你們。」她表情扭曲了一下，「或至少不是有意的。」

「我認爲我們該帶上她。」

瓦點頭，「金，妳是團隊的一員了，讓我們看看妳能不能幫上忙。最近城裡有一個名爲托博．紅銅的男人失蹤了，我想找出他住在哪裡，再跟所有認識他的人談話。」

「喔！」月光說，「我身上沒有這種資訊，當然囉。我只有帶城市地圖的細節而已！但我可以帶你們進去檔案局！我們在那邊應該可以找到答案。」

「這樣組織就會知道我們打算做什麼了，」瓦說，「這麼重要的機構裡一定有他們的耳目。」

「我不覺得有其他辦法可以取得資訊，」瑪拉席說，「我們只能迅速行動，趕在他們前頭。」

「同意。」瓦思索了一下後回答，「帶路吧，金。布蘭塔隊長，如果妳盡可能讓市長不要繼續緊追在後，我們會非常感激的。」

比爾敏城市檔案與調查局的建築比依藍戴的同等機構好上太多了。瑪拉席總是被迫窩在檔案櫥櫃裡一連數個小時，翻閱厚厚的名冊或傳紙合輯。

此處則是一整棟俐落的銀色建築，每一側窗戶面積都大於牆面。布蘭塔親自領著他們來到此地，她一揮警徽，就找來了大批初階研究員等候發令，接著她道別離去。

沒過多久，瑪拉席與其他人就安穩地坐在玻璃牆圍起的會議室內，輕啜著茶，等待調查結果。除了瓦之外，他就像被關在籠中的動物般不斷來回踱步。

嗯，瑪拉席比較偏好亞利克的熱巧克力，但這肯定比自己熬夜翻閱舊檔案來得舒服多了。她趁這個休息機會快速寫了封信給亞利克——告訴他如果在傳紙上看見傷亡消息不用太擔心。

她停了一下，接著補充，請他暫時到鄉間去拜訪她父親，今天不要待在依藍戴。以防萬一。

她走出房門去傳送訊息——過來會議室的途中曾看見無線電站。當她沿著過於白淨的走廊前進時，月光從側邊的走廊現身。她不是去洗手間嗎？瑪拉席回頭望向會議室，此處看不見瓦與偉恩。

「太好了，」月光低聲說，「我就是希望妳察覺我的暗示，然後偷溜出來碰面。」

「事實上不是這樣。」瑪拉席說，「我們該跟其他兩人解釋妳的身分——沒必要隱藏祕密。」

「我偏好不要，」月光輕描淡寫地說，「我不是爲了他們來的，是爲了妳。」

「我以爲妳不能插手？」

「沒有命令的話就不行。」月光說，「我接到了新命令：能夠協助妳，但不能向另外兩人公開身分。我的導師擔心他們與和諧之間的聯繫。」

瑪拉席停在走廊上，這裡除了她們以外空無一人，「我不會向同伴撒謊的，月光。」

「妳已經做了。」

「那是為了不讓布蘭塔知道妳的眞實身分。」瑪拉席說。

「難道妳以為另外兩個人告訴了妳他們人生中的所有事嗎？」月光說，「每個細節都不放過？」

「重要的事情都有。」

「當瓦希黎恩死去時，他與和諧談了什麼？」

「那……並不重要。」

「我覺得很重要。」月光繞過瑪拉席，停在她正前方。不算是眞的擋住去路，但確保瑪拉席能看著她的眼睛，「妳想要答案嗎？我們有。妳想要保護司卡德利亞嗎？那是我們的主要目標。但我們無法公開行動，那會讓我們的敵人有機可乘——像特雷這樣的敵人太過強大，而和諧又太舉棋不定了。他幫了什麼忙？」

「祂派了我們來。」瑪拉席說。

「他把你們丟上火線，然後只說『祝你們好運！』這不是他的錯——我的導師說了他很多好話。但你們星球的現況很不樂觀，因此我們必須暗中行動。我們必須維持祕密——只有已經證明自己價值的人能夠得知。」

「瓦應該是全世界最證明自己價值的人了吧。」

「我們對他不感興趣。」月光說，「我們感興趣的是妳。能夠知道他不知道的事——幾乎沒有任何人知道的事，難道不會令妳興奮嗎？」

「我不需要藉由隱藏祕密來感到自己有多特別。」

月光微笑，「我相信妳。眞有趣。好吧，我現在要求妳保守我的祕密，這是我提供協助的代價。我曾經遇過自主，我知道她行動的方法。但只要妳跟任何人說我的眞實身分，我就會離開。」

「妳要玩這招？勒索？」

「勒索？」月光說，「這只是項交易。我有資源可以協助，瑪拉席。我不一定要幫助你們。我現在有線索了——我自己來的話，大概可以比你們更早找到托博·紅銅的住處。」她聳肩，「瓦希黎恩信任妳，如果妳向他解釋妳爲何無法坦白，他會接受的。」

月光移向一邊，沿著走廊繼續前進，來到會議室門前時，舉動明顯有了變化。她變得興奮又有點神經質，然後——在推不開門因而臉紅之後——拉開了房門。

瑪拉席繼續前進，內心搖擺不定。月光所說的話確實有點……追捕流氓或是危險的暴徒曾經讓瑪拉席感到興奮，但她對這世界以及幕後推手們知道得越多，就變得越不滿足。

很久以前，她曾跟瓦解釋過她想成爲警察的邏輯。她想讓整座城市變得更安全——不是靠追捕罪犯，而是靠著改變人與社群看待自己的方式。把一個人關在監獄，也許可以防止他犯下更多罪行。教導一個人尊重自己與他的社群，就能防止他指導、招募，或逼迫更多人去犯罪。

她不想要只專注在個人身上。她想要改變世界。至少，那是她一開始想成爲警察時的想法。日復一日的重複工作，是不是讓她變了？

她傳完給亞利克的訊息回到房間，此時調查小組已經帶著答案回來——他們替瓦攤開了相關的傳紙以及市政檔案。瑪拉席走到他身邊，月光拘謹地坐在房間一角，露出無害的笑容。偉恩假裝在睡午覺，但微微睜開一隻眼，監視著月光。

別演過頭了，月光，瑪拉席略帶滿意地想，他會識破妳的。

「托博．紅銅，」其中一名調查員指向名單說，「五十三歲，化學家，專業爲橡膠製造，曾在盆地輪胎公司工作，製造……嗯，輪胎。」

「他被開除了，」另一人解釋，「就在五年前，原因是……行爲異常。」

「具體來說是什麼事？」瑪拉席掃視長桌上的紙張。

「這個嘛，」領導調查員說——她是一個鬈髮的泰瑞司女性，衣服上有著V型的圖樣，「我們調出了大部分他對前雇主的訴訟紀錄，看起來他們……嗯……『拒絕重視他對世界末日將近的重大發現。』」

瓦與瑪拉席交換一個眼神。

「繼續。」瓦說。

「不幸的是，沒有太多後續資訊了。」調查員說，「訴訟在進入第一階段裁判之前就被駁回。他此時提到自己寫了一本小書，但我們不會把那種紀錄歸檔。我們這裡只有他的司法紀錄、他的公寓租約，還有一份警方的逮捕報告。」

「原因是擾亂安寧。」一名初階調查員說，「他狂敲自己公寓的大門，大喊著『他們差點就分裂諧金了，等到他們成功，就會毀滅我們所有人。』」

「我們將資訊留給你們，」領導調查員輕拍桌上的紙張，「也會繼續搜查——但我想不太可能有更多訊息了。曾經被逮捕過的人，都會被特別仔細記錄相關資訊，以便交叉比對。這是僅有的三份資料。」

「如果不介意的話，還有另一件事，」瑪拉席在他們準備離去時說，「你們可以找找看食品貨物失竊的報告嗎？尤其是不會腐壞的食物？」

「喔，那已經持續發生了兩年。」調查員組長說，「布蘭塔隊長要我們監看這類報告，因爲她覺得很困惑。爲何地下罪犯會對豆子罐頭這麼有興趣？」

「爲什麼呢？」瑪拉席拿起一張訴訟文件看。紅銅宣稱：有人使用難以言喻的高科技在建造世界末日的避難所，市政府也參與其中，我的雇主也一樣！我因爲太靠近眞相而被解僱了。你們一定要聽進去。他們在分裂諧金，只要成功了，他們就會製造出炸彈，把我們全都變成烏龜。

那……最後一句感覺有點不實際。

調查員從房門離去，留下瑪拉席與瓦輪流讀著三份文件。不幸的是，資訊確實不太多。逮捕報告上表示在托博．紅銅冷靜下來之後，他們就釋放了他。他沒有再犯過。

最後一張紙上有個地址，調查員說那是在昂貴的地段。瑪拉席心想，首席化學家的薪水應該很不錯。

「他們很可能殺了他，」瓦小聲說，「等到塵埃落定後才下手——看起來才不會太可疑。」

「也許吧，」瑪拉席說，「但他也很可能被綁架了，被迫替他們工作。」

「死神說他兩週前就失蹤了，」瓦說，「線索很可能已經冷卻。」

「但這是我們最好的線索。」

「同意。金，妳知道這個公寓地址位在哪裡嗎？」

30

這棟公寓看起來並不像臺地。

與其他人站在一起，偉恩雙手叉腰仰頭望著大樓。這裡太閃亮，有太多窗戶了——就好像一大瓶昂貴的玩意兒。樓房不該長得像這樣，它們應該要長得像磚塊，旁邊還要有小巷子，聞起來就像他喝掉一大瓶昂貴的玩意後會上出來的東西。

大致上來說，他預期這裡會是一座臺地。

不，等一下，他發覺。下一步是峽谷才對。這才符合故事的發展。我們得先找到峽谷。大感到安心的他跟著瑪拉席、瓦，還有那個叫作金的女人，她太努力要顯得笨手笨腳了。大廳內有一名門房，還有很多東西。這地方很高級。也許偉恩該買一棟像這樣的大樓。在他喝了太多瓶高級的玩意後，有門房能夠帶他回房感覺很方便。

不過，他通常喝的玩意都跟尿差不多便宜。雖然他祕密地既有錢又豪奢，也不代表他就不能享受便宜的爛酒了。他只要改叫它們「懷舊」或「手作」之類的就行。

門房找來了大樓經理，那是個磚頭形狀的男人——跟建築規格完美地相互呼應。瑪拉席與瓦解釋他們需要調查失蹤男人的公寓，偉恩則是繞著大廳走，看向周圍巨幅繪畫中的舞蹈人像。他們穿著套裝與禮服，伸長雙腿挺直腰板，就好像他們的身體不是血肉，而是由尺所構成。

這裡是故事裡的峽谷嗎？阿媽說那裡很漂亮。不。這說不通。沒有哪個有自尊的峽谷牆上會有人在跳舞的畫。

他又是爲什麼覺得這次會像那個故事一樣？嗯，因爲他想到了，應該是吧。一旦你產生了一個想法，你就必須繼續下去。事情就是這樣。

大樓經理聽了瓦與瑪拉席的解釋，瞇眼看向金的警徽，接著咕噥一聲。他指向電梯，他們全都擠了進去。

偉恩不太喜歡電梯。不是因爲被關在一個盒子裡，不知道那是怎麼運作的，只能仰賴操作員。也不是因爲大家擠在一起時，你會太容易聞到其他人，或是不知道自己要去哪裡，毀了去高處的體驗。

等一下。不，應該就是因爲最後那個原因。電梯就像過度保護的父母設計的嘉年華遊樂設施，他們不希望嚇到你，也不希望你玩得開心。他比較信任升降梯是由人力操作的時候，不像現在是使用電力。現代人太相信從牆上插座流出來的奇怪能量了。畢竟，偉恩可是這項科技的主要資助者，這對所有人來說都該是個大大的警告才對。

眾人來到二十二樓，大樓經理在長走廊的末端取出一組鑰匙，打開通往寬廣公寓的房門。他揮手要他們進去，又咕噥一聲。

「有任何人來過這裡嗎？」瓦說。

「沒有。」經理說。

「他已經失蹤兩週了，」瓦說，「沒人來找過他？沒有警察？沒有家人？」

經理搖搖頭，再咕噥一聲然後很快離開，顯然不想和警方扯上關係。

「不知道他有什麼毛病。」瑪拉席關上房門。

「不知道，」偉恩說，「但不管是什麼，至少看起來不會傳染。」

瓦走到房間中央。其中一面牆有著窄窄的落地窗，中間以鋼架分隔。右方牆面則是被塡滿書架，左方是風格十足的休憩區，有著亮黃色地毯以及黑色家具。所有東西都非常整齊，不過如果你已經死了或消失了，要把房間弄髒也有點難就是了。

「所以，」瑪拉席說，「他們綁架了他或是殺了他，然後留下看起來一塵不染的公寓。是陷阱？」

「是陷阱。」瓦說，「給我一分鐘，我用鎔金術掃描一下。」

事實證明要不使用任何金屬來製作炸藥陷阱非常困難，就算用的是現代的可塑炸藥也不例外。他們找到了三條絆線，還有一個壓力板，全都勾到一串手榴彈上。組織顯然不在意造成一點連帶傷亡。

「所以，不論你們是在追誰，」金緊張得絞著手，「他們都比我們早了一步。鐵鏽的，我不知道我摻和進什麼了……」

「紅銅的失蹤毫無疑問是他們做的。」瓦說，「大家小心，可能還有我們漏掉的陷阱。金，妳能夠盡量讓周邊公寓的住戶離開這裡一小時嗎？」

她聽命離去，其他人開始他們熟悉的工作：在現場尋找線索。一小段時間後，金回到房間，偉恩此時正在檢查書架旁的書桌。她在他身旁跪下，抬頭看著偉恩敲打書桌底部，尋找隱藏的隔間。

「嗯……」她還在演得不確定的樣子，「我照你們說的做了。但是……我們爲什麼還要搜查？你們的敵人顯然已經徹底搜過這個地方。」

「沒錯，」偉恩說，「我還有證據呢。看到這些鑽出來的小洞嗎？如果想要非常確定沒有祕密隔間，卻又不想拆掉家具的話，就會這麼做。那樣比較不好玩……但通常是有好理由的。例如你想讓房間看起來很正常，之後再來搜查的警察就比較容易把自己炸飛。」

「那我們還能找到什麼？」

「妳看嘛，這是一種對抗，」偉恩說，「互相拉鋸。像一種舞蹈。他們設下陷阱是因爲擔心有危險人物盯上組織。不需要炸死一般警員，要炸的是特別不一般的那些。」

「像你？」

「才不是。」偉恩指向正在翻查書本的瑪拉席，再來是瓦，他正在輕敲對面牆壁尋找密室，「妳看到那兩人了嗎？他們代表了兩個世界的精銳。瓦嘛，他是靠直覺；他經歷過很多事、被槍射過很多次。他不需要去上警察學校——他上學的時候是跟泰瑞司學者學古代人寫的古代玩意。

「但瑪拉席呢，她是靠知識；她一生都在研究怎麼做這些鳥事。我有時候覺得世界上所有關於如何成爲警察的書，全部加起來都還沒她讀過的多。她會談到犯罪模式、預防貧窮連鎖效應，還有更多聰明事，讓你覺得原來當警察是在算數學。

「把那兩人加在一起，你就能兩者皆得。直覺與知識。敵人肯定搜查過此處，他們捷足先登，但又留下了炸彈，這代表他們擔心自己漏了什麼。所以舞蹈開場、對抗開始。我們能找到他們漏掉的東西嗎？」

「令人好奇，」她說，「那你在這個團隊的角色是？」

「負責搞笑。」

她揚起一道眉毛。

「還有一點異想天開，」他說，「即興發揮。遠景。」

「你的想像力很豐沛囉？」

「我常常都在想像很豐滿的東西。」

她露出微笑。當她沒在假裝時看起來是個好人。當然，她大概是個叛徒什麼的。眞可惜。

「嘿，瓦，」偉恩說，「看看這個。」

瓦隨即靠近他，看著書桌抽屜裡一疊信封的最底部。

「這是什麼？」金問。

「當你用鋼筆寫字後，」偉恩說，「要等墨水乾掉。但有時候你很急，或是在擔心什麼事，就會把它先收起來，然後用東西壓住——例如這一疊信封——結果墨水就會沾在底下。」

「糊掉了，」瓦拿起信封，「但還勉強可讀。這部分被劃了底線。你覺得看起來像是數字嗎？」

「是七？」偉恩指向其中一個。下一個糊到沒辦法讀，「再來是橫線和十三。」

「也許是數字組合，」金柔聲說，也靠過來檢視數字，「比較大的火車站裡都有很多置物櫃，上面有類似的數字組合，可以付錢把東西存放在那裡。」

瓦緩緩點頭，「瑪拉席，妳找到什麼了嗎？」

「我想這些書都被替換過了。」她說，「他感覺上是很愛讀書的人，但這些書都是全新的。我猜組織拿走了這裡的所有書，然後在書架上放滿誤導品。」

「不過家具看起來是原本的，」瓦演示著將一張椅子推向後直到撞向牆面，那裡的油漆正好有重複撞擊造成的磨痕，「這些都舊了。有磨損。地毯也一樣。這間房看起來乾淨又整齊，是因爲組織在搜查後清理過——但在他們到達前應該是一團亂。」

「我覺得他應該死了，」偉恩輕敲牆面，挖下一點灰泥，「這是彈孔。那個可憐的阿呆大概坐在那裡，結果從後方被射死了。」

「要推斷出結論的證據還太薄弱。」瑪拉席加入他。她拿出一支小刷子輕撥小洞，終於掃出一點點碎片，將之裝入一個小瓶子。

「血嗎？」偉恩猜測。

「是的，」她承認，「還有一小點可能是骨頭的碎片。他們肯定把桌上的血跡清掉了，但只把子彈從彈孔挖出來而已。」她的手指滑過書桌的木頭，「這有磨損的痕跡。他一定很常使用，或是一開始就買了二手品。很難說。」

瓦走過來，交給偉恩一頂皮革帽，就像是畫家戴的那種。

「在床柱上找到的。」瓦說，「你覺得呢？有足夠資訊工作了嗎？」

「也許吧……」偉恩戴上帽子。他走到房間中央，盯著窗外，拼湊起一切。嘗試想像那個住在這裡的男人，從他們對他的所知繼續向下推論。

「他原本飽受尊敬，」偉恩說，「是個優秀的科學家。但後來他發現了一些事，聽到另外一些事，知道得越來越深入。他是化學家，對吧？」

「爲輪胎公司工作。」瑪拉席說。

「很可能只是表面僞裝。」瓦說，「他說他的雇主在製造炸彈。我敢打賭他的化學工作牽涉到爲比爾敏政府研究武器系統與爆裂物。」

「對……」偉恩閉上眼睛，「他察覺他們想要製造炸彈，然後聽到分裂諧金的消息。他也許本來就有點怪怪的。他想要拯救城市……但他是個怪人，所以沒人聽他的……」

他閉著眼睛，張開雙臂緩緩旋轉，聞著房間的味道──想像著。角落堆著髒碗盤。他現在還聞得到。狂亂的夜晚……閱讀著……思考著……

「沒人聽他的，」偉恩說，「而且當他被關後，他知道自己沒辦法靠一般法律途徑來阻止災難。」

「所以他做了什麼？」金問，「你認為殺了他的人擔心自己漏掉了什麼，這代表他知道他們不想被外流的某種資訊。他藏在哪裡了？」

「他沒藏，」偉恩低語，「像他這種人不會這樣做。組織……他們看錯他了。就像金一樣。」

「為什麼？」瑪拉席在他右側柔聲說。

「組織，」偉恩說，「他們把持著知識。他們掐緊了知識，瑪拉席。但這個人，他也許有點瘋癲，但他希望大眾知道他知道的事。他不會把他的想法鎖在某個火車站裡的。他會分享知識。如果政府不聽，那……」

他張開雙眼看向瓦，「……他會用盡一切方法公開資訊。」

「金，」瓦思考著，「這裡哪一家傳紙的名聲最糟糕？不管拿到什麼無稽之談都會出版的那種？尤其是恐怖聳動或離經叛道的新聞？」

「這裡至少有七家這種傳紙。」她回答。

「哪一家跟那個傻瓜賈克有簽約？」

「眞實哨衛報，」她說，「我……還滿喜歡那些的……」她看起來很不好意思，但其實不需要。那些故事很好看。當然是超級蠢，只是有時你就是需要庸俗的故事來配庸俗的酒。拿著紙袋喝酒的時候搭配文學巨著感覺沒啥道理。

「眞實哨衛報……」瓦說，「妳知道辦公室地址嗎？」

「我可以找找看。」金挖出其中一本城市地址冊。

偉恩脫下帽子輕輕拿著。這個可憐的傢伙，托博．紅銅，已經死了。他沒有任組織擺布，或是被迫替他們工作。他們來這裡想知道他對組織計畫的了解有多少，然後沒留下活口。但也許他告訴過其他人。某個組織還沒辦法找到的人——因爲對他們來說，讓資訊傳出去是萬萬不可的事。

「我找到了，」金說，「哨衛報的出版辦公室在……」她查看，「第七街。四十二之一三辦公室。死夜的！跟你們在信封底下找到的數字相同。」

瓦捏捏他的手臂，「做得好，偉恩。」

他聳聳肩，「有夠多訊息的時候就很容易。」

「這樣算很多？」金充滿好奇地問。

「當然，」偉恩把帽子收起，「可是有整整一條命這麼多。」

31

史特芮絲深深地呼吸一口氣。她讀過這樣能夠穩定心神。她也看過瑪拉席在飽受壓力的場合這麼做過。有用嗎？史特芮絲不確定。但這個舉動很一般，對吧？

她又深呼吸一次，這次慢慢吐氣，以免自己剛才搞錯了。接著她走進主議事廳，周遭的噪音與混亂侵襲而來，這兩者通常互相伴隨出現。

議員在廳堂內對著彼此叫囂，助理四處跑動，替他們的議員送上傳紙與私人報告。她成功拿到一些資料——並不是比爾敏當地的傳紙，而是透過電報送來的摘要。有重大新聞時，這樣的緊急版本很尋常，每間報社都會趕著出版。

這些報導通常不會太準確，但肯定能引起激烈議論。她經過座位時看到了幾份報導。

警員身亡！拙劣的依藍戴行動導致比爾敏發生悲劇！

依藍戴祕密警察阻礙當地警方的努力！

引戰之舉！依藍戴武力介入比爾敏執法機關！引發交火！十七人死亡！

說法都各自不同，但大致取向是相符的。瓦希黎恩一如既往地吸引了不少注意力，而她毫無疑問堅信大部分傷亡都是組織的成員。但對頭條來說，這種細節無關緊要。不過，她還是請凱絲把孩子們帶往了城外。她向倖存者祈禱，希望孩子們在他們外祖父位於南方的莊園裡能夠安全無虞。

現在，史特芮絲穿越吵雜的人群，堅定心神面對書頁的翻動聲、話語的騷動聲，前往副總督的座位。史特芮絲提供了正式的授權書，讓她能夠代理丈夫在議會內的席位。

艾達瓦蓀對她先前傳送的緊急信件毫無回應，史特芮絲在裡面仔細描述了城市即將面對的威脅。爲什麼？他們就這麼輕易地對她不屑一顧嗎？

眾人從來都不想聽史特芮絲說話。他們比較喜歡一邊點頭應付，一邊想其他事情。她來到瓦的座位——她的座位。瓦說得對，代表拉德利安家族是她的權利。確實，這就是他們一開始結盟的原因。她的財富，他的權位，兩者加在一起可以做出宏大的事。

如果她有辦法冷靜下來的話。確實，她以前暫代過他的席位，但從來不是在這麼至關重要的情況下。因此她現在站在小桌前，被混亂所包圍。她爲此做了準備。她寫下了這裡的狀況會是如何。她甚至做了兩次深呼吸。是的，她的心在胸口狂跳，但她的心懂什麼？它很多年來都堅持她不會陷入愛河，卻大錯特錯。她的心對她做得到什麼事情沒有概念。它只知道她有沒有做過這件事而已。

如她所希望的，眾人開始注意到她安靜地站在那裡，有些爭論因而平息下來。這讓艾達瓦蓀有機會大喊肅靜，並且被眾人聽見。她用泰瑞司人少見的強勢語氣喊叫，終於讓廳堂安靜下來。就像從爐上移下的茶壺，議員們不再沸騰，但依舊炙熱——他們坐在位置上小聲地交頭接耳著。

「總督，」艾達瓦蓀說，「要求拉德利安家族的代理議員提供解釋。」

大廳內所有眼睛都轉向史特芮絲。她對這個很習慣了。大家常會注視她。或是瞪她。這取決於他們錯得多離譜，以及當她指出他們的錯誤時，他們有多惱怒。

「我丈夫，」她對議事廳說，「必須重新執起執法者的職責，因爲比爾敏發生了特別危險的情況。他的行動有總隊長的完全支持，也獲得總督的親自授權。大人，我丈夫所做的一切都是合法且紀錄在案的。」

「有時候，」總督說，「不論是否獲得許可、文件是否齊全，一項行動依舊有可能是不恰當的。」

什麼？他怎麼敢這樣講！這正是恰當的定義！史特芮絲壓下憤怒。有些人……就是這樣思考的。

她偷看了一眼筆記小卡。在仔細斟酌一上午後，她決定要想辦法讓總督召開小組會議。她不想讓全城陷入恐慌，而且她還不確定時間到底有多急迫。

她還是需要準備好疏散城市的規畫。永遠都要爲最壞狀況做準備。所以，她需要在更私人的場合與總督對話。在必要狀況下，他能夠不透過議會投票就授權疏散城市。

「大人，」她對總督說，「瑞迪總隊長手上有我丈夫任務的相關資訊。我今天早上已把擔憂的事項統整爲報告寄給他了。我們面對的是很嚴重的問題，甚至比城市之間逐漸升高的衝突來得更危險。因此我在此提出動議，任命成員組成委員會，以便及時處理危機。」

總督任命的委員會僅僅數人——這個情況下會有數名議員以及至少一名警察總隊長——只有些微津貼。過去，通常被用在比較小規模的議題上，例如決定如何應對城市的交通需求。但任命委員會可以是個有利的工具，讓權力能夠集中在數名特定人員身上。她很驚訝之前居然沒被應用在緊急情況過；詳讀法律後，她認爲這是顯而易見的用法。

「等一下，」總督問，「法律允許……這樣做嗎？我以爲這種委員會是拿來決定開幕式要選哪種花這類事情的。」

副總督抓住他的手臂，將他拉下臺，他們在臺下以安靜的窸窣聲互相討論——最終找來了一名法律顧問。房間裡也有許多人做了相同的事。

總督站起身，「這看起來是個非常好的建議。」他聽起來很驚訝，「動議投票表決組成委員會處理比爾敏相關事務？」他特別看向幾名議員——包含了達林·塞特，一名頭頂漸禿的黑髮男人。

塞特家是目前政府中最有力的派系領導之一，這道目光就像在說「如果你投同意，就可以加入委員會」。總督的作法很高明，代表八成不是他自己想出來的。

終於有一次，議會的投票結果讓史特芮絲得其所望。將會由總督的判斷組成任命委員會，在二十四小時內擁有應對比爾敏危機的權力。

「塞特爵爺，」總督說，「哈蒙德斯貴女，還有嘉德瑞貴女，請與我和艾達瓦蓀一同進入總督辦公室商討，直到瑞迪總隊長到來。議會剩餘成員進入休會。」

史特芮絲猶豫了一下。他沒有叫到她。他……忘記了嗎？這代表她能加入他，還是……還是他排除她了？

噢，鐵鏽的。她怎麼會漏掉這個可能性？她提議召開委員會，卻沒有被任命？她應該要料到的。

她高舉起手，感覺灼熱又羞恥。

對所有事都準備周全的女人，居然會漏掉了這麼明顯的操作。

她試著控制住自己的反胃感，此時有人從房間最後方起身——是觀察席。人影戴著漆有紅線的俐落木製面具，「大人，」麥威兮大使說，「我殷切期望能夠觀摩這個委員會。」

「嗯，達奧上將？」總督說，「這是盆地的國內事務。」

「是的，這也正是為何我想要觀摩，」大使說，「我能從你們如何應對危機來深入了解此地的人民。我有一艘私人所有的休閒船，就停泊在城中。也許您會想要借用，總督大人？用來觀察盆地？」

總督眨眨眼，「好吧，」他說，「我很確定身經百戰的上將智慧對委員會來說是極大的助益。跟上吧。」

噢，鐵鏽的。他真的這麼明目張膽地收受賄賂？在公開場合？這舉動切開了史特芮絲的羞恥感，她瞥向艾達瓦蓀。副總督正一手遮著臉，她得很努力才有辦法替剛才的舉動開脫。不過，找法蘭司這麼容易被影響的人來當總督的缺點，就是其他人也有辦法影響他。

妳也可以影響他，史特芮絲對自己想，妳必須嘗試。

她忽略直覺——那要她坐下，寫下她該如何才能預見這個狀況——史特芮絲跳出座位，在議事廳奔跑，不拘小節地推開兩名議員，來到總督面前。

「大人，」她說，「我相信我能為委員會提供相關的洞見。」

「噢！」他看向她，「拉德利安夫人？」他看向一邊，艾達瓦蓀短促地搖搖頭，「哎呀，」總督轉身背向史特芮絲，「恐怕委員會已經太過擁擠了。不過妳能提出這項動議實在是太美妙了。」

「大人，」她說，「城市目前面對著極大的威脅。您必須聽我說。」

總督猶豫了一下。

「她今天稍早送來了一封信，大人，」艾達瓦蓀說，「是一些有關於足以摧毀全依藍戴的炸彈的無稽之談。」

「那是什麼？」他轉身面向他的副總督。

「這是眞的。」史特芮絲說，「妳沒有把信轉交給他？」

「妳的家族有喜歡誇大問題的紀錄，」艾達瓦蓀說，「還記得那次妳丈夫說投票反對他的勞工權利法案會導致城市的怒吼嗎？或是他堅持如果我們繼續收取交通稅金，蠻橫區將會自行獨立？」

「這次不同，」史特芮絲說，「他……擁有來自和諧的確認。」

「這樣啊，」艾達瓦蓀說，「如果和諧想要親自與某人對話，祂為何不選擇總督呢？」

「妳丈夫親眼看見了炸彈嗎？」總督問，「他有證據支持妳的宣稱嗎？」

「他正在蒐集證據。」史特芮絲說。

「那麼，」總督說，「妳何不在取得證據後再回來找我們呢？」

「因為我必須要加入您任命的委員會——」

「拉德利安夫人，」他的聲音放軟，「妳肯定能看出這是很重要、很緊繃的狀況。這不是一個擔任議員席位不到一小時的女人該身處的位置。」他微笑，「的確，現在的狀況需要的是細緻與技巧，而非……」

*而非妳所代表的東西。*這句沒說完的言外之意似乎是如此。他對她點頭，便與其他人一起進入通往總督辦公室的門。

史特芮絲被留在了議事廳中央。飽受羞辱。她……好吧，她得做另一份計畫。沒錯，計畫該如何應對現在的狀況。她今天剩下的時間都可以……

不。她沒時間再做計畫了。她必須進到那間房裡。

就在此時，她想到了一個也許能夠成功的方法。

32

《眞實哨衛報》的出版辦公室跟比爾敏一點也不搭調。與本地俐落且現代化的設計不同，這座建築更像個棚屋，陳舊的單層木造建築，有著斜屋頂、鼓起的外牆以及小窗戶。

「僅存的老建築之一，」金解釋，「以前這個區域有很多捕魚小屋。五年前，政府開始推動拆除與改建，但在城市中依舊零星可見類似這樣的建築。」

「看起來不像最近仍營業的樣子。」瓦注意到門上的掛鎖以及黑暗的屋內，「它還繼續出版嗎？」

「最近的出版斷斷續續的，」金說，「我已經等了六週，還沒讀到賈克的『倖存者的終約』冒險最後一章。」

鐵鏽的蠢蛋，瓦心想。自從幫助及統治南方人的「君王」眞實身分被發現後，倖存者狂熱來到了史上新高。全市各地都有目擊報告，有迷霧的夜晚尤其如此。

賈克當然不會放過這個機會，他這幾年的冒險都在「發現」倖存者相關的遺物。如果這個蠢蛋不要時不時提到瓦，感覺上還不會這麼糟。

他們敲敲側門，沒有得到回應，嘗試後發現側門這邊也鎖著。所以瓦在手上纏了外套的流蘇，準備敲碎窗戶。

「瓦？」瑪拉席說，「你在做什麼？」

「準備開始調查。」

「再等幾分鐘吧，」她說，「看看屋主會不會回來。」

他停下動作，拳頭只離玻璃幾吋遠，「我們有調查令，可以破門進入。」

「只有在緊急情況下，」她說，「並且我們要先試過其他方法。這是市民的私人住宅，我們沒有理由相信組織的人在這裡。而且與剛才的公寓不同，我們也沒有理由認爲此處發生過犯罪事件。」

「我來吧。」偉恩走向窗戶，「你們可以說曾試著阻止我，但我做了典型的偉恩舉動。他們會放你們一馬。」

「這不是我們會不會被放過的問題，偉恩。」瑪拉席舉起一手遮住臉，「這是正當程序。你不能隨心所欲闖進任何地方——世界在變化。人民有權利。這讓我們的工作變得更難，但也讓世界變得更好。」

瓦皺眉，放下拳頭。

「我們可以等幾分鐘沒問題，」瑪拉席說，「如果我們的預想正確，一定希望屋主願意跟我們合作——但強行闖入可能會讓他敵視我們。倘若我們不幸搞錯了，就只會毫無理由地把一間商家弄得一團亂而已。」她瞥向太陽，「現在是午餐時間，屋主可能出去了——畢竟這裡還在出版傳紙，我們有理由認爲他會回來上班。」

瓦遲疑地後退。他原本預期偉恩會抱怨，但較矮的男子只是聳聳肩，接著慢跑過街，去向路邊小販買東西吃了。瑪拉席與金坐在附近小公園的長椅上。瓦則是背靠著一棵樹，那棵樹生長在一小片土壤中央，四周有矮籬笆包圍。

這種時刻讓他覺得自己老了。不只是生理上，還有心理上。他似乎是代表著某種逐漸消亡的存在。孤獨的執法者。還有……不過，他並不覺得太惋惜。因爲理智上，他認同瑪拉席。他投票贊成立法限制警方的權限。社會對任何人的權力都應該嚴格監管。甚至他自己也是。尤其是他自己。

但同時，這也讓世界感覺上大到無法修復。在蠻橫區，他可以闖進房門，以對話——或有時候用子彈——說服需要說服的人。那讓他覺得自己基本上能解決所有問題。

但那是對控制力的錯誤印象，對吧？認清這點讓他感覺不舒服。並不是因爲世界變得更複雜了，而是因爲他要自己正視這世界一直以來都是這麼複雜。

一分鐘後，瓦聽見了什麼。他發誓聲音來自於那棟建築物。他瞇起眼睛，燃燒鋼，觀察身邊的藍線，察覺到幾條通往建築頂端的線在移動。是閣樓嗎？他朝其他人舉起手，接著取出問證。有人在上面。他很確定。先前只是單純沒聽見敲門聲嗎？

他丟下一顆彈殼，靠著它起飛，小心地降落在屋頂，看見傾斜的屋瓦旁是緊閉的閣樓窗戶。即便他盡可能安靜，在降落時藍線依舊猛然一震——接著靜止不動。幾乎不動。裡面的人在抖動。

他瞇起眼睛看著窗戶。其中一塊窗板的角落破開了，讓裡面的人能夠往外偷看。他可以看到一條金屬線筆直通往窗洞。有一部分的他感到寒意，因爲那個金屬八成是一把對準他的槍。他開啓鋼圈——他學會用來反彈子彈的一種鋼推技巧，腳下的屋瓦喀啦作響，屋頂上的鐵釘震動起來，想要從屋頂逃離。

震動，他心想，就像我面前的這條藍線。拿著槍的人在發抖。

他面對的不是組織的刺客。他謹慎地朝一旁舉起槍，槍口不再對著窗戶。

「我是警員，」他大聲說，「我是來幫忙的。」

一陣沉默過後，終於有一道人聲出現。是女性，有些沙啞，「你是來殺我的。就像你殺了托博那樣。」

「不，」瓦說，「我保證。」他往前進一步，「我正在找殺害他的人。如果我是因爲另一個理由來這裡的話，我就不會說話，而是直接開槍。」

更長的沉默。長到讓他開始覺得不安。直到窗板終於被打開，一個矮小的女人出現。她留著灰白色的亂髮，外表不修邊幅——背心上的釦子扣錯了好幾顆，裙子皺到有如一直都被塞在角落裡。她眼下有厚重的眼袋，面色蒼白，體重看似近期減輕很多，有點像是缺了一些內襯的沙發。

「你……」她垂下一柄來福槍，「你是……曉擊嗎？」

「就是我。」他放鬆下來。

她臉色一亮，「你是賈克的朋友！」

賈克的朋友？只因爲那個傻瓜偶爾會提到瓦的名字？他張嘴打算反對，但決定放聰明點。

「我……認識他。」瓦說，「聽著，這座城發生了一件事。非常危險的事。我沿著線索去了托博的公寓，再來到了這裡。請問他有給妳任何東西嗎？或是告訴妳任何事？」

她向外傾身，多疑地掃視街道，「到底下的後門跟我碰面。」她關上窗板。他則跟上瑪拉席與金，來到後門。門後許多鎖頭與鏈條被解開，門板喀啦作響。

她終於打開了門，「我通常不跟條子講話的。從不。」

「好建議。」偉恩滿嘴鼓脹地走到瓦身邊，又咬了一大口食物。那看起來像是醬汁和碎肉捲在麵包裡？或是一張很大的可麗餅？

「但既然你們是賈克的朋友……」她說。

「當然囉，」偉恩重拍瓦的肩膀，「賈克和瓦一起在蠻橫區冒險過呢！」

「那我想，」她伸手請他們進門，「你們不是那種警員。你們是另一種。」

「沒錯。」偉恩說，「我們是那種不穿制服，然後當有人要我們簽文件時就會開槍射他的那一種。」他又咬了一口捲餅。

「那到底是什麼？」瓦在瑪拉席與金進門時問。

「他說是『芻塔』。好吃耶。」

「看起來很噁心。」

「嘿，老兄，街頭小吃長得越噁心，你越知道它一定好吃。」

建築物內部很暗，而且霉味很重。門邊有著很多垃圾桶——就好像這女人不敢離開去倒垃圾。她看著瓦，手上拿著來福槍——不過沒舉起來——似乎很確定他隨時都會背叛她。

「賈克……在城裡嗎？」她問，「能幫上忙嗎？」

「我……嗯……」瓦說，「不，他……去冒險了。」

「你大概沒辦法傳訊給他？」她聽起來帶著期盼。

「恐怕無法。」

她皺眉地打量著他。

「喔，別太在意曉擊，」偉恩輕推瓦，「他有時講到賈克會扭扭捏捏的。」他傾身接近女人，「說實話，他有點嫉妒。」

「嗯，誰不會呢？」她說著然後嘆氣，開始扣回門上的鎖，「他讓你拿過赤日之矛嗎？」

偉恩看向瓦，他只好咬牙切齒，「沒有，」他強迫自己說，「那威力太強了。賈克說如果我碰到矛，可能會不小心喚醒一些……殭屍。」

女人點點頭，確保門有鎖好，接著揮手要他們跟著她走向室內。

「很好，」偉恩對瓦耳語，「不過那個矛不是用在殭屍上的。它們是在死者之島上，是妮奇的故事。」

「你怎麼知道？」瓦對他嘶聲說。

「我全都讀過，」偉恩說，「怎麼會不知道？」

「你……」

「我還以爲你不識字呢。」瑪拉席超越他們，跟上女人。

「喔，我看得懂字，」偉恩說，「但我很蠢，所以你看嘛，我也只看得懂很蠢的故事。」

女人帶他們穿過滿是書籍的走廊——書多到成堆，占據了幾乎所有空間。下一間房裡則是一臺巨大的印刷機以及數桶墨水，還四散著一盒盒的鉛字。她的畫像就掛在牆上，歪向一邊。上面的她比較年輕，還配上了文字：主編瑪菈賈．杜賽特。

「所以，」她以手梳過亂髮，「你們知道是誰殺了托博？是那些住在東邊的金髮人嗎？他們是某種妖精，我就是知道。」

「事實上，」瑪拉席說，「我們認爲是一個祕密組織，他們密謀要重啓灰山——我們擔心他們正在開發一種非常強力的炸彈。」

瑪菈賈點頭，「所以你們確實知道。」

剛剛那是測試，瓦領悟過來。

瑪菈賈打開一扇通往舊階梯的房門，「好吧。跟我來。」

她帶頭往下走，瓦跟上，揮手要瑪拉席與金先留在數呎後。下面的空氣聞起來像是舊馬鈴薯、蜘蛛，還有一些被遺忘的醃漬物罐頭。瑪菈賈在底下打開電燈開關，垂釣在電線上的燈泡亮起。

發霉地下室的牆上掛滿了金屬薄片，上面仔細刻刮了很多細節——有文字與圖表，字母與圖片全都擠在一起。

「我們覺得應該全部寫在金屬上，」瑪菈賈說，「以防萬一。」

33

瑪拉席驚奇地睜大雙眼，在地下室繞行。從一堆堆的舊器具以及堆疊起的軟墊來看，這裡原本是當成倉庫使用，那些物品現在全被推到角落，以清出空間放置金屬片。

《創始之書》中提到過金屬片，瑪拉席的想像一直都是厚重的大金屬片上刻著粗硬、有力的文字。不過，瑪菈賈卻是用筆在錫片上刮出文字，有許多寫錯的地方直接劃掉，很大一部分是以列表的方式呈現。這整體上有種狂熱感，但又不像——比方說——瘋子的囈語。比較像是……

*筆記，*瑪拉席心想，*這是記者的速記，用來連接想法、創作報導用的。*

瑪菈賈頹坐在樓梯最後一階，看起來筋疲力竭，「我……一開始不相信他，」她悄聲說，「托博。我以爲他只是又一個瘋子。不過他們通常都會講出有趣的故事，我的讀者會想聽的那一種。

「接著他帶來了證據交給我。他從雇主那裡偷來的資料。我想他是偷偷跑回去，偷拿了帳本、碎紙、所有他能弄到手的東西……他從不讓我幫忙。他不希望我牽涉太深。」她看向牆面，「就好像這些還不足以害死我一樣……」

瑪拉席走近想要安慰她，但女人抽搐了一下。她……有種已經認命的感覺，彷彿她已經投下骰子，正在等待最終是哪面數字朝上。

「多久了？」瓦檢視著其中一張金屬片問。

「將近四年了。」瑪菈賈悄聲說，「就如我所說，我一開始並不相信他。但我一直都對得不到關注的故事很感興趣，其他人都忽略這些故事，因爲它們太聳動，或是太市井了。」

「妳的意思是謊言。」瓦說，「妳印的是假新聞。」

「我們偏好稱之爲『異想天開的假設』。如果確切發生了，肯定會是令人驚嘆的迷人故事。」

「總而言之，」瓦說，「就是謊言。」

「我們的客群知道自己買的是什麼，瓦希黎恩爵爺。」瑪菈賈說著揚起下巴，「你懂的，你跟賈克本尊是朋友。這一切都是爲了要比人生更宏大、比現實更偉大！讀者知道我們爲了他們盡可能找來有趣的資訊，世界上所有那些『也許』以及『可能』。」

他搖搖頭，很明顯沒被說服。

瑪菈賈吸了吸鼻子，「我在《時代》當過記者，那可是城裡最頂級的傳紙，備受信賴。他們的模糊、偏袒，甚至是公然僞造的程度會嚇死你。至少我是很誠實地在造假。況且，我不印謊言的。我印的是關係人的故事——那些被主流媒體忽視的人的故事。來自冒險名人的刺激故事、卡通漫畫、形狀有趣的蔬菜圖片……」

「多有趣？」偉恩在房間另一頭問。

「視你的幽默感而定。」瑪菈賈回應。

「粗俗。再加上些微的低級。」

「在你腳邊，」她說，「左邊數來第二箱。」

偉恩找到正確的箱子，裡面裝滿了素描。沒過一會，他就開始暗自竊笑起來。

「言歸正傳，」瑪菈賈繼續說，「托博帶來的資料越多、我拼湊起的眞相越多，我開始越來越害怕。這……是一篇報導。一篇眞實的報導。不是關於昆蟲人或是電氣危險性的荒謬故事。這……這可能會害死人的。可能會害死我。」

她抬頭看他們，接著繼續說：「我相信他之後，我們合作了數個月，把線索連結在一起。我開始看到他漏掉的地方。托博並不是……完全可靠。他常常妄下結論，但他也沒錯，至少故事核心的部分沒錯。這不是他捏造出來的。

「他告訴我，他總有一天會缺席我們每晚的會談。他說，當那發生時，我就該逃跑，把所有資訊交給官方。但官方也牽扯在內，所以……該怎麼辦？我該告訴誰？後來，兩週前，他沒現身。一晚，兩晚，三晚……然後我知道了。我就是知道。他們找到他了。」

「我很遺憾。」瑪拉席說。

「他有可能還活著嗎？」瑪菈賈問，「也許他們只是……抓走了他？」

「有可能，」瑪拉席說，「但……我們覺得機會不大。」

瑪菈賈點點頭，低頭看著腳邊，然後她閉上眼睛，似乎在等待。等待什麼？等待骰子停下，瑪拉席發覺，她不信任我們。她在等待我們會不會開槍。

瑪拉席環顧房間，注意到偉恩雖然看似還在看圖片，但其實在監視月光，一隻手慵懶地放在決鬥杖上。他八成已經準備好金屬，以防她做出任何舉動；就連瓦都從眼角監視著她。

「這太聰明了，」月光反而盯著其中一面牆，「這些……是彈道預測嗎？」

瑪拉席靠近她，看向一組錫片上的素描，上頭描繪著拱形的曲線。月光是對的，這些看起來像是有關彈道最遠距離的各種預測。

瑪菈賈起身，似乎從問題中獲得了活力，「正是如此。」她說，「這些數字是比爾敏軍方聲稱他們的新型火炮可達到的最遠射程。他們很愛對本地傳紙發布訊息，讚揚他們偉大的海軍。但大多只是虛張聲勢罷了。他們暗示有能力從二十哩以外轟炸依藍戴，不過那是謊言。這些火炮的射程短得多了。」

「這個呢？」瑪拉錫指向另一組軌跡問。

「可憐的托博被任命研究化學推進劑。」瑪菈賈回答。見到他們困惑的眼神，她繼續補充，「這些人，他們正在嘗試開發自力推進的彈藥。這種武器能把自身發射出去，並且飛行數十哩，甚至是數百哩，然後擊中目標爆炸。」

鐵鏽的，瑪拉席心想，張大雙眼。她繞行房間，閱讀牆上所有金屬片，一共有八片。她認出其中一張和城市的「地下鐵」系統相關，官方「調查」了一系列複雜的地底坑洞，用以決定在何處挖掘隧道。但根據瑪菈賈的筆記，眞相卻截然不同——這些調查是爲了尋找穩固到足以承受爆炸的洞穴。

他們在安置避難所，瑪拉席心想，*這就是補給品的用意——也許他們在爲災難預先做準備？*

就像舊世界結束之時，人們躲在地底的洞穴中。就在和諧昇華重造世界之前。

「這沒道理，」瓦靠了過來，「和諧說我姊姊想要證明自己能夠統治這顆星球。如果她把這裡全炸了，到底能夠證明什麼？爲什麼要建造避難所？她眞的以爲只拯救一小部分人卻殲滅其他所有人，就足以證明自己很有能力？」

「我不知道。」瑪拉席承認，指向另一張金屬片，「這是有關落灰的。落灰與毀滅讓統御主足以建立起近乎完全的獨裁體制，至少在北部是如此。也許黛兒欣認爲這次也能行得通？」

「你們該先讀下一片。」瑪菈賈說。

他們兩人一起走向另一側，閱讀某份看似是名單的文件，「杜邦・梅司壯……」瓦唸著，「凡尼斯・海斯丁……瑪莉・哈蒙德斯……這些都是依藍戴最有實力的議員。」

「他們參與其中。」瑪菈賈說。

「什麼？」瑪拉席快速轉身，「全部都是？」

瑪菈賈在一個櫥櫃中翻找，抽出一張紙，將它交給瑪拉席。瑪拉席拿起讓瓦一起看。這是來自凡尼斯・海斯丁的信件，內容是關於研發一種強力的炸彈。日期是將近一年前，上面表明了牆上的其他名字也牽涉其中。

瑪拉席皺眉。這……這感覺不可能。他們自己的政府有這麼多人知情？組織的手指眞的這麼緊緊掌握住全盆地嗎？她看著瓦。

「我知道其中一些人，」他說，「凡尼斯就是個鼠輩，毫無疑問——但尤門貴女是我的好友，我最信任的議員之一。這說不通，瑪拉席。這一切都說不通。」

「也許這就是議會如此有自信的原因，」她說，「爲何他們這麼有信心能欺壓外城。」

「我了解這些人，」瓦說，「他們絕不會隱藏這種祕密的，他們根本沒辦法。他們做的所有事都是爲了權力。優勢法案、關稅、對南方的『強硬』態度……如果凡尼斯知道這個炸彈，他一定會主張公開測試以展示威力到底有多大。」

「他們可能全都是組織的成員。」瑪拉席小聲地說。

瓦的臉色暗了下來。他接過信盯著看，而她知道他在想什麼：如果組織的觸手眞的這麼深入了——就連他在議員間的好友圈都被滲透……

「不，」他說，「這裡有事情非常不對勁，瑪拉席。如果這些人全都遵從我姊姊的指示，那她早就已經統治全盆地了。我們還漏掉了一大塊眞相。」

月光走向他們，朝著另一片金屬片點點頭，「你們講到了炸彈？那個，看起來他們有一顆——看看這個。」

瑪拉席與瓦走過去，找到另一張金屬片上寫著地底活動的清單。上頭標示寫著「地下武器測試，使用地震儀追蹤而得」。

「他們在城市底下建造了地底基地，」瑪菈賈說，「他們就躲在那裡。恩特隆市長牽涉其中，甚至可能是領導者之一。有些洞穴看似是武器測試場，其他則是他們爲了某項原因而建造的避難所，同時也是行動總部。」

「他們近期停止測試了，」月光說，「知道爲什麼嗎？」

「嗯……」瑪菈賈說，「他們知道武器能正常運作。我的意思是，他們早就遠超過行動日期了。」

「行動日期？」瑪拉席感到一陣涼意。

「偷來的內部備忘錄，」瑪菈賈指向一片金屬片，「我不知道他怎麼拿到的，上面列出了預估的計畫完成日。那項武器理當兩週前就要引爆。」瑪菈賈頹坐回階梯上，「他們在前一天殺了托博。我原本確定末日很快就會來臨……

「我……」她把臉埋在雙手間，「我知道我該出版一切的。我是個懦夫。到了最後，我是個懦夫。我只是躲在這裡，等著灰燼落下，是不是？鐵鏽的。我原本確信沒人會聽我的……很確信一切都太晚了……」

「所有做了或沒做的事情，都已經過去了。」瓦堅定地說，「我們現在得到了資訊，而且還有時間阻止他們。」

「瓦，」瑪拉席嘶聲說，抓住他的手臂，「他們已經有了炸彈，而且就我們所知，也打算在依藍戴引爆。如果不是他們還沒找到方法把它運進城，炸彈早就爆炸了。」

瑪菈賈點頭，「他們的自力推進武器——他們稱之爲火箭——遭遇到困難。托博原本就是在替他們尋找解決辦法，直到他發覺他們的計畫……」她站起來挺起身子，「我還有一項證據要給你們看。」她匆忙地翻找著盒子，月光此時則毫不羞赧地拓印著每張金屬片。

瑪菈賈挖出一張埃諾瓦式相片，「皇冠上的明珠，」她柔聲說，「我擁有的最佳證據。我永遠都不會寫的頭條新聞會搭配的照片……」

瑪拉席接過相片，對瓦皺眉。他走近她身邊。相片上的景象是滿滿灰燼的地景。而且是彩色的。

瑪拉席輕抽一口氣，盯著刺目的橘色天空、飄浮的灰燼，以及遠方的斷垣殘壁。那看起來……有點像依藍戴。不過灰燼堆得太高，冒煙的毀壞建築和殘缺牆壁只露出了最尖端。

「怎麼……」瑪拉席說，「怎麼可能取得世界末日時的照片？」

「倖存者時代並沒有埃諾瓦式相片，」瓦仔細盯著看，「顏色實在太驚人了。是有人在舊照片上塗色嗎？」

「我不知道，」瑪菈賈說，「但這看起來像……即將發生之事的照片。托博找到這個之後，開始變得非常害怕。他最後幾次幾乎沒待多久，我想他大部分時間都躲在自己的房間裡，直到他們找上門。就像……就像我做的事。」

地下室陷入寂靜，連偉恩都感覺到氣氛凝重，停下了對有趣圖片的訕笑。瑪拉席對那張相片感覺到排山倒海般的恐懼。她已聽過瓦談論炸彈，知道敵人的建造目標。然而，如此鮮明的描繪，讓這一切從抽象變得具體。

這就是他們想做的事。弭平她所愛的一切。在原地只留下碎石與灰燼。這比她參與過的任何一次調查都還來得事關重大。失敗可能導致的後果使她從根本被徹底動搖。

她轉身，看著金屬片反射平靜的電燈光芒。一部分遠古、一部分現代。就如同瓦交還給她的相片。

樓上一扇門打開了。

門鎖先前都已鎖上，卻沒有阻擋來者。僅一人的腳步踩過樓上的木地板。偉恩快速起身，雙手伸向決鬥杖。

瓦從槍套取出手槍，移動位置監看階梯。有個人走下階梯。那是一名女人，留著黑髮、身形微壯，感覺與她嬌小的鼻子和豐滿的嘴唇互相衝突。她穿著褲裝，上身是有鈕釦的白襯衫，配上外套與領巾。

黛兒欣。瓦的姊姊，組織的首領。她沒有攜帶武器，至少沒有瑪拉席看得出來的，而且她似乎不在意瓦拿槍指著她的頭。偉恩則是向後退步，口裡唸唸有詞。

「地址，」黛兒欣說，「信封背面的數字居然是鐵鏽的地址？你知道我們浪費了多少時間去拆火車站的置物櫃嗎？」

34

瑪拉席伸手抓住一顆鎔金手榴彈，在口袋裡祕密地充能。瓦的槍口指著他姊姊，慢慢向前走。偉恩匆忙從樓梯旁趕回，一面喃喃自語，重心在雙腳間不斷游移。他左右張望，好像預期會有更多敵人衝破牆面闖進來。

他們上次見到黛兒欣時，她把他們出賣給了組織。她差點害死了瓦，偉恩則是拿霰彈槍對著她的胸口開了一槍做爲回報。這是他……嗯，瑪拉席不清楚到底多久以來第一次開槍。

然而，黛兒欣痊癒了，然後從偉恩拋下她的沾血雪地上消失。她是血金術師，至少有製血者的能力──與偉恩相同。她也有使用另外兩種能力的跡象，不過組織成員有可能會替換尖刺以獲得不同的金屬技藝。不論如何，她目前顯然有足夠的力量，因此能夠毫不在乎地獨自面對他們。鐵鏽的。

「眞不可思議，」黛兒欣環顧地下室，「他居然能偷帶出這麼多我們的祕密，實在是令人佩服。誰想得到我們最大的敵人不是軍隊、也不是警方，甚至不是你，瓦希黎恩？居然是一名悲慘的禿頭老化學家。」

「托博是個好人！」瑪菈賈脫口而出，然後在黛兒欣看向她時躲到了瓦的身後。

「喔，你可以放下槍了，瓦希黎恩。」黛兒欣在階梯上坐下，「那邊的傻瓜可以告訴你對我開槍的效果如何。」

「感覺很棒，」偉恩說，「還需要其他理由嗎？瓦，這邊，給我一把槍。我要再來享受個幾次。」

瓦沒有移動，黛兒欣則翻了翻白眼。他們全都站在那裡，瑪拉席的手榴彈在指尖微微震動，吸收著她的力量。現在怎麼辦？很顯然地，他們被耍了。但是以何種方式？組織的首領親自來找他們，真的只是爲了吸引他們的注意力嗎？

「告訴我們組織的計畫。」瑪拉席說。

「我拒絕。」黛兒欣說。

「噢，」偉恩抬起頭，「意思是我能負責讓她開口嗎？黛兒欣，從一分到完全壞掉，妳想要妳的膝蓋骨落在幾分？」

「我馬上就會痊癒，偉恩。」黛兒欣說。

「如果我們把尖刺拔掉就不會了。」偉恩怒回。

「那會害死我，」黛兒欣說，「我很確定你們能從中得到很多資訊。」

「嗯，」偉恩說，「把妳身上的一些玩意弄斷還是會痛的，黛兒欣。我對這個略知一二。」

「事實上，」她說，「那才不會痛。你知道藏金術師可以在金屬意識裡儲存疼痛嗎？喔，你也沒辦法把金屬意識從我身上移掉的，我們現在把那藏得更好了。所以偉恩，如果你想的話，就盡量折磨我吧。我只會覺得無聊，僅此而已。」

她以自信的目光迎上偉恩的注視。偉恩望向瑪拉席，表情憂慮地向後退開，好像被玩具回咬一口的小狗。

瑪拉席更擔心瓦。他僵在原地，槍指著黛兒欣，手臂伸直。他的表情……很嚴峻。黛兒欣是他最後的近親，也狠狠耍了他。六年前，他花費了生理與心理上極大的努力，才從他以爲綁架她的邪惡組織手上救出了她。卻發現她一直都在跟他們合作。

現在，她又與想要毀滅世界的神同流合汙。

「妳來這裡做什麼，黛兒欣？」瓦問。

「來警告你，瓦希黎恩。」黛兒欣在房間另一端說，「你接下來的行動至關重要。你有兩天可以解開這個謎團。只有寶貴的兩天。」

瓦微微咒罵，靠向瑪拉席與偉恩，「速度圈。」他嘶聲說。

偉恩啓動速度圈，讓他們周圍的世界慢下，這會讓黛兒欣無法聽見，或至少無法理解他們所講的話。

「她在打什麼主意，瓦？」偉恩說，「她應該要更倍感威脅才對吧。我開槍打了她，我耶，這麼多年以來第一次開槍。她看起來甚至毫不在乎。」

「偉恩，」瑪拉席說，「這又不像是你給了她自己的處子之身。」

「當然不像！」他說，「我整天都在給人家那個。這更特別。」

瑪拉席瞥向瓦，「你還好嗎？」

「我以後會好的，」他柔聲說，盯著凍結的姊姊，「這……很痛苦。就像是一直以來都沒有好好痊癒的舊傷，又再次疼痛起來。」

「她爲什麼要說出兩天？」瑪拉席問，「瓦，她想要誤導我們。」

「我同意，」他說，「她想讓我們誤信還有更多時間。這是她的伎倆。」他瞇起眼睛，「不過她出現在這裡，透露了一項她自己並沒有察覺到的訊息。她很絕望。她知道必須阻止我們。」

「但她不怕我們。」瑪拉席說。

「生理上不怕，」瓦說，「她不怕被我們囚禁或是殺害。和諧說……嗯，她——至少某種程度上——是個半神。自主對她授予了能力以及權威，讓她成爲這顆星球上特雷的化身。至少目前是如此。除非她失敗了。」

「等一下，」偉恩說，「誰是特雷，誰是自主，坐在那邊階梯上的又是誰？」

「坐在階梯上的，」瓦說，「是我姊姊，名爲自主的神的代表人。她使用了特雷這個名稱——這世界某個古代宗教中一名神的名字。」

「對……」偉恩說，「然後三個都是超級大混蛋？」

「超級大混蛋。」瓦同意。

瑪拉席沿著他們的視線回望黛兒欣，她看起來既驕傲又充滿自信。瑪拉席看著黛兒欣，發誓看見她的眼睛開始發出紅光。只有非常微弱的光。一瞬間就消失了。

「鐵鏽的，」她悄聲說，「這感覺上超過我們的能力範圍了，瓦。」

「沒有其他人了。」他說，「不過如我所說，如果她人在這裡，代表我們讓她擔憂。她幾週前就想執行計畫了，但她的科技發生問題無法使用。現在我們又來到這裡、到處嗅聞，還發現了他們沒找到的線索。我的直覺說，她來這裡是想要找機會干擾我的思考，把我引到錯路上。這對她來說風險很高，但也很聰明。」

眾人陷入沉默，瑪拉席依舊感受到先前寒冷的絕望感，而且更加放大了。組織的計畫、自主帶來的危險……瑪拉席低頭看，手上還拿著瑪菈賈剛才找出的相片。灰燼從天上落下，覆蓋已受毀滅的城市。

「我們該怎麼做？」偉恩問。

「讓我想想，」瓦說，「你有多少彎管合金？我們太浪費了嗎？」

「沒事，」偉恩說，「我還有很多。」

「他有節省使用，」瑪拉席說，「也在學習對他的財務以及金屬消耗負責任。」

瓦瞥向他，「你從誰那裡拿到錢的？」

「某個毫無價值的人。」偉恩說。

「提醒我確認一下銀行帳戶，」瓦說，「如果這之後還有任何銀行存活下來的話。現在，最迫切的問題是那個炸彈。他們已經準備好炸彈，但沒辦法運送，所以我們要找出發射裝置到底是安裝在哪裡，然後阻止發射。」

「瑪菈賈說組織使用地底避難所做爲某種基地，」瑪拉席說，「如果我們能溜進去，也許就能找到裝置，或是至少知道裝置的所在地。」

「當有個半神在監視你，」偉恩朝黛兒欣點頭，「不管是哪裡都很難偷溜進去。」

瓦想了一下，「我要與黛兒欣正面對峙，處理她，也許嘗試問出資訊。我想找出並阻止炸彈。也許我能夠分辨出謊言與實話。但我也認爲嘗試滲透進他們的基地很重要，只是我不確定要怎麼做到。」

瑪拉席望向月光，她被凍結在速度圈外。她對這一切有何感想？她會有解答嗎？

也許瑪拉席該跟瓦說實話。只是……那會不會破壞月光對自己的信任？那個女人肯定能再次輕易消失，就像她在倉庫戰鬥開始之後所做的舉動。

太多祕密了。瑪拉席當上警員，一部分原因就是爲了解開祕密——而現在，與月光合作，機會就在眼前。更宏大的觀點。更重要的事物。祕密背後的祕密。她需要從月光身上挖出更多資訊。

「瓦，」她說，「我們該分頭行動。」

他對上她的目光，「分成兩組。」他說，「你們想辦法進入洞穴，我負責對付黛兒欣，然後追查從她那裡得到的線索。」

「正是，」瑪拉席說，「我認爲金值得信任。在檔案局裡，我們兩人找到機會聊了一下，她對這座城市了解很深，有她的協助，我應該能找到洞穴的入口，裡面肯定藏了祕密，也許會有炸彈的位置。但這類潛入很花時間，也許會花太多時間。」

「那偉恩與我就走直接路徑，」瓦說，「我們質問黛兒欣，想辦法找出炸彈。」

「她會玩弄你的思緒，老兄。」偉恩說。

「我知道。但她是我姊姊。我……我必須這樣做。」瓦深呼吸，「如果我是對的，她的謊言中會摻雜著些許實情。如果我們能夠在她的遊戲裡反手贏過她，就有機會找到武器。」

「沒錯，」瑪拉席說，「不論你們找到什麼，都用無線電傳給史特芮絲與瑞迪隊長。我也會這樣做。如此一來我們就能集中訊息，也能留言給彼此。」

瓦點點頭，但看起來有點遲疑。

「你擔心本地的無線電操作員被滲透？」瑪拉席問。

「有可能，」他說，「但我沒有更好的方法。一離開這裡，我就會傳訊給史特芮絲。」

「你可以也留言給亞利克嗎？」她問，「提醒他我要他離開城裡？我這樣做很自私，但……」

「沒事的，」瓦說，「希望拯救所愛的人並不自私。」他停頓一下，「我不知道今天我們還有沒有機會再見面。所以瑪拉席，如果妳沒聽見我的消息，要知道我完全信任妳的決斷。如果妳有機會阻止炸彈，就去做。不計代價。」

「你也一樣。」她說，「好吧，我們分頭行動。」瓦對偉恩點頭，他撤下速度圈。

就這樣，瑪拉席把自己置於能夠隨意訊問月光的位置。她會把發現和瓦分享的，而他也會理解的。她以爲自己應該會因爲對瓦隱瞞事實而感到羞恥，但說實話，她很興奮。

瓦走向黛兒欣，「妳和我需要談談。」他對她說。

「同意。」她說完便開始走上樓梯。

瓦跟上，不過暫停下來與瑪菈賈說了什麼。偉恩在加入他之前先抓住了瑪拉席的手臂，「嘿，」他柔聲說，「小心那個叫金的人，我覺得她在假裝什麼。」

「感謝警告。」瑪拉席說，「我認爲她知道的比她說出來的還多，但我不認爲她替敵方做事。」

「好吧，」他說，「嘿，好好照顧自己。」

「你也是，偉恩。」

「我哪次沒有？」

他的語氣像在開玩笑，但聲音裡有種別的感覺，「你還好嗎？」她問。

他聳聳肩，「只是感覺怪怪的，妳懂吧？花了六年待在一起，我總該讓妳單飛了。不再有我對人生與世界的精闢見解能讓妳保持警覺了。」

她微笑，舉起拳頭輕碰他的拳頭，「我很高興你能走出故事，來到我的生活中。比起傳奇，我更偏好朋友。」

「同感。」

「偉恩，沒人稱我爲傳奇。」

「他們會的。」他眨了眨眼睛，「妳自己多注意，咱們今晚晚點見。」他從房間中央的架上取下一頂舊圓頂帽，戴上帽子，在原處掛上了一個以緞帶綁好的釘書機。他從哪裡找到那個的？

瓦與偉恩跟在黛兒欣身後，走上樓梯，消失蹤影。留下瑪拉席一人面對月光、瑪菈賈，以及足以塞滿全寰宇的祕密。

PART III

35

瓦對偉恩點頭，兩人一起衝出報社辦公室，躲進附近兩棟公寓大樓之間——瓦身後還拉著黛兒欣。

他們停下腳步，黛兒欣嘆口氣，撫平套裝外套，「眞的有必要這樣做嗎？」

瓦比了個手勢，偉恩繼續沿著巷子前去偵查周邊。

「沒有狙擊手，」黛兒欣說，「你們也沒被包圍。只有我而已。」

瓦忽視她，心不在焉地轉著問證的彈輪。他盯著天空，因爲每次看見她都只會帶來痛苦。背叛。他告訴瑪拉席自己會對付黛兒欣，但現在他對此感到懷疑。他有哪次贏過她了？每次她都把他玩弄於股掌之間。

這就是你來這的原因，他告訴自己，*這就是你爲何再次穿上迷霧外套的原因。因爲你知道必須要有人對付她。*

「如果我抓妳回依藍戴，」他說，「把妳扔進大牢，妳也會乖乖配合嗎？」

「當然不會，」她說，「我是來談話的。來說服你。」

「說服我做什麼？」

她盯著他的雙眼，「逃跑，瓦。回蠻橫區去吧，帶上你的老婆小孩，離開吧。你還有時間。離開這裡，讓我完成必須做的事。我寧願你活下去。」

「妳六年前怎麼沒這種偏好？」他問，「當我們在山峰上那時候？」

她嘆了氣，就好像他很幼稚，接著斜倚在巷道的邊牆上，「我並不想射你，瓦。我沒預料到你會現身破壞我們的計畫，我只能做出當下必須做的事。

「瓦，我了解你。我了解這些事已經超出你的負荷。這對你來說太龐大了；這不是手拿左輪手槍、到處亂闖就能解決的事。回到你能做出貢獻的地方去吧。接下來發生的事會很不好看，但這是唯一拯救我們星球的方法。」

「妳以為我會相信妳在意這顆星球的安危？妳會如此無私？」

「當然不是。」她雙手抱胸，「但我就住在這裡，瓦。如果盆地毀滅，我也會隨之而去。如果你能相信我任何一點，就相信我自保的欲望吧。依藍戴必須被毀滅，否則——」

「否則自主會毀滅整個盆地？」

「她有一支軍隊，」黛兒欣的視線移向一旁，「金紅之人……等待著我失敗，緊緊追在我後頭。我們的最佳期望就是我有辦法證明自己足以替她統治這顆星球——我必須除掉依藍戴的領導權才能達成這點。」她注視著他，「有她引領我們會更好。和諧毫無用處，你現在肯定也已經知道了。我們需要更強大的神。」

「而很湊巧地，」他說，「她希望由妳來代表她。」

「必須有人做這項工作。」

「我寧願由任何人來做，只要不是妳。」

「這由不得你來決定。」黛兒欣抬頭看著天空，「只要我得到完全授予——成爲自主的魂碎——你就等著看吧。我會重建盆地，讓所有地方都變得跟比爾敏一樣現代化又有效率。你有發覺和諧使我們成爲殘廢了嗎？盆地的生活太容易、太富裕了。這裡沒有衝突與糾紛，所以我們不思取創新、不繼續成長。這是自主教會我的。」

瓦感到一陣寒意，朝她走近一步，「所以妳的解法是殲滅整個依藍戴？殺死我們全國將近一半的人口？」

她繼續望著天空。

「黛兒欣，」他說，「這項瘋狂計畫不會成功的。南方只要覺得我們變得脆弱，絕對會發動入侵。其他外城在目擊妳的舉動後必定會深痛惡絕、群起反抗。我認識那些城市的市長，他們很不滿，但他們不是沒人性的怪物。

「如果妳毀滅了依藍戴，只會讓我們陷入混亂而已。沒錯，妳會得到衝突，但那會是我們的末日，跟自主發動攻擊的結果沒有任何區別。這不會讓妳得到妳想要的。自主在玩弄妳。妳有沒有考慮過？也許她希望由妳來毀滅盆地，省得她麻煩。」

黛兒欣依舊沒有看向他。鐵鏽的，他覺得自己又拼上了一片拼圖。和諧說過自主會逼迫凡人掙扎生存，以證明自身的價值。藉由毀滅一整座城市來達成目的看似冷酷無情，但也正是爲何黛兒欣會採取這種方式的原因。

*但表明依藍戴議員參與其中的那封信又怎麼說？*他心想，*有哪裡不對勁。我正在以不完全的資訊妄加猜測。*

「來吧，」黛兒欣轉身爬上一道防火梯，「我討厭巷子裡的味道。」

瓦舉槍對準她，彈輪轉到殺霧者子彈。這是種鋁彈，在擊中後會產生二次爆炸——威力強到能夠炸斷手腳。拉奈特設計了這種子彈，因爲他在悼環事件後，向她表達了需要從敵人身體上移除尖刺的手段。

黛兒欣繼續爬上防火梯，漠不關心。她在第一個樓梯間停下瞥向瓦，「來吧。」她繼續向上爬。

鐵鏽的。瓦把問證舉到頭側，用另一手抛下一顆子彈，越過黛兒欣飛上屋頂。她隨後爬上來加入他，兩人一起看著城市。

「如果你繼續留在蠻橫區的話，」她說，「人生眞的會簡單得多，瓦。」

「那妳和愛德溫就不應該消失。」

「我們必須躲藏起來。」她說，「和諧告訴過你，我們的父母怎麼了嗎？」

「那是……一場意外……」

「那是和諧的手下，嘗試要除掉我。和諧向你承認過這點嗎？」她從他身邊走過，「從你的表情來看，我想沒有。」

別讓她玩弄你，瓦。取得資訊。「我知道妳的炸彈運送機制沒有成功，黛兒欣。我會追蹤到炸彈，阻止它。也許妳才是應該計劃躲去蠻橫區的人。或者更好的辦法是，妳該向我尋求協助。如果自主有一支軍隊準備進攻，那我們應該要一起合作，想出辦法對抗她。」

黛兒欣停在建築的邊緣，手肘靠在石欄杆上，一副心事重重的模樣，「這裡很美麗，你不覺得嗎？未來之城。完全對稱，如同完美的臉龐。毫無缺陷的美麗。」

「黛兒欣。」瓦走到她身邊。

「噢，快停下鐵桿警察的吠叫吧，瓦。」她說，「你看到這座城了嗎？在我掌控下過了六年，這裡已經變得比依藍戴好上太多了。你不得不承認我們被寵壞了。麥威兮比我們更進步，你甚至還沒見過其他星球能做到的事。我們落後太多了。我們非常脆弱。」

「我看不出把首都炸掉能夠改變什麼，黛兒欣。」

「因爲你總是缺乏遠景，瓦。」她說，「當你面前出現眞正宏大的存在時，你不會去理解它，你只會逃跑。」

瓦挪開距離，「妳到底爲什麼來見我，黛兒欣？」他問，「眞正的目的是什麼？」

「手足之情？」她說，接著看到他不以爲然的眼神，因而一笑，「我只是想要你消失。從算式中移除你。就算你注定失敗，你的干擾依舊很糟糕。」

她的弟弟現身阻撓計畫很糟糕，他心想。黛兒欣再次望向遠方，但他從她的姿態中感覺到緊繃。她是眞的擔心自己的計畫無法成功——然後自主就會派出自己的軍隊。

不能讓自己的家人毀了自己的絕妙計畫，這會讓妳在決定生殺大權的邪神之前沒面子。

「妳不可能眞的以爲，」他說，「可以靠說話就把我趕出這件事吧。」

「我想沒辦法，」她柔聲說，「但我還是想試試看。」

沒錯，她在擔心。黛兒欣了解他，但他也同樣了解她。也許和諧提議要瓦與她對話是正確的。磨利的劍能斬得最乾淨俐落，而瓦終其一生都在磨這把劍。

「妳還記得在村莊時，」他對她說，「妳想要有自己的房間？」

「父親總是說這樣對我們來說才最合適，」她說，「因爲我們的血統，我們不該跟其他人共享。」

「妳把偷來的錢栽贓在表親身上來達成這點。但連這個都不是妳的最終目標——妳想要獨居，這樣才能偷溜出去。對妳來說，所有事情都是權力操作。」

「因爲我願意更上一步，」她說，「成爲領導者。就像我在父母死後接管了我們家族；就像我準備接管這顆星球。那一定會發生的，瓦。我會傷心，只是因爲我必須切割你才能達成目標。」

瓦迎上她的注視，然後他察覺了一件重大的事實。

他從她身上感覺不到任何家人的感覺。

熟悉仍在。但他以前的愛已早就消失，在她身上，他總是痛恨著的那部分則不斷擴張，填滿了這個被扯開的空洞。

「最後機會，瓦，」她盯著他的雙眼，「回蠻橫區去吧。依藍戴消失後，外面那些人會需要有人指引、保護他們。你可以成爲那個人。這對你來說太龐大了，你自己也知道。」

瓦張開嘴準備反駁、辯解說沒錯，他是逃跑過一次，他被政治、社會、期望壓垮了。他想要冒險，夢想在蠻橫區達到這點——但更重要的是，他想要去一處只要一個人就能簡單做出改變的地方。一切都比較單純的地方。

但他沒說出口，反而發覺了一件重要的事。她看錯他了。

他變了。他已變成新的人，成長跨越了他自身的害怕。但她沒發現。她不知道蕾希的事。不知道他與偉恩之間的友誼。不知道他對史特芮絲的愛。他願意接受和諧的提議，從死亡回歸、再試一次的理由。

她不了解他。但她自以爲了解。

鐵鏽的。在他人生以來第一次，他對她占了上風。黛兒欣這些年來都沉浸在自身的野心之中，變成了他所認識的那個女子的極端版本。她沿著從年少時瓦就在擔憂的路徑繼續沉淪。但他偏離了。他成長了。他改變了。

「我也許沒辦法改正依藍戴裡所有事情，」他發現自己說了出口，「我也許沒辦法完全理解妳和自主之間發生的所有事情。但阻止炸彈是我能夠做到的事。我會做到的事。」

她嘆氣，只看見緊追不捨的執法者。她的弟弟與他的幻想。

「你毫無概念……」她悄聲說，看向另一邊，「你沒辦法阻止這一切的，瓦。就算你能找到炸彈，此地還有備用方案的備用方案，確保自主能得償所願。我們需要證明自己的價值。我會做到這點。」

備用方案。她的意思是什麼？聽起來不像自主打算派來的軍隊。這裡還有其他來自內部的壓力嗎？競爭對手？他做出猜測。

「蓋夫・恩特隆，」他說，「他打算取代妳，奪走妳的地位。」

「恩特隆是個懦夫，」她說，「他不會背著我行動。瓦，你遠不如你自己所想的那麼聰明。」

確實，他也許沒看到全局——但如果恩特隆是個懦夫，那也許瓦審問錯人了。他懷疑自己有法子突破黛兒欣。但很明顯的，還有其他人知情這些計畫。

所以，我可以突破恩特隆，他心想。

「你有過站在高處，」黛兒欣說，「然後感到那股忍不住想往下跳的衝動嗎？」

「沒有。」瓦皺起眉頭，「如果我想要，我就會跳。如果我不想，我就不會跳。」

「鋼推的詛咒，」她望向城市，「你感覺不到。那股呼喚，要你去做出戲劇化、極端化、令人瞠目結舌的舉動。」

「想要隨便害死自己的欲望？」瓦飽受困惑地問。

「感受害怕的機會，」她低聲說，「進行刺激、未曾做過的舉動。你知道嗎，我拒絕了鋼推與鐵拉的尖刺？我不想要失去站在高處的緊張感。這樣我才能發現新的恐懼、新的挑戰、新的野心。」

瓦緩緩點頭。這就是他認識的黛兒欣。不計後果想要更多的女人。更多權力。但也要更多體驗。更多革新。更多對他人的控制力。

「在外面有著一整個寰宇，」她對他說，「很少有人能夠目睹或了解它。但我有機會。真正的機會。我不會讓你從我這裡奪走這個機會的。我告訴你，瓦，我不會手下留情。我會不計一切去做。」

「而我會阻止妳。不計一切。」

「永遠都如此道德高尚，」她瞥向他，「抬頭挺胸，假裝自己看得很遠，但實際上你甚至無法理解自己想修補的問題。我已經有了解答，你想聽嗎？關於特雷？關於自主？關於成為她的化身代表什麼？」

他有一部分想聽。但如果她想告訴他……如果她主動提起……

鐵鏽的，這代表她在拖時間。

她很絕望，嘗試盡可能爭取時間。拼圖拼上了。她來找他談話，只是因為想吸引他的注意力。重點不是察覺她在拖延，而是理解到只要她繼續用訊息來釣他胃口，她就能擁有主動權。

這遊戲只有一種贏法——就是離開牌桌。

「她想要毀滅我們？」他在屋頂上漫步，來到她身後。

「除非我向她證明我們值得被拯救，」她解釋，轉身觀察城市。和先前相同，她似乎不介意背對他，「自主很……奇特。她尊重那些勇敢、堅強、能夠自力更生的人，但她又想要這些人服從她。我想那就是神性的弔詭吧。一半的時間裡，『自主』代表跟從她的計畫。她的本質並不包含任何無常——那是另一位神了。」

「自主是一名自認知曉一切的神對於粗野個人主義的詮釋。在這個脈絡下，個人主義代表的是找到最佳方法執行她所訂定計畫的能力。你在自己選定的路線上能展現個人差異，執行她所說的……」

瓦沒聽到接下來的部分，因爲他已悄悄地從屋頂側邊跳了下去。如果運氣好，她就會繼續講下去，讓他有時間離開此地。

36

瑪拉席與月光急忙收拾好地下室——月光拓印了剩下最後幾張金屬片，收進袋中。兩人一起回到一樓，她們發現灰髮編輯瑪菈賈站在擁擠的房間中央，抓著一個塞滿的旅行包，看起來十分慌亂。

「曉擊出去的時候，」她跟瑪拉席說，「他要我去投靠鄉間的親戚，但我全部的家人都住在本地或是依藍戴，我該……去找他們嗎？」

「可能不太明智。」瑪拉席說。組織能夠很輕易追查到她在比爾敏的親戚，而依藍戴……嗯，有顆大炸彈正對準那邊。

這個思緒讓瑪拉席憂心忡忡。但她必須專心在阻止災難上。協助依藍戴的任務必須依靠她姊姊了。

「月光，」瑪拉席說，「妳在城裡一定有能讓瑪菈賈待的地方吧？一個向我們提供這麼多協助的人能夠待的安全屋？」

月光考慮了一下。她看上去不是那種會倉促下決定的人。小心謹慎。擅於思考。最終她從袖子裡抽出一張小卡片，上面有個相互交疊的菱形圖案，「妳知道騎士橋區嗎？」

「知道。」瑪莅賈遲疑地接過卡片。

「去三十三街與芬內特街口，門牌號碼一八七號的房子。敲門，給他們看卡片，然後說月光說做爲妳提供服務的回報，讓妳可以去此處尋求庇護。他們會收留妳。就算是組織也很難攻擊那裡。」

「謝謝妳。」女人把卡片緊緊抓在胸前。

「我會派人來回收妳的研究，」月光說，「不過我已經複製所有金屬片了。妳該走了。要快。」

「我還要去接我妹妹。」瑪莅賈說，「拜託？」

「如果一定要的話，」月光說，「但要注意，組織已經知道我們在此處，妳浪費的每一秒都有可能危及性命。」

瑪莅賈衝向門口，又暫停下來，回頭望向她留下的一切，隨即態度堅定地跑出了門外。

「那我們呢？」月光問。

「我們需要找到地下洞穴可能的入口位置。」瑪拉席說，「妳有敵人活動的區域地圖嗎？你們認爲可能歸組織所管的建築清單？」

「我身上沒有。」月光說，「也許我們該回去檔案局進行研究。」

「我想我有個更好的主意，」瑪拉席領頭走出前門，「比較冒險，但希望速度會比較快。」

「我很感興趣。」

月光與她一起走到比較繁忙的街道上。瑪拉席費了點工夫，但還是成功招來一輛計程車。

她總覺得計程車司機從馬車換到汽車的速度快得驚人。

她們坐在汽車後座，司機——一個留著馬尾的黑髮女人——回頭看向她們，「到哪去？」

「騎士橋區，」瑪拉席說，「三十三街與芬內特街口。」

司機點頭，駛入車流中朝西而去。

「很聰明嘛，」月光對瑪拉席說，「我在妳附近得多注意自己的舉止了。但妳怎麼會覺得安全屋內有妳要的地圖？」

「妳在依藍戴的地底洞穴內找到了我。」瑪拉席說，「再來，妳剛剛才暗示了這些地圖的確存在——妳只是沒帶在『身上』。因此，我認定這是個好方法。妳的同伴會有我們需要的訊息。」

「他們可能不會讓妳進門，」月光說，「那該怎麼辦？妳會浪費很多時間。」

「浪費時間，」瑪拉席怒回，「浪費時間？」她瞥向司機，不確定該說到哪裡。

「暗水，親愛的，」月光對司機說，「給我們點隱私。」

「沒問題，月光。」司機關上區隔車子前後座的窗戶。

瑪拉席張大了嘴，接著看向月光，她只是聳了聳肩。

「月光，」瑪拉席專注在思緒上，「妳以爲妳在玩什麼遊戲？妳不是說你們的首要任務就是保護這顆星球嗎？現在妳又暗示說妳會把我鎖在安全屋外，不讓我取得內部的重要資訊？」

月光在座椅上坐直，沉吟著，「我所屬的組織，」她終於說，「是被創造來保護以及滿足司卡德利亞的需求。這裡不是我的家鄉，但我很投入要維持此地的穩定。寰宇中有很多恐怖的力量，我的同胞需要盟友。」

「那妳爲什麼這麼猶豫要不要幫我？」

「說實話，」月光說，「我擔心我們被耍了。自主很擅長誤導，使用假線索以及令人困惑、半眞半假的暗影。重啓落灰？那看似……太過火了。甚至以她的標準來說都不可能。這一切有點不對勁。顏色紅得不自然。」

「那就幫我找出眞相，月光。」瑪拉席說，「別再玩弄我了。」

「我沒有玩弄妳，」月光說，「這是面試。」

瑪拉席眨眨眼。什麼？

「直到剛才，」月光繼續說，「我都以爲我們還有好幾個月的時間可以阻撓組織的計畫。」她用一隻指甲敲著扶手，接著看向她的背包，她剛拓下的拓印從裡面露了出來。

在她們共處的這麼短時間內，瑪拉席開始把月光視爲全知——神祕、異於人類。但她眼中的擔憂，她對抗不安的舉動……這些都太人性了。

「我會讓妳進去安全屋。」月光終於說，「如果這只是自主誤導的煙幕彈，晚點我再來處理後果。但我不確定我們能夠提供妳要的一切。

「我們沒有城市底下的洞穴地圖，不過我們確實監視著他們的手下。」她輕拍背包以及裡面的拓印，「這上面有爆炸的座標。如果我們將爆炸的地點與組織成員出現又消失的地點進行交叉比對……」

「……我們也許能找到進入測試設施的方法。」瑪拉席說，「我用了類似的方法找到了依藍戴地底那個洞穴。」

「我還記得我開始眞正理解一切的那時候，」月光柔聲說，「我的世界擴張了，我的個人糾紛——即便會影響整個帝國的命運——突然之間變得很渺小。妳適應得非常好。」

「我的人生，」瑪拉席說，「多數時間都是冗長的單調時光，然後突然被爆炸性——有時候是真的爆炸——的活動給刺穿。我已經習慣在壓力下工作了。」

「面對神呢？」月光說，「與祂們的影響力對抗？」

「這個嘛，畢竟我們這邊也有自己的神。」

「勉強算吧，」月光說，「和諧近來實在不是很可靠。至少不是我導師偏好的那種。這不太像是有神站在妳這邊——比較像是有個強力的裁判，但只是偶爾會注意妳的比賽狀況。」

「或像是一名觀察者。」瑪拉席說，「妳很確定祂能提供更多協助，但祂基於某種令人費解的理由就是不肯。」

「沒錯，就像……」月光瞇起眼睛，「我知道妳想表達的意思了。就在這邊，我們接近安全屋了。希望倖存者沒有出乎意料地先回來了。我的導師看到他認為是和諧的手下時，有時會不太講理，也可能會有……不太好的反應。」

37

偉恩讀過一本有趣的書，是關於一個傢伙回到了過去的故事。因爲他一次打開太多電力開關了。那太扯了，但這本書是在電力還很新的時候寫的——所以可以原諒啦。那時候大家對電力都有一些奇怪的想像。偉恩有一次還試著要在水桶裡裝滿電。

他在附近的小巷偵查著，確認沒有組織成員的蹤跡，同時發現自己想著那個故事。你看嘛，那本書在講改變過去很危險，裡面的傢伙折斷了一些樹枝，而當他回到未來後，他阿爸變成喜歡在三明治上加奶油，而非美乃滋。還有，城市被有智慧的獅子統治著。

偉恩總覺得這故事……有哪裡怪怪的。當他和朋友提起它的時候，諾德告訴他另一個類似概念的故事，這次是有個傢伙不小心被沖進馬桶，透過複雜的室內水管回到了過去，然後他吃了一個貝果造成改變，回來後發現所有人都反著說話，而且都不穿上衣。

這本書比第一本受歡迎，因爲有更多髒話——還有沒穿上衣的部分是男女共通的，而且描述得非常詳細——不過，偉恩還是覺得這個情節有點奇怪。

他用一疊鈔票向一個乞丐換來了一條髒手帕——對方沒發現。偉恩喜歡這條手帕的角落繡著一隻小兔子。他開始搞清楚為何這些故事讓他不自在了。它們裡面都把改變未來描述得很恐怖又很危險。

但所有人不是每天都在改變未來嗎？

偉恩思考著每個人做的決定。匆忙地活著，吃著貝果、折斷樹枝。每個舉動都在改變未來。他們……不該多擔心一點嗎？擔心自己現在的舉動會如何改變未來，而非寫故事讓人回到過去做改變？就算有些事他們不知道，還是有很大一部分是可預期的。他們也許不會讓未來出現會說話的獅子啥的——但他們可能會讓其他人更生氣、更傷心。

也許有個傢伙默默地讓世界變得更好的故事太單調了。事實上，那聽起來眞的很無聊。但如果裡面的人都沒穿上衣……

一隻手從後面摀住偉恩的嘴巴。他差點殺了那個人——但聞起來像是瓦，所以……沒錯，就是瓦。男人輕輕帶著偉恩回到巷子裡，接著躲到一些垃圾之後，避開街上來人的掃視。是黛兒欣。她四處張望，看起來非常煩躁。

她走遠之後，瓦才放開手。

「你放她走了？」偉恩低語。

「說我瘋了吧——」

「你瘋了。」

「但感覺上更像是我成功脫逃了。」瓦朝巷子另一邊點頭，兩人從那邊溜走。

「我必須得說，」偉恩嘟囔著，「要吸引我的注意有其他更好的方法。你不該綁架朋友的，瓦，除非你有通關密語和彈力繩。」

「彈力繩？」

「可以稍微動動會更好玩，」偉恩說，「我有試過，因爲我是被綁住的那個人。你懂的，因爲我的女朋友可以隨心所欲變成一灘凝膠，讓綑綁遊戲完全失去重點。」

瓦微微呻吟，兩人回到街上，「我才不需要知道這些，偉恩。這是和諧特別派我們來的任務，你可以不要這麼低級嗎？」

「嘿，」偉恩說，「那才不低級。宓蘭是和諧挑選出的神性存在。我在想，跟她約會基本上就跟上教堂差不多，你懂吧？」

「那彈力繩呢？」

「呃，用來比喻我們都被神的意志所束縛住？」

兩人互看一眼，然後瓦搖搖頭，咧嘴微笑。很好。他最近太拘謹了，又當父母，又當議員，還要時不時拯救整座城市。

霍德根據偉恩先前的指示，把車停在路邊等他們——但黛兒欣還在附近，所以瓦與偉恩溜往另一邊，來到一條擠滿人的街道。這裡滿是比爾敏的笨蛋，完全不知道自己的生活有多難過。不過也許他有點太以偏概全了。比爾敏有很多人不是笨蛋——他們是從城外來這裡欣賞笨蛋的。

「你從黛兒欣身上得到線索了嗎？」兩人融入人群中，偉恩發問。

「也許吧。」瓦說。

「嗯，我有條非常確定的線索。」

「你有？感謝和諧。」

「沒錯。再過去三條街，有一間閃亮亮的好酒吧。兩個不同的流浪漢都一致認同。」

偉恩因此被狠狠瞪了一眼，讓他覺得很驕傲。微笑、再來是瞪眼、又是微笑、又是瞪眼。

他像太妃糖一樣拉著人，讓他們維持柔軟度。

「我必須從黛兒欣身邊逃開，」瓦說，「我很確定她在拖延時間，想要讓我保持忙碌。」

「聽起來像是她在擔心我們能夠阻止她。」

「沒錯。因此令人振奮。但我沒辦法從她身上得到任何有用的資訊。時間不夠。我們需要審問其他人，而她透露了一條線索。我想是時候去拜訪一下市長大人了。」

「現在嘛，」偉恩說，「這才是個像樣的主意。」

他們停在街上，周圍的行人都保持距離。這裡的民眾看起來衣著比依藍戴多元，但沒人佩槍。瓦的顯眼程度就像長在臉上的大疣。就是你很想擠看看會跑出什麼東西的那種。

「我們沒怎麼混入人群，對吧？」瓦說。

「老兄，你穿著鐵鏽的迷霧外套耶。」

「這很舒服。」

「可是很引人注意。」

「你喜歡被注意！」

「取決於是誰在看。」他打量瓦，「我從來沒搞懂，穿那玩意上樓梯時要怎麼樣才不會絆倒自己。」

「我從來沒這問題。」

就知道。迷霧外套看起來只是普通的一件衣服，但偉恩很確定它的眞面目另有玄機。也許是用迷霧做成之類的——然後因爲和諧喜歡瓦，所以外套就不會絆倒他。

神比較喜歡瓦眞不公平。偉恩喝醉酒後不是有意要褻瀆神的，他就只是脫口而出了。而且說眞的，如果他把褻瀆的話排了出去，不就代表他之後會變得更虔誠嗎？這就是爲何他這麼常喝醉。就是這樣，絕對沒有別的原因。

兩人走到街邊，站在一條巷子口打算著。瓦對每個盯著看的路人怒目瞪視，把他們趕走。

「所以，」瓦說，「我們該盡快決定下一步。即使我們從黛兒欣身邊偷跑，成功甩掉了組織，他們肯定很快又會找到我們。」

「因爲你就像穿了粉紅鞋子的抬棺人一樣醒目。」

「因爲我就像穿了粉紅鞋子的抬棺人一樣醒目。」

「我喜歡讓恩特隆開口的計畫，」偉恩說，「至少原則上啦。但我擔心那會吸引多少注意力。所以也許我們不用盤問他本人。畢竟，我們知道他住在哪。」

偉恩指向城市另一邊，在道路盡頭有一座銀白色建築。那並不是全市最高的建築。俯視市中心的中央塔才是最高的建築，而且看起來他們還在頂端進行建築工程，添加新的東西。

不過，市長宅邸還是散發出某種尊貴感。就好像在說「喂，老兄！在這邊講話別說『喂，老兄』」。

「恩特隆，」偉恩說，「很明顯參與了這一切。他肯定是那種會把祕密抄下來的人，也許我們能查到炸彈放在哪裡。也許他有個保險箱或什麼的，裝了滿滿的答案。」

「你才剛說讓恩特隆開口會導致另一項事件。」瓦雙手叉腰，槍套中的槍露了出來，讓附近的路人都很緊張，「現在又建議我們去大鬧他的宅邸？」

「我是建議，」偉恩操起位於第五捌分區家世富裕人士的上流口音，「在我們完成無線電通訊後，就前去提供尊貴的市長大人臥室清理服務。例如在枕頭上放置薄荷，或把毛巾折成猴子的形狀，還有悄悄地奪走他的私密文件。提醒你，我們保證只以最專業的手段來進行。這是彬彬有禮的竊盜。這是……上流高尚的強奪。」

「是這樣嗎？」瓦說。

偉恩靠過來，「我的意思是，我們還是會弄壞他的東西、偷走他的祕密。只是我離開之前不會放屁在他椅子上而已。你懂的。因爲要維持上流。」

瓦深呼吸，「好吧，我想至少這不像直接逮捕他本人那麼激烈，又有不錯的機會能夠成功。我們行動吧。」

偉恩咧嘴一笑。

「但我來搜查，」瓦說，「你負責吸引注意力。」

38

史特芮絲用力推開總督辦公室的門，他正在此處與私人委員會討論如何應對比爾敏事件。她接著扶住門讓瑞迪總隊長進入。他被准許帶工作人員來參加會議，今天的人員有兩名：做紀錄的高葛倫警員，還有史特芮絲。

總督坐在一張會議桌的前頭。艾達瓦蒸立刻以她深棕色的雙眼瞪向史特芮絲。三名議員——塞特爵爺、哈蒙德斯貴女以及嘉德瑞貴女都在場，另外還有達奧大使，他藏在面具後的表情無法解讀。這名較矮的男人並沒有坐在桌前，而是站在牆邊，姿勢端正俐落。

「啊，終於，」總督從傳紙中抬起頭，「瑞迪。你……等一下。她在這裡做什麼？」

「拉德利安夫人嗎？」瑞迪說，「她是我聘請的議題專家。」

這個職位她至少已經當了十五分鐘。史特芮絲堅持要瑞迪眞的付她錢。她在瑞迪身後關上門，手中還緊抓著那枚硬幣，然後她向前走到瑞迪身旁，在桌邊坐下。

「她有告訴你，」總督說，「我特別把她排除在委員會之外嗎？」

「是的，她告訴我了。」瑞迪回應，「但說實話，大人，我不覺得那是明智之舉。她的丈夫警告了我們這次危機。當拉德利安夫人連絡我，向我解釋爲何該聘用她時，我發覺她毫無疑問持有委員會所需的資訊。」

副總督雙臂交疊放在桌上，面露不快。但總督……點了頭。史特芮絲通常會猶豫，不想過度解讀人們的表現，但她不禁思索起兩人之間有隔閡嗎？她一直以爲法蘭司被艾達瓦蓀牢牢掌握著。

不過，沒有任何人是眞的能被一手掌握的。

「好吧，」總督說，「恐怕我們還沒等你來就先開始了。根據如今傳來的訊息，以及我們對外城各政府的評斷，我們同意接下來的舉動是無可避免了。這代表戰爭。」

「戰爭？」瑞迪說。

「這是必要之舉。」哈蒙德斯貴女說。她的門牙有一小點縫隙，男人通常會形容爲可愛——就好像那是她美貌的原因，而非她無瑕的肌膚、精緻的五官，或是她的長睫毛。當一個人符合傳統美貌的定義時，輕微的缺陷也能變得可愛，眞有意思，「外城正在爲戰爭做準備。」

「比爾敏有戰艦，」塞特爵爺說。他是一名英俊的男子，只要你喜歡的是斯文、打扮得體的這種類型。史特芮絲思考著要花多少力氣才能把一個人的缺陷藏在撲粉與華服之後，「南方有鐵路路障。蠻橫區內有招募傳單，提供『保全人員』的職缺。」

「這就是爲何，」瑞迪隊長說，「我們需要努力安撫這個狀況，重建關係！」

「更好的方法是，」哈蒙德斯貴女說，「我們先下手爲強。我們已經忽略警示太久了。如果我們不盡快行動，就無法獲勝。」

史特芮絲望向房間裡的第三名議員，嘉德瑞貴女。這名體型豐滿的女士不像另外兩人是好戰的鷹派，也更能講道理，但就連她都在遲疑地點頭。這確實有道理。依藍戴多優柔寡斷一天，外城就會多一天能累積實力。依藍戴在基礎建設、製造業以及協調性上都有優勢，但這些優勢不會持續太久。

如果你認爲戰爭已無法避免，先發制人很合理。但戰爭並非無法避免，那不一定得發生。這就是敵人的計畫。她越發肯定外城的武力叫囂都是爲了掩護比爾敏的武器開發。

瑞迪開始結巴，「拿什麼軍隊來打仗？依藍戴軍隊只有不到一萬人，還包含了護送貨物去南方的海軍呢！」

「我們已經準備好徵兵計畫，」艾達瓦蒸毫無停頓地說，「而且我們有訓練精良的警隊。」

瑞迪看似對這句話驚駭不已。史特芮絲想要補充，但她猶豫了。現在是該她說話的時候嗎？她很少弄清楚過。

「我的人，」瑞迪說，「不是士兵。」

「失禮了，警員。」塞特爵爺從桌子另一邊傾身，「但在接受訓練之前，任何人都不是士兵。」

「城裡需要我們，」瑞迪解釋，「法律——」

「我們遵循軍法，」總督解釋，「實施宵禁後，管理城內犯罪會變得容易許多。你可以把額外的警力轉給軍方。」

也許這是她該開口的時刻。史特芮絲張嘴發出聲音，但一直被其他人打斷。

「我不會坐視不管的！」瑞迪人如其言地站起身，「這不是我的警員發誓遵從的內容！」

「你沒得選，警員，」總督說，「我任命了你，也任命了城中所有警員。他們最終都要聽從我的指令。」

「我們可以辭職，法蘭司。」瑞迪向前傾身，雙手放在桌上，「你不能強迫我們上戰場。」

「我——」史特芮絲說。

「事實上，」艾達瓦蓀輕描淡寫地說，「那正是徵召令的功能，瑞迪警員。」

「我想——」史特芮絲再度嘗試開口。

「是嗎？」瑞迪怒回，「那妳要找誰逮捕我們？」

「所有人閉嘴聽我說！」史特芮絲怒喊，「不然我就要吐在桌上，強迫你們注意我了！」

整間房間的人都盯著她。

「我真的會做，」她警告，「我的手提包裡有藥可以做到這件事。你們肯定會很驚嚇我有多常用到。」

好吧。他們現在都在注意她了。

「如果我們擔心開戰，」她說，「就應該馬上開始疏散城市。」

「那樣不好，」塞特說，「如果要開戰了，我們需要工人維持生產——還要增加彈藥的產量。」

鐵鏽的。這是正確答案。她原本希望他不會想這麼遠。她瞥向沉默的麥威兮大使，他對這一切做何感想？他有預料到嗎？她一直都把焦點放在盆地內的組織成員身上，但誰說麥威兮人就不能是組織成員？鐵鏽的。

「戰爭不是解答。」她回望向眾人，「那只會讓敵人得利，而非我們。我製作了一份清單，證明我說的話邏輯上是正確的。我越發確定外城的領導人們想要我們通過限制外城的侮辱性法案。他們想要我們插手。

「他們打造了戰艦與軍隊，卻沒有攻擊。他們在領地內抓到瓦希黎恩，發現他在倉庫裡進行槍戰，他們做了什麼反應？他們沒有驅逐我們的警員與官方人員。他們大聲怒吼、在傳紙上大做文章。但他們還沒攻擊。爲什麼不呢？」

「因爲他們要我們先動手。」瑞迪說，「他們需要我們提供開戰的理由。」

「盆地的普通人並不想打仗，」史特芮絲說，「尤其是不想與依藍戴對戰——他們毫無疑問在此地都有親屬。」

「或是因爲他們自己沒辦法獲勝。」塞特爵爺說。

史特芮絲低頭看她的筆記。

「這……很不幸地，也是可能原因之一。」

「爲什麼這會不幸？」瑞迪問。

「因爲，」史特芮絲說，「如果他們知道無法靠大規模戰爭打敗我們，就有可能會孤注一擲。例如使用災難性的毀滅武器。」

「又回到妳的重點上了，」艾達瓦蓀說，「妳一直緊咬不放的這顆炸彈。」

但法蘭司總督正盯著她。他在聽著。

「在我們談話的當下，」史特芮絲說，「我的丈夫正在比爾敏進行調查。他利用已知敵方持有的稀有物質，在我們的實驗室中製造出極端危險的爆炸。我們也追蹤到在比爾敏的地下洞穴裡發生過一系列的試爆。有事情正在發生。」

她迎上總督的目光，「如果我們對這顆炸彈的擔憂爲眞，」她柔聲說，「外城裝腔作勢的目標就是要操弄我們，使依藍戴成爲必須被推翻的暴政獨裁政權，這樣一來，外城領導人就有理可據。他們就有辦法解釋爲何採取極端措施是必要的——例如完全毀滅我們的必要。」

房間陷入沉默，然而嘉德瑞貴女搖了搖頭，「我們眞的要把這些幻想當眞嗎？末日武器？難道現實的政治情勢還不夠嗎？」

她，史特芮絲看向這名文靜的女人，察覺到，一定是組織的成員。她假設依藍戴的政治菁英中必定有至少一名組織成員在發揮影響力。有段時間裡，她擔心內鬼會是總督或艾達瓦蓀，但他們兩人都太醒目了。組織喜歡以更加隱晦的方式行動。

總督太有名了，而艾達瓦蓀又太明目張膽在推動組織的目標。她只是個誘餌，大概覺得這一切都是她自己的精心計畫。但事實上，她也只是別人的提線木偶。她得到支持，但又被刻意劃清關係；因此當她最終無可避免地失勢時，眞正的謀畫者依舊會安然無恙。而最聰明的是，謀畫者中還包含了那名看起來最講理、最知性的女人。

史特芮絲在認出她後感到安心許多。這就像……在內衣抽屜裡發現一條蛇。沒錯，那很讓人緊張，但你可以關上抽屜，而且知道蛇當下的位置。

但要如何才能反抗那名女人、主導談話內容？啊，也許用這一招？

她轉身面向警員，「我想是時候展現你的眞面目了。」她說。

「呃？」瑞迪問。

「不是你，總隊長。」

她越過他，望向後方瘦高的高葛倫警員——他是個年輕男子，有著長脖子與滿臉雀斑，樣貌平易近人。他迎上她的目光。

「妳怎麼知道的？」他以與外型不相稱的粗啞聲音問。

「刪去法。」她說，「和諧承諾派幫手給我們，而宓蘭說過警員中有數名坎得拉，但只講過一個人的名字。再加上當你使用兩條腿的身體時，走路總是怪怪的。」

「該死，」高葛倫——坦迅——說，「但我想妳對時機的掌握很正確。」他站起身，面對房間內驚訝的眾人，將皮膚轉變為透明，「和諧要我向你們強調當前爭執的重要性——以及證實拉德利安夫人所說為眞。組織是眞實存在的。他們正計劃殲滅依藍戴。」

總督倒抽一口氣。

艾達瓦蓀向後退。

瑞迪張大嘴巴，接著迅速轉向史特芮絲，「妳怎麼沒告訴我？」

「我直到今天稍早才完全確定。」史特芮絲承認，「我原本猜測你就是坎得拉，瑞迪。但我決定放棄這個假說，因為我認為和諧並不喜歡他的坎得拉假扮成重要官員。除了那一次之外。嗯，還有另外那一次。但那些都是例外。」她翻開自己的其中一本筆記，「我這幾週都在追蹤有誰可能被替換掉了。看到了嗎？坎得拉做為總隊長隨從。全城中第二有可能是無相永生者的職位。」

「那最有可能的是？」艾達瓦蓀問。

「就是妳，」史特芮絲說著翻過一頁，「但我的資訊過時了。如果這個位置上是坎得拉，肯定會做得比現在這團無用的黏液來得好。」她在筆記上標注。房間陷入沉默，「噢，我是不是說了什麼尷尬的話？我有時候的確會犯這種錯，是不是？」

瑞迪癱坐回椅子上，「我眞不敢相信……」

「他們滲透你的警員只是遲早的事，瑞迪總隊長。」史特芮絲說。

「不，」他說，「不是因為他是坎得拉。是因為……鐵鏽的……偉恩說對了……」

「我是坦迅。」坎得拉對房間宣布，引起另一波驚嘆。他微微低吼，「我討厭別人那麼做。和諧很憂慮。你們也該憂慮。尤其是和諧……近來無法看見某些事。我們只能盲目行事。」

「有誰能蒙蔽神？」總督問。

「另一個神。」史特芮絲低喃。

「所以我們該做什麼？」瑞迪問，「我們不能引發戰爭，尤其那會正中對方下懷。但是——」

他的話被敲門聲打斷。房間內沒有助理，只有議員們，所以瑞迪自己去應門。門外是一位年輕女性，穿著無線電技師的制服，手持一張摺起來的紙。

「怎麼了？」瑞迪質問。

「來自曉擊的通訊，」她說，「給拉德利安夫人的。我……嗯……認爲內容值得打擾各位，即使外面的人說……」

「妳是對的。」瑞迪接過紙張。

那個可憐的女人一臉蒼白，還在發抖。

「妳讀過了？」史特芮絲問。

「我要負責轉錄成文字交給妳閱讀，」她說，「流程就是這樣……」

瑞迪把信交給史特芮絲，她攤開紙張，開頭粗黑的醒目文字從紙上躍出。

炸彈已證實爲眞，並且已經製造完成。威力足以毀滅整座城市。敵人正在想辦法把炸彈送入依藍戴。是時候疏散城市了。

39

瑪拉席站在一棟平凡的住家前面，這裡有一整排房屋，每棟顏色都不同，形狀也略有差異。每片草坪上都種著一顆不同種類的樹。理想的比爾敏，批量生產的個人特色。

瑪拉席在門口猶豫了一下。滅絕的，她準備好與倖存者本人碰面了嗎？她從小就被教導要崇敬的男人、超越了死亡的男人。曾短暫持有存留，再交予昇華戰士的男人。在世界重建後，保護了南方大陸人民許多年的男人。

月光確信她的導師就是他。所以，終於與他會面會是什麼感覺？

*妳跟死神談天過，*瑪拉席心想，*這有什麼不同嗎？*

從她的緊張程度來判斷：有，非常不同。

月光用手指輕觸門上的一片金屬，門鎖隨之解開，「身分鎖。」她解釋，接著推開門。門內的玄關以拋光的硬木裝潢，並沒有擺放任何繪畫或裝飾品。月光往左邊走，進入一間大房間，厚重的窗簾遮住了窗戶。

電燈照亮掛滿牆面的地圖，月光把背包放在對面牆邊的桌上，那邊坐著一名二十多歲的女子。她的身材微胖，留著醒目的金色短髮，正在閱讀一張寫滿奇異文字的紙張。她的腿上還有一隻小㹴犬。

「月光，」女人抬頭瞥了一眼後說，「妳該讀讀這個。往畢延朵的交通已完全中斷，如果算上羅沙，已經有四個主要系統是我們必須冒著極端危險才有辦法造訪的。我已經主張很多年了：垂裂點已經不再可用。無論納西斯上的那些傻瓜多努力嘗試，那本來就不適合大規模商業運輸使用。我們需要不同的……」女人停下話，在椅子上轉頭，也許是聽見了瑪拉席進房，「嘿！妳帶了個本地人來！」

「瑪拉席，見過代號。」月光說，「代號，這是瑪拉席。我們正在共同執行一項任務。」

「哇，」代號把那張紙塞給月光。她跳起身，小狗抱在手上，「妳一定信任她。」

「算不上吧。」

「妳都帶她來安全屋了！」

「她強迫我的。」

「沒人強迫得了妳做任何事。」代號蹦跳到瑪拉席面前，伸出空著的手，「嗨！我是代號有夠蠢。說來話長。」

女人有著微微的口音，與亞利克或任何瑪拉席遇過的南方人都不同，再加上她說「本地人」的語氣，代表……她也是旅行者？她有口音代表她對語言不像月光那麼在行，也許吧？

瑪拉席與她握手，「嗯……那個……倖存者在這裡嗎？」

「阿凱？」代號說，「沒耶。已經大約一個禮拜沒看到他了。」她轉身面向月光，「妳覺得那份報告怎麼樣？令人擔心，對吧？」

月光用兩隻指頭捏起紙張，「代號，」她說，「這到底是用什麼文字寫的？」

「賽勒那文，」代號說，「喔！那很迷人的，月光，妳應該學學看！看看這些字母是如何交纏在——」

「我還是靠聯繫來學語言就好，謝謝。」月光攤開她先前做的拓印說。

「那是作弊。」

「換言之就是聰明的捷徑。」月光說，「變魂在嗎？我覺得我們需要數學。」

「我和莉莉去叫他。」代號抱著狗走去後面的房間。

瑪拉席目瞪口呆地看著她們對話，但與其專注在她不了解的東西，她改將注意力放在自己知道的東西上。牆上其中一幅地圖是司卡德利亞的世界地圖。這張地圖比她看過的所有地圖都要細緻，比官方調查還要更詳盡——上面甚至有尚未被探索的島嶼，以及南方陸塊的黑暗區域。

如果這是司卡德利亞，那其他地圖是……？鐵鏽的，外面到底有多少世界？

永遠都有另一個祕密，她心想，記起童年學習倖存者生平時讀過的要理問答。

一小段時間後，代號領著一名老年男子回到房間。他看起來……嗯，很老，他留著白花花的長長八字鬍，古銅色的肌膚上有著老人斑。他穿著比爾敏風格的正式套裝，所以……也許他和她是同鄉？但他除八字鬍外也留著短鬚——她從沒在依藍戴看過留這種鬍子的男人。雖然他站得很挺直，完全沒有年歲導致的駝背，但看上去腳步可能有點不穩——因爲他跨過門時要用手扶著門框。

「啊，」他合起雙掌，「有客人！歡迎來到我們的家，尊貴的客人。讓我替妳準備點喝的。」

「變魂，」月光說，「我們有時限，必須——」

「有時限不代表就能無禮。」孿魂說，「我是孿魂，妳是……？」

「瑪拉席。」她說。

「瑪拉席貴女！」他說，「太棒了。」他立刻轉身朝向瑪拉席認為是廚房的地方，「妳偏好什麼樣的茶？」

「嗯……薄荷茶，如果你們有的話。再加點檸檬？」

「太棒了！」他又說了一次。孿魂很快就拿回一個托盤，上面有著一杯茶以及一些水果與堅果，「請享用。」

讓這麼年長的人招待她令讓瑪拉席有點罪惡感——但同時，他提供點心的態度有種強硬感。這讓她想起自己的阿姨，如果婉拒茶點反而會更加冒犯她。所以瑪拉席拿起杯子以及一把堅果。

「現在，」孿魂說，「妳帶了什麼給我，月光？有趣，眞有趣。」他走向桌邊觀看拓印，伸出雙手放在桌上。

瑪拉席站起身，充滿好奇。她剛才沒注意到他的雙手有點特別：上面有條水晶構成的線條。那鑲在皮膚上，沿著他的手指與手腕的邊緣延伸——幾乎像是手套的縫線。水晶是粉紅色的，類似於玫瑰石英。男人向前傾身，她看見相似的水晶從他領子底下伸出，沿著他的脖子與鬢角向上生長，就像一條小河般跨越他的肌膚。

她驚奇地看著這些細線從他的太陽穴往外擴張，形成了一副眼鏡。完全由水晶構成，鏡片比其餘部分更加透明。第二組更小的鏡片在眼鏡前成形——讓他能更加放大影像。

「他……」瑪拉席望向月光，「他是怎麼做到的？」

「恐怕，」孿魂拉緊一張拓印，「這並不是輕易能與外人分享的資訊，就算是尊貴的客人也一樣。我信任月光認為妳看見這部分是可接受的，但我必須道歉，在我們的首領沒有同意前，我不會再多加解釋。」

「這是緊急狀況。」月光背靠在書架上，雙手抱胸，「我必須冒險讓她進來。」她看向瑪拉席，表情似乎藏著因瑪拉席明顯的驚訝表現而生的一抹微笑。

對於我的造訪，她並不像聲稱的那麼擔心，瑪拉席心想，她是在利用這個機會來引起我的好奇心。

這很管用。孿魂挪動幾張拓印，接著舉起食指。兩道水晶從他的手指長出，形成類似鋼筆的筆尖。他心不在焉地轉開一小罐墨水，開始做起筆記。

「是什麼緊急狀況，月光？」他問。

「自主行動的時間表比我們想的要快得多，」她解釋，「這裡其中一個表上列出了一些爆炸紀錄——之前都被認為是在建築鐵路。我們希望你可以將它與我們所監測到的敵方活動交叉比對，看能不能找出地下洞穴可能的入口位置。」

「啊，是的，」孿魂說，「脩阿亞納說他對此很樂意幫忙。凱艾絲，可以幫我把對應的資料夾拿過來嗎？」

「沒問題。」代號蹦蹦跳跳地前往。在瑪拉席協助下，月光拉來一張長桌，把數張拓印攤開、放在上面。但房間中央的圓桌上沒放任何東西，瑪拉席感到不解。

孿魂一邊做筆記，一邊心不在焉地用同一種玫瑰色石頭創造出了一個杯子，並從房間一旁的水壺裝滿水。當他喝完水後，就把杯子放在一個盤子上——石頭隨即分解成細粉，最終消失無蹤。隨後，他在一隻手指上做出一把小刀，切下了拓印的其中一部分。

一小段時間後，代號回到房裡，孿魂已坐在桌邊了——坐在他創造出的水晶椅上。瑪拉席坐立不安，看向牆上的時鐘。他們已經在這裡花了快半小時。她不知道他們的期限是何時，但從他們所知的資訊看來，任何等待都令人不安。

「嗯……」孿魂用手指形成的筆寫下更多筆記。書寫的同時，他的另一隻手上長出一條水晶，伸向剛剛被切下的拓印。水晶在那周圍形成了一個小畫框，後方長出一根桿子，把拓印向繪畫般掛起，以便進一步檢視。

孿魂透過自製的眼鏡看著拓印，一邊把玩自己的長八字鬍。

「眞希望我哥哥也在這裡，」代號坐在旁邊的椅子上說，「他可以輕鬆地算出這種數學……」她說這句話時帶著點悲涼。

「這不純粹是數學問題。」孿魂說。他站起身，走離工作桌面，讓那張紙繼續掛在那——不過這次石頭沒有分解。他幫自己裝了更大一杯水，接著走向圓桌舉起手，一面喝水。

桌上長出了一座水晶城市。

那起始於他的手，接著向外擴散——像是鋼鐵上結的霜。他的水晶讓瑪拉席想起史特芮絲有一次買來裝飾廚房的粉色岩鹽，不過顏色比那再暗一點。建築從水晶上長出，峽谷形成街道——不出一分鐘，桌上就出現了完整的城市複製品。最後長出的是環繞全城、還在建設中的高架快速鐵路。

瑪拉席驚訝地忘了呼吸，她緊接著看向老人，他看似自我滿足地微笑著。他看起來很享受這類展示。如果她不在這裡，也許他就只會拿出一張普通地圖。但這驚人太多太多了。

「這叫作乙太。」月光走到她身後，「一種在你們世界創生前就存在的上古形體。孿魂可以生長它、操縱它。妳想要知道更多嗎？」

「想。」瑪拉席悄聲說。

月光微笑，「妳會的。只要妳加入我們。」

瑪拉席徐徐吐出一口氣，接著伸手去摸其中一棟建築的屋頂──她的手指感覺到硬實的表面，比她想像中還要堅固。乙太大致上很光滑，只零星散布著一些小凹洞。

「我有三個可能的選項，」變魂說，「已經用深色的玫瑰岩替妳們標記起來了。」

他指向一棟建築，從他手指尖長出了一支指示棒──就是教授會拿來指著黑板那種。被指到的建築顏色確實比較深紅，第一棟是城市的中央尖塔，高高聳立於比爾敏的心臟地帶，高度超過周邊所有建築。高塔每面牆都很筆直，直到最上端時猛然向內傾斜，匯聚到還沒完成的樓層。

「獨立塔，」變魂說，「這不意外──我們知道自主的手下已經將其做爲行動基地好幾年了。」

「那邊正下方有過爆炸紀錄嗎？」瑪拉席問。

「爆炸都發生在更東邊的地方。」變魂說，「但我不認爲地下洞穴的出入口會在爆炸的正中心，原因顯而易見。獨立塔是我們可敬對手的活動核心，我敢打賭底下一定有通往洞穴的入口。」

「但肯定戒備森嚴，」瑪拉席說，「其他兩個選項是哪裡？」

「這一棟辦公大樓，貴女。」他指向城市網格上一棟較小的建築。

她點頭，「不過我要插嘴一下，我不是貴女。我是自力營生的人。」

「那只是一種禮貌用語，瑪拉席貴女，」他說，「我的同胞都是這麼說的。不過……翻譯成你們的語言有點奇怪。不論如何，這棟辦公大樓──督路易斯大樓──同時符合組織活動的熱區以及感覺得到震動的區域邊界。我認爲這是最有可能的選項。」

他指回剛才的高塔，「如妳所言，獨立塔滿是防禦措施——是一座名副其實的要塞，位於市中心的城堡。就連倖存者本人都無法破解此處的防衛。」

「他可沒少試過。」代號補充，「他們的保全系統連鬼都看得到。他還沒找到方法避開。」

「最後一個地點呢？」瑪拉席問。

「這裡看似最不重要，」鑾魂指向城市邊緣的一棟建築，就在一段鐵路的下方，「是個舊輪胎工廠。」

「輪胎？」月光走到瑪拉席身邊，「類似托博．紅銅的工作地點？」

「鑾魂，我猜這座工廠是盆地輪胎公司所有的，正確嗎？」瑪拉席問。

「確實，」鑾魂說，「妳似乎有我所不知的資訊，貴女。」

「這家公司牽涉於其中，」瑪拉席說，「你們的幹員對這座工廠有什麼特別的報告嗎？」

代號翻閱著其中一份檔案，「呃……我看看……眞有趣。監視此處的女人說這裡大致上已經關閉了，很少有貨物從此處運出。」

「但有東西被運進去？」瑪拉席興奮起來，「或許量大到有點怪異，尤其考慮到這間工廠基本上沒在運作？」

「沒錯。」代號說，「我們的幹員沒把這兩件事湊在一起，但妳說得沒錯。從這裡寫的運貨紀錄看來……如果他們沒有製造任何東西，爲何需要運這麼多貨進去？」

「因爲那些不是工廠用的原料。」月光迎上瑪拉席的目光，「他們是在爲底下的洞穴補給食物與武裝。這裡就是我們的侵入點。」

「同意。」瑪拉席說，「這裡肯定有通往洞穴的入口，而且或許不像中央尖塔有那麼多人看守。我們就突擊此處。」

「我們可以搭鐵路快速抵達，」月光說，「這裡和那邊之間的高架鐵路已經完成、開始運行了。」

「等等，」孿魂說，「這項威脅有多緊迫？」

「我們有理由相信，」瑪拉席說，「組織已經開發了一枚可以毀滅全依藍戴的炸彈。和諧遭到蒙蔽，而且我們知道組織正在研發能將炸彈運往極遠距離的裝置。」

「有一名黑暗邪神在緊盯著他們，」月光補充，「要求立即的成果。他們數週前就該實行計畫了。現在又有瑪拉席與她的朋友步步進逼……他們有一切理由完成裝置就立刻發射炸彈。隨時都可能發生。」

「原初乙太啊……」他低聲說，瞥向一旁瞪大了眼睛的代號，「月光，我們該連絡主人。」

「你說得沒錯，」月光說，「我不想繼續浪費時間，但……代號，妳的特別朋友在附近嗎？」

「在樓上，」她手忙腳亂地跑出房間，「我去帶他來。」

「主人？」瑪拉席說，「妳的意思是……」

「沒錯，」月光說，「是時候找凱西爾談話了。」

40

代號的「朋友」原來是一顆發亮的光球，大小與孩童頭部相仿——不過形狀完全對稱，中間還有個神祕符號。

光球飄向瑪拉席，接著在半空中上下跳動，以輕柔的男聲說話。她聽不懂這種奇怪的語言。

「剛剛是……某種咒語嗎？」她悄聲問月光。

「他說他很高興見到妳，」代號說，「還稱讚了妳的頭髮。」

「噢。」瑪拉席被光球給迷住了。沒有東西支撐住它，它就只是飄浮著，閃耀純白光芒，略帶一點珠母光澤。

代號以相同的語言和圓球對話，它再度上下跳動，接著開始流轉變形。它變成了一個人頭的形狀——一名外表強硬、稜角分明的男子。她很驚訝大部分的倖存者繪畫與雕像居然滿準確的。只除了他的右眼被一支尖刺刺穿——那與他的臉孔及頭髮相同，都是由光構成的。

「我不意外聽到妳的消息，」他說，「出問題了，是不是？」

「也許吧？」代號說，「說實在的，我們還不確定，阿凱。但孿魂說我們該連絡你。」

「他在嗎？」凱西爾問。

「在，大人。」孿魂對著複製出的男人臉孔低下頭——不過凱西爾似乎看不見他，「在場的還有月光，以及……一名訪客。瑪拉席・科姆斯。」

聽到這句話，倖存者揚起一道眉毛，「瑪拉席・科姆斯。我們有關注妳。」

瑪拉席結巴了。這名男人是她所信仰宗教的核心——她孩童時期還對著他禱告過。雖然她不像史特芮絲那麼虔誠，與他會面依舊……令人生畏。

他對她在場並沒有表示憤怒。這再次代表月光是故意強調這點的嚴重性，也許是為了讓瑪拉席覺得自己有逃過一劫的感覺。

「報告？」凱西爾問。

「曉擊在比爾敏，」月光說，「並且認為組織很快就會行動。就在今天之內。」

「和諧被蒙蔽了，倖存者大人。」瑪拉席補充說，「祂自己向瓦承認的。祂看不見任何事，但……大人……祂很害怕。」

「該死。」凱西爾說，「我在一艘飛船上，離你們還有十二小時。」

「那……可能不夠快，阿凱。」月光說。

「大人，」孿魂說，「月光取得了一些令人不安的情資。看起來組織已經發現諧金與特雷金之間的交互作用；除此之外，他們還在實驗長距離的運送裝置。他們在準備做傻事。」

「比起傻，更像是絕望。」凱西爾說，「他們知道自主已宣布要消滅這整顆星球。組織用他們唯一知道的方法來生存下去：藉由摧毀依藍戴，來向自主證明他們能夠統治這顆星球。但我以為我們還有更多時間。為什麼是現在？」

「不清楚，」月光說，「除此之外還有再次落灰的傳言。我以前可沒聽過這個。再者，我們還拿到了一張照片，內容是被摧毀的城市。也許……他們在別處測試過，然後拍下了成果？無論如何，這不只是單純要轟炸依藍戴而已。」

「他們一直以來都有兩項計畫。」代號說，「自主想要對整顆星球造成災難性的後果——落灰可能就是這部分的計畫。但組織希望能證明自己可以主宰盆地，所以不需要更極端的措施。就好像爲了防止感染擴散，因此剁掉手指。」

房間陷入了沉默，瑪拉席感到超出負荷。他們談論星球末日——她住的星球——時的語氣，就好像已經知道這個可能性一段時間了。不過，她現在可是在和眞正的倖存者交談……所以……

「大人，」她說，「嗯，凱西爾大人？我相信距離他們發射炸彈沒剩多少時間了。我打算阻止他們，但我只是一個女人。我不介意有更多人協助。您能提供的任何幫助都好。」

「我沒有留手的餘地，」凱西爾語調轉柔，「我不該離開去南方的。我以爲阿沙會在事情演變到這麼嚴重之前先出手阻止……我們必須達成他辦不到的事。科姆斯女士，我們會全力協助妳。代號，比爾敏裡有多少正式的鬼血幹員？」

「嗯……」代號說，「只有我們三人。其他人要不是在依藍戴，就是被派去外勤任務了。」

「我們有多快可以把依藍戴的幹員找來比爾敏？」凱西爾問。

「不夠快，」月光說，「他們全都在潛入中，所以我們只能用定點交換訊息。我們最快可以在傍晚知會他們，或甚至在下午偏晚時就做到，但他們還是在幾小時路程之外的依藍戴。」

「請派他們去找我姊姊，」瑪拉席說，「她正在嘗試藉由依藍戴政府之力進行疏散。」

凱西爾輕嗤一聲。他看起來不太尊重依藍戴的政府，「代號，妳帶著岱歐去做這件事。我想外勤小組這次應該用不上語言學家。還有，警告我們在盆地裡的所有成員。穗・帕桑瓦，我實在不想要你放棄今晚安靜的學術時光，但恐怕我們需要你的協助。」

年老的變魂站直身子，對飄浮的頭鞠躬，「我們很樂意協助，大人。脩阿亞納向您問好，並道歉無法派遣更多乙太束使協助您的戰鬥。」

「好意我心領了。」凱西爾說，「你和月光去協助科姆斯女士。事實上，我想是時候做點大事了。帶上庫存的純淨鐸。指令是『尊重』。也通知其他單位允許取用他們的庫存，並把指令傳給他們。」

代號倒抽一口氣。瑪拉席完全不知道「純淨鐸」是什麼，但就連月光看起來都很佩服。

「盡你們所能提供協助。」凱西爾說，「我會嘗試加快返回的速度，但說實話，我沒有太多能做的。我正在水面上，所以速度不太可能比現在更快了。當底下是海面時，丟東西下去鋼推起不了什麼作用。」

「我們會阻止這件事的，大人。」變魂說，「無論現況如何，我們都會打破。當您回到依藍戴時，迎接您的會是一座整潔無瑕的城市。」

「普通髒亂煩悶的城市對我來說就夠好了，變魂。」凱西爾說，「去吧，我會看看能不能把和諧從目前的昏迷中搖醒。至少他派了曉擊來，讓我確信這次威脅必定是眞的。最近足以讓阿沙行動的事，肯定都非常嚴重。」

他的臉部融化變回圓球，表明通訊已結束。在場的三人立刻行動，各自往不同方向而去。瑪拉席決定跟上月光，她跑進另一間房裡——房門上又有一個那種神祕的鎖。裡面是一間會讓拉奈特興奮到神智不清的武器庫：牆上掛滿了槍，架子上放著各類金屬瓶、玻璃匕首和決鬥杖，還有一架掛著彈鏈的重機槍以及一些炸藥。

月光忽視所有武器，直衝向角落的一個保險箱。瑪拉席越過月光的肩膀偷看，並沒見到任何轉盤或鎖孔。月光只是將手放在門上，說了句「尊重我」，保險箱內立刻有某種機制發出喀聲，接著門就打開了。

「又是一個……那叫什麼……身分鎖嗎？」瑪拉席問。

「不，這個更安全。」月光說，「這是個識喚鎖，可以藉由你的意圖判斷出你的通關密語是正當取得，還是偷來的。」

一個……被喚醒的鎖？那是活的嗎？

保險箱內只有三件物品：三個一模一樣的發光瓶子，尺寸略大，難以靠單手拿起。瓶內發出的光芒與跟隨代號的光球類似，只是更加強烈。每個瓶子發出的光芒都比房內的電燈更亮。

月光拿起一瓶，光芒照亮她的臉龐。她翻轉瓶子，一臉敬畏。

「這是什麼？」瑪拉席悄聲問。

「濃縮的授予，」月光說，「沒有與任何身分綁定。這可以做爲類似你們金屬技藝能力的能量源。」

「金屬技藝是靠神的力量運作的。」

「正是，」月光說，「這個力量來自於神的屍體。嚴格來說是兩個神交纏在一起。這極端難以取得。試想妳能夠用這個做到什麼事……好吧，是我能用這個做到什麼事。妳只能拿這個做爲超有效率的金屬替代品。你們司卡德利亞人眞是身在福中不知福，可以利用這麼普通的物質來施展能力。」

「那妳的能力呢？」瑪拉席問，「是靠什麼來提供能量的？」

月光微笑。她還沒表明自己有何種能力。但到目前爲止，瑪拉席已經看到一名可以用水晶創造物品的男人，一名帶著寵物……圓球……的女人，以及月光。她看上去是他們組織中的高階成員。所以，她能辦到什麼事？

月光把三個瓶子以緩衝材質包覆，全部裝入一個大背包中，接著把補給品裝滿背包，包括了一些炸藥。她把背包扛上肩，從牆上拿下幾把槍，瑪拉席在得到允許後，也拿了一把看起來很高級的來福槍——放在一個看起來很無害的槍盒中——還有一些鋁子彈。他們這裡的庫存非常豐沛。

「電解法，」月光補充說明，「只要妳知道流程，鋁其實滿好製造的。」

「等一下，」瑪拉席快步趕上她，一起離開房間，「可以用電解法生產鋁？」

「對啊，」月光說，「我們已經靠鋁來資助行動超過二十年了。我猜盆地裡有一半的鋁都來自我們。」

「然後妳就這麼隨意地把祕密告訴我？」

「這是免費附贈的。」月光說，「此外，迪恩——他是我們在依藍戴的化學家——確信你們很快就會發現這個祕密，然後鋁價就會一落千丈了。迪恩認爲，鋁很快就會比錫還便宜。」

比錫還便宜？存留啊！如果每個罪犯都能買得起射殺鎔金術師用的子彈，每個市民都能在帽子裡包上鋁襯來抵擋情緒鎔金術，這……

好吧，這會改變世界。

「這一切，」月光說，「都只是表面而已，瑪拉席。」

「爲什麼找上我？」瑪拉席問，「爲什麼不是瓦？」

「他已經被捷足先登了。」月光說，「此外，凱西爾喜歡像我們這樣的人。被遺棄在一旁、被忽略的人。瓦有點……太醒目了。人人都在看著他、追蹤他、注意他。雖然阿凱喜歡成為眾人注目的焦點，但這不是我們的風格。」

「我猜還有個原因，」瑪拉席思考後說，「有你們的人在警方高層會很有用處。」

「另外還有妳與麥威兮之間不尋常的連結。」月光說。

「亞利克？」瑪拉席感到莞爾，「他是很棒沒錯——別搞錯我的意思了——但我想你們會發現他比你們想像中來得……沒那麼有人脈。」

鐵鏽的。她希望他離開了城裡。她的直覺告訴她只要她要求，他就會照做。她很喜歡亞利克表現出來的務實感——他的眞誠是如此美妙。

在工作上，她總是遇見太多讓她懷疑人性的人。但只要她回到家，亞利克就會讓她想起這世界上的人可以多麼美好。而且不知怎麼的，她居然可以獨占他。

回到主廳內，桌上的城市模型已經開始崩壞。並沒有像杯子那麼快就分解掉，有因素讓某些石頭能撐得比較久、另一些則會立刻消失。舉例來說，那張椅子看起來還是非常堅固。

月光揮手要瑪拉席跟她到玄關去。彎魂走下樓梯來到此處，一手緊抓扶手穩住自己。他背著一個背包——從背包晃動的樣子，還有垂在他肩膀上的水管看來——她覺得裡面應該裝滿了水。

他換了服裝，現在穿著某種寬鬆的制服，繫著一條鮮黃色飾帶。他腰上也插著一把劍——略微彎曲，收在布滿裝飾的金色劍鞘內。他抵達一樓後向月光點頭，「代號要傳送一些訊息，」他說，「所以可以負責等妳送來尋求庇護的那個女人。我想是我們三人上工的時候了。妳拿到鐔了嗎？」

月光拍拍自己的背包。

「太棒了，」他轉向瑪拉席，「我被命令要跟隨妳的領導，貴女。我們在脩阿亞納與妳的祝福下出擊。如果遇到危險，我發誓會爲妳而戰，直到倒下。」

「這……可能會很危險。」瑪拉席望向他裝飾用的劍，注意到他的腳步有多不穩，「我很確定我們需要你的幫忙，孿魂，但……我不確定該不該讓你進行戰鬥。也許應該由我們兩人打先鋒，然後在需要你的特殊技術時再叫你？」

「我承諾不會拖慢妳的速度，貴女。」他說，「倖存者本人交付我的任務就是要協助妳。」他以冷靜尊重的語氣說，但他的姿勢與態度悄悄地表達了不同的意見。年輕人，我打定主意要跟妳一起去。最好不要再繼續爭執這點了。

好吧。瑪拉席瞥向月光，她對瑪拉席點點頭。即便他們擁有充沛的知識與經驗，這依舊是瑪拉席的任務。由她主導。很好。

「最近的火車站在哪裡？」她問，「我們要盡快趕到那座工廠。」

41

瓦抵達市長官邸銀宮時，已經是下午偏晚了。雖然距離夜晚還有數小時，他還是希望——他每天都會——今晚會出現迷霧。他上次身處迷霧之中似乎已經是很久很久以前了。不僅是最近迷霧出現的頻率越來越低，他也越來越少有機會在晚上出門。迷霧感覺就像是他年輕時結識、但近來越來越少聯絡的朋友。

他已經忙了一整天，自黎明前數小時就從依藍戴動身，但目前還沒感到疲憊。四點十五分一到，瓦就立刻展開行動。偉恩應該已經大肆吸引了眾人注意，讓瓦有空檔衝過官邸青翠的草坪。他丟下一顆子彈，鋼推上了二樓。

他抓住窗框外側，快速鋼推窗戶內部，這應該能解開窗扣……

窗戶搖動，但沒有鬆開。可惡。窗上裝著完整的鎖，光靠鋼推沒辦法解開。

好吧。他增加數倍的體重，快速鋼推，窗戶裂開、折彎了鎖，讓他能夠強行打開窗戶爬到屋內。

他的靴子落在鋪著地毯的地板。這裡有點雜亂，但並不擁擠。書桌與旁邊的小桌上放滿了一疊疊的紙張，一旁的小酒吧陳列著許多不同的烈酒，一半沒蓋蓋子，另一半則是隨意亂蓋著錯誤的瓶蓋。書架上滿是書，有些書脊朝外、有些朝內，還有大概三分之一斜躺著，因爲最末端的書被取走了，整疊書有如正在値班的貪睡警衛朝一旁癱倒。

這裡有很多地方都與紅銅的公寓相反。那裡一塵不染、整潔無瑕，這裡滿是居住的痕跡。但這裡有充滿祕密的氣息——因爲蓋夫這樣重要的人士應該會僱一整隊僕役來保持整潔。除了這間房間以外。

瓦沒有太多頭緒。不論組織有何計畫，市長確實有所牽扯——而且是涉入到會留下線索的程度。這城市某處有顆炸彈指向依藍戴，這間房裡有線索能指引他找到炸彈。

但在哪裡呢？

瓦快速翻過書桌上的紙頁。偉恩大概在進行不需要開火的劇本，他最喜歡的那一個：阿嬷喝多了伏特加。不過，組織肯定會留意他的把戲。他們特別爲了對付偉恩而創造出一名金屬之子，必定知道他對僞裝的喜好。

那些紙張沒給他太多資訊。只是城外某間工廠的運貨紀錄。一疊傳紙，上面特別圈出批評蓋夫的社論。旁邊則是另一疊較新的傳紙，上面就沒這些問題。他拉開書桌，發現多到不尋常來自於依藍戴貴族的信件。

瓦認出其中幾個名字，包含了凡尼斯．海斯丁——其中一名較有力的議員。他掃視來自他的信件，並沒有任何罪證確鑿的證據。雖然其中提到交易談判，但大部分都是客套話。

瓦皺著眉，伸手進口袋裡抽出另一封信——這封則非常罪證確鑿，一樣來自於凡尼斯．海斯丁——這是瑪菈賈給他的。他漏掉了什麼。他們是怎麼從互相客套進展到討論毀滅世界的？

現在，他把兩封信都塞進口袋裡。蓋夫和凡尼斯有共謀，他早就知道了。他需要炸彈所在地的線索。幸運的是，再多搜查一陣子後，他終於中了大獎。蓋夫．恩特隆的月曆。

人們通常都會確保重要文件與資訊妥善收好。他們會藏起計畫與方案，但常會忘記月曆這種簡單的東西。對訓練有素的警探來說，知道你去過哪裡——還有你打算要去哪——就能知道你的罪行。在蠻橫區時，他時常需要靠訪談及審問來拼湊起一個人的日程。但在現代城市中，人們通常會主動替他寫好。

這份桌曆形狀寬扁，一次顯示一整個月，每天都是一個方格。之前的月份被翻到後方，上面有著兩種不同筆跡的注記：從剛才的信件來判斷，比較潦草的那個應該是蓋夫的筆跡，比較工整的筆跡應該是祕書的。

他很常探訪某個被稱作實驗室的地方，瓦心想，而且常在介於官邸召開的兩個會議之間。所以這間實驗室很近，或是他有直接管道能通往那裡……

另一個日期列上了「彈道與距離測試」，而且前後都有數天空檔。令人好奇。他們要去哪裡進行長距離發射測試才不會引起注意？

瓦聽見一些悶悶的喊叫聲，抬頭查看。偉恩的吸引注意力措施奏效了。他繼續搜尋，尋找任何可疑的物品，過了一會後，他驚覺一件事。

月曆從今天之後就沒有任何預訂行程。

瓦感到一陣涼意，他看向最後一項行程。是蓋夫自己的筆跡寫的：*他們到了。鐵鏽的。這代表什麼意思？*

沒時間再分析了，所以他扯下紙頁——就算會暴露他來過——先進行下一步。他確信自己已經取得書桌上的所有資訊，於是接著嘗試射幣的老技巧：燃燒鋼。

細小的藍線從他胸口冒出，指向金屬源。許多都很微弱，代表牆面與家具中的鐵釘、電燈的固定座、門把，甚至是看不見的電線。他們的生活逐漸被金屬所包圍——從白熾燈泡到桌上的鋼筆筆尖，金屬無處不在。他知道有些人認爲金屬之子的時代已過，現代已進步到能夠讓所有人平等，令鎔金術師與藏金術師不再具有優勢。

但他已成功訓練自己——透過練習——藉由扭曲牆中電線來熄滅電燈。每次有新的發明，他的技巧也隨之增進。隨著生活周遭的金屬越來越多，他也能夠看見房間裡的更多細節。

他沒在書桌內發現隱藏的隔間，但發現了房間的保險櫃。它並不是藏在繪畫或書架的後方，而是在沙發下的地板下——不像常見的故事，其實這個位置比另外兩個都更常見。

瓦快速著手進行。雖然他表現輕鬆，但偉恩在吸引注意力時其實承受很大的危險。瓦不想放他一人太久——確實，瓦在推開沙發時聽到了更多的叫喊聲，而且聲音越來越大了。敵人可能已經盯上他。

保險箱上有鎔金術鎖，沒有肉眼可見的鑰匙孔或密碼鎖。如果他夠幸運就可以用鋼推解鎖；如果不幸的話就是鐵拉。瓦瞇著眼，判斷藍線。當然，只有一條粗大的藍線指向保險箱本身。許多鎔金術師會在這一步停下，從沒發覺如果你更仔細去看——如果你讓藍線飄移分散……

那條粗藍線變成許多條細線，分別指向保險箱內部不同的部件。只要以特定次序鋼推插銷就能解鎖。他開始解鎖，外頭的叫喊聲變得更加急迫。這種鎖對大部分人來說都牢不可破，就算是鎔金術師也難以破解。但還是有弱點的。瓦小心、微弱地分別推動各個插銷，輕微搖晃它們，直到他找到一根與轉盤連動的插銷。

這就是第一根。他輕推，成功讓其滑至定位。他運氣不錯——這是設計用鋼推來解鎖的，而非鐵拉。他應該有辦法破解，儘管大多數射幣都沒辦法進行這麼細微的操作。

第一個轉盤固定後，他再度搖晃剩餘的插銷，直到找出第二支。簡單。他快速找到第三支，鋼推它，然後——

然後鎖就重設了。

瓦愣住，一滴汗珠從臉頰上流下。他哪裡做錯了？屋外越來越吵鬧，他還是逼迫自己再一次解鎖。同樣地，鎖頭又在他鋼推第三支插銷後重設了。

他洩氣地捶打地板，隨即驚覺到答案。這不是可以鋼推或鐵拉的人有辦法的解鎖。這設計是給能夠同時做到兩件事的人。第三支插銷需要鐵拉。

簡而言之，只有迷霧之子能解鎖。目前的情況下，則是使用血金術作弊的人。

這代表他的運氣用盡了。他永遠都沒辦法破解保險箱，除非他能把它搬出來，分別從兩側鋼推……他沒時間做這種事了。而且外面的動靜更大了。叫喊聲、警笛聲，還有……

他聞到的是煙味嗎？

鐵鏽的。瓦快速掃視房間，尋找其他值得調查的地方。這裡沒有……

等一下。地板上有金屬結構。這裡的木地板是以一般的直條方式排列，用一排排鐵釘釘住。除了那邊的地毯底下以外，那裡有一圈鐵釘排成了正方形。

活板門，他心想。瓦掀開地毯觸摸地板，發現了隱藏的門把。從保險箱看來，恩特隆使用尖刺獲得了鎔金術能力，並且為此沾沾自喜。但他沒有天生能力者所累積起的經驗。對老練的射幣來說，那圈鐵釘就像舊牆面上的一片新漆那般醒目。

活板門通往一道很窄的豎坑，裡面安裝著木梯。看起來是通過一樓的兩面牆之間，直接通往地下室。

煙霧開始從門外竄進，他聽見消防隊的喊叫聲——以及外面走廊上傳來的腳步聲——瓦決定放棄保險箱。他縱身抓住木梯，關上頭上的活板門。心裡希望不論這通向哪裡，都能指引他往正確的方向而去。

42

瑪拉席很少這麼焦急地坐著等待。

比爾敏的高架鐵路確實名不虛傳。他們坐在私人艙房內，快速地繞行城市，越過堵塞的交通路段。列車很常停下，但每次停下後，就會以驚人的加速度再次恢復行進。

這讓她感覺自己幾乎就像是個射幣，列車每次加速都鋼推他們更進一步接近目的地。她在《創始之書》中讀過昇華戰士的命運疾飛，她在最後一刻回到陸沙德、拯救了和諧。在故事中，紋在數小時內就飛過了極遠的距離。

現在，瑪拉席大概也以相同的速度在移動，而且是安穩地坐在軟椅上，享受著通風管道從外面送入的涼風。他們把武器藏在盒子與背包中，瑪拉席依舊穿著她的圈套所需的普通襯衫與長褲；月光扮成比爾敏警員，而變魂則是套上了一件當地漁民的雨衣。她原本擔心他的服裝以及鮮豔的飾帶會引起注意，但他顯然深知不引人注目的方法。

「要成功執行任務，」瑪拉席對他們說，「我必須知道我們有什麼資源。意思是，月光，我真的需要知道妳能辦到什麼事。」

「藝術評論，」她說，「打鬥，如果情勢必要的話。在恰當時機妙語如珠。」

「我是指任何不尋常的能力。」瑪拉席說。

「她的妙語如珠確實很不尋常，」變魂的眼角抽動，「不尋常到我大多數時候都搞不懂那些到底妙在哪裡。」

月光翻了白眼回應，「我現在身上有三顆魂印：兩顆通用印，一顆精章。我需要時間與準備才能製造更多顆——但沒那種時間了——所以我們只能依靠現有的這幾顆。每顆印章都能重複使用，只是每次效果不會持續太久，因爲它們不是……對喔，妳完全不知道我在講什麼。」

「月光，」變魂解釋，「擁有可以覆寫身邊物品狀態的印章。其中一顆可以創造出原本不存在的門。另一顆可以修復殘破或磨損的物品，使之恢復如新。我說得對嗎？」

月光點頭，「關於這類，我還在練習——我是說可以使用在任何物品上的印章。需要在這顆星球上取得授予墨水，但我們已經使其大致上有辦法運作了。」

「所以妳可以變出門，」瑪拉席說，「妳還可以把壞掉的東西恢復成新的？可以用幾次？」

「我想要幾次都可以，」月光說，「但每次只有一小段時間。」

「哇，」瑪拉席悄聲說，「那是……魔法嗎？」

「鎔金術是魔法嗎？」月光問。

「當然不是。」瑪拉席說。

「這也不是。」月光說，「要修復物品時，我只是覆寫了它的過去，讓物品認爲自己有被好好維護，從來沒被毀壞過。但就如我所說，通用印還只是新技術，我還沒辦法讓它完美運作，但現在只能將就著用了。」

瑪拉席還是覺得這是魔法。鎔金術是一回事——能夠使用金屬來鋼推其他金屬感覺非常合理。但是覆寫物品的過去？那怎麼不算是魔法？

「妳說妳有三顆印章，」瑪拉席說，「第三顆是什麼？」

「緊急情況下使用的。」月光在座椅上挪動身子，「另外兩顆只對非生命體有效。這顆則可以讓人——精確來說，就是我——發生劇烈的變化。如果可以的話，我不想用。」

瑪拉席瞥向孿魂，他以表明「別繼續追問」的方式搖搖頭。好吧。她不喜歡投入潛在的戰鬥中卻不知道自己有何選項或優勢，但至少她已經知道一部分了。

火車慢下，抵達車站，眾人因為動量變化在座位上傾身。人們開始移動到艙室間的走廊上，等候湧向月臺。

「那你呢，孿魂？」瑪拉席問，「你創造的東西有什麼限制嗎？」

「哎呀，」他輕推放在地上的背包，「確實有許多限制。我只能在特定的授予場中維持玫瑰岩物品。有的星球天生就有，但你們星球沒有，所以我的玫瑰岩造物——在我們的安全屋以外——一定要和我有接觸，不然就會分解。我也需要從身體中抽取水分來創造物體。

「此外，我能創造的物品侷限於我本人的技巧與知識。舉例來說，我造不出妳的槍。我的老腦袋不理解其中的機制，結構也太過精細複雜了。我的能力只做得出簡單的工具，不過脩阿亞納有與一些在這方面有天分的其他人有締約。」

「脩——阿——亞納，」瑪拉席嘗試發出她不熟悉的發音，「那是你的……神嗎？」

「他同時不足為神，也超過神。」他解釋，「脩阿亞納是原始乙太之一。妳該知道他們比雅多納西更早，因此存在於你們的力量之外。」

「他們比崩碎（Shattering）來得早，」月光說，「這不代表他們比雅多納西早。」

「對我的同胞來說，這是神聖的教條。」他對瑪拉席說，忽視月光，「原始乙太賦與了一些人核心芽點。」他舉起右手，展現鑲嵌在掌中的透明石網，然後將手對著窗外讓陽光穿透。她可以看見裡面的骨頭，看起來水晶似乎在此處取代了他的血肉。

「這個芽點聯繫著我與脩阿亞納，」他繼續說，「以及透過他連往他的其他乙太束使。他是核心，我們是他的網。他永垂不朽，而我們是他在寰宇的凡體代理。」

這……有點難以消化。但瑪拉席心想他肯幫忙才是最重要的，「謝謝你加入我們的戰鬥，」她說，「我很高興脩阿亞納願意讓你來。」

「我們現在也沒有太多其他事能做，」他望向窗外，「直到我們能返回故鄉爲止……」

「我願意陪你去，老帕，」月光說，「如果你想嘗試的話。」

「位於我家鄉的力量太強大、太致命了。」他說，「脩阿亞納說我們必須繼續流放在外。他會決定我們是否回歸，以及發生的時間。他不願意冒再次被滅絕的風險。」

列車再度向前衝，讓他們傾向座椅另一邊。再三站就要到了。

「月光，妳的開門印章可以讓我們潛入敵人基地嗎？」瑪拉席問。

「取決於建築材料，」她說，「印章假裝建築工有在這裡安裝一扇門。如果用在天然石材上，大概要當下才知道能不能管用。」

「這代表我們可以從任意方向潛入工廠，」瑪拉席說，「然後找出通往洞穴的路。」

「他們運送了很多補給來這裡，」月光說，「都是大箱裝的裝備與食物。我不認爲我們有尋找祕密樓梯的必要。」

「妳說得對，」瑪拉席同意，「主要卸貨區八成會有貨梯。好假設。」

「我們可以，」變魂說，「嘗試假裝成他們前去送貨的一員。也許可以在路上劫持他們的補給卡車？」

「我試過了，」瑪拉席說，「結果是一團亂。我比較想要隱祕行動。」

「同意。」月光說，「我建議我們先偵查目的地，從後方找一間空房，做出一扇門。他們的保全肯定會專注在出入口，所以我們能輕鬆避過。我們再從那邊去卸貨區找貨梯。」

這計畫很合理。不過隨著他們接近目的地，瑪拉席的焦慮也逐漸升高。很快地，火車停下，三人走下火車。她擔心自己帶的長盒——裡面裝著借來的來福槍——會很醒目，但沒人多看她一眼。也許他們以爲那是某種樂器。更有可能的是，他們根本不在乎。

瑪拉席的兩名同伴都不是司卡德利亞外貌，不過月光戴著一頂帽子遮住她的雙眼。她也比瑪拉席世界的多數人來得矮，但沒證據顯示這是她的同胞的特質，還是只是個人體型而已。相反地，變魂則又瘦又高，他的深色皮膚在街上算是特別，但大多數人都只會假設他有泰瑞司血統——比起瑪拉席這種中央統御區血統的人，他們的膚色更多樣化。

再者，這座城裡的人服裝非常多變。市民似乎刻意避開依藍戴常見的棕色與黑色。這裡的流行是互相衝突的鮮豔色彩。此外還有更多古怪的人。光是在火車站內，他們就經過了一個正在發放家具店傳單的扮裝吉祥物、幾個戴面具的麥威兮遊客，還有一個身穿套裝的克羅司血統女人。

火車站外的架高平臺有階梯通往底下的街道，他們在此看見了不遠處的目的地：一間棕色的磚造舊工廠，門口掛著斑駁的招牌。這座充滿未來感的城市內一樣有比較不佳的區域，很多都像這樣躲藏在鐵軌下方。

瑪拉席原本希望工廠今天沒有動靜，因爲鬼血的間諜紀錄說近幾週的運貨頻率並不頻繁。

很不幸地，今天那座建築充滿了活動跡象——大約有半打卡車從工廠側邊的倉庫門進進出出、裝卸貨物。

「好吧，」月光說，「至少卸貨區的位置確定了。我們應該可以在那裡找到升降梯。」

「在倉庫區，」攣魂說，「目前滿是敵人的位置？」

「沒錯……」

「如果，」瑪拉席說，「我們從後方進入呢？妳可以在任意牆面上開門，對吧？要是我們從升降梯後面開個門呢？」

「也許可行，」月光說，「不過那裡如此繁忙，讓我不太安心。我們原本打算趁四下無人的時候溜進去的。」

瑪拉席同意了——但她仔細思考後，覺得自己有點天真。組織已經知道他們在比爾敏，而且打算出手阻撓……

瑪拉席看著轟轟作響的卡車從工廠開出，朝著政府機關所在的山丘而去。她猶豫了一下。接著忍不住露出微笑。

「他們在擔心瓦，」她說，「他們在動員人力、調度資源……我敢打賭他們全都是被派去阻止瓦的。」

「或許吧。」月光說。

「相信我，」瑪拉席說，「凡是瓦到過的地方，肯定會煙火四射。組織在擔心他——而且他們多半知道他的位置。在天上飛來飛去總是讓他很醒目。」

「如果妳是對的，貴女，」攣魂說，「那他們可能不會預料到我們的入侵。他們的目光都被曉擊給吸走了。」更多卡車離開，攣魂指向城市北側，那處正冒出一陣黑色濃煙，「那裡是市長官邸。也許曉擊正在造成……特別大的麻煩？」

「對我來說夠好了。」瑪拉席說著領頭走下階梯，「我們趕快趁大家分心時出擊吧。」

43

房間裡的所有人——連坎得拉也不例外——都聚集在史特芮絲身旁讀著瓦送來的信件。也許他們不信任她會大聲唸出內容，又或者他們必須要親眼所見才能相信。

炸彈已證實爲眞，並且已經製造完成。威力足以毀滅整座城市。敵人正在想辦法把炸彈送入依藍戴。是時候疏散城市了。

他們已經知道我在追捕他們，希望我在本地不會導致他們衝動行事。調查顯示炸彈無法以鐵路或公路運送，所以他們正在尋求替代方案，也許是某種自力推進的彈頭。無論如何，我建議妳關閉所有進入依藍戴的交通，以策安全。

組織內部有一些矛盾。有些人想要摧毀依藍戴，但根據我們找到的奇異相片，另一些人似乎是想重啓灰山，藉此摧毀全盆地。我也許能夠利用他們之間的嫌隙。然而，我的主要目標仍是阻止炸彈的投放機制。

盡可能讓更多人離開城市，時間越快越好。以免我失敗了。

我愛妳。

——瓦希黎恩

艾達瓦蓀立刻對年輕的無線電操作員下了封口令——也包含任何有可能聽見訊息的人。房間裡的其他人癱坐回桌邊的椅子，數人望向坦迅。

「我們應該相信曉擊，」他說，「和諧很久以前就懷疑敵人在執行類似的計畫。只是時限……比我們以爲的還要短。鐵鏽的。我們必須非常嚴肅看待這件事。」

「我被迫同意，」艾達瓦蓀——居然是她先開口，「我並不喜歡拉德利安，但……這個消息，還有坎得拉保證……總督大人，看來有把槍正指著我們的頭。」

總督朝桌子前傾，表情嚴峻。

終於，史特芮絲心想，吐出憋著的一口氣，他們終於肯認眞正視這件事了。也許現在她能夠眞的做出一點事。

「時間非常寶貴，」總督看向桌邊的三名議員以及他的副總督，「如果炸彈是眞的……我們必須盡快行動。」

「同意，」塞特爵爺說，「我們多快可以出城？」

「取決於現況，」總督說，「達奧大使？我現在可以去搭乘你的飛船嗎？」

「只要街道沒有堵塞，」艾達瓦蓀說，「我們理論上一小時之內就可以靠車隊出城。」

「那夠快嗎？」哈蒙德斯貴女說，「這項武器的毀滅半徑有多大，坎得拉？我們要去多遠才會安全？」

「我會傳訊給我們的家人，」總督說，「我們必須安靜地進行，不要引起大眾騷動。」

史特芮絲閉上眼睛，感到一陣噁心。一方面，她能理解他們的情緒。畢竟，她也立刻就把孩子們送出城了。

但同時……鐵鏽的，他們全都會逃走，是不是？她看向瑞迪總隊長的眼睛。他癱坐在椅子上，表情麻木。他宣誓過要保護城市中的人民，如今卻束手無策，只能坐著絕望地等待事情發生。

她不需要這麼做。她已經絕望過了。那就是她的清單的用途。她驚訝地發現，她的方法真的有用。她不害怕。她也感覺不到焦慮。

她能照常運作。

她可以疏散城市。

她抽出自己的一本厚筆記，重重放在桌上。正當其他人找來助理協助準備脫逃時，她梳理思緒、翻閱著她的筆記。她有七種詳盡的全城疏散計畫。哪一種最合適現在的狀況呢？

過了幾分鐘，總督下令要助理們暫時離開，接著關上門。房內焦慮的成員轉身看向他。

「嗯，」他說，「艾達瓦蓀有個建議。」

她很快地恢復了鎮靜，身穿泰瑞司長袍直挺地站著，雙手提出邀請似地前伸，「現在的狀況確實很嚴峻，但我發覺有解決辦法……這麼說吧，就落在我們的雙臂上。瓦希黎恩爵爺說敵人可能會使用某種裝置將炸彈發射進城裡。但我們有金屬之子可以動用。全盆地中，我們擁有的人數最多。

「我們應該召集射幣，讓他們把武器鋼推走。我們可以把他們安置在高樓上，留意武器抵達——或更好的主意，安排人在比爾敏監視。炸彈一發射，他們就能警告我們。」

「不好意思，艾達瓦蓀，」史特芮絲說，「妳有沒有親身體驗過現代武器的發射？妳有沒有親眼見過砲彈飛行？相信我，如果武器發射了，抵達依藍戴時的速度肯定遠超過任何鎔金術師能阻止的程度。」

副總督洩氣了一秒，接著又雙眼圓睜，「要是，」她說，「我們有一個鎔金術師，能夠使用統御主的所有能力呢？」

房中數人倒抽一口氣。達奧站直了身子，面具後的雙眼直盯著艾達瓦蒸。

「這是緊急情況，」她說，「眞正的緊急情況！我們需要考慮能力抵得上千人、能夠移動星球、創造山峰的人。我們需要……悼環。」

眞棘手。

第一，悼環不是那樣運作的。沒錯，持有者會得到超人般的金屬能力，但裡面並不包含「統御主的所有力量」。不幸的是，圍繞悼環的神話以及瓦使用悼環達成的事，近幾年已傳得越來越誇張。

話是這麼說，史特芮絲確實考慮過使用悼環——她的計算裡常會包含這個選項。那是由倖存者——或是統御主——所創造出的強大遺物，能夠讓持有者獲得廣袤的金屬之子能力。這可不是能隨意忽略的東西。

「我們不能使用悼環，」史特芮絲說，「依藍戴的人民做出了承諾。這是和約的基礎。」
他們身後，整個會議都很安靜的達奧上將走向桌邊，「悼環，」他說，「被交付給了無相永生者，並且有非常嚴格的共識指出你們的人民永遠都不能使用悼環。」

技術上來說，他們確實是不能使用悼環，除非麥威兮攻擊依藍戴——這才是眞正的和約，確保麥威兮的侵略不會失去控制。

「大使，」艾達瓦蒸說，「您肯定能看出我們需要自保。在如此危機之下，您不會阻止我們使用能夠拯救自身免於毀滅的道具吧？」

「妳，」達奧大使說，「肯定了解在任何情況下——不論狀況有多危急，只要盆地使用了這個神聖的遺物，就會視爲對我方同胞的侵略行動。妳以爲我們沒有經歷過我們希望能使用悼環阻止的災難嗎？我們這六年來可以用其拯救多少性命！但我們的和約清楚表明悼環太過強大，任何人都不能使用。」

房間陷入沉默。他在打某種主意，史特芮絲心想，但她想不透是什麼。

「我們……」總督舔了舔嘴唇，「我們該拿悼環來。如果加強過速度的鎔金術師可以在炸彈落地前就把它鋼推開，我們就還有機會。」

「悼環的力量不像你們想像的那麼強，」史特芮絲說，「沒辦法辦到這種事。」

「事實上，」坦迅說，「有可能辦得到。」

「什麼？」史特芮絲問。

「你們……並不知道某些力量之間的交互作用，」他說，「我也只略知一二。我想是有可能……使用悼環推開炸彈的。只是我們立下的約定……」

「聖者，」總督說，「和諧會覺得以下兩者誰比較重要？是我們城市的存續，還是不背叛麥威兮的信任？祂會怎麼希望？」

坦迅沉默地站了一會，接著低吼著說：「我會取來悼環。」

支持者說。「訓練親愛的含德維成就偉大，然後切斷他的臍帶，將他推出巢外；看

背面延伸報導：為何法官允許賈克留下老虎。

薇拉轉頭看向逐漸逼近的岩石，陰陽怪氣男正在那裡等著。

她瞥向我，雙眼大睜，毫無疑問發覺了在沒有鋼的情況之下，她無法鋼射離去。她被困住了。極度驚訝之下，她除了握住羅盤，其他什麼也沒抓。

我可沒預料到會這樣。

「不！」我尖叫，立刻丟下陽傘將手伸向薇拉。我湊巧抓住了她外套摺邊上的蕾絲。

「妳救了我？」她問。「妳不希望我摔下去嗎？」

「和諧啊，不。」我說。

她用羅盤打中我的臉，說實話，她這個動作很不明智。我出於本能地放手了。

薇拉墜落，我向前屈膝，想要再次抓住她，但巧合如此善變，這次我的手以毫釐之差錯過了。我驚恐地看著迷霧吞沒了她。然而，因為突然移動重心的緣故，我也脫離了爪子的抓握。

我一瞬間失重，擔心這就是結局了。

接著，我感受到巨大翅膀所撲來的風。一隻爪子抓住了我，讓我落在一處岩石突起上，就在陰陽怪氣男的旁邊。

我滑行到石突邊緣才停下，訂做的米莉．耶東皮靴將碎石踢出邊緣。感謝這雙鞋，還有它既時尚又防滑的鞋跟（妳也可以在第九街的亞迪恩買到。沒錯，這是訂製品，但只要說出我的名字，店員肯定會樂意幫忙）。

我心臟狂跳，呼吸急促，搜尋著石突的頂端。「羅盤……我們需要搜查懸崖！」

塔跋一凱桑降落，張開另一隻爪子。羅盤滾落，我趕緊撿起。在我來得及感謝牠們之前，陰陽怪氣男抓起我的手，以熾熱、迫切的眼神盯著我。考慮到他平時一貫的陰沉表現，他露出這個表情，就跟我擦便宜香水一樣罕見。

「我親愛的妮奇兒，」他贈與我少見的微笑。

「怎麼了？」我檢查著身上是否有傷口。雖然我的襯衫掉了幾顆鈕釦，但至少沒

有整件衣服不見。在賈克的故事裡，這件事遲早會發生。「我很好。我保證。」

「妳差點掉下去了。」他用粗糙的大手捧起我的臉頰。

我的心裡燃起熱火，我情不自禁地也回以微笑。自從我們初次見面以來，彼此之間的關係實在改變太多了！

「你這個傻男人。你沒這麼容易就能擺脫我。」我說。「你和我，永遠一起探索寰宇。就像我們立下的約定。」

我讓他將我拉近，他身上熟悉的地獄火與松木味充滿了我。他以指節托起我的下巴，讓我注視著他的灰眸。

他要吻我嗎？我希望他吻我嗎？和諧在上啊，我想。在那個當下，我察覺過去六年來每次他出現（並無可避免地）將我的生活搞得天翻地覆時，我都想像著這一刻的到來。

「妮奇兒……」他的聲音低沉，帶著氣音。

「什麼？」我踮起腳尖靠向他。

「我真的真的很抱歉。」他舉起靈魂羅盤，插進鉛鑰匙，然後轉動。上面的小圓環旋轉，直到流瀉出鬼魅般的光芒，接著自體內反轉，發出強烈的聲響。但與其說是聽見，那更像是我從靈魂中感受到的。

陰陽怪氣男的身體已不在原地撐住我，因此我向前跪下。不過他啟動裝置的殘像還留在空氣中一小段時間，接著像火柴燃盡後的煙霧一般散去。

他動手了。他終於進入了鬼魂領域。

而且他沒帶我一起去。

他居然背叛我。鐵鏽的利用我。

我就不拿我接下來醜陋的生氣模樣來煩你們了，但我確實大罵了一些與他在一起時學會的咒罵。在出氣結束後，我完美無瑕的彩妝糊成一團，帽子與其上的渡鴉羽被亂丟在地上，而塔跋與凱桑突然變回了人類形象站在那裡。

「他走了！」我大喊。「還帶走了唯一完成工作的方法，我們現在卡在兩片大陸之間，離家有一千哩遠！」

我以為他在乎我。他明知這樣的背叛會傷害我，但他還是做了。鐵鏽滅絕的，我希望他到得太晚，無法拯救世界。我才不在意他和他該死的雇主被燃燒殆盡。

「我沒辦法跟上去，算他運氣好。」我緊握拳頭，金屬護指的邊緣刺進掌心。

兩名無相永生者互看一眼，接著凱桑點頭，就好像決定了什麼，然後塔跋開口說。

「實際上，」他說。「還有另一個辦法。」

來自含德維的筆記：

妮奇兒前一次的來信已經是兩週前了（你們也知道她的來函有多麼斷斷續續的）。我只能相信她已成功進入鬼魂領域。並且依和諧之意，希望我們很快就能知道她的冒險結局。

— 下週繼續？ —

44

瑪拉席領著另外兩人走向目標。要在鐵軌底下偷偷行動很容易，在都市建設造成的暮光之下，建築在此處擠成一塊。街道狹窄，彷彿故事中古代陸沙德的貧民窟。

在工廠、精煉廠與倉庫之間夾著許多擁擠的公寓，這一切都在軌道的陰影底下——團結與進步的象徵，每隔幾分鐘就以透入牙根的震動提醒你：住在這麼現代化的城市是不是很棒啊？與高速鐵路這樣的建設標竿比鄰？連那片投下的陰影看起來都特別進步。

整體來說，她很支持社會進步，但太多時候這樣似乎更加分化社會，而非團結眾人。高速鐵路很棒，但那些最需要的人付得起使用費嗎？高級公寓很棒，但如果負擔不起的人只能住在鐵道下的黑暗裡，那麼這只是在提升某些人生活品質的同時，惡化剩下的人的生活而已。

她在追求社會改革時逼迫自身正視這件事。任何善意的舉動，都必須搭配非常實際的後果評估。著手改善問題的時候，實在太過容易就導致情況變得比原本還糟。

*這就是爲什麼我這幾年來都比較專注在警探工作上嗎？*她心想，*我本來想要改變社會。但日常工作實在是負擔太重，而那些重大的問題又實在是太大了……*

擇期再思考這些事吧。三人沿著後方的小巷偷偷接近輪胎工廠。變魂信守承諾，緊緊跟上她們——不過剛才他們並不需要快速移動，而且附近也總是有牆面可以讓他扶著來保持平衡。瑪拉席還是很擔心帶一名八旬老翁前去潛在的戰場，但她對此咬住舌頭，不再發表更多意見。

當他們更加靠近時——只隔了一條街——月光要眾人停止前進。瑪拉席好奇是什麼事導致他們停下腳步，直到她看見一輛有暗色車窗的圓胖黑車停在了工廠之前。

比爾敏市長走下車，數名外貌凶狠的保鑣陪伴著他。恩特隆快步趕往卸貨區，對著還留在那裡的幾輛卡車大喊，揮手要他們盡快移動。瑪拉席幾乎能確定自己從他的叫喊聲中聽見了「曉擊」這個名字。

他很快就消失在建築物內。

「好吧，」瑪拉席悄聲說，「他看起來很焦躁。」

「大概是對自己家被燒毀不甚滿意。」變魂低聲說。

瑪拉席點頭，「來吧。他到場基本上就證明我們找對了地方。」

他們繞了遠路，短暫地脫離鐵軌所投下的陰影，又再度繞回來在陰影中泅泳，直到終於抵達工廠的後牆。三人沿著牆緩慢前進，發現了一扇被封起來的舊窗。瑪拉席原本希望能透過縫隙偷看裡面是不是空房，但窗戶的另一面也被封死了。

「嗯，」變魂年邁、細瘦的手放在磚牆上。水晶從他掌中長出，慢慢沿著牆面爬入窗板間隙，「沒錯，他們眞該用瀝青封住窗戶的……」

「你看到什麼了？」月光低聲說。

「我什麼也看不到，」他說，「但脩阿亞納？嗯，他感應到一間放滿架子與雜物的小房間。裡面沒人，而且窗戶右邊的牆之前並沒有擺放架子。」

他收起手，在牆上留下一道水晶——那馬上開始分解成塵，最終變爲一股玫瑰色的煙霧散去。月光在背包中翻找——短暫地露出裡面的三個罐子——接著拿出一樣皮革製的物品。看起來像是個大皮夾，或是某種工具袋。她將它打開，裡面有三顆石印章。

她挑出其中一顆，沾上某種奇異的發光紅墨水，然後舉起印章，「準備好前進。」接著她把印章蓋向牆面。印章的前端很神奇地陷入了磚牆大約半吋深。月光拔起印章——帶起一縷紅煙——牆面上留下了一個發光的紅印，其上的圖案設計細緻入微。

牆面接著開始移動。磚頭微微呻吟，摩擦鼓動——接著突然變得像是液體一般往兩側分開，從底下浮出一扇門。就好像……就好像有人把磚牆的拉鍊拉開，露出底下的門。不過幾秒，牆面的結構就已重新排列過——許多磚頭單純消失了——形成一扇塗著斑駁黃漆的舊木門。

月光拉開門，揮手示意他們進入。瑪拉席首先進門，跨過地上原本靠牆堆放的一些油漆桶。變魂緊接在後，最後是月光。他們擠在小房間內，只靠一盞紅色燈泡照明。爲什麼檯面上有那麼多臉盆，這些瓶瓶罐罐的液體又是做什麼用的？這裡是放清潔用品的倉庫嗎？但這也解釋不了那盞黯淡到幾乎毫無用處的紅色燈泡。

在他們身後，木門開始消失——看上去像是被兩旁的磚牆吞沒了，「這是我看過最不自然的事了。」瑪拉席悄聲說。

「妳可是有個朋友會飛呢。」月光說。

「所以？」瑪拉席從槍盒中取出來福槍。變魂脫下雨衣，露出制服與黃色飾帶，一手放在他的劍上。瑪拉席在門邊仔細聆聽，月光也加入她。他們沒聽見門後有任何動靜，於是瑪拉席輕輕拉開門，展露出一間全黑的房間。

他們安靜地穿過房間，經過了看似是椅子的物體，數量莫名地多。沒錯，還排成一列列的。這到底是什麼地方？他們來到房間另一邊，瑪拉席在黑暗中亂摸，想找到門的位置。她的手反而碰到了一連串類似電燈開關的東西。

由於房間顯然空無一人，於是她就撥開了電燈開關。然而，這不是她預期中的那種燈光。一道強光從其中一面牆爆發而出，照亮了另一面牆，在上頭投射出明亮的畫面。

畫面上是一座毀壞的城市，灰燼從天上落下。緊接著，畫面開始動了起來。

45

瑪拉席盯著動態畫面以全彩展現出的城市樣貌——雖然大部分的顏色都是暗沉的灰黑，但與鮮紅色的天空形成強烈對比。灰燼從天而降，落在冒煙的建築殘骸之上。放出光芒的房間傳來陣陣刺耳的機械聲響。

「原初乙太啊，」變魂走到她身邊，手扶著附近的椅背支撐自己，「這是什麼？望向未來的窗戶嗎？」

「我從沒見過類似的東西。」月光站在另一側的牆邊，一旁就是畫面。她遲疑地將手伸進光束內——因此阻擋了畫面，在牆上留下了手影。

幸好，瑪拉席以前確實看過一次類似的東西。文戴爾向他們展示過用光線將埃諾瓦式相片投射到牆上。只不過是靜態，而且是黑白的。但她對他當時所說的話仍印象深刻：和諧暗示，如果我們只是這樣就覺得不可思議，等那些畫面開始移動時，會嚇得下巴掉下來，震驚到燃光金屬。

看來組織已經解開這項祕密了。而且他們還找到辦法展現出其他地點的動態影像，也許是利用相機？這房間感覺上確實像是個小劇場，只是沒有舞臺而已。

但是……這座落滿灰燼的城市廢墟究竟是未來，還是過去？從建築樣貌來看，那裡看起來像是依藍戴，但碎石實在太多，她無法百分百確定。

「這邊，看看這個。」月光在房間另一端呼叫，她打開了那邊的另一扇門。

孿魂與瑪拉席加入月光，走進有著截然不同裝飾的房間。一張巨大的桌子占據了房間，上面有座城市的微縮模型。類似於孿魂創造的城市模型，只不過是用塗色過的木頭與灰泥所造——模型毀壞殘破，其中的建築如同遭受過災難般東倒西歪。

她可以從格局認出這確實是依藍戴。所以，有人不但能看透未來，還爲即將發生的事件做了一件模型？

月光查看一些箱子，從其中一箱內抓起一把灰燼，讓它從指間滑落。房間內的架子上則放著迷你模型——是些如屍體般倒臥的人型。由灰泥上色製成的死馬、毀壞的建築、破損的車輛、漆成紅色的大片畫布，上面畫著黑雲與熾熱的太陽……

還有一臺埃諾瓦式相機，安裝在低處，朝向桌面。看到這裡，她突然理解了一切。

「這是假的，」她鬆了口氣，低聲說，「他們沒有前往過去或未來。他們創造了一個毀壞的依藍戴模型……然後用這些機器製造出尚未發生的未來相片。他們刻意設下了這個騙局，想要讓人以爲世界即將毀滅。」

「不，」月光說，「他們設下騙局，是要讓人以爲世界已經毀滅了。但他們打算給誰看，又是爲了什麼？」

「如果這一切有答案，」瑪拉席說，「肯定就在地下。」她朝另一個方向點頭，眾人穿過劇場，走向投影機旁牆面上的一扇大門。

他們向外偷看，發現是一條以工業電燈照明的走廊。考慮到先前的敵方活動，這裡安靜得有點詭異。月光先打頭陣，瑪拉席跟上，他們在走廊末端看見了一扇對開的大門，這兩扇門上有窗戶，讓他們能夠偷看到門後的卸貨碼頭。

對面有一群武裝男女在巡邏。孿魂在瑪拉席身旁蹲下，伸出一小條幾乎看不見的水晶，從門下穿過。

「啊，」他說，「就在房內，妳們看見了從左側突出的那面牆嗎？那就是妳預料中的工業用電梯，貴女。」

瑪拉席可以看見他所指的那道牆——但電梯門是朝向與他們所在地相反的方向。三人絕對無法在不被發現的情況下偷偷穿過卸貨區。幸好他們也不需要。

他們沿著走廊來到了適當的位置——這裡只有空無一物的牆面，但電梯應該就在其後。

「好了。」瑪拉席低聲說。

月光再度創造出一扇門，接著拉開，門後是向下深入黑暗的電梯井。電梯肯定在下方，最有可能是正在載運市長與他的保鑣進入洞穴深處。

現在怎麼辦？

「請讓我來。」孿魂跨過門，用手抓住牆面上的一個小盒子保持平衡。他一腳站在狹窄的牆壁邊緣，另一腳懸在半空中。瑪拉席伸手想穩住他，但在那之前，門就消失了，牆面再度延伸回原位。

月光很快地再次蓋印，再拉開門。她們發現孿魂正掛在一個由玫瑰岩所構成的梯子上。他從背包裡喝了一大口水，再微微一笑，「該出發了嗎？」他問。

「如果有人叫電梯上來怎麼辦？」瑪拉席問。

「這是工業用電梯，」月光說，「妳看電梯井這麼寬，纜繩又這麼粗。電梯的移動速度肯定很慢。最差情況，我們能夠爬到電梯上面，跟著一起上升。上方的空間很足夠，我們不會被壓扁的。」

瑪拉席點頭，孿魂開始向下爬，他的腳下不斷出現新的梯級。瑪拉席踏上階梯，測試著穩定性。事實證明，有孿魂跟著實在是極端便利。她向下爬一些，讓月光也能站上梯子。門再度消失了，不過月光把她的背包略為打開，裡頭透出的純白光芒照亮了電梯井。

他們朝著洞穴向下爬。希望答案也在同一個方向。

46

瓦沿著市長官邸的祕密通道往下爬。沒錯，看起來是從兩面牆之間擠過去的樣子；他爬行的距離絕對已超過一樓，來到地下室了。他的梯子在此通進一間有著鐵製牆壁與天花板的小房間。

此處的架子上放著補給品：乾燥食物、一瓶瓶的水。像是某種小型避難所。不是可以長期待著的地方，比較像是暫時的躲避處，以免……發生什麼事呢？街道上有暴動？或是有更邪惡的理由，例如武器意外引爆？

瓦感到一陣寒意，繼續檢查房間。他在地面發現一些刮痕，代表牆上有暗門。他沒花太多力氣就推開門——即便那是由厚厚的金屬製成的——發現一條通往排洪溝的路徑。光線透過上方的水溝蓋柵格射入，此處的氣味雖然不宜人，但也不算太糟。這不是真正的下水道，只是讓街上的雨水能夠排往海洋的通道而已。

*也是從市長官邸緊急脫離的好方法，*他心想，注意到汙泥上無數的腳印，還有乾掉的泥巴痕跡沿著水泥隧道向前延伸。他在前面一點的地方發現了一輛小汽車，沒有頂棚，很適合在這

種狹窄的地方行駛。車胎上滿是汙泥，前方的泥巴上也有數不盡的輪胎痕。

車上並沒有鑰匙。雖然似乎有方法在缺少鑰匙的情況下發動車子，但瓦從沒研究過這種偷盗技巧。瓦從外套口袋中取出摺起來的月曆，再次看向上面標記爲「實驗室」的許多預定行程。總是不斷來回，有時一天好幾次。如果瓦想要這麼頻繁地造訪某個祕密基地，他肯定需要有個隱密的方式可以抵達。

瓦徒步在隧道內前進，但來自過去的幽影開始浮現。有一瞬間，他不是在全盆地最先進城市地底的排水溝內。他是在一個舊礦坑中，由一名內心充滿惡意的人所創造出的扭曲「藝術品」包圍著他。金色的光線從上方灑落。與命運的會面。

有別人在移動我們。

他深呼吸，平靜下來驅逐幽影。那永遠都會跟著他，但已不再驚擾他。那提醒了他曾是什麼人、曾過著什麼樣的生活、曾經愛過什麼人。他依然銘記著，但今天還有工作要做。他找到一道通往上方街道的維護梯，接著爬上去尋找偉恩。希望他沒著火。

幸好，偉恩還活生生的，只有一點點燒焦。他就在他們原先講好的集合點等著。這是一間酒吧。理所當然，因爲是偉恩選的。

瓦在朋友旁邊的座位坐下，偉恩遞給他一杯威士忌，瓦滿意地一口飲盡。他們把錢留在櫃檯上，接著從後門溜出去。

「找到什麼了嗎？」偉恩問，他們已走到酒吧後巷的盡頭。

「一些可能有關的文件，」瓦說，「月曆。信件。更重要的是，還有一條祕密隧道——希望會通往有用的地方。」

「讚喔。」偉恩說。

「你怎麼了？」

「呃，」偉恩說，「沒啥有趣的。」

瓦盯著他，再看向他長褲上的焦痕。

「沒辦法做阿嬷喝多了伏特加，」偉恩解釋，「來不及找到假髮，所以我改做燃燒小兔兔。」

「燃燒小兔兔，」瓦乾乾地說，「拜託告訴我，你沒有在兔子身上點火，偉恩。」

「當然沒有。我連假髮都來不及找到了，是要去哪裡找兔子？」

「太好了，我——」

「當然是用貓咪來做燃燒小兔兔。牠們到處都是。」

「偉恩，你在貓身上點火？」

「什麼，當然沒有！你以爲我是誰？虐待狂嗎？」

瓦稍微放鬆下來。

「我只是把貓咪從窗戶丟出去。」偉恩解釋。

「噢，和諧啊……」瓦說，「爲什麼？」

「當然是爲了從火場裡拯救牠啊！」偉恩搖搖頭，瓦帶著他走向排洪溝，「計畫是這樣的：點起大火，接著四處大叫，再把貓從窗戶丟出去。大家都會相信你，認爲你在救寵物。」

「然後……」

「然後你叫別人進去救兔子，」他說，「你領著所有人挨房敲門，要大家趕快離開。所有人都會發狂般幫助你，忘記原本的要事。」

瓦在街上停下，跟眾多路人一起目瞪口呆地看著銀宮。現在那邊已經完全著火，不斷冒出如深闇般的黑煙。

「你自己說了，」偉恩補充，「反正已經造成了很過分的外交事件，我們不如找點樂子。」

「我才沒有這樣說過。」瓦嘆氣。

「怎麼？」偉恩說，「你還在為貓咪的事生氣？」

「你真的把牠丟出窗外？」

「你要我怎麼辦？害牠被燒死嗎？我當然得救牠。」

「從火場救出貓。但火是你放的。貓也是你為此專程抓來的。」

偉恩咧嘴一笑，「喔，別擔心，我把牠用力丟到一棵樹上了。只要丟得夠用力，貓咪一定會掉在樹上。」

「你……你怎麼會這樣想？」

「不知道，」偉恩說。瓦領著他們繼續前進，「肯定是在學校學到的。」

「你……上過學？」

「小時候？沒有。但我有燒過一間學校，我那時根本還沒發明燃燒小兔兔。也許黑板還是哪裡有寫貓咪理論之類的吧。」

「等一下。你什麼時候燒過學校了？」

「西海芬？」偉恩說，「九年前。那是間該死的邪惡學校。」

瓦在維護梯所在的巷口停下腳步，思索著。西海芬……

喔，對。那確實是間該死的邪惡學校。

「好吧，」瓦拉開通往排洪溝的活門，「我們繼續前進吧。」

偉恩向下爬，卻在底下悶哼了一聲。

「怎麼了？」瓦加入他。

「別跟瑪拉席說我們來這裡，」他說，「我跟她說你從來沒帶我去過下水道。至少這裡不臭……」他瞇起眼睛，「說實話，因爲上面照下來的光，這裡看起來有點像一道小峽谷……」

「你這麼說有什麼用意？」瓦說。

「沒有用意。」

消防隊的鈴聲在頭上響起，兩人都轉過身。

「所以……」偉恩說，「月曆還有信件，是吧？」

瓦點頭，「蓋夫一直持續造訪一個叫作實驗室的地方，不過他幾個月前也離開了兩週去看某種彈道測試。他假裝是去渡假。」

「嗯哼。」偉恩向前指，「你覺得實驗室在那邊？」

「很有可能。」瓦從口袋裡掏出月曆，遞給偉恩。

他微微地吹了聲口哨，「今天之後就沒有預定行程了？」

「我也注意到了。」

「『他們到了』……」偉恩讀著上面的文字。

瓦點頭，讓偉恩自己觀看月曆，他則是抽出信件。這底下的光線並不明亮，但他還是可以靠著從水溝蓋透入的陽光來閱讀。他再次閱讀兩封信，一封罪證確鑿，另一封滿是客套話。到底……

喔，鐵鏽的，「偉恩，」他拿著從傳紙編輯那裡拿到的罪證，「這是僞造的。」

「什麼？眞的嗎？」偉恩接過信，「你怎麼知道？」

「在這些事件發生之前，」瓦說，「我花了很多時間想證明凡尼斯．海斯丁——這封信表面上的寄件者——涉入一件醜聞。我證明了他在賄賂其他議員。爲了證實我們的證據可信，我和史特芮絲把取得的信送去鑑定。鐵鏽的。我拜訪了三名筆跡專家，他們都特別提到凡尼斯寫撇時有種特殊的弧度。但這封信的弧度不對。」他睜大雙眼，「這代表……她打算這樣做……」

「老兄，」偉恩說，「你得說清楚點，因爲我完全沒跟上。」

「我姊姊，」瓦解釋，「她需要控制全盆地，向自主證明她有能力統治此地。我一直在想，她要怎麼靠炸掉依藍戴來達成這點。」

「那會移除很多障礙。」

「沒錯，但其他城市肯定不會聽從犯下這種惡行的人，」瓦舉起假信件，「除非黛兒欣能夠宣稱依藍戴不是她炸的。除非她有證據——例如一些信件——表明依藍戴內部議員才是開發炸彈的人。只要有適當的證據，她就能讓情況看起來像是依藍戴意外炸毀了自己。」

「喔喔，眞狡猾。」偉恩說，「她也可以『回收』一些這種武器的相關資訊，所以比爾敏就可以『不情願地』取得這項科技，從麥威兮的威脅之下保護盆地。地獄的……這可能行得通。除掉依藍戴。統一盆地。成功統治星球。」

又一片拼圖拼上了。就連蓋夫的信件——由眞正的凡尼斯．海斯丁所寄出的——也說得通了。他們需要筆跡的樣本，所以才會有這些市長與議員之間的客套信件。

「那今天之後就沒有預定行程又怎麼說？」偉恩問，「看起來期限比我們擔憂的還要更短。」

「我們需要找到這個實驗室，」瓦再次沿著排洪溝前進，「希望炸彈就在那裡。」

偉恩點頭，跟上他。蓋夫在官邸與實驗室的行程間只預留了十五分鐘交通時間——所以實驗室肯定不遠。

他們行進時，瓦發覺自己越來越擔憂。擔憂黛兒欣所做的事。擔憂這一切所代表的涵義。所以當偉恩打破沉默，他感到稍微鬆了口氣。

「所以……」偉恩說，「你在市長辦公室的時候……有注意到他的書桌好不好嗎？」

「他的書桌挺高級的，」瓦說，「爲什麼問這個？」

「那你有……」他朝銀宮的方向點點頭，「你懂的……」

「在他椅子上放屁？」

「沒錯。」

「偉恩。我當然沒有。」

他們在汙泥中又走了一段，發現肯定有些孩子偷偷下來過這裡。因爲牆上有著大大的塗鴉，是代表泰瑞司人的V字。

「好吧。」瓦終於開口，即便已經努力過，還是無法放下剛才的話題，「你怎麼會覺得我會在椅子上做那種事？你之前才說過不會那樣做，除此之外……搞什麼啊？誰會做這種事？」

「沒有人、沒有人，」偉恩說，「還好你沒做。要保持格調嘛，你懂的。尤其是這種時候。非常嚴肅，有炸彈威脅城市。很可能今天就會引爆。沒時間要低級了。」

他暫停一下。

「但是……」偉恩繼續說，「如果是我在那裡，看到那張高級的椅子……嗯，我喜歡那種椅子，你懂吧？那種椅背一路到頭全都是皮製的，足夠硬挺能提供支撐，但又沒硬到不舒服。你懂吧？

「然後我就會想，『該死，那眞是張高級的椅子。』然後我就會想……在那上面的後院迷霧聽起來會不會不一樣？如果我在完美的皮革輪廓上，釋放一些濃縮的偉恩氣體會如何？感覺會不一樣嗎？我的屁股蛋——」

「夠了。拜託。」

「喔，好吧。沒問題。」

他們又走了一小段路，但他剛剛說的話……瓦很想不再理會，但是……

「偉恩，」他終於說，閉上眼睛，對自己居然延續這個話題感到忿恨，「我在閣樓書房裡，恰好就有一張跟你的描述完全一致的椅子。」

「你是有一張沒錯，」偉恩嚴肅地說，「你確實有。」

喔，該死，「偉恩，你是不是——」

「瓦，你知道整座城都在危險之中吧？你的注意力不該這麼渙散喔，老兄。先是專注於我在政府機關縱火——提醒你，我只做過兩次，這不是連續傾向，只是巧合而已。現在又在幻想我後面跑出來的東西。我們就不能專心在重要的事情上嗎？」

「好吧，我想也是。」

「例如這件藝術，」偉恩欣賞著塗鴉，「阿媽說對了。這地方很漂亮。」

「阿媽？」瓦說，「我應該要聽得懂你現在在講什麼嗎？」

「只是這裡讓我想起以前聽過的故事中的峽谷，」偉恩跟上他的腳步繼續前進，「我阿媽跟我講的故事。她告訴我的最後一個故事。所以我記得很清楚，你懂吧？」

「不懂。」瓦說，「爲什麼這條隧道會是峽谷？」

「因爲就是。」偉恩柔聲說，經過另一個水溝蓋時抬起頭，陽光在他臉上投出網格狀的圖樣，「我從今天早上就一直在想這個故事了。這是無可避免的，你懂吧？」

「我不懂。」瓦說，「我真的不懂，偉恩。」

「故事是這樣的。」他說，「就算你自己不知道，你就是那個英雄，瓦。然後你在執行任務。巴姆。有史以來最骯髒的怪物。你必須阻止他……」他猶豫了一下，「注意了。峽谷裡可能會有蛇喔。」

「這是條排洪溝，」瓦說，「而且我從來沒在城市裡見過蛇。」

「對啊，牠們真的有夠會躲。」偉恩說，「說到蛇，組織肯定會知道官邸的狀況是我們搞出來的。」

「毫無疑問，」瓦說，「他們可能會跑進市長書房取回敏感文件。我沒辦法把活板門上的地毯恢復原狀——所以他們必定會知道我發現了地道。」

「啊，太棒了。」

「這很棒嗎？」

「你應該要在峽谷裡遇到壞人的，」偉恩解釋，「假設故事正確的話。」

「偉恩，」瓦說，「我們不在你母親的故事裡。我們是在比爾敏的排洪溝裡，想要找出並阻止某種爆炸裝置。我們——」

前方傳來一聲槍響打斷了他，槍聲在隧道中迴蕩——子彈擊中瓦頭部旁的水泥牆，啪的一聲濺起水泥碎屑。

兩人立刻壓低身子躲到一邊，看見前方隧道轉彎處有人影。瓦認出那兩名蹲伏在隧道轉彎處的人——是他先前對戰過的射幣，還有那個戴著圓頂帽的矮壯女人。

「嘿，」偉恩說，「你看看。壞人和蛇同時出現了。」

47

瑪拉席的小隊謹慎地爬下孿魂的玫瑰岩梯，安全抵達電梯井底部。她慢下攀爬動作，粉色的岩塵在她周圍分解，小小的光點在她身下的空氣中蒸發殆盡。瑪拉席的頭髮大概也沾上了不少岩塵——在她頭上微微發光，就像是不會發熱的燒紅煤炭。

他們發現大型貨梯緊緊占據著電梯井的底部。孿魂橫向擴張石梯，讓三人都能夠爬下到同樣高度，肩並肩排在一起。瑪拉席用腳趾輕測電梯的頂部。那是堅固的金屬板。她小心地把體重移往腳上，金屬也完全沒有變形。她向另外兩人點頭，他們也照著做。

「現在呢？」月光低聲問。

「維修用門。」瑪拉席在電梯的另一角發現了活板門。她小心地拉開。電梯的正門是敞開的，不過從這角度看不清楚其他狀況。她揮手請孿魂過來，「可以請你看看底下有沒有人看守嗎？」

一小條玫瑰岩替他們解答。

「脩阿亞納看見了兩個警衛，」孿魂低聲說，「一男一女，都手持來福槍。他們站在打開的電梯門兩側，身後是天然石牆。看起來，我們確實來到由隧道連通的洞穴系統裡了。

「警衛並沒有太警覺，他們目前正互相對視，沒有看向電梯。要不要我送他們去見乙太，讓他們的魂魄好好反省此生所犯下的錯誤？」

「她想要隱密行動，孿魂，」月光低語，「這可能太過火了點。」

「我有辦法處理，」瑪拉席低聲說，「如果你能把我往下降一點也許會更好，孿魂。那樣我才看得清楚。」

他聽從指令，用水晶創造出網格支撐瑪拉席，讓她能把頭伸進電梯內，頭髮倒吊在底下。兩名警衛站在一堆大板條箱之間，兩人面對面，分別背靠在不同的箱子上。孿魂是對的。這兩人並沒有注意周遭，事實上，他們看起來在互相調情。至少，男人正在因為自己的笑話而咯咯發笑，女人則是假裝不為所動。

瑪拉席從身側的小袋中取出鎔金手榴彈，並繫上釣魚線。她對手榴彈充能，接著等待——她的耐心有了成果，男人講的話終於讓女人發笑了。瑪拉席趁兩人分心時丟出手榴彈，一落地後立刻啟動。希望這兩名正專注在彼此身上的警衛不會注意到周圍的時間變慢了。

「好了，」瑪拉席低聲說，手持釣魚線，「行動吧。」

瑪拉席砰的一聲跳進電梯。月光的動作比較輕巧，在落地時向前翻滾。孿魂以一根帶有腳蹬的玫瑰岩桿優雅地降落。他踏下地面，但腳步不穩，必須手扶電梯牆面來穩住自己。

三人確認隧道外是否有其他警衛——結果空無一人——然後偷溜出電梯。他們特別留意不要接觸到幾乎看不見的緩速圈邊界，那看起來類似於大熱天道路上會出現的朦朧蒸氣。

兩名警衛還被凍結在那裡。女人正在閉著眼睛大笑，男人則是咧嘴笑著，雙眼專注在同伴身上。希望他眼角餘光沒有發現模糊的人影。瑪拉席與其他人躲進附近交錯的另一條隧道。她用力向上扯釣魚線、拉出手榴彈，速度圈隨即消失。

她在半空中接住手榴彈，女警衛的笑聲迴蕩在板條箱之間。瑪拉席緊繃地等待。他們有被發現嗎？那兩人有誰在笑聲之中聽見手榴彈落地的聲音嗎？

警衛若無其事地繼續對話。瑪拉席鬆了口氣，對另外兩人點點頭，三人沿著目前所在的隧道前進了一段。隧道牆面上的粗電纜連接了一連串礦坑電燈，燈光間隔讓隧道內黑暗與明亮的區域相互交替出現。

「剛才的計畫執行得非常好，」月光在瑪拉席收起釣魚線時低聲說，「現在只有一條路走了。沿著隧道繼續前進？」

瑪拉席點頭。

「我覺得這樣太暴露在外了，」變魂悄聲說，「我們可能會撞見別的警衛。」

瑪拉席也有同感，但他們無能爲力。三人繼續沿著隧道前進，這裡和她與偉恩前幾天去過的隧道非常相似。牆面由平滑的舊岩石構成，地上偶爾散布著碎石，應該是在武器試爆時從天花板上震下的。或許也有一些不是試爆時掉落，而是一開始炸出連接洞穴的隧道時就留下了。

前方傳來人聲迴響。瑪拉席回頭看向毫無掩蔽的長隧道，接著指向不遠處一段黑暗的區域，她似乎看見那邊堆著一些比較大的碎石。瑪拉席與月光趕往陰影處，變魂雖然承諾過，但依然難以跟上她們。

因爲隧道前方有轉彎，所以他們還看不到說話者。瑪拉席蹲在碎石之後，月光也照著做。這些石塊只到她蹲下時膝蓋的高度，但有總比沒有好。她們急切地向變魂揮手，他盡全力趕往她們，但抵達時腳部不穩地跌在地上。

他的手上長出岩石。石頭開始繞著他們生長，顏色比他平常的玫瑰岩更暗沉。雖然那依然是粉紅色的，不過陰影掩蓋住了色彩。他從背包內長飲以補充水分，接著——在他催促之下——他們全都盡可能蹲低，讓玫瑰岩越過頭頂，只有前方留下一小處開口，讓三人能看見外面的狀況。

一群巡邏中的士兵繞過了轉角。只有五人，但瑪拉席還是很慶幸有掩護。因爲巡邏隊停止有關市長官邸的閒聊，接著分成兩路朝相反方向而去。其中一隊繼續往電梯位置前進，直接經過他們躲藏的地點。士兵們連往下看一眼都沒有。

不過，瑪拉席的心臟依舊狂跳不止，等到隧道再次回歸寂靜，她才敢小聲耳語：「多虧了有你們兩個。」

「謝謝妳，貴女。」孿魂說。

「這只是鬼血成員所有技能的一小部分而已。」月光補充，「我們未來展現給妳看的東西會更讓妳驚艷。」

「如果我決定加入的話。」瑪拉席說，「我連你們是誰、想做什麼都不清楚。」

「這很容易解釋，」孿魂說，「我們有三條基本宗旨。」

「保護司卡德利亞。」月光在玫瑰岩外殼開始分解後站起身。

「但你們兩人都不是來自本地。」瑪拉席悄聲說。

「誠然，」孿魂說，「然而我的同胞目前無法返回故鄉。我加入凱西爾大人的麾下，是爲了獲取盟友與資源，以準備面對與黑暗乙太之間無可避免的戰爭。保護這顆星球的安全與純淨也是值得投入的目標。」

「妳呢？」瑪拉席問月光，「妳也沒辦法回故鄉嗎？」

「沒辦法，」她說，「但我不是很在意。我在監視鬼血某個特定的敵人。而且我喜歡祕密。」她向前點頭。

他們繼續前進，瑪拉席越過轉角偷看，確定沒有其他人過來之後，才低聲問月光：「另外兩條宗旨是什麼？」

「我們對彼此分享一切所知，」月光說，「團隊裡面沒有祕密。如果妳問凱西爾，就連他都會跟妳說他的計畫是什麼。但妳絕對不能在沒有他允許的情況下向外人分享祕密。」

「最後一條呢？」

「我們信任彼此，」孿魂說，「我們是團隊。是一家人。妳加入我們，就要發誓絕不向其他鬼血成員出手。不許內鬥。不許背叛。不許扯其他人後腿。不爭奪資源或關注。」

「我們是非常認真的，瑪拉席。」月光說，「妳做事的方法——妳在團隊裡的態度——也是我們決定接觸妳的原因之一。」

她的言下之意是，這也是他們決定不接觸瓦的原因。他們繼續前進，瑪拉席思索著這些宗旨。她很容易就接受最後一條。不要互相爭鬥？不要破壞團隊其他成員的任務及目標？聽起來太美好了。有很多次，由於她的行動與其他警官的野心相互衝突，導致她無法完成任務。

不過其他的宗旨……不與外人分享資訊？這像顆大石頭般壓在她的胃上。她是依藍戴城的警員。加入鬼血就好像……好像是對另一個國家宣誓效忠。

但他們所知道的祕密……他們在做的事情……如果她加入了鬼血，肯定永遠都不必再浪費時間在小偷小盜上了。

他們抵達一處交叉口，她暫時把思緒放在一邊。右轉後的區域照明特別明亮。在那邊，兩座長條形的狹窄建物蓋在隧道兩側，中間留下通道，彷彿建築是街道兩旁的商店。

瑪拉席越過轉角偷看，發現其中一棟建物之外有身材魁梧的警衛看守。他們是市長的保鑣。但兩人正在與建物內部的人說話，沒有注意周遭。這讓瑪拉席有了機會。

她帶頭壓低身子越過轉角，跑過一小段距離，抵達右側建物的側邊。另外兩人跟上她，此時保鑣與屋內的人說完話了，關上房門，站在門外看守。

建築的窄側有一扇窗，瑪拉席與其他人就躲在下方，讓她有機會朝內偷看。市長就在裡面。他穿著正式的晚宴服坐在一張桌子前，抹得油亮的黑髮梳往後腦杓。除他以外，門內還有另外兩個額外的警衛。四個穿著白袍的人擠在蓋夫的桌前，其中一人爲他遞上飲品。

瑪拉席皺眉，注意到蓋夫無精打采的姿勢。他看起來……很疲憊。遠不比他在警局時那麼咄咄逼人、自鳴得意。

他搖搖頭，「你們對她的計畫有多少把握，」他的聲音悶在房內，但依舊可以聽得清，「那個炸彈眞的飛得起來嗎？眞的能扭轉現況？」

「那……不屬於我的部門，大人。」其中一名科學家說，「我不是工程師。」

「我不敢相信事情會到這種地步。」蓋夫的語調軟化，「我同意的時候……我沒想過……他們來了嗎？」

「快了。」另一名科學家說。

「有多少人？」蓋夫問。

「很多。」那名女人回應，「一支軍隊，士兵有金色的肌膚與發光的紅眼。大人，這是眞的嗎？他們……」

蓋夫重敲桌面，「我才應該要領導一切！她應該要失敗的，而我本應取而代之。」

「您會的，大人。」其中一名科學家說，「如果她沒辦法讓炸彈如計畫運作，自主就會殺了她。」

「然後侵略整個鐵鏽的盆地，」蓋夫用手遮住臉，「也許是全世界。該死。不應該這樣子的……」他把酒一飲而盡，站起身。

瑪拉席與另外兩人交換眼神。他們已經知道如果黛兒欣無法證明自己有辦法控制盆地，自主就會發動大規模攻擊。也許蓋夫被賦與的任務就是負責安排這件事？

有這些洞穴做為避難所，她心想，對他來說很方便。他可以躲避地面上的毀滅性戰爭。這也能解釋那些食物存量。

還有那支侵略軍隊？她還記得百命邁爾斯在死前說著「金紅之人」時，表情有多麼敬畏。鐵鏽的。

「避難所內還有多少我們自己的士兵？」恩特隆問。

「兩個連隊。」看似帶頭的科學家說——她是一個穿著白袍的肥胖女人。

「受過金屬祝福的呢？」恩特隆問。

「沒有。」女人說。

「那女人，」恩特隆說，「是故意要讓我缺乏人手。」他開始踱步，「而我被迫要支持她，以免最壞的情況發生。我真不敢相信我讓事情發展到這個地步。我需要一些軍事力量來約束那些外星士兵。」

「我們做得到嗎？」科學家問。

「我不知道。」他把手放在頭頂，「我不想要只統治一片灰燼。鐵鏽的，愛德溫的計畫一直以來都優秀多了。我們當初應該強力推行那個計畫，而不是黛兒欣的蠢炸彈。」

「是的，市長大人。」實驗袍說，「說到愛德溫的計畫，您……還想要繼續測試嗎？」

他揮手要她繼續，所以實驗袍派了兩名助理去到房間的遠端，那邊是隧道的石牆面。瑪拉席剛才沒注意到岩石上另有一扇厚重的門──是硬木製成，在外側有堅固的鎖。

助理解鎖打開門，裡面有大約二十人擠在黑暗中。他們穿著各式不同的衣物──有的很昂貴，有的只是普通的工作服，全都骯髒且充滿皺褶。助理持手槍挑出一名穿著破爛晚禮服的纖瘦女人，她的臉上滿是哭花的妝。她幾乎沒有反抗，看起來虛弱到只能做做樣子抵抗一下。

大門再度被鎖上，助理將女人面朝下綁在一張桌上，另一人拿出了一支又細又長的銀色尖刺。瑪拉席感到一陣寒意，接著是噁心。這是……

噢，滅絕啊。他們要製造鎔金術師嗎？她讀過死神給她的書裡寫的流程，但她永遠都不想親眼目睹。

實驗袍拿出一本筆記，「我們相信我們已獨立出愛德溫想達成的技巧，」她說，「事實上，我們改良了它。這個程序需要非常細的尖刺，市長大人。另外奇怪的是，還需要正確的心態。」

「心態？」他問。

「你需要知道自己在做什麼，以及爲何而做。」女人解釋，「工作途中低語指令會有幫助，但我們發現並非必要。受試者身上的創傷也會有幫助。」

她點頭，助理開始把尖刺刺進女人的上背部，動作如同正用一支六吋長的針在縫衣服。可憐的女人痛苦地哭泣，助理則是一邊執行一邊自言自語，接著把針穿回皮膚外面，好像要打兩個洞來穿環。流程接近完成，女人尖叫得更大聲了。

尖刺一離開皮膚，洞孔就開始流血。女人隨即陷入了沉默，助理則是清洗沾滿血的尖刺，再交給實驗袍，她快速地將之放進連接某種儀器的溶液中，並且開始觀察。

「大約授予了百分之五，」她向恩特隆回報，「如您所見，受試者依然活著。我們基本上是切下了一塊魂魄，儲存在金屬裡。」

等等。

他們在沒殺死女人的情況下造出了一支尖刺？

這應該不可能的。沒錯，瑪拉席並沒有像瓦那樣仔細研讀死神的書，但她很確定血金術必定會殺死目標。

「所以？」恩特隆說，「我不知道妳有沒有注意到，但我不是很在意這些人是死是活。在不殺害他們的情況下製造尖刺毫無意義。我們需要大量的金屬之子。那才能讓自主留下好印象。那才能讓她察覺這顆星球能夠提供資源，不該被燃燒殆盡。」

「啊，大人，」女人說，「這名女人並不是金屬之子。我們成功利用普通人授予了尖刺——雖然只有一點點。所有人類的基本組成中都有滅絕與存留的授予——而且由於這名碎神在創造人類時給予了祝福，我們的存留稍多了一點。而我們現在正在取出這一點。

「能夠取出的百分比因人而異。我們認爲這與他們遺傳上有多少機會成爲金屬之子有關。如果他們沒有獲得能力，就不需要多出來的部分。那是多餘的。我們只是將其切下用在尖刺中。大約需要二十到三十人才能完全授予一支尖刺。」

「但妳能夠用這種尖刺創造鎔金術師嗎？」恩特隆說，「這才是重點。」

科學家朝其他人瞥了一眼，「大人，這是很了不起的結果，我們前進了一大步——」

「妳能創造鎔金術師嗎？」他質問，「現在。今天。展現給自主看。」

「沒辦法。」實驗袍承認，「我們認爲需要某種方法賦與其特定的金屬技藝祝福。我們曾觀察到有些人在接受尖刺後短暫地獲得能力，但很快就消失了。」

「該死，」恩特隆嘟噥著，「這代表愛德溫的社群計畫依舊有價值。」他雙手抱胸，再度看起來很疲憊，「但我們目前沒有任何東西可以展現給自主看。我必須得做。我要讓她的軍隊進來。通知我們所有的忠誠者——沒有直接替黛兒欣工作的人——進入洞穴。」

「但是——」實驗袍開口。

「我們先等待，」他說，「等黛兒欣實行計畫。我們給她所有嘗試機會。然後……然後如果那不管用……」

「我們就存活下去。」實驗袍說。

「我們就存活下去。」他對自己點點頭，「我要去社群確認垂裂點的狀況。」他對房間末尾的牢房揮手，「他們聽見、看見太多了，都是些累贅。處決他們。」

「當然，大人。」實驗袍說。恩特隆離開，留下屋內的兩個警衛，不過帶走了隧道裡的兩個保鑣。他重重甩上門，讓整棟薄弱的建物都在搖晃。幸好，他出門後沒有經過瑪拉席小隊的身邊，而是繼續往隧道深處前進。

「幫我拿些因維爾毒氣錠來，」實驗袍對房裡的助理說，「那能無痛終結囚犯的性命。費昂，通知忠誠者開始撤入洞穴。他們可以帶著家人，但僅此而已。這是最優先撤離指令。這不是演習。」

一名助理全速跑出房間，也朝著洞穴深處而去。另一人開始翻找房間側邊的櫃子。瑪拉席和兩名鬼血成員蹲在陰影中悄聲談話。

「我們必須把訊息傳給凱西爾。」月光說，「創造尖刺的新方法可能會改變一切。」

「那還是很野蠻，」瑪拉席悄聲回話，「偷取人的一片魂魄？是比殺死他們來得好，但我不覺得這是能心安理得使用的技術。」

「妳不懂，」月光說，「就算他們只是接近於使用魂魄的力量來打造金屬之子——倘若他們的測試能創造出鎔金術師，就算只是暫時的……瑪拉席，這條路可能通向不使用魂魄，而是使用純授予來創造尖刺。」她拍拍背包，暗指裡面的發光瓶。

滅絕啊。以機械手段創造尖刺？即便是麥威兮製作獎章的流程也會需要金屬之子。如果月光的聲稱是正確的，這的確能改變一切。

「現下，」變魂說，「倏阿亞納提醒我們這顆星球仍處在危險之中。如果侵略開始，傳訊給凱西爾大人也毫無意義。我們必須跟蹤恩特隆，看看有沒有辦法打亂自主的計畫。」

瑪拉席越過轉角，偷偷看向隧道遠處。他們能偷溜過去。但房間裡的人即將要被處決了……

「我們必須去救那些囚犯。」瑪拉席說。

「現在幾條人命無關緊要，」月光說，「我們必須繼續移動。這才是我們的做事方法。」

「不是我的。」瑪拉席說，「我是執法人員。我不能放任一群人被謀殺。況且，他說他們聽見太多了。他們會知道對我們有用的資訊。」

月光與變魂互看一眼。

「我要去救他們，」瑪拉席說，「裡面只有兩名警衛。我們應該能輕鬆阻止他們。」

「如果事情出了差錯，」月光說，「底下所有人都會被驚動。只要一聲槍響……」

瑪拉席猶豫了，衡量風險。她知道這可能很蠢，但她成爲警察可不是爲了放任有人被殺害。她站直身子，「我願意冒這個風險。你們要跟我一起來，還是我自己去？」

另外兩人站起身，「那我們快點解決吧。」月光說。

48

史特芮絲曾聽說過，在火災發生時，老鼠通常會是最先逃出的生物。牠們在火勢失去控制前就會先聞到煙味——所以有時候，你可以藉由觀察老鼠逃跑來提前得知即將發生的危險。

這就是她現在在做的事。她一面整理思緒，一面聽著其他議員準備脫逃的路線。她盯著她幾乎確定是組織成員的議員，嘉德瑞貴女。只要嘉德瑞還在城裡，他們就還有時間。

但隨著時間一分一秒過去，眾人等待著坦迅取回悼環，她開始心生懷疑。也許真正的間諜是其中一名助理，早已脫逃了。也許總督的決策圈裡根本沒有組織的人。也許——

一名助理衝進房間——走向嘉德瑞貴女，在她耳邊低語了些話。

「啊，」嘉德瑞說，「我得處理一下這個。」嘉德瑞起身撫平她的外套，「我很快就會回來。」

史特芮絲知道她不會回來了。她的離去代表城市有立即的危險。她離開時與坦迅擦身而過，他的到來吸引了其他人的注意。他們沒有察覺。

「現在，」艾達瓦蓀繞過桌面走向坦迅，「讓我們看看這怎麼運作。把悼環給我。讓我踏上和諧的道路，拯救城市！我是金屬之子，心智的藏金術師。不管來的是什麼炸彈，我都能用移星之力將其鋼推走！或是我可以直接飛去比爾敏處理掉這些流氓！」

達奧大使向前一步，臉孔藏在面具之後，「我們必須先進行談判。你們保證過不會使用悼環的。」

「您肯定能看出我們的需求，大使。」史特芮絲說，「如果這能拯救我們，您不會認為我們應該就這樣等死吧？」

「你們北方人肯定知道承諾的意義吧？」他透過面具的眼孔看著她，「我有權為了替我的同胞取回悼環進行談判。」他向前傾身，雙手撐在桌上，直勾勾盯著總督——他則睜大雙眼向後退開。

「如果你們使用了悼環，」他繼續說，「那我要求接下來悼環要交還我們，在我們所認定的災難上使用。這是種妥協，對吧？如果你們想使用悼環，又想避免戰爭，這是唯一的解決辦法。你們有這次的使用機會，我們也得到一次使用機會。同意嗎？」

房裡所有目光都集中在坦迅身上。這名坎得拉確保和約成立，並且成為了悼環的保管者。看起來其他人認為他能夠做決定，但史特芮絲認為他的角色比較像是個仲裁者。

「和諧無暇分神，」坦迅說，「但我們時間緊迫。所以只要人類同意，我也會允許。盆地現在可以使用悼環，但在這之後要轉交給麥威兮。」

「動手吧，」總督說，「如果能夠拯救城市……我同意。」

現在不是談判的最佳時機，史特芮絲忍不住心想，不知道他們被耍得多嚴重。達奧肯定是想趁著這個大好機會得逞。然而，她還是不知道為何坦迅會覺得悼環有用。沒錯，那能讓人成為極為強大的金屬之子，但達奧的舉動就好像光靠悼環便能徹底贏得戰爭——而且坦迅還擺著一臉疏離的表情。他對上她的目光。

「怎麼了？」她問。

「我們相信，」他低聲說，「利用數種金屬之子的力量組合，就有辦法將物品移動極遠的距離。就連和諧自身都不太了解這種可能。但我在想……如果有人擁有悼環的超越力量……是否就能解開這個謎團？」

太迷人了。她記下筆記。

坦迅打開一個盒子，向眾人展示悼環——外型是一個巨大的矛頭，由許多道不同金屬所構成。總督向艾達瓦蓀點頭，示意她拿起悼環。她伸手觸碰它，雙眼發亮。隨後她拿起悼環，抓著一陣子，接著皺眉。

「我……」她說，「我該如何啓動它？」

「瓦很自然地就使用了。」史特芮絲走過去，遲疑地戳戳悼環，什麼也沒感覺到。

他們輪流拿著悼環，讓每個人都試試看。坦迅最後接過，他皺起表情思索了一陣子，接著一臉驚恐，「悼環被抽乾了，」他低語，「發生什麼事了……怎麼會……？」

沒了力量，悼環基本上就只是一個沉重的歷史遺物而已，跟雕像的斷臂沒兩樣。

總督絕望地呻吟，向後倒回椅子內，雙眼緊閉。他們的救贖就這樣長出蝴蝶翅膀飛走了。史特芮絲不禁思索起自己到底漏掉了什麼。她完全沒預料到這個結果。悼環有辦法被抽乾嗎？誰做的？怎麼做到的？

達奧走向前，以一隻指頭觸碰悼環，「是真的。」他喃喃自語，「你們做了什麼？你們一直在祕密使用它嗎？」

「什麼？」艾達瓦蓀說，「沒有！我們已經很多年沒見過悼環了，和約簽署後就沒有！」

達奧一手拿起悼環，「我會把它歸還給我的同胞。」

「等等，」史特芮絲站起身，「這和說好的協議不一樣。」

「不一樣嗎？」他說，「你們有使用的機會了，只是剛好對你們來說毫無用處。我在想是不是要足夠虔誠才能使用它，對吧？又或者我是對的，你們一直都在偷偷使用它。如果你們搪塞給我假貨，我們的學者會發現的。」

史特芮絲看向他，有了種明確的感覺。剛才那番話是……預先準備好的？沒錯。她就連普通的對話也會預先準備。他的舉止感覺上是預先練習排演過的。但她肯定搞錯了。他怎麼可能為此做準備？

除非他已經知道悼環被抽乾了。除非他來依藍戴就是要等待危機發生，等他們拿出悼環救急，讓他有機會提出協議，然後……

「恐怕我不能允許你拿走悼環。」總督說。

「恐怕我們沒辦法阻止他，」坦迅低吼回應，「你自己答應的。」

「啊，」達奧說，「或許你們的無相永生者真的是中立的？令人好奇。我本來並不相信。」

達奧從坦迅手上拿走悼環的盒子，坦迅威脅地低吼——但放手了。

史特芮絲以某種奇異的分離感看著這一切。這是……這是某種麥威兮陰謀，和比爾敏的緊張情勢互不相干。代表這是能夠在其他時候再處理的問題，當他們沒有面臨全城毀滅的時候。但她終究會想找出其中的祕密。

大使走向門邊，悼環夾在臂下，但暫停下來，「我確實承諾過要提供交通工具，總督。如果你們全都認為這座城市已經完蛋了，那麼……你們之中任何人只要有意願，都可以跟我走。

我會在安全的地點放下你們。」

「我要去。」艾達瓦蓀立刻說。她從桌上抓起自己的物品。

「也許……」總督說，「也許我們搞錯了。對這項危險的判斷錯誤……」

「您是喜歡賭博的人嗎，總督大人？」瑞迪問，「因為我自己是。而我已經學到永遠不要和某個人對賭。如果曉擊說炸彈正指向我們，那就一定是。」

「我們需要疏散城市。」史特芮絲重重放下她的筆記本，「我這裡有計畫。應對不同種類災難的全城緊急計畫。我幾年前有些空閒時間沒事做。」

「妳拿這個當消遣？」瑞迪問。

「嗯，因為隔年的家族稅務已經算完了。」史特芮絲說，「就在這裡。這個計畫最適合目前的狀況，可以在最快時間將最多人移出城。我們有越多時間，就能救越多人。這是我創造過最有效率的計畫之一。」她抬頭看總督，「拜託，我們不能離開，我們必須保護城市。」

「你到底要不要來？」達奧在門口怒問。也許他想要獲得拯救總督的榮耀——或是政治談判籌碼。

法蘭司總督的雙眼在他與史特芮絲之間來回游移，接著看向艾達瓦蓀——她已消失在門外，身穿的袍子一閃而過。其他議員趕緊跟上她。

「你，」史特芮絲柔聲告訴總督，「是這座城市的領導。這個國家的領導。人民選了你來代表他們。我需要你的權力來盡可能拯救更多人。晚點還會有時間讓你脫逃的。現在，請幫助我拯救這座城市。」

「妳……真的有計畫？」總督說著抹了抹眉毛，「疏散城市的計畫？」

「是的。我們可以做到的，法蘭司。」

他點了點頭。匆忙、遲疑、害怕地點頭，「我想試試看。我們該從哪裡開始？」

49

這座峽谷裡沒有掩蔽，所以偉恩必須做出聰明的舉動：把自己當成掩蔽。

他擋在瓦前方，瓦正在低身跑回轉角處。他們的動作太慢了，但幸好敵人接下來的子彈是打在偉恩身上，令他發出悶哼。被子彈射中真的很痛。也許這就是重點，其他有些大傷口會讓你的身體嚇到忘記要疼痛，至少一開始是啦，就好像身體說：「哇，待會肯定會糟到不行。最好深呼吸一下。」

但是子彈不會讓身體陷入休克什麼的。所以槍傷就只是很痛。就像死神的眼睛。

不過，這讓子彈不會被射中瓦。他和偉恩一起躲到隧道轉彎處之後，離開對方視線範圍。瓦掏出槍準備開火。他們現在的位置距離一開始看見那兩個冒牌傻蛋的地點大約有三十碼，隧道的弧度擋住了視線。

偉恩扭轉肩膀，上頭的槍傷痊癒，又多消耗了一點金屬意識裡的存量。他最近這幾天存量消耗的速度挺快的。幸好，平時他與瑪拉席的工作不太需要什麼治療。她的任務通常不會需要把偉恩像貓咪一樣丟出窗外。

「喂！」假偉恩從隧道遠處大喊，「你們一直躲的話，我們就射不中了！趕快出來讓我們殺啦，老兄！」

噢，現在這個眞是糟糕透頂。她學得太用力了——根本就不是蠻橫區口音了。這是城內的小蠻橫區口音，再加上一點上流劇院語調——八成是她的方言教練的口音。最終導致的口音實在是很荒謬，跟他的口音相似程度就跟用生鏽的舊釘子在黑板上用力刮差不多。

「這兩個傢伙到底是怎樣？」偉恩低聲說。

「我猜，」瓦回應，「因爲我們幾年前把他們的計畫搞得一團糟，組織理解到他們必須要對付我們，所以在幾個成員身上刺了跟我們能力相同的尖刺，訓練他們與我們抗衡。」

「這一個可不只是想跟我抗衡，」偉恩說，「她想要取代我。你那個也一樣嗎？」

「不，」瓦說，「除了裝扮之外，他只是個有幾支額外尖刺的厲害射幣而已。要多注意他，偉恩。他可以一口氣爆發、燒光所有鋼，把他的鋼推充能到極限。但如果被他碰到，他也能抽乾你的能力。」

「只要他的金屬還夠。」偉恩說。

「組織的資源非常充沛。」瓦說，「我敢打賭他的鉻比你的彎管合金撐得久。」

「我們等著看吧。」偉恩瞇起眼睛，越過轉角偷看，「那個自認爲像是我的女人，她學得太差了。我才沒這麼煩人。」

瓦冷靜地替手槍塡彈。

「嘿，」偉恩說，「你不准亂講喔。」

「我什麼都沒說。」他闔上左輪手槍，「很不幸地，拖延有利於他們。這代表我們要主動發起攻勢。」

「底下很狹窄，老兄，」偉恩說，「對鋼推很不利。如果他們搭配得好，我們很容易被困在緩慢的時間裡。」

「看你有沒有辦法一口氣把我們四個都關進速度圈內。」瓦說，「沒錯，這裡是很狹窄，但對他們來說也一樣。」

「他們也可以啓動自己的速度圈，老兄，」偉恩說，「就算是已經在我們的圈子裡了也做得到。但我猜他們沒辦法像我一樣讓圈子變形，所以只要我們保持在近距離，應該就沒問題。」

「正是如此。」瓦說，「如果我們之中沒人能依靠速度圈或是鋼推，也許我們的經驗能夠贏過他們偷來的能力。我們可以試著把鋼推者丟出圈子外，凍住他。記得不要讓他碰到你，他可以水蛭掉你的能力。」

偉恩覺得這計畫夠好了。他在口袋中掏到會計給他的鋁襯小袋，從裡面取出幾顆彎管合金珠子。那外型就像小顆的彈珠，比較容易吞下。

他吞下珠子。瓦點頭，偉恩盡全力啓動他最大的速度圈。他們疾跑越過圈子，從另一頭穿出，沿隧道衝刺。這裡是那種大混凝土水管，直徑大約比十呎再多一點，底部地面覆蓋著一、兩呎寬的半乾汙泥，因爲最近沒有下什麼雨。

瓦與偉恩奔跑時，邪惡雙胞胎有機會用自己的速度圈來商討策略，但他們在裡面做不了太多事，只能在速度圈結束前移動到最佳的對應位置。所以當偉恩一看到前方有動作，他就立刻臥倒在泥中翻滾。瓦也是。

子彈從他們頭上飛過，穿過他們數秒之前還在的位置。偉恩衝過最後幾碼，啓動一個大速度圈——有十五呎寬——包住了全部四人。他的決鬥杖在手，筆直衝向邪惡版的他，假裝攻擊、向右閃躲，接著從左側揮杖往她腦殼敲去。她勉強擋住攻勢，將自己的決鬥杖沿著他的滑過來，是典型攻擊手指的招式。

他將她向後推開，再次接近距離，接下來的對打就像是在打鼓——木杖與木杖互相敲擊。他打中她一下，但她幾乎沒有反應，金屬意識立刻治癒了她，她也回敬他一擊，他除了假哼一聲也沒有其他反應。雖然他的肋骨裂了，但也立刻痊癒。

「喂！」她以極端戲劇化的他的口音說，「那是作弊！」

「妳不是我，」偉恩低吼，「別再假裝了。」

她咧嘴一笑，以他必須承認充滿技巧的方式在泥地上滑行，閃過他的下一擊，越過他的身側——同時用力擊中他的手臂，打斷了骨頭。他面部猙獰地向一旁甩手，讓肌肉把骨頭拉回原位。

他用單手擋下她的下一擊，讓自己被她逼退。就在此時，瓦從他們之間飛過，低哼一聲撞在隧道牆上。他往空中拋起一把子彈，接著壓低身子——假瓦被騙到，鋼推子彈而非瓦本人。瓦從底下滑過地面，對著射幣連開了好幾槍。

偉恩和假的他驚訝地看著一切發生，接著偉恩從泥裡抓起他的第二支決鬥杖。兩人衝向彼此，互相攻擊。

「討厭清醒的時候對打，」假的他說，「也許我們該去喝一杯，感覺對了再回來繼續。」

「不了，」偉恩說，「我會跟混蛋、騙子、傻瓜一起喝酒。但我的界線是我這種人。」

「所以我做得很好囉？」她問。他們的決鬥杖卡在一起，互相交錯，「我就是你？」

「妳更糟。」他咕噥著，「妳是想要成爲我的人。」

「哈！」她分開決鬥杖，將他推向一邊，讓他一路滑到速度圈閃爍的邊界。速度圈並不會隨著偉恩移動。那是固定在地上的，只有在偉恩撤下圈子或被推出去時才會消失。

他甩甩手臂。該死，她很強壯。看上去像是正常的力量訓練成果。他近來沒有時間鍛鍊。她直衝而來，壓住他讓他低哼一聲。

「希望老杜馬過得還行，」她朝她的同件點頭，「我沒跟他說就偷了他的一些金屬瓶。」

「我不偷東西的。」偉恩咕噥。

「抱歉！我是借來的。」

「我也不借東西的！還有妳的口音從蠻橫區變成南依藍戴街頭幫派了！啊！妳全都搞錯了！」

「我喜歡你比較在意我模仿得不夠好，而不是我打算要殺你。」她把臉湊到他的臉前，用一把玻璃小刀刺中他的胸口——他甚至沒注意到她放下了決鬥杖，「實在是太有你的作風了，偉恩！」

「妳才不了解我！」偉恩低吼，成功踢中她的腿讓她打滑。她放鬆了抓握，讓他有機會扯開她繞到另一邊，不過她的刀子深深劃過了他的胸膛。

鐵鏽的。他可以靠金環內的健康來治癒——那近來埋在他大腿的肌膚之下。但他擔心她害他消耗了多少存量。這大概就是她的目的。

「喔，偉恩，」她轉過身來，「我非常了解你。我研究你好幾年了！自由自在的偉恩！永遠都準備好笑話。想拿的東西就拿，想追的女人就追。完全不在意後果。只爲了樂趣與酒而活！」

「是嗎？」他咕噥著，「那我的痛苦呢？」

「呃，」她聳聳肩，「你早就被炸習慣了，不是嗎。」

「不是那種痛苦。」他低語。

他們再次交手，但她顯然比他更擅長打鬥。喔，偉恩對決鬥杖是很在行沒錯，但他也有自己的生活要過。因爲這樣，他對訓練偷懶了——待在房子後面嚼口香糖，而不是鍛鍊到晚上。跟瑪拉席一起工作，他的頭被敲中的機會也少了。

但這個生物，嗯，她訓練得可勤了。她專注在這一天、這場會面、這次打鬥。他不是在和街上的惡霸對打，甚至不是組織的普通金屬之子。他面對的是專門設計來殺死他的刺客。

她比他強壯。比他快。比他年輕。比他更會耍杖。他比較擅長使用能力。他很確定這點。但在近距離接觸時，那無關緊要。他與她互擊，被擊中時使用存量治癒，他……好吧，他被打中的次數比打中對手多。鐵鏽的……瓦現在上了年紀，感覺就是像這樣嗎？

他向側邊翻滾，從大水管底部的汙泥上滾過。這讓他來到了速度圈的另一端，半個身體超出範圍——幸好，只要你的身體還有一部分在圈內，整個人都會處於力量的影響之下。

瓦所處的位置傳來動靜，偉恩低頭閃開。瓦再次橫越，這次完全飛出了速度圈之外。該死。這是他們原本打算對付另一個人的計畫。

瓦立刻凍住，飄在半空中，表情猙獰。他的手槍脫手，浮在身前，迷霧外套的流蘇包圍在身旁。

哦喔，偉恩心想。

一秒後，一波硬幣擊中偉恩。

「噢，杜馬，」假偉恩轉過身，「我還在找樂子呢。該拿下他的人是我。」

「妳太沒效率了，葛楚妲，」杜馬說，「妳和他玩太久了。妳只需要不斷攻擊他，直到他的健康用完爲止。」他話剛說完，又賞了偉恩一臉硬幣，把他擊倒在地。

鐵鏽的。狀況很糟糕。偉恩治癒，但速度很慢——他的健康存量已經低到危險了。他必須節省使用。

「喂，」他咕噥，「死神。跟你賭五十夾幣我會活下來。」這是打賭的好時機，因爲這種情況下，偉恩必須孤注一擲。

眞實的他。

他掙扎起身，背靠在隧道圓弧形的牆上，「妳以爲自己了解我？」偉恩低語，「妳以爲自己知道我經歷過什麼？」

杜馬看著他，接著鋼推。鐵鏽的，這傢伙的力量實在太強，他居然能夠影響偉恩體內的金屬。這是種瘋狂的體驗——硬幣嵌入偉恩身體深處，將他推向後方。鐵鏽滅絕的……這是故事中昇華戰士所持有的力量。

這些傢伙眞的是在作弊。難怪瓦打輸了。難怪偉恩基本上也輸了——至少是決鬥的部分。

但如果他能吸引他們的注意……

他因鋼推而低吼。但他還是向前進，感覺硬幣撕扯著體內。他又踏出一步，正對鋼推方向而去。

假的他猶豫了，放下決鬥杖。他盯著她的眼睛。

接著咧嘴笑了。

「你們弄不痛我的，」他低聲說，改變自己的口音，「沒有任何事比我的人生更令我痛苦。你們殺不了我的。我早就已經死了。我已經死了好幾年了，老姊。」

他又向前走一步。大部分的人不會注意到這種細微的口音變化，只是稍微調整了詞語的腔調。但他們還是會依靠口音來評斷你。他們的大腦自動把口音和意義連結在一起。

杜馬皺眉，看起來有點不安，舉起了他的手，更用力鋼推。偉恩在泥上滑行，硬幣更加穿入體內。但他又向前邁出一步，更加劇烈地改變口音。他擺出最瞪大、最亢奮的雙眼和表情，將他的聲音不自然地扭曲。成爲恐怖的聲音。來自夢魘的聲音。和假瓦的腔調相近，但更加毀壞。

就像他聽過的父母與親戚的口音。徹底崩壞。偉恩不需要帽子就能說出口。

「你們不在意，所以能輕易做出你們正在做的事，」偉恩對兩人低吼，將雙眼睜得更大，「只要你們還能繼續假裝下去。但眞正的痛苦來自於當你們終於認清自己時，你做過了什麼事。每天早上起床都知道自己毫無價値。那才是痛苦。其他事？你們能對我做的任何事？不過就是玩樂罷了。」

「你……」杜馬看見偉恩露出更大的微笑，話停在一半。

「謝謝你，」偉恩說，「把瓦丟到外面去了。讓我有機會跟你們兩個獨處一陣子。」

硬幣終於從偉恩的背後穿出，讓他突然向前衝。他藉著衝力臥倒在地。因爲在他表演時——讓對方都專注在他身上——他已經撤下了速度圈。他們都沒注意到。

從另一邊，瓦射出一發殺霧者子彈，正中假偉恩的頭。子彈一秒後二次爆炸，把她半個顱骨都炸碎了。瓦的第二發子彈擊中正在轉身的杜馬胸口，爆炸從他的背後穿出。

這名射幣非常驚人地居然沒有倒下。這傢伙能夠燒白蠟來撐住傷勢嗎？他身上到底有多少支尖刺，又爲什麼和諧不能藉此控制他？

不幸的是，男人站穩腳步，閃開了接續的子彈。他推飛天花板上的水溝蓋，讓陽光灑落進來，接著抓住血淋淋的假偉恩，鋼推一枚硬幣。

兩人向上起飛，逃了出去。一人的胸口被開了個洞，但似乎沒有造成多大的痛苦，另一人則是半個頭都不見了。她可能死了，偉恩不太確定。頭部受傷有點複雜，那可能會致命，完全取決於是什麼區域受到傷害。

瓦也許該在他們逃走時再多開幾槍的，但他看起來也因爲剛才的打鬥而狼狽不堪。他重重地深呼吸，背靠隧道牆頹坐在地。他們差一點就要輸了。眞的非常接近。

偉恩掙扎著起身，渾身上下都痛到不行，接著使用健康闔上硬幣造成的傷口。但傷口還是在痛。他被迫停止治療，保存金屬意識中的最後一點存量。鐵鏽的。

偉恩轉身緩步走向瓦，衣服被鮮血和泥巴弄得髒兮兮的。瓦的衣服卻難以置信地乾淨——幾乎沒沾到地面上的汙泥。

「嘿！」偉恩說，「你怎麼可能沒有渾身是泥？我剛才看到你在地上滾耶。」

「我翻滾的時候鋼推了一顆子彈，」瓦將手放在肩膀上，微微呻吟著，「幹得好，吸引了他們的注意力，」他看向偉恩的眼睛，「你剛剛說的是認眞的嗎？」

「沒啦，當然不是。」偉恩望向一邊。滅絕的，他感覺累翻了。還嘎嘎作響。就像被太多人踩過的木地板，每塊板子都搖搖晃晃的。

「偉恩……」

「不是時候，老兄。」他坐在地上，「鐵鏽的，我感覺老了。我不該覺得老了。我是負責活力四射的人耶！」

瓦在他身旁一片乾水泥地坐下，「你三十九歲了，偉恩。年歲的影響會趕上你的。」

「是你傳染給我的，一定是。」偉恩嘟噥著，「我跟瑪拉席一起工作的時候都不覺得有變老！」

「我把老化，」瓦說，「傳染給你了？」

「該死的就是。」

「就算是以你的標準，這也可笑過頭了。」

「才不是。你開始把自己想成老人，所以那也深入我的腦子裡了。」偉恩輕拍腦袋，「念頭是會傳染的，瓦。更勝於疾病。」

他們又多休息了一下。不幸的是，他們不能繼續逗留。

「他們絕對知道我們找到隧道了。」偉恩說，「如果隧道末端眞的有某種實驗室，他們現在肯定是在清理證據。」

瓦點點頭，跳起身來。他伸手拉起偉恩。

「我們該談談，」瓦說，「你的狀況。你最近的感覺。」

「當然。好吧。我喜歡談談。但晚點吧。」

晚點總是比較好。

他們一起繼續前行，「我讓那女人紮實地吃了一記，」瓦說，「你覺得那殺得了她嗎？」

「看情況。你最近運氣如何？」

「糟透了。」瓦承認，「但至少我們可以確定方向對了。不然他們不會這麼努力想阻止我們。」

「對啦，沒錯。」偉恩說，「我很高興我們通過峽谷這關了，但最難的部分還沒來。平峰會把你吞掉的。記得要從裡面噎死它。」

「我會盡力。」

50

瑪拉席倉促地想了一個計畫——他們現在也沒更多時間了。月光與孿魂留在窗邊，隨時準備闖入。瑪拉席則是來到建築前門放置手榴彈。緩速圈會透過牆面，困住門邊的兩個警衛。然而，就在她替手榴彈充能時，月光壓低身子繞過長方形建築，跑到了瑪拉席身邊。

「警衛移動了，」她嘶聲說，「他們走去科學家身旁的桶子裡拿防毒面具了。」

鐵鏽的。她不能讓他們釋放毒氣。

「我們現在就進去。」瑪拉席嘶聲說，「如果手榴彈失敗，記得掩護我。」

月光點頭，瑪拉席踢開門，將手榴彈投向左側角落的一群人，位置就在他們剛才偷看的牆那邊。

抱歉，孿魂，她心想，知道手榴彈也會困住他。她的瞄準很準確，手榴彈從一張實驗桌反彈，掉到一群警衛與科學家腳邊的地面上。

兩名警衛立即跳開，一人滑過桌面，另一人則是衝向房間前方。運氣不好，其中一名科學家剛好也在邊界處，因此驚訝得跳開了。

手榴彈啓動時，只困住了兩名戴著防毒面具的科學家。幸好，其中也包括了手持著有警告標示錫罐的人，那八成就是毒氣錠。

瑪拉席的手榴彈會凍住他們。但她現在必須處理其他人，而且不能觸發警報。脫逃的科學家縮在房間角落，所以瑪拉席向前衝，用來福槍托猛砸正抽出手槍的警衛手臂。月光在她身後行動——希望是去對付另一名警衛，因爲瑪拉席攻擊的男子決定整個人撞向她，把她的背推向滿是燒杯的一張桌面。

她的來福槍幾乎被他頂上她的脖子，讓她悶哼一聲。玻璃容器在她腳邊粉碎，她腦中有一部分感到恐慌。就算過了這麼多年，那部分的她依然擔心自己不夠好、不屬於這裡。

但那部分的她比以前來得安靜多了。因爲她確實屬於這裡。這是她的行動。雖然這個男人比她強壯，但他只是個普通的打手。訓練比蠻力更重要。

她挪動身子，放開來福槍，踏出左腳轉移男人的體重——以及力量。他腳步不穩，她乘機從他的抓握中脫身，旋轉來到他身後，接著把他的頭砸向桌面。

瑪拉席取回來福槍，快速瞥向月光，看見她正在掙扎。她解除了警衛的武裝，但他則把她壓制在牆上。瑪拉席還在理解狀況時，牆面扭曲，一扇門出現在月光身後。

瑪拉席幾乎沒發現月光手上的印章，門打開，女人向後倒下——警衛嚇了一跳，大喊著被月光一起拖了下去。月光肘擊他的臉打斷他的叫喊，於是瑪拉席也用來福槍托重砸身邊警衛的臉解決了他，接下來轉身處理科學家，她正在……

銷毀證據？瑪拉席咒罵，跑向女人，將她從剛才點了火的垃圾桶旁拉開。瑪拉席踢倒垃圾桶，讓燒焦的筆記本與紙張四散在地。

「瑪拉席！」月光大叫。

鐵鏽的。科學家找到了一把大刀，加入攻擊月光的行列。月光正掙扎著對付警衛——他嘗試纏住她——科學家舉起了刀。

瑪拉席快速做出判斷，舉起來福槍射擊，子彈正中目標，殺死了科學家。槍聲在隧道中如指控的尖叫般迴蕩。肯定會有人聽見。

月光用自己的刀解決掉警衛，然後從她造出的門裡消失，掩住了她的身影。瑪拉席坐在地上微微呻吟，她的緩速圈的閃耀邊界就在一呎之外。她冒著風險來救人。她知道自己會陷入什麼境地。但現在整個行動都危在旦夕。

所以別讓浪費掉了，她心想，迅速地站起身。她的緩速圈消失後，她將來福槍指向兩個科學家。

「你只要打開那個罐頭，」她說，「我就殺了你。我今天過得特別不好，所以別試探我的底線。」

拿著毒氣錠的科學家小心地放下罐頭，兩人舉起手向後退開。月光隨後進入房間，開始綁住他們。變魂在她之後趕來，一手抓著門框穩住身子。

「看來我似乎是觸犯妳的能力範圍了。」他對瑪拉席說。

「抱歉。」她說。

「我注意到兩名失能的警衛，」他說，「還有一名死掉的科學家。所以行動順利囉？」

「瑪拉席必須射死其中一人，」月光用力拉緊一名科學家的束縛，「爲了救我。我搞砸了。」

「不，」瑪拉席說，「是我的錯，我沒有盡快協助妳。」

「事情已經發生了，」變魂說，「我們該去確認囚犯狀況，確保撤退路線。那些被燒焦的書頁是什麼？」

「他們銷毀了證據，」瑪拉席說，「我猜是他們對血金術的研究成果。我來不及救出來，所以……」

月光吸吸鼻子，「那個看起來像是書的封面。妳救出了一些。」

「但內容都沒有留下。」瑪拉席說。

「我晚點可以復原它。」月光說，「只要用我的印章。」她拿起燒焦的碎片塞進背包中，「變魂是對的。我們應該要準備撤離——剛剛的槍聲會讓人動起來的。」

「撤離？」瑪拉席說，「恩特隆說他要去協助入侵部隊發動攻擊。月光，敵人的部隊真的能從……另一個世界來到我們這裡嗎？」

「他們大概會穿過幽界而來。」月光說，「那是與我們的現實重疊的另一個維度。我和變魂就是從那邊過來的。」

「自主有辦法調度……一些特殊的部隊。」變魂說，「難以控制，釋放時非常危險。我親眼見過他們的毀滅力量。雖然我更畏懼那顆炸彈，但自主的軍隊入侵也可能是場災難。幸好，本地的垂裂點——通往這世界的傳送點——遠在南方，被謹慎控制著。」

「沒有其他方法嗎？」瑪拉席問。

兩人互看一眼。

「在某些星球上，」月光說，「自主出乎意料地創造了這種傳送點，那牴觸了已知的所有原理與機制。如果她也準備在這裡這麼做，或是已經做了，我都不會意外。她可以藉此提供軍隊入侵的管道。」

所以，如果瓦成功阻止了炸彈，取而代之的就會是一場入侵。瑪拉席深呼吸。他們有更多理由不該逃跑了——至少要等到他們找出這支軍隊的現況才行。不過現在，她解開牢房門鎖，用力拉開大門，讓光線照向狼狽的囚犯們。他們退向後方，如同黑夜中的霧魅一般畏光。

「我是瑪拉席．科姆斯，」她從口袋裡拿出警徽，「依藍戴警局。」

「喔，感謝倖存者！」一名男人跌跌撞撞來到她前面，握住她的手。他的服裝原本很高級，他的禿頭上也有幾縷頭髮。她……好像認得他？

「你是比爾敏的政治家，」她說，「參議會在本地的諮詢者。」

「是——是的。」他結巴著說，「皮勒．佛姆德。我是比爾敏議會反對黨的黨魁。我想……我還是吧……」

其他人大多看起來像是平民，但後方有個髮型特異的泰瑞司女人。那是……對了，她是某份大型報紙的主辦人，對吧？《雙季報》的編輯？她的工作人員去年曾訪問瑪拉席……這間報紙是傾向同情依藍戴的。

存留啊……恩特隆不只是拿自己的市民做實驗，他還用政敵來進行實驗。他是怎麼在沒人發現的狀況下讓這些人失蹤的？

月光催促著囚犯進入主房間，《雙季報》的編輯則接受了瑪拉席的伸手幫助，「聽著，」女人說，「我想他們有某種軍隊！我……我有做筆記……」

她在瑪拉席攙扶起身時差點昏倒，但她把一本筆記塞進瑪拉席手中，「裡面沒多少資訊。但妳一定要相信我。」

「我相信，」瑪拉席說，「我們就是來阻止他們的。」

「找出他們稱爲『社群』的地方，」她說，「我想他們的避難所就在那邊。」

「我們會阻止他們的。」瑪拉席承諾，領著她走向其餘人，「我們要把這些人弄出去，」

瑪拉席對孿魂說，「立刻。」

他們三人一起催促著可憐的囚犯們盡快移動。他們速度很慢、他們很疲倦、他們也沒吃什麼東西，讓他們通通進入隧道花的時間長到很危險。正當瑪拉席準備帶領他們返回電梯時，她聽見那個方向傳來了聲響。

她心裡一沉，看見至少兩打警衛——其實更像是士兵，也許是那些在地面看管建築物的——集結在隧道的轉彎處。

這次的祕密潛入行動此刻演變成全面戰爭。

51

組織的士兵一看到瑪拉席等人就立刻在隧道中部署陣形，利用通道的天然弧度做爲掩護。幸虧如此，瑪拉席和她的小隊獲得了一點寶貴的時間——敵方不知道自己面對的是何種威脅，因此採取了防禦態勢。

瑪拉席催促前囚犯們回到室內。不過在槍火之前，房間單薄的石膏板牆起不了多少保護效果。

此時，彎魂跪了下來，將雙手貼在地面，「月光，」他說，「我需要額外的燃料，光靠水沒辦法做到。」

她迅速掏出一個發光的罐子拋給他。他身上長出一條水晶纏住罐子，打開瓶蓋。他的水晶生長速度變快——才過一下子，就在他們面前造出了一道高度及胸的玫瑰岩牆。

隧道另一頭傳出槍響，被釋放的囚犯們尖叫，彼此推擠逃向房間內。瑪拉席手持來福槍，撲倒在月光身旁，躲在彎魂創造的暫時掩蔽物後方。她冒著風險越過玫瑰岩牆偷看一眼——他這次的牆是不透明的，也許是爲了不讓敵人獲得資訊。

一枚子彈擊中護牆，濺起石屑，瑪拉席趕緊躲回。鑾魂顯然要非常專注才能維持這麼大的護盾。他低頭盤腿坐在地上，雙手握拳放在身前，指節相碰在一起。他的水晶岩以奇妙的方式長上他的雙臂。瑪拉席轉身看向月光。

「妳可以在地上變出門嗎？」瑪拉席說，「我們下方可能還有其他隧道。」

月光搖搖頭，「就算眞的有，岩石的厚度也遠超過對我印章的作用範圍了。」

「瑪拉席貴女，我認爲呢，」鑾魂說，「妳應該讓我獨自帶著我們解救出的人們趕往出口。看起來，這些士兵原本是負責看守地面上的卸貨區，所以只要我能突破他們，就能將平民帶往安全的地點。」

「那就太好了。」月光說，「我和瑪拉席可以衝進隧道系統深處——敵人很可能會專注在你的脫逃行動上，不會注意我們。」

「我不能同意。」瑪拉席說話時，子彈從她頭上飛過，「鑾魂，那邊至少有兩打士兵。你沒辦法獨自面對他們的。無意冒犯，但若你不扶著牆，恐怕連走都走不穩。」

「我沒有被冒犯，」他的聲音有點被悶住——因爲玫瑰岩持續生長，而且不知爲何包圍了他，「不過原句奉還……無意冒犯，瑪拉席貴女，但妳或許低估了脩阿亞納。」

玫瑰岩此時完全包裹住他，在他的身軀外形成一顆透明的巨岩。透過玫瑰色的岩石，依舊可以看見他低著頭維持盤腿坐姿，華麗莊重的飾帶綁在腰間。他似乎要靠罐中的發光物質來維持這種規模與成長速度；隨著玫瑰岩生長，罐中的物質也在減少。

巨岩的兩側開始突出，就像是……小顆一點的岩石？不過長度比較長。緊接著巨岩下方也長出另外兩條。她歪著頭，背靠護牆，來福槍橫過膝上。事實上，再加上剛才在頂端長出的小突起，這形狀幾乎就像是……一個……

兩側突起的岩石末端開始長出粗壯的手指，玫瑰岩雙臂大張；巨岩底部長出膝蓋與腳掌，與地面岩石互相摩擦。孿魂坐在其內，整整有十二呎高的龐然大物巍然站起身來。水晶無法彎曲，但在關節處形成了類似鎧甲的接點。

這是個岩石構成的人形，彷彿從神話走出的怪物。它長著頭，肩膀寬大，雙腿如樹樁一般粗壯。孿魂端坐在它的中心，盤著腿，雙拳互觸。但他已抬起頭，睜開微微發光的雙眼。他的造物扯開自身與地面連接的玫瑰岩。

護牆立刻開始分解，但士兵的注意力已完全專注在正朝著他們前進的巨大石怪，它的頭頂都擦到隧道天花板了。火力開始集中在它身上，子彈激起石屑，但孿魂似乎毫不在意。他跨到瑪拉席身前，把造物的雙手前伸，某種物體從其上長出。

「看哪！」他不知如何讓嗓音在隧道內隆隆作響，「以脩阿亞納、穌納、維許瓦達，以及十二原始乙太之恩典，吾乃脩阿之桑維斯·帕桑瓦·馬希克，十二王國之尊乙太束使，荌廷之拉執。這些人已受吾之庇護。」

有如要增加語句的震撼力，他石手指上的玫瑰岩形成了一柄巨大的戰錘——一頭有著類似鬱金香花苞外型的鼓起。戰錘砰的一聲落在地面，整條隧道都在晃動。

有些士兵繼續開火，有些則逃跑了。石屑從造物上濺起，但彈孔立刻又被填滿。那一罐純授予——目前還有半滿——被玫瑰岩所包裹，固定在巨型石人的背後，從孿魂身後照亮他。

「脩阿亞納要求我先警告你們，」他宣告，「你們被賦與此次重生，是爲了祝福、鼓勵、支持周遭的人。你們今日所爲，證明你們已浪費此項恩賜。如果你們被我守護無辜者的舉動所滅，即是拒絕了你的恩典——未來許多、許多世紀內都不會再次被賜與重生。放下武器讓我們通過，否則就在我的憤怒中受難吧。」

他對這種話真的很有一套。月光抓住瑪拉席的肩膀，示意撤回平民躲藏的建物內。但在這當下，瑪拉席無法移動任何一步，全心專注在孿魂造物舉起戰錘的舉動。

「看來，」他宣告，「我提出的條件已被拒絕。做爲回應，我接受你們渴望衝突的意圖。準備好了！」話語一落，他就沿著隧道衝過去，每一步都震撼地面。

瑪拉席終於讓月光將她拉往後方。在單薄的建物內——外面傳來槍聲、喊叫聲，以及石頭互擊聲的交雜聲響——她們叫囚犯們武裝自己，然後跟隨孿魂的腳步逃出去。

接著瑪拉席與月光離開建物，朝主隧道深處趕去，她們找到一條比較暗的交叉隧道躲了進去，希望能藉此躲開來自主隧道的其他援軍。

「他有辦法成功帶他們出去嗎？妳覺得呢？」瑪拉席低聲說，兩人憑藉剩下兩個罐子的光芒繼續在隧道中前進。瑪拉席發現了一個標誌，上面標示著「社群」的方向。

「孿魂是他們最好的選擇了，」月光回應，「我想他可以成功。他手上有純授予——只要還有存量，他就是幾近無敵的。他可以隨心所欲放大或縮小他的石人來通過偏窄的隧道。就算敵人切斷電力，他也有辦法把電梯一整路推到頂端——或甚至是用玫瑰岩造一個新的升降梯。」

身後傳來更多槍響。瑪拉席希望那是平民們已經武裝自己，並且開火確保後撤路徑的聲音。她很確定聽見了主隧道內傳來更多的叫喊聲與腳步聲。

月光回頭看，露出微笑，「別擔心，」她說，「他會沒事的。這正是我們目前需要的。當帕桑瓦決心要做時，他吸引注意力的能耐根本就是藝術。」

「妳還願意繼續前進？」瑪拉席問。

「如果這裡真的有垂裂點，」她說，「那……我願意。儘管我想盡快把訊息傳遞出去，保護這顆星球還是第一優先。」她猶豫，「我對這種大局觀的思考模式還不熟悉。我有很長一段時間都只在意自身的安全與目標。如果我表現得太篩扼或是太容易就準備撤退，我在此道歉。」

瑪拉席點頭，注意到前頭有點亮光。她安靜地溜向前，月光則蓋起了背包裡的發光罐子。她們一起接近那條以礦燈照明的隧道，天然的通道繼續通向右方，但左方的石頭質感有些不同。瑪拉席指向天花板與牆面參差不齊的岩石稜角。

「他們炸開了這裡，」她低語，「他們是往這個方向擴張。」

月光指向另一個標誌。社群，不論那到底是什麼，就在這個方向。瑪拉席心裡希望蓋夫和組織不會那麼狂熱於放縱自主的軍隊進來。至少他聽起來還有所遲疑。就算他再怎麼阿諛奉承，也理解到了這項行動有多麼極端。但他看起來也很疲憊，就好像他已經失去了爭論與反抗的力氣。

她們繼續沿著被炸出的隧道謹慎地前進，瑪拉席的注意力突然從思緒中被拉回現實。她們身後的隧道內是不是傳來什麼聲響？有東西在跟著她們嗎？

月光似乎也聽到了同樣的聲音，因爲她回頭望向那個方向。兩人互看一眼，接著加速前進。不論那到底是什麼，希望她們都能保持領先。

52

瓦與偉恩接近隧道末端時，瓦注意到他的朋友腳步落後，還吸著鼻子。透過從人孔蓋洞灑入的光芒，瓦看見偉恩的雙眼之下突然出現了深深的眼袋。

「現在可能不是儲存健康的最好時機。」瓦柔聲低語。

「我快用完了，」偉恩咕噥著，「我感覺自己會需要存下來的每一滴健康。要不然有人射中我的時候，我就會死掉，那也太恐怖了，不知道你們怎麼承受的了。」他暫停一下，「如果我們需要戰鬥，我就會停下來。我只是想在休息時間多擠出一點健康，你懂的。」

瓦什麼也沒說。對偉恩來說，這比較像是安慰作用，而不是爲了什麼實際效果。偉恩在這麼短的時間內根本存不了多少健康。藏金術師得花好幾個月才能在金屬意識中存滿健康。

輪胎痕停在了隧道末端，巨大的混凝土管在此處通向海面。瓦已經習慣了依藍戴港口受庇護的平靜水域——那裡的風浪很小，就像是一座大湖一般。然而比爾敏位在岬角上，此處的海面波濤洶湧，海浪重重拍擊在碼頭。難怪比爾敏海軍會創造出那種金屬巨獸。他可以見到六艘汽油動力的戰船在不遠處排成一列，每艘都比前一艘更加巨大。

跟瓦正在搜尋的炸彈相比，很難想像就算把全部的戰船加起來，所構成的威脅也微不足道。花了這麼多的資源才創造的戰爭武器，只因另一項發現就全部失去意義。

他指向最後一組活板門與維修梯，這裡肯定通往實驗室。他和偉恩往上來到碼頭邊的街道，附近就立刻傳來關門聲。瓦轉身，掃視著倉庫。

「那邊，」偉恩用手指出，「數過去第三間。窗邊也有人在監視。」

兩人互看一眼，緊接著馬上找掩護，槍火同時從窗戶爆發而出。瓦的鋼視告訴他，對方使用的是傳統的槍與子彈。

沒有鋁武器，瓦心想，他們派出那兩名鎔金術師來阻止我們，但除此之外來不及做其他準備。我們可能終於有一次可以趕在他們前頭了。

他以金屬意識增加體重，接著鋼推開下一波槍火——子彈回彈，擊穿木牆與窗戶。咒罵聲四起，讓瓦與偉恩有機會拉近距離。偉恩點點頭，瓦增加體重，以後方建築爲錨點鋼推整棟建築。

牆面搖晃，金屬窗框與鐵釘扯下了一塊牆壁。偉恩跳進洞裡，放倒了屋內的幾名槍手。瓦舉起問證跟在後頭開了三槍，精準地射中偉恩搆不著的剩餘槍手。在他們打鬥時，一輛卡車引擎聲大作，從倉庫另一側疾駛而出。瓦看到前頭還有另外兩輛車。小車隊逃向暮色之中。

他快速掃視倉庫內部，立刻理解了目前狀況。實驗桌與儀器被慌忙清空，地面滿是殘骸，牆上釘著的圖表與藍圖被緊急扯下，只殘留被撕碎的紙張四角。吊掛的鐵鍊代表此處曾被用來建造某種裝置，就在正中央的桌面上。

他們沒想到瓦會去洗劫銀宮或是發現隧道。現在他只差一步了。

瓦起飛追逐卡車，他減輕體重，飛出倉庫大門，見到卡車疾駛過彎，速度快到差點翻倒。

偉恩會處理剩下的人。瓦必須知道卡車裡裝了什麼。

他緊急升空飛向高處，發現三輛卡車中的最後一輛正朝市中心而去。他花了一整天到處奔走、趕上腳步，試圖找出敵方已經進行數年的計畫全貌。他已經厭倦模糊的答案，還有感覺自己落後於姊姊一百步。

現在解答就在眼前。那些卡車內有眞正的答案，甚至還可能裝著炸彈。如果他讓他們跑了，來世就永遠當一堆灰燼吧。

他鋼推一個人孔蓋，飛向更高。從那裡，他的錨點轉爲鋼製路燈——剛剛點亮，因爲太陽已經落在地平線上——就好像是踩著石頭越過湖泊。他一次鋼推一對路燈以獲得更多上升力與速度，然後轉爲使用建築做爲巨型錨點。他鋼推一輛行駛中的汽車，借用它的動量來加速。

他在空中呼嘯而過，風聲震耳欲聾，他的迷霧外套流蘇翻飛。即便那三輛卡車已行駛在高速公路上，他的瘋狂加速還是讓他逐漸趕上了。他還差一點就能碰到最後一輛，此時後車門上一個窗格被打開，伸出了數把鋁製步槍的槍管。

他們逃跑時把精良武器留爲己用了。一連串鋁彈雨接踵而來。瓦直覺地移動。他的追逐到目前爲止太直接、太容易被瞄準了。

子彈劃破空氣，瓦躲向一邊。他從滿是一車車驚慌平民的高速公路離開，穿進兩棟建築間尋求掩護。他在此處停下，靴子磨過瀝青地，流蘇在身周靜止下來。

這不對勁，他心想。他追逐卡車的路線很明顯，但卡車在高速公路上的路徑更是如此。他們又在誤導他嗎？他用一顆子彈升空，鋼推兩側的建築加速，窗戶因此震動不止——有些甚至因爲窗框變形而裂開。

他在依藍戴內必須手下留情，盡可能收斂舉止以避免毀損財物。但和諧派瓦走上了這條路。曉擊重出江湖，可不是只來當個好好先生的。數百萬條人命危在旦夕。

爲了阻止他們，他願意打碎幾扇窗戶。該死的，他甚至願意打斷幾條脖子。他疾飛過車輛上方，無視於底下行人的驚叫聲。他與高速公路平行移動，意圖加速追上卡車，但同時以建築隔開彼此。他在正確的時機反跳回去，震碎後方窗戶，飛越了高速公路——發現第三輛卡車正好在他所希望的位置上。

卡車周圍都是平民車輛，所以瓦又躲回建築後方，繼續平行跟隨卡車一小段時間。他穿梭過側街，感覺……活著。像是鋼推的飛行子彈。也許他已經太久沒有做這種事，已經忘記這種興奮感了，但他覺得自己的掌控力前所未有的好。

必須緩緩停下卡車才行，他心想，*以防炸彈就在車上*。他假設裝置不會因爲震動就引爆——前幾天自己的實驗顯示了需要精確的機械動作才能引發眞正的爆炸。但他覺得還是小心爲上。

他在下個交叉路口瞥向右邊，見到了他所希望的景象：卡車爲了趕在他前頭，脫離了平民車輛的隊伍，超前到高速公路比較空曠的區段。

瓦飛近，維持在高速公路邊緣，接著把體重增加十倍。他因此減速，緊接著鋼推經過的卡車側邊，將它按在高速公路護欄上摩擦。卡車的震動比他想像的大，但確實減速了。

瓦改變移動軌跡，與卡車平行前進，繼續把它壓在護欄上，直到輪胎爆破、停下爲止。他在損壞的後門旁降落，看到裡面有三名暈頭轉向的槍手。他解決他們，接著用子彈射穿卡車的前壁，正中駕駛的後腦。但除了這些人以外，卡車內空無一物。

這是誘餌。

該死！

他再次起飛回到空中。他鋼推卡車飛向高空，車頂在身下扭曲塌縮。這種鋼推只能讓他上升到一定的高度——當你距離錨點越遠，鋼推的力道就越小。

他來到錨點可支撐的最高點，轉身掃視底下的城市，搜尋著……

*在那裡。*第二輛卡車正沿著前方的高速公路疾駛。他差點就直接追上去了，但是……

*三輛卡車。至少有一輛是誘餌。*他看見更遠處的另一輛卡車，一樣是沿著直線逃離。這太容易了。他們在高速公路上太顯眼，能吸引他的注意力，將他引離……

他飄浮在空中，持續鋼推以維持高度——不過風正將他吹向側邊，使他失去錨點的平衡。就在他開始降落時……

……他看見了。第四輛塗有相同標誌的卡車，正沿著與高速公路垂直的街道蜿蜒前進。它正往城市中心前進。瓦在卡車躲到建築後面前只稍微瞥到一眼。

*那才是他需要追的目標。*他放著其他卡車不管，希望自己的直覺正確，接著往城內落下。他鋼推一輛停著的汽車以減慢速度，他的體重壓裂了擋風玻璃，車頂也在他降落時變形。他飛向前，穿過一座公園，驚起一群渡鴉，藉由對面的建築反彈向上——在鋼推失去力道時恰好抵達屋頂。

這種移動帶給他活力四射的刺激感。城市裡滿是金屬，也滿是障礙物。在追逐時，兩者都能做爲優勢。瓦可以飛越建築、提升高度、追蹤卡車——並縮短距離，因爲卡車必須沿著道路行駛，而且會被交通狀況影響。

瓦沿著一棟建築的側邊落下，接著像是游泳者踢牆出發般鋼推建築，讓自己從另外兩棟房屋間穿過。他越過轉角，似乎乘著底下行人的尖叫聲而飛，就如沙漠中藉熱氣上升的鳥兒一般。

在蠻橫區追逐有其魅力，但沒什麼比得上從陽臺落進房屋內、疾跑而過，再在另一側發現他追捕的獵物就在下方的這種興奮感。陽臺欄杆就像是彈簧，周圍的建物則讓他能微調落下的位置。

在這裡，他能夠以在那處沙塵與岩石之地無法做到的方式飛行。他認知到——不，他歡迎著——自己已放下過去的事實。

前方的卡車乘客拉開後車門上的窗洞。瓦用問證瞄準，但目標不是窗洞。而是門本身。他發射殺霧者子彈，設計上可以靠二次爆炸來破壞血金術師身體的那一種。子彈將門炸成碎片，讓卡車後方開了一個口子。槍手蹣跚後退，瓦乘機看見了卡車內部。沒有炸彈的蹤影，但有一堆紙盒、帳本與文件。

也只能拿這些將就了。槍手開火，所以他讓卡車拉開距離。瓦增加體重，用力踩上街道的水溝蓋，使其變形彎向一邊，讓他再次向下落入排洪溝裡。

他在半空中扭轉，對身後的隧道牆面開了兩槍，接著鋼推子彈——還有落入泥中的水溝蓋殘骸——讓他在路街下的管道中飛馳而過。

瓦一秒後炸開前方的人孔蓋，飛向空中。他落地，雙腳跨在人孔蓋的兩側，接著增加體重數百倍，完全耗盡他的金屬意識。他再鋼推。

他的腳在水泥地上滑移了幾吋。

前方的卡車彷彿撞牆般塌陷，車頭如錫箔般皺縮，讓駕駛遭受不幸的命運。卡車的後端抬起，接著重重落下，掉出來的紙張翻飛。其中一顆輪子飛了出去，直接砸向一旁店鋪的前窗。那是間酒店。瓦注意到時，臉抽動了一下。偉恩不會喜歡這樣。

其他車子全都停下，街道陷入寂靜。有些駕駛人縮進座位下躲藏，其他更多人只是瞠目結舌地盯著。瓦深呼吸幾次，他的脈搏狂跳，身體有如觸電一般。他的思緒……

專注在任務上。他吐氣，對自己如此冷靜感到有點驚訝。他內心有一部分……有一部分害怕著重出江湖。害怕再次體驗這種刺激感後，他的日常生活會變得平淡而乏味。

這沒有發生。他在依藍戴隨時都可以像這樣穿梭在城內，只要別這麼明目張膽毀損財物就行了。他甚至可以帶著麥斯，與他分享這種喜悅。他不再需要這種感覺了，不像以前那樣。

能確定這件事感覺真是美好。他深深呼吸，繞向卡車後方。

53

瑪拉席與月光正被獵捕。

後面有什麼東西，而且並非人類。那東西發出爪子或指甲與石面相擊的聲音，以及不自然的低吼聲。瑪拉席快步通過炸出的隧道，月光在一邊試著平衡她們的速度。如果速度太快，可能會迎頭撞上巡邏隊；但如果太慢了，不管後面是什麼東西，都有可能追上來。

所以她們間歇性移動，快速通過礦燈照亮的區域，接著慢下來偵查，準備好再次疾跑。這部分的隧道建設比她們來的區域多很多，因此有非常多岔路，但她們還是能跟隨指標，逐漸靠近社群的所在地。她們經過更多石膏板房間，有些明顯有人在，令她們好幾次都必須暫時躲藏，看著一群群人匆忙通過。

不過這些人不是士兵，大部分都是工人或科學家。從他們的低聲對話來判斷，恩特隆下令要所有人返回寢室。這些人的行動都帶著慌亂的緊張——但又有種專注的焦慮。他們沒有太過注意周遭事物，因此有利於她們的行動。

當瑪拉席與月光藏在一些箱子後面躲避一群人時，瑪拉席擔心追逐她們的東西會藉此趕上。但那東西最終也只是潛伏在附近，沒有追過來。也許……也許那東西也在躲藏？

月光低語要瑪拉席稍等，接著溜進一間看似無人的室內——她從門縫先確認過了。她很快拿了兩件實驗袍走出房門，兩人隨即就像原本就屬於此地一般，大搖大擺在走廊中前進。這個僞裝很薄弱，但沒人多看她們一眼，即便瑪拉席帶著來福槍也一樣。

很快地，一個聲音在隧道中響起：「保持冷靜。別擔心。我正在社群內準備接應我們新來的客人。我希望全部人都回房等待。一切正依照我們的計畫進行；我們已準備好。」

那是蓋夫．恩特隆。他的聲音是從排列於通道中的揚聲器傳出——這種裝置幾年前發明後就變得越來越普及了。

聽見他的聲音，終於讓瑪拉席斷了蓋夫可能會阻止入侵的念頭。這個區域，這些補給……所有東西都指向眞相。這裡是避難所，也是侵略的起始點——更是恩特隆保護他的心腹免於被殲滅的地點。

她心中低語的擔憂只是危機的一部分。瑪拉席必須阻止恩特隆，但這沒有辦法從黛兒欣的炸彈底下拯救依藍戴。她只能依靠瓦與偉恩來完成另一半的任務了。她的責任是處理即將入侵的軍隊。金紅之人。

隧道最終擴張爲一座大洞窟。有趣的是，另一端的牆面是一整片筆直的木牆，從地面延伸至天花板。感覺上這道牆把洞窟一分爲二，而從被炸出的天花板弧度來判斷，這座洞窟非常巨大，有幾間黑暗的房間緊緊貼在木牆邊。不但如此，整座洞窟既安靜又陰暗，只靠幾盞緊急照明燈提供光源。

瑪拉席與月光停在洞窟入口處。這就是社群嗎？爲何要這樣把洞窟分割開來？不論什麼原因，所有人都已被下令回房，而且顯然此區域所有士兵都被派去對付孿魂了。這座洞窟現在只有瑪拉席與月光兩人。

很快地，後方再次傳來那種聲響。瑪拉席抓著月光的肩膀，將她拉到高牆邊，走到兩間建物之間，躲在簡陋的掩護之下。她看見某種生物來到了洞窟開口。它以四隻修長的腳站立，脖子長到令人不安，頭部看起來有點像犬科生物。就算在陰影中，它的臉部輪廓給人的感覺還是……太像人類了。雖然鼻子看起來像狗或是類似的生物，但它有著人類的眼睛，就位在顱骨正前方。

它沒穿衣服，也沒有毛皮，雙肩上穿出兩支尖刺。她以前聽過這種東西——瓦曾在依藍戴的隧道裡遭遇過類似的怪物。現在，在研讀過死神交給她的書後，她認出這到底是什麼了：血金術製造的怪物。

這種技藝可以用來創造金屬之子。但統御主也用血金術創造了兩種扭曲版本的人類，他的成果就是坎得拉以及克羅司。要創造出生物必須要能非常精準地使用尖刺——只有神所知的知識。如果凡人想要造出近似的設計，八成只會殺死實驗對象，或是湊巧做出某種半成品造物。某種扭曲的變種生物，魂魄被尖刺扯裂。

組織看來是找到某種尖刺組合，讓他們能創造出怪誕卻有實質用處的造物。怪物嗅聞空氣，再小心地進入洞穴。它知道她們就在這裡。它停在剛才瑪拉席與月光停步觀察周遭的位置，離她們此刻躲藏的地方不過才三十呎遠。怪物發出嗚嗚聲，聲響在洞穴中迴蕩，緊接著其他相似的聲響——至少有十幾隻——回應了它。

月光抓住瑪拉席的肩膀，手往一邊指。她在躲藏處一旁的牆面上做出了一道門，兩人溜進緊貼高牆建造的陰暗房間。房內有兩扇窗戶嵌在牆的另一側。

從瑪拉席與月光身處的角落，她看不清楚窗戶另一側有什麼。門消失幾秒後，她們剛才通過的牆外傳出搔刮聲。緊接著是寂靜，然後前門外傳出撞擊聲。門撐住了，至少目前是如此。

瑪拉席解下來福槍，望向月光，然後朝窗戶點頭。也許她們能從這個方向逃脫？她往前看向窗外，發現了……一座城鎮？

一排排精緻的房子坐落在街道上，洞窟的另一側比這邊要大得多。探照燈從上方灑下光芒，有人在地面畫上了一片片的草坪與花朵，還立起了模仿樹木的雕塑。許多身穿日常衣物──裙子、長褲、輕便洋裝──的人在街上走動，但她沒看見馬匹或汽車。

「以存留之名啊，這是什麼？」瑪拉席低語，「我猜……這就是社群？他們建造了此處來躲避地面上的毀滅？」

她皺眉凝望。若是不久前，她可能會猜想這裡是建造用來抵抗第二次落灰的，但她現在幾乎確定那只是個騙局。炸彈和軍隊入侵才是真正的威脅。

他們身後的怪物已經停止抓門了。她不確定這算不算好消息，它可能是去找增援。

「這整個地方都有點不對勁。」月光輕敲玻璃，「我覺得這是單向鏡。妳看，玻璃有著色。還有另一邊的人？看起來沒有聽見回房內或是參加戰鬥的命令。他們太冷靜了。」

「我們還是能逃往那邊。」

「那個扭曲怪物會跟上來的，」月光說，「組織開發出的這種品系能像獵犬般追蹤，但思考能力幾乎與人無異。」

「我們能打敗它們嗎？」瑪拉席檢查自己的彈藥。

「我的本質……不算是士兵。」月光說，「必要時我能保全自己，但是……」她望向門，看起來憂心忡忡。

外面傳來叫喊聲。部隊到來了。

「妳還有另一個印章，」瑪拉席說，「妳說那可以轉化妳自己。」

「變成別人，」她說，「有著不同的過去，不同的訓練，不同的……天賦。」

「那個人能戰鬥嗎？」

月光深呼吸，「可以。比那還好的是，她應該可以直接隱匿蹤跡，躲藏起來。但我變成那個人……她就不再是我了。我一直想嘗試這個特別的變身，瑪拉席，這就是為何我有這顆印章。但那很危險。

「這一顆不會像其他的印章很快就會失效——它的效果會一直持續，直到我決定不再維持為止。但當我是其他人時，我思考的方式也會不同。終究會有一次，我改變之後會決定再也不變回來。不過，有這罐純授予做為能量源……我可以試試。我眞的能嘗試。」

月光挖出那顆印章盯著它看。瑪拉席曾見過這種表情，那與瓦在清理槍枝時的表情相同。

「妳居然想說服我，」瑪拉席說，「把妳自己變成另一個人不算是魔法？」

月光臉部抽動，「好吧。我承認這感覺很神奇。如果妳夠了解鐸，這一切都會變得很合理……」瑪拉席望向窗外，又回頭看向前門。外頭的叫喊聲逐漸集中。鐵鏽的……聽起來有很多士兵。她舉起槍，遲疑了一下。

「那些怪物是靠氣味來追蹤的。要是妳在牆上幫我開個門，然後我跳過去呢？妳就負責吸引他們的注意力——大鬧一場——再如妳所說的消失無蹤。他們可能不會發現我去了哪裡，可能會假定我們一起逃跑了。」

「這計畫很合理。」月光深呼吸，「好吧。我一直都想要試試看這個。我本來想說服阿凱給我一些授予來測試。但我從沒想過實地測試。我在那個形態下可以打敗他們，但妳就會孤立無援了。」

「我不能就這樣逃走，月光。」瑪拉席說，「我們會被士兵發現是我的錯。此外，盆地是我的家鄉。我不能放著恩特隆的計畫不管。」

月光短促地點頭，「那就做吧。我應該會有優勢，因爲他們也許只會用棍棒和絆網來抓我們。太多槍聲可能會影響到他們在那個社群裡做的事。妳應該也注意到了，組織並沒有執行最聰明的舉動，也就是直接從外面無差別掃射我們。」

「那就前進吧。」瑪拉席說。

月光從背包裡掏出一件物品，是個小裝置，她從上讀了一些數字，「如果我問起，就告訴我距離是二七六三，傾角十二度，然後拿這張地圖給我看。」她遞出一本筆記，「我沒時間解釋原因。」她打開一罐授予的蓋子，拿出印章沾上光液，接著按在牆上——替瑪拉席造出了門，「這樣持續時間應該可以比平常更久。」她又拿另一顆印章對準自己的手腕，「我原本希望如果事情出差錯，凱西爾能夠在場協助我脫離的。妳可能需要重新向我解釋一次，我們爲何要跟那些士兵戰鬥。」

「這是什麼意思？」

「我的記憶可能會不完整，」月光說，「這會完全覆寫我的過去。我的魂魄會認爲我父母搬去了我故鄉星球上的另一個王國，然後我在那邊出生長大。我的個性會截然不同。我全都考慮過了，不過……嗯，在試用前，我從來無法確定精章的確切效果到底如何。」

「等一下，」瑪拉席說，「妳沒提過這個部分……」

月光把印章按在手腕上。

然後開始轉化。

54

她與變魂不同——他把那罐純授予當成水壺，需要時才慢慢取用——反之，月光有如把整罐授予一飲而盡，她將手指插在其中全部吸收。她的頭髮縮成短髮，並且開始發光。驚人的是，她的皮膚居然還更加發亮——光芒從她體內透出，就好像她的核心正在燃燒。但那是比任何俗世之火都更加純淨的白焰。

力量圍繞著月光，她看似甚至飄浮了起來，不過她單純只是踮著腳尖而已。她發出一聲滿意的長嘆，然後轉身看向瑪拉席。她像故事中的神祇一般發光。散發燦爛能量的存在。她張開太過完美的雙唇微笑，天然的耀眼光芒由內透出。

光芒似乎立刻就開始消散，但她在地上跪下，開始以手指畫著什麼。她參考了瑪拉席遞給她的地圖以及其上的注解。她點點頭，光芒從身上湧出，在地上形成發光的線條。看起來跟剛才的地圖有點像——那是盆地的速寫，只不過中央有一個奇異的符文。

她完成後，身上的光芒穩定下來，維持明亮。她再次滿意嘆氣，站在光所描繪出的圓圈正中心。到了此時，她才向瑪拉席說話。

「啊！」她的音調比之前略高一點，「一個凡人！妳好嗎，孩子？」沒等回應，她就環顧起房間，「我看似在一處沒料想到的地方。」

「妳在比爾敏，」瑪拉席說，「在地底下。」

「不認得。」

「依藍戴盆地？」瑪拉席得到月光困惑的目光，「妳剛剛才在地上畫了這裡的地圖。」

「喔，」月光看向腳下，「我有耶。眞有意思。」她把雙手揹在背後，自顧自微微哼著歌。當她看見瑪拉席還張口盯著自己，她轉頭看向一側，然後是另一側，「啊，妳想要我賦與妳何種獎賞啊，孩子？我能替妳做什麼？」

「外面有很多士兵，」瑪拉席指向正開始遭受撞擊的前門，「他們想殺死我們。」

「眞麻煩。」月光接著在空氣中動手畫出複雜的光線圖案。她以花筆結尾，線條沉入牆中。即便外面的人仍持續在撞門，門卻不再發出嘎吱聲了。

「他們是誰？」月光說，「玫瑰帝國的搗蛋鬼？還是又一群沃恩的追隨者，不自量力地來此浪費時間？」

「呃，」瑪拉席說，「他們就只是壞人而已。我們有個計畫——」

「我們？」月光問。

「妳和我，就在妳變身前。」

「我一直都是珊艾，」她揮手示意，「受霞歐德祝福者。」

是喔喔喔。好吧。

「受祝福者，」瑪拉席改變策略，「您的力量無邊，您的尊位神聖，是否能請您賜我獎賞？」

「喔，當然！」她突然有了活力，「眞有禮貌！在凡人中很罕見。」

「我需要從那道門逃離，」瑪拉席指向後牆上的門，「門很快就會消失了。我需要外面的人誤以為我從其他路線逃走了。也許是跟您一起。我聽說您能消失無蹤……？」

「消失？我會用太阿符文。」月光說，「妳要的獎賞不少啊。我需要距離與傾角。」

「喔，」瑪拉席說，「二七六三，傾角十二度？但妳眞的可以消失——」

「好了，好了。如果妳從那扇門逃走，他們在這裡就只會見到我而已，這方法不夠周全，看來是不擅計畫的人所想的。這樣吧。」

她輕點瑪拉席的額頭，接著以單手在空中畫出一些符號。一秒後，月光的力量構成了一個瑪拉席的複製品。它開始移動，但當瑪拉席想觸碰它時，手指卻直接了穿過去。這令她覺得更不安了。

「妳還在這裡？」月光說，「快走吧，快走吧，一切都在珊艾的掌控中，孩子。我會處理這些人，然後華麗地消失的。我慷慨賜予妳獎賞，要記得獻上恰當的供品，還有在妳的神之前虔誠行事。」

「是的，」瑪拉席說，「虔誠。我會很虔誠的。」她走向門，接著停步，注意到背包裡最後一罐光液。她拿走背包——裡面看起來還有其他許多有用的工具——但把燒焦的筆記本以及裝有印章的皮袋交給月光。

「您晚點會需要用到這些的，尊者。」瑪拉席說，「它們非常重要。請帶著它們，確保安全。」

「好，好。」她揮手驅走瑪拉席，另一手則揮向牆面破碎的線條——門外的人已經在用力衝撞大門，「快點，他們快闖進來了。」

瑪拉席把背包揹過肩，但有些不情願地留下來福槍。她需要隱密行動，所以只能靠藏在背包裡的手槍將就一下了。她已脫下了實驗袍，準備依靠她原本的服裝——還是那套普通的駕駛服，意圖要混入組織的工人中——來僞裝。

她接著推開門。再關上門時，她看著月光與複製瑪拉席站在一起，雙手在空中畫出光線，遠方的牆面已凹陷，正要崩解。

瑪拉席避開窗戶旁——果然是單向窗，在這側僞裝成某種大棋盤網格圖案的一部分。她把背包再拉一下，溜進安靜的社區內，心裡希望這個奇異版本的月光能好好按計畫行事。

55

瓦在卡車後方找到一堆堆的紙張與儀器。還有三具屍體。

他帶著陰鬱的使命感爬入車內，檢查每一具屍體——確保他們不是假死。他在最後一具屍體前停下。她渾身是血，但還在呼吸，當她睜開眼時，眼中帶著淡淡的紅光。

「啊，」她以粗糙的嗓音說，「你確實很擅長這種事。我們以爲已經採取足夠的安全措施，但你還是來到這裡了。緊追在我們身後。如此的動力。如此的個人主義。眞可惜和諧先占有你了。」

瓦向後退，舉槍對著她。

「這具身軀很快就會凋亡，」生物說，「你毋須在意自身安危。」

「妳是什麼？」

「你知道我是誰。」她低語。

「特雷。」

「你的姊姊將成爲特雷，」那東西低聲說，「接下我爲她準備的神話與姓名。但她還沒達成。而我也不是特雷。我很少像現在這般與人談話。」

「自主。」他低聲說。

「是的。被我的金屬穿刺。讓我能觸碰到魂魄……」

瓦繼續後退，不知道該做何感想。

女人微笑，嘴唇上沾著血，「你不必懼怕我。我不會干涉你的努力。你姊姊並不了解這點，和諧之劍。她央求我行動，卻沒搞清楚：個人——或整個民族——只有掙扎存活才能發揮潛力。」

「這座城市，」他說，「這裡發生的一切，都是妳的錯。」

「這是那些為我而努力的人的錯，」自主說，「也是他們成功的實證。不過，我不認為你姊姊了解自主的真正涵義。她的嘗試有種……建構而出、強加於上的獨特性，不是真正的個人主義會造成的開放傷口。

「她終究會學會的。她持有力量越久，成為我天性的化身時間越長，就越能了解真意。如果她存活下來的話。你該為她驕傲。雖然她與自身的毀滅共舞，但正是她的努力才讓這顆星球繼續存活。不然我好幾年前就會發動攻擊了。」

瓦皺眉，往前靠近，「炸彈在哪裡？」

「啊。你該擔心的不是炸彈。而是若炸彈失敗了，我會派出的軍隊。」

「我認為妳在虛張聲勢。」瓦說。

「隨便你怎麼想。但你最了解人在將死之刻所擁有的力量與能耐。真正的例外只有在魂魄被逼到極限時才會展現出來。所以，失敗後必須要承擔後果——並且必須是如死亡般的恐怖終結。」

「我們要怎麼做，」瓦說，「才能讓妳別再煩我們？」

自主的血染嘴唇露出微笑，「證明你們值得。」她閉上眼睛，身體也隨之停止呼吸。

鐵鏽的。他眞的能相信自主說的任何話嗎？但他能冒著無視她的風險嗎？不論如何，這都比剛才的追逐更讓他心驚膽跳。

不過他還是快速翻閱卡車後面的紙張。他發現大部分都已經被剪碎、浸入水桶中。他們想阻止他獲取任何資訊。

幸好他找到了一本只沾溼一半的筆記，開始快速翻閱，讀著試射的紀錄。鐵鏽的……這些「自力推進」的火箭能夠飛行三十到四十哩。他們是如何在沒人注意到的情況下試射的？

是戰艦，瓦想通了，他們建立海軍的理由就是這個——就能在海上進行測試。筆記內容也證實了這點。他確認最後一次測試的時間。

日期與蓋夫的「假期」相符。他們在海上航行進行測試。但火箭失敗了，或是沒有達到理想表現。他們沒辦法擊中依藍戴——不過筆記中滿是如何讓射程稍微延長的主意。

他找出所有可能有用的東西，塞進在角落發現的行李袋。他只有很短的時間能研究這些，但這堆混亂中必定存在著讓他找出炸彈位置的線索。

他把行李袋揹上肩，走出卡車外。人群已開始聚集，其中還有可憐的酒店老闆。他站在門外，哀悼著他粉碎的前窗。

雖然瓦應該要出發了，但他猶豫了一下，還是走過去將一些鈔票塞進男人手裡，「抱歉，」他說，「我在嘗試阻止一場災難。」

男人張口結舌地盯著錢，在他回話前，瓦透過破掉的窗戶看見裡面的某樣東西。

「嘿，」他說，「那是一箱木輝嗎？」

半晌後，瓦降落在他留下偉恩的實驗室。如他所想，那個年輕人已經解決掉了剩餘的敵人，甚至綁起了幾個人。偉恩現在坐在地上，拿著一條繡著別人姓名縮寫的手帕在擦鼻子。他看起來慘兮兮的。

瓦從來沒主動儲存過健康，所以他只能靠想像——尤其是在任務中這麼做。現在追逐的刺激感已經退去，瓦感到疲累不堪。鐵鏽的，他真不該在一晚沒睡的狀況下進行調查。他已經不是二十歲了。

他走向偉恩，偉恩對瓦眨眨眼。瓦舉起兩瓶木輝，這是在蠻橫區釀造的啤酒——最棒的那一種。

「鐵鏽的，瓦，」偉恩說，「你在哪找到這個的？」

「工作途中總是能遇見些驚喜。」他將一瓶遞給偉恩。

「我已經好幾年沒喝過木輝了。」男人居然真的眼眶泛淚，「你……鐵鏽的，老兄。你真的關心我，對吧？」

「我覺得是時候了。」他對偉恩說，「我們該休息一下。」

「我們有時間嗎？」

「我需要花點時間檢查找到的東西。」瓦說，「如果我們繼續像這樣筋疲力竭地行動，終究會害死自己的。我想我們可以休息個半小時，聽起來不錯吧？」

「不錯？」偉恩說，「聽起來鐵鏽的棒透了。」

56

瑪拉席發覺要在這座洞窟內隱密行動是不可能的事。天花板上的探照燈讓此地幾乎沒有陰影可躲藏，而所有房屋都圍繞著一個中央公園所建——公園地面上有著塗成綠色的木片，僞裝成青草。在這裡鬼鬼祟祟只會更加可疑。

瑪拉席經過如畫般的成排房屋，感覺自己完全暴露在外，準備好隨時聽見槍聲，同時努力表現得融入此地。在今天接連不斷的戰鬥後，這種感覺很超現實。

這座洞窟內似乎沒人注意到外頭的戰鬥。一對情侶牽著手走過她身邊；一名男人在屋外的院子裝設遊樂器材，他的孩子在一旁興奮地等待鞦韆完工；一個穿著白色制服的人走過，向每戶人家發送罐裝食物，一邊哼著歌。

太詭異了。這裡太平和、太普通了……而且見不到任何金屬。建築都是用磚或泥土建造，不需要使用鐵釘，街道上也沒有路燈或電燈。

她發現這點後，就無法不繼續注意更多了。事實上，她唯一能見到的金屬就是高高裝在天花板上的那些探照燈，這讓她更加留意自己所帶的背包。除了發光的罐子外，裡面還有幾顆小型炸藥，以及繃帶、現金、開鎖工具與其他器具。月光是那種偏好準備周全的人。

瑪拉席緊緊拉住背包。不幸的是，她很引人注意。眾人在她經過時全都轉頭觀看，散步中的情侶停止交談，所有眼睛都盯著她，就好像她在裝備檢查日忘了穿制服一樣。

也許最好趕緊通過這奇怪的社區，去找找另一端有沒有出路。但那眞的會有幫助嗎？她的情報說可以通過社群抵達傳送門。她必須找出路徑。

市長提過要去社群，瑪拉席心想，他可能就在此地某處。也許他能領我去目的地？

路上兩名女人經過，她們身穿輕便洋裝，以奇異的眼神看向瑪拉席，然後快步離開。那種態度……瑪拉席的直覺說她們要去找人通報她的存在。

同一股直覺也叫她往反方向走。但……她必須找到此地的負責人。她差點就要問偉恩是怎麼想的，馬上又覺得自己很傻。過去幾年來，她已經有些依賴他了。沒有他在身旁支持她……感覺不太對勁。

考慮了一秒後，她決定小跑步追上那兩名女人。她們趕忙走進一間兩層樓的房屋，屋外有著木架，上面纏著綠色的繩索用以模仿藤蔓。

瑪拉席打開門，偷看房內，發現那些女人前來尋找的並非士兵或官員，而是一名莊重的金髮中年婦女。她穿著一件精美的灰藍洋裝，有著短外套與稍微撐起的長裙。這大概是十年前左右流行的樣式。莊重的女人迎上瑪拉席的目光，隨即趕過來抓住她的手臂。

瑪拉席本能地想躲開，但女人的舉動並不帶有威脅感。

「快點，快點，」女人對瑪拉席說，「快進來。已經有太多人看見妳了，親愛的。綴妮亞，拉上窗簾！」

瑪拉席一頭霧水地讓女人拉她進入滿是家具的房內，綴妮亞則立刻拉起了窗簾，第三個女人點起桌上的油燈。近幾年來，電燈已無情地取代了家戶內外的所有光源，讓這油燈感覺有些……復古。

「費雅莉亞，」莊重的女人說，「去找其他人來。很明顯地，可希會想見見她的。還有艾伯瑞，他一直在做紀錄。快點，快點！」接著她心不在焉地拍拍瑪拉席的手臂，「親愛的，妳還好嗎？餓了？渴了？肯定受苦了吧。妳眞是個倖存者。妳做得太好了。」

綴妮亞從拉上的窗簾縫隙向外窺看、監視著。她是個害羞的年輕女人，洋裝上需要多點顏色，「我想郭德沒看見她，感謝倖存者。」

「他終究會聽到消息。」費雅莉亞在門口停步，「他會立刻去找市長的。」

「我來處理恩特隆爵爺，」金髮女人將瑪拉席安置在一張椅子上，「快去呀！」

費雅莉亞離開，瑪拉席讓自己繼續坐著，嘗試理解現況。他們不希望市長發現她，代表組織內有他的反對者嗎？但她們的衣著、這些房屋、這個地方……

還有這個女人。莊重的金髮女子再拍拍瑪拉席的手，消失在另一間房裡。那也許是廚房？瑪拉席差點就要逃跑了。也許她們是想吸引她的注意力，不讓她阻止恩特隆市長？但金髮女人緊接著帶著餅乾與茶回到了房裡。

瑪拉席張大嘴巴，在潛入危險的敵人陣地之後，現在她居然在其中享受起茶點？這實在是太令人困惑了。

「看看這可憐的小東西，」綴妮亞在窗簾旁說，「她大概好幾年沒見過眞正的食物。」

「沒關係的，」金髮女人將餅乾端向她，「別害怕。我們這裡有很多——就像老日子。妳還記得嗎？」

「就像……老日子？」瑪拉席說。

「沒錯，災難發生以前。」金髮女人說，「再次落灰之前。我們在這裡很安全。」

「這裡是爲了保護我們而建造的。」另一名女人說著走到旁邊，「妳一定是很堅強，才在上面存活下來，還找到了來這裡的路。」

上面。

喔，鐵鏽的，瑪拉席終於搞懂一切了。這段時間以來，她一直以爲那張落灰的照片，還有地面上以模型拍攝的奇異動態相片，都是用來威脅外界的道具之一。但她搞錯了。騙局不是爲未來準備的，而是已經實行了。實行在這些人身上。

鐵鏽的。他們以爲世界已經毀滅了。還有他們是在此接受保護。

「妳們，」瑪拉席低語，「在這下面多久了？」

「已經七年了。」金髮女人拍拍她的手，「不過我們一開始是住在比較小的洞穴裡。這座城鎮——我們稱爲『遠行者』——是五年前左右建成的。」

「建造這裡眞的很辛苦，」另一名女人補充，「但環境實在是好太多了。會讓妳想起老日子，對不對？陽光普照的天空？樹木和植物？」

瑪拉席麻木地拿起一片餅乾咬下，一部分也是避免金髮女人繼續強迫她吃。味道不錯，瑪拉席心不在焉地想，同時思緒飛轉。這些人……他們遭到矇騙，相信世界已經毀滅，被迫居住在地底。但理由是什麼？組織肯定有很多知情的支持者，爲什麼要把這些人蒙在鼓裡？這和迫在眉睫的軍隊與炸彈又有何關連？

很快地，有更多人跟隨著費雅莉亞進入房內。三名女性，還有一名男子，他身材壯碩，腰帶上掛滿石製工具。

「沒有金屬。」瑪拉席喃喃自語。

「當然囉，」金髮女人說，「金屬異種能夠感應到金屬。我們唯一敢用的金屬，只有製作電燈與公眾廣播系統的一點點鋁。」

另外四人擠成一團，張嘴盯著瑪拉席。她看起來真的有那麼像來自末日廢土的生還者嗎？在經歷數次危及性命的槍戰與纏鬥後，她的衣服狀況是有點糟糕沒錯。再加上那個大背包，以及沒有空閒梳洗……

嗯，也許眞的有點像。

「你們這些可憐人。」瑪拉席呢喃。

「她太震驚了。」害羞的綴妮亞說。

「妳可以跟我們說說外面的狀況嗎？」帶著石製工具的男人走向前，手中拿著一頂布帽，「落灰還很嚴重嗎？我們上次看到外來者已經是一年前了。」

「有其他人來過？」瑪拉席疑惑地問。

「每隔一陣子就會有人找到方法穿過洞穴還有我們的防禦措施，進到城鎮裡來。」金髮女人拍著她的手，「我一直和市長說我們不需要那些防禦措施——這樣我們就能比現在容納更多人。但蓋夫・恩特隆是個固執的男人，他堅持外來者都太危險了。」

「蓋夫，」瑪拉席說，「是你們的……市長？」

「沒錯，他原本是從其他洞穴來的，」金髮女人說，「是依藍戴底下的洞穴。那邊有好幾個洞穴系統，偶爾會有人從那邊到這裡來。」

「恩特隆是個暴君，」帶著工具的男人說，「他不讓我們去幫助上面的世界，不讓我們搜尋生還者，甚至不讓我們探索洞窟。當像妳這樣的人來了之後——」

金髮女人瞪了他一眼。

「沒關係的，」瑪拉席說，「我必須要了解。拜託，有些祕密你們並不清楚。」

「這個嘛，」金髮女人說，「當像妳這樣的外來者抵達後……都會被送往其他的洞穴。我們從來都沒辦法和他們說太多話。」

「他們……跟你們說了上面世界的狀況？」瑪拉席開始連起線索。

「世界充滿灰燼，」另外一名女人說，「大地毀滅，滿是恐怖的金屬異種。」

「我見過它們一次。」男人說，「那是隻恐怖、扭曲的怪物。可憐的靈魂。它闖進這裡，然後被市長大人的保安隊殺了。」

血金術怪物，瑪拉席猜測，是刻意放進來這裡嚇唬這些人的。

「新來的人，」剛才的女人繼續說，「總是無法停止述說外頭狀況有多糟糕，然後就被帶走了。我們猜市長大人是不希望我們被外來者嚇到。」

「正好相反……」瑪拉席說，「那些是演員。是被帶來證實他們的謊言的。」

瑪拉席環顧房間，看到他們擔憂的眼神。他們在替她擔心。他們什麼也不知道。

金髮女人再次拍拍瑪拉席的手，「我們一直希望能夠得到我們認識的人……還活著的消息……」

「我有三個女兒，」帶工具的男人說，「她們住在比爾敏，我不知道她們怎麼了。自從我得救後，這件事就一直啃噬著我的內心。拜託，小姐，妳有任何地面上倖存者聚落的消息嗎？前一次來到這裡的難民說整個城市都已經變成廢土、完全毀滅了。但是……肯定還有一些人活著……」

瑪拉席皺眉，「等一下。你得救之後？你們是怎麼來到這裡的？」

金髮女人強塞給她另一片餅乾，再與其他人對視，「隨機抽選的。」她終於說，「發現灰山即將爆發的科學家察覺他們只能救下少數人，所以他們做了不可能的決定，隨機選擇人選。」

「那並不是完全隨機的。」一個女人說，「年齡適合生育的女性有加權，原因很明顯。鎔金術師或有鎔金術師血統的人也有加權，原因同樣也很明顯。」

「我們不能帶家人來，」男人低著頭，「我們在這裡醒來後與他們爭論過。噢，我們花了多大的力氣想和管理者講道理啊。但……最後……我們感覺到大地震動，我們就知道……」

「後來市長大人抵達，」金髮女人說，「開始實行更嚴格的規定。」

「暴君。」男人嘟囔著。

「我們時不時還是會感受到，」其中一個女人看向上方，「灰山爆發所造成的震動。在外面肯定是震耳欲聾吧？我們偶爾會被允許上去看一眼妳所在的世界，但不常發生，太危險了。不過，我有看過外面的狀況。遠處毀滅的城市、紅色的太陽、窒人的灰燼，就像葬禮的帷幕……」

「妳怎麼看見這些的？」瑪拉席問。

「有一間觀察室。」女人解釋，「洞窟邊緣有一道梯子可以上去。」

那不是通往瑪拉席看到投影機的那間房間——距離太遠了。她懷疑那一整間房都是測試用，這些人看到的是更加眞實的畫面，而且沒有明顯的光束與投影機。

不論如何，她現在已經確定這個把戲的用意了。他們還另外派出了演員來加強幻象——接著那些人就被送往「其他洞穴」，這樣才不會不小心穿幫。只要沒有眞正的實驗對象能夠離開這裡，就沒人會發現眞相。

但是爲什麼？花這麼大的力氣，到底是爲什麼？

除非是……鎔金術師。

「你們有人是鎔金術師？」瑪拉席說。

「沒錯。」金髮女人說，「我是煽動者，但就連我家人都不知道我的能力。費雅莉亞是扯手，可希是安撫者。」

「我的雙親都是鎔金術師，」男人說，「只是我自己從來沒有獲得能力。其他人的狀況也都類似。」

這就是最後一片拼圖。瑪拉席知道到底發生什麼事了。正當她拼湊起全貌時，她突然發覺另一件事情：她確實認識這個金髮女人。她感覺很眼熟是有原因的。

她是瑪拉席的遠房表親愛爾瑪．哈姆司。七年前，百命邁爾斯與消賊綁架了她，那是瓦回城後的第一件案子。

57

瑪拉席應該立刻離開的。她從這些被組織抓來進行實驗的人身上，得不到什麼有用的訊息。但這件事背後沉重的涵義壓住了她。所以她安靜坐在軟墊椅上，被這些被矇騙多年的人包圍。她的手抓著餅乾，感覺超出負荷。

是瓦第一個注意到被綁架的人都有鎔金術師血統。他們原本以爲受害者只有女性，但後來發現同時間也有一些男性的未解失蹤懸案。

瑪拉席與瓦這幾年來始終斷斷續續在尋找這些人。他們一直擔心組織會對這些人做出令人髮指的事，但從來沒想過會是這樣子。把他們都鎖在地下碉堡內？說服他們已經世界末日了？

組織長期以來的主要目標之一就是要獲得鎔金術能力，而事實顯示組織擁有大量的尖刺，代表一部分被綁架的人可能已遭受殘酷的結局。但在此處的這群人，還有目前只有組織最重要的成員有尖刺這項事實，暗示了一個更長期的計畫。在這底下，他們建立了金屬之子的繁殖場——非常適合招募爲成員，或是用來製成尖刺。這個想法讓她的內臟全攪在一起，尤其是她發現房內就有兩名女子看起來懷孕了。

外面男人剛剛架設的遊樂設施突然蒙上了一層陰影。不過……這些人並不擔心小孩被搶走。瑪拉席感到一股希望，而且是有根據的，她及時找到了他們。只是很不幸地，她無法免除所有創傷——這些人從親友身邊被綁走、被迫留在此處——但至少組織還沒開始把他們製成尖刺。

市長說社群是「愛德溫的計畫」，她心想。這整件事都是瓦的叔叔的陰謀，目的要爲組織長期提供鎔金術能力。她懷疑在他死後，這裡大部分的架構都被黛兒欣轉爲用來應對自主的緊迫盯人。原本用於鎔金術優生學實驗的洞窟被改爲市長支持者的避難所，對尖刺的持續實驗也達成更多不同的創新。

但這個舊實驗仍在，這些人仍困在其中。瑪拉席在不經意間發現了她心中最大未解謎團的解答。她能拯救這些人。如果她能先拯救世界的話。

「我認識妳，」瑪拉席對金髮女人說，「妳是愛爾瑪・哈姆司，對不對？」

「嗯，我以前的確姓哈姆司，」女人說，「不過我在這裡結婚了。我……認識妳嗎？」

「我只看過妳的相片，」瑪拉席說，「我是瑪拉席・科姆斯。史特芮絲的……表妹。」在她父親公開承認婚外情之前，這一直都是他們所用的謊言。

「史特芮絲？」愛爾瑪的眼睛亮了起來，「她還……我是說……」

「她還活著。」瑪拉席說，「愛爾瑪……他們全都還活著。你們被非常惡劣地欺騙了。我不知道該怎麼修飾這說法。地面上沒有落灰，盆地沒有毀滅，這是個騙局。」她的臉部抽動，「你們是被一群非常邪惡的人綁架了。」

房間裡的其他人互相對視。

「灰燼病。」另外一名女人說。

害羞女人點頭，拍拍瑪拉席的肩膀，「妳陷入混亂之中，看到了幻覺，親愛的。」

瑪拉席嘆氣。組織當然會想出類似這樣的藉口——做爲萬一有外界人士穿過防禦措施、進入社群時的備用解釋。

「我現在無法證明，」瑪拉席說，「但我會找到方法的。拜託，仔細考慮我說的話。這會減少你們終究必須面對眞相時的衝擊。我是依藍戴警局的高階警官。」她取出警務證明，「我花了很多年想找到你們：被某個稱作『組織』的神祕團體綁架的人。他們同時還在進行其他計畫——比這還更危險——所以我無法留下。但眞相是這樣的，愛爾瑪，他們想要鎔金術師，所以綁架了你們。他們願意長期維持這個騙局來獲得成果。」

愛爾瑪抬頭看。樓上傳來小小的腳步聲，孩童的笑聲微微傳下來。

「你們肯定也知道這很奇怪，」瑪拉席說，「你們是被武裝的強盜歹徒綁來這裡的。」

「他們必須僞裝演出，」愛爾瑪說，「才能隱藏眞正目的，才不會引起恐慌。」

「僞裝成一群小偷？」瑪拉席問。

「在《創始之書》中，這方法奏效了。」她回答，「倖存者本人也僞裝成小偷過。」

瑪拉席沒時間繼續爭論，「我需要找到蓋夫・恩特隆。」她說，「你們知道我在哪裡可以找到他嗎？」

在這個當下，有如和諧親自下令一般，外面的廣播器傳出巨響，公眾廣播的聲音迴蕩在整個洞穴中。

那正是市長蓋夫・恩特隆。

「請注意，遠行者的居民們，」他以尖細的廣播音說，「我們發現一名危險的外來者溜過了外側隧道，很可能往這邊來了。她極有可能攜帶武器，並且已確認患有非常、非常嚴重的灰燼病。

「請將她視爲極端危險人士，如果見到她，請立刻向各位社區內的鎮靜員通報。不要靠近她。不要與她接觸。她已經殺了人，如果有機會，還會繼續動手。」

這群人抬頭看，瑪拉席緊繃起來。他們的和氣態度還會持續嗎？

「糟了，」愛爾瑪說，「我們得藏起她。」

「有其他人看到她進來。」戴著工具的男人說。

「我們把房間弄亂，」愛爾瑪說，「然後宣稱她威脅我們之後逃跑了。」她看著瑪拉席，「妳很混亂，又得了灰燼病。但……妳還記得怎麼離開嗎？穿越洞穴的路徑？」

「別管那個了。」害羞女人的態度突然變得激烈，「妳有武器嗎？能幫助我們推翻恩特隆的東西？」

「我們沒有要推翻他！」愛爾瑪說，「我們只需要按照原定計畫進行：溜去地表，找到生還者，帶他們下來這裡。向所有人證明我們也能幫上忙，這會讓市長大人轉爲支持我們的想法。」

這種想法非常高貴，但也完全沒有用處。瑪拉席沒有時間繼續說服他們了，「恩特隆在哪裡？」她站起身。

「他在城鎮邊緣有一座新宅院，」愛爾瑪說，「很大，廣播系統就在裡面。那邊很危險，因爲他需要金屬才能讓裝置運作——如果異種入侵了，就會先攻擊他。」

「他還眞勇敢啊。」瑪拉席趕向窗邊，其他人讓開路給她，「他在那裡肯定也有條通道可回地面上。你們知道那片外牆嗎？上面有單向鏡，他們透過牆在監視你們。」

「灰燼病。」一個女人嘶聲說。

「你們知道這裡……」瑪拉席考慮著要如何措詞，「哪個地方有類似傳送門的東西嗎？鐵鏽的，我連它長什麼樣子都不知道。也許是某種大型建造物？或是禁止進入的區域？」

他們只是困惑地盯著她看。我早該料到的，瑪拉席心想，他們是囚犯，不是共犯。

但是她很疑惑。如果恩特隆要替自主的軍隊建立傳送門，爲何要建在這裡，如此靠近這些人？爲什麼不建在洞穴系統獨立的其他位置，拉開與實驗對象的距離？他特別說了要來這裡開啓傳送門。

瑪拉席望向愛爾瑪——她拿著瑪拉席的證明文件，皺著眉頭，「妳爲何要費這麼大的麻煩，」她說，「帶著這張假證明？而且還特別做了有今年日期的假印章蓋在上面……？」

「她一定病入膏肓了。」另一人說。

愛爾瑪的目光迎向瑪拉席，眉頭鎖得更深。

「因爲我告訴你們的是實話。」瑪拉席說，「我現在要去找恩特隆，阻止他。」

愛爾瑪搖搖頭，「瑪拉席，我們能互相幫忙，別魯莽行事。我們不喜歡市長大人，但也不想要引起流血事件。已經有太多死亡了。如果我們藏起妳，就能多談話、多做計畫。」

「沒時間再計劃了，」瑪拉席快步越過房間抓起背包，「把房間弄亂吧。告訴他們，我極端危險——講得越詳細越好，也許能夠拖延他們一點時間。」她從背包裡取出手槍，全部人都驚訝地瞪著她。除了愛爾瑪以外，她露出失望的表情，消化著一切。

「聽著，」瑪拉席告訴他們，「這裡的情況會變得非常危險，也非常令人困惑。我的朋友們已經處理掉他們大部分的士兵，所以我有機會單獨擊敗恩特隆。如果我沒回來，你們一定要推翻他，數百萬條人命就取決於此。」

「我們不能這麼做，」愛爾瑪說，「而且就算我們想，我們也沒有武器。」

「你們就是武器，」瑪拉席說，「如果我們能夠找到……」

金屬。這就是底下一點金屬也沒有的理由。組織囚禁了一大群人，他們要不是自身有強大的能力，就是很可能會生出有能力的後代。黛兒欣和其他人肯定了解他們必須要小心，不然很有可能會反被囚犯們壓制。所以這裡才毫無金屬，還編了故事說這些「異種」能夠感應到金屬。

要如何囚禁一群危險的人？就是讓他們相信自己並非被囚禁。

瑪拉席轉身迎上愛爾瑪的目光，「市長的家在哪個方向？」

「我……」

瑪拉席與她持續對視，直到愛爾瑪低下頭——看著瑪拉席的證明——然後轉頭向一旁。

「妳明白了，對不對？」瑪拉席說，「明白我說的都是真的？或是妳至少抱著懷疑。妳一直都知道有哪裡不對勁。」

「我有家庭了，」愛爾瑪說，「有我所愛的丈夫與孩子。」

「如果恩特隆贏了，」瑪拉席說，「他們一生都只能活在黑暗中。愛爾瑪，他打算從妳身邊奪走孩子。你們必須要找到金屬，全力反擊。」

「找到金屬，」一個女人發出哼聲，「妳要我們怎麼做？去舔石頭，希望裡面有鐵質嗎？」

「我不知道我相不相信妳，」愛爾瑪說，「而且就算……就算我拿到武器，也不會戰鬥的。也許我能帶妳去恩特隆住的地方，但只有這樣了。」

一群蠢蛋，瑪拉席心想，緊咬牙關，然後又覺得自己才蠢。這些人在害怕，不代表他們是蠢蛋。他們被虐待、被矇騙、被關在不見天日的洞窟內。

她不該責怪他們的。她爲此感到羞的同時，突然有種奇異的通透感。這些人，還有眾多與他們相似的人，就是她執行任務的理由。就是她成爲警員的理由。她的職責就是保護她們。

「帶我去找恩特隆就好，」瑪拉席說，「我會想辦法處理他的。」她把背包揹上肩。背包內發出匡啷聲，令她愣在原地。

58

偉恩看著瓦把酒瓶高舉過頭，快速發動鎔金術鋼推掉瓶蓋。還眞方便。神在創造鎔金術的時候，不知道有沒有想過射幣原來這麼適合當開瓶器？

瓦把一瓶酒遞給偉恩，他拿手帕擤鼻子後接過酒瓶。偉恩嘆口氣，頭腦發脹、全身痠痛。該死，他恨透儲存健康了。那讓你覺得自己像是鞋子穿太久後會在腳趾縫間發現的東西。

他身子往後，靠在告示板前方的支架上。他們是飛到上面來的，理所當然，因爲射幣喜歡待在天上。再加上，瓦喜歡大肆鋪張。有什麼比在這座城的笨標語前喝啤酒還更鋪張的？

告示板前方有一小片突出平面，所以坐在這還算舒服。這原本應該是讓工人站立架設海報的位置：那是張矯情的圖片，上面有個人望向天空，光束從他身後四射。標語寫著：共同奮鬥引領獨立。要是偉恩現在就把啤酒包裝紙吃掉，明天拉出來的東西也會比這有道理。

這惹人厭的告示板在主高速公路旁架設得高高的，面朝市中心。朝向城市的中央尖塔，獨立塔，又被叫作霄塔——由克瑞迪克．霄得名。

瓦舉起酒瓶，偉恩也向前伸出酒瓶，互敲瓶頭。偉恩仰頭飲下，欣然享受啤酒強烈的風味，滿是氣泡、苦味濃厚。這才是好啤酒該有的樣子，蠻橫區的人十分清楚這點。幹嘛要刻意淡化，把它變成其他味道？城裡的啤酒……那是給其實不喜歡啤酒的人喝的。

泡沫通過喉嚨的感覺很棒，因爲他儲存健康時喉嚨總是很癢。就好像他其實無時無刻都在生病——但平常都沒注意到，因爲身體把病徵掩蓋起來了。只有他開始儲存健康時，疾病才開始占了上風。

瓦長飲一口自己的啤酒，享受著風味。他望著遠方，一臉滿意。

「你記不記得有一次，」偉恩說，「我先把酒瓶在桌上敲過了，所以你推開瓶蓋的時候，啤酒噴得你滿頭都是？」

「你說的是哪一次？」瓦說。

「嘿，」偉恩說，「這把戲永遠不嫌膩。」

「因爲在你第一次做之前就已經用到爛了。」

偉恩咧嘴笑，「我想的是第一次，也就是你抓到寒冰班．歐德森的那時候。你知道的，那時你的搭檔還是阿眨？」

「我記得。」

「眞不敢相信你跟他一起搭檔過。」偉恩又喝了一口啤酒，「叫一顆豆子開槍都比他準。」

「他有其他技能。」瓦說，「話說回來，豆子開槍也比你準。」

這倒沒錯。說實話，瓦挑搭檔的品味糟透了。

「我確實記得你第一次搖酒瓶騙到我的時候，」瓦啜飲著啤酒，「我記得很清楚。那是你第一次露出笑容。」

「對啊，嗯，」偉恩說，「我很擅長假裝成自己不是的人，你懂吧？我最後搞懂要怎麼假裝成一個有價值的人。這個謊不錯。我還相信著。」他喝一口酒，「大多數時間啦。」

「偉恩……」

「我不需要聽說教，瓦。」偉恩把頭後仰，靠在金屬支架上，閉上眼睛，「我會沒事的。只要戴上那頂帽子……」

「你最近感覺不太好，對不對？」瓦問。煩人的傢伙，洞察力眞好，「不光是宓蘭的事而已。」

偉恩聳聳肩，仍然閉著眼睛。

「快說，」瓦說，「我請你喝啤酒，你就欠我一個答案——這是規矩。」

鐵鏽的男人。他知道規矩。

「我只是最近在想，」偉恩柔聲說，「想我的家人，還有想我阿媽對我變成一個殺人凶手會有多失望。我這些年一直在努力補償，但也沒有感覺比較好。所以我開始覺得，也許我做出的好事根本不足以平衡我做過的壞事。也許我會一直都毫無價值。」

「你沒辦法補償的，偉恩，」瓦低聲說，「這點沒錯。」

偉恩睜開眼睛。

「杜凱爾，那位你殺死的人，」瓦說，「永遠都不會再活過來了。無論你做什麼都沒辦法改變。不論你做多少好事都無法讓他死而復生，或是得到他的原諒。」

偉恩看向一邊，感到難受——並不是因爲他正在儲存健康，「我知道我說了不要說教，瓦。但我不知道你原來是想要落井下石啊。」

「幸好，」瓦說，「你也不需要被原諒，偉恩。」

「你現在就是在亂講話了。」

「不，我沒有。」瓦傾身向前，用他的酒瓶一指，「偉恩，如果你有重來的機會，你還會再做一次嗎？搶劫老百姓口袋裡的零錢？在情況激烈起來時射死他？」

「什麼？當然不會！」

「所以，」瓦說著往後靠，「你不需要被原諒。因爲你已經不是殺死杜凱爾的那個人了。不再是了。那個做出這種事的人，嗯，他已經死了。埋在蠻橫區的泥土下六呎深。這些年來，你早就不是他了。」

「我覺得事情不是這樣運作的。」偉恩說。

「爲什麼不是？」瓦又長飲一口啤酒，「如果人不能改變，做這些事還有什麼用？如果對你來說沒機會，偉恩，那對所有人來說都沒機會。我們倒不如在人第一次做錯事時就處決他，因爲……他永遠無法改變，所以又有誰在乎？」

「這樣講不公平。」

「你才是對自己不公平。」瓦說，「我一直看著你，偉恩。你成爲我的搭檔不是因爲你想要救贖；你在我身旁並肩作戰不是爲了要獲得原諒。你做這些事是因爲你已經成爲了這樣的人。你做這些事是想要讓這世界變得更好。」

「也許你錯了。」偉恩說，「你不知道我腦子裡是怎麼想的，瓦。也許我從頭到腳都爛透了。你知道我在混戰時會變什麼樣子。也許我做這些事是爲了有機會打人殺人。因爲我喜歡。」

「才不是。」瓦喝光啤酒，用兩隻手指捏著酒瓶，在身前搖晃，「我不相信，偉恩。我了解你。我也尊敬你。敬佩你。我有時候希望自己能成爲跟你一樣好的人。」

偉恩坐直，瞇眼看向他，「等一下，你是認眞的？」

「當然是。」

「老兄，我今天燒掉了一棟房子耶。而且不是學校那種應該被燒掉的地方。是一棟又大又重要的房子耶。」

「是啊，不過你還做了什麼？」瓦問，「你點火之後就跑了嗎？」

偉恩聳聳肩。

「不，你把所有人都安全地帶出來外面，」瓦說，「你特別領著一整群人挨家挨戶敲門，確認所有人都逃了出來。你放火是因爲那是必要的，但你之後確保……」他猶豫了一下，檢查他的酒瓶是眞的空了，接著皺眉看向偉恩，「偉恩，學校才不是應該被燒掉的地方。就因爲我們做了一次，不代表那就是對的。」

「不，你看嘛，」偉恩把自己的啤酒喝光，「我都弄懂了。學校就是該被燒掉的地方。想像你還是個小孩，有一天早上起床，結果發現學校已經夷爲平地？這肯定是鐵鏽的最棒的一天。」

瓦嘆氣。

「我猜，」偉恩繼續說，「這就是爲什麼城裡要一直建學校的原因。你有沒有看見最近到底蓋了多少學校？政府肯定是想多存一些備用的，以免哪天需要逗小孩開心，到時候就可以燒掉它們。」

瓦看著他。偉恩微笑著眨眨眼，讓他知道這大概是那種有點誇大的故事。

瓦往後靠，「我有時候眞搞不懂你……」

「這就是問題所在，對不對？」偉恩說，「因爲我還是會做壞事！拉奈特找我談過關於杜凱爾的女孩的事——結果一直去拜訪她是我所能做出最糟糕的事了。我這些年來毫無自覺地弄糟了她的生活！」

「你會在意嗎？」瓦問。

「我當然在意！」

瓦把頭歪向他，「這就是證據。你是個好人。」

「那啥也不值，我還是一直搞砸事情，老兄。我有時候還是會拿別人的東西，而且對象不是我朋友，我也不是想開玩笑。我要到後面才會發現。我後來才會想說，也許那個人眞的很喜歡他的雪茄盒。」

「你解決的問題比你造成的還多得多，偉恩。你不能否認這點。你是個好人。」

偉恩陷入沉默。因爲……因爲他喜歡瓦。在那之上，他信任瓦。瓦總是能弄對事情。

關於這點……他也可能是對的嗎？

瓦向前看，「你不能繼續挖出你過去的屍首了，偉恩。你不能再整天扛著它跑。就讓它埋在土裡吧。好好想著你現在是什麼人，而不是你留在過去的那個人。這是我近幾年學到的，其中有很大的差別。」

啊，陳腔濫調了。說起來容易。但瓦不隨便說話的。他從來不會。他是認眞的。

也許……也許是時候該埋起屍體了。因爲鐵鏽的，最近那感覺眞是越來越沉重。如果他不繼續扛著它，生活會是什麼樣子？也許他有一部分已經準備好幾年了。他拿槍時已經不再會發抖了。他的身體已經準備好向前進了。但他的心準備好放下了嗎？

他掃視城市，因爲儲存健康而頭痛欲裂。汽車在底下呼嘯而過，太陽逐漸西下，漂亮的新大樓在城內投下長長的陰影。這是個新的世界。整個盆地都在改變。

他何不一起改變？

他停下儲存健康。說實話，那派不上多少用場。他的頭痛消失，身體也不再痠疼。

「好吧，那麼，」他坐直身子，「我們得解決這件事，瓦。我有種不好的預感——已經有一整天了——就是我們追到的線索還是落後對手太多、太多了。」

「同意。」瓦把兩個行李袋拉過來，「你檢查一下史特芮絲幫我們打包了什麼。」他把第一袋推過來——是他先前從屋頂上取回的彈藥袋。

偉恩接過袋子解開束帶與拉鍊，瓦則是從另一袋中取出一些紙張，舉在面前。這座告示板上裝了電燈，所以晚上也能看清楚內容——也因此適合讀東西。好吧。也許瓦選這地方確實有他的道理。

偉恩開始數起瓦的子彈，把它們分裝到小袋裡，「所以，」他說，「他們的測試是讓炸彈飛進海裡？」

「他們只測試運送裝置，」瓦翻著紙張，「上面沒裝炸彈。那太危險了。再者，炸彈也還沒完成。我這裡有炸彈的設計圖，看起來一直到最近，他們都還沒辦法製造出夠大的電池，因此無法移動炸彈。」

「但他們找到辦法了？」

「很不幸地，」他把設計圖遞過來——好像偉恩能看得懂似的，「你看這裡。他們終於成功了，可以運送，但體積很大。這就是讓他們頭痛的地方。他們的火箭理想狀況下可以飛三、四十哩，但承重這麼重時就沒辦法了。」他翻過更多紙頁，遞了另一張，「這是自動運作保險的設計圖，設計非常惡毒，他們不希望有任何人能夠解除炸彈。還有這裡，這是一架更大型火箭的設計圖，也許是他們成功的最後機會，但他們擔心飛行距離不夠遠……爆炸可能會波及到比爾敏和其他城鎮，而不只是依藍戴。」

偉恩咕噥一聲，把紙張塞進口袋。他繼續翻著行李袋，結果發現了一個三明治。

「好樣的，」他拆開包裝紙。燻牛肉？加倍好樣的，「還好你當時沒理我，繼續跟這女人在一起。她眞的不賴。」

瓦不以爲然地看著他。

「我看錯她了，好不好？」偉恩翻出另一個三明治拋給瓦，「我很常看錯人。也許包括我自己。」

瓦微笑，開始大口吃起三明治。偉恩也一樣，他都沒發現自己到底有多餓。袋裡還有水壺——唉呀，只是水。他還希望是更多啤酒呢。但不行，他們還有工作要做。喝一瓶可以放鬆筋骨，再多就危險了。

偉恩翻出一個瓦備用的金屬意識，裡面存滿了體重，他把那個拋給瓦；接下來是一些內含金屬屑的小瓶，全都放在一個小小的護鞘中。已經有八瓶被拿出來了，裡面還剩下八瓶，「這不是你平常用的那種。」

「這是和諧送來的，」瓦說，「說它們比較特別。」

「祂這麼說喔……」偉恩盯著最後一瓶有著紅瓶塞的瓶子。他把小瓶收好，再拿出一小袋金屬，上面還有他的名字。那鐵鏽的女人居然還幫他帶了彎管合金，「所以我們該去哪，瓦？你說他們正在建造最後一架火箭，而且是所有當中最大的。那我們要去哪裡找火箭？」

瓦掃視筆記，「他們很擔心，偉恩。他們已經沒有退路了。最後這邊的備注是今天才寫下。他們很害怕自主會中止整個計畫——而且手段會很激烈，所以他們才手忙腳亂地想要趕走我們，同時抓住成功的最後機會。但是……會在哪裡呢……」

偉恩繼續翻找著行李袋，拿出了一顆奇怪的藤球，中心還有金屬配重，「這是拉奈特做的東西嗎？」

瓦一笑，揮手要偉恩把球丟過來，再將球鋼推到空中，「麥斯肯定有幫忙史特芮絲打包，這是他給的小禮物。」他這次把球推向更高，然後再更高。

緊接著他接住球，定在原地。

「怎麼了？」偉恩說。

「我知道炸彈在哪裡了，」瓦說，「你需要高度。高度越高，可以達到的距離就越遠。再者，他們需要在某個地方建造這架大火箭，但又不能被發現。要在隱密的位置，又要越高越好……」

偉恩吐口氣，兩人一起轉頭看向城市中心。看向那座巨大的霄塔——塔頂正在進行工程，據稱是要再增加一點高度。還是，其實那是完全不同的建設計畫？

「該死，」偉恩注意到高塔高樓層的電燈大亮，頂端還有探照燈，「他們今天晚上很忙。確實是沒有退路了……」他看向瓦，「那是平峰。那座塔。那就是平峰。」

「什麼平峰？」

「我阿媽的故事，」偉恩說，「結尾就發生在平峰。一整片平原中央的孤獨平峰。」

偉恩瞄了他的朋友一眼，看看他會不會抱怨說他們不在故事裡。但關於這點，瓦搞錯了。他們確實在裡面——或至少是跟隨在旁邊。因爲偉恩已經這麼決定了，所以事情的運作就是這樣。

「平峰嗎？」瓦讓一隻腳滑下平臺邊緣搖晃著，「對，我覺得有點像。」

「不過我從來沒搞懂接下來發生的事。」偉恩說，「故事裡，執法者去平峰找壞蛋——跋扈巴姆，史上最壞的壞蛋。但巴姆就是那座平峰。」

「他……就是平峰？」

「沒錯，平峰是他變形成的。」偉恩說。

「這……沒什麼道理。」

「肯定沒道理，」偉恩說，「我一直不懂阿媽為什麼要這樣講。」

「也許沒有特別意義，」瓦說，「也許她這樣講，是因為故事就是要有情節。」

「不，」偉恩說，「你不瞭解我阿媽，瓦。她很會講故事的。非常厲害。這一定代表什麼……」偉恩深呼吸，「如果我們要到塔頂去，往上的路會非常困難。周圍的建築物高度跟它差遠了，你沒辦法直接鋼推我們上去。」

「就算我們嘗試那麼做，也會暴露在狙擊手的視野中。」瓦瞇眼看著霄塔頂端的探照燈，「我們得從塔內上去……滅絕的，偉恩，你說對了。這肯定會很困難。」

偉恩的腳踢到彈藥袋裡還有某種東西。他皺眉蹲下，從袋子底部拉出一個木箱。上面有拉奈特的標誌。

瓦輕輕吐氣，幾乎有點崇敬，「史特芮絲把這個給我帶來了。」

「是什麼？」偉恩打開箱蓋。

裡面是一把槍。很粗短，槍管直徑足足有四吋。他從沒見過類似的東西。

「特別的東西。」瓦把槍拿出來，再從箱內取出其他零件組合。最終成果是一把類似單管霰彈槍的武器，只是整體更碩大。槍的中間還有巨大的彈輪——幾乎像是一把放大版的左輪手槍——裡面的彈藥比烈酒杯還要大顆。

偉恩吹了聲口哨。

「我們就只稱它為巨槍。」瓦說，「我原本希望不會用到的。這不是造給執法者用的武器。這是造給……劍使用的。」

遠方太陽終於沉到海平面下，就像一大團麵糰被丟進油鍋，炸得酥酥脆脆的。偉恩屏住呼吸。迷霧接著出現在空氣中，有如從看不見的洞裡長出的藤蔓，蔓延到整座城。

「啊，」瓦低聲說，「眞是鼓舞人的景象。」他瞥向手上的槍，「接下來會血流成河，偉恩。你還剩下多少健康？」

「不太多，」偉恩承認，「我還能吃一、兩顆子彈。但就這樣了。」

瓦深呼吸，「那我希望你待在後方，讓我去做和諧需要我做的事。」他打開奇怪的槍，裝進一顆巨大的子彈，「我們要上到樓頂阻止發射。」他停住，「眞有趣。我不知道幾年前我能不能做到這件事。但我現在已經知道自己是誰，為誰而戰，為何而戰。不管接下來狀況會多糟，我都有種平靜感。」

「鐵鏽的，」偉恩感覺內臟攪成一團，「眞希望我有一樣的感覺。瓦，過了這麼久，我還是很難搞懂。我殺了一個人，那毀了我一生。然後我跟著你，我又殺了更多人。那些可憐的傢伙們。你懂吧？」

瓦一肩扛起怪槍，把手放在偉恩的手臂上，「是啊。我知道。但你阿媽說壞人就是平峰，也許是對的。壞人就是土地本身。也許這就是她想說的。偉恩，我們需要擔憂的是這世界本身。各個人嘛，沒錯，他們可能會很邪惡，但我們需要更擔憂讓他們做出這種事的世界。」

「你的意思是？」

「這個嘛，」瓦說，「如果你的母親沒有死於意外，你會淪落到跟木板兄弟混嗎？」

「當然不會。」偉恩說。

「我開槍射過的所有人呢？他們都有這樣的故事。這就是瑪拉席一直在說的情況。沒錯，你得阻止世界上的跋扈巴姆。但如果你可以創造出讓男孩不必獨自長大的世界……那麼，也許你在未來需要面對的跋扈巴姆就會少一點了。也許這就是你母親想說的話。」

嗯哼，「對，」偉恩說，「對，聽起來沒錯。」他在告示板的邊緣站起身，兩人一起面向高塔。瓦把來自和諧最後的那些金屬瓶放進腰帶上的鋁襯袋，偉恩自己也塞了一些。

「偉恩，」瓦說，「你還記得一切是怎麼開始的嗎？我是說蠻橫區之後的新生活？我在蕾希死後放棄了。是你來到依藍戴，是你把我拉出來的，偉恩。我原本已虛度光陰，沉浸在自己的倒影中。然後你出現了，抓住了我。告訴我有輛火車被神祕地劫走，讓我走上追查特雷的道路……」

「我想是吧，」偉恩說，「但不代表我就是英雄。」

「無稽之談。」瓦望向他，「你就是。不論多少抱怨、不論如何妄自抱著罪惡感、不論你耳邊的聲音如何低語，都改變不了這點。『你天生就是要來幫助人的』，偉恩。『你就是這樣的人。』」

偉恩歪著頭，「你是……在引用誰的話嗎？」

「那是你七年前對我說的話。當人民需要我，但我卻太過害怕不敢拿起槍的時候。」

「你還記得？」偉恩說，「我當時說過的話？」

「我當然記得。這句話改變了我的人生。」

偉恩大聲嚎笑，「該死，瓦。我是隨便說的！你不該把我說的話放在心上的！」

「那很有意義！」

「哈。居然認眞聽我說話。乾脆把我說的話刻在牌匾之類的好了。『你天生就是要來幫助人。還有，要記得——從來沒有哪個男人後悔抖了太多下，但我敢說每個男人肯定都有後悔過少抖了一下。』」

兩人互看一眼，迷霧在身旁渦旋，高速公路上的車燈如光河般流向霄塔。兩人對彼此點點頭。

「你準備好了嗎？」瓦問。

「我們出發吧。」偉恩回應。

59

愛爾瑪和她緊張的鎮民小團體堅持要全員共同帶瑪拉席前去。他們在遠行者的「後巷」穿梭過公園的假樹快步前進。

這方法奏效了。組織的「鎮靜員」正追在後方沿著前路挨家挨戶地搜尋，但依舊必須維持著和善的社區守望隊表象。他們的緩步搜查讓瑪拉席有機會尋找掩護溜過去。

恩特隆的家——去年才建造完成——實在是太大了，她可以明顯感覺到其他人的不滿。他應該聰明點不要太張揚，反正他也無法花太多時間待在此處。但這名自負的男人就是忍不住要裝腔作勢——大宅有三層樓高，每面都有著巨大的彩繪玻璃窗。當他們接近後，瑪拉席做出結論，認爲此處應該是另一個觀察中心。也許正前方有幾間假房間以維持僞裝。

「好了，」瑪拉席告訴愛爾瑪與其餘人，「請仔細考慮我剛說過的話。拜託了。」

他們全都縮在假樹與假灌木叢邊。鐵鏽的。瑪拉席不確定他們能夠提供協助。不論如何，她還是快步趕向坐落在小石丘上的大宅。

無視恩特隆命令、站在家門外四處窺看的居民很快就發現了她。有些人伸手指向她。好吧，反正潛行的時機也已經過了。感到孤立的瑪拉席使用月光的工具撬開大宅後門門鎖，緊接著溜進去。她經過看來過於乾淨的廚房，很快就找到另一扇緊鎖許多插銷的門。好了。這可不是用開鎖工具就能撬開的了。

她深呼吸。她的計畫有非常多可能出錯的地方。但她已沒有資源、也沒有時間了；有時候妳就是得照偉恩的方法來做事。

她把月光的一塊炸藥貼在門上，以櫥櫃為掩護，接著炸開門。一秒後她衝過煙霧瀰漫的門洞，手持著槍。房內的兩人因爲爆炸而蹲在地上，不過這枚小型炸藥——原本就是設計來做此用途的——並沒有對房間造成太多損害。房中人原本在監控某種無線電儀器，房間另一端有一扇緊閉的門通往更深處，門縫下透出奇異的光芒。

「趴下。」瑪拉席的手槍指向無線電操作員。這兩人看起來沒有攜帶武裝，立刻服從她的命令。

無線電裝置。瑪拉席穿過房間，拉起那個女人，指向這些裝置，「這能對全鎮廣播嗎？就是透過這些麥克風？」

「是——是的。」女人說。

「把它打開。」瑪拉席命令。

女人趕緊撥動幾個開關。瑪拉席把這兩個操作員趕到房外，用一枚充能的手榴彈將他們困在緩速圈中。她沒時間進行其他處置。

她回到無線電室時，有人已打開對面的房門過來確認剛才的動靜來源。而鐵鏽的，其中一個就是恩特隆本人，他兩眼下垂著眼袋，面色蒼白，再配上高級套裝與正式禮帽，看起來就像是喪禮上的死者。

他背後的房間發出白光。瑪拉席向房內瞥了一眼，那是個巨大的房間，有著白色地板——同時也是光源——但她現在無心研究。她舉槍指向恩特隆，保鑣很快就擋在他身前。

「我告訴過你們了，先生們。」恩特隆從他們身後說，「我們正在獵捕的老鼠不會躲在暗處的。只要等得夠久，牠就會自己找上門。」

「以依藍戴警局之名，」瑪拉席說，「我命令你們解除武裝及金屬，配合接受逮捕。」

恩特隆厭煩地長嘆口氣，有如聽見自家三歲小孩在上床時間胡鬧的父親。所以瑪拉席開了槍。她射倒了一名保鑣，但另一名立刻回擊。

瑪拉席躲回廚房，差點沒閃過子彈，「恩特隆，你好好想想！」瑪拉席對房內大喊，「你真的願意殺死這麼多人嗎？有什麼值得你犯下這種惡行？」

他沒有回應。鐵鏽的。她原本希望他會開口的。她和僅存的保鑣互相交火，迅速裝彈。

她在此時聽見了腳步聲。她直覺地閃開，差點就被困在一個緩速圈內。這不是她啟動的，圈子是穿過牆面而來。她能夠藉由微微閃爍的空氣看清圈子的邊界。

她探頭偷看，發現保鑣就在門口、凍結在緩速圈內。恩特隆則是安然待在後方。但是怎麼會……

保鑣和我有相同的鎔金術能力，她察覺，他想要把我關進速度圈，但啟動的時間晚了那麼一點點。如果她沒閃開，就會和他一起被困在圈子內，讓恩特隆有足夠時間呼叫援軍。

她自己也用過幾次這個策略。想到自己差點就被困在緩速圈內，讓她感到一陣寒意。緩速圈占據了廚房的一小塊區域，還有幾乎整個通往無線電室的門口。

恩特隆踱著步，與她之間相隔著延緩的時間。子彈此時不會奏效，他們只能互相瞪視。她的角度看不清楚他身後的房間，但那種光芒……讓她想起了什麼。

恩特隆在附近的椅子上坐下。

「為什麼，恩特隆？」瑪拉席問，「為什麼要把這些人關在這裡？為什麼要假裝世界已經毀滅了？」門口的一角沒有被包在速度圈內，她的聲音應該能夠傳過去。很不幸地，他並沒有上鉤，只是往後靠在椅子上。

也許我的切入點錯了，瑪拉席說，他不會主動告訴我任何事的。但要是他自認是他主動從我這裡問出資訊，又如何呢？

「瓦和偉恩已經阻止了發射，」瑪拉席冒著風險說謊，「依藍戴安全了。你被困住了，此處很快就會滿是警察！」

恩特隆並沒有嘲笑她，這是個好徵兆。她希望他會嘗試問出更多資訊。

「無稽之談，」他說，「這——」

他停下說話。因為他的聲音正在屋外迴響，傳達到城鎮的每一處。他看向無線電，發現處於開啓狀態，立刻乾瞪她一眼。

「我想，」他繼續說，「妳的灰燼病真的非常嚴重，年輕女士。拜託，讓我們幫助妳吧。」

他伸手切掉無線電。

該死的。

「真聰明，」他對她說，「但妳以為社群的人知道真相後會做什麼？他們只是一群畏畏縮縮的平民。所有人被關在此地七年了，從來沒有發現真相。從來沒有在意過真相。妳真的以為他們會幫助妳嗎？」

瑪拉席瑟縮了一下。計畫就這樣泡湯了。

警衛持續凍結在他們之間。他最終會發現自己沒有關住她，然後就會撤下圈子。但在圈子內時，這需要時間。瑪拉席知道那種感覺。

「恩特隆，」她說，「你不需要繼續進行計畫。」

「確切來說，是進行什麼？」他說。

「你打算開啓傳送門，讓自主的軍隊侵略我們的世界。我知道你的計畫。」

他咕噥一聲，更往下沉入椅子。他是個敗類——先前鐵不在乎地下令處決那些囚犯證明了這點——但看起來近日的事件對他負擔也很大。也許她能動搖他的決定。

「爲什麼？」她眞的很好奇，「你知道他們不是來統治，而是來毀滅的。他們只會留下焦土一片。」

「因爲如果我不這麼做，」他說，「她還是會派他們來——到時候，我也會是被殺的其中一人。我們打不贏他們的。他們會殲滅我們的軍隊。」

「會嗎？」瑪拉席說，「就我所知，自主在害怕我們。擔心我們的科技進步會超過她的人。如果她可以輕鬆毀滅我們，她早該那麼做了，是吧？」

「就算是她，」他說，「也需要在特定的情況下才能創造這種傳送門。不是隨時隨地都有辦法的。」他轉頭看向身後，「這時間就是我們的期限。」

鐵鏽的。他身後的房間……那就是傳送門即將開啓的地點，對不對？她原本以爲那會是某種大門，但那片發光的地面就是傳送門。鐵鏽的……也許他不是出自傲慢才建造這間大宅。也許他們在此建造大宅，是因爲傳送門不論如何就是會出現在此處。

「這個地點……」他轉回來，「奇妙的是，我想是因爲這些人。這麼多的金屬之子。而且我們必須帶來某種奇異的能量，一種發光液。那是關鍵的一部分。」

「但——」

「妳是倖存者教徒嗎，警員？」

「我是。」她說。

「那妳就知道我們的首要教條，」他抬頭迎上她的目光，「我們自幼被教導的那一條？」

「生存下去。」她低聲說。

他點頭。

「但不該是這樣，」她說，「不該爲此犧牲其他人。凱西爾並沒有毫無抵抗就放棄。他沒有做統御主命令他做的事。他教會了我們即便遇到障礙，也要生存下去。而不是只爲了苟延殘喘，讓自身被緩緩壓碎。」

「妳愛怎麼解讀都可以，警員。」恩特隆揉揉他的眉毛，「我認爲就算黛兒欣成功了，這些軍隊依然會來……在新世界中協助管理我們。一個我們服從於自主的新世界。」

「這只是藉口，」瑪拉席說，「還比那更糟，這是軟弱。你是這個城市的市長，你的職責是照顧市民，恩特隆。」

他大笑，站起身，「妳不會眞的這麼理想主義吧？」

她臉紅了。

她是嗎？

是的，她就是。而且她以此爲榮。

我必須找到方法關上傳送門，她心想，透過緩速圈看向對面的發光房間。她再次覺得光芒看起來很眼熟。白光，帶點珠母色澤。沒錯。就像是月光罐子裡的純授予。房間地面肯定是被挖深，然後裝滿這種液體，變成某種下陷的池子。

「在同一處放置太多力量……」她說。亞利克總是說不該在同一處存放太多諧金，不然「會發生奇怪的事，對吧？」但他並不知道會發生什麼事。然而瑪拉席發誓她可以看見那間房裡的空氣在扭曲。這種液體以某種方法替傳送門提供能量。

恩特隆走到緩速圈依稀可見的邊界旁。那比瑪拉席的圈子小，比較接近偉恩的圈子尺寸。他對著被困住的保鑣搖搖頭。

「如果我沒記錯，妳跟他一樣，」恩特隆走向一邊，「妳是脈動——可以創造減緩時間的速度圈。」

瑪拉席沒有回答。恩特隆走向側邊，靠近無線電室與廚房之間的隔牆，讓她無法再透過門口看見他。速度圈占滿了大部分的無線電室，但邊緣還有一部分牆面沒被觸碰到。他的聲音持續傳來。

「妳有沒有曾經因爲自己無用的能力，」他說，「而感到羞愧過，警員？我知道妳姊姊讓妳父親蒙羞，但至少他還願意公開承認她。」

他做過調查了。如果是幾年前，這點可能還會刺痛她。現在的瑪拉席則認出了這些話的用意——要讓她失去平靜。

就在此時，恩特隆衝破牆面，繞過緩速圈。鐵鏽的！他聽起來如此疲累，瑪拉席差點低估了他。他撞破木板，木樑好似樹枝一般斷裂。

瑪拉席對他胸口開槍，但傷口立刻就痊癒了。比偉恩的速度還快。他對她露出邪惡的笑容。

瑪拉席把整個彈匣都射在他身上，但沒造成任何效果，只在他的套裝上開了幾個洞。他抓住她的前襟，將她舉到眼前，石膏板粉末從他的衣服上落下。在他的掌握下，瑪拉席用手槍槍托重擊他的頭側，而他只是勾起嘴角。不過她成功地打落他的帽子。

「我現在是神，妳這個小雜種。」他對她說，「妳有什麼力量能對抗我？妳的鎔金術？可悲。妳的武器？可笑。妳沒有任何力量能威脅我。」

他轉身將她丟向窗戶，玻璃碎裂，她落回主洞窟內。

很痛。她全身上下都傳來盲目的刺痛。先是割傷與劃傷，緊接著是頭肩著地時的暈眩衝擊，最後她滾動著停下。透過充滿淚水的雙眼、透過疼痛，她看見他的人影——在她眼中是一團黑影——爬出窗戶而來。

「那支軍隊要來了。」他逐漸靠近，聲音漸柔，高級套裝亂成一團，「我原本以為我會是統領新世界的君王。但我想……我想……我們都會為了生存做出必須做的事。」

他朝她伸手。她嘗試後退，發覺建築陰影後方走出一些人影。愛爾瑪和其他人跟著她進入大宅了嗎？

她原本希望他們能透過無線電聽見恩特隆承認真相。但也許……也許他們因為好奇會靠得夠近，聽見他現在說的話……

拜託，拜託聽見他的話。

恩特隆籠罩在她上方。

「你沒說錯我的能力，」瑪拉席咳嗽著說，「我是找到了用法。但那不是我的力量來源。並不是。」

他抓住她。

「我的力量，」她低語，「從來不是來自於鎔金術。鐵鏽的……我還是小孩時就知道了。那也不是來自我的武器，或是我帶著的警務證明。」

拜託……

恩特隆把她舉高，一旁突然傳出一聲清脆的匡啷聲。他愣住，轉身看見愛爾瑪，聲音來自於她剛才丟在地上的罐子。它原本裝滿光芒，現在已全空了。

可以做爲金屬替代品，月光曾說過，而且超有效率。

「我是警員，恩特隆。」瑪拉席低聲說，「我的力量不是來自我自己。是來自於人民。」

一股足以匹敵千名鎔金術師的煽動，如有實體般重擊他們的情緒。

60

羞愧如浪潮襲向瑪拉席。

這是煽動者的技巧。選擇一種情緒，接著持續轟向目標。對情緒鎔金術師來說，對某個方向施展能力，會比針對特定人選來得容易。

從他的踉蹌來判斷，鎔金術影響了恩特隆，但這股毫無價值感也衝擊了瑪拉席。讓她確知自己的無關緊要與十分渺小。記憶從她的心魂中浮出：她失敗的時候、她差一點就成功的時候。她有哪一次沒有失敗過嗎？她有哪一次有任何價值過嗎？

她父親以她爲恥，讓她的童年只能躲藏度過。她年少時著迷於傳說人物，但傳說人物走入她的生活時，她卻大出洋相。雖然瑪拉席對瓦的情愫已是過去往事，但她對他投懷送抱——卻被拒絕，這股羞愧感仍然重壓在她心上。

她倒抽一口氣，跪在地上低著頭，一滴鮮血從頭頂被劃傷的傷口流下臉頰。

她什麼也不是。她從來就什麼也不是。

瓦可憐她，所以才讓她加入。她在他的陰影下活了這麼多年。她找不到自己的警員搭檔，只好借用他的搭檔。沒有他的幫忙就沒辦法偵破重要的案子。

這一切的重量令她窒息，提醒她自己從前辦不到的事。她未來也做不到的事。還有……

還有這些情緒都不是新的。

她以前都感受過這些情緒。當然，沒有這麼強烈，但這些並不是新出現的。其中一些恐懼已經伴隨了她一生。她則在職業生涯中突破了其餘的擔憂。這些害怕是毫無邏輯的。

邏輯並不重要。只有情緒。但她能夠承受住情緒。她深呼吸，低語著這一切都會過去，然後撐住。

她能夠支撐下去。

恩特隆就沒這個能耐了。他在漆成綠色的石庭院中蜷縮成一團，小聲地啜泣。如果他動不了，就算擁有全世界所有的再生能力也幫不了他——沒有了他的鋁襯帽，他就完全落入了愛爾瑪的掌控。

有些士兵開始跑上坡，但另一人以應該是安撫的能力處理了他們。看來愛爾瑪聽從了瑪拉席的建議，將授予平分給了眾人。

到頭來，計畫成功了。瑪拉席達成了主要的目標：賦與人民力量。她現在可以休息了，逐漸擺脫煽動的效果。

只不過……

只不過傳送門還開著。軍隊依然準備好要入侵。

這股擔憂——尖銳、集中，如利刃般切穿她的羞愧——讓瑪拉席重新專注起來。因爲瑪拉席……

瑪拉席有辦法行動。

她開始移動，彷彿在爬離她的情緒：她的痛苦、她的哀傷、她的羞愧。每當她艱難地爬行過一吋，就感覺到自己變得更強一點。脫下那些謊言。擁抱自己已經成爲的這個人。一名不在意自己被他人陰影所遮擋的女人——只要工作能完成就好。一名不在意父親、或社會觀感以她爲恥的女人——只要她對自己有信心就好。

一名飽受痛苦，但充滿決心的女人，有辦法越過地上的恩特隆。然後——伴隨著一聲放鬆的嘆息——離開了愛爾瑪的煽動方向。那些情緒如起風天的煙霧般消散而去。瑪拉席吁出長長一口氣，但沒時間繼續放鬆了。

「小心，」她對接近她的一人說，「恩特隆是金屬之子。他能治癒自己，還有極強的力量。」

瑪拉席不確定愛爾瑪的力量能持續多久，但她似乎得到了無與倫比的能力——就如經典中的描述，紋吸進迷霧後所能辦到的事。

鐵鏽的。那股光芒會不會是神的身體，就跟古代的迷霧相同？瑪拉席跛足回到大宅內，忽略凍住的保鑣。對他來說，這一切只發生在數秒之間。也許他還在對她閃開了速度圈而做出反應——又或者恩特隆只是命令他擋住門口。

幸好市長大人替她新開了一條路。她穿過木牆的殘骸，不穩地走過無線電室，蹣跚來到傳送門的房門口。原來這座大宅的外表只是假象，裡面絕大多數空間都被這間有發光地板的房間給占據了。二十呎寬的池子裡裝滿了燦爛的光液，並且已經開始翻騰，發出耀眼的光芒。幽靈般的白光在牆面上舞動。

她不用多想，就知曉這地方有多少神力。鐵鏽的。這是純粹、濃縮過的力量。第一瓶讓變魂創造出十二呎高的石巨人，第二瓶讓月光直接變身成另一個人，第三瓶讓愛爾瑪的煽動有如統御主般強大。

這個池子裡至少有數百瓶的力量。她往前進，接著發現了最糟的徵兆：她的距離近到可以看見，敵方就在一處有著黑暗天空與迷霧地面的地點。數千名有金色肌膚與發光紅眼的非人士兵，就彷彿活生生的雕像。他們手持設計先進的來福槍，視線似乎在她的意識上鑽出洞來。金紅之人已經抵達了，邁爾斯稱呼他們爲擁有最終金屬之人。毀滅者。

瑪拉席震驚地從池邊退開，剛才打鬥造成的傷口開始發疼，是她剛才被恩特隆拋出所造成的瘀青與割傷。

但在這股力量的呼喚之前，她的疼痛似乎很遙遠。無關緊要。在過去，她放棄了悼環。她不需要持有那種力量。

今天，她理解了另一件事。她不需要那樣的力量。但責任不是你需要的東西。責任是你必須去做的事。

數世紀前，末代帝王依藍德．泛圖爾也面對過類似的問題：如何處理掉大量的力量。她知道自己必須做什麼事。

她一秒後衝出房外，發現一群社群中的男男女女在與警衛說話——安撫他們。愛爾瑪已經綁好了恩特隆。他在掙扎，但很奇怪地無法掙脫。

「瑪西爾是水蛭，」愛爾瑪向附近一名女子揮手，「他也許還能夠治癒，但我們已經把力氣吸走了。」

瑪拉席點頭，咬緊牙關承受著她剛才歷經的煽動回音與痛楚，「我需要所有鎔金術師都到裡面集合，馬上。」

「爲什麼？」愛爾瑪走向她面前。

「裡面的房間內有一座力量之井，將會開啓一道傳送門，讓恐怖的東西進來。」瑪拉席說，「我們要用傳統的方法阻止他們。我們要用能力把所有力量全都燒掉。」

61

瓦在城內彈跳，朝向霄塔前進，偉恩緊抓在他背後。他在附近的大樓樓頂做出最後一次跳躍——這棟樓只有霄塔的一半高——他們飛向命運，迷霧在身邊盤捲。

尖塔上半有一些陽臺，剛好在強力射幣約莫可達的範圍內。如果敵方有一點點遠見，就會準備好在此處應對入侵。但這依然是他們的最佳選擇。他從越高處進入，需要在內部前進的距離就越短，在裡頭可能得一整路苦戰上去。

瓦調整角度，瞄準一處寬陽臺，其上有開向建築內的兩扇黑暗大窗戶。瓦的鋼推——錨點已經太遠了——勉強讓他們抵達，兩人輕輕降落在一些小盆栽之間。

「噢……」偉恩從他背上跳下，「我們應該直接撞碎玻璃衝進去的。戲劇性進場！」

「那是被削成碎片的好法子。」瓦躲向一旁，離開窗戶的視野範圍，「我沒辦法痊癒，你也沒剩多少健康。而且那邊就有一扇門。」

「昇華戰士就有那樣做。」偉恩咕噥。

「什麼時候？」

「就在殺死統御主之前。」

「你從什麼時候開始有這種知識的？」

「是我和麥斯一起讀的童書裡面畫的，」他說，「我的閱讀能力差不多就到那。」

瓦試了一下大窗左側牆面上的門，但鎖住了，「刺殺統御主？」瓦問，「對童書來說會不會有點太暴力？」

「老兄，」偉恩說，「只要是宗教就不是暴力。你懂不懂啊？」

「顯然不懂，」瓦說，「我——」

裡面的房間探照燈大亮，打斷了他。刺眼的光線從窗戶射出。瓦緊靠在牆面上，偉恩就在身旁。他冒險往內望了一眼，看見輪廓交錯在燈光的後方與其中，有人影正在舉起武器。

槍聲如雷大響，擊碎了窗戶。

「該死，」偉恩在槍聲漸歇時說，「這些可是士兵耶，老兄。我好幾年前過來盆地，是因為一件有人用好玩的方法搶火車的小案子。滅絕的名字啊，我最後居然和黑暗邪神、軍隊、毀滅城市的炸彈，還有……鬼魂扯在一起，瓦。我們還沒談過鬼魂的事呢。」

瓦從外套內解下巨槍，他飛行時會把重武器掛在裡面，「你能吸引他們的注意力，讓我從側面攻擊嗎？」

偉恩微笑，「嚇人樹？我們可以做嚇人樹！」

「你存的健康夠做嚇人樹嗎？」

「老兄，我做嚇人樹才不需要健康，」偉恩說，「你就看著吧。」

瓦點頭，脫下迷霧外套，與一柄備用手槍一同交給偉恩——他以驚人的鎮靜態度收下了槍。他們通常做嚇人樹的時候都需要把子彈丟進火裡之類的。

偉恩接著從窗邊對房內開槍——一邊揮舞著迷霧外套的流蘇——說服眾人他就是瓦。偉恩甚至模仿了他的聲音，而且相似到有點詭異。

人們通常會專注在瓦身上。他們與大名鼎鼎的射幣執法者戰鬥時總是會太過專注。近來，情況變得更嚴重——因爲傳紙誇大了他的所作所爲。他猜想發現並使用悼環對他的名聲來說也是有益無損。

當眾人都被偉恩吸走注意時，瓦輕輕鋼推陽臺門上的插銷，解開了鎖。他剛才偷望進窗戶時，發現士兵們所在的房間與此門通往的地方之間被牆壁隔開。他小心打開門，看見一條小走廊。

如果他猜得沒錯，敵人很快就會試著從這條小走廊接近陽臺。所以他溜了進去，在另一側的門前鋼推自己，靠著地板上的鐵釘撐在天花板上。如他所料，有一小群人竄進黑暗的走廊，房內探照燈發出的光芒灑在他們身上，使他們盲目。

在古代，鎔金術師——尤其是迷霧之子——被視爲如陰影一般。或是如同迷霧。安靜、隱藏，甚至是無形。瓦看著三名士兵以緊密隊形通過他下方，清楚理解這種神話是從何而來。他翩然降落，以傳統的方式解決他們，幾枚硬幣飛過，無聲地穿入他們的後腦。沒有槍聲的轟鳴。沒有痛苦的慘叫。只有屍體癱倒在地的撞擊聲。

他們沒關上門，所以瓦朝主房內偷看。探照燈是爲此準備好的，底下有輪子可以推往各處。他們很可能監視著瓦在底下建築間的彈射，然後在他們認爲他會進入的地點設下埋伏。

偉恩的誤導很有效。士兵將探照燈在房間中央排成一排，跪在燈與燈之間，發射著鋁子彈。

如偉恩所注意到的，這些人並不是瓦與偉恩早些年追捕的普通罪犯，那些人一般穿著外表各異的舊服裝，武器也飽經風霜。這些人則是穿著紅衣制服，帶著俐落的全新武器——現代化來福槍。其中幾人正偷偷沿著左牆面向前，準備從側邊的角度射擊偉恩。

很不幸地，他們並沒有注意自己的側邊。即便那些鋁槍不會被鋼推影響，巨大的探照燈卻非如此。瓦汲取體重穩住自己，接著對房內鋼推，讓探照燈全部撞在一起，擠壓位在中間的士兵。

他把這一團混亂狠狠砸在對面的牆上，利用身後牆面的鐵釘做爲錨點，減輕體重滑過地面。抵達房間的另一側後，他改變站位，再次鋼推，把剛才的部分殘骸推向剩下的士兵，用探照燈把他們掃出窗外，落入迷霧之中。

沒過多久，偉恩溜達進變暗的房間中，把迷霧外套丟給瓦，「不好意思有幾個彈孔。」

「幾個彈孔不會……」瓦說，然後——藉著房間天花板的閃爍燈光——看見了外套上至少有十六個彈孔。居然連流蘇上都有彈孔，「你怎麼沒被射中的？」

「別待在子彈飛去的地方。」偉恩說。

瓦穿上迷霧外套。他身上有三把槍，左手上的是巨槍；鋼鐵倖存者雖然是鋁槍，卻裝著普通的鉛彈；還有問證，彈室內裝著一般鋁彈，另外還有兩顆對付金屬之子用的殺霧者子彈。

「我們真的要從裡面上去？」偉恩說。

瓦點頭。就算組織沒有在外布置狙擊手，他們還是需要特殊裝備才能爬上外牆。

偉恩抽出決鬥杖。瓦迎上他的目光，接著搖搖頭。

「可是——」偉恩說。

「和諧知道，」瓦柔聲說，「他知道我必須成爲的樣子。」

看來他有一點暫停的時間，不過毫無疑問有更多敵人正在朝此地前進，所以他伸手進口袋，拿出一小點金屬。他把金屬插進耳朵，接著小心地——儀式性地——檢查問證的彈室，確保每一室都有子彈。

如同先前，特雷金耳環傳來微微的不連續感。但他沒有見到景象。他感覺到黛兒欣的注意力集中到他身上，同時也——微弱地——聽見她正在做的事。她在下命令。聽起來很緊急。

她就在上面。就在塔頂。他能夠感覺到。

瓦希黎恩，她在他腦海中說，你該聽我的話離開城裡的。

他把轉輪轉到下一個彈室，「我來了，」他說，「來清理我們家族的餘孽。」

眞戲劇化，她說，你——

「別逼我這麼做。別逼迫我，黛兒欣。」

她一開始並沒回應。只剩下他撥動轉輪的聲響。

你還是那個害怕的孩子，瓦希黎恩，她說，過了這麼多年，你還是不敢放手一搏。還是看不清自己侷促思維以外的事物。我會成爲**了不起**的存在。

「妳會先死在我手上。」瓦柔聲說。

瓦，她說，你我之間還有三十層樓，中間更有數百名隱密衛隊的士兵，都是我最優秀的手下們。專門留他們在此地，就是爲了阻止你。

他啪的一聲闔上問證。

喔，瓦。她說，你從來都不了解。你無法打敗我。憑你的眼界是辦不到的。不管你想嘗試什麼，我永遠都趕在你之前。

他把問證滑入槍套，多喝下一瓶鋼——是和諧送來的那一種。最後，他單手舉起巨槍。拉奈特警告過他這把槍的效力，所以就算敵人有鋁製武器，他還是啓動了鋼圈。

「眞有趣，黛兒欣。」他說，「妳宣稱自己有眼界，但妳一直都低估了我。如果妳眞的有遠見，就該在七年前我剛回城時殺了我。」

在你發現我的所作所爲之前？

「在我愛上妳打算摧毀的事物之前。」

他扯下耳環丟到一邊，接著進入走廊朝內看，望向末端的交叉口。在標示著「樓梯」的門後，響起了陣陣叫喊與腳步聲，但一小段時間過去又沉寂了下來。

「老兄，」偉恩走近，「你確定要這樣做？」

瓦兩手舉槍大步前進，「留在後面。等我結束後再跟上。但不要捲入戰鬥。是時候讓和諧之劍完成工作了。」

62

瓦走向樓梯井，抽出裝著一般鉛彈的鋼鐵倖存者。他開火——接著鋼推——兩次，讓子彈鑽過木板門的兩側。回應他的，則是躲在門後士兵的大聲慘叫。

黛兒欣以爲只要她在兩人之間塞入大量士兵就能夠拖慢他。但瓦是一名射幣。在他與目標之間放入越多障礙，他就有越多殘骸能當成武器使用。

他把旁邊牆面上的滅火器扯下拋起，向前鋼推——同時增加體重——扯斷絞鏈，讓門板直接砸向躲在房內的人。就如他所預測，有些人低身穿過開口想要開槍射他。他對每個人的頭都開了一槍。

接著他擊中滅火器，讓白煙與化學物充斥在房內。終於，他壓低左手的巨槍，然後發射。巨大的爆裂彈頭在白煙中引爆，破片穿過門口噴灑在瓦四周——皆被他的鋼圈推開。他毫髮無傷地進入鋼鐵風暴。

這是專門爲他所設計的槍：能造成大量金屬破片的榴彈發射器。沒被破片殺死的人也會被標記。瓦衝過房門口，進入混亂房間時一邊觀察著鋼視藍線，然後射倒打算在煙霧中瞄準他的人影。

穿過煙霧向上看，瓦發現自己處於現代摩天大樓的樓梯井內。如果他能穿過所有部隊，就能一路直達頂端。他的槍口怒吼，男男女女在樓梯上倒下。與他先前遇見的人相同，這些人也都穿著俐落的制服，身上沒有一絲金屬。但瓦依然有很多金屬能利用。樓梯有金屬製欄杆，形狀環繞向上，在正中央留下一個洞。他差點就直直往上飛去，但他不能把敵人留在背後，再加上他也必須替偉恩開出一條路。

所以瓦往樓梯井中央發射一枚榴彈，引爆出另一波破片與慘叫聲。他往上起飛，從正中央往外鋼推，輻射狀推開樓梯扶手，使其緊貼在牆面上——同時放倒了所有還站著的人。上方傳來無差別射擊，他再次落下，驚險閃開來襲的鉛彈雨。又一發榴彈——從空洞朝上發射，以鋼推精確地在恰到好處的位置引爆——讓槍手們大聲咒罵，停止射擊。

他向上衝刺，保持衝勁，然後鋼推保險絲盒，再來是寫著樓層數字的金屬標誌。他掃上樓梯，確實地持續開火——但也同時利用金屬殘骸做爲武器。他臉色沉鬱地向上推進，從未著地，在前方持續鋼推，建構出了一道金屬牆——內含彈殼、破片、殘骸——他不斷地移動位置，飛上樓梯，越過身下的屍體。

曾有一度，瓦逃避自己的天職。在他眼中，這項職責不只是要找出答案、不只是要解決問題，更要他成爲令人恐懼的存在。去做和諧自身——因爲被存留的力量掣肘——所無法做出的事。

今晚，瓦欣然接受這項職責。他成爲了毀滅的化身。崇敬和諧不光是崇敬存留——同時也是崇敬滅絕，還有其代表的一切。有時候需要的是謹慎與同情心。當有人拿著足以殺死百萬人的武器直指他的家、他的親人、他的選民時，需要的就是別的特質了。

瓦宛如風暴般登上樓梯，持續不斷上升，朝著惡怪之神的虛假天堂前進。他在途中發現迷霧從階梯流瀉而下——每層樓都有通往戶外的小通風口。足以讓和諧之血滲入。迷霧很少進入室內，但今天卻好似鬼魅般的液體覆蓋住了階梯。

金屬敲擊。他看不見的金屬。他直覺地躲開——一秒後另一股爆炸震撼了樓梯井。他發現自己一隻手臂被碎片擊中流血；對方也開始使用榴彈。但敵人向前推進想阻止他時，才發覺他依舊健壯。

問證彈無虛發，分送鋁製死亡。敵人堆起木製盾牌與家具打算阻擋他的去路，但瓦發射另一枚榴彈，接著鋼推木頭——現在上面鑲滿了鋼鐵破片——迫使敵人後退。當他們倒下，瓦降落在掩體後方，聽見叫喊聲從上方傳來。他趁這個時間替巨槍重新裝入六顆榴彈，鎖上武器，咬緊牙關。

這些士兵可能以爲自己準備周全。他們甚至可能曾經對抗過射幣。

但他們從來沒面對過瓦希黎恩·拉德利安。

他繼續前進，但必須又喝下一瓶鋼。金屬消耗的速度比他預想的要快。他丟下空瓶，上方傳來叫喊，士兵往中央空洞丟下絆索與繩網，阻止他直接往上飛。

瓦無情地持續推進。有時重如卡車，有時輕如子彈，他不斷上升。樓梯井因鎔金術而顫抖——他能感應到水泥中的加固鋼筋，以之爲己用。鋼筋隨他的意志彎曲，水泥破裂，樓梯因此震動，讓想要射擊他的敵人失去準頭。

時間似乎慢了下來。他遭遇下一波士兵，躲開他們的槍擊，增加體重，將一枚子彈釘進其中一人的頭骨，用他的身體撞倒其餘人。接著他把下一群士兵腳下的樓梯直接震碎。

這和案子無關。這和謎團無關。這和疑問無關。他不能停下。他承受不起停下的代價。如果他停下，生命將會消亡。他以榴彈、子彈，還有鋼戰鬥著。他如同被置於戰場上的利劍般戰鬥著。他痛恨自己必須做的事。

最終——身後滿是迷霧與死亡——他來到了頂端。樓梯井的盡頭。看起來這裡並沒有辦法直接抵達屋頂，但他已經抵達了頂樓。他重重喘著氣，從樓梯井中央往下看——閃爍的電燈照亮了破損的水泥，看上去有如被炮彈擊中。欄杆扭曲，上面掛滿殘骸。

呻吟聲如同罪人的空洞呢喃在下方迴蕩。偉恩從底下一層樓探出頭看他，他渾身都是破損樓梯的碎片與灰塵。

「你知道會變成這樣嗎？」瓦低聲對和諧說，「這就是你把我帶回依藍戴的終極理由嗎？這就是你派蕾希來看顧我的理由嗎？你一直以來都知道嗎？」

當然，沒有答案。瓦目前沒有被對的金屬刺穿，所以沒辦法與神溝通。不過，他還是覺得自己可以感覺到和諧正在嘗試突破，嘗試看穿。與特雷的影響對抗。

「再也不要叫我做這種事了。」瓦悄聲說，轉頭不再看向下方的血腥場景，「這不是冒險。這是屠殺。我會完成工作，但別再叫我做這種事了。去找另一把劍吧。你不懂這種感覺。」

做為回應，他得到一個非常清晰的印象。幾乎就像是直接植入他腦中的記憶：一名疲憊、超過負荷的男人殘破地躺在滿是灰燼的街道上。前方是破碎的城門。四周被死亡所包圍。

偉恩緊接著抵達，爬上最後幾階已裂開的階梯，「老兄，」他輕聲說，朝下看著階梯，「我不是……我的意思是……哇。」

「還沒結束。」瓦輕輕打開頂樓的門。兩人竄進一條寬大的大理石走道，兩側有著精緻的柱子與華麗的紅地毯。另一個部隊正在遠處集結，他們身後是一對大門。瓦與偉恩以一根柱子爲掩護，但只要待會部隊向前推進，他們就會被包圍。

幸好，最後這群人看起來像是敵方的後備部隊，鋼視顯示這群人幾乎一把鋁槍也沒有。他反而看見了金屬武器、衣服上的拉鍊、口袋裡的鑰匙。這些人也身穿制服，但與先前那些不一樣——比較像是警衛，而非士兵。

瓦喝下另一瓶金屬液，快速重新填彈，然後……鐵鏽的，他手臂上的割傷刺痛著。他從口袋抽出一條自黏繃帶，盡他所能地纏住傷口。希望受傷不要太嚴重。至少他的手還能正常活動。

「他們沒有太好的武器，」他低聲告訴偉恩，「但人數眞的很多。我猜是大樓警衛。我會去——」

「等等。」偉恩抓住他的手臂。

「怎麼了？」瓦低聲說。

「這些人看起來不太情願。」他說。瓦皺眉，偉恩則繼續解釋，「剛剛那些人，那些先跑下來的人？他們想殺了我們。他們想證明自己。他們想要戰鬥。現在這些可憐蟲？他們是最後防線，而且他們很不情願。」

「你大概是對的，」瓦說，「但我們必須繼續前進。黛兒欣隨時都可能啓動發射程序。」

偉恩點頭。

接著他大喊出聲。

63

「嘿！」偉恩大聲叫喊，聲音在大理石房間中迴蕩，「那邊的那些人？我了解你們。」

瓦瞪了他一眼，但偉恩無視他。瓦知道很多事，但今天他根本變成了滅絕轉世。瓦並沒錯。但他也不必是對的。

「我了解你們！」偉恩放大音量，再次叫喊。

大廳陷入沉默，只有武器的輕敲聲，以及躊躇的腳步聲。瓦從石柱側邊向外偷看，也許認爲他可以趁偉恩的聲音吸引對方注意力時行動。但偉恩抓住他朋友的手臂，搖了搖頭。

「我了解你們，」偉恩繼續大喊，抬頭看向天花板，「沒錯。我了解你的感覺。你是警衛、看守、被僱來保護大樓的。你不清楚這些亂七八糟的事——毀滅城市啦、黑暗邪神啦。沒錯，你是有看到一些詭異的玩意，但你不是因爲那而來的。你會在這裡，是因爲想要堂堂正正地掙幾個錢。

「今晚你原本應該可以回家的。抱抱小孩。吃個晚餐——現在可能已經冷了，但至少能塡飽肚子。你原本可以跟兄弟們去喝一杯，或是終於可以睡上一頓好覺。

「但你現在在這裡。手裡拿著槍，心裡想著自己怎麼會在這裡。沒錯，你的對手只有兩個人。但你也聽見了底下發生的事。也許很含糊，但你聽見了。而且你知道原本自己和這兩人之間還有一、兩百個眞正的士兵。只是現在一個也不剩了。」

偉恩讓這個想法迴蕩一會兒。房間陷入寂靜，就連有人在一百步外上膛也絕對能聽見。偉恩緊閉雙眼，回憶著。感受著。他接著繼續說，聲音放柔。

「沒錯，你現在在這裡，」他說，「雙手冒汗，握著滑溜的槍托。你的心臟好像要從胸口跳出來逃走了。但你想著：『我沒有選擇。我已經騎虎難下。我得開槍。』

「你錯了。你不必這麼做，朋友。管你的命令去死。管他們去死。你現在身處錯的地方，你心知肚明。

「你右邊有一扇門。我不知道它通往哪裡，但至少不是這裡。等一下，曉擊和我就會大開殺戒。如果你留下來戰鬥，也許你會走運。也許我們會殺了你，讓你未來的日子不用因爲今晚所做的事而愧疚不已。你殺了執法者，然後聽到整座城被毀滅的消息——那邊也有孩子、有家庭、有與你一模一樣只想討生活的人。

「但也許你會不走運。也許你扣下扳機後眞的射中了我們。如果你這麼做了，後果會很糟糕。比糟糕更糟糕。我會一直跟在你後面，直到你死掉。」他暫停一下，「總之，我只是把想講的話先講一講。我希望至少有一個人聽進去。當我們現身後，如果你的槍還在槍套裡，而且是趁著混亂往逃脫方向而去……嗯，至少我們不會先瞄準你。」

偉恩看向瓦，瓦拉緊自己的繃帶，接著點點頭。他丟下巨槍，它已經沒有彈藥了。但他舉起了普通的左輪手槍，做好準備。

有時候你需要他剛才做的事。你需要一把劍。但偉恩心想，有時候你需要別種東西。一個盾牌？那可能太過詩意了。他對詩沒什麼了解。

有時候你需要的是曾經在相同處境的人。

兩人從柱子後現身，拿好武器，卻看見一整群人急忙衝向出口。瓦困惑地放下槍，偉恩咧嘴笑，看著該死的每個人都逃走了。沒錯，尾端有幾個人回頭看了一下——面帶擔憂，也許他們負責管理這些人，不想擅離職守。但如果你的部隊留下你獨自對抗兩名訓練有素的雙生師，而且他們現在就像股票指數飆破了三位數一樣火熱……

沒過幾秒，大理石門廳就空了。瓦與偉恩對看一眼，兩人走向對面的木製大門用力推開。門後是一道大階梯，通向有著天窗的某種舞會廳。階梯頂端站著一個身穿套裝的男人，還有戴著一頂圓頂帽的女人，她用單手拋接決鬥杖，竭盡全力想模仿偉恩的笑容——但徹底失敗。

「又是這兩個笨蛋？」偉恩嘆口氣，「好吧，我會抓住那個戴帽子的。你——」

「不。」瓦柔聲說。

「不？」

「不，」瓦重複，「他們是爲了專門擊敗我們而被設計與訓練出來的。那個男人非常了解該怎麼精確地追蹤我。」

「所以，」偉恩咧嘴一笑，「我對付男的，你對付女的？」

「正是。」瓦露出微笑，「記住他是個水蛭，別靠太近，不然他會抽乾你的鎔金術能力。」

「老兄，」偉恩說，「我就指望著這點呢。我們上吧。」

64

瑪拉席的鎔金手榴彈在她手中強烈震動，令她覺得自己的皮肉都快從骨頭上被震下來了。社群內的鎔金術師聚集在發光池子旁，把手插進池中汲取能量，讓池水快速消失。他們的體內充滿能量，皮膚透出光芒。

瑪拉席已走進池子中央。她能感覺到另一邊的軍隊，處於一個同時既遙不可及又無限接近的場域。等待著。

她需要這些力量消失。立刻。她繼續汲取力量，替手榴彈充能。她完全沒概念方塊裡面到底能儲存多少能量。她從來沒有運用這麼強大力量的經驗。

「太多了！」一個男人大叫，「我該拿它怎麼辦？」

「全都燒掉！」瑪拉席喊話，「使用掉！」

「用來做什麼？」

「無所謂！」瑪拉席呼叫，「我們只要消耗掉力量就行了！」

愛爾瑪發動煽動能力，爆發般的情緒鎔金術沖刷過她。無線電室的金屬開始震動，被扯得分崩離析。房裡的鎔金術師用盡全力消耗他們的力量。

池子越縮越小。瑪拉席覺得——透過愛爾瑪傳來的爆發自信——她可以感覺到對面的部隊開始躁動。然後她感覺到不同的事。有東西在浮現。他們正在穿越。她在一瞬間理解了——你必須想要穿過傳送門才行。必須對其下達讓你通過的指令。而對方開始動作了。

你們想得美，她心想。接著她丟下兩顆手榴彈，使用相同的意識指令開啓傳送門，將手榴彈送去對面。

另一邊的動作停止了。凍結在速度圈中。她周圍的鎔金術師——瞪大雙眼——持續從池中汲取能量。他們不停虹吸懾人的力量，一直到光芒終於黯淡下來。房間突然變回了普通的大廳，石地板的中央被鑿出一個大約三呎深的凹洞。

她從對面感受到最後一絲印象：震驚。根據她的判斷，她對手榴彈充了如此多的能量，對面的軍隊要過很久才會察覺到底發生了什麼事。

其他鎔金術師筋疲力竭地倒成一團。她從來沒想過使用能力會這麼費力氣，而她也疲勞不堪。不光只是因爲他們在這裡做的事，而是短時間內發生的所有事累積在一起所造成。

她蹣跚地走向凹洞邊緣，讓其他人拉她上來。

「……現在呢？」愛爾瑪終於能出聲發問。

「現在，」瑪拉席躺在石地上，「希望我朋友那邊能比我來得輕鬆一點。」

65

我就知道，偉恩心想，跑上階梯，瓦想要我去對付邪惡版的他，然後自己挑簡單的對手。我的邪惡雙胞胎八成整個下午都在喝酒，她大概一推就倒吧。尤其是她早些時候還被炸掉了半邊臉。

階梯頂端是一間大舞會廳，鋪著紅地毯，沒有任何家具。天窗把迷霧阻擋在外，此處基本上是一個天花板挑高，沒有任何障礙物的空曠房間。也沒有掩護。瓦與偉恩衝上階梯，對面兩人稍微後退——瓦在階梯頂端以鋼推飛躍而上，因爲他當然會這樣做。

偉恩一直盯著女人，假裝自己要過去與她對決。但當他接近時，馬上轉向左邊擒抱射幣。男人驚訝地大叫，偉恩撞倒他，兩人跌在鋪著地毯的地板上。

鐵鏽的。他的古龍水有夠難聞。

男人慌忙地想要掙脫，但偉恩緊緊抓住他的套裝外套。偉恩知道如何與瓦並肩作戰，這也代表他知道要怎麼對抗瓦。必須緊貼住瓦，不然瓦就會做出些聰明事，例如說飛高高用槍把你射到死爲止。

男人低吼著，嘗試扯下偉恩，似乎對他們躺在地上摔角的過程十分混亂。他最終將手貼上偉恩的臉，水蛭了他——偉恩胃裡的彎管合金消失了。

偉恩持續擒抱，試著鎖住對方喉嚨，但男人很強壯。太強壯了。

「你知道嗎？」偉恩說，「如果你想當瓦的複製人，好像有點太帥了。你該在臉上留條疤什麼的。」

男人想要抓住偉恩的手扯開他，但偉恩先放開了那隻手——再用另一手抓住男人，咧嘴微笑，保持在近距離。

「你這無賴！」男人咆哮，「去和葛楚妲打，那才是你的對手。我必須擊敗拉德利安，證明我自己！」

「爲什麼？」偉恩說話同時嘗試以手臂繞過男人的脖子——還順便摸出一點彎管合金丟進嘴裡，「爲什麼你們有這種詭異的執著，一定要模仿我們？」

「最有價値者才能生存。」男人悶哼一聲，「特雷要求她的僕人證明自己。對抗逆境。對抗社會。對抗我們所選擇的角色。而當複數人選都符合同一個位置時……只有最強大的能夠存活下來、獲得獎賞。」

「鐵鏽的，」偉恩說，「這是我聽過最胡說八道的理論了，老兄。」

假瓦以白鑞增強的力量扳開偉恩的手指，「這就是自主的法則。爲了在統治者的萬神殿中爭到一席之位，我們必須成爲最佳的自己。不是我們在模仿你們，而是你們占據了我們應得的位置。」

偉恩移動位置，但在男人的外套前面感到有東西在震動。偉恩滾開，剛好閃過如子彈般疾射而出的鈕釦——想必是金屬製的。

「該死，」偉恩滾到一邊，「你這鈕釦伎倆也是從瓦那邊抄來的嗎？」

男人站起身，瞪視偉恩，從槍套抽出手槍。

「你當然是抄他的……」偉恩說，「你是眞心想要變成他。我還以爲你不像那邊那個假我那麼怪，但你只是比較有品味一點而已，是吧？」

男人開火，偉恩啓動速度圈。他一面心想，不知道男人發現偉恩還能用鎔金術時會露出什麼表情，一面移動位置。

瓦知道，要擊敗假偉恩的關鍵，就在於要足夠靠近她，讓她無法靠速度圈得利。所以當偉恩衝向左側時，瓦則衝向右邊，讓戴著圓頂帽的矮壯女人大吃一驚。

「喂！」她說，「這不公平！去跟你一樣高的人打！或是至少是跟你一樣臭的人！」

在瓦足夠接近的前一刻，她啓動了速度圈。從他的角度來看，她變成一團模糊。幸好他跟偉恩搭檔的時間夠長，因此知道該怎麼做。他改變軌跡，對地面發射一顆普通子彈。她從一團模糊中現身躍向他，他立刻鋼推子彈閃開，避免被決鬥杖擊中。

「喂！」她說，「留在原地，我才可以公平地敲你一頓，你這鐵鏽蠢蛋。」

「妳只能做到這樣？」瓦向後退開——閃避她的攻擊，同時待在夠近的距離，如果她啓動速度圈也一定會包住他，「說眞的，我以爲妳還會更厲害點。」

「別對我說你老婆昨晚說過的話，」她怒罵，「過來跟我打！」

她再次啓動速度圈，包住了瓦——很明顯因爲偉恩與射幣在纏鬥途中凍結了。偉恩不知爲何正在和那傢伙摔角。

隨他去吧。瓦在女人接近時開槍射她，但她連瑟縮一下都沒有。看起來她有很多健康存量——很合理，畢竟她爲了對付他與偉恩已經準備了好幾年。

他向後跳，靠著些微的鋼推飄浮在微微發光的速度圈邊界內側。他必須除下她的金屬意識。瓦將問證轉到裝了殺霧者子彈的彈室。不過，她先前被擊中是能夠痊癒的。

要射哪裡呢？他已經記住了死神送來的血金術書籍，但要把她的尖刺炸下來會很困難，因爲她必定將之穿刺進了身體核心區域。她的治癒能力來自於金屬意識，許多手術會將其埋藏在手腳上。比起胸前，釘在手臂骨上比較容易回收，如果要替換也比較容易。

她低咆撤下速度圈，接著攻擊——很明顯想要逼他在閃避時退得太遠。但多年在偉恩身邊，讓瓦直覺清楚知道該留在哪個距離——不幸地，這代表他必須危險地貼近她的攻擊範圍。接下來他跳躍閃開她，又因爲只能待在低處，讓她有機會打中了他的腿。幸好骨頭沒斷，但眞是鐵鏽的痛。

她看見了，露出邪惡的笑容，「喔，那股痛苦。痛苦實在太可口了。給我過來。剛剛只是開胃菜而已。」

偉恩保持警覺，維持速度圈，看著射幣意圖瞄準他。

那個鈕釦伎倆讓偉恩有點擔憂。他剩餘的健康存量大概可以治療一、兩槍。但就只有這樣了。他感覺自己暴露在外。

我也得小心他的超級金屬，偉恩心想，或者……實際上……那可能是我打敗他的最好方法……

在判斷男人瞄準時手臂擺動的幅度後，偉恩重新站位，撤下速度圈。一連串砰聲響起，但男人的射擊都落空了。偉恩從另外一個方向接近，再次擒抱他。這一次男人成功站住腳步。

偉恩咕噥，「阿臭，你知道嗎——我可以叫你阿臭嗎？——我尊重你想做的事。進入別人的腦袋，思考如何擊敗他？這是個好策略。但是……」

男人水蛭掉偉恩的彎管合金，推開偉恩開始揮拳，因爲憤怒而漲紅了臉。偉恩閃開拳頭，然後向前跳，再次抓住他。

「難道你不擔心嗎？」偉恩繼續說，「擔心互相汙染？你看嘛，瓦並不完全是個廢物。但你很明顯就是。所以如果你一直假裝成他，最後可能會不小心做出些有用的事情。」

男人低吼，把偉恩推到一邊，開了幾槍。偉恩吃下一槍——哎呦——但又成功吞下了彎管合金。這就是關鍵。平常人都以爲像他這樣的人很快就會把昂貴的金屬用光。

但這傢伙並不知道。他並不是與親切的無賴偉恩對戰。他對上的是偉恩．泰瑞司氏，富到流油的勢利眼，有多到不行的錢可以燒。

「你知道我會治癒，對吧？」偉恩從速度圈後側跳出去，「開槍射我有點蠢耶。」

「至少會痛。」男人怒罵，卻也停止射擊。被偉恩的話影響是個錯誤。他並不知道偉恩的健康存量已經很低了——一般來說，打敗製血者的方法就是讓他們用光金屬意識。

取而代之的是，男人從口袋裡掏出一副鋁手銬。偉恩吞下俏皮話。這主意……還眞不錯。如果他能跟偉恩纏鬥到把偉恩拷在某個地方，接著拉開距離，就可以隨心所欲地把偉恩打成蜂窩。偉恩唯一的出路只有把手剁掉。

在他思索時，男人用手銬向他示意——對方沒必要這麼做，但偉恩也同意那姿勢挺帥的——接著放出一波恐怖的鎔金力量，地毯被鉚釘扯飛，讓偉恩滾向後方。

鐵鏽的。就連他的金屬意識——埋在大腿皮膚下——都可以感覺得到推力。不過，偉恩早已做好準備。他假裝暈頭轉向，其實是在敏銳地觀察男人，瞧見對手偷偷摸摸地從外套內袋取出鋁酒瓶，喝了一口。瓦說這傢伙每次使用超級鋼推後，都會需要補充鋼。

現在我知道你把酒瓶放在哪裡了，朋友。

偉恩又啓動速度圈，快速接近對手。偉恩——又一次——抓住他，男人發出呻吟。

「你這煩人的小混蛋。」男人怒罵。

「喔，老兄，」偉恩說，「你這媽媽的小寶貝。」他更加逼近，「你才剛剛開始知道我到底有多煩呢。」

「我應該要喜歡痛苦，」女人繞著瓦，兩人繼續他們的舞蹈——他試著保持足夠的距離不被擊中，但又不能遠到讓她有機會後退、啓動速度圈，「我並不知道他的這一點。最近才學到的，你知道吧？在隧道裡面？他喜歡痛苦。我也必須要喜歡痛苦。享受恐懼。品味悲慘。」

瓦沒有回應，專注於保持恰當的距離。

「你懂爲什麼嗎？」女人向前佯動，讓瓦向後跳開，「我一開始不懂，嚇壞我了！我沒馬上看出來。但我越想就覺得越合理。他一定是喜歡痛苦，不然他早就放棄了。這是唯一合理的結論。」

她向前衝，然而他這次閃得太遠了，因為她馬上轉為撲向另一邊，在地上滾了一圈變成一團模糊。瓦咒罵一聲，趕緊跳開——眼角餘光瞄見身後令他安心的景象。緊接著，他的背與偉恩的背緊靠在一起。

「所以，狀況如何？」偉恩問。

「可以更好。」瓦回覆。

「聽見了。」偉恩咕噥，啓動速度圈包住兩人，「要試點新東西嗎？洗牌一下？」他晃晃手裡其中一支決鬥杖。

「好啊。」

偉恩把決鬥杖拋向空中，瓦則是把裝滿鋁彈的問證丟給他，「別管殺霧者彈室，」瓦從空中抓下決鬥杖，「那要靠頂端的開關啓動。」

速度圈被撤下，瓦以決鬥杖迎向葛楚妲的決鬥杖——木頭之間的敲擊聲幾乎和問證的槍聲一樣響亮，偉恩正拿那把槍對杜馬開了數槍。

瓦對槍聲露出微笑。聽到他朋友有辦法開槍而開心似乎有點蠢，但重點並不是這個舉動本身。而是這代表偉恩的傷口終於痊癒了。

瓦擋下連續的決鬥杖攻勢。她的技巧比他好——但顯然對這個交換感到困惑。她以更防禦性的姿勢盯著他，讓他有機會擋開她，接著擊中她的大腿，尋找著她深埋在皮膚下——才不會被鎔金術師影響——的金屬意識。

不在兩邊大腿上，他心想，再次擊中她。

她和偉恩一樣，似乎不在意被打中。確實，她每次被擊中時都眼神一閃，微笑也逐漸加深。但與此同時，她並沒有表現出瘋狂的愉悅感。瓦曾在眞正享受痛苦的人身上看過那種表現。她正打算用鑾力訓練自身如她心目中的偉恩那樣思考。

某種程度上，這令人更加不舒服。

她最終轉守為攻，他在側腹吃了一記後——肋骨可能因此瘀青了——迫使自己撤退。他的手臂還因為先前的破片而疼痛著，而且鐵繡的……他開始疲勞了。

所以當偉恩從旁經過時，瓦把決鬥杖拋回去，再接住偉恩丟過來的問證。他把殺霧者子彈以外的彈藥都射光了。

「還要繼續打地鼠？」女人打了個呵欠，「我是不介意啦，看你抽動還滿好玩的。但我不想浪費一整晚的時間待在這裡。」

瓦得試試看其他法子。他用鋼視發現了一塊適合的金屬：附近一扇門邊的門擋。他跳過去抓起門擋，轉身看見女人變成一團模糊、衝向他。

是時候試試老方法了。

偉恩再度擒抱住射幣。男人已經放棄燒掉偉恩的金屬，改為嘗試其他聰明的作法。他飛向空中——迫使偉恩抓緊，跟著懸在半空。射幣衝向天窗，兩人砸碎窗戶，飛進迷霧瀰漫的夜空。當他們這麼做時，一片玻璃碎片劃開了那傢伙的手臂。

嗯哼，偉恩心想，看哪。

傷口並沒有癒合。他不是製血者。所以組織能插在人身上的尖刺數量是有限制的。又或者是特雷/黛兒欣不希望其他人被強化到能夠挑戰她的程度。

偉恩在半空中難以掌控戰鬥。他被迫緊抓對手，如果從這個高度掉下去——嗯，偉恩得用掉所有存量才有辦法痊癒。因為他必須用兩手抓住，給了男人機會把手銬銬在偉恩的一隻手上。鐵鏽的。

不過偉恩確實看到了一眼屋頂上的附加物，就在建築工地的中央。其中也包含了一個細長型的流線武器，看起來非常像……嗯，一根香腸。而且是一根很像男生大鵰的香腸。

那一定就是火箭了，而且還沒有發射，這是個好兆頭。瓦的姊姊站在一群工程師之間，穿著外套與領巾，迷霧全都離她遠遠的——好似她站在一顆隱形的玻璃球裡。她雙手揹在背後等待，雙眼凝視著黑夜……感覺上是個壞兆頭。

射幣讓他們稍微下降，接著鋼推某些設備讓兩人突然向前，又再一次鋼推急轉向後。突然的動作讓偉恩鬆了手落在屋頂上，他惱怒地哼了一聲。距離沒有高到需要許多治癒，但還是要。

該死，該死，該死。

好吧，如果這傢伙要來陰的，偉恩也可以。是說，偉恩不管怎樣都會來陰的，但這種狀況下他比較不會有罪惡感。他朝破碎的天窗奔去，希望可以從那邊跳下去幫瓦對抗葛楚姐。

瓦將金屬門擋朝女人鋼推而去。她本能地閃開，被這麼大的物品擊中會比子彈痛得多。

瓦在她滾地時從她上方躍過，接著再次朝她鋼推門擋，這次他擊中了她的手臂，折斷了骨頭。

她低吼一聲，痛苦破壞了她的虛假表現。那讓她頓了一下，暫時慢下來等待痊癒——瓦趁此機會移動位置，讓門擋直擊她的腳，也壓碎了那邊的骨頭。

門擋彈向一邊，他以鋼推往那方向飛過去，抓起門擋，再次射出。但她已經痊癒，成功閃向一邊——然而這項武器逼迫她必須閃避。每當她分心，或是鈍器掉到難以立即取回的位置時，瓦就從指間鋼推子彈射她。他沒浪費時間裝彈。他要的是不斷痛擊她。

她逐漸無法出言諷刺了。他抓起碎裂天窗的金屬碎片拿來使用，不斷朝她丟東西，無休無止，成爲一股鋼鐵風暴，逼迫她必須閃避，或是因爲疼痛及治療而慢下腳步。很快地，她看起來滿臉憤怒，而且一直想找方法與他直接對決。

瓦不讓她這麼做。他切開女人的一側，接著是另一側，然後直接發射子彈擊中她的手臂——接下來看見了一點點發亮的金屬。傷口很快就恢復了，但他很清楚自己看到了什麼。她的金屬意識。

一秒後，偉恩從上方跳下，重重喘著氣，一邊低聲喃喃自語。瓦伸出手，讓手指剛好能處於偉恩發動的速度圈內。只要身體的任何部分穿過了邊界，你就會被包入速度圈。所以光是靠指間拂過，他就能夠踏進去圈子，來到偉恩身旁。

「老兄，」偉恩說，「跟你打眞是鐵鏽的困難，」

「你也一樣。」瓦說。

「不過確實挺有趣的，」偉恩說，「他眞的被我煩到不行。」

「嗯，」瓦說，「我得承認，有時我確實想要有藉口能夠拿槍射一個戴圓頂帽、操誇張口音的矮個子。」

偉恩盯著他。

「眞的很奇怪，」瓦說，「不知道到底是什麼原因。直覺吧，我猜。」

「我戴的是司機帽，」偉恩咕噥，搖晃他的手——上面掛著一副手銬，「那不一樣。」他深呼吸，接著指向天空，杜馬正躲藏在迷霧中，「我要把他引下來，一起上吧？」

瓦點頭，速度圈一撤下，兩人就同時衝向女人，吸引了射幣的注意，因爲他不能讓自己的隊友二打一。他降落在地毯上，發射一波鋼推子彈。在他這麼做的同時，瓦拋給偉恩一塊金屬，小心鋼推分開兩人的間距。子彈從他們之間呼嘯而過。

瓦轉身面對女人，他先前的鋼推讓他最接近她。她已治療完剛才所受的傷，但看起來速度變慢，正大口呼吸、渾身是汗。他知道這種感覺。他也渾身痠痛，就算是戰鬥產生的腎上腺素，也掩蓋不住一整天追趕時限所造成的疲勞。

他舉起問證，彈室內是殺霧者子彈。

「妳至少告訴我爲什麼吧？」他說，「妳爲什麼這麼執著於模仿他？這已經遠超過了解敵人的程度。」

她重重地喘口氣，「你曾經什麼都不是過嗎，曉擊？」在他來得及回應前，她就搖搖頭，「不，你一直都是有價值的人。有兩個名字。就連你逃跑後，你還是有金錢……有知識……你一生都知道自己能夠爲自己作主。逃跑是你這種人才負擔得起的享受。」她暫停，拋起一支決鬥杖再接住，「不是所有人都是這樣的。我們有些人只能抓住眼前的機會。能夠成爲不是自己的人？太誘人了。」

瓦繼續舉槍指著她，「離開吧。我不認識妳，但我向妳保證：他們騙了妳。特雷、組織。他們在說謊。妳是有價值的人。外面有人會想念妳。」

她咧嘴一笑，「他們說你會鑽進我們的腦子。他們有說過！但你看嘛，我比你想得還聰明。我會搶先鑽進你的腦子。」

她朝他奔來。瓦移動問證角度，扣下扳機——將殺霧者子彈射進她的右肩。二次爆炸緊接而來。

把她的手臂整條炸飛。

她突然停下，張大嘴巴瞪著傷口。它沒有被治癒，因爲儲存健康的金屬意識就在那條手臂上。她身體別處可能還有其他金屬意識——有好幾個總是比較明智——但若是如此，他剛才已迫使她把裡面的健康都用光了。因爲那條手臂並沒有被治癒。

傷口非常血腥，但不像想像中那麼誇張。頭部受傷會流很多血，如果截斷四肢……是很糟糕沒錯，但出血量總是比他預期中少。

她看向他，幾乎像是哀求，卻繼續奔向他。所以，伴隨著一聲嘆息，瓦拋起一顆子彈，以外科手術般的精確鋼推，射入她的頭顱。

她的軀體癱倒在地。瓦嘆口氣，感覺虛脫。現在……偉恩跑到哪去了？

射幣朝偉恩舉起手，準備再次發動他的超級鋼推。

偉恩做好準備，接著被向後推倒，差點來不及發動速度圈。他抬頭看，發現一顆子彈正遲緩地穿過空氣，距離速度圈邊界只有一指寬。他滾向一邊，子彈穿過邊界，改變方向，從他身側飛過。

好。好吧。他咬緊牙關向前跳，撤下速度圈衝向對方。不過假瓦當然也預料到了。偉恩已經用這招好幾次了。對手射出一些子彈，偉恩迅速閃避。

假瓦認命地舉起手準備與偉恩摔角。

偉恩則是用決鬥杖直擊他的臉。男人咒罵著後退，滿臉是血。

「對，」偉恩說，「這樣好多了。沒那麼帥囉。」

男人嚎叫，舉起槍。

偉恩把手銬空著的那邊扣上男人的手腕。臉與手臂都還在流血的射幣對此目瞪口呆。接著，在憤怒與挫折的吼叫後，他以強大的力量鋼推，讓兩人飛向空中。正合偉恩之意，不過起飛的力量差點害他手臂脫臼。

他垂在那傢伙身下，接著抓住他的身體往上爬，緊抓他的外套，兩人飛向高空，更高，更高，更高。只靠一次強力鋼推就向上穿過迷霧，比瓦用相同金屬能達到的高度還高上數倍。這種超級金屬——是叫硬鋁嗎？——真的挺了不起的。

「你知道，」偉恩的聲音蓋過呼嘯的風聲，「你的問題就在於太專精了！」

男人用手掐住偉恩的脖子，不再費力去拿槍。他們持續上升，從迷霧頂端爆發而出，來到沐浴在星空之下的國度。

「你用盡全力學習如何對付瓦，」偉恩說，「但你沒有練習如何擊敗我。這代表你太專一了。你應該培養點嗜好什麼的！」

他們終於到達鋼推的高點，接著開始掉落。他們再次落入迷霧，男人推開偉恩，讓他只靠手銬掛在一旁搖晃。假瓦將另一隻手伸進外套內袋。

拿出一條黃色的手帕，角落繡著一隻兔子。

「我建議你，」偉恩對他喊叫，「去學當扒手。真的鐵鏽的好用！」

話語剛落，偉恩就將男人裝滿金屬的鋁酒瓶丟進黑暗中。

男人看著酒瓶消失，雙眼恐懼地大睜。隨著他們的墜落，風也越來越強。男人手忙腳亂地搜尋著全身。

「沒別的了？」偉恩大喊，「太糟糕囉！」

假瓦伸手抓住偉恩，兩人持續下墜，他的眼睛憤怒地充滿血絲。但往下掉這件事發生得可快了。你越掉就越快。偉恩總是在想為什麼會這樣。

「嘿！」偉恩大喊，「你見到死神的時候——」

兩人撞穿天窗，啪擦一聲砸在地面上。

一切轉黑。

幾分鐘後，偉恩張開眼睛呻吟著。他儲存的健康還夠用。非常勉強。他翻過身，看著射幣扭曲破碎的屍體。

「噢，老兄，」他喃喃自語，「我們掉得太快了。我都還來不及說我的超讚臺詞呢。」

他在男人口袋裡找到手銬鑰匙，替自己解鎖。滅絕的，他的身體好痛。他明早會有很嚴重的瘀青。金屬意識優先治療了傷害最重的部位，並且保他不死。但裡面的存量只夠進行經濟型的治療方案，他的存量已經完全用盡。

「你見到死神的時候，」偉恩踢向屍體的側邊，「記得跟他說他欠我五十夾幣。」

偉恩慢步走向瓦，他正在從絕對不是偉恩複製人的女人斷臂上取下金屬意識。拿走那個很聰明。有故事說複合製血者能夠從被扯下的斷臂再生出一整個該死的身體。

「我們也該拔掉他們的尖刺，」偉恩說，「以防萬一。」

「先去阻止炸彈。」

「你姊在上面，」偉恩警告，「還有那個火箭玩意，準備要發射了。」

「好吧，」瓦說。

兩人越過房間朝天窗走近。

「你為什麼要在近距離跟她對打？」偉恩問，「你應該要留在高處的。那是對付也許純粹是表面上——有一點點像我的人的最佳方法。」

「沒辦法。她會把時間拖長。我需要維持在近距離，逼迫她發動攻勢。」

嗯哼。好吧，也許這次他們兩人都有點私怨要解決。他們來到房間中央，偉恩做好準備等瓦抓住他，一起飛出天窗外——進入迷霧中。迷霧正像鬼魅般的瀑布流瀉進入室內。

但瓦停下了動作。

「老兄？」偉恩問。

瓦持續望著上方，他伸手進入口袋，取出一只小耳環。形狀就像彎曲的釘子。對道徒來說，這是宗教的象徵，但對瓦來說，這代表著更多更多。

除非必要，他很少戴上耳環。今晚，他將它插在耳上，接著低聲說了些話。

66

「我盡了我的責任，」瓦低聲說，「我成爲了你的劍。現在，我要你盡你的責任。」

我的責任，和諧在他腦中說，就是把你置於能夠——

「不，」瓦注視著迷霧，一邊快速裝彈，「不夠好。該死的差多了，沙賽德。我能殺人。我太擅長於此了。但我殺不了神。如果自主干涉，我就需要你。」

自主不會干涉的，他說，那不是我們做事的方法，因爲會使自身暴露在外。她授予了你姊姊，大多時候都是靠黛兒欣來與追隨者溝通，以及將凡人無法理解的複雜計畫具體化。她不會與你戰鬥。這一步不是能靠子彈來獲勝的。

「我殺得了黛兒欣嗎？」

我指望著你會嘗試。但……我不確定。她可能已高度授予到無法被殺死。如果是這樣，只有在自主收回力量後，黛兒欣才會死亡。

「我還是需要你的協助。」

我——

「你能做什麼？」

我……我不知道。也許我能擊暈她。短暫地阻斷她與自主間的聯繫。也許吧。

「做好準備。」瓦一手舉起已換彈的手槍，接著抓住偉恩的手臂。偉恩點頭，緊抓住他。瓦鋼推地毯上的鐵釘，讓他們穿過迷霧，來到屋頂上。

進入迷霧後，瓦立刻感覺好多了。他的疲憊沖刷而去，疼痛也逐漸消滅。迷霧很古老，比和諧還古老。它看著昇華戰士與末代帝王阻止了世界末日。它看著統御主在更久以前崛起，並保護了——或威脅了——當時尚爲年輕的世界。

你對我做了什麼，瓦對和諧想，輕輕鋼推飛向側邊，降落在屋頂上，今天一整天，我的身體都不斷發生奇怪的事。這是持有悼環的後遺症嗎？

不是，和諧說，是其他原因。但並不以我所期望的方式運作。

迷霧纏繞著瓦，他走過冷冽的屋頂，直面黛兒欣。她的雙眼發出紅光，讓周圍的迷霧染上血色。迷霧全都遠離她，就像隻狗兒遠離曾經踢過牠的人那般。

「你說得對，」她說，「我確實低估你了。」

瓦在一小段距離外停下，偉恩站在身旁。黛兒欣身後聳立著巨大裝置，中央就是火箭。裝置沐浴在探照燈的光芒下，被屋頂邊緣的「建築工地」圍住，因此無法從底下看見。工程師們急忙作業，不時對他投來擔憂的眼神。

「偉恩，」瓦嘶聲說，把槍指著黛兒欣，「去讓工程師們知道該是午餐休息時間了。」

「很樂意。」偉恩跑了過去。他沒花多少力氣就把他們全都趕到一處角落。

瓦站在原地，槍口對準黛兒欣，感到……不安。他走到這一步了。他找到火箭了。這就是最後了，對吧？但他現在該做什麼？

不要又被偷襲了，他心想，六年前，她占了上風。今天她肯定也有某種計畫。別被騙了。

「所以，」黛兒欣的雙眼變得更亮，「到了這一步。你現在要讓我摧毀依藍戴。」

「我絕不會。」瓦低吼。

「瓦希黎恩，你願意放棄什麼，」她說，「用來拯救整顆星球？你願意犧牲多少人，用來達成必要的事？」

她向前踏一步。瓦將問證上膛，向前直指。鐵鏽的。

「自主中意你，」黛兒欣說，「她稱你爲傑作。我原本並不同意，但現在你人在這，我發覺自己被說服了。和諧知道自己越來越無能，紛爭（Discord）步步逼近，所以他創造了你。一把劍。能夠在他無法行動時代替他。」

她繼續靠近，絲毫不畏懼問證。她何必害怕？和諧說了槍對她沒有用。她步步前進，臉上的微笑讓他想起當她對他開槍時，他是如何被世上最後一名血親背叛。

那個當下。那個糟透了的當下，他發覺自己救了她的後果不但是讓自己被射中，也很可能會害死史特芮絲、瑪拉席與偉恩。

那個恐怖的當下一直持續著。如同苦痛的結晶深深鑲在他體內。他與舊人生之間的最後一道索帶。對他來說，打敗這個感覺跟打敗她本人一樣重要。

「你認爲和諧下得了手嗎？」黛兒欣朝火箭揮手，「如果這就是拯救星球的唯一方法？他能犧牲一座城市來拯救別的嗎？還是他會舉棋不定，像個第一天上班的警員般愣在那裡？」

鐵鏽的。她似乎一點也不擔心他們來到了這裡。有哪裡不對勁。有哪裡徹底不對勁。

「但是，」黛兒欣說，「我足夠強大。我下得了手。」

鐵鏽的，鐵鏽的，鐵鏽的。一切都不對勁。在屋頂上平靜地談天？看似成功阻止了末日裝置？但黛兒欣卻還是鐵鏽的充滿自信。

你不光只是一把劍，瓦，他心想，你還是個警探。那才是你選擇的人生。成爲你選擇成爲的人，而非你被任命成爲的人。

瓦專注思考，推開背叛造成的痛苦。快想想。你找到的那些試射圖表。沒有任何一次試驗的距離夠遠。所以……

他放下槍，「它沒辦法運作。」

黛兒欣愣住。

「這個運送裝置，」他說，「就算經過了這麼久，依舊沒辦法承載如此龐大的炸彈升空，對吧？如果可以的話，妳早就發射了。」

黛兒欣聳聳肩。

他心中的警探開始連起線索。如果她眞心相信必須摧毀依藍戴才能阻止世界末日，她無論如何都會發射的。抱著會成功的希望孤注一擲。因爲如果失敗了，世界還是會毀滅——所以爲何不試試看？

瓦感到一陣寒意，他舉起手增加體重，然後鋼推火箭。整個架構塌陷，裡面的巨大武器——那顆炸彈——掉到屋頂上，發出轟鳴的空洞聲響。

這是誘餌。

黛兒欣的雙眼睜大。

他轉身掃視城市，迷霧輕柔地覆蓋於其上，模糊了輪廓——就像夢境一般。他在迷霧中能夠思考，能夠做出一整天都達不到的連結。炸彈究竟在哪裡？

他們已經計劃好了幾年……只是在等待運送裝置完成。把發射臺蓋在高處用以獲得最佳機會。這是正確的脈絡。他追的是對的線索。

問題是，到了最後，他們還是無法讓火箭成功運作。所以當瓦今早抵達時，他們陷入了恐慌。他們肯定把炸彈移去其他地方了。但是在哪裡呢？他們絕對不會用公路或鐵路運送，太明顯了。再者，他已經叫史特芮絲關閉了由這兩者進城的路線。所以呢？他們必須把炸彈移去安裝在新的運送裝置上。所以……

碼頭，瓦拼湊起真相，當我在官邸內找到隧道時，他們眞的很訝異。爲什麼要把實驗室放在碼頭邊，而不是安全地置放在這座塔上或是洞穴內？

因爲他們還有另一個運送裝置。備用裝置。以防火箭終究無法成功。當我抵達城內，他們就立刻展開行動，把炸彈從這裡移到……

他轉身在黑暗中搜尋，不知爲何，他居然有辦法看穿迷霧，就好像迷霧只爲了他而變得稀薄。在超越城市的遠處，他看見開放的海面上有一道光芒。那是一艘巨大的海中白鑞級戰艦，今天一整天都停泊在碼頭。他以爲那只是實力展示。

但那也是能將大型貨物運往依藍戴的最快速方案。這個方法不會被鐵公路路障擋下。

炸彈就在船上。

「她認爲你會發現眞相，」黛兒欣說，「我覺得她喜歡你勝過於我。我……不知該做何感想。」

瓦的思緒飛馳。該怎麼阻止船？他衝向屋頂邊緣，從建築工地僞裝的鋼條之間往外望。

「瓦？」偉恩趕上前來，「你把炸彈弄掉，差點讓我心臟病發。怎麼了？」

「火箭一直都無法使用，」他低喃，「效果不夠好。」

「自主想要弄清楚這項科技，」黛兒欣說，「但顯然先進彈道學與自主推進火箭對我們來說有點太早了。真有趣，我靠著這股力量能夠……看見未來的徵兆。但說到詳細機制？還是需要不斷實驗，在重複中學習……」

鐵鏽滅絕的。他搆不著船。船已經開到太過外海，靠鋼推無法抵達。他的錨點終究會距離太遠，讓他落進深海之中。

「……老兄？」偉恩一臉擔憂，「瓦？怎麼了？」

他能夠來得及趕到依藍戴嗎？他不覺得自己的速度會比船快。即便他成功了，抵達後又能如何？船艦肯定會在依藍戴進入爆炸範圍後就立刻引爆炸彈。

「喔，放棄吧，瓦。」黛兒欣又走得更近，「承認我才是對的。你知道最讓我惱怒的是什麼嗎？當我們還年輕時，我邀請你加入我，但你卻在那裡批評我。你一直都認為自己太過優秀，不願與我為伍。」

他轉身，因為她話語的尖銳感到訝異。

「我恨你恨了幾十年了。」她嘶聲對他說，眼中脈動著更濃厚的紅光，「因為你永遠都不承認那一點。今天，我做了必須做的事。你就在旁邊看吧。你將會啜泣，而我將會昇華。」

怎麼辦？

一定有什麼方法！

「新世界就從今夜開始，」黛兒欣說，「從依藍戴燃燒的廢墟中重生。盆地將會敬拜新的神。不再積弱的神。不再分裂的神。

「你追了我一整天了，但現在你才是被抓住的人。船早已自由遠去。炸彈已在路上。你阻止不了的。去吧。跳入夜空中吧，瓦！你只會落到在海灣游泳的下場而已。

「又或者你會趕去依藍戴，與其他即將死於爆炸的人為伍。炸彈已被設定成只要船艦停止或被武器擊中就會爆炸。太遲了。我已經贏了。我——」

攻擊她，和諧，瓦心想，切斷她的連結。就是現在。

黛兒欣倒抽一口氣。她一個踉蹌，眼中的紅光消散，嘴唇微張，接著癱軟在屋頂上。

她的身體已超過極限，和諧告訴他，瓦希黎恩……她是純粹靠力量在支撐自己。我已經讓自主暫時撤退了。阻止那艘船！

瓦與偉恩對視，他的目光帶著哀求，帶著憂慮。答案。答案。答案是什麼？

瓦低頭看著破碎的天窗，迷霧如流入排水孔般不斷朝內湧進。底下的屍體勉強可見。

67

史特芮絲站在中央車站，看著人群塞進列車——這是輛運貨火車，因爲能夠載更多人。她在表上的其中一項打勾。又一區疏散完成。

傳紙已經聽到了史特芮絲動作的消息。整個捌分區都要撤離？理由是神祕氣體外洩？有越來越多人開車逃離，但她對此也有計畫。那也是疏散專案的一部分。

她對坦迅點點頭，他揚起身子，依舊穿著警員的身體，「達奧與議員們已經逃離城市。他們離開的消息也已傳開。」

「這有點麻煩，」史特芮絲說，「但對我們目前的需求來說無關緊要。」

他的表情變得疏離，「是沒錯，但他們帶走了悼環。我不應該取出它，更不應該交出去的。我已經遠離人類政治太久了。」他看著她，「我不知道，史特芮絲。我不知道悼環被抽乾了。我覺得我們不知怎麼被耍了。我已經……不太擅長當人類了。」

「我們以後會處理悼環的問題的。」她說，「如果我們有幸從當前危機存活下來的話。」

他微微低吼，但比起反對，那更像是種嘆息。此時法蘭司總督走近，兩人一起轉身，看著他用手帕擦眉毛。今天會議開始時，他整張臉都上了白粉，但現在已經沒剩多少，只有臉頰上還有點殘餘。

他在現場讓史特芮絲的命令大增權威。眾人看見總督本人在運籌帷幄，都會感到安心。光只是站在她身邊，他大概就已經拯救了數千條人命。

事實證明，要他不破壞這種效果並不容易。她必須要阻止他亂說話，或是……嗯，做他自己，「你還好嗎？」她問他，在筆記上標注另一列火車已離站，「要再來點咖啡嗎？」

「不了，」他說，「謝謝妳。」他暫停一下，接著小聲說，「妳覺得我們能救多少人？」

「完全取決於我們有多少時間。」

「我們得假定不多了，」他的聲音變得更小，「拉德利安夫人。我們收到來自比爾敏的情資報告。有事情發生了。」

她感到一陣寒意，「彈道武器發射？」

「不，」她說，「比爾敏派出了一艘戰艦朝依藍戴而來。全速前進中。」

一艘戰艦。她轉身向瑞迪揮手，他正在命令警員維持排隊秩序，讓人群依序登上下一列車。

他慢跑過來，「比爾敏派出了一艘戰艦。」史特芮絲說。

「只有一艘戰艦？」瑞迪說，「就算我們沒有自己的海軍，也有辦法對付。」

「確實。」總督說。

只有一艘船？全速前進？

喔，不。

對她來說，答案顯而易見。

「這艘船就是炸彈。」她睜大雙眼，「瓦說他會想辦法阻止彈道武器發射，所以他們改派出了戰艦，裝載炸彈全速前進。」

「存留祝福啊。」瑞迪低聲說，看向依然滿是人潮的巨大車站。這些人，再加上已經被疏散的人，依然只是全城人口的一小部分，「我們可以擊沉它嗎？」

「然後引爆炸彈？」史特芮絲問，「如果摧毀船就能阻止炸彈，他們就不會用這個運送方法了。」

「所以曉擊失敗了，」總督頹然地靠向一旁的柱子，「依藍戴已經陷落。」

「我們有多少時間？」史特芮絲問。

「從比爾敏全速而來？」瑞迪說，「沒多久。最多幾小時。很可能更短。」

「我們還逃得掉，」總督說，「如果現在就走的話。我們必須搭上這班火車！」

史特芮絲站在那裡，感到全身麻木。其他議員已經撤離了。他們一整天都吵著說她搞錯了，但只要有一點點煙硝味就馬上奪門而出、逃之夭夭。

但她知道的。她知道。

她用力拍擊自己的筆記本，恐慌中的總督被她的力道嚇了一跳，因而猶豫了一下。

「那艘船，」她說，「不會抵達城裡的。」

「妳怎麼知道？」總督問。

「因爲我的丈夫瓦希黎恩．拉德利安會阻止它。」

「如果他沒有呢？」總督問。

史特芮絲翻開筆記本到她預想的各種災難狀況，最後停留在特定一頁，上面寫滿了離岸地震可能會造成的災害。

「他一定會。」史特芮絲承諾，「但我們必須疏散最靠近海灣的區域，以防萬一。還有要對可能發生的海嘯做好準備。」她翻到城市地圖，用手指著，「我們必須先疏散這些區域，以免我丈夫能進行的最佳方案是提早引爆炸彈。」

「但……如果曉擊失敗了……」

「他不會失敗的。」史特芮絲抓住總督的手臂，「我需要你的協助。別走。留下來。當個英雄吧，法蘭司。」

「但是……」

「我丈夫會阻止那艘船的。」

「妳怎麼知道？」他問。附近的火車噴出一道蒸氣，開始呼叫最後乘車通知。法蘭司總督往那個方向走了一步，又緊接著看向她。

「生命中有些事情，」她柔聲說，「是無法事先計劃的。我花了很多力氣才學會這點，法蘭司。但我學到有一件事必定是眞的：不管發生什麼事，瓦希黎恩．拉德利安肯定會抵達需要他的地點。無論用什麼方法。」

68

瑪拉席解開最後一個門栓，用力推開厚重的金屬活板門。她的手腳還在疼痛，但已克服了當下的疲倦感。

沒有軍隊出現。在恩特隆被抓住後，遠行者之內的士兵已經撤退，其他大部分人都還因爲市長命令而留在自己房內。

所有人都在等待接下來發生的事。

「我們早該發現的。」愛爾瑪在下方的梯子上低聲說，「若照他們所說，這麼多金屬肯定會引來他們的『異種』。這扇活板門不是要把他們關在外面，而是要把我們鎖在裡面，讓我們無法在無人監督的狀況下進入觀察室。」

瑪拉席向上爬進觀察室，這裡與她今天稍早造訪的小劇場確實不一樣。這是一間單純的圓形房間，有著一面平牆——上面的「窗戶」展示著被摧毀的城市與落灰。顯然推開活板門就會啓動這裡的系統。

因爲瑪拉席已經知道眞相，便能夠從畫面閃動認出這是假造的，但對從來沒有類似經驗的人來說，這驚人的可信。他們不知如何用什麼方式讓影像出現在牆上，同時房內也沒有會被遮擋的光束。

瑪拉席幫助愛爾瑪與其他人穿過活板門。四人立刻被這景象迷住了。他們在隔壁房間內找到了投影機——它從後方把光線投射在布幕上，讓影像出現在主房間中。

四名前囚徒正觀察著裝置，把手伸到投影機與布幕之間，瑪拉席此時發現了一扇小門，並且打開——通向戶外。迷霧湧進，讓她發覺他們是處於倉庫區一棟不起眼的小樓裡。門外就是街道——還能看見遠處一大部分的城市，電燈閃閃發光。

愛爾瑪與其他人聚集在她身旁，直勾勾盯著看。瑪拉席只能想像他們現在的情緒。他們足夠相信她，願意對抗組織與恩特隆，但看到這景象……真正知道他們被奪走了什麼……

「我很抱歉，」瑪拉席說，「我——」

「妳有珍惜嗎？」愛爾瑪悄聲說。

瑪拉席皺起眉頭，女人繼續盯著市景。

「這七年，」愛爾瑪說，「妳有好好利用嗎？妳有好好珍惜嗎？我無時無刻都希望能夠再回去過一天以前的生活，希望能讓我的孩子看見充滿光與生命的世界，而非只有岩石與陰影。拜託，告訴我妳有好好活過這些自由的日子。」

「我……」瑪拉席說。

她有嗎？她花了很多時間與亞利克相處，那感覺很棒。她也在事業上達成了很多成就。但最終來說，這些是她要的嗎？

或者說，這就是她要的全部嗎？

她看到、學到了很多。但……這些可憐人，就這樣被關在暗影之中。如果月光與她的同伴能夠更直率地分享所知，他們能提早多少時間救出這些人？瑪拉席與鬼血數年來都在爲同樣的目標努力，但她從來都不知道。

當眞相成了待價而沽的商品，人民就會因此受苦。

現在她只能抬頭看——望穿迷霧，看向高空閃耀著的探照燈。那是……遠方的霄塔塔頂嗎？在迷霧中大放光明，像是某種傳說中的燈塔？

當她還在看時，上面有東西一閃，緊接著，燈光在一陣爆炸中消失了。

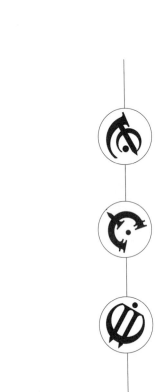

69

威利德太晚才決定自己討厭海了。

他自願加入這項任務——搭乘海中白鑞A16從比爾敏航向依藍戴——是因爲他覺得這裡最安全。身處巨大的鋼鐵船上？全世界有史以來最大艘的戰艦？擁有厚重船殼抵擋敵人的子彈？他心想至少戰爭開始時，他會待在史上最堅不可摧的船艦上。沒錯，他們是要去攻擊依藍戴，但總比待在有那個瘋子執法者到處搜查的比爾敏來得好。

他現在人在這裡，看著熟悉的比爾敏燈火遠去，受命在船艦渡海時在甲板上站哨。但是要注意什麼？這裡除了翻騰的海浪與迷霧以外，什麼也沒有。在離港夠遠，確定不會撞到其他船後，他們甚至把船上的燈也關了。

他以爲在海上航行會很平靜，但今晚不是這樣。海浪拍擊、引擎轟鳴，還有……外面某處傳來的虛幻聲響。與水流不符的噴濺聲。可能是海鷗在遠處發出的尖嘯聲吧。只不過哪種海鷗會在夜晚尖叫？

他被聲響所驚嚇，揭開他手上提燈的遮罩。但很不幸只照亮了迷霧——讓威利德身邊形成燃燒般的光暈。他看不清水面上的動靜。這艘船的甲板很高，當自願參加時，他沒想到從上面往下看會這麼恐怖。就好像他站在三十層樓的大樓樓頂，而水面遠在下方。

「你在做什麼？」嚴厲的聲音從後方傳來。加布莉雅？這名經驗豐富的船員抓住他的手臂，快速關起提燈的遮罩，「你沒聽到命令嗎？一旦我們駛出港灣，就要在黑暗中航行。你要讓依藍戴有辦法瞄準我們嗎？」

「我以爲我聽到了什麼動靜。」威利德掙脫她的抓握，「我在站哨，不是應該負責觀察嗎？」

「如果你聽見可疑的聲響，」她說，「就向上回報。只有在絕對必要的情況下才能打開提燈。你沒聽簡報嗎？」

「我當然有。」他說。只不過他確實很容易走神。

「你爲什麼穿著救生衣？」她問，「上面沒有下這個命令。」

「我想說安全第一。」他說，「嘿，加布？妳要拿妳的那份獎賞做什麼？」

現在提燈已被闔上，他在黑暗中看不見她。但她似乎一直盯著他，時間長到令人不自在。他漏掉什麼了嗎？

「獎賞？」她說。

「對啊，」他回應，「他們承諾我們的巨大獎賞。這項任務的回報？」

「威利德，你覺得我們在做什麼？」

「運送貨物，」他說，「送去依藍戴。這是項武器，對吧？我們把它放下，接著離開現場？」

又一段不自在的暫停。

「對，」她說，「快滾。你說得沒錯。但我不是爲了獎賞才來的。」

他早該料到的。其他人，嗯，他們對這些事都更……投入一點。特雷。與依藍戴間的戰爭。就算這項任務不是搭乘堅不可摧的戰艦，他們大概也會自願。

「把提燈遮罩蓋好，」加布莉雅說，「如果你看見或聽見可疑的事就來找我。要合理的可疑。」

她走過甲板，把他獨自留在冷冽迷霧與無情海水之間。他應該要到處巡邏，但他們沒給他特定路線。所以他聽著波濤聲，逐漸也覺得聽得見黑暗正在注視他，他決定走向加布莉雅的方向。邏輯上他應該要靠近——

那是什麼？

那聲撞擊船殼的聲響肯定不光是他的想像。他就在船屁股附近——呃，接近船尾處，長官——而聲響來自於更後方。他緩緩向前，顫抖的手抓著提燈。就算蓋著遮罩，那也會露出一點點光芒，讓他稍微看見船尾的欄杆。

那聲音什麼都不是，他強迫告訴自己。你在迷霧裡本來就會聽見東西。大家都知道。他什麼都不該說，因爲加布莉雅已經——

一隻手從下方的黑暗中伸出，抓住欄杆的頂端。一個形體接著出現。通體漆黑，微微像人，將自己拉上甲板。它身後揮舞著觸手，上百條如迷霧般盤捲。在陰影中，威利德見到了迷霧降生的怪物。那不是人類，那不可能是人類。迷霧似乎知道這點，雖然它們與揮舞的觸手玩耍，卻與形體本身保持距離。它會排斥迷霧。

這是霧魅，威利德知道的。來自深淵的恐懼、上古時代的遺物。傳說與故事中的怪物來奪走他的靈魂了。

他終於找到聲音，放聲大叫。他以顫抖的手指掀開提燈遮罩，讓甲板沐浴在光芒中。照亮了……

一個男人。身材高大，鬢角粗長，他的背心與領巾從長外套下露出——迷霧外套的流蘇在他身後隨風飄揚。

曉擊就在這裡。在船上。

加布莉雅在走道遠方轉身，「威利德，你爲什麼——」她看見曉擊站在那裡，立刻住口。她目瞪口呆的時間長到讓另一個男人也爬上了欄杆，砰的一聲落地，接著戴上一頂溼漉漉的圓頂帽。

「不！」加布莉雅終於開口，「怎麼可能？」

曉擊揮開他的迷霧外套，顯露出被遮掩的部位：一支巨大的尖刺從他的下胸刺進，穿過了衣服，直接插進他的兩根肋骨之間。

黛兒欣緩緩地恢復意識。

她發現自己倒在屋頂上，身旁是失敗的誘餌。在瓦到來之前，她就已經在擔心了。自主的期限就是今天。也許她可以爭取更多時間——讓火箭運作——但是……但是他來了。

她微微低吼，翻過身，發現一名工程師正在搖晃她的手臂。發生了什麼事？自主對她的授予應該能夠預防這類昏厥才對。她感覺……疲憊。她的體內寒冷，手臂因在屋頂上擦傷而疼痛，皮膚潮溼。鐵鏽的。她感覺就像變回了凡人。

妳，一個遙遠——太過遙遠——的聲音說，正準備失敗。

不。炸彈已經被運出了！我……我……

到現在，她才第一次發現周圍的混亂。屋頂破裂。鋼樑彎曲。她的火箭發射臺被壓扁的殘骸。

「發生……發生什麼事了？」她嘶聲說。

「他們從屍體上拔走了尖刺，」旁邊的女人伸手指向一邊，「不是妳的金屬，是普通的尖刺。但能賦與……硬鋁的能力。」

不。

黛兒欣撐起身子，蹣跚走向建築邊緣，朝海灣望去。瓦鋼推的力道把大廈此處下方的鋼樑折彎了，讓屋頂裂開、歪向一邊。

這是妳失敗的開端，自主的聲音逐漸遠去，妳不夠格。

黛兒欣體內的火焰熄滅。無數個月來溫暖著她的力量被抽乾。她的皮膚開始轉灰。

不！她心想，不！那顆炸彈是無法被停止的。如果他們想要干預，只會把自己跟城市一起炸了。有可能兩座城會一起毀滅。鐵鏽的。

我們……等著看……

黛兒欣倒抽一口氣，跪了下來，試著讓自己安心。那只是瓦而已。他從小就是個麻煩，但他從來沒有眞正成功干預過她實行的計畫。說實話，他大概根本到不了船那邊。像這樣的跳躍近乎不可能，他的準頭肯定沒有這麼好。

有嗎？

瓦從喝下皮帶上的金屬，重新補充鋼。那次跳躍實在是無與倫比，偉恩搭在他背上，狂風疾馳，讓他想起持有悼環時的力量。他接近後以鎔金術減速，勉強抵達船上——最後降落在後甲板下方數呎處的舷窗上。他已做好心理準備，偉恩會一直抱怨說居然還要爬最後一段路。

一名水手朝她的槍伸手，瓦也伸向自己的。但在兩人拔槍前，偉恩將一把子彈拋向空中，接著鋼推射過空氣，放倒了女人。

「鐵鏽鏽鏽的，」偉恩說，「你一直以來都是這樣做嗎？也太簡單了吧！」偉恩斜眼看他，「說實話，這有損你的名聲，老兄。如果一般人知道當個射幣有多簡單，他們肯定都不會繼續說你有多棒了。」

瓦搖搖頭，將問證指向另一名水手——他正拿著提燈發抖。偉恩當然也堅持要刺一支尖刺。滅絕的。瓦希望他們做的事不會太褻瀆。

不，和諧的聲音在他腦中說，不是褻瀆，瓦希黎恩。比較算是……一種務實的回收利用。

我看不見炸彈在哪裡，和諧說，我只能看見你做的事。我並不知道這艘船就是運送裝置——但恐怕炸彈上會有備用系統與自動運作保險。小心。我們絕不能意外引爆炸彈。我擔心就算在這個距離，還是有太多無辜人民會受害。

真奇怪。他繞了一大圈，現在又再次覺得神的聲音令人安心。

偉恩緊緊抓住拿提燈傢伙的手臂，並死死盯著他——不過男人看起來不需要繼續被威嚇了。

「那顆炸彈，」瓦說，「在哪裡？」

「那個……貨物？」男人喃喃著，指向附近的一扇門，「在彈藥艙裡。在——在最底下。跟著漆在牆上的紅……紅線。」

瓦與偉恩交換一個眼神，接著點頭。

「你們不能進去！」男人說，「那個武器很脆弱，可能會爆炸，所以只有專家能碰！你們會炸掉整艘船的！」

「那麼朋友，」偉恩拖長聲音說，「我建議你找個方法別繼續待在船上。馬上。」

偉恩放開手。緊張的傢伙目光在瓦與偉恩間游移，接著——恐慌地——跳下船，落入翻騰的海水。他帶走了提燈，將兩人留在黑暗中。

「該死，」偉恩說，「我的意思是叫他去找個救生艇什麼的。」

「考慮到這是項自殺任務，」瓦說，「這艘船上的人肯定都是狂熱者。」甲板遠處傳來叫喊聲，另一盞提燈被打開，表示有人注意到發生的事了。

感到情勢更加緊迫的瓦帶頭跑向剛剛男人所指的金屬門。他鋼推開大門，門內是一道通往下方的階梯。他嚇到了幾名手持來福槍、正在爬上樓梯的水手。他們還沒來得及開槍就被瓦放倒。他飛降在樓梯底部。這整艘船都是金屬製的——樓梯也不例外，讓他很容易就——

偉恩摔倒在瓦身邊，要歸咎於他剛才笨拙的鋼推。他手忙腳亂地起身。

「這比看起來難多了，」偉恩承認，「你確定有把我的尖刺插對地方嗎，老兄？」

「我這幾年已經熟讀了迷霧之子大人的書，偉恩。」他說，「如果我把尖刺插錯地方，你會痛不欲生。」

偉恩咕噥一聲，抓起倒下士兵的來福槍。他向瓦點頭，接著——即便他們已經呼籲士兵投降——在往下的路途上，他們還是得射倒好幾人。他們跟著紅線來到了一扇小門，門上寫著

「彈藥庫」。

一定要有人跟大家解釋，瓦心想，打開門鎖後將鑰匙放入口袋，讓門外的警衛拿著鑰匙是個餿主意。他跨過地上警衛的屍體，與偉恩一起進入房間。

房間是方形的，大約有三十呎寬，中央放著三個大圓桶型的裝置，每個約五呎高，上面纏滿了電線，圓筒彼此間約有五呎的間距。後方牆面上有另一項裝置，也一樣布滿電線——並且連接到圓筒上。舉目所及之處並沒有明顯的計時器、控制面板，或是類似的東西。說實話，這讓人困惑不已。

「小心點，老兄，」偉恩在他檢視裝置時說，「要非常小心。」

「這是某種自動運作保險。」瓦說，「這三個圓桶都是爆炸裝置，每個都有獨立的電源。只要拆除任一個，牆上的裝置就會送出信號，引爆另外兩個。偉恩，告訴我你還留著那些圖紙。」

「我當然留著，」偉恩翻找口袋，「上面可是有很多有趣的東西呢。」他拿出瓦給他的圖紙，平鋪在地面上。

你是對的，和諧在瓦腦中說，一面以他難以企及的速度處理資訊。實際上，這比你想的還糟。控制裝置每二十秒就會對圓筒送出一次脈衝信號。如果信號停止，炸彈就會爆炸。自動運作保險也整合在裡面。如果其中一枚炸彈發生什麼狀況，另外兩枚就會爆炸。就算這裡有三個人，同時一人拆除一枚炸彈，依舊行不通。需要的時機點太過精確，超過人類所及。結果只會是引爆其中兩枚炸彈。

「我們現在討論的毀滅力道有多強？」瓦摺起炸彈的圖紙問，「要是我們裝個炸藥後逃出這裡，然後讓在海中間引爆炸彈呢？」

瓦希黎恩、偉恩……和諧說，偉恩也抬起頭，想必也聽見了這段對話，這是種新型的爆裂物——會直接把物質轉換成能量。我不認爲自主與她的追隨者眞正理解這種毀滅力有多強。看著這個裝置，還有他們使用的金屬量，我懷疑他們嚴重低估了炸彈的威力。

如果我們面對的只是純粹的諧金遇水爆炸，那麼答案是肯定的：你可以在海面上安全引爆炸彈。但以特雷金分裂諧金所產生的爆炸……我的朋友們，我完全不知道這到底會釋放多少能量。我甚至不確定威力這麼強的爆炸會導致什麼後果。大氣層本身可能都會因此燃燒起來。

就算沒有，這也很有可能會蒸發依藍戴與比爾敏，甚至波及附近的許多城市。你姊姊很絕望，自主則是鐵石心腸。我懷疑他們並沒有在洞穴裡進行過同樣規模的測試。但……我也看不出拆除它的方法。

偉恩微微吹了聲口哨。瓦小心地退後，注意不觸碰到任何電線。唯一安全的手段只有讓這艘船——還有上面乘載的所有東西——越遠離文明越好。

「所以，」偉恩說，「看來我們要偷走一整艘船，是吧？這還是第一次呢。」

70

史特芮絲的時間完全不夠。

但她從會計與契約中學習到，不要被事物的規模給震懾住了。處理數百萬元並不會使一千盒金的價值減少。同理，無法完全疏散全城——甚至是其中一區——也不會讓單一條性命失去價值。

所以她讓瑞迪總隊長去處理主要疏散程序，接著與總督趕向城市碼頭。她的主要計畫包含了用船運送市民，所以現在有大量民眾擠在碼頭上。如果炸彈在附近爆炸，這裡的所有人都會陷入嚴重的危險。除此之外，她還擔心洪水。她對這項危險的所知只限於她讀過的一些研究——但也足以讓她感到警覺了。

她需要改正這項誤算，盡可能把人從這區疏散出去。總督從碼頭工人代表那裡得到了指揮權。他跟隨她的指示，把這些人派去將人們轉移到城市深處。

史特芮絲在一個女人的書桌上放下筆記本，就在提燈旁。她坐在黑暗夜空下，在港灣上方的道路上，擔憂她在這區域缺少足夠的資源。

「史特芮絲．拉德利安？」一個聲音在她身後說。

她轉頭發現共有八名男女站在那裡，穿著不起眼的衣著，「有人告訴我們，」帶頭的男人說，「我們可以協助妳。」

「是總督招募你們來的嗎？」她問。

「事實上——」

他被小跑接近的法蘭司總督打斷，他身後還跟著幾名工人。

「你，」史特芮絲撕下一頁紙，塞給其中一名工人，「是火車調度員嗎？我需要把這裡所有人都送進那邊的貨車裡。你，」她指向另一人，「是起重機操作員，對吧？我需要把這些貨櫃移到那邊擋住街道，排列起來阻擋和減緩水流，以免海嘯來襲。

「建築工人們，恭喜，你們現在是警員了。穿上你們最亮的帽子和背心，把民眾從這三區撤往遠離碼頭的內陸，我已經替你們規劃了路線。你們到不了太遠，但讓建築夾在人與海洋中間非常重要。

「碼頭工人，我需要繩索，你們能找到越多越好。我們要開始製造穩固的錨點，如果洪水來襲，就能夠組成人鍊，抓住那些被沖走的人。快點！我們的主要擔憂會是海灣內的爆炸，次要擔憂就是洪水。」

大部分的代表人奔過迷霧，呼叫他們的組員。看著他們迅捷地遵從命令有些令人滿足。她不習慣別人毫無遲疑地照她的話做事，以前她總是要用盡力氣說服他們。

「我已經標起了我認爲堅固到足以抵擋爆風或洪水的建築，」史特芮絲告訴總督，「我們應該把這區的人撤離進去中間樓層，集中在遠離窗戶的位置。」

「這……」總督翻閱著計畫，「這太驚人了！妳怎麼沒有把這些向大眾分享呢？」

「這些大多是為了我自身娛樂所做的，」史特芮絲承認，「或是為了我的焦慮而做。」

「眞是浪費。」他拿起其中一張紙，「我以為妳的疏散計畫已經很詳盡了，但這些更是在那之上。這眞是聰明絕頂。妳針對其他災難也有類似的詳細計畫嗎？」

「只有火災、地震、颶風、突襲侵略、沙塵暴、乾旱、食物短缺，以及大規模管道破裂而已。我還有七種想要做的。」

他盯著她，睜大雙眼。還留在原地的數個官方人員聚集在她的地圖、指示與計畫旁端詳，一邊點著頭，「妳的天賦，」總督悄聲說，「先前徹底地被浪費了，拉德利安夫人。」

這……這是什麼感受？

被人珍視？瓦很珍視她沒錯，瑪拉席偶爾也是。但在基本上算是陌生人眼中看到這種情緒，看見她的過度計畫被視為天賦，而非怪異的人格缺陷……

倖存者啊。她心裡的這股暖意。她一直說自己並不在意其他人對她是怎麼想的。她很努力才在自己周圍建立起那個泡泡，保護自己不被平時別人對待她的方式所傷。

但這……這是種難忘的感覺。這就是以自己為榮的感覺嗎？不須擔心自己會害周圍的人不自在？

簡直是奇蹟。

「接下來呢？」總督問，「我們還能做什麼？」

「我想鑿沉那些船。」史特芮絲指著被叫來接收乘客因而停泊在港灣內的大型貨輪，「當然，是在船員都轉移到安全位置之後。」

「不好意思，」還在原地的其中一名代表說，「鑿沉它們？」

「我想這樣可以減緩水流，」史特芮絲說，「以免海嘯來襲。你們知道三年前在亞力卡果島發生的事嗎？不知道？好吧，那想像一下減速丘吧。大型貨輪在海面上會隨水流漂動，或者更糟的情況是會被水往內沖、撞上碼頭上的人。但如果船沉在海灣底部，就會產生紊流，漸緩湧入的波浪威力。」

再一次的，代表人們沒有與反對或抱怨，而是單純接受了她的解釋——以及命令。只有一人看起來有點擔憂，其他人開始離去，他還在原地猶豫。

「怎麼了？」史特芮絲問。

「尊貴的總督大人，」男人說，「剛才告訴我們時間不多了。要鑿沉那些船可能要花上數小時，女士。我們得坐拖船出去找他們——並不是所有貨船上都有無線電——然後向船長解釋來意，可能還要跟他們爭論。再來才是鑿沉作業……那不像講起來這麼容易。我猜要四、五個小時才能弄沉這些船。至少。」

鐵鏽的。好吧，那不可能成功。

有人在她身後清清喉嚨，是最初來找她的那八人之一。喔，對——她還是不知道是誰派他們來的，或是他們的身分是什麼。

「也許我們能提供協助。」帶頭的男人說，「妳確定這是合法的？大規模鑿沉私有船隻？」

「是的，」總督說，「由我授權。如果我們夠幸運，一切都只是過度反應，城市會補償這些船主的損失。」

「喔……」史特芮絲向他靠近，「法蘭司，這聽起來非常有英雄氣概。」

「眞的？」他急切地問，「英雄氣概？」

「堅毅果決，」她說，「非常有領導風範。」

一旁八人的領導者向她點點頭，接著飛向空中。

噢！是鎔金術師。她讓所有官方鎔金術師都去協助主要疏散了。但有這些人去鑿沉船，肯定會有幫助。而且她也可以請他們靠鋼推來帶離傷員或老弱婦孺。

其他人一個接一個跟上，直到剩下最後一人。他對史特芮絲點頭，而她在他的手背上——幾乎被擋住的位置——看見了一個紅色刺青。

「妳的妹妹，」男人說，「向妳問好。」他接著飛向其他人。

這是史特芮絲能做出的最後一項有具體效果的事了。從現在起，她只能盡力確保她的計畫徹底實行。其他所有事都只能依靠瓦希黎恩了。但如果炸彈抵達城市，這一切都毫無意義。

*你最好在那艘船上，瓦，*她心想。

71

事實證明，要清理船艦很艱難。甚至比以前那次瓦決定要教偉恩「辛勤工作的價值」，所以要求他獨力把馬廄的馬糞清理乾淨還更難。對，他是學到了辛勤工作的價值——就是三夾幣，也就是傑非清理完後跟偉恩收的價錢。

但這次，沒人能替他們做事了。鎖上放有炸彈的房間門後，兩人出發前去控制整艘船。偉恩把鑰匙放在自己口袋，以免瓦需要跟別的射幣對決。

他們沒遇見任何鎔金術師。這艘船上只有骨幹船員，看來敵方把大多數人都調去防禦霄塔了。但他們還是花了些時間才攻進艦橋，因爲他們必須確認每個轉彎處、逼出埋伏的敵人。偉恩覺得艦上所有船員都被動員來阻止他們。

大概在半小時或再久一點後，瓦終於鋼推開了艦橋的加固門，然而門後是個令人不快的景象。地上躺著四個人——三女一男——全都死於自殺槍擊。他們都身穿軍官制服。他們寧願自殺也不願被擒。

「你知道嗎？」偉恩把來福槍扛上肩，「我還以爲怪人都住在蠻橫區哩，你懂嗎？城市人應該教育水準很高的，然後……很幹練，而不是血淋淋的狂熱份子。」

瓦檢查屍體以防萬一，接著站起身走向船艦控制臺。那裡有多到令人困惑的手把，還有一個看起來被鎖住的巨大舵輪。這艘船正以全速穿過迷霧，鐵鏽的。偉恩覺得自己能在水平線上見到依藍戴的光輝。他們很接近了。

瓦停在控制臺前，輕聲咒罵。

「怎麼了？」偉恩說。

「這也跟同一個系統連接在一起。」瓦說，「和諧？你能確認嗎？」

很不幸，正是如此，神說，在你提供視覺後，我就能看出這和炸彈是連在一起的。

「如果我們解除控制臺的鎖，就會引爆炸彈，」瓦說，「我早該料到的。我們上來這裡是浪費時間。」

「但——」偉恩說。

「雖然殘酷，但很合理。」瓦說，「他們把船固定好方向，接著鎖住航線然後自殺。這個炸彈在船停下時就會爆炸——也就是船一靠岸的時候。我們不是在一艘普通的船上。這是一架火箭，就跟他們建造打算飛去依藍戴的那一具相同。自力推進。無須控制。設定爲一接觸就會引爆。」

「老兄，」偉恩指向前窗外，「我看到燈光了。」

以目前的巡航速度，和諧柔聲說，你們還有大約二十分鐘。

「我們必須冒險拆除炸彈。」瓦急忙上甲板。

偉恩被屍體絆了一下，匆忙趕上，「等一下！你說如果我們嘗試解除，幾乎是百分百會引爆那玩意！」

「你有更好的主意嗎？」

「也許吧。」偉恩在欄杆旁停下腳步——迷霧如河流般在天上奔騰。

瓦愣住，轉身看向他。

偉恩有更好的主意嗎？

事實上……事實上，他眞的有。他朝外看著海面，發覺了一件事。這艘船……嗯，眞的非常像是一座孤單的平峰。比霄塔更加符合。沒錯，在一片平原正中央的孤獨平峰……

而且會吞掉英雄。

「你說過這個炸彈，」偉恩說，「如果正確引爆的話就會炸得非常大。但裡面有一部分是埃金屬，對吧？」

「諧金，」瓦說，「沒錯。所以呢？」

「那玩意超級不穩定，就連碰到水都會爆炸。只不過會是比較小的爆炸？不會把城市夷爲平地的那種？」

「還是很嚴重，」瓦說，「只是沒那麼災難性。但如果我們干擾裝置，或把水倒進其中一個炸彈來引爆埃金屬，另外兩個炸彈就會直接爆炸。」

「除非，」偉恩說，「我們用速度圈。你看嘛，那個裝置在牆上，對不對？如果我們亂搞一顆炸彈，裝置就會引爆另外兩顆？」

「沒錯。」瓦說。

「所以，要是我們啓動速度圈，但是把裝置留在外面？我們可以對其中一個桶子動手腳，引爆裡面的諧金，阻止眞正的爆炸。我們先引發爆炸，接著把那個桶子踢到速度圈外面。那會送信號給另外兩桶，但是信號要在速度圈外沿電線走去牆上的裝置才行，所以信號就會被凍在外面進不來！我們就可以趁這段時間處理另外兩桶。」

「偉恩，」他說，「你有沒有概念電流的速度到底多快？就算你有辦法辦到了不起的成就——例如加快時間一千倍——那還是遠遠不及電信號的速度。」

喔。

等一下，和諧對他們說，這可能會成功。我有方法了。瓦，我給了你一瓶有紅瓶塞的金屬。

「在我這裡。」瓦在自己放金屬瓶的護鞘裡摸索。他皺眉，拿出了……一條手帕。

「幾乎沒用過的。」偉恩說。

「偉恩……」

偉恩咧嘴笑，把來福槍交給瓦，接著掏起自己的口袋，「我想說那得放在安全的地方才行，所以我做了一個小交易。」

「和諧，」瓦說，「如果你的方法成功了，那還是會炸掉整艘船，對吧？」

是的。

「偉恩，」瓦說，「……引發規模比較小的爆炸還是會殺死房裡的所有人。你無法在埃金屬爆炸中生還的，就算你有全滿的金屬意識也沒用。」

「啊，」偉恩說話時，船迎向一波浪頭，水花噴向兩側，「我猜到這個部分了。我只是需要知道這主意行不行得通。還有我需要確認另一件事。」

「是什麼？」瓦說。

「這個計畫並不需要你，老兄。」偉恩說完接著鋼推。將瓦——藉由他握著的來福槍管——推出船外穿過迷霧。偉恩對這一下鋼推很自豪。他像瓦常做的那樣，先蹲低身體，把目標稍微往上推。

他的朋友朝他露出憤怒……或是懊悔……的眼神，接著消失在水面迷霧繚繞的黑暗中。

「要安全降落啊，老兄，」偉恩低語，「還要活下來。」

他舉帽致意，接著拿出紅塞小瓶，「話說回來，這到底是什麼玩意？」

本週稍早，你們進行了一項實驗，和諧說，意圖分裂諧金。

「敵人已經做過同樣的實驗大概有一百多次了吧。」

是的，但這次有所不同。我完全不知道發生了什麼事，但瓦的作法跟其他人有某些地方不一樣。因為他不只是炸開了房間。他還創造了某種東西，某種驚人的東西。

偉恩舉起小瓶，看著瓶底的金屬碎屑。

那，和諧說，是一小點的黎金，偉恩。傳說中的金屬。紋在昇華之井旁找到了這種金屬，用之將依藍德．泛圖爾變成了迷霧之子。一種數世紀來以來不復存在的金屬。而就我所知，亦已有數千年都沒被製造出來過了。喝下瓶內溶液，你就能成為迷霧之子，能夠運用所有金屬。瓶子裡面也每種金屬都各有一點。

「你為什麼不讓瓦早點喝？」

我不想要揭露這件事發生過，因為我不知道方法，也不知道理由。我不知道他做了什麼而且……他可能已經攝取到了一點，是在爆炸時吸入的。

嗯哼。這解釋了一些事。

偉恩把瓶子一飲而盡。然後他等待。什麼也沒發生。

「真是反高潮。」他咕噥著。

你必須燃燒黎金，偉恩。

喔，對。他在體內搜尋，接著發現一種新的金屬存量。讚喔。他的意識延伸，燃燒金屬。

強光一閃。

火焰在血管中流動。

像是臉被踢了一腳。

該死。

「這有什麼幫助？」他問。

你現在能燃燒硬鋁了。

「那個假瓦用來做出超級爆發鋼推的花稍金屬？」

正是。

「但我不需要鋼推。」

偉恩，使用硬鋁會一口氣燒掉你體內所有的金屬存量。一點不剩。你體內有的越多，威力就會越強。這不只對鋼有用。這對任一種鎔金術金屬都有用。

偉恩暫停，船艦晃動。他接著明白了，微微吹了聲口哨，「你的意思是……」

你還剩下多少彎管合金？

他從口袋裡掏出一小袋。

嗯。也許足夠——

偉恩從另一個口袋又掏出一袋。

好吧，還有——

還有襪子裡也有一袋。不太舒服，但挺方便的。

偉恩，你身上到底有幾袋？

「十七袋，」他說，「我現在是超級有錢人了。這樣夠嗎？」

喔，偉恩。是的，我想足夠了。

偉恩轉身，以超快速奔下階梯——還從一具屍體上抓了一個水壺。他在途中吞下好幾大口的金屬珠，肚子裡塞滿了彎管合金。前方傳來聲響回音，警告他有水手想要闖入房間、引爆炸彈，但他們並沒有鑰匙。偉恩解決了那兩人，接著衝進房內。電燈在牆上閃動，他也能聽見引擎在船艦更深處的運轉聲。

……然後突然間，他不再是獨自一人了。一個幾乎是透明的人影站在他身旁，是一名高眺的光頭男子。泰瑞司人。他身邊還有另一個更暗的傢伙。不是指膚色或其他東西。就好像……另外那個是個影子。他正模仿著和諧的動作，朝偉恩伸出手。

「我一直都知道，」和諧柔聲說，「我必須把瓦帶到依藍戴。預見未來的需求是辦得到的。我知道這個選擇是有好處的，卻不一定清楚理由是什麼。即便我身為神。」他猶豫一下，「我以為我只需要瓦。看來我錯了。」

偉恩啓動速度圈，讓時間不要流逝得那麼快。他需要一點時間做心理準備。

「應該要是瓦來做的。」偉恩說，「他才是那個解決問題的人。」

「不，」和諧說，「你一生都在練習使用速度圈，偉恩。瓦對此毫無經驗。你可能是全世界唯一辦得到這件事的人。」

「這讓人有點心情低落。」偉恩轉向和諧，「眞的嗎，我是你能找到的最佳人選？你不是神嗎？」

和諧的眼神軟化，「偉恩，你不只是我能找到的最佳人選。你就是所有一切中的最佳人選。不論是神或凡人，沒有人能奢想找到比你還要更適合的人選。」

偉恩想要否決這點。但該死的，如果連神都這麼說……也許……也許瓦是對的？他對偉恩的評價？

該死。瓦一直以來都是對的嗎？

「你並不是非得這麼做不可，」和諧低語，「我不會再次把這種選擇強加於人了。不幸的是，即便我的思考速度無與倫比，這依然是我想到唯一確定可行的方法。這能存留，但也……會滅絕。」

「唯一確定可行的方法，」偉恩說，「還有其他方法？」

「是有可能——但可能性很低——你可以利用新獲得的能力強力鋼推前方出現的金屬，頂住船讓它在水面空轉，替我們爭取更多時間想出解法。這會極端困難，但有可能成功。」

「你可以看見未來，」偉恩說，「那會成功嗎？」

「我可以看見可能性。」和諧說，「我可以看見可能會發生的事情。但這在某些時候，很令人洩氣。」

「那……另外這個選項成功的機會有多大？」

「百分之一，也許吧。」

百分之一？只有百分之一的生存機會。

……還有百分之九十九的失敗機會。代表會有一大堆人被蒸發掉。

該死，就在他沒帶幸運帽的這一天。

「有個家庭因爲我而沒了爸爸，」偉恩說著走向前，「你會照顧他們嗎？」

「當然。」

「瓦會活下來嗎？」

「一般來說，沒人能夠存活，」和諧說，「因爲水中爆炸極端危險。幸好，這次的爆炸威力大部分會往上衝——而且瓦現在有白鑞了。只要他繼續燃燒我給他的其他金屬瓶中的金屬，他應該就能在爆炸中存活。我會……盡我所能存留他的。但偉恩，我沒辦法爲你做任何事。這次的爆炸太強大了。」

偉恩點頭，接著猶豫了一下，看向和諧，「這會……讓我獲得原諒嗎？」

「喔，偉恩，」和諧說，「你已從瓦那裡聽過了。你也會從我這裡聽見一樣的話，我想。你不能因爲想獲得原諒而做這件事。你不需要被原諒，不再需要了。」

而……他是對的。

偉恩不需要爲了獲得原諒、或因爲羞恥、或因爲想證明自己而去做這件事。他不再是那個被瓦從躲藏處拉出來的男人了。他已成爲了不同的人。

「偉恩，」和諧問，「你知道你是誰嗎？」

「對啊，我知道我是誰。」偉恩說，「我是他媽的英雄。」他停下，「抱歉。」

「在這種狀況下，」和諧露出微笑，「我理解。每個圓桶頂端都有一個洞，用來在爆炸開始時汲入空氣。諧金已經從油浴中取出，目前正在被加熱，這代表如果你倒水進去，就會引爆諧金，那會摧毀加熱炸彈的裝置，因而阻止更大規模的爆炸。你倒水進去後，就用鎔金術把圓筒推出速度圈外。」

「好吧，那麼，」偉恩說，「我需要你的帽子。」

「我的……帽子？」

「我必須要造出剛好大小的速度圈，」偉恩說，「還要用盡全力去推。還要一口氣燒掉超多的彎管合金，多到可能會直接從裡面把我熔掉——然後還要讓時間慢到就連電信號都變得遲緩耶。」

「我沒有帶帽子。」

「你是神耶。湊合點東西出來吧。」

和諧停頓一下，接著觸碰偉恩的頭頂。他感覺到那邊開始發光，就好像有東西被安放在那裡。還有耳環。他覺得耳環是泰瑞司人正式服裝的一部分。也許他一直都是，只是祕密隱藏起來了。

這不是什麼神奇的東西。但當他戴著別人的帽子時，就覺得自己能了解對方。有誰比神本尊更值得被了解呢？

「很好。」偉恩調整爲正確的口音。古典，但是帶有泰瑞司腔，與和諧相同。他撤下速度圈，凝聚力量，「抓緊你的長袍了，我親愛的朋友。這絕不像你曾見過的任何東西，我想。」

瑪拉席走向布蘭塔的警員辦公室，愛爾瑪與她的幾名朋友跟在後方，穿過忙於自身事務的黑暗城市。對危機一無所知。

但她在迷霧中感覺到了什麼。瓦總是以某種超自然的語氣談論迷霧，但她很少有這種感覺。

不過今晚，迷霧似乎正屏息以待。

史特芮絲在碼頭上愣住。她的工人與警員還在忙於執行她指派的任務，但有點……奇怪？這個當下？她轉身面向水面，往外望向迷霧繚繞的海洋。

她握住戴在脖子上的銀製迷你長槍，接著祈禱起來。

「現在！」和諧說。

偉恩發動了完美的速度圈。大部分與他能力相同的鎔金術師都無法改變速度圈的形狀。只是彎管合金實在太昂貴，一般人也支付不起練習的代價。

但他可以。他也許是全世界練習最多次的人。此刻，他的圈子包住了三個圓桶裝置——但凹了一個洞，把牆壁上同步控制的裝置排除在外。

接著他燃燒硬鋁，用力推。

一般人很少把加速圈和緩速圈稱爲推與拉，不像鋼推及鐵拉這麼常見。但道理是相同的。偉恩的能力是推動現實本體。扭曲它，朝內推擠、彎折它。

他今天比有史以來的所有人都更用力地推。他如神一般地推。靠著沙賽德的帽子。靠著那種奇異的金屬。還有靠著偉恩是個英雄。時間在他周圍擠壓，如煤炭被壓縮爲鐵鏽的鑽石。更多、更多、滿肚子該死的彎管合金在一瞬間燒個精光。

神自己也凍結了。毫無動作地站著。速度圈結晶爲清晰可見的圓球。剛才閃動的燈光暫停了，半亮著。他的視覺甚至發生了一些奇怪的事，所有東西都變得很奇怪，直到他喝下另一瓶和諧的金屬，燃燒鋼來視物。

行動。

偉恩手持水壺，把水倒入第一枚炸彈。他在水滴下時後退，接著在爆炸開始時把圓桶鋼推出速度圈外。他暫時被那景象給迷住了，火與光從圓桶中噴發，全都是以奇妙的藍線所描繪而出。就好像圓桶正在將靈魂釋放至來世。

他結晶的速度圈開始出現裂痕。該死。偉恩跳向第二個桶子倒入水，接著也把那鋼推到速度圈外。那已經沿著電線傳送警示——但控制引爆的裝置依舊被困在慢動作中，信號有如在糖蜜中移動。

該死，他到底動得有多快？而他還在想自己因爲老化而速度變慢了呢。哼。

他衝向第三個圓桶，把水壺裡剩下的水都倒了進去。他鋼推桶子，轉身看著三個圓桶都凍結不動地掛在空中。他的速度實在太快，只有第一桶開始爆炸，而且是因爲他花了最多時間才把那桶鋼推出去。爆炸現在完全凍結了。

他呼出一口氣，水壺脫手。沒錯，他是被吃掉了。但當這發生時，你就要從裡面把怪物勒死。

他的水晶速度圈粉碎。

一切都陷入紅光與烈焰。

72

瓦在黑暗的海水中載浮載沉。

接著他的右方發生爆炸。強光一閃，令人目眩。空氣中的衝擊波緊接而來，然後是水中的衝擊。在兩次衝擊時，他都覺得他瞥見——在無所不在強光下短暫看見——一個人影在他身前平靜下了海浪。一名高高站在水面的冷靜泰瑞司人，一手往前伸。

接著，又是黑暗。瓦眨眼，他的雙眼因爆炸而暫時目盲。無盡的碎片掉落在他周圍，在布滿波浪的海面上濺起水花。

馬上，瓦就只能掙扎著不往下沉。他剛才落在水面的力道很重，他覺得自己可能斷了一條腿。偉恩居然想要救他的性命？那個令人洩氣、令人憤怒……

令人讚嘆的男人。

「再會了，我的朋友……」瓦低語，嗓音因情緒而哽咽，「你這鐵鏽的了不起的傢伙。謝謝你。」

水面變得更加波濤洶湧，瓦必須更努力掙扎。他強撐著痛苦、哀傷與疲倦，勉強浮在水面上。他燃燒鋼，還有……其他東西。他體內深處的某種東西，讓他保持溫暖。

就算這樣，他還是迷失在黑暗之中，就連迷霧都與他保持距離。他的腿無法正常移動，外套又一直將他往下拉，還有支撐整個國度的希望所造成的疲憊壓在身上，他覺得自己快撐不住了，開始輸給跟海水間的戰鬥。開始……

那是什麼？

是一小點光芒，正在接近。很微小，但在迷霧中穩定地發出光芒。那逐漸變成了……一盞提燈？而且是掛在一艘小船上？怎麼……

小船行駛到他身邊，接著一名穿著司機服飾、手戴白手套的男人站上甲板，向瓦伸出手。

「您的座駕，」霍德說，「大人。」

73

衝擊波如雷鳴般擊中史特芮絲。她驚訝地倒抽一口氣，耳朵因爆炸聲而耳鳴。鐵鏽的。

她與總督在處理完港口的工作後，鎔金術師將他們帶向了城市中央——接近他們原本的疏散指揮部。但這距離顯然不足以完全逃脫爆炸。她周圍所有的窗戶晃動著。只要再接近碼頭一點，玻璃肯定會全碎掉，還有那些最靠近爆炸的建築……

幸好，她唯一感覺到的影響——站在離爆炸這麼遠的大樓頂端——只有剛才的衝擊波。所以在度過最初的恐慌後，此時她看著遠方的強光緩緩淡去。

沒多久前，那股爆炸還像是一顆在水平線上新生的太陽，既壯觀又不祥，燃燒吞沒迷霧。才過了幾秒，現在剩下的就只有眼中的殘影與耳內的微弱嗡鳴聲。

總督從屋頂的石欄杆後探頭，他在最初爆炸時就躲到了後面。他站直身子，「他成功了，對不對？存留啊！他成功了！他提早引爆了炸彈！城市得救了！」

史特芮絲點點頭，徐徐吐出一口氣。瓦就在她希望他會在的地方。現在她見到光芒——還有從爆炸存活下來後——她猛然驚覺另一項擔憂。

爆炸的時候，你最好沒有在那艘船上，瓦希黎恩・拉德利安，她心想，你……先離開了，對吧？

「海嘯會來襲嗎？」總督說。

「會，」史特芮絲說，「迫在眉睫。」

「我們……呃……」總督拉直領結，「我們眞的幫上了忙，對不對？」

「是的。」她說，「接下來幾週，港邊建築會變成一場災難——我們必須重建。但我想我們已經疏散了危險區域中的大多數人。」

她看著海水快速從碼頭邊退去。那是海嘯襲擊前的退潮。希望規模不要太大。她看過的研究對於爆炸會如何影響水體並沒有確切結論。

「感謝倖存者，」總督說，「我……很高興妳同意讓我們後撤。我還擔心妳會堅持要留在碼頭上。」

「沒必要與城市共存亡。」史特芮絲說，「因爲城市並不會滅亡。」

他殷切地點點頭。他實際上是個很樂於贊同他人的人。很合理。他是被那些想要操縱他的人所選上的。這些人從來沒指望他會親手操作方向盤。

她眨眨眼，眼中還留有剛才爆炸的殘影。

只要……你安全就好……史特芮絲面對遠方已經淡去的光點想著，拜託。

74

偉恩飄浮著。

浮在很高的地方。該死。他底下是整顆星球嗎？那確實跟大家說的一樣，是球型的。他一直都希望也許會是甜甜圈型之類的，可以挫挫那些聰明人的銳氣。

在這上面的黑暗中感覺有點怪。他向前傾，突然失去了方向感，就好像他應該要往下掉。他頭暈目眩，腳步不穩。

嗯哼。有誰想過死掉跟喝醉酒這麼像？關於這點，他可以寫出一整本經典，他真的可以。

一個人影飄浮在他身邊。寬廣。他的長袍是創造的無限色彩，他的本質向宇宙間的黑暗延伸。但在核心處，他的外表是一名和善的光頭泰瑞司人。

「嘿，神，」偉恩說，「嗯……創世如何啦？還有時空呢？現實呢？你懂的，就那些事啦？」

「都很好。」和諧回應，「多虧了你。」

「等一下，」偉恩說，「我應該不會變成鬼，對吧？」

「不。你死前已被授予，所以會暫留一小段時間，但很快就會進入彼端。」

「很好，很好。」

「你不會對此感到擔憂？」

「當然不會。」偉恩說，「我已經結束了，死掉了。我擔心的是過程會很痛。」他張大嘴看著底下的星球，「那好大喔。」

「是的，偉恩。」和諧說，「我理解凡人看見這一切可能會覺得畏懼，認知到他們自己住在多寬廣的地方，需要花點力氣才能接受，我想。這會讓人覺得渺小、無關緊要，還有——」

偉恩咧嘴笑，「還有那全都被我救了！」

和諧停頓，「嗯，我想你確實這麼做了。在瑪拉席與瓦希黎恩的協助下。」和諧伸手指向一片紅霧，正在渦旋遠離星球，彷彿是從漏斗流走，消失在遠方。

偉恩從其中感覺到什麼。一種憤怒的敬佩。雖然不情願，但她的化身已被擊敗，所以自主將她的影響力撤出星球。

「這樣就完了？」偉恩問。

「目前來說是。」和諧說，「她爲了迅速擊敗我們，有點過度擴張了，我想。黛兒欣與組織的失敗對她來說是很大的打擊，而且瑪拉席又迅速關閉了通往我們星球的傳送門。我的眼界回歸了，我會盡力確保以後不會再被偷襲。」

「你聽起來有點害怕？」偉恩歪著頭說。

「是緊張，」和諧的表情迷離，「我可以看見寰宇中各勢力在行動。互相配合。針對我們。我們並沒有完全脫離他們的影響。但我們現在……有時間。準備的時間。多虧了你，偉恩。」

「我，」偉恩說，「我拯救了該死的全世界。我……我大概是有史以來最鐵鏽厲害的警員！」

「我想……是吧……」和諧說，「畢竟紋、依藍德，還有其他人都不是警員……」

「瓦從來都沒拯救過全世界。還有捌分區的其他警員？連我送給他們的啤酒兌換券都保不住。笨坎得拉長頸鹿男。偉恩，全世界最棒的條子……嘿！吞下去吧，瑞迪！配上辣醬吞下去，到旁邊痛哭吧！」

不過，偉恩在說話時感到有事情正在發生。一種……拉扯感。就像是他被拉往了某個地方。某個……溫暖的地方？

「在你走之前，」和諧說，「有什麼想知道的事情嗎？我並不是眞正全知，但我的知識遠遠超出凡人所及。有些人在離去前會問我最後一個問題。你也有相同的要求嗎，偉恩？」

嗯哼。任何問題。這眞困難。他想了一下子，「所以，」他說，「在宓蘭離開之前，她說我是她遇過最棒的床伴，然後我在想——」

「偉恩，」神打斷他，「拉奈特每次都跟你說什麼？」

「你能閃開就試試看？」

「另外一個。」

「別講一些低級玩意搞壞氣氛？」

「沒錯，就是這個。」

「好、好，」偉恩點點頭，「有道理。有道理。你很聰明，大概比拉奈特還聰明。應該讓這更有道理了。」他繼續想，不過那股拉扯感……越來越強了。他能問什麼？什麼……

他接著咧嘴一笑。這太完美了。

「我猜瓦和其他人都會好好的，」偉恩說，「你已經承諾過了。所以我不把問題浪費在他們身上，你沒辦法騙我問這個的。你會照顧他們。我知道你會。」

「我會竭盡所能。」和諧說。

「很好。那麼告訴我，神。」偉恩指向他，「那是有史以來有人創造出最該死的大的爆炸嗎？」

和諧揚起一道眉毛，「你最後的問題是這個？你在前往永恆前對神的最後一項要求？」

「當然囉！我想反正我已經死了，我很快就會得到其他答案。你騙不了我去問沒用的問題的。所以告訴我，是不是？」

和諧微笑，「啊，偉恩，我想其他類似規模的事件——例如灰山爆發——都算是神所爲的。因此，我宣告你是對的。沒錯，偉恩，你炸死自己的爆炸是我們星球有史以來最該死的大的人造爆炸。」

「確保史特芮絲知道這點，」偉恩咧嘴笑，「她總是在抱怨我把東西炸掉。還有，我可是讓這場爆炸變小了呢。這肯定會讓她想破頭。我都已經讓爆炸變小了，但居然還是史上最大的爆炸。」

他感覺自己現在眞的要走了。所以，他對神伸出手。神微笑，回握了他的手。

「我就知道，你會發光。」偉恩輕眨眼睛。

此後，偉恩便延伸進了另一個空間，另一段時間。他延伸成爲清風。成爲繁星。

成爲一切無盡的事物。

尾聲

瑪拉席

爆炸後十小時

不知爲何，瑪拉席在依藍戴下火車時，天已亮了。考慮到今晚——被阻止以及被減緩——的災難，她原本以爲火車會空無一人。

但火車完全滿載。有些人是來協助依藍戴殘破淹水的西北城區；有些人是來探視家人；有些人則是在被撤離後返回家中，想在這奇怪的時刻找到一絲熟悉的安慰。

她站在月臺上，讓其他人經過她周圍，感到疏離，格格不入。一部分是因爲疲憊。她在比爾敏只睡了大概兩小時。在那之前，她在與布蘭塔警官協調許久，終於讓她接受了恩特隆的瀆職證據。瑪拉席與同伴所救出的人——尤其是孿魂護送出的記者與政客們——的證詞對此至關重要。

把市長和他剩餘的同夥留給原本聽命於他的警局，感覺很不對勁。但說實話，瑪拉席不確定她還能做什麼。考慮到發生的災難與政治情勢是不可能由依藍戴接管比爾敏的，她只能希望那些證詞、這場爆炸，還有堆積如山的實體證據，能夠迫使比爾敏警局好好執行他們的公務。

至少，看來瓦與偉恩已經把組織的指揮架構——還有武力——摧毀殆盡了。他們發現黛兒欣死在霄塔塔頂。她用指甲在自己詭異的灰色手臂上留下了訊息：

你們已證明了自己。目前如此。

她的神留下她的方式類似於落灰之終後昇華戰士與末代帝王被發現的樣子。奇異地安詳，而且……

而且鐵鏽的，瑪拉席想得出神了。她站在那裡，就像第一次來到城裡的蠻橫區鄉巴佬般無所適從。她強迫自己前進，跟上最後一批離開列車的乘客。她需要洗個澡。她需要吃點東西。然後她還需要……

前方人群中衝出一名戴著面具的驚慌人影，努力與人流對抗。她不知道他是怎麼說服剪票口人員的，但在亞利克用力擁抱她時，瑪拉席終於放開心胸，接受他的慰藉。

這，她在被他抱緊時想著，就是一切的理由。這個，還有其他數百萬人。但對她來說……這一直以來都是最重要的。

亞利克放開她，抬起面具。他在哭。

「沒事的，」瑪拉席擦掉他的眼淚，「亞利克，我很好。我保證。我以爲你在城外？」

「我提早回來了，」他說，「而且，眼淚並不是爲妳流的，我的愛。我們想要傳訊給妳，但……事態很混亂，所有線路都忙線……」

她的世界開始崩解，「是誰？」她悄聲問。

「偉恩。」他說。

不。不可能的。

偉恩幾乎是不會死的。他就像……像一顆石頭。會跑到妳鞋子裡，怎麼弄也弄不掉的那一種。

不……不，他是那種提供妳依靠的石頭。當妳需要有人穩住妳時。他……

他是她的搭檔。

她知道他們的工作很危險。她知道他們每天都在冒生命危險。不過，她一直都認爲她會先……先……

「瓦呢？」她哽咽著說。

「很好，」亞利克說，「嗯，除了一條腿以外，對吧？但他會好起來的。」他的表情一縮，「他說……偉恩留了下來，引爆炸彈，拯救了城市……」

她抓住他，因爲他聲音中的痛楚與她心中的感觸互相呼應。她必須扶住個什麼。他們擁抱時，她感覺悲痛洶湧而上，快要摧毀她。

她……她沒辦法接受。她沒辦法相信他已經走了。他……他在更糟的狀況下都存活下來了。某天她回家，就會發現他正坐在她的廚房，偷吃她的巧克力。

如果那再也不會發生了呢？

*我現在不能想這個，*她心想，*我只睡了兩小時。*

她讓那個幻想繼續縈繞，讓那如堅石迎浪，越過時間。

亞利克抓住她的肩膀，「妳，」他宣布，「看起來需要豐富的甜點。像是戰場上的訊息般限時急送，對吧？」

「對，」她再次擁抱他，「對一千次，亞利克。」

一小時後——肚子滿是異國蛋糕與餅乾——瑪拉席窩在她的小公寓鬆軟座椅上。她終於換了衣服，但並非睡衣。她反而換上了制服。長裙，短衫，警員外套。

亞利克在離開去買酒前——配上他一貫的道歉——投以奇妙的目光。實情是，即便瑪拉席很疲憊，心中卻被另一種情緒給占滿了。一種格格不入感。一種事情不對勁的感覺。

她難以接受偉恩已死的想法。爲了保持自己精神正常，很大一部分的她拒絕相信。這是其中一部分。但還有另一部分。一種事情還沒完結，問題依舊懸著的感覺。她必須先獲得答案，才能眞正休息。

所以當亞利克才剛離開沒多久，門上就傳來敲門聲時，她一點也不意外。門外是一名年輕的傳信女孩，在城裡花幾個夾幣就能僱用到這種人。他們比大部分的郵差都更清楚城內各捌分區的公寓、住家，以及來去的巷道。

女孩遞出一個小信封後就跑走了。裡面是一張卡片，上面有著交疊的菱形印記。是鬼血。卡片背面有一個地址。

瑪拉席檢查自己的物品。口袋中的警員證明。身側槍套內的手槍。外套內的警徽。她沒有帶來福槍。今天，她不必全副武裝。

她留下簡單的便條給亞利克，答應會盡快回來，接著就出門走進城市。她的城市。

她愛依藍戴。她愛此地人的多樣性。她愛傳紙已經在叫賣爆炸的故事。有些稱之爲外城的警告行動，另外一些說是刻意引發洪水——就好像直接炸掉城市不是更有效的選項。但令人驚訝的是，有許多傳紙居然寫對了事實。

曉擊與搭檔拯救了今日。

與時間賽跑，搶救依藍戴！

勇警提前引爆比爾敏的炸彈！

她想著不知他們獲知她的故事後會寫些什麼。祕密洞穴裡滿是被綁架而來的受害者，意圖創造迷霧之子？會動的照片與血金術怪物？這些內容可以讓傳紙寫上數十年的故事了。

她漫步前往目的地，享受著這座城市的氣味——有好有壞，但都強而有力。聲音，還有感覺，一切都如此有活力，就連災難也無法阻止。

比起比爾敏，鬼血在依藍戴的基地更加醒目些。這是一座龐大的古典莊園，有著彩繪玻璃以及修剪整齊的草坪。瑪拉席來不及敲門就被趕往門內，接著被領入一間昏暗的房間。她以為自己要坐在這裡等待，直到她注意到房間另一頭有別人在。他坐在一張舒適——且包覆性強——的椅子上，光源照亮了他精美的鞋子，臉孔藏在了陰影中。但有一項特徵很明顯：一根尖刺從他的右眼穿出。

是倖存者本人。

她見過死神，與坎得拉聊天過，也聽過瓦談起和諧。傳說人物走出故事、進入她的生活，對她來說已見怪不怪。但這不一樣。這就是開啓一切的男人。在自己的處刑中存活下來的男人。這是她被教導要信奉與崇拜的男人。

他就在這裡。這是她一生來感到最畏懼的時刻。她想說話，卻發覺自己口乾舌燥。

房門打開，變魂進入，倚著門把穩住自己。雖然她認識他的時間很短，但她還是覺得該擁抱他一下。他也回以擁抱。

「看到妳沒事眞是太好了，貴女，」他對她說，「以及聽聞妳所達成的成就。」

「喔！」瑪拉席說，「變魂，月光她——」

「我們聽到報告了，」孿魂說，「她……被迫使用了自己的印章？」

「是的。」瑪拉席說。

「要找回她會很困難。」凱西爾從陰影中說，「我可能因爲這團鬧劇而失去了我最棒的幹員。」

瑪拉席的第一直覺是連忙道歉。但她阻止了自己，「你寧願我們放任入侵發生？」

凱西爾向前傾身，她覺得看見了他的嘴唇露出一點點的微笑。也許故事都是眞的。他也許是個嚴厲的人，但他並不嚴肅。誰知道？你眞的能相信好幾百年前的故事嗎？就算可以，一個人在活了——至少是沒死——四世紀後，肯定也會有所改變。

「繼續吧，孿魂。」凱西爾說。

「瑪拉席．科姆斯，」孿魂說，「很榮幸在此邀請妳加入鬼血。如果妳願意，我很榮幸依照我們的傳統，成爲妳的導師。妳可以加入我的下一個任務，也就是找出月光的下落，並嘗試讓她恢復原本的人格。」

「這項邀請包含鬼血所知的一切，」凱西爾說，「我們不對彼此藏著祕密。」

「就連你也是嗎，倖存者？」瑪拉席好奇地問，「你藏有祕密嗎？」

他沒有回應。但他再次露出微笑。

「我們有能力取得的知識與奧祕，」孿魂說，「肯定會讓妳驚嘆雀躍，貴女。我們的職責會允許我們去拜訪迷人的地點——而且這全都是爲了妳的目標：保護司卡德利亞。」

「這類邀請，」凱西爾補充，「我們並不隨意提出。」

就是現在。這個問題。她該接受嗎？近來，她迫切地想做更多。每次她瞥見更大規模——寰宇之間的——的衝突，就會讓她更想見到全貌。有如一名透過牆縫觀看日落的女人。

但是。

「你們，」她說，「知道組織有多久了？你們知道他們的目標有多久了？還有特雷的身分？」

靜默。

「我們只在誓言之後，」變魂說，「才會提供答案，貴女。這是我們的規則。」

「你們有分享給和諧知道嗎？」

「阿沙，」凱西爾說，「最近有些……異狀。他身上潛伏著一項問題。我害怕與之相比，今天的事件甚至可說是微不足道。所以不幸地，我們必須祕密行動。我們目前還太渺小、太弱勢。如果開誠布公，寰宇的各勢力會碾碎我們。」

她並不否定他的說法，至少不完全是。每個執法者都知道有時必須暗中行動。

但是。

瑪拉席的手指翻過卡片，舉起來盯著互相交疊的血紅色菱形。

這眞的是她要的嗎？她有時候會感到自己的勤務缺乏滿足感。但可能有任何工作是你永遠都不會抱怨的嗎？她又把卡片翻過來，想起了她最初爲何會想要當警探。不只是解決罪案。是解決問題。是讓世界成爲更好的地方，而非僅僅是保護它。

她在暗影中做不到這一點，對吧？其他人也許可以，但瑪拉席呢？她必須向許多人撒謊。

這違背了她許下的根本誓言。

妳有好好珍惜嗎？愛爾瑪問她的這個問題縈繞在瑪拉席心頭。

「曾經，」她說，「大約是七年前，我以爲我想要的所有事都成眞了。我以爲我知道自己想要什麼。但他離開了。那次拒絕是發生在我身上最好的事情之一。」

「貴女？」孿魂說。

「我認爲，」瑪拉席繼續說，「知道自己想要什麼是很困難的。我們從來都沒有完整的資訊。我們只能靠自己所擁有的來做決定。」她迎上陰影中凱西爾的目光，「如果我加入，你會讓我和警局分享我的所知嗎？」

「妳想呢？」凱西爾問。

「我想，」她說，「我是人民的公僕。」她走向門邊的小桌，準備放下卡片，「我所有的力量與權威都來自他們。不論立意有多良善，我都無法以黑暗與謊言待之。」

「再謹慎一點。」凱西爾在她放下卡片前說，「妳眞的確定妳想要這樣？」

「不，」她說，「我的職責不是確定事情。我的職責是盡我所能。就算只有有限的資訊也一樣。」她放下卡片。

她還是要找到某樣事情。給她自己的答案。但並不是這個。

「我是政府及法律的公僕。」瑪拉席說，「我相信，歷史上你對此有所怨言，倖存者。我很感激你對這次任務的協助。我未來也會接受的。」她搖搖頭，「但我不是你們組織的適合人選。當眞相能拯救人命時，我不會保守祕密。」

她需要知道有什麼隱藏在那裡——但她是一名警探。她可以不出賣靈魂，靠自己找出答案。就算面對的是倖存者本人。

凱西爾看起來並不像是會輕易接受拒絕的人。但他最終點頭接受了。她與孿魂握手，告訴他，她還是願意幫忙尋找月光，接著走出房門。

回到城市。

回到依藍戴的人民之中。

她在他們之間行進——聽著他們的擔憂、他們的恐懼、他們的不安——她記起了那些她因煩悶的日常工作而失去的事物。她曾遵循多年的生涯規畫，但最終成長超越了它。

她現在已成長到又回歸原本的計畫了嗎？更有智慧、更富理解力、更加細膩？

此時，即便她疲憊不堪，卻充滿了勝利感。因爲她察覺了自己究竟想要什麼。

她只需要一個計畫。

帕桑瓦——孿魂——看著她離開，然後搖搖頭。眞不幸。但也值得稱許。他喜歡保持個人原則的人。畢竟乙太創造眾人，就是要讓他們思想各異。

主廊的門關上——瑪拉席．科姆斯離去後——達拉威從凱西爾座椅後方的陰影走出。這名矮個子男人帶著精緻又嚇人的面具，那是漆木製的——但當他說話時，口音並不是司卡德利亞南方人的口音，而是銀光（Silverlight）的。

「我們需要處理掉她。」達拉威柔聲說。

「她是一位正直的女人，」孿魂說，「我不允許有人傷害她。」

「她知道我們的祕密，」達拉威說，「她知道這處基地。她看過你和月光能辦到的事。她現在對我們來說是個危險。」

「這些資訊是我們無償提供的。」孿魂說，「而且雖然她拒絕了我們，她並沒有奪取我們任何事物。凱西爾大人，請管束他。」

「夠了，達拉威。」凱西爾說。他打開電燈開關，往後靠向椅背，「孿魂說得沒錯。她知道的東西只要對寰宇有粗略探索就能輕易得知。我們可能要轉移基地，但那是我們自己的錯。月光很確定她會加入的。」

達拉威閉口不言，他的雙眼藏在詛咒的面具後，難以判讀。鑾魂不喜歡自己無法完全看見這男人的表情，但達拉威——與他在羅沙上肆意殺戮的姊妹相同——從來不拿下面具，那基本上已經長成他皮膚的一部分了。

「我是認眞的，達拉威。」凱西爾說，「除非有我的允許，否則你不准對她，或對城中任何人出手。知道了嗎？」

「是的，凱西爾大人。」語畢，達拉威接著從後門退出。

凱西爾大聲嘆氣，從座位起身。他走向鑾魂所站的窗邊，兩人看向外面的城市。

「昨天做得很好，」凱西爾告訴他，「做得非常好，老朋友。我們差點就全盤皆輸了。」

鑾魂低頭接受讚美。感覺很好。

你收到祝福，脩阿亞納在他腦中說，值得被讚揚。

這感覺更好。

「事情從來不該發展到這種地步的。」凱西爾說，「沙賽德有地方不對勁。情況越來越糟了。」

「我們該做什麼，大人？」鑾魂問。

凱西爾瞇起眼睛，「我，」他柔聲低語，「要去找『神』來段困難的談話。」

史特芮絲

爆炸後兩天

在城市開始恢復的第二天，史特芮絲終於將瓦希黎恩從醫院接回家裡。他們一跛一跛地走下霍德的車，瓦拄著拐杖，抬頭看向他們套房所在的摩天大樓。瓦盯著大樓，眼神略爲憂傷。

「想起霄塔了嗎？」史特芮絲柔聲說。

他點頭，「在屋頂上，偉恩要求我替他插上尖刺。如果我沒聽他的，他就沒辦法把我鋼推開了。」

「若是這樣又如何？」她溫和地說，「你就待在那裡和他一起死嗎？他知道自己該做什麼。」

瓦看著她，她在他眼中看見與蕾希第二次死亡時同樣的痛苦。這次比較平緩，但依舊哀傷。她討厭看見他被痛苦折磨。那發生過太多次了。

「我至少該道別的。」瓦悄聲說，「他是因爲我才離開蠻橫區……」

「而他，是因爲你給了第二次機會才活下來的。」史特芮絲說。在他直盯著屋頂時，她偷偷地查看了先前閱讀悲傷諮商書籍後所記下的筆記，「這不是你的錯，瓦希黎恩。你要給予偉恩自主性，讓他爲自己做決定。爲了拯救城市，你也會犧牲自己，我們都清楚這點。所以，讓他做相同的決定吧。」

他沉默了一段時間，她則試著——緊張地——揣測他目前的感受。他皺起臉是代表厭煩嗎？還是痛苦？滅絕的，她弄巧成拙了嗎？

「妳是對的，」他柔聲說，眨掉眼中的淚水，「妳是對的，史特芮絲。我需要讓他自己下決定成爲英雄，對吧？和諧啊……他眞的離開了。」

她把筆記本偷偷收回口袋，緊緊靠著他，無視周遭的紛擾。她將一切調暗，就像旋轉舊煤氣燈的轉盤那樣。調暗到只剩下他們兩人。只有他們兩人才重要。

他緊摟著她，深呼吸一口氣，「瑪拉席還是不相信他走了。她覺得他會在好幾個月後又漫步回來，頭上戴著草帽，告訴我們麥威兮聯合的水果飲料有多好喝。但她錯了。這次，一切都結束了。」

「是的，」史特芮絲悄聲說，「他已經走了。但沒有任何事情結束了，瓦。當蕾希死時，你也說了同樣的話。你當時錯了，現在也錯了。你還需要時間才能再次相信，但你可以肯定那一定會發生。」

他緊捏她的手，「妳又說對了。妳怎麼會這麼擅長這些話，史特芮絲？」

「我從偉恩那裡學會的。」

「學會……如何幫助身陷痛苦的人？」

「不，」她抽出她的筆記本，「學會如何作弊。」

瓦希黎恩微笑。這是她在事件過後第一次看見他露出眞誠的微笑。接著他把枴杖交給她，並丟了一枚彈殼在地上。

「噢，」她說，「你覺得這麼做明智嗎？」

「我也許老了，但還沒那麼脆弱。」他抓緊她，「準備好了嗎？」

「隨時隨地。」她感覺到準備起飛的絕妙興奮感，靠向他。

他利用先前在此安裝的一系列金屬構造做爲錨點，將他們推向上方。拂風吹過她的頭髮，急速上升使人精神一振，腳下壯麗的世界變得迷你，直到只剩下他們兩人與藍天。

瓦謹慎地降落在套房外的平臺。在他接回拐杖時，史特芮絲掏出了她的筆記本。

「我想……」瓦說，「我想我會沒事的。」

「很好。」她翻閱著紙頁，「我有一句在這種時刻用的偉恩語錄。」

「什麼？」

「我在想，」她說，「這是一種紀念他的方法。隨時準備幾句備用。這會不會……有點黑暗？這太黑暗了，對不對？我很抱歉。」

「不，」他說，「我的意思是，是有一點沒錯，但他會喜歡的。」

她咧嘴笑，「『喂，』」她說，「『老兄，你帶著女生飛了這麼遠，居然沒有偷捏一把她的屁股？』」

「這是妳剛剛才編的吧。」

她遞出筆記本，展示寫在上面的語句。

「好吧，我的意思是，」瓦說，「我們只能照著他說的做囉。」

「這是榮耀逝者的不二法則。」

他抱緊她，拉近擁吻。她的身形完美服貼在他身上，所有對的地方都緊緊相依。感覺太美妙了——他們就像液體，相互配合，充滿生命，發出光芒。

而且肯定的是，其中也包含了合宜地捏屁股。這讓瓦的好腿失去平衡，差點害他們跌向一邊。他們在意外發生前分開親吻，但依舊緊靠彼此。

「謝謝妳，」瓦耳語，「做妳自己。」

「這是我唯一擅長的事，」她說，「除了朝別人丟牛之外。」

瓦皺眉。

「這是偉恩偶爾會說的話。」她說。

他望向天空，「謝謝你，偉恩。不論你現在身在何處。謝謝你讓我擁有這一切。謝謝你讓我活過來。」

她接著強迫他進房，讓他坐下。不管有沒有上石膏，他都不該把重量放在傷腿上。即便他可以作弊減輕體重也不例外。

不幸的是，凱絲的動作比她預想的快了點，孩子們已經從下盆地的哈姆司莊園回來了。所以瓦明目張膽地違反了醫囑，跪下來一手抱起了麥斯。

「爸爸！」麥斯說，「你成功了！凱絲說你成功了！」

「成功？」他問。

「打敗壞蛋！拯救全世界！」

「我想，」瓦說，「我是兩者都做了一點。不過偉恩幫了很大的忙。」

「學校的珍妮德說，」麥斯繼續，「拯救世界之後，你還會得到女生當作獎勵。但那很笨耶。我又不喜歡女生。」

「什麼？」瓦說，「連媽咪都不喜歡嗎？」

「爸，」麥斯以一種受盡煎熬的誇張語氣說話，就好像這是小男孩所能說出最顯而易見的事實，「媽咪才不是女生，她是媽媽。」

史特芮絲微笑，移動到凱絲身邊。瓦接過小廷朵緊緊抱住，讓她抓住他的鬢角。

「這是給您的，」凱絲小聲說，從手提包裡拿出一封信，「沒多久前寄來的。看起來很重要。」

「謝謝妳。」史特芮絲接過信——上面的收件者是她——注意到前面蓋著總督的蠟封。她立刻恐慌起來。她擔心過這個可能。她也有把可能性寫下來，但這肯定不是……不可能是……。

她扯開信封，雙手因恐懼而顫抖。他現在已正式開除艾達瓦蓀，他會需要一名新副總督。他肯定不會……

親愛的史特芮絲·哈姆司·拉德利安，

我想與您會面，商討由您擔任我們政府中特定職位的可能性。考慮到您在近期的危機中提供了無可計量的協助——

喔，不。喔，不。拜託不要。

——我決定詢問您是否願意接受本城災難預防官的職位。我會在幕僚中提供您的席位，並指派一支行動小組供您差遣，確保本城在各方面都做好充分準備，足以面對各種潛在災難以及相關危機。

煩請盡快回覆您方便的時間，讓我們坐下好好談談。另外，於更個人的層面上，我想對您表達最誠摯的謝意。有許多人讚揚我爲英雄或是果決的領導者。然而若不是您的介入，我肯定兩者都配不上。

災難……預防官？

她眨眨眼。

這……一點也不恐怖。

可能還會很有趣。

瓦把廷朵交還給凱絲，接著一跛一跛走向史特芮絲，一邊點頭應對麥斯長篇大論解說最近正在玩的新彈珠遊戲。瓦越過她的肩膀閱讀信件，然後抓住她的手肘。

「史特芮絲，」他說，「這眞是太棒了。」

「我配不上這職位。」她說，「海嘯的規模遠比我擔心的來得小。」

「我的愛，」瓦說，「妳確實配得上。」

她轉頭注視他的雙眼。

「要是我們不用偉恩語錄，」他柔聲說，「而是用另一種方式來紀念他呢？要是我們決定努力讓自己活得開心呢？妳對此有何感想，拉德利安夫人？」

「我想，拉德利安爵爺，我對此非常、非常贊同。」

她已經可以想像自己爲此所列出的一長串計畫了。

歐琳安卓

爆炸後五天

歐琳安卓一次爬上一階樓梯，腳如鉛塊，腿如爐渣。她駝著背，彷彿鋼條重壓在身上。她沾滿煙灰的衣服上又多了些焦斑，是她行經熔爐時噴出的火星所造成。操作熔爐並不是她的工作——她負責篩選要送去熔化的金屬碎塊。

當她抵達她的小公寓時——在七樓，而且這棟大樓沒有電梯——已經能聽見科聖小姐在大喊。即便已筋疲力竭，歐琳安卓還是加快了腳步。她趕到門前用力推開，房內她的女兒路麗——體型就三歲小孩來說非常嬌小——緊緊躲在毯子裡。又一次充滿恐懼。

「妳怎麼會覺得可以拿牙膏來亂畫？」科聖小姐大叫。她是位於一長串階級鏈中最底部，但又自滿於如刁蠻貴族般對人頤指氣使的女人。她抬頭瞥見歐琳安卓進門，舉起牙膏罐，「妳看看她這次又做什麼了？」

「我很抱歉。」歐琳安卓疲累地說，但還是在路麗跑過來尋求庇護時一把抱起她，「謝謝妳看著她。」

科聖上下打量著她，注意到她的髒臉、亂髮，以及燒焦的衣服，「房租呢？」她質問，「已經過三天了。」

「他以前從來沒遲付過錢。」偉恩，那個謀殺她父親的男人，「我相信他很快就會來了。」

「我需要進行點翻修。」科聖說，「當他來時，也許妳能——」

「謝謝妳，科聖小姐。」歐琳安卓跨向一邊，讓女人有路離開，「妳肯照顧她，眞的幫了我很大的忙。」

女人一哼氣，但還是擠出房門，重踩階梯離去。歐琳安卓緊緊抱住女兒，一瞬間想起自己所做的選擇。就算妳讀的是全市最好的學校，只要欠了錯誤的人債務，一切都不重要。還有妳如此深愛的事物——例如她緊抱的女孩——同時也能讓妳想起自己所犯下的最大錯誤。

她疲倦不堪，但還是把路麗放下，兩人一起拿牙膏在牆上畫畫，直到女孩再次露出笑顏。直到路麗了解錯誤有時也能變成令人驚嘆、著迷、喜愛的事物。需要的只是正確的看法。

門外傳來敲門聲。

歐琳安卓愣住，趕緊用抹布清理雙手。她沒預期會有任何人來訪。鐵鏽的，她幾乎誰也不認識。她在大學裡的所有朋友都已步入婚姻、享有辦公室職位，還有社交晚宴了。她的家人還住在蠻橫區，而她盡力確保他們不知道她發生了什麼事。因爲他們自己的問題也夠多了。

她遲疑地拉開門，看見外面站著兩名男人——一高一矮。她的心立刻沉到谷底。他們是布力克新的收債人嗎？他們通常都在她拿到月薪之後一週才會過來。

「歐琳安卓小姐？」比較矮的男人問，「我是柯爾先生，而這位是達林先生，我們來自於柯爾與兒女會計不動產事務所。我們能進來嗎？有些重要的事情要與妳討論。」

「我還沒有拿到錢，」她趕緊說，「要等發薪水我才能給你們錢。房裡也沒有你們能拿的東西。」

那兩人互看一眼，較矮的男人再次示意。她不情願地讓他們進門。

「如果，」她低聲說，「你們敢傷害我的女兒……」

「我們不是妳所認爲的人。」較高的男人以歡快的語氣說話，他看向塗滿牙膏的牆面，以及破敗的家具，「我們是代表因克林路六六二號的偉恩．泰瑞司氏而來的。」

「喔，」她鬆了一口氣，「是他啊。等一下。他終於學聰明了，不再堅持要親自見我了？」

「他確實是。」高個子把圓頂帽放在櫥檯上。她的表情抽了一下，注意到路麗滴在那裡的蘋果泥。小女孩走過來鑽進她的懷抱，陌生人會讓她很緊張。

「你們怎麼遲到了？」歐琳安卓說，「他總是在每個月第一天付款的。」

高個子咳了一聲，「妳沒聽說嗎？妳……沒有看傳紙嗎？」

「我看起來像是有時間看傳紙嗎？」她問，「如果你們有帶錢來，那就太好了。我正好用得上。但我眞的很需要睡一下，所以……」

「歐琳安卓小姐，」矮個子說，「偉恩先生上週去世了。他的離去非常驚人——那顆炸彈是他引爆的。妳有聽說這件事嗎？」

她在熔煉廠有聽到一些談論，但沒聽見有關他的部分。洪水還有撤離……還有……等等。

「他死了？」她問。

他們點頭。

鐵鏽的。她要有什麼感受？開心嗎？謀殺她父親的人終於死了。她應該要欣喜若狂，對吧？

但她只是感到困惑。確實，還是有一點憤怒。那永遠都會跟隨著她。還有一點點放鬆。但主要是……遺憾。爲發生的事情感到遺憾。爲時不時煎熬她的舊傷感到遺憾。爲錯誤感到遺憾。錯誤並不是每次都能轉變成美好的事物，差得多了。但她能理解錯誤是怎麼發生的。就算是很大的錯誤也是。

高個子在房裡唯一的桌上放下一大本檔案，「我們可以開始了嗎？」他問。

「開始什麼？」她回應。

「歐琳安卓小姐，」矮個子說，「妳是偉恩先生遺產的主要繼承人。」

「那有多少？」她問，「三球口香糖，再加上一張沒付清的酒吧帳單？」

「目前，」高個子說，「是兩千萬盒金——這只是可動用資金——再加上數家重要企業的主要股份，現值至少有一億。」

房間陷入一片沉默，只有路麗吸鼻子的聲音，女孩用歐琳安卓的連身衣來擦鼻子，而歐琳安卓幾乎沒發現。

「你是說……一億兩千萬？」她低語。

「約略如此，取決於市場狀況。」高個子說，「他的投資非常明智——事實上是聰明絕頂，更與所有傳統的投資觀念大相逕庭——並且使用大量的鋁做爲擔保品。事實證明，在六年前，電力、製造業以及能源，正是絕佳的投資標的。」

矮個子替她拉來一張椅子，「請坐，」他柔聲說，「我們有些事要討論。」

「一億兩千萬。」她重複一次，雙眼圓睜，幾乎無法思考。她的債務——來自於失敗的藝術工作室——大約是一萬盒金。

「沒錯，」高個子取出一些紙張，「就我的估計，妳已成爲全城第四富有的人了。」他抬頭，「但提醒妳，裡面有一些保留份。因爲偉恩先生安排了一些其他事項，但那些加起來總共不到五十萬。剩下的……嗯，全都是妳的。」

她沉進椅子中。

矮個子推過來一張紙條。是手寫的，上面沾著什麼痕跡，「他希望給妳這個。」

上面只單純寫著，對不起。

好像那能解釋一切一樣。這一切多到難以承受，她拿起紙條緊緊握在胸前。有了錢，她可以把家人接來依藍戴、解決他們的麻煩，建立起當初他們費盡一切力量將她送進城裡時，她答應要讓他們過上的生活。

路麗抓住卡片，把牙膏沾在上面。

「那些保留份是做什麼的？」歐琳安卓問，「我不是在抱怨。只是好奇。」

兩人互看一眼。

「用在很多事上，」矮個子說，「每一項都很有……個人風格。」

凱西爾

爆炸後三週

倖存者凱西爾喜歡高處。幸好，城市現在已滿是這類地方。

他是少數僅存的幾人，還記得陸沙德的大要塞曾幾何時被視爲高聳、向上伸展了十六又十六呎。然而跟今日城內的摩天大廈相比，那只能算是小巧。這些就是現代化的巨石碑。

凱西爾眼中的世界與以前不同了。他一眼看見凡間，另一眼看見不朽。他的尖刺眼不但將他的魂魄釘在骸骨上，也讓他隨時看見一層藍，讓他以沙賽德的方式認知這個世界。那不只描繪金屬，而是所有事物。構成物質的原質有著內秉的極性，在正確狀況下就能被鋼推所影響。

一眼是神。一眼是普通人。他一直都想這樣看待世界。

他今天站在摩天大廈塔頂，眼前的景象令人讚嘆。他還記得許多年前，第一次飛越迷霧頂端、看見星空時，所感受到的那股喜悅、那股自由。現在，那些星辰多數夜晚都清晰可見。就算有迷霧出現，要找到一棟夠高的大樓也不難，只要登上就能看見全景。眾多星辰。眾多太陽。眾多星球。

每一顆都是潛在的威脅。

一個人影沿著大廈頂端邊緣朝凱西爾走近。和諧身邊並沒有他的黑暗分身，那個近日來時不時會出現的陰影。代表另一個他。

「沼澤會活下來。」沙賽德在凱西爾身旁坐下。如果你不直接盯著他，就幾乎能忽略他無限延伸的本質。

即便他現在已經是神了，沙賽德說話的方式還是跟以前相同。凱西爾不確定這是不是因爲和諧刻意展現出凱西爾熟悉的個性，好讓他放下戒心。又或者這名曾是凱西爾朋友的人，不知如何依舊維持不變。

「沼澤會活下來，」凱西爾感到有趣，「代表我們又有天金了嗎？還是你找到其他方法了？」

「坎得拉在瓦希黎恩毀壞的實驗室裡找到了天金粉塵，」沙賽德說，「看來如果你用特雷金——或，我想巴伐丁金才是眞正的名字——來引爆諧金，副產物中就會有小量的天金。」

「黎金呢？」凱西爾問。

「我很遺憾。在爆炸中全部湮滅了。我們已經測試很多次了。」

該死。又是條死路。

「不管如何，黎金在你身上也不會奏效的。」沙賽德說，「以你現在的狀況沒辦法。」

「不重要，阿沙。」凱西爾說，「我們需要鎔金術師——眞正的鎔金術師，像以前那樣的——來面對即將到來的事。如果我們有足夠的金屬之子，特雷造成的問題根本就不會發生。」

「所以你同意組織做的事？」沙賽德說，「還有他們以創造金屬之子之名犯下的所有惡行？」

他有嗎？很難說。有時候爲了做煎蛋，你得打破幾顆頭顱。他不喜歡組織對無辜人民所做的事，也絕對不會做出這些舉動。但如果需要血金術，這世上總是會有一些與無辜完全相反的人存在。

「你不清楚組織的實驗會導致什麼後果。」沙賽德說，「就算只是純粹想繁殖鎔金術師……也會帶來黑暗，阿凱。靠強迫繁殖來創造完美人類？你不必是泰瑞司人，也能同意這想法有多病態。」

「也許滅絕和存留應該在只把基因遺傳型力量賦與少部分人之前，就先想到這點的。我的目標是將其民主化。從少數人處取走力量，分給大眾。」

最簡單的方法就是黎金，但看來他必須繼續追尋了。不過這讓他對自己抱有希望。黎金無法在他身上生效，而血金術對他現在的狀態也沒有用。那只把他的魂魄與身體固定在一起，沒辦法達成別的事。

一定還有別的方法。他還抱有希望。一如既往，他依舊抱有希望。希望他能再次控制金屬。希望他能再次於空中翱翔。希望他能再次觸碰他在周遭世界所見的金屬。

兩人安靜地坐了一段時間。在他們不定時的會面中，兩人越來越常這麼做。也許是彼此都知道這比爭吵來得好。

「我喜歡高處，」凱西爾終於說，「比我還是凡人時更喜歡。也許我身體還有一部分在怨恨大地，因爲它在那些深坑裡對我做了那些事。也許我只是想離它越遠越好。」他暫停，「靠爆炸來製造天金。我在想，這世上有沒有不造成創傷就能取得天金的方法。」

沙賽德沒有回應。

「你怎麼會讓事情發展到這種地步，阿沙？」凱西爾最終問，「一切差點就結束了。」

「一切都在我掌握中。」

「你才沒有。六年前你對那名執法者做出那種事，他還能行動算你運氣好。另一人是滑行，也是你運氣好。我還是沒搞懂，他在船艙裡是怎麼樣只部分引爆炸彈的。」

「在可以看見未來的人眼中，運氣是另一種東西，我想。」沙賽德柔聲回覆。

「太虛無飄渺了。這次到了最後一刻才被解決。你好幾年前就該阻止特雷了，但你沒有。為什麼？」

沙賽德朝外盯著城市。超越城市。盯著就算凱西爾有神之眼，依舊看不見的東西。

「你保護不了這個世界，阿沙。」凱西爾說，「我們應該面對事實。你身上發生了一些事。」

「在我掌握之中。」

「有嗎？眞的有嗎？」

沙賽德坐在原地，閉著眼睛。該死的，看著他實在讓人暈頭轉向。他表面上是凱西爾的朋友，冷靜的泰瑞司人。但他*不斷延伸*。他不知如何也是他們坐在其上的石材。這座城市。這顆星球。*甚至超越一切*。

然而在他體內有一股黑暗。跟他表現出的外觀截然不同的臉孔。力量並不平衡。滅絕一直以來都比較強。

「你要我怎麼做？」沙賽德問。

「外面有潛在的盟友。」凱西爾說，「也許是月光的世界。或是乙太之地。可惡，甚至是謎所（Mythos）。我們需要有接觸他們的方法。」

「幽界——」

「不可靠，」凱西爾說，「我知道你只能勉強把坎得拉送往寰宇各處，要用那裡來進行大規模運輸是站不住腳的。況且，橫越幽界就像是在不同神的掌心中前進，而我敢保證他們全都想要捏死我們。一定還有更好的方法。」

「你的提議是什麼？」沙賽德問。

「引領我們達到新科技時代。」凱西爾說，「幫我們找出守護自己的方法，也許還能達成更多。自主不斷與她的人民分享他們以電力與工業所能達到的成就，你卻不這麼做。」

「人們應該要自行發現。」沙賽德說，「如果不是這樣，會有隱藏的後果。我們該讓年月進展、成為世紀，讓人類自行找到前往寰宇的道路——」

「不，」凱西爾說，「我們等不了幾世紀了。就連幾十年都太久了。如果你不做些什麼，我們肯定會自行發現新科技——只不過到時會是敵人拿著科技來毀滅我們。引領我們革新吧，阿沙。帶領我們前往新世界。」

「我們抵達的這一個還進展得不夠快嗎？」

「你覺得呢？」凱西爾問，「只要再多幾週，他們就能讓火箭運作了，對不對？他們會把炸彈直直射進依藍戴的心臟、蒸發數百萬人——而且我們當下連可以辦到這種事都渾然不知。嗯，除了你以外的所有人。」

沙賽德低頭，「我會……考慮的。」

「考慮？」凱西爾說，「除非我們能夠對抗外來者，否則一切只會變得更糟。沒錯，他們的軍隊是從幽界撤退了——順帶一提，多虧有我的人幫忙，不客氣——但自主只是在重新整備。

「他們會回來的，而我們必須做好準備。依靠科技。更而甚者，依靠我們最強大的資源。我們需要鎔金術師與藏金術師。有什麼辦法能夠擴展我們金屬之子的數量嗎？他們體內都有種子，對不對？存留的核心？」

「我不知道。」沙賽德低語。

「你在說謊嗎？」

「我對你說過謊嗎，老朋友？」沙賽德睜開眼睛，迎上他的目光，展現眼底深處的浩瀚無垠。

「我，」凱西爾說，「會保護我們的人民。不計代價。拜託告訴我，我不必從你的手中保護他們。」

「這，」沙賽德說，「就完全取決於你了，老朋友。」

拉奈特

爆炸後六個月

拉奈特的蜜月旅行眞是恐怖。充滿了放鬆還有閱讀還有在麥威兮觀光。連一把槍都沒有。她基本上還被禁止畫設計草圖。

「妳最好要很感激我陪妳。」她們的座車接近依藍戴的住處時，她咕噥著告訴賈熙。

「妳明明也喜歡，」賈熙輕戳她的身側，「別故意假裝妳不喜歡。」

「放鬆沒過多久就變得很無聊。」拉奈特再咕噥。

「想想看妳現在有多煥然一新，」賈熙回應，「不必擔心時限或交期，妳的腦子裡充滿了多少新想法！」

「我喜歡時限。」拉奈特說。

賈熙斜眼看她。

「好啦，」拉奈特說，「是不算太糟。幾乎算得上是享受。就算那地方很怪。我眞希望瓦沒發現那裡，那樣也許我們就會去蠻橫區了。」

「去蠻橫區，」賈熙說，「度蜜月。」

拉奈特聳聳肩，「妳才是喜歡那間蠢餐廳的人耶。」

賈熙翻了個白眼，但很奇怪地，汽車沒在家門前下，而是繼續前進。

「等等。」拉奈特轉頭往後看。

「有件東西妳必須看看。」賈熙說。

「該不會是更多『放鬆』吧？我現在的放鬆已經滿到喉嚨眼，覺得隨時都可能全部吐出來。」

「妳眞是太浪漫了。」賈熙摟住她的手臂。

拉奈特一哼氣。她在先前的蜜月途中，特地留意別用這種態度壞了興致。她可是又和善、又享受、又興奮。

好吧。也許沒有興奮。但至少沒有悶悶不樂。大部分時候啦，她也必須承認，南方大陸確實有特別之處。就算目前的緊張情勢變得……嗯，更緊張了。他們一直在討論要對北方人關閉邊境，看來跨國觀光快要結束了。

不論如何，她們現在回到家了。現在該是換她抱怨的時候了。這就是人際關係的運作模式。推與拉。先前是她付出。現在就換她可以要求一點東西。她現在可以……

「那是什麼？」她問。

汽車此時在她的店外停下。這裡原本是一小塊空地上的一小間房——不知爲何擴建成了一小塊空地上的一大間房。

「結婚禮物。」賈熙說。

「妳怎麼可能付得起？」拉奈特推開車門慌忙爬出。

「我沒付。這不是我送的。」

拉奈特回頭看她。

「在……妳知道什麼事情之後。」賈熙解釋，「有幾個人來找我，轉交給我偉恩的錢。他們說，我應該拿這些錢爲妳做些好事，但——指示並不是很明確——只有『不要是低級玩意』。他們建議我改建妳的店。」

拉奈特忍不住露出微笑。她爲自己有多想念偉恩感到訝異。在他學會——令人驚訝，那人居然眞的能學會新東西——不要當個爛人之後，他們眞的成爲了朋友。

當然囉，他是在史上最厲害的爆炸之中離開，所以她感覺沒有那麼糟。如果你要去死，那麼，這肯定是不二選擇。

她還在想辦法要如何取得一些那種爆裂物。用這種威力強大的物質，她可以造出……

「他留了一張字條。」賈熙將字條交給她。

嘿，上面以蠟筆字寫著。這兩個穿套裝的傢伙跟我說我得寫這個，還有對這些玩意做點安排，以防萬一。顯然他們覺得我的工作是「高風險」。我告訴他們，如果他們繼續逼我做這些事，他們的工作也會變成高風險。

但……我想，如果妳正在讀這個。我已經玩完了。被埋起來了。也許被燒了。也許我被吃掉了。我不知道。不管發生什麼事，我希望那都是瑪拉席的錯，因爲她每次都說我害她陷入麻煩，偶爾換她戴一次這頂帽子也不錯。

不論如何……我想說謝謝妳。沒有跟偉恩一起放棄偉恩，妳懂吧？好好享受妳的禮物。造點厲害的東西出來。

「該死，」她雙手叉腰，「我眞的很想念那個小流氓。」

賈熙微笑，倚在她身邊，摟住她的手臂，「拉奈特，剛剛那幾乎算是溫柔了。」

「我是說眞的。我想念他。」她微笑，「我還沒認識哪個人跟他一樣當靶子射起來那麼有趣的。」

宓蘭

爆炸後十九個月

信差輕掠過幽界的黑暗海洋，微微散發光芒。

宓蘭坐在一艘船上，船靠著底艙的某種發光物質維持浮力。船下的黑暗類似於某種液體，比水更加黏稠。那似乎是完全透明的——如果有人滑落下沉，聽說你能看見他們一直墜落，墜落，墜落。

「你知不知道，」宓蘭說，「那些信差到底是什麼？」

「一種授予實體。」她的嚮導說，「可以藉由聯繫在任何地方找到任何人。」

「這……有點讓人不舒服。」

她的嚮導——楊紛——聳了聳肩。她有四隻手臂，皮膚粉白，以及與一對類似爬蟲類的大眼。她的白髮寬扁，就像一片片草葉。朽殆（Sho Del）在外面似乎很罕見，但他們是很棒的嚮導。據說他們有直接通往他們的神的線路。

送來的信封上蓋著「銀光貿易」的字樣。她在裡面找到一張和諧捎來的訊息。簡短、切題、充滿同情。偉恩阻止了對城市發動的攻擊。並因此而死。

她停止呼吸，發覺自己在顫抖。

她知道自己不會再見到他了。但這種結局？她想要他找到其他人。爲了他好。如果誠實以對，也是爲了她自己好。因爲他令她忘記了自己是誰。因爲跟他在一起，世界是如此有趣，以致她忘了什麼才是明智的。

死了？他……

這本該只是玩玩的。她實在太不會長生不老了。她摺起信件，小心地收進外套內。

「壞消息嗎？」楊紛問，輕輕划槳帶她們越過無限延伸的黑暗。

「是的。」她低聲說。

「妳想延後靠岸嗎？」

宓蘭轉頭。前方有著陸地。還有亮光，比這個奇異地方的冷火更加鮮活。陸上擠著數以百計的人，穿著奇裝異服，其中許多人長著特殊的紅髮。迷失在此地。

這就是她的任務。拯救這些人。

「不，」宓蘭站起身，「我在此地有工作要做。」

畢竟，她能夠重建、重塑，還有重生她的心。這是她的同胞的特長。

瓦希黎恩

爆炸後兩年

委託建造偉恩的雕像時，最困難的一點就是要決定讓他戴什麼帽子。到頭來，答案顯而易見——他們把帽子做成可更換式的。

這就是爲何現在瓦與史特芮絲站在與偉恩驚人相似的青銅像前，它還戴著一頂可取下的青銅版本幸運帽。它的體積大過眞人，臉上掛著頑皮的微笑，一手向前伸出。這個動作八成是因爲可以偷扒別人的口袋，但一般人只會覺得他正在伸手助人。

他們決定應該要每年更換一次帽子，讓雕像有點新鮮感，更加有趣。雕像還沒正式公開，但藝術家同意讓瓦與史特芮絲先來參觀。雕像外圍有圍籬，將在依藍戴市中心重生之野散步的民眾們隔絕在外。世界重生後，人們便是從此處的小丘內初次回到地表。

昇華戰士與末代帝王的雕像在前方一小段距離之外，如果偉恩還活著，他可以從此處時不時拿小石頭丟中他們的後腦。感覺很適合他。

史特芮絲蹲下閱讀銘刻。

「『你天生就是要來幫助人的，』」她唸著，注意到接近底部還寫著第二條較小的銘刻。她也讀了那一句，令瓦的表情縮了一下。

「『從來沒有哪個男人後悔抖了太多下，』」她說，「『但我敢說每個男人肯定都有後悔過少抖了一下。』我真不敢相信你用了這句話。」

「底下的銘牌是可以移動的，」瓦趕緊說，「我們也會定時更換。但……嗯，他確實說過要用這句話。」

她站起身搖搖頭，但他看得出來，她已經在想，這裡會很適合放那些她記下的偉恩語錄。

瓦保持站姿，抬頭看著他朋友的容貌。幽暗的傷痛仍在。一直都會在。但瓦有好好地過自己的生活。他、史特芮絲，還有孩子們正準備再次造訪蠻橫區。這是趟政治旅行，目的是要爲他們的主張需求支持，讓蠻橫區在目前盆地樣貌變換的時期正式成爲省分。

這兩年來的努力，終於弭平了內戰的風險。盆地內的各城市終於在成爲聯邦國家的路上有了眞正的進展。下一步就是蠻橫區。那裡有些人想要獨立建國，他希望能夠說服他們，團結一致會更好。

圍籬的大門傳來關門聲響。沒過多久，瑪拉席來到了雕像前，頭戴著偉恩眞正的幸運帽。偉恩把帽子留給了她。他們被告知這是最後才添加到遺囑上的。一開始，瓦以爲沒有特定的物品是要交給他的。但接著，有些東西開始……出現了。

他把最近才收到的物品舉起給瑪拉席看。

「被解剖的青蛙？」瑪拉席問。

「被製成了標本。」瓦說，「今天早上在我的外套口袋發現的。還有一張道歉字條。似乎指示上是說要放活的青蛙，但他們實在沒辦法說服自己那麼做。」

「你最後有找出他是付錢叫誰做這些事嗎？」瑪拉席抓起青蛙的一條腿問。

「我猜是那些負責管理他資產的人。」瓦說，「因爲字條很禮貌又充滿歉意，我不忍心與他們正面對質。」

「你該讓這持續下去。」史特芮絲說。

他皺起眉，她向他走近，「妳不覺得很噁心嗎？上次是半個三明治呢。」

「當然很噁心。」她說，「但……好吧，這顯示了偉恩能夠精心規劃，我們應該要鼓勵這種特質。」

「他已經死了。」瑪拉席指出。

「那麼，我們應該要尊重他的意願。」史特芮絲說。

瑪拉席打量著青蛙，「人們常說送禮時，心意才最是重要的。所以……嗯……我們對此該怎麼解讀？」

瓦嘆氣，「我確定他們很快就會把清單上的東西送完了。」

兩個女人都盯著他。

「你真的認識偉恩嗎？」瑪拉席問，「他一生中有哪一次玩笑是見好就收的？」

這……說得有道理。而且基於他們所得知偉恩驚人的財務狀況，他的錢可以讓這個玩笑持續很久、很久。還有，嗯，像青蛙這種東西有點惱人。也有點可愛。兩者皆是。

就跟偉恩一樣。

「妳準備好出發了嗎，瑪拉席？」史特芮絲問。

瑪拉席表情一凜，「身體上？沒錯，我們打包好了。但心理上？情緒上？」

「妳會做得很好的。」史特芮絲說，「妳會是該死的盆地有史以來最鐵鏽讚的大使！」

瑪拉席歪頭。

「考慮到所在的地點，」史特芮絲解釋，抬頭望向偉恩的雕像，「所以我用了對應的尊重語氣。」

「她說得對。」瓦告訴瑪拉席，「妳就是我們所需要的人。盆地女性，伴侶是麥威兮人；著名的公僕，行事紀錄公正又嚴明。南方國家的領導人們會聽進妳的話的。」

瑪拉席點頭，表情果決。

「但說實話，」瓦延伸話題，「我有點驚訝妳會放下警務工作。我有一部分以爲妳永遠都不會離開。這是妳的夢想。」

「不，」她說，「我的夢想是做更多事。一直以來都是。」

「我想妳身爲大使，確實可以做到這點。」瓦說。

瑪拉席微笑，雙手抱胸。他很高興看見她近來如此有自信的樣子。

「妳在計劃什麼。」瓦突然感到有趣，「是什麼呢，瑪拉席？」

「我不久前察覺我有些想做的事。我想完成一些事，」瑪拉席說，「但我需要尚未具備的經驗。我想擔任大使會有所幫助。」

瓦聞言皺起眉，試著弄清楚她的意思。但在他能繼續追問之前，史特芮絲說話了。

「希望妳能夠稍微安撫緊張情勢。」她說，「如果有任何人能夠讓他們再次開放與我們之間的貿易，肯定非妳莫屬。」

他情感上同意這點。瓦不在那場會議上，並沒有親眼見到悼環被取出，以及發現已被抽乾的經過，但他感覺這是個圈套。不幸的是，自爆炸事件後，兩方的關係就變得越發緊繃。盆地認爲悼環被不合理地奪去了，而麥威兮則是主張盆地考慮使用悼環這件事就是侵略之舉。

然而悼環僅是個標誌。只是更大規模衝突的一部分。麥威兮中有一群新的人——目前掌控他們聯合的那些人——不斷放話說北方的災難在過去幾世紀以來造成了他們如此多的苦難，並且警告這些炸彈只是下一步。他們將北方視爲混亂、無法預測的存在。

麥威兮聯合聽從於這群人，已經禁止了旅遊，甚至是大多數跨大陸之間的貿易。更重要的是，他們禁止將任何諧金轉交予北方所用。

沒有諧金就代表沒有飛船。也沒有授予炸彈，但其實特雷金才是這裝置中更罕見的物質。不幸的是，盆地兩種金屬的存量都足以造成危險。即便他大力反對，盆地還是已經在利用這些庫存進行開發武器的實驗了。

他們已進入新的紀元。戰爭是史特芮絲花時間準備應對的主要災難之一。不會到這個地步的。希望如此。如果他能弄清楚是誰抽乾了悼環……

別繼續往那條路走，他心想。

但如果他不問這些問題，他還是誰？執法者？父親？議員？

問題也是他的一部分。他只是希望自己能確知這些是自己的選擇。不過，在思考時——他的舊直覺自行運作——他察覺自己也許搞清楚瑪拉席在計劃什麼了。從她回頭望向附近草皮上的政治標語來判斷，還有她策略性地選擇接受了這麼高重要性的職位。

他說她需要經驗。也許是談判。安撫人心。嘗試讓人和平共處……

「鐵鏽的，」他指向她，「妳在計劃要當總督。」

她因這個聲明跳了起來。接著臉紅。接著她抬起下巴，點了點頭。

瓦看向史特芮絲，她正在微笑，「妳知道嗎？」

「她需要有人幫忙規劃。」史特芮絲說，「能不能分享這個祕密不是由我決定。」

「我需要眞的下決心，」瑪拉席說，「需要更了解我自己，瓦。我需要經驗。我需要知道我是否擅長這類型的工作。不過……你說得沒錯。」

啊哈。

「在目睹和學到一切後，」她說，「我發現自己不滿足於警察的工作。我需要擁有改變現狀的能力。真正改變現狀。」她望向他，「你會覺得我很傻嗎？我年輕時，有很多年都以為我得接受進入政壇的訓練。我逃離了，但現在……」

他們四目相對，而她似乎第一次察覺自己正在說的話。還有她說話的對象。沒錯，他能理解這種感覺。他對她點頭，再次望向偉恩銘牌上的語句。他所說過的那句話，已經是好幾年前的事了。你天生就是要來幫助人的。

另外一名人影接近，身穿黑長袍與兜帽。他走到他們身旁，透過尖刺雙眼觀看偉恩的雕像。

「看起來很好。」死神說。

「你是怎麼……」史特芮絲問，「在不引人注意的狀況下行動的？」

「情緒鎔金術。」他心不在焉地說。

「你看起來好多了，」瑪拉席說，「療法奏效了。」

「謝謝妳。」他回覆，「我寧願不要親嚐自己帶給別人的結局。看來我近日還不會遭受如此下場。」他轉身看瓦，「你好，兄弟。」

瓦感覺到自己插著尖刺的腹部。雖然他確認過被坎得拉或死神以「兄弟」相稱不代表他就會長生不老，這還是讓他不太舒服。他已是非常令人不安的族群中的一員。被穿刺者。

「我在考慮移掉尖刺。」瓦說。

「如果你希望的話，我會協助你，」死神說，「但不是所有尖刺都能移除。我差點就失去了一根會導致我死亡的尖刺，還是很驚訝我居然倖存了下來。」

「也許是血統的關係吧。」

「也許是吧。」他猶豫，「和諧要我替他致意。」

因爲尖刺，神現在能直接在瓦的腦中說話。但他——在瓦的要求下——絕不會這麼做，除非瓦要求。他說他連看都不會看。

不過，這支尖刺還是延續著同樣的問題。瓦是誰？父親、執法者、議員？還是三者皆非？就算過了這麼多年，他心中有一部分依舊在擔憂，自己其實是完全不同的身分。只是一顆棋子。

「鐵眼？」瑪拉席問，「偉恩……眞的走了嗎？就是……我們眞的百分之百確定嗎？」

死神微笑，「我沒有遇見他的魂魄，瑪拉席。只有沙賽德偶爾授予我他的力量時，我才會那麼做。我想，他喜歡讓我眞的能夠做出人們決定替我編的故事中的舉動。這是……他的風格。

「不論如何，我並沒有在偉恩離去時見到他。是和諧親自與他會面的。沒錯，你們的朋友已經離開了。」他朝雕像點點頭，「相似地驚人……紋的雕像是後來經過干涉後才修正的。但這一座一開始就很完美。」

死神對他們點頭，接著交給瓦一張字條，隨後離開。瓦並不相信他使用情緒鎔金術來潛行的解釋。這裡面還有其他祕密。

他翻過死神給他的紙卡。是和諧寄給他的。

我聽說你，瓦希黎恩．拉德利安，正被煩憂困擾著。我以構成全身上下的精質與原質承諾，向你保證一件事。我在此宣布。

沒有人在移動你。

你的人生是你自己的。

因爲我的緣故導致你有不同想法，我在此向你致上誠摯的歉意。

瓦拿著卡片很長一段時間，接著將之收入口袋。他牽起史特芮絲的手，抬頭望向雕像。

他是誰？他心想……嗯，也許他想成爲誰都可以。他沒有被強迫選擇任何一個角色——身爲其中一名角色，不代表他就不能同時當其他角色。他一直犯下這個錯誤，但此時此刻他決定不再犯了。而是去聆聽他的妻子、他自己的心聲，還有和諧本尊。

父親、執法者、議員。他可以三者皆是。甚至更多。

只要他繼續幫助人就好。

（迷霧之子・執法鎔金全系列　完）

鎔金祕典（ARS ARCANUM）

金屬能力快速對照表（Metals Quick-Reference Chart）

金屬	鎔金術能力	藏金術能力	血金術
鐵 Iron	拉引附近的金屬	儲存體重	竊取力氣
鋼 Steel	鋼推附近的金屬	儲存速度	竊取肢體鎔金術
錫 Tin	增強感官	儲存感官	竊取感官
白鑞 Pewter	增強肢體力量	儲存力氣	竊取肢體藏金術
鋅 Zinc	煽動（鼓譟）情緒	儲存心智（思考）速度	竊取情緒強韌度
黃銅 Brass	安撫（抑制）情緒	儲存溫暖（溫度）	竊取意識藏金術
紅銅 Copper	隱藏鎔金脈動	儲存記憶	竊取心智強韌度
青銅 Bronze	顯示（聽到）鎔金脈動	儲存清醒	竊取心智鎔金術
鎘 Cadmium	減緩時間	儲存呼吸	竊取時間鎔金術
彎管合金 Bendalloy	加快時間	儲存營養	竊取靈魂藏金術
金 Gold	看到自己的過去	儲存健康	竊取混合藏金術
電金 Electrum	看到自己的未來	儲存決心	竊取增強鎔金術
鉻 Chromium	清空目標鎔金術師體內所有金屬存量	儲存運氣	或許能竊取命運
鎳鉻 Nicrosil	燒盡鎔金術師正在使用的金屬	儲存授予	竊取授予
鋁 Aluminum	消除自身體內所有金屬存量	儲存身分	移除所有力量

鎔金祕典（ARS ARCANUM）

金屬能力快速對照表（Metals Quick-Reference Chart）

金屬	鎔金術能力	藏金術能力	血金術
硬鋁 Duralumin	增強下一個燃燒的金屬能力	儲存聯繫	竊取聯繫與身分

神金（God Metals）

金屬	鎔金術能力	藏金術能力	血金術
天金 Atium	看見他人的未來	儲存年輕	竊取任意力量（鎔金術、藏金術等
黎金 Lerasium	賦與所有鎔金術能力	未知	竊取所有人體能力
諧金 Harmonium	未知	未知	未知
特雷金 Trellium	未知	未知	未知

注：右頁列表外部金屬爲斜體，推力金屬爲粗體

■名詞解釋

鋁（Aluminum）：燃燒鋁的鎔金術師會立刻消化掉體內所有金屬，毫無其他作用，同時消滅所有存量。可以燃燒鋁的迷霧人被稱為鋁蟲（Aluminum Gnat），因為這個能力本身毫不重要。真我（Trueself）藏金術師可以將他們身分的靈魂意念轉移到鋁的金屬意識中。這個能力鮮少在泰瑞司族群以外被提起，即使是泰瑞司人也不甚了解這個能力。鋁本身跟其中幾樣合金不受鎔金術影響，無法被推或拉，同時也可以用來保護個人不受情緒鎔金術影響。

彎管合金（Bendalloy）：滑行（Slider）迷霧人燃燒彎管合金可以在一定圈子中壓縮周圍的時間，讓圈子裡的時間過得更快。從滑行的角度看來，圈子外的事物會以極為緩慢的速度進行。吞蝕（Subsumer）藏金術師可以在彎管合金金屬意識中儲存養分與卡路里，在儲存時可以吃下大量的食物，不會感覺到飽或增加體重，而在使用金屬意識時便可以不需要進食。另一種彎管合金金屬意識則可以被用來調節液體需求。

黃銅（Brass）：安撫者（Smoother）迷霧人燃燒黃銅可以安撫（抑制）周遭人的情緒，可以針對單一個體或大範圍使用，同時安撫者可以針對單一情緒調整。火靈（Firesoul）藏金術師可以在黃銅金屬意識中儲存溫暖，在儲存的同時可以降低體溫，之後可以汲取金屬意識中的存量來讓自己溫暖。

青銅（Bronze）：搜尋者（Seeker）迷霧人可以燃燒青銅來「聽到」其他鎔金術師在燃燒金屬時散發的金屬脈動。不同的金屬有不同的脈動。哨兵（Sentry）藏金術師可在青銅金屬意識中儲存清醒，在儲存時會打瞌睡，之後可以汲取金屬意識來減低睡意或增強腦力。

鎘（Cadmium）：脈動（Pulser）迷霧人可以燃燒鎘來延緩自己周圍的時間流逝，讓時間過得比外面還慢。從脈動的角度看起來，外面的事件將會變成一片模糊。喘息（Gasper）藏金術師可以在鎘金屬意識中儲存呼吸。在儲存過程中，他們必須急促呼吸，好讓身體仍能擁有足夠的空氣，之後可以再取出呼吸，讓肺部不需要或減少對空氣的需求，同時也可以大量補充血液中的含氧量。

鉻（Chromium）：燃燒鉻的水蛭（Leecher）迷霧人在碰觸另一名鎔金術師時，可以清空該鎔金術師的所有金屬存量。旋轉（Spinner）藏金術師可在鉻金屬意識中儲存運氣，在一段十分不順的儲存過程後可汲取，增加好運。

紅銅：紅銅雲（Coppercloud，又稱煙陣Smoker）迷霧人可以燃燒紅銅，在自己周圍創造出隱形雲，讓附近的所有鎔金術師不被搜尋者發現，同時也可以讓周圍的人不受情緒鎔金術影響。庫藏（Archivist）藏金術師可以在紅銅金屬意識中儲存記憶，在儲存時，記憶從意識中消失，之後可以被完美地取出。

硬鋁（Duralumin）：燃燒硬鋁的迷霧之子可以立刻燃燒掉其他所有正在同時燃燒的金屬，釋放極大的總體金屬力量。燃燒硬鋁的迷霧人被稱爲硬鋁蟲（Duralumin Gnats）——因爲這個能力對其本身毫無用處。聯繫（Connecter）藏金術師可以在硬鋁金屬意識中儲存靈魂聯繫感，在儲存時降低他人對自我的意識跟友誼，之後取用時可以快速、立即與其他人建立起信任的關係。

電金（Electrum）：預言師（Oracle）迷霧人燃燒電金可以看到他們未來的可能道路，這通常限於幾秒鐘。頂峰（Pinnacle）藏金術師可以在電金金屬意識中儲存決心，在儲存過程中會進入憂鬱狀態，使用時則進入狂熱階段。

金（Gold）：命師（Augur）迷霧人燃燒金時可以看到過去的自己，或是做出不同選擇後的自己。製血者（Bloodmaker）藏金術師可以在金的金屬意識中儲存健康，在儲存時會減低健康狀態，之後使用時可快速癒合，或是超越身體正常癒合能力。

鐵（Iron）：扯手（Lurcher）迷霧人燃燒鐵時可以拉引附近金屬，但拉引必須是朝扯手的重心方向。掠影（Skimmer）藏金術師可以在鐵金屬意識中儲存體重，在儲存當下會減輕體重，使用時可以增強體重。

鎳鉻（Nicrosil）：鎳爆（Nicroburst）迷霧人在燃燒鎳鉻時如果碰觸另一名鎔金術師，將會立刻燒盡該鎔金術師正在使用的金屬，同時在對方體內釋放極大、甚至是出其意料之外的巨量金屬能力。承魂（Soulbearer）藏金術師可在鎳鉻金屬意識中儲存授予（Investiture）。這是少有人知的能力，我確信泰瑞司人在使用這些力量時，並不眞正了解他們在做什麼。

白鑞（Pewter）：白鑞臂（Pewterarm，又名打手Thug）迷霧人在燃燒白鑞時可增加力氣、速度、耐力，同時增強身體癒合的能力。蠻力（Brute）藏金術師可以在白鑞金屬意識中儲存肢體力量，在儲存時力氣會變小，之後使用時可增加力氣。

鋼（Steel）：射幣（Coinshot）迷霧人在燃燒鋼時可鋼推附近的金屬，鋼推必須直接推離射幣的重心。鋼奔（Steelrunner）藏金術師可以在鋼的金屬意識中儲存速度，儲存時動作會變得緩慢，之後使用時可增加速度。

錫（Tin）：錫眼（Tineye）迷霧人燃燒錫時會增加五感的敏銳度，並且是五感同時增加。風語（Windwhisperer）藏金術師可將五感之一的敏銳度存在錫金屬意識中，不同的感官必須使用不同的金屬意識來儲存。儲存過程中，該感官的敏銳度會降低，而使用時則會提高。

鋅（Zin）：煽動者（Rioter）迷霧人在燃燒鋅時可煽動（鼓譟）附近的人的情緒，可以針對單一個人或大範圍的人群，煽動者同時可以操控特定的情緒。星火（Sparker）藏金術師可在鋅的金屬意識中儲存心智思考速度，儲存過程中會減緩思考與推理能力，使用時則可增加思考與推理速度。

論三大金屬技藝

在司卡德利亞，「授予」（Investiture）以三種主要方式展現。當地人稱之爲金屬技藝，但同時亦有別名。

三者中，最常見的爲**鎔金術**（Allomancy）。根據我的定義，我稱之爲正值（end-positive），意思是使用者從外在來源汲取力量，然後身體將力量消化成不同的形態——力量實際展現方式非施用者所能選擇，而是刻印於其靈網（Spiritweb）上。汲取力量的關鍵來自於不同金屬，同時必須是特定成分的金屬。雖然在過程中金屬本身會被消化，但力量並非來自於金屬，可以說金屬只是觸媒，啓動授予，同時維持授予的進行。

事實上，這與賽耳（Sel）上以型態爲主的授予並無太大差別，該處的規則是需要依靠特定的形狀，只是這裡的互動更爲受限。然而，鎔金術所帶來的純粹力量是無可否認的，對於施用者而言，可依靠直觀且直覺的方式使用，而賽耳型態爲主的授予則需要經過許多的研究與精準操作。

鎔金術暴力、原始、強大。基本金屬有十六種，但另外兩種金屬，當地稱爲「神金」（God Metals），又可各自製作出十六種不同的合金，但由於神金已經難以取得，因此其他的合金鮮少被使用。

司卡德利亞於此時，**藏金術**（Feruchemy）依舊廣爲人知且廣泛使用，可以說和過去藏金術只出現於遙遠的泰瑞司或被守護者隱藏的情況相比，如今要來得普遍得多。

藏金術屬於平值（end-neutral）的技藝，意思是該力量並非透過從外界得到，亦不會失去。該技藝同樣需要金屬做爲載體，但金屬並非被吞食，而是當作媒介，可將施用者本身的能力進行時空轉移，今天投資，改天取用。該技藝觸及的範圍相當全面，觸角延伸至肢體（Physical）、意識（Cognitive），甚至靈魂（Spiritual）三大層面。最後一方面的能力正由泰瑞司族群進行密集的實驗，且從不對外人提起。

值得一提的是，藏金術師與一般人的混血造成該力量大幅度地被稀釋，如今有更多人僅能使用十六種藏金術之一。有人推論如果能以神金的合金製造出金屬意識，還可以發現不同的能力。

血金術（Hemalurgy）於現代司卡德利亞上幾乎無人知曉，其祕密被度過世界重生的人嚴格守護，目前所知唯一的使用者是坎得拉，該族（大多數）侍奉和諧。

血金術爲負值（end-negative）的技藝，使用過程中會失去某些力量。雖然歷史上許多人都將其誤解爲「邪法」，但其實該授予並不邪惡。血金術的本質是將一個人身上的能力或特質轉移到另一人身上，主要與靈魂界有關，是我最有興趣的技藝。如果要說寰宇（Cosmere）之中的人們對三者有哪一項是特別關注，那必定是血金術。我認爲血金術的使用方式，仍有相當大的開拓空間。

雙技藝合成

在司卡德利亞的世界裡，的確有人天生便有鎔金術和藏金術兩種技藝。這也是近來我特別感興趣的一個主題，想想兩種不同的授予結合在一起，所碰撞出來的奇妙火花，我爲此摩拳擦掌，迫不及待。我們只需要看看羅沙（Roshar）所看見的兩種力量合成展現的威力，那是一種化學般的反應——兩種元素結合，產出另一種全新的新物質。

在司卡德利亞裡，同時擁有鎔金術和藏金術的人，叫作「雙生師」，只是這裡的雙生師的力量，比起羅沙的兩種封波術的結合稍加遜色一些。但我相信每種獨特的組合都是獨一無二，重點不在兩種技藝的組合，而是兩種技藝……所爆發出來的威力。這需要更多的挖掘和探索。

對那些研究意圖與聯繫的祕法學家來說，考慮到司卡德利亞上尖刺與血金術的本質，此處還有更加奇異的狀況。經過漫長的努力，我終於得以訪問沼澤，他在司卡德利亞上也被稱爲「鐵眼」。（順帶一提，他的形象意義是如何擴散到其他世界的，這點令人好奇。只是單純的流言蜚語，還是有其他更加超自然的原因？）

在力所能及的範圍內，我已確認他能夠使用複合術來延長生命。他談到一些過去的事物，例如血金術劣化，以及承擔這麼多尖刺會對身體所造成的負擔。在他的時代，審判者每天需要睡上許多小時，《創始之書》說那是因爲他們要儲存健康，但沼澤暗示了比表面原因來得更加深層的理由。我假定是因爲他們恐怖的形體變化對於魂魄施加了沉重的負擔，這就是其中一部分副作用。

然而，現代人的魂魄似乎會抗拒這種程度的尖刺。這還需要深入研究，但我相信理由是因爲在目前稱作和諧的雙重載體中，滅絕的天性被存留壓制住了。古代所能達到的魂魄腐化程度在現代已不復存在；如果被插入過多尖刺，魂魄會停止獲得新能力。沼澤並不認爲這是和諧有意爲之的。誠然，我認爲這甚至已超出了碎神意識可控的範圍。

反之，我認爲這是魂魄（讀作：人類天生受到授予的部分）的天性，以及它們與寰宇之間的平衡。在古代，滅絕對司卡德利亞的現實結構施加了強大的壓力，並以各種可能的方法滲入靈網。這導致靈魂更容易劣化，因此能接受過多數量的尖刺，並使接受者必須承載超乎合理範圍的負擔。

不論如何，最終的結果就是在毫無外部干涉下，目前單人可承受的尖刺數量是有限制的。以及更關鍵的是，血金術在現代似乎是無法造出複合術能力。對那些關注血金術及其（據稱）會對整體寰宇造成危險性的人來說，這項祕密的原因爲何，以及要如何繞過限制，都必定是最需要被重視的一點。

中英名詞對照表

A

A Sport of Spirits 精神競技
Abrem 艾伯瑞
Abrigain 雅布禮更
Adamus Street 亞達莫斯街
Adawathwyn 艾達瓦蓀
Adonalsium 雅多納西
Aether 乙太
Aetherbound 乙太束使
Ahlstrom Tower 阿爾斯托塔
Alendel 阿藍代
Alendi 艾蘭迪
Alernath 亞勒納斯
Allik Neverfar
亞利克・奈弗發
Allomancer Jak / Gentleman Jak
鎔金賈克／紳士賈克
Allomancer 鎔金術師
Allomancy 鎔金術
Allomantic Agreement
鎔金術協議
Allri 亞爾里
Allriandre 歐琳安卓
Allrianne Ladrian
奧瑞安妮・拉德利安
Alluminum 鋁
Alonoe 艾隆諾
Aluminum Gnats 鋁蟲
Aluminum 鋁
Ambersairs 安博薩
Ancient 上古尊者
Annarel 安娜芮
Antevendent 上古
Ape Manton 艾普・曼頓
Aradel 亞拉戴爾
Aramine 亞拉敏
Arbitan 奧比坦
Arcane Device 祕法裝置
Arcanist 祕法學家
Archivist 庫藏
Armal Harms 愛爾瑪・哈姆司
Array 陣列
Ascendant Warrior 昇華戰士
Ascendant's Field 昇華之野
Ascended 昇華
Ashmounts 灰山
Ashweather Carriage and Coach
灰燼之境公共馬車場
Asinthew 亞辛修
Ati 雅提
Atium 天金
Augur 命師
Augustin Tekiel
奧古司丁・太齊爾
Aunt Gin 琴姨
Ausdenec 歐斯丹奈克
Autonomy 自主
Aving Cett 亞凡・塞特
Awake 識喚
Axi 原質

B

B. Sablerfils B・賽伯勒菲斯
Bands of Mourning
哀悼之環（悼環）

Barl 巴爾
Barriangtons 巴靈頓
Basin 盆地
Basin Bill Tours
盆地比爾旅行社
Basin Bill 灣森・比爾
Basin Tires 盆地輪胎公司
Bastien Severington
貝斯汀・賽弗里頓
Bastion Rifle 堡壘步槍
Bauxite 鋁土礦
Bavadin 巴伐丁
Baz-Kor 巴茲寇爾
Bearers of the Contract
契約承擔者
Beast of Belmon Couture
貝爾蒙時裝之獸
Beldre 貝爾黛
Beliefs Reborn 〈信仰重生〉
Bendalloy 彎管合金
Beyond 彼端
Big Gun 巨槍
Biggle Way 畢苟路
Bilming 比爾敏
Bilmy 彼敏
Bismuth 鉍
Bjendal 畢延朵
Blantach 布蘭塔
Blatant Barm 跋扈巴姆
Bleaker 布力克
Bleeder 索血者
Blessings 祝福
Blinker 阿眨
Blome 布洛梅
Bloodmaker 製血者
Bloody Tan 血腥譚
Blossom Way 綻放路
Bonnweather Way 波昂維德路
Bookers 布克斯
Boris Brothers 包里斯兄弟
Bourton District 波頓區
Boxing 盒金
Brass 黃銅
Breaknaught 防破號
Breeze 微風
Bren 布倫
Brettin 布列廷
Broadsheets 傳紙
Bronze 青銅
Brunstell 布朗史坦爾號
Brute 蠻力
Buissonomme 比索諾姆
Burl 伯爾
Burlow 老布羅

C

Caberel 卡貝瑞兒
Cadmium Misting 鎘霧
Cadmium 鎘
Caldence 可拉登斯月
Cali Hatthew 卡莉・海修
Call and Son and Daughters
Acounting and Estate 柯爾與
兒女會計不動產事務所
Callingfale 卡林菲
Calour Publications
卡羅爾出版社
Canton Avenue 肯湯大道
Captain 大隊長
Carlo's Bend 卡羅彎
Carmet 加枚特
Carmine Feltry 卡麥・菲兒曲

Cassileux 卡西琉
Catacendre 落灰之終
Central Dominance 中央統御區
Cephandrius 賽凡琉斯
Cett 塞特
Channerel Range 郤納瑞爾山脈
Chapaoau 恰寶
Chapmot Heviers
契莫特・海菲爾斯
Charetel 查瑞特
Chip 齊普
Chip Erikell 祺浦・艾瑞凱
Choc 巧克
Choc-O-Tonic 巧克通寧
Chromium 鉻
Church of the Survivor
倖存者教堂
Chuta 芻塔
Cimines 席邁斯
Citizen Migistrates 公僕
City of Demoux 德穆城
Cladence 可拉登斯
Clarvonne's Theater 克萊翁劇院
Claude Aradel 克勞德・亞拉戴爾
Clips 夾幣
Clotide 克羅泰德
Club 歪腳
Cob 考伯
Cobblesguilder 圓石會
Codenames Are Stupid
(Codenames) 代號有夠蠢
（代號）
Cognitive Realm 意識界
Cognitive Shadow 意識之影
Cognitive 意識
Coinshot 射幣
Command 指令
Community 社群
Compass of Spirits 靈魂羅盤
Compounder 複合師
Compunding 複合
Connection/Connected/Connector
聯繫
Consciousness 神智
Conservation of Momentum
動量守恆定律
Constable-General 總隊長
Coolerim 庫樂瑞廳
Copper 紅銅
Copper Gate Hotel 銅關旅館
Coppercloud 紅銅雲
Corbeau Dam 柯爾波水壩
Coriander Court 荽廷
Cosmere 寰宇
Counselor of Gods 神之顧問
Counselor's Cup 顧問的酒杯
Covingtar 柯溫塔
Crasher 撞擊
Crate District 克雷特區
Crushed Blossoms 壓花
Cultivation 培養
Cunning Palace 機敏廣場
Cycle 循環

D

Daal the Primary 基主達奧
Dae-oh 岱歐
Daius 戴尤士
Dalin Cett 達林・塞特
Dampmere Park 丹玫公園
Dark Aether 黑暗乙太
Darkwater 暗水

Darm　達姆
Darriance　達里安斯
Daughnin　道夫尼恩
Daughters　道弗特斯
Days of Ash　灰燼之日
Dazarlomue　答薩落姆
Dean　迪恩
Death　死神
Decan Street　迪坎街
Dechamp　戴札普
Dechane　迪肯納
Deepness　深闇
Demmy　德米
Demoux Promenade　德穆大道
Demoux　德穆
Deniers of Masks　反面具族
Dent　丹
Destra　戴絲卓雅
Destroyer　毀滅者
Devlin Airs　戴弗林・艾爾斯
Devotion　奉獻
Dims　迪姆斯
Dip　迪普
Discord　紛爭
Dlavil　達拉威
Doctor Murnbru　莫布魯博士
Dominance Farmost　至遠統御區
Donal　多拿
Donny　唐尼
Donton　唐同
Dor　鐸
Doriel　多瑞爾
Dorise Chevalle
　朵利絲・切娃兒
Douglas Venture
　道格拉斯・文澤
Dowser Maline　道澤・馬林
Doxil　多西爾
Drapen　佐瑞本
Drawers　佐魯爾
Drenya　綴妮亞
Drewton　祖魯坦
Drifter　漂流者
Drim　祖印
Dryport　乾港
Drypost　乾崗
Dug　道格
Dulouis Building　督路易斯大樓
Dulsing　道爾辛
Dumad　杜馬
Dupon Melstrom　杜那・梅司壯
Duralumin　硬鋁
Duralumin Gnat　硬鋁蟲
Durkel　杜凱爾
Dust's Beach　達斯灘

E

Eastbridge　東橋
Edden Way　伊丹路
Edgard Ladrian
　愛德格・拉德利安
Edwarn Ladrian
　愛德溫・拉德利安
Ekaboron　鈧
Elariel　艾拉瑞爾
Elder Vwafendal / Grandmother V
　弗瓦菲達長老（弗祖母）
Electrum　電金
Elend Venture　依藍德・泛圖爾
Elendel Basin　依藍戴盆地
Elendel　依藍戴
Elendel Daily　《依藍戴日報》

Eliza Marin 愛麗莎・馬汀
Elizandra Dramali
愛麗珊卓・佐馬力
Elmsdel 艾姆戴
Elrao 俄瑞歐
Eltania 艾塔尼亞
Embel 尹貝爾
Embrier 安布瑞爾
End-negative 負值
End-neutral 平值
End-positive 正值
Entrone 恩特隆
Entropy 熵
Erikell 艾瑞凱
Eriola 艾里奧拉
Essence 精質
Essense Mark 精章
Ettmetal 埃金屬（埃金）
Evanoscope 埃諾瓦鏡
Evanotype 埃諾瓦式
Evenstrom Tekiel
伊分史托姆・太齊爾
Excisor 切割盤
Eyes Ree 矮仔瑞
Eyree 哀瑞

F

Faceless Immortals 無相永生者
Fadrex 法德瑞斯
Faleast 法理司特
Faleast Range 法理司特山脈
Fallen 降墮（部族）
Fanlike Acacias 扇形洋槐
Far Dorest 遠多瑞斯特
Faradana 法拉達那
Farmost 至遠
Farnsward Dubs
法恩思華德・度柏斯
Farthing 法爾廷
Father Bin 賓神父
Faula 佛拉
Feder Tower 菲德塔
Feder Way 費德路
Felise Demoux 菲莉絲・迪莫可斯
Feltrel 費特瑞
Ferrings 藏金者／藏金人
Feruchemist 藏金術師
Feruchemy 藏金術
Fetrel 費特瑞
Fialia 費雅莉亞
Field of Rebirth 重生之野
Final Ascension 最後昇華時期
Final Empire 最後帝國
Finete 芬內特街
Fion 費昂
Firefathers 火父
Firemothers 火母
Firesoul 火靈
First Aether 原初乙太
First Contract 初約
First Insurance Bank
第一保險銀行
First who Ascended
第一代昇華者
Flaming Bunny 燃燒小兔兔
Flight of Destiny 命運疾飛
Flog 弗洛格
Florin Malin 弗洛林・馬林
Forch 弗奇
Forgeron 弗吉昂
Fortune 運氣
Franis 法蘭尼斯

Fronks Vif　弗朗克・微夫
Frue　弗露
Fuzz　阿糊

G

Gabria　加布莉雅
Galabris Menthon
　卡拉普里斯・邁通
Garisel　加里歇
Garmet　加枚特
Gasper　喘息
Gave Entrone　蓋夫・恩特隆
Gavil's Carriages　加維馬車行
Gemdwyn　簡德溫
Gemmel　蓋莫爾
Gemmes Millis　蓋梅司・米利司
Geormin　吉爾明
Getruda　葛楚妲
Gilles & Gilles　基爾斯&基爾斯
Glimmering Point Docks
　微光之尖碼頭
Glint　閃光手槍
God Beyond　遠古神
God Metals　神金
Gold　金
Goradel　葛拉道
Gord　郭德
Gorglen　高葛倫
Governor　總督
Grand Motorway　汽車大道
Granger Model 28　葛藍吉28型
Granite Joe　冷血喬
Granks　葛朗克司
Great Being of Metals　金屬商人
Great Catacendre　落灰之終
Gregr　貴葛
Grimes　葛萊姆
Guardian　捍衛者
Gud the Killer　殺手葛德
Guffon Trenchant　古封・特倫長
Guillem Street　奎爾奈街
Guillian　基里恩
Gunsmith　鑄槍師

H

Halex　哈蕾克
Hammond Promenade
　哈姆德人行道
Hammondar　哈姆達
Hammondar Bay　哈姆達灣
Handerwym　含德維
Hanlanaze　漢藍納茲
Harmontide　和諧節
Harmony　和諧
Harmony's Band　和諧之環
Harrisel Hard　哈瑞瑟・哈德
Hathsin　海司辛
Haunted Man　陰陽怪氣男
Hazekiller Round　殺霧者子彈
Hazekiller　殺霧者
Hemalurgy　血金術
Hero of Ages　世紀英雄
Herr　駭爾
Herve　荷弗
Hidden Guard　隱密衛隊
Higgens Effect　海根斯效應
High Imperial　上皇族語
High Lord　上主
Hinston Ladrian
　辛思頓・拉德利安
Hinston　辛思頓
Hoid　霍德

Holiness　聖使
Holy Books　聖書
Homeland　家鄉
Host　主導人
House of Proceeding　參議會
Huanted Man　陰陽怪氣男
Hughes Entrone　休斯・恩特隆
Hunters　獵手（部族）
Hutchen　哈臣

I

Ice Death　冰殲
Icy Ben Oldson
寒冰班・歐德森
Idashwy　艾達胥薇
Identity　身分
Idkwyl Elariel
愛達奎・艾拉瑞爾
Image Projector　投影機
Immerling　艾莫林
Independence Tower　獨立塔
Inis Julien　英毅斯・朱利安
Inkling Lane　因克林路
Inquisitors　審判者
Intent　意旨
Invarian　因伐利安
Invel Gas　因維爾毒氣
Invest / Investiture　授予
Ire　埃瑞
Irich　艾力奇
Iron　鐵
Ironeyes　鐵眼
Irongate River　鐵門河
Ironpuller　鐵拉
Ironspine Building　鐵脊大樓
Ironstand　鐵架鎮
Isabaline Frellia
伊莎貝琳・弗雷力亞
Isaeuc's Bend　伊撒尤斯灣
Ishathon　伊夏森
Island of Alicago　亞力卡果島

J

Jackstom Harms
傑克史東・哈姆司
Jaggenmire　捷根邁爾
Jammi Walls　潔米・沃爾斯
Jamms　詹斯
Jan Ven　楊紛
Jarrington　賈瑞頓
Javie　賈非
Javier DaLeuc　賈維爾・達魯可
Javies　賈非斯
Jaxy (Jax)　賈熙（賈）
Jeffy　傑非
Jendel　君戴爾
Jennid　珍妮德
Johast　強斯特
Jon Deadfinger　死手指約恩
Jone　瓊
Jonnes　瓊斯
Jordis　喬迪絲
Joshin　約辛
Jub Hending　賈伯・亨丁

K

Kaermeron　凱爾麥倫
Kaise　凱艾絲
Kalkis　卡爾奇斯
Kalling　寇靈
Kandra　坎得拉
Kath　凱絲

Kelesina Shores
柯蕾西娜・薛爾絲
Kell 凱爾
Kellen 凱連
Kelsier (Kell) 凱西爾（阿凱）
Kessi 可希
Kesun 凱桑
Kevron's 克佛隆咖啡廳
Key 關鍵
Khriss 克里絲
Kig 克頭
Kim 金
Kip 奇普
Knightbridge District 騎士橋區
Knobs 圓丘貧民窟
Koloss 克羅司
Kredik Shaw 克雷迪克・霄
Krent 克倫特
Kwashim 卡瓦琪
Kyndlip Ternavyl
欽德莉普・特納維

L

Ladrian Mansion 拉德利安宅邸
Ladrian Place 拉德利安廣場
Lady Gadre 嘉德瑞貴女
Lady Hammondes
哈蒙德斯貴女
Lady Mistborn 迷霧之子貴女
Lady Trath 眞相貴女
Lake Luthadel 陸沙德湖
Lake Tyrian 特瑞安湖
Lance of the Fountains 噴泉長矛
Landre 蘭祖兒
Larskpur 拉斯克波
Larsta 拉司達族
Last Emperor 末代帝王
Last Obligator 最後聖務官
Lavont 拉文特
Lawman For Hire 私家執法者
Leecher 水蛭
LeeMar 利瑪
Lekals 勒卡爾
Lemes 勒尼
Lerasium 黎金
Lesan Calour 萊山・卡羅爾
Lessie 蕾希
Lestib Square 雷司提波廣場
Lestibournes 雷司提波恩
Lieutenant 中隊長
Lily 莉莉
Limmi 麗米
Linville & Lyons
林非爾&里昂斯
Lion's Den 獅子窩
Logshine 木輝啤酒
Lone Mesa 孤獨平峰
Longard 隆佳德
Longard Street 隆加德街
Long-necked Horse 長頸馬匹
Longsfollow 隆司法洛
Lord Ruler 統御主
Lord Stanton 史坦敦大人
Lost Doriel 多瑞爾迷地
Lurcher 扯手
Luthadel 陸沙德
Luthadel Square 陸沙德廣場
Lyndip 琳蒂普

M

Macil 瑪西爾
Madam Penfor 潘弗女士

Madion Way　麥迪恩大道
Maelstrom　梅爾暴風
Maindew　邁都
Maksil　馬克西
Malwish　麥威兮人
Malwish Consortium
麥威兮聯合
Maod　馬歐德
Maraga Dulcet　瑪莅賈・杜賽特
Marasi Colms（Mara）
瑪拉席・科姆斯（瑪拉）
Maraya　瑪拉雅
Mare　梅兒
Marewell　梅兒月
Mareweather　馬維瑟
Marewill Flower　梅兒花
Mari Hammondes
瑪莉・哈蒙德斯
Marksman　神射手
Marlie's Waystop　馬爾里小站
Marsh　沼澤
Marthin　瑪心
Master Tellingdwar　泰林瓦教長
Mathingdaw　麥辛朵
Matieu　麥提
Matieu　馬提禺
Maurin　慕林
Maxillium (Max)
麥希黎恩（麥斯）
Medalion　獎章
MeLaan / Milan　宓蘭
Melstrom　梅司壯
Men of Gold and Red　金紅之人
Meprisable's Animal Rendering
麥普力艾伯動物表演館
Merciful Domi　上神慈悲
Mereline　梅若萊
Metal Mutant　金屬異種
Metalblessed　受金屬祝福
Metalborn　金屬之子
Metallic Arts　金屬技藝
Metallurgy　金屬學
Metalmind　金屬意識
Mi'chelle Yomen　蜜雪兒・尤門
Midge　米居
Migs　米格斯
Mikaff　密卡夫
Miklin　米可林
Miles Dagouter　邁爾斯・達古特
Miles Hundredlives　百命邁爾斯
Mirabell　美拉貝爾
Miss Coussaint　科聖小姐
Miss Pink Garter
粉紅吊帶襪小姐
Mistborn　迷霧之子
Mister Coins　錢幣先生
Mister Cravat　領結先生
Mister Daring　達林先生
Mister Smart Man　聰明人先生
Mister Suit　套裝先生
Mistwraith　霧魅
Modicarm　摩迪卡
Moonlight　月光
Morag　莫拉格
Morgothian District　瑪歌區
Mrs. Nock　諾克太太
Mt. Morag　莫拉格山
Mulgrave　莫爾葛瑞芙
Mustache　小鬍子
Mycondwel　麥亢朵
Mythos　謎所

N

Nalthis 納西斯
Nazh 納哲
Nellis 尼利斯街
New Ascendancy 《新昇華報》
New Seran 新瑟藍
Nicelle Sauvage 妮索・索維吉
Nicki Savage (Nicelle)
妮奇・薩瓦奇（妮奇兒）
Nicroburst 鎳爆
Nicrosil 鎳鉻
Nightstreets 夜街幫
Nikolin 尼克林
Nod 諾德
Northern Crescent 北月彎
Northern Roughs 北蠻橫區
Noseball 鼻球
Nouxil 弩西
Noways Joe 末路喬

O

Oaths of a Steward's Pacifism
管家和平誓言
Octant 捌分區
Odium 憎惡
Old Terris 泰瑞司古國
Old Time Pub & Playhouse
老時光酒吧劇場
Olin Tober 歐林・透柏
Oracle 預言師
Origin 初代
Originator 初代人
Originator Tomb 初代人陵墓
Ornisaur 歐霓獸
Ostlin 歐思特林
Outer City 外城
Outer Estates 外城區

P

Paalm 盼舞
Paclo The Dusty 灰兮兮帕可羅
Pars The Deadman 死人帕司
Pashadon Hall 帕夏冬大樓
Path 道教
Pathian 道徒
Pathian Gardens 道徒公園
Pectin-ADE 果膠ADE
Penelope Portreau
珮芮羅珀・波楚
Penfor 潘弗
Perchwither 高枯
Peret The Black 黑手派瑞特
Perpendicularity 垂裂點
Peterus 佩特魯斯
Petrine 珮特琳恩
Pewter 白鑞
Pewterarm 白鑞臂
Pewternauts 海中白鑞
Physical 實體
Pielle Formed 皮勒・佛姆德
Pinnacle 頂峰
Pits of Hathsin 海司辛深坑
Plank Boys 木板兄弟
Preservation 存留
Preservation's Wings
存留的翅膀
Preservers 存留使徒
Primal Aether 原始乙太
Pulser 脈動

R

Raj 拉執
Ralen Place 雷倫廣場
Rame Maldor 瑞姆・莫德
Rancid 藍絲河
Ranette 拉奈特
Rashek 拉刹克
Rashekin 拉刹青
Razal 拉薩爾
Realms 界域
Realmatic Theory 界域理論
Red Rip 紅裂
Red 紅赤
Reddi 瑞迪
ReLuur 雷魯爾
Remin 蕾明
Remmingtel Tarcsel 雷明托・塔索
Replar Innate 瑞普拉爾・英耐特
Reu 雷恩
Rian 屢安
Rick Stranger 里克・史徹吉
Riina 蕊依娜
Riot 煽動
Rioter 煽動者
Riotings 煽亂手槍
Riotiug Parlor 煽動店
River Human 人河
Rose Empire 玫瑰帝國
Roseite 玫瑰岩
Roseweather 玫瑰之境
Roshar 羅沙
Roughs 蠻橫區
Rousseau 魯索
Ruin 滅絕
Ruman 魯曼街
Ruri 路麗
Rusko 魯斯柯
Rust 鐵鏽

S

Sablerfils 賽柏兒菲兒絲
Sanvith Prasanva Maahik（Shri）桑維斯・帕桑瓦・馬希克（穗）
Saze（Sazed） 沙賽德（阿沙）
Scadrial 司卡德利亞
Scary Tree 嚇人樹
Schrib Welfor 薛伯・威佛
Sea of Lennes 勒尼海
Sea of Mists 迷霧之海
Sea of Yomend 尤門海
Seasons 《四季報》
Seeker 搜尋者
Sel 賽耳
Selvest Vif 賽兒費特・微夫
Senate 參議院
Senna 瑟娜
Sentinal of Truth 《眞實哨衛報》
Sentry 哨兵
Sequence 次序
Seran 瑟藍
Seran New District Cemetery 瑟藍新城墓園
Seran Range 瑟藍山脈
Seran River 瑟藍河
Series 系列
Set 組織
Shadesmar 幽界
Shan Wan 杉旺

Shard of Adonalsium 雅多納西的碎片
Shard 碎神／碎力
Shattering 崩碎
Shay-I 珊艾
Shayna 賽娜
Shay-ode 霞歐德
Shewrman 修爾曼
Sho Del 朽殆
Shores Mansion 薛爾絲宅邸
Shri Prasanva (Pras) 穗・帕桑瓦（老帕）
Silajana（Sila） 脩阿亞納（脩阿）
Silverlight 銀光
Sindren 辛德
Sir Squeekins 啾啾爵士
Skaa 司卡
Skimmer 掠影
Skimming 輕掠
Slider 滑行
Slink 史林克
Sliver 魂碎
Sliverism 殘刺教
Smelter's Row 熔鐵場路
Smoker 煙陣
Smoother 安撫者
Smoothing Parlor 安撫店
Somewhere Else 別處
Sons 松斯
Soonie Cubs 迅迅狗玩偶
Soother 安撫者
Soother's Choice 舒和精品
Sophi Tarcsel 蘇菲・塔索
Soulbearer 承魂
Soulstamp 魂印
Southern Crescent 南月彎
Southern Roughs 南蠻橫區
Sovereign 君王
Spanky 阿尻
Sparker 星火
Spear of Red Sun 赤日之矛
Speed Bubble 速度圈
Spin 旋錢
Spinner 旋轉
Spiritual Realm 靈魂界
Spiritweb 靈網
Splinter 裂解
Stagin 史塔金
Stanoux 史坦努斯
Stansel Belt 史坦塞爾區
Stansi 史丹絲
Stanton Way 史坦敦路
Steel 鋼
Steel Bubble 鋼圈
Steel Kitchen 鋼廚
Steel Survivor 鋼鐵倖存者
Steelpush / Push 鋼推
Steelrunner 鋼奔
Steelsight 鋼視
Stefan Sauvage 斯特凡・索維吉
Steinel 斯坦奈
Steming 史坦明
Stenet 史丹奈特
Steris Harms Ladrian 史特芮絲・哈姆司・拉德利安
Sterrion 史特瑞恩
Stranat Place 史徹納特廣場
Stratten Way 史翠騰路
Subastral 星域
Subsumer 吞蝕
Suit 套裝
Suna 穌納

Surefires 準頭幫
Survivor 倖存者
Survivor's Last Testment
倖存者終約
Survivor's Cradle 倖存者搖籃
Survivor's Deadly Name
倖存者的致命之名
Survivor's Suit 倖存者大順
Survivor's Treasure 倖存者教徒
Svel 斯維爾
Syles 賽爾斯
Synod 席諾德
Synod's Lodge 席諾德小屋

T

Tabaar 塔跋
Tabret's Park 塔布瑞公園
Tage Street 塔吉街
Taldain 泰爾丹
Taraco 塔拉克
Tarcsel 塔索
Tarier 塔瑞爾
Tark Vestingdow
塔克・維思廷朵
Tarson 塔森
Tathed 塔斯德
Tathingdwel 塔辛朵
Taudr 陶德兒
Tekiel Tower 太齊爾塔
Tellingdwar 泰林瓦
Telsin 黛兒欣
Templeton Fig 譚普仁通・費格
Temporal Allomancers
時間鎔金術師
Tenement 泰那蒙特
Tenny 坦坦
Tensoon 坦迅
Terri 泰里
Terringul 27 太林谷27型
Terris 泰瑞司
Terrisborn 泰瑞司氏
Testimony of Hammond
《哈姆德書》
Thaylen 賽勒那文
The Announcer 宣告者
The Argien-ohr Financial Circle
阿爾金—歐爾金融中心
The Ascendant Warrior
昇華戰士
The Breakouts 突圍區
The Canton of Cartography
製圖部
The Canyon of Death 死亡峽谷
The Cobblers 補鞋匠幫派
The Dashir Boys 達許男孩
The Den of the Survivor
《倖存者的巢穴》
The Docksithium
〈多克森筆錄〉
The Drunken Spur 醉馬刺
The First Union 第一工會
The Hero of All Ages 永世英雄
The Horribles 《魂飛魄散》
The House Record
《議院紀實》
The House 議院
The Hub 圓環中心
The Last Emperor 末代帝王
The Set 組織
The Shourded Isles 隱蔽群島
The Southern Islands 南部群島
The Trio 三塔摩天樓

The Two Seasons 《雙季報》
The Tyrant 暴君
The University 大學
The Village 村莊
The Weeping Bull 哭泣公牛
Thermoli 瑟莫里
Thomton Delacour
桑頓·迪拉克爾
Three-Tooth Dag 三牙戴格
Threnody 輓星
Thug 打手
Tillaume 提勞莫
Tim Vashin 提姆·瓦希
Time 《時代》
Tin 錫
Tin Gate 錫門
Tindwyl 廷朵
Tindwyl Promenade 廷朵步道
Tineye 錫眼
Tinningdar 錫褡
Tinweight Settlement 錫重村
Tobal Copper 托博·紅銅
Torinost 托林諾司
Trade Union Party 商業聯盟黨
Transition 傳渡
Trell 特雷
Trellium 特雷金
Trevva Cett-Venture
崔伐·賽特—泛圖爾
Troncheau Way 徹丘路
True Body 真體
True Madil 真馬迪
Trueself 真我
Twinborn 雙生師
Twinsoul 孿魂
Two-Faced Special 雙面特技
Twofie 二鄉人
Tye-A 太阿
Tyrain 特瑞安
Tyrian Sea 特瑞安海

U

Ulaam 烏蘭
Unwashed Bandit 無滌大盜
Uptown Trio Theater
上城三重唱戲院
Uptown 上城
Urteau 鄔都

V

Valette Entrone 瓦蕾特·恩特隆
Vanishers 消賊
Varlance 法蘭司
Vax 費克斯
Vema 威瑪
VenDell 文戴爾
Vennis Hasting 凡尼斯·海斯丁
Versuli 維蘇立
Vessel 載體
Victori 威多利
Vif 威浮
Vif Sparkle 微夫氣泡
Vila Mecant 薇拉·莫坎
Villiage 村莊
Vin 紋
Vin 阿文
Vindel 紋岱歐
Vindication II 問證二代
Vindiel-Cameux 紋迪爾卡穆
Vinuarch 紋弩亞期
Vishwadhar 維許瓦達

W

War of Ash　落灰之戰
Ward　防衛術式
Waterman District　水人區
Waxillium Dawnshot
　瓦希黎恩·曉擊
Waxillium Ladrian (Wax)
　瓦希黎恩·拉德利安（瓦）
Wayfarer　遠行者
Wayne　偉恩
Weathering　耐抗鎮
Well of Ascension　昇華之井
Wellid　威利德
Wells　威爾斯
West's Haven　西海芬
Westweather Cett　西候·塞特
Whimsy　無常
Wiestlow　韋斯特低地
Wilg　威爾格
Wilhelmette　葳赫美
Windwhisperer　風語
Winsting Innate
　溫斯汀·英耐特
Wombs of Stone　地下胞宮
Words of Founding
　《創始之書》
World of Ash　灰燼世界
Worldbringer　世界引領者
Wryn　沃恩
Wyllion　委黎恩

Y

Yancey Yaceczko
　楊西·雅瑟茲柯
Yomen Street　尤門街
Yomen　尤門
Yulip　尤利普

Z

Zerinah　澤瑞納
Zin　鋅
Zinctongued Raven　鋅舌的烏鴉
Zobell　宙貝兒
Zobell Tower　宙貝兒塔

奇幻基地書籍目錄

http://www.ffoundation.com.tw/

BEST 嚴選

書號	書名	作者	定價
1HB004C	諸神之城：伊嵐翠（十周年紀念典藏限量精裝版）	布蘭登・山德森	520
1HB004Y	諸神之城：伊嵐翠（十周年紀念全新修訂版）	布蘭登・山德森	520
1HB013	刺客正傳 1：刺客學徒（經典紀念版）	羅蘋・荷布	299
1HB014	刺客正傳 2：皇家刺客（上）（經典紀念版）	羅蘋・荷布	320
1HB015	刺客正傳 2：皇家刺客（下）（經典紀念版）	羅蘋・荷布	320
1HB016	刺客正傳 3：刺客任務（上）（經典紀念版）	羅蘋・荷布	360
1HB017	刺客正傳 3：刺客任務（下）（經典紀念版）	羅蘋・荷布	360
1HB019	迷霧之子首部曲：最後帝國	布蘭登・山德森	380
1HB020	迷霧之子二部曲：昇華之井	布蘭登・山德森	399
1HB021	迷霧之子終部曲：永世英雄	布蘭登・山德森	399
1HB030	懸案密碼：籠裡的女人	猶希・阿德勒・歐爾森	320
1HB031	迷霧之子番外篇：執法鎔金	布蘭登・山德森	320
1HB034	颶光典籍首部曲：王者之路（上）	布蘭登・山德森	499
1HB035	颶光典籍首部曲：王者之路（下）	布蘭登・山德森	499
1HB036	懸案密碼 2：雉雞殺手	猶希・阿德勒・歐爾森	320
1HB039	懸案密碼 3：瓶中信	猶希・阿德勒・歐爾森	380
1HB041	懸案密碼 4：第 64 號病歷	猶希・阿德勒・歐爾森	380
1HB042	皇帝魂：布蘭登・山德森精選集	布蘭登・山德森	320
1HB049	陣學師：亞米帝斯學院	布蘭登・山德森	320
1HB053	審判者傳奇：鋼鐵心	布蘭登・山德森	320
1HB054	懸案密碼 5：尋人啟事	猶希・阿德勒・歐爾森	380
1HB057	刺客後傳 1：弄臣任務（上）（經典紀念版）	羅蘋・荷布	360
1HB058	刺客後傳 1：弄臣任務（下）（經典紀念版）	羅蘋・荷布	360
1HB059	刺客後傳 2：黃金弄臣（上）（經典紀念版）	羅蘋・荷布	360
1HB060	刺客後傳 2：黃金弄臣（下）（經典紀念版）	羅蘋・荷布	360
1HB061	刺客後傳 3：弄臣命運（上）（經典紀念版）	羅蘋・荷布	450
1HB062	刺客後傳 3：弄臣命運（下）（經典紀念版）	羅蘋・荷布	450
1HB068	異星記	休豪伊	340
1HB071	亞特蘭提斯・基因（亞特蘭提斯進化首部曲）	傑瑞・李鐸	399
1HB072	亞特蘭提斯・瘟疫（亞特蘭提斯進化二部曲）	傑瑞・李鐸	399
1HB073	亞特蘭提斯・新世界（亞特蘭提斯進化終部曲）	傑瑞・李鐸	399
1HB074	審判者傳奇 2 熾焰	布蘭登・山德森	360
1HB079	颶光典籍二部曲：燦軍箴言（上）	布蘭登・山德森	550

書號	書名	作者	定價
1HB080	颶光典籍二部曲：燦軍箴言（下）	布蘭登．山德森	550
1HB081	變態療法	道格拉斯．理查茲	360
1HB082	字母之家	猶希．阿德勒．歐爾森	450
1HB083	刺客系列〈蜚滋與弄臣 1〉弄臣刺客（上）	羅蘋．荷布	499
1HB084	刺客系列〈蜚滋與弄臣 1〉弄臣刺客（下）	羅蘋．荷布	499
1HB085	懸案密碼 6：血色獻祭	猶希．阿德勒．歐爾森	450
1HB086	妹妹的墳墓	羅伯．杜格尼	380
1HB088	審判者傳奇 3 禍星（完結篇）	布蘭登．山德森	360
1HB089	刺客系列〈蜚滋與弄臣 2〉弄臣遠征（上）	羅蘋．荷布	550
1HB090	刺客系列〈蜚滋與弄臣 2〉弄臣遠征（下）	羅蘋．荷布	550
1HB091	末日之旅 3 鏡之城．上	加斯汀．克羅寧	450
1HB092	末日之旅 3 鏡之城．下（完結篇）	加斯汀．克羅寧	450
1HB093	軍團（布蘭登．山德森短篇精選集 II）	布蘭登．山德森	380
1HB094	懸案密碼 7：自拍殺機	猶希．阿德勒．歐爾森	499
1HB095	刺客系列〈蜚滋與弄臣 3〉刺客命運（上）	羅蘋．荷布	699
1HB096	刺客系列〈蜚滋與弄臣 3〉刺客命運（下）	羅蘋．荷布	699
1HB097	被遺忘的男孩	伊莎．西格朵蒂	380
1HB098	迷霧之子──執法鎔金：自影	布蘭登．山德森	450
1HB099	失蹤	卡洛琳．艾瑞克森	380
1HB100	雨野原傳奇 1：巨龍守護者	羅蘋．荷布	599
1HB101	雨野原傳奇 2：巨龍隱地	羅蘋．荷布	599
1HB102	雨野原傳奇 3：巨龍高城	羅蘋．荷布	599
1HB103	雨野原傳奇 4：巨龍之血（完結篇）	羅蘋．荷布	599
1HB104	迷霧之子──執法鎔金：自影	布蘭登．山德森	520
1HB105	破碎帝國首部曲：荊棘王子	馬克．洛倫斯	380
1HB106	破碎帝國二部曲：多刺國王	馬克．洛倫斯	399
1HB107	破碎帝國終部曲：鐵血大帝（完結篇）	馬克．洛倫斯	399
1HB108	龍鱗焰火．上冊	喬．希爾	399
1HB109	龍鱗焰火．下冊	喬．希爾	399
1HB110	颶光典籍三部曲：引誓之劍（上）	布蘭登．山德森	399
1HB111	颶光典籍二部曲：引誓之劍（下）	布蘭登．山德森	399
1HB114	大滅絕首部曲：感染	傑瑞．李鐸	399
1HB115	大滅絕二部曲：密碼	傑瑞．李鐸	399
1HB116	大滅絕終部曲：未來（完結篇）	傑瑞．李鐸	420
1HB117	天防者	布蘭登．山德森	420
1HB118	她最後的呼吸	羅伯．杜格尼	399
1HB119	天防者 II：星界	布蘭登．山德森	420
1HB120	五神傳說首部曲：王城闇影	洛伊絲．莫瑪絲特．布約德	550
1HB121	五神傳說二部曲：靈魂護衛	洛伊絲．莫瑪絲特．布約德	599
1HB122	五神傳說終部曲：神聖狩獵	洛伊絲．莫瑪絲特．布約德	599
1HB123	尋找代號八	羅伯．杜格尼	420
1HB124	冰凍地球首部曲：寒冬世界	傑瑞．李鐸	399

書號	書名	作者	定價
1HB125	冰凍地球二部曲：太陽戰爭	傑瑞・李鐸	420
1HB126	冰凍地球終部曲：失落星球（完結篇）	傑瑞・李鐸	420
1HB127C	無垠祕典	布蘭登・山德森	999
1HB128	狼與守夜人	尼可拉斯・納歐達	450
1HB129	栗子人殺手	索倫・史維斯特拉普	499
1HB130	懸案密碼 8：第 2117 號受難者	猶希・阿德勒・歐爾森	499
1HB131	遺忘效應	喬・哈特	450
1HB132	傳奇之人	肯尼斯・強森	499
1HB133	絕跡試煉	傑瑞・李鐸	499
1HB134	無名之子	布蘭登・山德森	360
1HB135	破鏡謎蹤	坎德拉・艾略特	460
1HB136	烈火謎蹤	坎德拉・艾略特	460
1HB137	颶光典籍四部曲：戰爭節奏（上）	布蘭登・山德森	650
1HB138	颶光典籍四部曲：戰爭節奏（下）	布蘭登・山德森	650
1HB139	失控療程	絲汀娜・福爾摩斯	450
1HB140	非法入境	梅格・蒙德爾	450
1HB141	天防者 III：超感者	布蘭登・山德森	450
1HB142	破咒師	夏莉・荷柏格	450
1HB143	制咒師	夏莉・荷柏格	450
1HB144	一月的一萬道門	亞莉克絲・E・哈洛	450
1HB145	迷霧之子──執法鎔金：謎金（完結篇）	布蘭登・山德森	599
1HB146	晨碎（限量典藏燙金精裝版）	布蘭登・山德森	499

謎幻之城

書號	書名	作者	定價
1HS005C	基地（艾西莫夫百年誕辰紀念典藏精裝版）	以撒・艾西莫夫	380
1HS005Y	基地（紀念書衣版）	以撒・艾西莫夫	280
1HS007C	基地與帝國(艾西莫夫百年誕辰紀念典藏精裝版）	以撒・艾西莫夫	380
1HS007Y	基地與帝國（紀念書衣版）	以撒・艾西莫夫	280
1HS010C	第二基地(艾西莫夫百年誕辰紀念典藏精裝版）	以撒・艾西莫夫	380
1HS010Y	第二基地（紀念書衣版）	以撒・艾西莫夫	280
1HS000P	基地三部曲（未來金屬書盒版）	以撒・艾西莫夫	999

書號	書名	作者	定價
1HS011C	基地前奏(艾西莫夫百年誕辰紀念典藏精裝版)	以撒・艾西莫夫	500
1HS011Y	基地前奏（紀念書衣版）	以撒・艾西莫夫	420
1HS012C	基地締造者(艾西莫夫百年誕辰紀念典藏精裝版)	以撒・艾西莫夫	500
1HS012Y	基地締造者（紀念書衣版）	以撒・艾西莫夫	420
1HS000N	基地前傳（未來金屬書盒版）	以撒・艾西莫夫	999
1HS013C	基地邊緣(艾西莫夫百年誕辰紀念典藏精裝版)	以撒・艾西莫夫	500
1HS013Y	基地邊緣（紀念書衣版）	以撒・艾西莫夫	420
1HS014C	基地與地球(艾西莫夫百年誕辰紀念典藏精裝版)	以撒・艾西莫夫	500
1HS014Y	基地與地球（紀念書衣版）	以撒・艾西莫夫	450
1HS000R	基地後傳（未來金屬書盒版）	以撒・艾西莫夫	999
1HS000Z	基地全系列套書 7 本（紀念書衣版）	以撒・艾西莫夫	2550
1HS000K	基地全系列套書(艾西莫夫百年誕辰紀念燙銀限量專屬流水編號典藏精裝書盒版・共七冊)	以撒・艾西莫夫	3350

境外之城

書號	書名	作者	定價
1HO003Z	天觀雙俠・卷一（俠意縱橫書衣版）	鄭丰（陳宇慧）	300
1HO004Z	天觀雙俠・卷二（俠意縱橫書衣版）	鄭丰（陳宇慧）	300
1HO005Z	天觀雙俠・卷三（俠意縱橫書衣版）	鄭丰（陳宇慧）	300
1HO006Z	天觀雙俠・卷四（俠意縱橫書衣版）	鄭丰（陳宇慧）	300
1HO020Z	靈劍・卷一（劍氣奔騰書衣版）	鄭丰（陳宇慧）	300
1HO021Z	靈劍・卷二（劍氣奔騰書衣版）	鄭丰（陳宇慧）	300
1HO022Z	靈劍・卷三（劍氣奔騰書衣版）	鄭丰（陳宇慧）	300
1HO025Z	神偷天下・卷一（風起雲湧書衣版）	鄭丰（陳宇慧）	300
1HO026Z	神偷天下・卷二（風起雲湧書衣版）	鄭丰（陳宇慧）	300
1HO027Z	神偷天下・卷三（風起雲湧書衣版）	鄭丰（陳宇慧）	300
1HO038Z	奇峰異石傳・卷一（亂世英雄書衣版）	鄭丰（陳宇慧）	300
1HO039Z	奇峰異石傳・卷二（亂世英雄書衣版）	鄭丰（陳宇慧）	300
1HO040Z	奇峰異石傳・卷三（亂世英雄書衣版）	鄭丰（陳宇慧）	300
1HO045	都市傳說 1：一個人的捉迷藏	笭菁	250
1HO046	都市傳說 2：紅衣小女孩	笭菁	250
1HO047	都市傳說 3：樓下的男人	笭菁	250
1HO049	都市傳說 4：第十三個書架	笭菁	260
1HO050	都市傳說 5：裂嘴女	笭菁	260

書號	書名	作者	定價
1HO051	都市傳說 6：試衣間的暗門	笭菁	260
1HO052X	生死谷．卷一（彩紋墨韻書衣版）	鄭丰（陳宇慧）	300
1HO053X	生死谷．卷二（彩紋墨韻書衣版）	鄭丰（陳宇慧）	300
1HO054X	生死谷．卷三（彩紋墨韻書衣版）（最終卷）	鄭丰（陳宇慧）	300
1HO055	都市傳說 7：瑪麗的電話	笭菁	260
1HO056	都市傳說 8：聖誕老人	笭菁	280
1HO058X	古董局中局（新版）	馬伯庸	350
1HO059	古董局中局 2：清明上河圖之謎	馬伯庸	350
1HO060	古董局中局 3：掠寶清單	馬伯庸	350
1HO061	古董局中局 4(終)：大結局	馬伯庸	420
1HO062	都市傳說 9：隙間女	笭菁	280
1HO063	都市傳說 10：消失的房間	笭菁	280
1HO064	都市傳說 11：血腥瑪麗	笭菁	280
1HO066	都市傳說 12（第一部完）：如月車站	笭菁	280
1HO068	都市傳說第二部 1：廁所裡的花子	笭菁	300
1HO069	都市傳說第二部 2：被詛咒的廣告	笭菁	280
1HO070	巫王志．卷一	鄭丰	320
1HO071	巫王志．卷二	鄭丰	320
1HO072	巫王志．卷三	鄭丰	320
1HO073	都市傳說第二部 3：幽靈船	笭菁	280
1HO074	恐懼罐頭（全新電影書封版）	不帶劍	350
1HO075	都市傳說特典：詭屋	笭菁	280
1HO076	都市傳說第二部 4：外送	笭菁	300
1HO077	有匪 1：少年遊	Priest	350
1HO078	有匪 2：離恨樓	Priest	350
1HO079	有匪 3：多情累	Priest	350
1HO080	有匪 4：挽山河	Priest	350
1HO081	都市傳說第二部 5：收藏家	笭菁	300
1HO082	巫王志．卷四	鄭丰	320
1HO083	巫王志．卷五（最終卷）	鄭丰	320
1HO084	杏花渡傳說	鄭丰	250
1HO085	都市傳說第二部 6：你是誰	笭菁	300
1HO086	都市傳說第二部 7：撿到的 SD 卡	笭菁	300
1HO087	都市傳說第二部 8：人面魚	笭菁	300
1HO088	氣球人	陳浩基	380
1HO089	都市傳說第二部 9：菊人形	笭菁	300
1HO101	都市傳說第二部 10：瘦長人	笭菁	300
1HO102	七侯筆錄之筆靈（上）	馬伯庸	450
1HO103	七侯筆錄之筆靈（下）	馬伯庸	450
1HO104	都市傳說第二部 11：八尺大人	笭菁	300
1HO105	恐懼罐頭：魚肉城市	不帶劍	350

書號	書名	作者	定價
1HO106	崩堤之夏	黑貓 C	350
1HO107	口罩：人間誌異	星子、不帶劍、路邊攤、龍雲、芙蘿	360
1HO108	都市傳說第二部 12（完結篇）：禁后	笭菁	300
1HO109	百鬼夜行卷 1：林投劫	笭菁	320
1HO110	末殺者【上】	畢名	399
1HO111	末殺者【下】	畢名	399
1HO112	百鬼夜行卷 2：水鬼	笭菁	320
1HO113	詭軼紀事‧零：眾鬼閑遊	笭菁、龍雲、尾巴 Misa、御我、路邊攤	320
1HO114	制裁列車	笭菁	320
1HO115	百鬼夜行卷 3：魔神仔	笭菁	320
1HO116	詭軼紀事‧壹：清明斷魂祭	Div(另一種聲音)、星子、龍雲、笭菁	340
1HO117	百鬼夜行卷 4：火焚鬼	笭菁	320
1HO118	百鬼夜行卷 5：座敷童子	笭菁	330
1HO119	詭軼紀事‧貳：中元萬鬼驚	Div（另一種聲音） 尾巴 Misa 龍雲 笭菁	340
1HO120	逆局・上冊（愛奇藝原創劇集《逆局》原著小說）	千羽之城	380
1HO121	逆局・下冊（愛奇藝原創劇集《逆局》原著小說）	千羽之城	380
1HO123	詭軼紀事‧參：萬聖鐮血夜	Div（另一種聲音） 尾巴 Misa 龍雲 笭菁	340
1HO124	詭軼紀事‧肆：喪鐘平安夜	Div（另一種聲音） 尾巴 Misa 龍雲 笭菁	340
1HO125	武林舊事・卷一：青城劣徒	賴魅客	399
1HO126	武林舊事・卷二：亡命江湖	賴魅客	399
1HO127	武林舊事・卷三：太白試劍	賴魅客	399
1HO128	武林舊事・卷四：決戰皇城（最終卷）	賴魅客	399
1HO129	百鬼夜行卷 6：黃色小飛俠	笭菁	330
1HO130	怪奇捷運物語 1：妖狐轉生	芙蘿	360
1HO131	怪奇捷運物語 2：神劍戲月	芙蘿	360
1HO132	怪奇捷運物語 3：麒麟破繭（完結篇）	芙蘿	360
1HO133	低智商犯罪	紫金陳	399
1HO134	百鬼夜行卷 7：吸血鬼	笭菁	340
1HO135	百鬼夜行卷 8：狼人	笭菁	340
1HO136	詭軼紀事‧伍：頭肩三把火	Div（另一種聲音） 尾巴 Misa 龍雲 笭菁	340
1HO137	綾羅歌・卷一	鄭丰	380
1HO138	綾羅歌・卷二	鄭丰	380
1HO139	綾羅歌・卷三	鄭丰	380

書　號	書　　名	作　　者	定價
1HO140	綾羅歌．卷四（完結篇）	鄭丰	380
1HO141	我在犯罪組織當編劇	林庭毅	350
1HO142	百鬼夜行卷 9：報喪女妖	笭菁	340
1HO143	冤伸俱樂部	林庭毅	350
1HO144	詭軼紀事·陸：禁忌撿紅包	Div（另一種聲音） 尾巴 Misa 龍雲 笭菁	340
1HO145	迴陰(金馬創投及台灣優良電影劇本改編小說）	盧信諺	450
1HO146	百鬼夜行卷 10：食人鬼	笭菁	360

F-Maps

書　號	書　　名	作　　者	定價
1HP001	圖解鍊金術	草野巧	300
1HP002	圖解近身武器	大波篤司	280
1HP004	圖解魔法知識	羽仁礼	300
1HP005	圖解克蘇魯神話	森瀨繚	320
1HP007	圖解陰陽師	高平鳴海	320
1HP008	圖解北歐神話	池上良太	330
1HP009	圖解天國與地獄	草野巧	330
1HP010	圖解火神與火精靈	山北篤	330
1HP011	圖解魔導書	草野巧	330
1HP012	圖解惡魔學	草野巧	330
1HP013	圖解水神與水精靈	山北篤	330
1HP014	圖解日本神話	山北篤	330
1HP015	圖解黑魔法	草野巧	350
1HP016	圖解恐怖怪奇植物學	稲垣榮洋	320

聖典

書　號	書　　名	作　　者	定價
1HR009C	武器屋（全新封面燙金典藏精裝版）	Truth in Fantasy 編輯部	420
1HR014C	武器事典（全新封面燙金典藏精裝版）	市川定春	420
1HR026C	惡魔事典（精裝典藏版）	山北篤等	480
1HR028X	怪物大全（全新封面燙金典藏精裝版）	健部伸明	特價 999
1HR031	幻獸事典（精裝）	草野巧	特價 499
1HR032	圖解稱霸世界的戰術——歷史上的 17 個天才戰術分析	中里融司	320
1HR033C	地獄事典（精裝）	草野巧	420
1HR034C	幻想地名事典（精裝）	山北篤	750
1HR036C	三國志戰役事典（精裝）	藤井勝彥	420

1HR037C	歐洲中世紀武術大全（精裝）	長田龍太	750
1HR038C	戰士事典（精裝）	市川定春、怪兵隊	420
1HR039C	凱爾特神話（精裝）	池上正太	540
1HR042C	日本甲冑事典（精裝）	三浦一郎	799
1HR043C	詭圖：地圖歷史上最偉大的神話、謊言和謬誤（精裝）	愛德華・布魯克希欽	699
1HR044C	克蘇魯神話事典（精裝）	森瀬繚	699
1HR045C	中國鬼怪圖鑑（精裝）	張公輔	550
1HR046C	世界地圖祕典：一場人類文明崛起與擴張的製圖時代全史（精裝）	湯瑪士・冉納森・伯格	899
1HR047C	作家的祕密地圖：從中土世界，到劫盜地圖，走訪經典文學中的想像疆土	休・路易斯—瓊斯	890
1HR048C	幻想惡魔圖鑑（精裝）	監修者：健部伸明	650
1HR049C	中國甲冑史圖鑑（精裝）	周渝	650
1HR050C	鬼滅之刃大正時代手冊：以真實史料全方位解讀《鬼滅》筆下的歷史與文化	大正摩登同人會	450
1HR051C	都市傳說事典：臺灣百怪談（精裝）	何敬堯	750
1HR052C	妖怪大圖鑑（精裝）（日本國寶大師，鬼太郎作者，妖怪博士水木茂首次授權全彩圖鑑）	水木茂	750
1HR053C	世界經典戰爭史：影響世界歷史的 55 場戰爭全收錄！（精裝）	祝田秀全	450

城邦文化奇幻基地出版社

Fantasy Foundation Publications

http://www.facebook.com/ffoundation/

TEL：02-25007008 FAX：02-25027676

BEST 嚴選 145

迷霧之子－執法鎔金：謎金（完結篇）

原著書名／The Lost Metal
作　者／布蘭登・山德森（Brandon Sanderson）
譯　者／傅弘哲
企畫選書人／王雪莉
責任編輯／王雪莉
版權行政暨數位業務專員／陳玉鈴
資深版權專員／許儀盈
行銷企畫／陳姿億
行銷業務經理／李振東
副總編輯／王雪莉
發行人／何飛鵬
法律顧問／元禾法律事務所　王子文律師
出版／奇幻基地出版
城邦文化事業股份有限公司
台北市 104 民生東路二段 141 號 8 樓
電話：(02)25007008　傳眞：(02)25027676
網址：www.ffoundation.com.tw
e-mail：ffoundation@cite.com.tw
發行／英屬蓋曼群島商家庭傳媒股份有限公司城邦分公司
台北市 104 民生東路二段 141 號 11 樓
書虫客服服務專線：(02)25007718・(02)25007719
24 小時傳眞服務：(02)25170999・(02)25001991
服務時間：週一至週五 09:30-12:00・13:30-17:00
郵撥帳號：19863813　戶名：書虫股份有限公司
讀者服務信箱 e-mail：service@readingclub.com.tw
歡迎光臨城邦讀書花園　網址：www.cite.com.tw
香港發行所／城邦（香港）出版集團有限公司
香港灣仔駱克道 193 號東超商業中心 1 樓
電話：(852) 2508-6231　傳眞：(852) 2578-9337
e-mail：hkcite@biznetvigator.com
馬新發行所／城邦（馬新）出版集團
【Cite(M)Sdn Bhd】
41, Jalan Radin Anum, Bandar Baru Sri Petaling,
57000 Kuala Lumpur, Malaysia.
Tel: (603) 90563833 Fax:(603) 90576622

封面設計／朱陳毅
排　版／邵麗如
印　刷／高典印刷有限公司
■ 2023 年 5 月 30 日初版
■ 2024 年 4 月 10 日初版 3 刷

售價／599 元

國家圖書館出版品預行編目資料

迷霧之子：執法鎔金：謎金／布蘭登．山德森 (Brandon Sanderson) 作；傅弘哲譯．-- 初版．-- 臺北市：奇幻基地出版，城邦文化事業股份有限公司出版：英屬蓋曼群島商家庭傳媒股份有限公司城邦分公司發行，112.5
面：公分．-（Best 嚴選；145）
譯自：The Lost Metal
ISBN 978-626-7210-33-8（平裝）

874.57　　112002002

ISBN 978-626-7210-33-8

Printed in Taiwan.

廣　告　回　函	
北區郵政管理登記證	
台北廣字第000791號	
郵資已付，免貼郵票	

104台北市民生東路二段141號11樓

英屬蓋曼群島商家庭傳媒股份有限公司城邦分公司 收

請沿虛線對摺，謝謝

奇幻基地

每個人都有一本奇幻文學的啓蒙書

奇幻基地官網：http://www.ffoundation.com.tw
奇幻基地粉絲團：http://www.facebook.com/ffoundation

書號：1HB145　　書名：迷霧之子─執法鎔金：謎金（完結篇）

請於此處用膠水黏貼

奇幻基地

讀者回函卡

謝謝您購買我們出版的書籍！請費心填寫此回函卡，我們將不定期寄上城邦集團最新的出版訊息。

姓名：＿＿＿＿＿＿＿＿＿＿＿＿＿＿　性別：□男　□女

生日：西元＿＿＿＿＿年＿＿＿＿＿月＿＿＿＿＿日

地址：＿＿＿＿＿＿＿＿＿＿＿＿＿＿＿＿＿＿

聯絡電話：＿＿＿＿＿＿＿＿＿傳真：＿＿＿＿＿＿＿＿＿

E-mail ：＿＿＿＿＿＿＿＿＿＿＿＿＿＿＿＿＿＿

學歷：□ 1.小學 □ 2.國中 □ 3.高中 □ 4.大專 □ 5.研究所以上

職業：□ 1.學生 □ 2.軍公教 □ 3.服務 □ 4.金融 □ 5.製造 □ 6.資訊

□ 7.傳播 □ 8.自由業 □ 9.農漁牧 □ 10.家管 □ 11.退休

□ 12.其他＿＿＿＿＿＿＿＿＿＿＿＿＿＿＿＿＿＿

您從何種方式得知本書消息？

□ 1.書店 □ 2.網路 □ 3.報紙 □ 4.雜誌 □ 5.廣播 □ 6.電視

□ 7.親友推薦 □ 8.其他＿＿＿＿＿＿＿＿＿＿＿＿＿＿

您通常以何種方式購書？

□ 1.書店 □ 2.網路 □ 3.傳真訂購 □ 4.郵局劃撥 □ 5.其他

您購買本書的原因是（單選）

□ 1.封面吸引人 □ 2.內容豐富 □ 3.價格合理

您喜歡以下哪一種類型的書籍？（可複選）

□ 1.科幻 □ 2.魔法奇幻 □ 3.恐怖 □ 4.偵探推理

□ 5.實用類型工具書籍

有更多想要分享給
我們的建議或心得嗎？
立即填寫電子回函卡

您是否為奇幻基地網站會員？

□ 1.是□ 2.否（若您非奇幻基地會員，歡迎您上網免費加入，可享有奇幻基地網站線上購書75 折，以及不定時優惠活動：
http://www.ffoundation.com.tw/）

對我們的建議：＿＿＿＿＿＿＿＿＿＿＿＿＿＿＿＿＿＿

＿＿＿＿＿＿＿＿＿＿＿＿＿＿＿＿＿＿

＿＿＿＿＿＿＿＿＿＿＿＿＿＿＿＿＿＿

請於此處用膠水黏貼

Brandon Sanderson

布蘭登・山德森

Brandon Sanderson

布蘭登・山德森